网络文学名家名作导读丛书

血红与《巫神纪》

第一辑

西篱 著

作家出版社

网络文学名家名作导读丛书

主编：肖惊鸿

第一辑编委：庄　庸　夏　烈　西　篱　乌兰其木格
　　　　　　林庭锋　侯庆辰　杨　晨　杨　沾　瞿笑叶

序

　　20世纪90年代以来，文学与这个伟大的时代一道，经历了巨大的发展变化，其中一个标志性的现象，就是网络文学的兴起。以通俗大众文学之魂，托互联网与媒介新革命之体，网络文学如同一个婴儿，转眼已成为青年。网络作家们朝气勃发，具有汪洋恣肆的创造力，架构了种种可能的和不可能的世界。科技与商业裹挟着巨大变革中释放的青春、激情和梦想奔腾向前。时至今日，作者是有的，作者群体大到过千万人；作品是有的，作品总量已逾两千万部；读者就更多了，读者群体数以亿计。

　　网络文学是新生事物，也是一片充满活力的文化热土，是中国特色社会主义文学生机勃勃的组成部分。习近平总书记高度重视包括网络文学在内的网络文艺的发展，勉励广大网络作家加强精品创作，以充沛的正能量满足人民群众特别是青年一代对美好精神文化生活的新期待。

　　所以，这套《网络文学名家名作导读丛书》生逢其时，它将有助于探索网络文学艺术规律，凸显网络文学的艺术价值和社会价值，推动网络文学的主流化、精品化；同时，它也是精确的导航，通过这套丛书，我们将能够比较清晰地认识网络文学的重要作家和重要作品，比较准确地把握网络文学的发展历程和发展前景。

　　这套书的入选作者是目前公认的网络文学名家，入选作品是经过一段时间检验的代表作,而导读部分由目前活跃的网络文学青年评论家群体担纲。预计这套丛书的体量将达到 10 辑至 20 辑、全套 50 册至 100 册。无疑,这是一项浩大的工程,但也是值得耐心地、持续地做下去的工作。网络文学必须证明自己不是即时的快消品,它需要沉淀、甄别、整理,需要积累经验,逐步形成自身的传统谱系,需要展开自身的经典化过程。这套丛书就是向着经典化做出的努力。

这套丛书的主编肖惊鸿长期从事网络文学相关的研究和组织工作,她的眼光和能力值得信赖。尽管网络文学的理论建设近年来已经取得重大进展,但是,将理论落实为面对作品的、具体的分析和判断,实际上仍然是艰巨的课题,也是网络文学理论评论工作的薄弱环节。希望肖惊鸿和其他评论家们深入学习贯彻习近平新时代中国特色社会主义思想,以习近平总书记关于文艺工作和网络文艺的重要论述为指导,自觉运用历史的、人民的、艺术的、美学的观点评判和鉴赏作品,向现在的读者,也向未来的读者交出一份令人信服的答卷。

李敬泽

2019 年 3 月 7 日

于北京

目 录

导读

第一章
他的名字叫血红

1. 为什么叫血红

血红为什么叫血红，在某贴吧的巫神纪吧有一个有奖竞答。

"见过大爷手印吗"说：他想起个雪红，然而男人带雪不好听，就改成血红。

这位"见过大爷手印吗"又说：因为血红野猪经常来书中客串，血丝就给血红取个诨号叫血猪，然后血红就自嘲叫自己"猪头"，在网上的口水仗中也以"猪头"自称，致使广大读者都以为血红的诨号就是"猪头"。

"不要吧"说：这个问题以前血红说过，当初他还在武汉大学读书时，那时候学校流行BBS，他当初在学校的BBS上注册ID，因为他同学注册了玫瑰红，所以他就注册了血红这个ID。

"基德超级Fans"说：当初台湾出版商要出血红的书，而血红最早的笔名是全英文，出版商叫改个中文名，血红就取名血红了。

"见过大爷手印吗"是在调侃，"不要吧"的回答靠谱些。关于血红为什么叫血红，我也听血红解释过，大意如此。

2. 血红，原名刘炜

刘炜，男，1979 年 7 月 15 日生，苗族，湖南常德人，中国网络作家富豪榜上榜作家。他毕业于武汉大学计算机专业，后考入湖南吉首大学哲学系，获得哲学硕士学位。

刘炜生于常德。

常德位于湖南省西北部，江南洞庭湖西侧，武陵山下，古称武陵、朗州，别名"柳城"，史称"川黔咽喉，云贵门户"。常德命名于北宋时期。北宋初年，常德仍沿隋唐之旧称"朗州"，宋徽宗政和七年（1117），在鼎州设常德军，后升州为常德府，命名取材于《老子》"为天下溪，常德不离"。常德最为天下所知，也是其历史文化里最为经典的部分，大概是陶渊明和他的《桃花源记》所营造的传说中之桃花源。

常德语言是西南官话，属于北方方言的次方言。当我们和血红聊天的时候，尽管他在上海生活了很多年，他那一口与北方话有着亲缘关系的常德话，听起来还是颇为纯粹地道。

不知哪位好事者编辑的百度百科血红词条，说他居于中国匪名最盛之地（湘西），"故天生带了三分匪气。自幼读书，头角不见峥嵘，智力不甚很高，唯独爱书。自 5 岁起，艳情言情，神话鬼怪，近代传记，远古传说，阅览无数，可唯一的收获仅是鼻梁上那副度数超高的近视眼镜。26 岁的生涯平淡无奇，没有见义勇为，也没有被人见义勇为过。幼儿园、小学、初中、高中，就这么很顺溜地混了上来。大学时有如脱笼的野马，再也无人管教，一点点用功学习的底子顿时浪费得干干净净，成为了传说中的问题学生。每当与同室兄弟出门，唯独不敢走进书店，一不小心误入，则必定花光身上最后一分钱才能出来，往往弄得伙食费没有着落。稀里糊涂地被学校踢出了大门，原本也准备好好学习，用功工作，为社会物质文明的建设添砖添瓦。奈何刚刚工作了不到三个月，就被检举在上班时玩游戏，又被扫地出门。自觉脸面无光，拒绝了家人再次安排的工作，一人跑去江边重镇逍遥，浪荡达大半年之久"。

这百度百科介绍血红的语言风格，倒是和血红早期的行文风格颇相似，我都要怀疑是他自己所拟。但以我所了解的血红个性，他既没时间，也不屑于写此等文字，更不关心别人拟的文是否与自己的实际贴切，也不怕别人污了自己。粉丝叫他血大，朋友叫他猪头、血猪，他一样应答，分明就是乐于自污，完全不在乎。

当我向他求证百度百科的介绍是否靠谱时，他肯定地回答说："比较靠谱！"

这就是血红的性格：专注于文学里的世界，在现实的世界里与世无争，信任一切人。俗话说不成熟的人看谁都不顺眼，成熟的人看谁都顺眼，血红的心态永远是最好的，我相信他从来就没有看过别人给他编辑的词条。据说他常在外面吃饭，点菜有要求，但点的归点的，服务员上来的是什么，他也不求证，看也不看一眼，伸筷子去夹菜，都是盲动，眼睛当然只看着他的电子阅读器。他相信服务员上来的都是好东西。他如果去了孙二娘的店，吃了人肉包子，也会认为那是二娘天大的好意。

人家说血红本来有很好的工作，可是在2003年的5月至6月间躁动起来，辞掉了。之后没有工作羁绊的血红一身自由轻松。

他喜欢武汉，那边有很多同学。回到武汉重温他大学的青春时光，一玩就是数月。不做事情不劳作，玩久了必然会有失重感，生命中不能承受的轻让他感到失落，于是开始关心他人，想知道人家都在干什么，而自己能干点儿什么。以他的本科专业，自然会率先在计算机上折腾，找点儿什么。

他觉察到在网上创作的人渐渐增多，看看那些人的文字，他又有些不屑。哲学不仅开拓了他的思维方式，将他的语言能力和审美，也大大地刷新。他感到别人写的自己不满意，很苦恼。要想让自己满意，就得自己来。于是，他靠一台向朋友借来的电脑，开始了传奇般的创作历程。

他最先创作的作品是《林克》，而后用 ricewhu 这个笔名，发表了《我就是流氓》《我是流氓之风云再起》，然后又以血红作笔名发表了《龙战星野》等作品。他的作品《升龙道》《邪风曲》《神魔》深受读者喜爱，均在网络上创下了千万点击，繁体版在台湾的表现同样鹤立鸡群。

2003 年 6 月，血红与起点签约，发表了《林克》《邪风曲》《升龙道》《神魔》《龙战星野》等。2006 年 7 月，转战 17K，发表《逆龙道》，重写《林克》，接着写出了远古巫族神话开山之作《巫颂》。2009 年 4 月重归起点，后完成作品《道行纪》《邪龙道》《偷天》《光明纪元》《三界血歌》等，并全部一一完本。

在某贴吧的血红吧里，血丝"龙战星野"写道：

记得那是 2003 年春节前夕，当时的我还是一个初中生，一次偶然的机会从同学那里借了一本网络小说。当时还求了半天才要过来，那时候还没去过网吧，家里也没有电脑，只能租书或者借朋友的看。

借来之后急匆匆回到家，打开第一页，就看到一个英文名字，当时在想，这谁啊，起啥名不好，起个这么难记的 ricewhu。本来兴奋的心情被这个名字弄得有点儿冷了，万万没想到，我最终还是被这本书深深地吸引了！从此，便无可救药地迷上了一个叫 ricewhu 的猪头！

刚看了两章便发现这人真写得不赖！杨伟，我接触的血大作品第一个主角，当时还不知道这本《我就是流氓》就是血大出道第一本书。这样算来，我还是比较早的血丝了，呵呵。

从《我就是流氓》第一部到《龙战星野》，那是没日没夜地追，几乎是吃饭的空隙都在捧着书看。龙战之初，血大第一次用上"血红"这一笔名，从此浩瀚无边的网络长河中多了一位码字大神。那时候的他，一定不会意识到下一本作品的问世会给起点带来怎样的影响和冲击！

不知不觉 2003 年寒假结束了，四部曲也看完了，在我意犹未尽到处寻书的时候传来了一个让我极度兴奋的消息——血红新作《升龙道》在起点中文网上架了！怀着激动无比的心情，在一个小雨纷飞的周末，我和我的小伙伴来到了我们镇上的网吧里，接下来的一切对于一个即将升入高中的我来说，都是新鲜精彩的！

从一开始的未知到坐到电脑屏幕前追《升龙道》，那种感觉，真的是不言而喻。从那一次开始，我便一发不可收拾，每到周末，一定会拉上小伙伴陪我去网吧追书。那时候看《升龙道》的人真的好多，我身边的同学们，饭间课后讨论的不是勾股定理，不是三角函数，而是易尘现在什么境界了，菲丽找到家人了没，等等！我的神啊！

血丝"素言蕊琪"简单写道："《邪风曲》入坑，《升龙道》无法自拔，此后爱上猪头。"

3. 无限幻想的岁月

血红 2003 年辞职开始写作，当年 8 月其玄幻作品《林克》就在起点中文网上架了。

林克是一个铁匠铺里打铁的平凡的小子，作为学徒，他每天都要劳动，要不停地打出马蹄铁。但弱小的人总有伟大的梦想，少年林克的梦想是做一个伟大的骑士。

这是一个高尚的梦想。林克的身份越是低微，他的梦想越高尚。

骑士是什么呢？

在中世纪的欧洲，骑士本来是指那些受过正式的军事训练的骑兵，他们在领主军队中服役并获得封地。

中世纪欧洲局势纷乱，国王和贵族们为了自保，为了一旦发生战争能够处于优势地位，便着力培养年轻人，给他们封地，优待他们以求他们的忠诚。这些马背上的年轻人英姿飒爽，他们在领主的军队中服役，并在战争时自备武器与马匹。而骑士这个非继承而来的身份，也逐渐演变为一种荣誉称号。骑士往往是勇敢、忠诚的象征，每一位骑士都以骑士精神作为守则。骑士精神包括谦卑、荣誉、牺牲、英勇、怜悯、诚实、公正等，是英雄的化身。尤其是这些英雄们不仅崇尚精神理想，又风度翩翩，讲究礼节，尊崇妇女，赢得妇联的最大赞许——如果当时有妇联的话——他们得到全社会尤其是妇女儿童的欢迎。

一个给这样的英雄的坐骑打马蹄铁的孩子，向往这样的人，渴望成长为英雄中的英雄，从心理逻辑上来说是非常自然美好的，作家们大多就是这样建立他们的故事顺序的。这里让我们偷窥到的，是血红曾经的对欧洲神话和骑士文学的大量阅读和疯狂热爱。

欧洲骑士文学包括了中世纪的英雄史诗、骑士小说，以及民间的一些传说故事，等等。

因为经历了 11 世纪末期开始的十字军东征的过程，中世纪西欧最流行的战斗骑士传奇故事往往是表现十字军战争的。

在 12 世纪以后，法兰西人学习了西班牙人的热情而开化的行为方式，"罗曼蒂克"的行为风尚开始传遍欧洲。骑士们的特点又有了彬彬有礼的行为举止、对妇女的尊重和效忠，以及扬善除恶扶弱济贫的侠肝义胆。这种风尚，浪漫的爱情理想，在贫乏而粗俗的中世纪社会现实环境下，显得格外动人，比对领主的忠诚和对教会的虔诚更得到人们的认可和喜爱，也逐渐演变为骑士文学的主题。

这种风尚由于与基督教的唯灵主义理想相激励，更有了一种崇高典雅的天国情调和唯美特点，在《罗兰之歌》《尼伯龙根之歌》等作品里大显魅力，与充满苦难和罪恶的现实世界形成了强烈的反差。

我不清楚血红读了多少骑士抒情诗、骑士传奇、骑士小说，总之，他研究了西欧的封建庄园的经济体制下骑士制度的产生，以及十字军东征带来的骑士制度的"圣化"，就这样设定了《林克》的人物和背景。

林克的人生理想是成为一名伟大的骑士，但现实可能又有不同的期许，仅仅是一次小小的变故，让他的美梦换了一个方向。那么，他会成长为什么样的人，他又会对他所存在的世界产生什么样的影响呢？

《林克》有两个版本，发在起点上的不足 10 万字，后来发在 17K 上的还有一个更长的版本。这部西幻作品，代表了血红刚投身创作时的一种状态，正如起点中文网上的标注：

心潮澎湃，无限幻想，迎风挥击千层浪，少年不败热血！

彼时的血红真的是心潮澎湃，无限幻想。他既写西幻，也写东幻——好像不能这样省略，得说完整的，东方玄幻。

新世纪初，各大论坛上活跃的玄幻类有三个流派：以日本和中国台湾为主的奇幻流派；以美国为主的骑士与龙、再加上魔法体系的魔幻流派；以中国玄学思想为主的玄幻流派。

当时，日本文学中的神道、鬼怪和离奇幻想概念，以及杂糅欧洲神话传统的奇幻流派在日本和中国台湾蔚然成风。车田正美以希腊神话为背景的《圣斗士星矢》、荻野真以佛教传说为背景的《孔雀王》，以及香港漫画家黄玉郎作品《天子传奇》（第一部）、许景琛作品《超霸世纪》，罗森的《风姿物语》等，都是奇幻文学的代表，他们有着奇幻文学的共同特征——架空世界、非现实逻辑、不同种族、宏大幻想。

西方魔幻作品以及由西方现代魔幻小说改编而成的商业电影《魔戒》的成功，带动了西方魔幻小说的升温。而在中国读者中也兴起了西方魔幻小说热，《龙枪》《黑暗精灵三部曲》《魔戒》等作品在中国广受追捧。

西幻一般指西方的幻想架空世界，多数为从混沌之时开启。

"西幻"最初的定义，是指托尔金系统下的西方奇幻故事，区别于"印度幻""玛雅幻""阿兹特克幻""中国幻"。后来衍生为沿用或者综合西方幻想故事、游戏世界观设定的故事。以《魔戒》《冰与火之歌》《时光之轮》等为例，西幻世界中拥有的种族是不计其数的，并不只有人类。除了人类，这个庞大浩瀚的世界里还有精灵、暗精灵、龙族、侏儒、地精、恶魔、天神、亡灵、兽族、吸血鬼，等等。因此，西幻中的社会是多面的，多层次的。当中人类或者其他族类，从事各种各样的职业。人的职业种类繁多，大家耳熟能详的就有魔法师、战士、龙骑士、亡灵法师、吟游诗人、牧师、盗贼、祭司、刺客，等等。在一个或多个不同的世界里，还存在一个或多个种族、一个或多个国家或联邦主体。

这个幻想世界中，不同的种族或地域，除了职业千万种，世界观也是不同的。各个族类各有各的风土民情和生活习惯，各有各的优势与弱处。在这个奇异并充满了无限可能的世界里，一切的虚幻都好像实际发生，吸血事件，精灵往来，魔法升级……照样是有角色有感情，有故事有情节。

在这个虚幻而又不得不信其实有的世界里，自然环境和天气物候，更是匪夷所思，要么是极端恶劣的天气、水文、地貌、星辰，要么是种种我们在现实世界里无法想象的奇观。

大家通常认为，写西幻的作者必然会在数学逻辑思维、物理、化学、地理、天文学、历史学、历史人物的塑造等方面，远远超过其他网络写作者。

在这一点上，血红的确是极大地把自己的潜能宝库开掘出来了。

血红本是个典型的理工男，在思维的方式和逻辑的能力，以及数理化知识方面，已经有了自己的定型和塑造。但是，他又学了哲学。文科生学哲学没什么稀奇，很多大学都搞通识教育，一个中文系的学生同时又学了历史和哲学，最为常见不过了。但是一个理工男学了哲学，你就要警惕他了：他不好好搞计算机，他想干什么呢？

果然，他既不满意我们现实的世界，也不满意计算机的世界；他不愿意看老板的脸色，更不乐意每天修机器和写代码。

他想干什么呢？

他给自己取了英文名字。这个是21世纪初东方人的时髦。

他给自己取了个笔名叫血红，他要开始自己去建构世界。

从某种角度来说，写西幻的往往是知识型作者，一点儿不假。这需要对西方社会历史知识有大量的阅读和掌握，尤其要掌握各种科学知识，要熟悉欧洲有史以来的各种神话传说，要了解西方人的宗教信仰，了解他们千百年来的既一脉相承，又不断演变的世界观和价值观……

这些，血红似乎都做到了。他写《林克》，就是把自己这方面的能力检阅了一次；后来写《光明纪元》，又大大地挑战了自己，过了一把瘾。

2004年血红就成为起点中文网第一个也是唯一一位年薪超过百万的网络作家。

2014年，他当选上海网络作家协会副会长。

2016年年末，在中国作协第九次代表大会上，他当选中国作协第九届全委会委员。

4. 写作的由来

血红猪写书的由来，因为无聊，的确无聊。大学毕业后，一心玩耍，不想工作，在武汉缠绵了良久，也就是一年多的样子吧。那一阵子，每天的事情就是喝酒、看《传奇》、看影碟、看网络小说。

不知道是幸运还是不幸，那一阵子恰好是网络上面黑涛奔涌的时期，可是血红看了半天，就觉得别扭啊，这些关于黑的文章，当是小孩子过家家酒不成？于是乎血红不自量力地准备也写写书看看，倒不是想出名，而是因为那些书看起来别扭。

前面的小插曲，就是《林克》这个迟迟没有更新的私生子的问题了，但是既然他被抛弃了，也就不说什么了。

让血红没有想到的是，嗯，《流氓》一套居然……居然红火得有点儿变态了……于是，血红窃喜，这下子也算是出名了一把？

于是，一发不可收拾，一头成天醉醺醺的猪，身边放着两箱子啤酒，身后架着一张床，面前放着电脑桌，居然创下了每章5000多字，每天10章的最高的更新纪录。

往事不堪回首，在血红猪堕落了一年多之后，家里已经无法放任兄弟如此堕落了，马上勒令兄弟上班。于是，血红猪可怜巴巴地打点行装从武汉溜达到了郑州，那时候，已经在写进入起点VIP的《龙战星野》了。

血红想来浑浑噩噩，在《龙战星野》谢幕后，凭借着龙战的那一笔稿费，猪头在郑州买了电脑，拉了宽带，也就不再成天在公司码字了，于是《升龙道》登场。

不知道血红猪头算不算一个比较有名气的用字骗钱的家伙，但是看看起点的主页上那每天的点击推荐票票，兄弟我还是很有点YY的快感。一头猪写出来的文字，能够得到这么多网友的赏识，猪头实在是喜之不尽。而《升龙道》在起点的订阅也是节节爬升……具体数额不说了，毕竟这是站点的内部资料，可是猪头已经非常满意了，毕竟老妈老姐她们不会给我这么多零花钱的，唯恐我"男人有钱就变坏"。

不过血红还是挺舒坦的，在郑州，最牛×的建业集团，他们的中上级干部每个月也就两千多而已的工资，兄弟我在公司很不好意思地一个月坐收3000多元。然后，加上稿费，每个月多不多，少不少，足够血红猪头每隔两三天就用啤酒洗澡一次了，偶尔啤酒里面还可以掺和一点儿咖啡什么的。

血红是个没有太多欲望的人，除了吃喝，不抽烟，不找妹妹，不吸毒，不喜好旅游，委实没有什么花费。至于衣服……我在办公室都差点儿穿内裤上班的，如果上次不是老板实在看不下去了，逼着我买了两套T-shirt，估计我真的会和《升龙道》里面的契科夫一样的德行了。

所以，血红花费是非常少的，加上兄弟的家里，说多不多，说少不少，养我这头猪是足够的，也不存在所谓的血红一心钻钱眼儿的事情了。如果血红真的想要大笔的钱，早就贷款几千万，拉几个同学开电脑公司去了……还是无息的那种，我至于现在坐办公室偷偷摸摸地码字么？

以上是血红自述，实录于此，活色生香。

第二章

东方玄幻的"宏大叙事"

1.《巫神纪》吸引读者的三个重要因素

血与红两个字其实是不能割裂不能分拆的,它们必须是一个词。

没见到血红之前,他的名字已经如雷贯耳。第一次见到血红,完全不符合我之前对他的形象的种种猜想。基于他的流氓系列作品,我猜想他或者似王小波那样的,是幽默＋庸俗＋野性的叛逆青年、落魄青年,骨架大,高而瘦;基于他的笔名,我猜想他有灰色或者惨白的脸,如吸血鬼般既神秘凶悍,又温柔脆弱⋯⋯总之,还是高而瘦。

那是 2015 年的 6 月,广东网络作家协会刚刚成立了一个月,第一次与阅文集团联手举办网络作家培训班,邀请他给学员授课,他独自从上海飞到广州。他细皮嫩肉(白皙得让人吃惊)、身材丰满(简直就是虚胖嘛)、目光短浅(手持个什么电子阅读器,视线从不离开阅读器半米,吃饭时也是凭感觉下筷子,就是前面说过的盲动)、聊天像配音(大家如果聊到他有话要说的题目,他才开声,但不会抬头,只是快速地咕哝几句)。

我只能说,这是个被网络文学耗尽了时间和精力却依然处于着魔状态的家伙。写作才是吸血鬼,所以他如此苍白⋯⋯

还是想回到他的笔名"血红"最初带来的震撼。这两个字如此夺目,几乎即刻诞生画面。

首先让我联想到西方的吸血鬼文学。

从长诗《吸血鬼》、小说《克兰特的未婚妻》,到查琳·哈里斯的

《南方吸血鬼谜案》等，当中对红血的渲染，读来总有触目惊心之感。而吸血鬼文学在西方文学里的渊源也是很深的，据说最早是源自《圣经》，亚当和夏娃偷食禁果后诞生的长子该隐，被撒旦之女教会了吸血。由此，该隐便是文学历史中的第一个吸血鬼，是吸血鬼的鼻祖。我们在读吸血鬼文学作品时，对书中的吸血鬼总是有着惧怕的心理。这种惧怕心理，远胜于这个成长阶段对中国民间传说中的鬼神的惧怕。

这里要请血红和粉丝们原谅，因为我实在想多说几句吸血鬼文学。

在早期的民间传说中，吸血鬼是魔鬼，是对耶稣的背叛。但是发展到后来，尤其是在影视作品中，吸血鬼变为仅仅是传说中的超自然生灵，靠饮用血液而生存。吸血鬼生于传说，长于文学，最终在电影中发扬光大。早在默片时代，电影里就有了吸血鬼形象。近一个世纪过去之后，影片中的吸血鬼不但是一个文化符号，还随着21世纪青少年的心理演变，往往被赋予了种种非同一般的特质，比如说形象上他们一定是高贵英俊的，行为上有着非凡的爆发力。他们既有着永生的祝福，又有血族的诅咒，所以他们既严峻、有着超人类的能力，但他们又脆弱又忧伤。他们以夜为生，以黑暗为掩护，在可以被批判的世俗中他们是邪恶的魔鬼，其实他们却有着高贵的美德，甚至是学富五车的智者。在神灵统治不了人心的时代，这些受人类诅咒的吸血鬼反而成了青少年心中向往的异类甚至是真正的图腾。

且不说那些经典的《夜访吸血鬼》《惊情四百年》《吸血鬼女王》《范·海辛》之类的，但不能不说很火的《暮光之城》系列。黑暗题材里这是最最诗情画意的作品之一。

《暮光之城》算是近十年来影响最广的吸血鬼题材作品，其故事体系自然有吸血鬼族群之争、吸血鬼与狼人的夙愿、吸血鬼和人类的爱情，等等。它的原著就是一部非常精准地抓住了青少年心理、按青少年心理要求来创作的小说。我们甚至可以说它是女性向的作品。它完全从人类少女贝拉的视角入手，构建了一个能满足少女一切幻想的世界——这和血红的作品是截然不同的。我们可以说，血红的作品是纯男性向的，是少年或青年的视角。比如我们要讨论的《巫神纪》，是少年姬昊的视角，或者血红的偏西幻的《光明纪元》，是青年林齐的视角……

《暮光之城》中的少女贝拉，漂亮而独立，她遇到一群美得不像人类的吸血鬼，她与他们亲切友好，而吸血鬼中最出色的一个又至死不渝地爱上了她，其他的男男女女吸血鬼，又都成为她的朋友。还有一个小狼人，不顾狼人与吸血鬼的家族世仇，要和吸血鬼联手保护她。影片成功地营造了强烈的代入感，造就了无数少男少女粉丝，从书籍到电影，这个粉丝群体不断扩大，而书籍也在全球狂销 8500 万册，成为吸血鬼故事最成功的销售案例，更是相应掀起新的吸血鬼热潮。如果我们说归根到底《暮光之城》不过就是一个出色的校园故事、少女故事，大家会认可吗？无论如何，《暮光之城》都给予我们一个很大的提醒：在写作之前，研究一下你的读者群体的认知，是非常非常重要的。

血红有这方面的研究吗？

在血红完成自己的第一部作品前，他不一定有这种读者群体的认知研究的准备。但如今的血红已经是一个非常成熟非常有成就的作家，笔者将在本书后面的章节中，在与血红的对话中，再次打捞一下这个话题。

按照人类普遍心理，我们被小说或者电影中的吸血鬼吸引，实际上有三个方面的根本的原因：一是陌生的异域文化的魅力，二是人类对神秘力量的渴望，三是以肉身存在的人类对生命与鲜血的敬畏。

血红的《巫神纪》对我的吸引，也有相似的几个方面的原因：一是东方中国的远古神话的魅力，二是人类对神秘力量的渴望，三是认知不断发展、世界观不断成熟的现代人对人类祖先创世的敬畏。

2.《巫神纪》是修真小说吗？

《巫神纪》是血红的第十八部作品，是继《光明纪元》《三界血歌》之后的又一力作，首发于阅文集团旗下的起点中文网和创世中文网，是血红在起点中文网首发的第十部作品。

《巫神纪》到底是讲什么的？

当历史变成传说　当传说变成神话　当神话都已经斑驳点点
当时间的沙尘湮没一切
我们的名字，我们的故事，依旧在岁月的长河中传播
一如太阳高悬天空，永恒地照耀大地，永远不会熄灭

从这个诗性的开篇语，我们似乎已经感受到研究哲学的血红骨子里的诗人气质和他的文学理想，他是要把这部作品写成史诗，东方人类的史诗。

一些读者简单认为，《巫神纪》是一部以现代修真人穿越到蛮荒背景的小说，故事主线就是现代修真人穿越到火鸦部落少年姬昊身上，先是引出堂叔想谋取父亲首领位置，从而设计"斗争"这一条线，让人顺着这条线往下读，让读者为主角着急，进而产生代入感。

情人眼里出西施的意思，有时候就如同瞎子摸象，情人看到了对方可爱和美的方面，瞎子摸到了大象的尾巴或者大腿，其实每个人只看到或者摸到一部分。

这些读者把血红归于写修真的作家，也算是有一定根据的。

我们先来了解一下修真小说。

修真又称修仙、修炼内丹，似乎都是道士才做的事情。修真方法有炼外丹（服食）、炼内丹（精气神）等，所以有自然内丹和金丹大道一说。传统文化中的金丹大道，并非现在修真小说中所谓的境界。从题材上来说，修真类小说是从古代游仙、仙侠小说、神魔志怪小说，以及近代武侠小说发展结合而来。当然，其中也有现在的网络流行文化的各种元素。

由于修真小说和仙侠小说同根同源，一样是依照着中国本土的道教修炼文化发展起来的类型小说，所以在很多时候，它与仙侠小说如同孪生兄弟，常常互相难以区分。

如果要仔细比较，这两种类型也还是有些不同。比如说修真小说相对来说，会比较注重修为境界的描写，以及修为境界的级别。这个境界及其级别，各家各派有不同的划分，不同的小说也有不同的种类。

但对高级别、高境界的追求是一致的，都是讲述主人公通过秘法修炼，或者拥有异宝，渐趋于更高的境界。

可以说，修真小说与仙侠小说的最大区别就在这里，修真小说必然要有对修炼境界等级的描写。这一方面检验着作家夸饰的能力、幻想的能力，也检验着作家建构这个境界体系的逻辑。所以，修真小说往往比仙侠小说读来更加的虚幻玄妙，幻想无边际，动辄上古大神、三界浩劫，甚至还有奇异大陆，时空穿越等，题材基本不受任何束缚，完全可以天马行空，只要能自圆其说。

相比之下，仙侠小说较为写实，仙侠小说可以理解为写侠和仙的故事，可以是武侠小说，当中的人物也可以修仙，是传统文化、神话故事和武侠文化的融合。因为写了侠，便要彰显侠客作为和道义精神，体现武侠文化。

血红在进入起点 VIP 的《龙战星野》之后，紧接着开始写《升龙道》。这部现代修真题材小说自 2004 年开始在起点中文网首发，故事讲述一个在异国他乡独自挣扎求存的东方人易，始终没有忘记自己的根在中国，始终坚定信念，寻求一条自强的道路，最后在异国拼搏出属于自己的事业。小说于 2006 年完结。一如血红写流氓系列、写林克等的品位，这部作品写的是"一个因为无辜的原因被驱逐出师门的人；一个在异国他乡独自挣扎求存的人；一个苦苦地追求力量极致的人；一个天生不认同伦理的人；一个并不是好人的人——一个关于这样的一个人的故事，讲述的是一个不怎么好的人，做尽了'坏事'，偏偏让人感觉酣畅淋漓"……

这个叫易尘的人，被人陷害后为师门所弃，并废去全身道行，辗转来到英国伦敦，为成为一教父级别人物而打拼，然后依次遇到教廷叛徒杰斯特、菲尔兄弟、菲丽、凯恩部队、契科夫，等等。从此先是统一了伦敦黑道，然后开始和黑暗议会也扯上关系。因自身与中国道德宗的恩怨，双方纠葛时，致使菲丽重伤，易尘伤心之后，为救菲丽，出了地球，后又辗转来到仙界、神界，最后遇到终极 BOSS 鸿蒙，不知怎么就把其吸收了。然后一行人回到地球，升龙道完成。

关于这部书，血红曾经在百度贴吧的讨论中与粉丝互动时说："关于续篇，我真的不知道怎么写的……因为易已经是最强大的了。谁还可以和他过不去呢？但是我还可以给大家透露一下：略写。易带着大的兄弟回到地球后，先去了天星宗……他的师兄弟们已经快飞升了。他知道道德宗已经很早就完了。因为他们的人没有信誉，在一次天劫中全部归西了……易告别了师兄弟后，去了日本。他发现日本已经成了血族的大本营了，教廷也在拼命地对抗着。可是他们都达不到斯凯他们的境界。易突然看见一个熟悉的身影……樱……啊。原来他接受了血族的簇拥。虽然很老的樱，却依然显得那么英俊……接着，他们去了伦敦。开始制造他们的天堂了。"

《升龙道》在起点一度点击飙升至千万，令起点的服务器瘫痪，创下起点中文网同一时间阅读用户过多而服务器宕机的传奇。2017 年 7 月 12 日《2017 猫片·胡润原创文学 IP 价值榜》发布，《升龙道》位列 49 位。

就是这部炙手可热的《升龙道》，让人们将血红归于修真作家，是他创造了都市血修流派。《升龙道》令业内很多人难忘，因为它一度为起点赢来了压倒性的用户优势和宝贵的现金流，正是由于它的史无前例的点击与订阅量，真正意义上开启了起点的付费阅读模式，也由此吸引了盛大网络董事长兼 CEO 陈天桥的目光而注资起点，血红也因此成为中国第一个年薪百万的网络作家。血红创立"都市血修流"一派，以东方修真为肌体，打通都市、玄幻、奇幻、仙侠、异能等各个类型，使得修真写作从狭义走向广义，在网络类型小说史上无疑具有划时代意义（贺予飞：《少数民族文学创作的网络转型——以血红小说〈升龙道〉为例》）。

将《巫神纪》与《升龙道》做一个对比，说《巫神纪》属于修真小说，只是对了一半。固然，《巫神纪》也讲修真，并且也有一整套修真等级体系，如图：

等级体系

人族	炼气士	魔族
巫人	未知	未知
小巫		
大巫		
巫王	元神	破壳境
巫帝	道种	虚空境
巫神	道胎	日月境
未知	道体	万劫境（圣人）
	道果（圣人）	不朽境
	超脱	永恒境

既设定有修炼的等级体系，必然有奇珍异宝。

《巫神纪》中的奇珍异宝有：

先天鸿蒙大道至宝，包括九龙矛、天机罗盘、断龙闸刀、九阳戈、混沌剑匣、盘羲神镜、虚空之盾、天地金桥、玲珑宝塔、天地盘、太极法衣、太极神锋、太极造化鼎、太极乾坤镜、盘古钟、七彩宝珠、河图、洛书、龙角剑、盘古龙纹、巫雷幡、盘古剑、神兽印、阴阳令、紫玉棒槌、龙虎玉如意、九鼎、盘虞之脑、盘虞灵镜、盘虞之心、盘虞之眸、盘虞之掌、八棱混元锤、追月裂风锤、缚龙索、太乙元磁令、死葫芦、活葫芦、先天元磁两仪生死剑阵、元龙车辇、七宝树枝、明光宝杵，等等。

开天辟地功德灵宝，包括混元太阳幡、天地法印、沧海水灵塔、凤凰离火扇、巡天龙舟、轩辕剑、九阳荡魔剑、九阳无垢衣、先天六壬瓶、太阴魂鼎、万流归虚图、大寒铜、蟠龙棒、降龙锁链、苍生社稷图、万界牌、琉璃净瓶、都天烈火神珠、星河破魂扇、狂澜宝珠、土行神印、珍珠宝塔、凄惶幡、骨牌、四方青竹杖、黑玉如意、浮屠宝塔，等等。

后天造化天地神器，包括玄冥控水旗、先天南灵鼎、钉头七箭书、山川印、虚空印、星辰印、荡魂钟、赤电双轮、三阳心灯、饕餮牙、饕餮甲、白虎翼、混沌盾、梼杌刀、化血飞剑、血影九阴鉴，等等。

后天造化天地圣兵，包括炎龙剑、九龙火珠、先天丙灵火龙杖、龙头锤、天神羿弓、奔雷弓、九音震天铃、黑洞涡晶盾、诛心刺、化血飞刀、震天神弓，等等。

天庭神器，包括雷锤、电凿、万壑铎、千山盾、后土神印、祝融神印、共工神印、九龙车辇、东皇神印、赶山鞭、控星宝轮，等等。

先天鸿蒙大道至宝在天地开辟之前，就存在于虚无鸿蒙之中，可破一切法，可灭一切因，天地万物无可抵御者，有破灭虚空、重演混沌的无上神威，杀人不沾因果、不染业力，无形无迹无人可知，是天地间最珍贵却也最罕见的重宝。

开天辟地功德灵宝是在开天辟地之时，沾染了天地开辟的无量功德，无穷因果伴随天地而生，与一方世界相伴而生，沾染这一方世界的气运。同样是杀人不沾因果、不染业力，其中最顶尖的威力并不弱于先天鸿蒙大道至宝。

后天造化天地神器是天地开辟之后，天地间大道法则逐渐从混沌中凝聚大道之气，和天地间最初的一批造物相合，历经短暂岁月的孕育生成，杀人沾因果、染业力。但是它们威力极大，普通因果和业力根本奈何不了它们。

后天造化天地圣兵，是在天地神器之下，是天地稳固之后，天地气脉阴阳调和、五行化生，循着天地滋养万物的无穷妙理，在一些天地生成的灵穴灵眼中，按照天地法则自然孕育而出。

天庭神器，是上古天庭册封天地山川诸方正神时，天地自然凝聚的正神神器。天封神器和整个盘古世界的天地运势隐隐相连，都和天庭气数相连，和天地正神自身神职对应的领地相连，虽然不是先天之物，威力也没有先天至宝巨大，但是坚不可摧。

《巫神纪》虽然有"修真"的整套完整体系，有修炼等级和各种法宝，但是"修真小说"并不能完全概括这部小说。这个定位会把这部作品说"小"了。

我们都知道，2003 年以后，网络文学中的玄幻文学逐渐定型并成为主流，而国外《哈利波特》《指环王》等奇幻作品产生全球性的影响，中国网络文学中的玄幻类一度涌现出大量以西方文化为背景的奇幻小说。血红一直是其中的弄潮儿，我们读他的《光明纪元》等作品，就深感震撼。在《巫神纪》之前，血红还写过《巫颂》，《巫神纪》的很多粉丝，就是因为看了《巫颂》之后不愿掉队跟过来的。

血红的玄幻小说，常常西幻和东幻交叉，无论其背景设定是东方还是西方，他都首先会站在一个历史文化的高度，站在人类存在的高度，研究人类文明史、文化史，研究所有相关的神话传说，以向历史和人类文明致敬的姿态进入创作。

3.《巫颂》

我提倡读一个作家的作品,不要只读他的某一部,当然是在有时间的情况下(网络文学是文体量大,动辄数百万上千万字),最好能读一个系列甚至全部。这样读下来,这个作家的全部智慧与创造能力,他的世界观和审美追求等,你都掌握得一清二楚。比如说读了血红的《林克》《升龙道》,就继续读他的《光明纪元》;读《巫神纪》,最好先去读他的《巫颂》。而《巫颂》可以看作《邪风曲》的前传,所以《巫颂》之后最好接着读《邪风曲》……

读过《巫颂》的同学都说好看,我完全信任他们的感受。

> 神话从哪里终结?
> 历史从何处开端?
> 展现中国最古老的大夏王朝,解读大西洲沉没之谜!
> 月亮何时升空?
> 柏拉图的羊皮书记载了怎样的景象?
> 血红又一次引领我们进入了一个玄妙莫测的世界。

以上楷体字是《巫颂》的简介,也是血红式的开篇语。

《巫颂》讲述华夏神秘的"巫"这一失传的修真体系的没落和"道"一派的兴起。血红在这部作品中汪洋恣肆、才华横溢,以狂野奇幻的笔法讲述了一系列神秘的故事——超级特工夏侯穿越回充满神话色彩的大夏朝,转世成为一名强悍的蛮族巫武。因身怀道家玄武真解,又得到巫教的真传,夏侯得以巫道双修。在神话的长河里,他见证了巫教的兴衰,道家的崛起,亚特兰蒂斯的沉没,月亮究竟何时升上天空……

汉字巫,从"工"从"人","工"的上下两横分别代表天和地,中间的"丨",表示能上通天意,下达地旨;加上左右的"人",就是通达天地,中合人意的意思。这左右二人,表示的不是孤立的人,而是众多的"人"。上古时候有一种专门从事祈祷、祭祀、占卜活动的职业，叫作巫人。巫人的前身本义就是能以舞降神的人。中国古代医师也称"巫"。巫作为中国古代社会生活中一种不可缺少的专门从事祈祷、占卜活动的职业，蕴含着祖先期望人们能够与天地上下沟通的梦想。巫人在古代被认为是上天的使者，是先知，能够与鬼神相沟通，能调动鬼神之力为人消灾赐福，他们降神、预言、祈雨、医病，管理天文、医术、算术等方方面面的事情，受到王族显贵和普通老百姓的尊崇，在朝廷中的地位也相当高。

《巫颂》二百多万字，故事设定背景是夏朝。约前21世纪至约前16世纪的夏朝是中国史书中记载的第一个世袭制朝代，是多个部落联盟或复杂酋邦形式的国家。据史书记载，夏时禹传位于子启，改变了原始部落的禅让制，从而开创了中国近四千年世袭的先河。夏族的十一支姒姓部落与夏后氏中央王室在血缘上有宗法关系，政治上有分封关系，经济上有贡赋关系，构成夏王朝的核心领土范围。夏朝的地域范围，西起河南西部、山西南部，东至河南、山东和河北三省交界处，南达湖北北部，北及河北南部，其区域中心就是今河南偃师、登封、新密、禹州一带。一般认为，夏朝共传十四代，延续约471年，为商朝所灭。

《巫颂》的主要角色有夏颉、旎歆、白、刑天大风等。男主角夏颉前世是中国顶级特工，完成紧急任务时死亡，穿越到夏朝，重生在一个野蛮人部落，叫篦虎暴龙，在大夏首都安邑拜通天教主为师，成为星宗之主，后来改名为"夏颉"。女主角旎歆是日宗九大巫殿之一的黎巫，白是夏颉的宠物，本来是一只白貔貅。刑天大风是安邑四大巫家之首的刑天首位继承人，夏颉既是他的朋友，也是他的门客。夏朝的巫教，分为日宗和星宗（隐巫殿，镇殿之宝为原始巫杖），星宗之主对应的是冥王星。日宗又分为九大巫殿九大巫：天巫、地巫、灵巫、幽巫、黎巫、令巫、幻巫、力巫、化巫。九大巫分别对应天上九大行星：水星，被巫们称为天星，对应天巫；金星，被巫们称为地星，对应地巫；地球，被巫们称为灵星，对应灵巫；火星，被巫们称为幽星，对应幽巫；火星和木星之间的大星，是为黎星……

如此庞大的世界架构，要在其中"逐步揭开中国神话史上最大的谜团",大概也只有血红有如此超强的建构能力和把控能力。血红的这种能力,在《巫神纪》中更加铺张和膨胀。建立一个庞大的世界,这个世界之外又有新的世界,宇宙之外还有另外的宇宙,又能够将这些不同的浩瀚世界讲述得壮观迷人。当我读过血红的作品,又近距离地和他一起聊天,看他既认真聊,又快速地埋首于电子阅读器,那时我会突然想,这个血红,这个创造另外的奇异世界的人,竟然能够安居于我们这个狭小的世界,这真是不可思议!

在《巫颂》中,有很多生僻字是许多读者不认识不了解的,为此,一些粉丝特意下功夫把它们列举出来并查找出正确的读音,比如篪(chí)虎、夏桀(jié)、旒歆(liú xīn)、履癸(lǔ guǐ)、盘罟(gǔ)、磊(huà)、刑天鳌(áo)龙、刑天玄蛭(zhì)、刑天磐(pán)、刑天鼌(cháo)、刑天犴(àn)、太弈(yì)、赤椋(liáng)、爿(pán)翼、后羿(yì)、爴(guāng)、黑魇(yǎn)、玄彪(biāo)、貔貅(pí xiū)、青鸧(cāng)、青鲽(dié)、白蟏(xiāo)……由此可见,血红的历史知识和古汉语知识,足以和专业人士媲美。

2008年11月到2009年6月,由中国作家协会指导,中国作家出版集团、《长篇小说选刊》杂志社和中文在线共同举办的"网络文学十年盘点"活动,对近十年的网络文学进行了全面盘点,《巫颂》脱颖而出,荣获十佳人气作品。

由《巫颂》到《巫神纪》,血红一直在进行关于东方人类的"宏大叙事"。

第三章

《巫神纪》与中国古代神话

1. 人类的起源、思维方式与图腾象征

《巫神纪》的字数是《巫颂》的两倍，小说的故事背景设定是比夏朝更早的盘古开天辟地之后，小说中涉及羲皇（伏羲）娲皇（女娲）以及东公、西姆等。彼时的人类——在小说中称为人族，和其他族类相比还十分弱小。

《巫神纪》算是由东方上古神话演化而来的吗？

当我就这个问题采访血红的时候，他回答得相当肯定："是和上古神话有关。"

其实岂止是有关，上古神话经过血红的演绎，更加惊心动魄。甚至在我看来，血红在他的作品中将华夏民族的祖先狠狠地讴歌了一番，他所讲述的祖先们的各种雄才异能，令人难以想象、叹为观止。

血红说，为了写《巫颂》《邪风曲》《巫神纪》这类作品，他阅读了所有能找到的历史和神话传说书籍。他研究《山海经》，研究道教，熟读《道德经》，尤爱《封神演义》……

读了《巫神纪》，便知道血红并不是用这部作品把上古神话演绎了一遍，他其实是把民间的神话传说大大发挥，进行了一番再创造。

血红的粉丝"千禧年之恋"在起点的书评区评论说："从《巫颂》到《巫神纪》他让我在网文上看到了华夏历史上缺失的历史。首先不论是否真实，但他能够与中国古典神话完美地结合这一点就很不容易了。每次看的时候我都以为自己看的不是小说而是古代历史。"

东方玄幻往往涉及华夏历史和神话，如何在既有的神话传说的基础上去演绎人们普遍熟悉的故事，有一个很大的前提，就是对历史本身的态度。

　　曾经，网络文学被大众诟病的方方面面，除了文学性差等以外，还有一个重要的指责就是戏说历史。在草根也能说历史的时代，历史被戏说被歪说都是完全有可能的。

　　但是，还是有许多认真的、对本民族的文化和文明有强烈的感情和呵护的责任心的作家，血红应该算是个代表。举例来说，血红的书，从来都是尊重历史的走向和轨迹，当一些读者强烈要求他要把主角写成什么样什么样，对不起，血红是不会受这种摆布的。因为他不会为了"爽"就去歪曲和篡改历史，让主角逆天。否则，那就是很可怕很严重的事情。他有他坚定的世界观和历史观。

　　中国广义的上古神话，是指关于夏朝以前直至远古时期的神话和传说，狭义的上古神话则包括夏朝至两汉时期的神话。这些神话由原始先民创造，内容主要包括了世界的起源和人类的命运。创世神话是盘古开天辟地的故事："天地混沌如鸡子，盘古生其中，万八千岁，天地开辟，阳清为天，阴浊为地。盘古在其中，一日九变，神于天，圣于地。天日高一丈，地日厚一丈，盘古日长一丈，如此万八千岁。天数极高，地数极深，盘古极长。后乃有三皇。"（《艺文类聚》卷一引徐整《三五历纪》）

　　有意思的是，卵生神话（认为宇宙是从一个卵中诞生出来的）在世界各地的原始初民中普遍存在。卵生是一种普遍的生命现象，人类祖先由此设想宇宙也是破壳而生的。宇宙卵生神话对道教的阴阳学说有极其重要的影响。

　　按照卵生神话，盘古不仅分开了天和地，同时也是天地之间万事万物的缔造者。另外类似的创世神话里，说盘古死后呼吸变为风云，声音变为雷霆，两眼变为日月，肢体变为山岳，血液变为江河，发髭变为星辰，皮毛变为草木……这种"垂死化身"的宇宙观，其内涵便是人与自然的相互对应关系，这种宇宙观也直接影响到道家的"天人合一"理念。此外，神话中关于宇宙万物，还有多种表达形态，比如十个太阳的来历和十二个月亮的诞生，等等。在《山海经》中，烛龙之神的生理行为就直接引发了昼夜、四季等自然现象……我们的祖先将宇宙万物和自然现象与神灵（神灵其实也是人的化身）互为演化，这是一种非常奇特的思维方式，也从某种意义上表达了人力求成为自然与宇宙的主宰的渴望。

我们都知道，人类有三大永恒问题：我是谁？我从哪里来？我要到哪里去？

这三个人类永恒探究的问题，也是哲学这门学问存在的根基。我们是怎么来的？是猿猴变的吗？是亚当夏娃创造的吗？我们应该相信进化论，还是信任宗教？我们要到哪儿去？我们该怎么发展？我们的未来是什么？宇宙的起源是什么？在我们的宇宙之外是否还有另外的宇宙？时空是否能够交错，是否存在着另外一个世界？

关于人类的起源，我会想起 BBC 的纪录片的开篇语（好熟悉的文体）：

谁是我们的祖先？
谁是先行走于地球上？
谁是它们现在依然存活的近亲？
为什么它们继续生存下来而其他却趋于灭亡？

关于人类起源的神话传说，在世界范围内有很多种。埃及神话认为人类是神呼唤而出的。世界上所有古老国家中，埃及一直是个自我封闭的神秘之地。埃及神话说，远在埃及于世界上出现之前，全能的神就已存在，神创造了天地，然后他呼唤"苏比"就有了风，呼唤"泰富那"就有了雨，呼唤"哈比"尼罗河就流过埃及……神一次次呼唤，万物一件件出现，最后，他呼唤男人和女人，转眼间埃及就住满了人。然后，神把自己变成男人外形，成为统治大地人类的第一位法老王。

而在北美的神话中，人类原本就存在。印第安人神话中说神创造天地，然后从地下带领人类上来，生活在大地上。毛利人的神话说天和地是万物源头，人也是天地所生。当天和地未分开时，四下漆黑，天地的儿子渴望得到光明，便用力将天地推开，于是藏在黑暗中的人类被发现。

日耳曼民族的神话认为人类是植物所变的：天神欧丁有一天和其他的神在海边散步，看到沙洲上长了两棵树，其中一棵姿态雄伟，另一棵姿态绰约，于是下令把两棵树砍下，分别造成男人和女人，欧丁首先赋予他们生命，其他的神分别赋予他们理智、语言、血液、肤色等，这男人和女人便是日耳曼人的祖先。

此外，澳洲神话认为人是蜥蜴所变，美洲神话则说人是山犬、海狸、猿猴等变的。还有其他一些民族的神话认为某族人是天鹅变的，而某族人是牛变的。

基督教和犹太教均认为是上帝创造了天地万物，然后造出男人亚当，用亚当的肋骨创造了女人夏娃。

希腊神话认为人是"奥林匹斯神系"之普罗米修斯用泥土捏成，而中国神话认为人是女娲用黄土抟成。一个是男神造人，一个是女神造人，这其实分别是父系和母系氏族社会的产物。

女娲造人，女娲补天。在东方神话里，女娲在宇宙大神中占据了重要的地位。《淮南子·览冥训》载："往古之时，四极废，九州裂。天不兼覆，地不周载。火爁炎而不灭，水浩洋而不息，猛兽食颛民，鸷鸟攫老弱。于是女娲炼五色石以补苍天，断鳌足以立四极，杀黑龙以济冀州，积芦灰以止淫水。"《太平御览》卷七十八引《风俗通》云："俗说天地开辟，未有人民，女娲抟黄土作人，剧务，力不暇供，乃引绳絙于泥中，举以为人。故富贵者，黄土人也；贫贱凡庸者，絙人也。"是女娲创造了人类，重整宇宙，为人类的生存创造了必要的自然条件。

女娲创造人类和补天的神话，不但解释了人类的产生，同时也解释了人类为什么会有社会地位的差别。这是个产生于母系氏族社会的神话，既反映了人们对女性延续种族作用的肯定，也是对女性社会地位的认可。

在这些中国古代神话中，我们还可以发现，其中具有深重的生存忧患意识。比如说，从《山海经》中那些能带来灾异甚至能食人的半人半兽或半禽半兽的描述中，就体现了先民的生存环境和他们的畏惧之情。的确，中华民族的母亲河黄河，以其流域为中心的广阔地域在3000年前，分布着很多密林、灌木丛和沼泽地，其中繁衍着各种毒蛇猛兽，先民们除了要遭受不断出现的洪水和旱灾，还要抵御它们。无论是开天辟地的传说，还是补天、射日、治水的神话，都描绘和讲述了人类先民的艰难处境和恶劣的自然环境。

自然，在无比恶劣的生存环境之中，就有先民们的生存抗争。在中国古代神话中，无处不体现先民们的反抗精神：对于生存环境的、对于异族的、对于邪恶的不屈的反抗精神。这种命运抗争，诞生出无数神话英雄，例如《山海经》中填海的精卫和争神的刑天。"刑天与帝至此争神，帝断其首，葬之常羊之山。乃以乳为目，以脐为口，操干戚以舞。"即使已经断首，也要以乳为目，以脐为口，操干戚以舞。这是何等的壮烈！

另外，中国古代神话里还具有可贵的厚生爱民意识。对百姓民众生命的爱护和尊重，是中国传统文化的一贯精神："天地之大德曰生"（《易·系辞下》）。而女娲补天、后羿射日，都是为了保护人类，减轻民生疾苦。还有神话中的龙与凤，"见则天下安宁"（《山海经·南山经》），带给人类的是祥瑞和安慰。还有钻木取火的黄帝，"黄帝钻燧生火，以熟荤臊，民食之无肠胃之病"（《太平御览》卷七十九引《管子》）。再如《淮南子·修务训》记南方之神炎帝采药为民治病，"一日而遇七十毒"，等等。在中国神话中，关爱民生的重生意识，珍视生命的厚生意识，人对大自然的敬畏和与大自然和谐相处的愿望，一以贯之，并且非常强烈。

前面我说中国神话体现了我们的祖先的一种非常奇特的思维方式，这种神话的思维是与祖先们的心智能力紧密相连的。不能否认，那时的祖先们的心智发展水平还处在一个比较低级的阶段，但是又体现出一种特别的幻想能力，是犹如我们今天推崇的直觉一般可爱的智慧。他们并没有明确地区分思维主体和客体，他们才是真正的"天人合一"，在他们和大自然之间始终存在着一种神秘的互渗关系。在祖先们的眼里，自然万物就和我们自己一样，拥有活泼的灵魂、意志和情感，人能够与自然环境进行神秘的交往和沟通。因此，这个自然的神秘的世界就充满了奇异色彩和生命活力，有无数神秘的密码。

遵从这种思维方式，我们的祖先在思维中并不将自身同自然界截然分开，他们对自然的感知也就变得格外有趣和神秘，能够将人自身的属性不自觉地移到自然之上。这种感受能力，在我们今天的文学创作中仍然能够发挥巨大的作用，增添我们的诗歌或者散文或者小说的巨大魅力。

比如《山海经·海外北经》："钟山之神，名曰烛阴，视为昼，瞑为夜，吹为冬，呼为夏，不饮，不食，不息，息为风。身长千里，在无启之东，其为物，人面蛇身赤色，居钟山下。"这则神话即以人的一些常见的生理行为来解释昼夜、四季以及风的形成。

又比如前面说到的盘古化生万物的神话，是以人体的各部分推论天地间的诸物形成。我们的祖先往往从自身开始认识世界，他们习惯于将自己所熟悉的人体本身来作为参照，据此诠释自然万物。为此，他们创造和设想了一些巨大的、初始的神灵，从而创造了十分壮丽的开天辟地神话。在此基础上，他们构建出整个世界存在的逻辑，并找到可以解释一切存在的原则和方法，比如说星系多偏移西北，中国的地势西北高东南低，我们的祖先是这样解释的："昔者共工与颛顼争为帝，怒而触不周之山，天柱折，地维绝，天倾西北，故日月星辰移焉，地不满东南，故水潦尘埃归焉。"（《淮南子·天文训》）

由此，我们似乎可以概括说，文学中的童话表达的是人类在弱小时期对真善美、对安全和保护、对温暖和关爱的渴望；而神话所表达的，则是早期的人类对人与世界的来历、人的命运和世界的将来的思考和忧虑。

以自我来观照万物的思维特征，几乎渗透在所有我们熟悉的神话中。祖先们从自身的生命形态中感受到精灵的存在，他们通过这种感受和幻想找到理解神秘世界的方法。

为什么这种以己观物、以己感物的神话思维特征，这种对自然现象的特殊解读和描绘，在今天的文学作品里一直发挥着积极的作用，成为文学的魅力之一种？因为神话思维是一种具体的、形象的思维。我们的祖先们尚不具备科学的推理和抽象思维能力，他们的思维还一直依附于具体的自然景观和千万种物象。他们没有日心说和地心说，他们为了把握一日之中时间的变化，就靠自己感知的太阳在空间的位置变动，创造种种关于太阳的神话，诸如"日出旸谷，至于蒙谷"（《淮南子·天文训》）等。关于时间，在今天有很多哲学的、与存在相关的思考，而在神话中就会成为一连串具体可感的情节。同样，关于空间，在今天有着纯粹的几何学概念，而在神话中，它竟然和某些特定的内容甚至特定的情感体验紧紧相连。比如用颜色和季候来表达，神话中的东方是为春神勾芒、春天、青色、木等，而北方则与冬神颛顼、冬天、黑夜、黑色、水等联系。

又比如华夏的图腾象征——龙，是中国等东亚区域古代神话传说中的神异动物，为鳞虫之长。

《述异记》载：虺五百年化为蛟，蛟千年化为龙，龙五百年为角龙、千年为应龙。

能发洪水的有鳞的龙是蛟（jiāo），龙的幼年期称为虺（huǐ），开始长角的小龙即少年龙称为虬（qiú）。此外还有背生双翼的应龙（又叫黄龙）。据说当年轩辕帝有名大将就是应龙，主要功绩就是斩杀蚩尤、夸父。

蛰伏在地而未升天之龙叫蟠龙，其形状作盘曲环绕。中国古代建筑中常将蟠龙雕刻和装饰于房梁、天花板等上。

还有火龙（《清史稿》载：浮山有龙飞入民间楼舍，须臾烟起，楼尽焚；五十六年六月，莒州赤龙见于龙王峪，先大后小，长数丈，所过草木如焚。）、云龙（云雾缠绕的龙）、望龙（头部呈侧面的龙）、行龙（传说鲤化蛟，蛟化龙，而当龙达到一定境界时会化为行龙）、鱼化龙（龙头鱼身的龙，亦是一种龙鱼互变，民间流传的鲤鱼跳龙门，讲述的就是龙鱼互变的关系）、蜃龙，等等。传说中蜃龙栖息在海岸或大河的河口，像蛟，具有不可思议的能力，人们能从其口中吐出的气看到各种各样的幻影，即是看到海市蜃楼。

所有龙中，青龙又称为苍龙，代表东方，青色，因此称为"东宫青龙"。是为"四象"（青龙、白虎、朱雀、玄武）之一，也是"天之四灵"（龙、凤、龟、麟）之一。

龙在中国传统的十二生肖中排第五，它的前身只不过是一个以蛇为图腾的部落标志。图腾的产生，和鬼神产生一样，源于早期社会生产力低下，人们在严酷的自然环境里没有掌握和支配大自然的能力，也无法解释自然万物的来源，由于畏惧，便崇拜各种比人类更强大的自然或超自然力量。传说中龙图腾的形成，则源自黄帝的釜山合符。据《史记·五帝本纪》记载，黄帝在打败炎帝和蚩尤后，巡阅四方，"合符釜山"，统一了各部军令的符信，确立了政治上的结盟，并从原来各部落的图腾身上各取一部分元素组合起来，创造了新的图腾形象，所以这个新图腾龙就有了兽类的四脚、马的毛、鼍的尾、鹿的角、狗的爪、鱼的鳞和须，等"九似"，能显能隐，能细能巨，能短能长。它能呼风唤雨，春分登天，秋分潜渊……

神话传说本身也是一种概括、总结和综合，是祖先们把所有的愿望集聚一起，最终形成威武雄壮的神话形象，用来象征皇权，象征祥瑞和高贵，在民间用于祛邪、避灾和祈福。

而这样的图腾或者说神话形象，它充满了隐喻和象征。这种象征性、隐喻性的意象符号系统构成的形象，包含着我们特定的民族精神和深厚的民族感情。"古老的东方有一条龙，它的名字就叫中国；古老的东方有一群人，他们全都是龙的传人。"龙，成为全民族凝聚力的象征。

2.《巫神纪》的远古世界构建

《巫神纪》的小说背景设定是盘古开天辟地又陨落之后，彼时有两个世界，一个是盘古创造的盘古世界，是个蛮荒世界，包括盘古姆大陆和东南西北四大荒。在蛮荒世界中存在的不但有盘古的后裔人族、龙族、凤族，还有天庭的原始神灵们——北溟水神共工共有八大重臣，包括鲲鹏、相柳、黑水玄蛇、无支祈、寒蛟、修蛇、横公鱼、蜮等；

南荒的神灵是火神祝融；道教的三位最高天神三清玉清境清微天元始天尊、上清境禹余天灵宝天尊、太清境大赤天道德天尊（玉清境、上清境、太清境是所居仙境的区别，清微天、禹余天、大赤天是所统天界的划分）；冥道人、花木道人（疑似佛祖）等。还有原始魔尊、域外天魔等。

再一个就是盘虞世界，是娲皇创造，但娲皇陨落之后成为外来族类与人类争夺的新大陆。

《巫神纪》设定的盘古世界里，存在八大族类，分别是：

人族。盘古陨落后，他的血脉力量衍化而成人族。但是在这个世界里，人族的个体弱小，没有野兽强横的肉体，也没有妖、神强大的灵魂法力。人族拥有的最强大之处，在于他们的繁衍力量，就连妖族的繁殖能力也比不上人族。自从人类出现在蛮荒大地之后，只用了短短千年，繁衍的人类就几乎布满了主大陆和四荒。同时人族也拥有可怕的学习能力，他们能够运用各种锻炼技巧，让自己的肉体变得和龙族一样强大，让自己的灵魂变得和凤凰一样神奇。所以，人与龙、凤两族一同被圣灵们暗中统称为"盘古血脉一族"。

龙族。龙族也是盘古陨落后的血肉精气衍化而成的种族，拥有最强大、最完美的肉身。

凤族。凤族是盘古陨落后的灵魂气息衍化而成的种族，这个族类拥有最神奇、最精纯的灵魂。

圣灵族。圣灵族是盘古世界最强大最神秘的混沌生物，在盘古开天辟地陨落后，圣灵就在这个世界显露了一些蛛丝马迹，好多无法解释的巨大变故都和他们有关。没人知道这个世界隐藏了多少圣灵，也不知道有多少圣灵在插手世界的运行。这些圣灵有强有弱，他们之间关系极其复杂，偶尔他们在人间暴露身影，总会有惊天动地的事情发生。

神族。盘古开天辟地的时候，世界最本源的天地法则和无穷无尽的混沌能量融合，从激烈的爆炸中诞生了第一批太古神族。这些强横的生灵代表了整个世界的本源力量。在世界开辟之初，太古神族掌管了日月运转、风霜雪雨、地震海啸等一切自然天象。神族有肉体，有欲望，他们相互繁衍，甚至和其他种族通婚，他们的血脉在很多族群之中都有流传。神灵之间也会因为各种矛盾冲突爆发战争，偶尔他们也会参与其他强大生灵的冲突。在《巫神纪》故事发生的时间段，太古的第一批神族几乎都已经战死，现存世间的神灵都是他们的后裔。现世的神灵神力衰弱，他们虽然依旧居住在太古神族开辟的天庭中，但是他们已经逐渐失去了对天地法则的掌控。

妖族。开天辟地后，诞生了无数强横的凶禽猛兽、鳞甲爬虫。这些生灵当中，无论人与禽兽与虫蚁，凡是参悟了天地日月的运行，并得到了最原始、最粗陋的修炼之法，依仗强横的天赋，即可滋生出灵智。妖族就是通了灵智的飞禽走兽。最原始最强大的第一批妖，被太古神族用暴力禁锢约束，成为太古神族的坐骑和战斗助手。后来太古神族不断陨落，妖族凭借强大的繁殖力量兴盛起来，并逐渐摆脱了被神族奴役的命运，成为了和后世神族平起平坐的强势族群。在蛮荒大陆上，妖族往往和人类部落混杂而居，双方互惠互利。但是也有的妖族以人类为食，双方之间不时爆发血腥冲突。

山精。山精是天地之间的灵气被山林之中的一些奇花异草吸收后，这些奇花异草逐渐滋生灵智，进而化形而出，成为山精，统称为精灵，有山魈、木客、山鬼，等等。这些精灵种类繁多，以作家血红的审美要求，他们当中的男性一般都是丑陋、魁梧的模样，但是他们当中的女性，则多为美丽、魅惑的佳人。

精怪。山精来自植物，精怪来自土壤、矿物。天地之间的灵气被山石、土块、金属矿藏等物吸收，年深日久通了灵性，修成各种奇异形象的，统称为"怪"。这些精怪通常都秉承某些神秘的天地法则，在通了灵性后自行淬炼，化为各种刀、剑等神兵利器，远比人类自行铸造的兵器强大得多。

除了这八大族类，还有三个外来族类，他们是侵入蛮荒世界的先锋主力，是他们开辟了盘古世界与盘虞之间的通道，并力图对两个大世界进行掠夺。

首先是虞族。虞族的外表和人族相似，但他们比人族高大、凶悍，并且，他们的眉心都有一颗竖着的眼睛。他们天生能掌控各种自然力量。他们已经在盘古姆大陆中央建立了强大的帝国"虞朝"，在人族都还处于部落联盟阶段的时候，虞朝已经对整个世界开始了鲸吞蚕食。他们最终目的是灭绝本土族裔，让自己族群成为这个世界的唯一主宰。可以说，他们是人族最大的威胁和对手。

伽族。伽族是虞族的附庸族群，他们有着可怕的肉体力量，并且能够瞬间复制自身。伽族战士组成的军队，是虞朝吞并、征服这个世界的得力助手。伽族的顶级强者拥有四只眼眸，而凡是拥有四只眼睛的伽族，就具备了与人类巫王乃至巫帝对抗的力量。

修族。修族同样是盘古姆大陆的入侵者。这个族群肉体略为脆弱，接近普通人类，也不会法术。但是这个族类拥有可怕的智慧和知识，他们精通各种符文、阵法和锻造技巧，虞朝所有的军械、兵器都出自他们之手。本土无论神族、妖族还是人族，面对虞朝大军的逼迫，都因为他们精良的兵器吃了大亏。修族是虞族都不得不尊敬的存在。

人族姬昊，最后成为五天帝之一。在中国上古神话传说中，五天帝即五大天神，分别是黄帝、赤帝、白帝、青帝和黑帝。但巫神体系的东皇太一和五帝的时间线并不完全重合，所以并不属于白黄赤青黑五帝。

很多血红粉丝一再猜测姬昊最后成为昊天大帝还是玉皇大帝，但其实他们和姬昊都没有关系，姬昊最后成为东皇太一。

关于远古神祇东皇太一，很多读者并不熟悉。《淮南子》开篇曰："洞同天地，混沌为补，未造而成物，谓之太一。"

道家典籍《太一生水》（1993 年 10 月在湖北荆门楚墓发掘出的竹简）刻曰：

> 水反辅太一，是以成天。
> 天反辅太一，是以成地。
> 天地复相辅也，是以成神明。
> 神明复相辅也，是以成阴阳。
> 阴阳复相辅也，是以成四时。
> ……
> 四时者，阴阳之所生也。

阴阳者，神明之所生也。

神明者，天地之所生也。

天地者，太一之所生也。

是故，太一藏于水，行于时，周而又始，以己为万物母。

道家认为，太一无形，这里的太一是指宇宙万物生成的本源。东皇太一是楚地的最高神，与古楚神话的至高神"蚀太"有关。在汉武帝时期，东皇太一成为主祭最高神"太一神"，唐代时期再次成为主要祭祀对象。而玉皇大帝为天帝的传说，是北宋后才兴起的。

然神仙既然可称仙人，当有人形。战国楚人屈原据民间祭神乐歌（相传是夏代乐歌）再创作而成《九歌》（《楚辞》篇名），《九歌·东皇太一》便是对"东皇太一"的颂歌。

吉日兮辰良，穆将愉兮上皇。抚长剑兮玉珥（ěr），璆锵（qiú，qiāng）鸣兮琳琅。

瑶席兮玉瑱，盍（hé）将把兮琼芳。蕙肴蒸兮兰藉，奠桂酒兮椒浆。

扬枹（fú）兮拊（fǔ）鼓，疏缓节兮安歌，陈竽瑟兮浩倡。

灵偃蹇兮姣服，芳菲菲兮满堂。五音纷兮繁会，君欣欣兮乐康。

虽然描绘的只是祭祀的场面情景，但其隆重、庄肃之情非常具有感染力，可见东皇太一是《九歌》文学体系中所祭祀的天帝和至高神。在汉代以后的相关文献里，记载有"泰一""泰皇""壹氏"等，均与东皇太一有关。

第四章

倾情华夏民族成长史：关于"人"的理想

1. 良渚文化带来灵感

中华民族是世界上最古老的民族，它发源于甘青高原黄河上游九曲及积石山之西羌族地区。南宋孝宗时代，出生于史学世家的罗泌，为补上古之史，积数十年之功撰成《路史》，初稿一百余卷，订正成四十七卷。书名《路史》，意为大史，尽述三皇始至上古三代诸国之姓氏、风俗、地理等方面的传说和史事。该书采用道家等遗书的说法，再上溯高推旧史所称"三皇五帝"以上的往事，文章华丽而亦富于考证，言之成理，取材繁博庞杂，是神话历史集大成之作。

依《路史·禅通记》所叙，八千年前有赫胥氏诞华胥氏，华胥氏与燧人氏联姻诞三大族系，分别是：伏牺氏（后称伏羲，风姓，太昊族）、神农氏（姜姓，炎帝族）、轩辕氏（姬姓，黄帝族）。太昊族最早开拓东方，后由炎帝族东徙取代了太昊族，黄帝族又取代了炎帝族。太昊族退居偏隅，歧称东夷和南蛮，逐渐被炎黄两族所融。时过年迁，姬姜两姓又繁衍出数千氏族部落，最终华胥氏后裔在黄河流域沃土上建立了夏朝，形成华夏民族。

《巫神纪》主角姬昊的前身，是地球上的人类最强者青龙。

青龙拥有"无上智慧、绝大毅力"。在穿越前，青龙以九字真言为基础创造出一门神功：《九字真言丹经》。凭《九字真言丹经》，他能够驾驭地水火风，沟通天地幽冥。他来无影去无踪，无所不能。后来青龙为取回华夏国良渚古城失落文物"三足圆鼎"而落入敌手圈套，身受重伤，在交战中受到未知力量影响，意外穿越后重生于盘古世界的盘古姆大陆南荒火鸦部落首领姬夏家庭，为姬夏之子，取名姬昊。

良渚古城是长江下游地区首次发现的新石器时代城址，一直被誉为"中华第一城"。已发现古城六座水门，城市的普通居民住在城的外围，贵族住在城中央的 30 万平方米的莫角山土台上。良渚古城的南面和北面都是天目山脉的支脉，东苕溪和良渚港分别由城的南北两侧向东流过，凤山和雉山两个自然小山分别被利用到城墙的西南角和东北角。早在 20 世纪 80 年代，考古专家就在良渚古城中部位置发现了世界同期最大的土台——莫角山巨型台址和中国新石器时代末期最高等级墓葬——反山墓地，在城外北偏东五公里处发现了著名的瑶山墓地，曾出土大批最高等级的良渚文化玉琮、玉璧等礼器，专家判断良渚古国的"首都"应该就在这里。通过考古专家对四面城壕出土陶片的初步整理，确定属于良渚文化晚期。以鼎、豆、圈足盘、实足鬶、袋足鬶、宽把杯、罐、大口缸等为主要陶器组合。这个"良渚文化晚期"专家们认定其绝对年代应是公元前 2600 年至公元前 2300 年，距今 5300～ 4000 年。良渚文化的分布主要在太湖流域，还扩张西到安徽、江西，北到苏北近山东，甚至还影响到山西南部地带。可见当时的"良渚"势力占据了半个中国。

良渚古国，一般认为是先秦古籍《鹖冠子》讲的"成鸠氏之国"。依宋代著名学者陆佃的注释，"成鸠氏"即天皇氏，"成鸠氏之国"位于楚国领土上，《路史》记载天皇氏"鳞身"。而吴越之地，在战国晚期已经是楚国领土的一部分。据《说文解字》介绍，吴越之地的古代民族以蛇为族属标志。由此，天皇氏从族属标志来看应该是吴越之地人氏。《春秋命历序》："天地开辟，……日月五纬俱起牵牛。天皇出焉，号曰'防五'，兄弟十三人……乘风雨，夹日月以行。"天皇氏是从牵牛星对应的吴越之地启程，开始治理国家的。所以说，良渚古城也就是成鸠氏之国，天皇氏之都。

考古研究表明，在良渚文化时期，农业已率先进入犁耕稻作时代，手工业趋于专业化，琢玉工业尤为发达。良渚文化发展分为石器时期、玉器时期、陶器时期。良渚文化玉器数量之众多、品种之丰富、雕琢之精湛，达到了中国史前文化之高峰。良渚文化的一些陶器、玉器上出现了为数不少的单个或成组具有表意功能的刻画符号，这些"原始文字"被认为是中国成熟文字的前奏。因此，有专家认为，中国文明的曙光是从良渚升起的，中国朝代的断代应从现在认为的最早朝代为夏、商、周，改成良渚。

血红正是从良渚文化得到灵感，发挥他无限的想象力，梳理和再现华夏祖先历史文化的发端。

2.《巫神纪》对中国古典神魔小说的传承

在第二章中，我说过，血红在他的作品中将华夏民族的祖先狠狠地讴歌了一番。他所讲述的祖先们的各种雄才异能，令人难以想象、叹为观止，极大地满足了自《西游记》《封神演义》《说唐演义》以来历代读者都难以满足的我们对神魔小说的饥渴。

《西游记》比《封神演义》成书早，这是没有什么争论的。一个是从灵明石猴出生写到斗战胜佛圆满，另一个是从殷商帝辛圆满写到西周武王出生，由此有人说《封神演义》是《西游记》的倒写。

《封神演义》一般又称《封神榜》，又名《商周列国全传》《武王伐纣外史》《封神传》，亦是一部中国古代的神魔小说。约成书于明代隆庆至万历年间，全书共一百回，内容有纣王乱政、殷商伐西岐、武王伐纣、归国封神四大部分。书中的角色和故事原型最早可追溯至南宋的《武王伐纣平话》，应该还参考了《商周演义》《昆仑八仙东游记》等。故事背景是以姜子牙辅佐周室（周文王、周武王）讨伐商纣的历史，在描写阐教、截教诸仙斗智斗勇、破阵斩将封神的故事中，包含了大量民间传说和神话，最后以姜子牙封诸神和周武王封诸侯为大结局。

历史上的纣王，是商朝最后一位君主帝辛，为帝乙少子，谥号纣，世称殷纣王、商纣王。夏商周断代工程把帝辛在位时间定为公元前1075年至公元前1046年。司马迁《史记》："帝辛资辨捷疾，闻见甚敏；材力过人，手格猛兽；知足以距谏，言足以饰非；矜人臣以能，高天下以声，以为皆出己之下。好酒淫乐，嬖于妇人。"帝辛因为天资聪颖，闻见甚敏，又有倒曳九牛之威，具抚梁易柱之力，深得父皇帝乙欢心，顺利继位。他重视扩张领土，发兵攻打东夷诸部落，把中国疆域势力扩展到江淮一带，国土则扩大到今山东、安徽、江苏、浙江、福建沿海。但是商王朝多数时间国运不济，君与臣、统治阶级内部充满了杀戮，到了帝辛即位时期，已日薄西山，积重难返。而此时商朝的西部，诸侯国周国已经崛起，国势如日中天。公元前1046年，著名的牧野之战中，周武王率领诸侯联军击败商军。帝辛见大势已去，躲进鹿台（今河南鹤壁），将多年来搜刮的美玉宝器堆在身边，命人放火焚烧鹿台自焚而死。

《封神演义》演绎的便是商朝灭亡的故事。

《封神演义》中的世界分成为仙山洞府和天界、人界、妖界等三界。仙山洞府又分二教，分别是由仙道组成的昆仑山阐教，和由海外仙士、方外术士或得道禽兽组成的截教。三界的仙界由玉皇大帝统治，范围主要是天庭，人界则是商（殷朝）的纣王统治的人间，妖界由女娲统治。好色的商纣王在一次祭祀活动中看到美丽的大地之母女娲的画像，写了一首诗：

> 凤鸾宝帐景非常，尽是泥金巧样妆。
> 曲曲远山飞翠色；翩翩舞袖映霞裳。
> 梨花带雨争娇艳；芍药笼烟骋媚妆。
> 但得妖娆能举动，取回长乐侍君王。

当然，这诗是写书人杜撰的，在殷商时期是没有这种七言诗的。

纣王的无礼和亵渎使女娲异常愤怒，遂命令轩辕坟三妖——千年狐狸精、玉石琵琶精、九头雉鸡精迷惑纣王，毁灭殷商。狐狸精使用冀州侯苏护女儿苏妲己的身体，进入后宫迷惑纣王。此后，九头雉鸡精称自己是妲己的义妹"胡喜媚"也进入宫廷。玉石琵琶精先被姜子牙识破以三昧真火逼回原形，后又复活化作王贵人，与其他两妖一起祸乱朝纲。

中国人自古以来崇拜神仙，认为人生活在神鬼之间。神与鬼（魔），一正一邪，神佑人，而鬼（魔）害人。玄幻小说对古典神魔小说的承袭和演绎，首先是在神与魔的体系方面。作家可以另外开辟一个新的世界，设定新的环境和时代，但那些神话中的神、魔、人，会继续存在下来，继续演绎新的故事。玄幻小说对古典神魔小说的承袭，恐怕主要还是在神的体系方面，这些体系里的角色可以互为线索，能够让读者因为似曾相识而跟随阅读。如果作者自建一个神的体系，那将是极大的冒险，就算作者自己能自圆其说，读者也很难认同，这就是文化的问题，古典的神话传说已经深入人心，没有人能够破坏它。

道教是典型的多神教，神系纷繁复杂，神祇数量极多。道教的"道"，无形无象而又生育天地万物。道教主要有四大神系：正统道教神系，民间信仰神系，上古神话神系，神魔小说神系。

在《封神演义》中，昆仑山仙道由于犯了红尘之厄，杀罚临身，又因为玉帝命仙首十二称臣，仙首自然不肯，故此阐、截、人道三教共签押封神榜，编成三百六十五位正神，共分八部，上四部：雷、火、瘟、斗；下四部：群星列宿、三山五岳、布雨兴云、善恶之神。纣王与武王相对的是截教和阐教，国家天下之争变为神仙道统之争。

《封神演义》中商周之交的封神之战，是阐教（后来的道教）和西方教（后来的佛教）一起剿灭截教，并从此确定下来世界一分为三：天宫、地府、西方极乐世界三大领域。道教史上并没有截教和阐教这两个教派，当然是作者杜撰出来的。按鲁迅先生的解释，阐是明的意思，"阐教"就是正教；截，是断的意思。而小说中也把"阐教"写成正，"截教"写成邪。在这次战斗中，截教通天教主灵宝天尊在人间的派系被消灭殆尽。尔后阐教的太上老君下凡投胎成李耳（老子），西出函谷关，把通天教主的大弟子多宝道人点化成如来佛祖，开创了佛教在人间的道统。封神之战以老君的再次下凡终结，天庭在李唐王朝建立的时期出了大力，唐朝是李姓，是老君在人间的同宗。而大力士秦琼，又是天蓬元帅下凡的，所以看过《封神演义》之后，接着再看《说唐演义》才更过瘾。

《封神演义》虽然没有入四大古典名著，但它建构的神的体系，一直被后来者借鉴和续写。将《巫神纪》与《封神演义》稍比较是蛮有意思的事情。《巫神纪》的故事背景是开天辟地之后的洪荒时代，或者说是大禹时代，自然是更久远的。《封神演义》虽然有一百回，恕我不敬，这部古典章回小说情节方面虽然有明暗双线，却仍然好像是一副框架，一个故事梗概。当然，《封神演义》里面的法宝、人物、法术等，是它成为后世的仙侠玄幻修真文的参考模板的主要原因。

血红借鉴但并没有完全采用这个模板。他所写的是久远于《封神演义》之前的史话神话，两书的角色有相关，但线索和故事并不能对接。

作为一个网络作家，血红最受人尊敬的地方在于，他一直是特立独行的，不模仿不抄袭，每本书出来都气宇轩昂，宏大结构、宏大世界。一些作家成名后开始气虚，开始露怯，开始敷衍注水，血红从来不写爽文，不写小白文，他一直营造并追求厚重激昂的大作品。

《西游记》崇佛，《封神演义》崇道，而在《巫神纪》中，血红歌颂的是大禹时代的巫，当中宝道人、龟灵等均是重要角色（在《封神演义》中是截教通天教主的亲传弟子）。应该说，血红作品里的众多角色，都是为后来佛教、道教等的诞生和发展做出重要贡献的"仙家"人物，准确地说是远古的巫神。

正如血红粉丝"剑意灵"在起点书评区里所说："巫神的世界里讲的是什么？讲的是人族于洪荒大地之中艰难求存发展到现今，讲的是巫族逐步走向强盛！而这个正像是人类一步一步地从原始人进化到现代人的过程！"

3.《巫神纪》中的巫及叙事线索

在《巫神纪》之前，血红的《巫颂》讲述华夏神秘的"巫"这一失传的修真体系的没落和"道"一派的兴起。

关于"巫"的来历，人们普遍认为，巫出现在中国的历史是很久远的。在原始社会时期，由于人类所认识和掌握的知识比较少，对自然环境和社会环境中出现的某些现象和状况不了解，没有正确解释的能力，所以有了神的崇拜，将自然界的打雷、闪电、下雨、火山喷发、地震等各种现象误以为是神在发怒，要对人进行惩戒。

《吕氏春秋》说："凡人之性，爪牙不足以自卫，肌肤不足以捍寒暑，筋骨不足以从利避害，勇敢不足以却猛禁悍。"人们出于无奈才敬畏鬼神，却又幻想以人本身（巫师）借助某种神秘的超自然力量实现控制和影响鬼神，是原始巫术的诞生。恩格斯在《费尔巴哈与德国古典哲学的终结》里说："在远古时代，人们还完全不知道自己身体的构造，而且受梦中景象的影响，于是产生了一种观念；他们的思维和感觉不是他们身体的活动，而是一种独特的、寓于这个身体之中而在人死亡时就离开身体的灵魂的活动。从这时候起，人们不得不思考这种灵魂对外部世界的关系。既然灵魂在死时离开肉体而继续活着，那么就没有任何理由去设想它本身还会死亡，那样就产生了灵魂不死的概念……"

为了求得神的谅解和庇佑，原始人类认为某些东西是神的化身，对之进行参拜，由此产生了"图腾崇拜"。在重要的时日里还要进行祭祀。通过崇拜和祭祀的仪式，向神奉献，表达自己的虔诚之心。这些仪式，由"巫"来主持。巫人在古代被认为是上天的使者，是先知，是神与人之间的中介，能够知晓神的旨意，在民间几乎就是神的化身，是神在人间的代言人，能够与鬼神相沟通，能调动鬼神之力为人消灾赐福，他们降神、预言、祈雨、医病。因此巫不但掌握着祭祀，还掌握医治、部族历史传承等权力，管理天文、医术、算术等方方面面的事情。巫与医同源（从汉字上看，"医"最初写作"毉"），直到周朝时巫和医才区分开。

巫教是中国最原始的宗教，在民间流传广泛，后来配之于五行阴阳，渗进了佛、道等成分，影响深远。古七世成箴公创造出以龟壳作卜，用竹段一劈为二成卦，将草著作筮为筮，深化了巫文化。在秦汉以前，各朝统治者均以巫教为官教，不少帝王本身是巫师（写到此不由得想起陈宝国演的汉武大帝，大家只觉得老戏骨演得疯疯癫癫，殊不知老艺术家研究过历史，演出了武帝的巫师气质），以巫言以表天神意旨，以筮卜而定行止，直达民间盛行于世。

巫教不仅在中国历史上影响深远，甚至流传到东亚、东南亚、太平洋群岛以及南北美洲一带，促进了当地巫文化的发展。在中国历史上的各朝代，巫文化的影响遍及哲学、医术、天文、数学等诸多领域。至今，中国乡村还普遍存在跳神、祈雨、祛灾、治病、看相、算命、请神、走冥、招魂、灵姑等巫文化的遗迹，其活动形式多样而神秘。

在《巫颂》中，血红如是说——

上下为天，中间是人，人人平而为一，相互维持，是为巫。

上古之时，洪荒之中凶兽横行，精怪、妖灵乃至神、怪、鬼、魅等物统辖大地。

上古之民，尔等祖先，初生于九州之土，于洪水中哀求上天，于山火中挣扎求存，于疫病中伏尸万里，于凶兽爪牙之下血流成河。

天心最仁，是时人中有巫人出。悟天道，通天理，有无穷之力。是巫者，一族一部之首，拯救天下黎民于灭亡之困，拔人族祖先于覆灭之境。是时，凶兽俯首，精怪、妖灵避退万里，神、圣、鬼、魅乃至一切先天大神通者，为巫所迫，使人族划地而居，终得安乐。

巫者，天地间有人存，平而唯一，相互扶持，是为巫。

解病痛，解迷惑，解灾劫，解一切痛苦。掌礼法，持传统，使人族绵延流传于九州，是为巫。

巫，是大智者。唯大智者，方为巫。

巫，是为慈父，是为慈母。

血红对巫的这一段经典阐述，从《巫颂》跟到《巫神纪》的血丝回应说：

巫是保卫人族的一道屏障，是一种巫的精神。《巫神纪》的巫是人族强者按照龙族的强体方式结合历代强者人皇的创造做出来的一个修炼体系，但是两本书都没有否认一点：巫就是人！而我觉得巫是人族修炼到一定程度之后的人。而修炼了巫的人对于人族有一种神圣的使命感。《巫神纪》中其实钧道人目前来看并没有表明态度要怎么对待巫。巫的对手是昀道人以及昀道人找来的盘虞。昀道人的目标是要消灭人族中的强者以及智慧者,让他能通过芸芸众人感受盘古世界的三千道韵。而人族强者是能压制体内三彭(道教名词,即三尸虫。上尸名灵台,住脑海;中尸名灵爽,住绛宫;下尸名灵精,住腹下。"彭"为三尸之姓,故又称为"三彭",或称"三灵",也叫"三尸""三虫",指在人体内作祟,影响人修炼的三种神)的。当然,不得不提的是修道之人也能压制体内三彭。回到《巫颂》,钧道人对巫的态度明确:巫不得留存于天地中。将这两本书关联着看的话就有两种解释了:《巫神纪》最后昀道人与钧道人合体,那么钧道人受限昀道人的想法,所以不准巫留存于世庇护人族。另一种就是巫过于独立,钧道人想通过道门大兴,因为毕竟修道人也能压制三彭,所以钧道人需要放逐巫,而巫就成了盘古世界进入鸿蒙的先锋探路者,再或者人皇为了大兴人族,搞定昀道人之后的人族公敌便成了钧道人。毕竟看了他那么多书,都是写的人族要自强,要摆脱一切的束缚,连天地都束缚不得。而钧道人掌管天道运势。这就是一个矛盾冲突,所以有这两个猜想。

血丝们果然是智慧且用心读的。

　　他们手握风雷,他们脚踏龙蛇,他们拳裂大地,他们掌碎星辰;他们是我们的先祖,他们和我们有同源的血脉,他们行走在大地时自称为巫,他们破碎虚空后是为巫神!

《巫神纪》的主线当然是姬昊的修炼和成长,但这部四百多万字的作品当然不是单线索的。姬昊在成长壮大的过程中,不但要与外族异类争斗,在自己部落的内部、人族的内部,也不断有正与邪的较量,不断地要反腐败。比如《巫神纪》开头部分,洪荒背景中火鸦部族内部的争斗，以姬昊的叔父姬枢为头的姬枢父子等人对姬昊父亲姬夏的打击和排挤，内部的争斗必然有外部的原因，毕方部欲灭火鸦部，勾结并挑动姬武父子，进而要赶走他们最大的威胁姬昊一家，欲把姬夏一支赶出部族，于是一开始便有了姬昊和姬武两个同族兄弟的较量。

这仅仅是开始。重要的是此后姬昊的机遇和成长。

关于这条副线，血红在起点的评论区与血丝们互动时说得很明白：

> 《巫神纪》中的巫，他们更有人情味，更加地有血肉，更加地懂感情。
>
> 更多的时候，《巫神纪》中的巫，是和姬夏一样，为了部落和族人的利益，他们是可以牺牲很多东西的。
>
> 继续看后文就知道，因为这时候的人族并不够强大，巫们更多地承担着维护族人血脉传承、维护部落利益的职责。所以巫们很多时候，表现得并不足够的猖狂、嗜血、残暴、无所忌惮以及高高在上。
>
> 但是实际上，在这不多的章节中，已经有了某些不好的苗头出现了。
>
> 比如说姜燹，比如说姜嬥，比如说姜雪，比如说火鸦部内某些没有明确出场，但是实际上已经隐隐有了蛛丝马迹的人。
>
> 他们已经开始把自己的利益凌驾于部族和族人的利益之上，这是巫们开始蜕化的标志。
>
> 而他们蜕化的原因就是《巫神纪》这个故事的根本主线之一了。

4.《巫神纪》关于"人"的理想

可以说，一部《巫神纪》，四百多万字，写人类少年姬昊的成长过程。

姬昊的前身是"青龙"，穿越后重生蛮荒火鸦部落，取名姬昊。青龙前世已经练得《九字真言丹经》。姬昊从一个弱小部落的被排挤的首领的儿子，在南荒得遇禹馀道人的弟子阿宝，后来又与紫府内神秘空间中的虚影交易，换取《补天不漏诀》，又得到一滴龙血和一滴凤血，人、龙、凤三者合一，开始踏上强者之路，天赋绝伦，堪称全才。要做最强者，无论巫药、巫符、铭刻还是打造巫器之类的等，样样都学习并很快精通，后拜入禹馀道人门下。引太阳精火入体成为巫王，而后不断修炼自身，自强奋发，开辟通身巫穴十二万九千六百个，一路战胜各种邪魔异能，最后成为能呼风唤雨、截河撼山的天帝，至高无上的神（东皇太一）。

全书从青龙穿越后重生叙事，也算是某种意义上的倒叙。

《巫神纪》开篇楔子，就是宏阔巨大的场景画面，青龙现身——

灰色的天空，彤云翻滚。

层层叠叠的云片边缘，有雷光闪烁。雷波涟漪快速地滚过天空，却没有半点声音。

天柱之巅，大神强良手持石斧，脚踏着刚刚斩杀的毒蟒头颅，愕然看着天空。从天的极东到极西，几乎遮盖了整个天穹的，是一条紫色的蛇尾，正在极高的天际蜿蜒游动。

这条蛇身是如此的巨大，不见其首尾，但是已经遮挡了视线所及的整个天空。

遮天蔽日的蛇躯不时没入云中，和彤云混为一体。偶尔一阵雷光撞击在蛇躯上，就有一道可怖的气息从天空落下，压迫得身高百丈的孟明龇牙咧嘴，身体不断摇晃。

"这可怕的娘们发火了，谁又招惹了她？！"

一尊古色斑斑三足圆鼎缓缓从云层中降落，鼎内一声巨响，无数电光向四周狂涌。等得电光消失的时候，一切异状都已经消散，天空巨大的蛇躯也消失得无影无踪。

……

天空乌云密布，瓢泼大雨疯狂鞭挞着大地，溅起无数水花。

水晶玻璃制成的金字塔灯火通明，照亮了漆黑的夜空。数十名武装到牙齿的壮汉紧握枪械，身披雨衣环绕着金字塔四处游弋，警惕地注视着四周。

雨水溅起的水花突然有节奏地跳动起来，好像心跳一样，一点一点晶莹的水滴不断跳起来有一尺多高。空中落下的雨丝"簌簌"地纠缠在一起，拧成了数十条水绳无声无息地套住了武装壮汉的脖子。

水绳用力地甩动，壮汉们没能发出半点声音就被拧断了颈骨。

蒙蒙水雾中一个黯淡的人影突兀浮现，一步一步向金字塔的大门走去。每走一步，朦胧的身形就清晰一分，到了金字塔门口的时候，雾气凝成的人影已经变成了透明的水人。

身体微微一晃，水人骤然变色，身材修长、瘦削，身穿黑色劲装，生得清癯俊朗的青龙显出了身形。

"身材修长、瘦削，身穿黑色劲装，生得清癯俊朗。"
好熟悉的句子。

在《巫神纪》中部和后部，掌管南方的火神祝融开始出现后，血红也多次描绘他身穿红袍格外英气俊朗的形象。

在《光明纪元》中，血红无数次用"修长""瘦削""劲装""清癯""俊朗"等词汇来描述男主角林齐或者是林齐的朋友，在《巫神纪》中也无数次写姬昊的"修长""挺拔"和"瘦削"。这种审美让我们越加感到微胖的白乎乎的血红本人的可爱。

当然这只是外形上的。

在《光明纪元》的开篇，有一段林齐的自述：

> 我是一个善良的人，一个纯洁的人，一个正直的人，一个公正的人，一个心怀怜悯的人，一个心胸宽广的人，一个博爱慈悲的人，一个堂堂正正的无比纯粹的好人，一个世人所公认的毫无瑕疵的人，可以这样说，人类所有的美德都集中于我一身。

我认为，作品里的人物总是在为作家代言，甚至就是作家本人。即使不是作家本人，也是作家本人的一部分。即使不是作家本人也不是作家本人的一部分，其代表的也是作家希望成为的那个人。或者是作家了解的人，或者是作家要肯定或者要批判的那个人。

因此，读者完全可以把林齐的自述视为血红的自述或者宣言。

准确地说，这是血红关于"人"的理想。

血红先确定了这个关于"人"的理想，然后才开始讲述"人"的故事。

在《巫神纪》中，血红没有这样的"自述"，是因为他的写作的态度，更加激情，也更加庄严。

笔者在第二章中介绍血红构建的远古世界中，盘古的血脉力量衍化而成的人族，在存在的诸族类中是最为弱小者。但是他们拥有可怕的学习能力和自我锤炼精神，能够让自己的肉体变得和龙族一样强大，让自己的灵魂变得和凤凰一样神奇。

血红一直在他的每一部作品中歌颂"人"。

血红歌颂的人的自强和奋斗，内容是丰富的，不仅仅是要生存，要发展壮大，还要尊严，要自由，要反抗欺凌，要摆脱被动的命运，要挣脱一切束缚，达致精神与肉体的双重解放。从而得以完美地修炼和迅速的能力提升，最后成为真正的强者，可以嘲笑一切猥琐与邪荡，惩戒胡作非为，可以掌控一切，成为世界乃至宇宙的主人。

这就是血红对于"人"的存在与命运的思考，是血红作为一个中国的作家、一个华夏文化哺育的赤子的强大的文化自信。

这不仅仅是我的看法，无数血粉们也是这么认为的，如前本章第三节血丝对血红关于"巫"的回应。

血红通过青龙的作为、通过姬昊的成长历程和个性性格，通过对这个角色的形象塑造，带领我们一起，向人类的祖先、向巫神致敬。

第五章

文学的美妙　哲学的思考

1. 阿宝出场，姬昊的新天地打开

《巫神纪》里的一些人物是必须要说说的。

姬昊前面已经介绍得很详细。

姬昊的父亲姬夏，火鸦部首领。姬昊出生时，火鸦部在圣地金乌岭的祖庙遭遇偷袭，为了保护姬昊和自己的妻子青袄，姬夏血战不退，被死对头黑水玄蛇部的袭杀部队重伤。此后，为了养兵蓄锐，姬夏一直假装称病低调修炼，让人误以为实力衰减，使其圣地战士首领之位受到挑战。事实上姬夏是舍弃了那些被毁掉的巫穴，用十年的时间重修了四十九个巫穴，重回大巫境。姬夏后来开启先祖宝藏，成就了巫帝，并带着族人前往蒲坂与姬昊相会。

蒲坂，乃今山西永济市的古称，中国古神话中蒲坂为舜帝之都。战国时属于魏国，称蒲邑。《巫神纪》中蒲坂即为盘古姆大陆的舜帝之都。

这里要说阿宝。

为什么要说阿宝？

相信大家和我有一样的感觉：阿宝一出现，姬昊的新天地就要打开了。

阿宝在《巫神纪》中，自第五十二章开始出现。

阿宝出现时，正值毕方部先是勾结火鸦部的姬枢父子，后来甚而勾结虞族围剿姬昊。

在中国古代神话传说中，毕方外形如丹顶鹤，独腿，身体蓝色有红色斑点，喙白色，是火灾之兆，其名来源于竹子和木头燃烧时发出的噼啪声响。传说黄帝在泰山聚集鬼神之时，乘坐着蛟龙牵引的战车，而毕方则伺候在战车旁。后来，毕方被称为火神的侍宠。

毕方部一直以来的目的，就是为了获得上古火鸦族姬昊一脉血脉的巫帝的坟墓中的宝藏，强霸一方。

姬枢的妻子，姬武的母亲姜嬅是毕方族人，毕方部大巫祭姜樊的女儿。在火鸦部，姜嬅以自己毕方族的身份而自大，目空一切，为人狂傲而愚蠢，在祭祖大典之前，更是被姬昊派人伏击，使得她越发地失去理智。为了让姬武在祭祖大典中战胜姬昊，她更是激发了姬武的毕方血脉，结果使得在祭祖大典的比武中，姬武受到火鸦部唾弃。姬枢为了赶走姬夏以维护自己的地位，不得不亲自杀了儿子姬武。姬夏被调往冷溪谷。

祭祖大典结束之后，姜嬅不顾其父的警告，数次挑动想法杀姬昊，结果弄巧成拙。为了对付姬昊父子，她又和黑水玄蛇部联合，发动了针对冷溪谷的突击。失败之后，又以火豹部为诱饵，调动众多部族，意图围困姬昊。然而部落联军被打散，她自己也被生死刺重伤三处巫穴，虽然最终保住了性命，但其实力也从大巫境界跌落到了小巫。为了报复姬昊，她不惜出卖色相，诱惑帝罗，帝罗帝刹动用血牙团，追杀姬昊。

虞族的帝家族早在数百年前就获得了世界坐标，一直在南荒贩卖奴隶牟利。

此时的姬昊，能得到助力者，只有母亲的部族青夷部，自己还有一只神禽坐骑三足金乌。因为吸收了一部分父亲姬夏和母亲青荗的大巫精血，姬昊的肉体力量已经超过了普通小巫境巅峰的战士。因此姜嬅和帝刹一时间也奈何不了他。

阿宝的出现，先是声音：

姬昊正在出神，远处山林中突然传来一道温和、宽厚的声音："前方的朋友注意，有头尊畜往你那边去了。"

一道恶风突然卷来，风中带着刺鼻的腥臭味，黑漆漆的恶风卷着无数沙砾劈头盖脸地袭来，沙砾上更附着了丝丝绿色的鬼火。恶风阴寒刺骨，刚刚接触姬昊的身体，就让他浑身僵硬，半边身体都失去了控制。

姬昊大喝一声，眸子里九道金色符印同时涌现，紫府元丹急速旋转，精纯丹元流转全身，体内气血在丹元刺激下轰然爆发，一股热浪从体内喷出，隐约可见一圈火光将他包裹了起来。

……

但是数万颗，数十万颗黑色沙砾裹在风中呼啸袭来，姬昊顿时被打得踉跄后退，护身的火光摇动不已，隐隐有崩溃的架势。

"嗖"的一声，一头背生透明双翼，体长十余丈，通体漆黑混杂着暗绿色条纹的巨蝎从山林中冲出，远远地看到了姬昊。这头凶恶至极的毒虫张开嘴，一道湍急的狂风卷着无数沙砾，带着丝丝绿色阴火激射而来，劈头盖脸地扑向了姬昊。

……

"孽障，还敢伤人？"随着刚才那道温和、宽厚的声音，一个身高丈外，身披白色粗麻布长衫，披散头发的憨厚青年踏着一道清风从林中飞出，手起处一道青光落在姬昊面前，化为一面圆盾挡住了巨蝎喷出的黑风、沙砾和阴火。

青年手再一挥，一块四四方方的大金砖腾空而起，几个旋转后重重拍下，恰恰拍在了巨蝎头顶。

一声巨响，金砖砸得巨蝎脑浆迸裂，地面都被砸出了一个方圆数丈的大坑。

姬昊惊喜、惊骇地看着青年，激动得手脚都有点儿颤抖——以自身法力驾驭天地之力，爆发出远比自身强悍百倍的可怕力量。这个青年用的法术，和姬昊的九字真言丹经走的是一个路子！

迥异于南荒巫法，这个青年和姬昊一样，走的是法天地自然的"道路"。

姬昊的前身青龙成功练得"九字真言丹经"，可见青龙本是道家之人。姬昊阿宝本来有缘，所以姬昊看见"身高丈外，身披白色粗麻布长衫，披散头发的憨厚青年"阿宝，会"激动得手脚都有点儿颤抖"，阿宝也立刻把姬昊呼为"小友"。

魁伟青年阿宝当时还是一个苦行者，随意游历天下，走遍了中土和东荒、北荒、西荒各处，南荒是最后一站。"吾仰观星空，偶有所得，星辰运行轨迹，自有无穷天地玄机在内。吾又想起上古天庭曾有一大阵名曰'生死幻灭洪荒星变阵'，故而想模仿星辰运转奥义，炼制一件宝物。"

阿宝一直不满足于清修，好炼制宝物，他在冷溪谷将成了精的阴风蝎的一套蝎甲壳，炼成一件薄如蝉翼的黑色紧身甲胄，送与姬昊护身。甲胄贴身穿戴在姬昊身上，"坚硬异常的甲壳，被阿宝用奇妙的手段炼制得柔韧如水；甲壳原本重达百万石，经过阿宝的巧手炼制，打入无数神奇符篆后，硬生生变得轻若无物，穿在身上没有任何阻碍不便的地方"。

禹馀道人的弟子阿宝后来被点化为如来佛，血红这里就写到青年阿宝"温和、宽厚的声音"，妙哉！

可以说，正是因为与阿宝的奇遇奇缘，前世青龙今世姬昊，开始感悟天地大道的存在——

太阳滑过中天，慢慢向西方坠落，姬昊和阿宝肩并肩坐在冷溪谷外最高的一座山崖上，眺望着远处莽莽无边的原始丛林，感受着风从身边吹过，感受着天地元气最细微的波动。

阿宝周身有一层奇异的清辉流荡，一股浑厚、浩大、浩渺不可测的元神之力从他体内"汩汩"流出，温和地向四面八方扩散开去，笼罩了这一方山水丛林，笼罩了方圆千里内一切的强大或者弱小的生灵。

姬昊的元神之力并入了阿宝散发出的元神之力，原本姬昊的精神力量最多只能外扩十几里，而且距离越远所能掌握的细节就越模糊。

但是在阿宝的元神之力帮助下，姬昊弱小的元神之力犹如鱼儿，尽情地在方圆千里的虚空中往来穿梭，感悟着风雨雷电，花开花落，风起云动，流水缓急。

无穷无极的天地奥义犹如浩浩江水注入心头，姬昊对这一方天地运转的法则，突然多了一份深刻的感悟。阿宝的元神之力就好像一把钥匙，为姬昊开启了认知这个世界的大门。

我尚不知血红是否修行，但从此番描写，以及后面的许多对修炼之境的描述，让我们看到，感受到文学的美妙，更有作家思想的境界和意念的神妙。如果没有对道教文化的深邃研究，没有对世界和人生的哲学思考，没有非凡的想象力和强大的文字功力，作家的作品就达不到这样的效果。

"意如流水，身似流云，随性来去，不染纤尘！"

这是潇潇洒洒的阿宝高声吟唱的古朴粗拙的诗句。各位，这前三句与后一句，不正是道家与佛家的至真至高之境吗？阿宝最后由巫神而成佛祖，此前作者的这些奇妙的暗示和用心，血丝们领会到了吗？

此番姬昊与阿宝相遇，有了三年之约，三年后，姬昊随阿宝离开南荒，被接引拜入禹馀道人门下，"参悟天地宇宙无限奥义，得享无穷无尽不灭逍遥"。

2. 虚影

在姬昊的神魂空间，一直有个神秘的存在，那就是虚影。本书第三章里介绍过，虚影曾经用《补天不漏诀》，换取姬昊的《九字真言丹经》。

虚影究竟是谁？

某贴吧的巫神纪吧中，血丝们纷纷猜测。

"linfeng5828"认为，根据书中对虚影样貌的描写，他应该是人族一脉，不修道，不然也就不用换姬昊的九字真言丹经了。他懂得的人族体内巫穴有十二万余个，比巫殿还多一倍，说明是人族里非常厉害的牛人。

"linfeng5828"猜测，虚影是九鼎之灵。因为姬昊本来是九鼎带回去的，前世神魂空间并没有这个人，所以这种猜测最为直接。但有一个bug（漏洞），据《巫颂》说法，九鼎是大禹称帝后为镇压天下妖物所铸，此时大禹尚未称帝，九鼎未成，自然也就没有灵魂。

　　"linfeng5828"又猜测虚影就是盘古。通天道人第一次看姬昊时都没有发现这虚影，说明虚影功力了得。再根据虚影当时语言，还和通天认识，说明虚影前世跟通天是一个层次的。人族上圣，主修肉体，能比拟通天的，似乎也只有盘古了。而且，开天一式，补天不漏诀，听着就像盘古和女娲用的。在《偷天》（血红另一部作品）中盘古和女娲可是熟人。

　　还有血丝猜虚影是伏羲，是天帝，是刑天氏，是蚩尤，是《偷天》中的圣界大能的残魂，是十二祖巫的其中一位，甚至是夏颉。从《巫颂》跟过来的血丝认为因为后来夏颉成就也很高了，也认识通天他们。

　　"素月墨羽小尘尘"认为，能够不让通天看出来的，就算不是盘古，至少也是十二祖巫那个级别的人物。根据神话剧情，巫妖大战，天庭陨落，人族大兴，然后三教大变，西方教崛起。但是从《巫颂》和《偷天》里面基本就看不到妖族的存在，所以更可能是十二祖巫里面的一个或者更可能就是盘古，因为虚影认识盘曦。而十二祖巫应该没资格认识和盘古一个时期的人物。

　　"素月墨羽小尘尘"也不能肯定自己的猜测：剧情里又说过虞族出现在这个世界是某些幕后黑手互相算计的结果。而盘曦明显是被虞族大能联手杀死的，就是说虞族有能力杀死开辟世界的鸿蒙大能。意思就是幕后黑手肯定也有这样的实力，否则不可能回去算计虞族，不怕虞族报复吗？如果是这样，那幕后黑手直接出手算计盘古也是可能的。问题是盘古明显不会弱于通天老道原始他们，应该和鸿钧一个级别甚至更高，能算计盘古的黑手，你们想得出的能有谁？

　　"花恬明媚"认为虚影就是盘古。其一，他认识所有的上古人物，还能认识盘伽这样的存在而且还对他们极其熟悉；其二，开天辟地万物生万物灭这四式，就比较映射盘古；其三，他坐的玉碟，很像是造化玉碟；其四，主修肉身不修法术，正是盘古的作风；其五，也是最重要的，文中多次提及，虚影帮姬昊修炼盘古真身，从盘古精血、姬昊的心脏，还有帮姬昊用不周山炼制的本命巫宝被他取名盘古钟……所以，就算不是盘古，也跟盘古有极大的关系。有可能猪头（血红）自己也没打算揭开这个梗，所以他大可以把很多人的能耐都安到虚影身上……

"fpx768"认为虚影就是盘古本源真灵。证据有二，一是姒文命解说万灵造化鼎，说穿鼎中有盘古一点真灵；二是得知斧子去向，虚影自己说漏了嘴：虚影从神魂空间中露出了半张面孔，嗤之以鼻地冷哼了一声："当年，吾……盘古杀的人多了，谁记得这种小喽啰？看这个盘蘅世界的本源，这个盘蘅当年也就是喽啰级的货色，谁耐烦记住他？"

"威玄龙"认为虚影是通天教主。

为什么这么说呢？

"威玄龙"说，通天教主曾转世重修过，而时间点差不多就是这个时候。他举证说，在《巫颂》中有如下描述：

> 苍天啊后土啊满天的神圣仙灵啊盘古大神啊女娲娘娘啊伏羲圣人啊……我通天面壁怎么没一个知交好友来看看我？人情冷暖啊世道炎凉啊……呜呜呜万年前俺被迫施展秘法鸿蒙转生已经足够委屈了……这一次不过是晃了晃六魂幡而已面壁三年啊！

"万年前俺被迫施展秘法鸿蒙转生"，时间点应该差不多就是这个时候。《巫神纪》和《巫颂》是有联系的，在《巫颂》中，所有的大能之中，只有通天教主明确说明了自己曾经在万年之前转生过，所以就这一点来说，虚影是通天教主的可能性极大。

其次，在《巫神纪》开始时有如下描写：

> 喂，老家伙，我来了。你提出的交易，我答应了。用你的那不知所谓的补天不漏诀，换我的九字真言丹经。顺带，别忘了你答应我的那些好处。

随着姬昊的叫声，广袤无边的神魂空间中，一团白色的雾气凭空涌出，在姬昊面前凝成了一个白色的圆碟。

一个高大如山的身影盘坐在玉碟上，居高临下地俯瞰着姬昊。

"小家伙，和我交易，你绝对不会吃亏，更不会后悔。"

从这里可以看出，虚影的元神是被一个玉碟"保护"或者说是被玉碟"囚禁"住的。玉碟很容易让人联想到造化玉碟。

造化玉碟记载了大道三千，与开天神斧、创世青莲、混沌珠并为四大混沌至宝，为鸿钧道祖所得。造化玉碟掌控造化与因果之力。

造化玉碟是鸿钧道祖的法宝，用来保护、囚禁一个桀骜不驯、经常惹是生非的得意弟子，还是合理的。既可以保护他元神不受损，辅助他修炼，提升实力，也能囚禁住他的元神，让他不能胡乱生事，好好地磨一磨他的性子。

"威玄龙"比较了《巫神纪》《巫颂》中关于虚影和通天教主的形象描绘：

《巫神纪》——

姬昊仰望着虚影，这家伙的块头巨大无比，看上去比金乌岭还要高大百倍。十年来，姬昊用尽了目力，也只能勉强看清虚影的大致模样。长发，长须，黝黑乌亮的发，须无风自动，衬托着庞大魁梧的身躯显得格外神异，神秘。虚影身上没有衣衫，袒露着上半身，腰间缠着一条简单的，用巨大叶片制成的围裙。

……

虚影两条浓眉蹙在了一起，他低声地自言自语："燧人氏吗？似乎……听说过，懒得关心，倒是忘了。"

《巫颂》——

突然间，嬉皮笑脸的通天道人双眼一翻，两条剑眉笔直地竖起，一脸煞气腾腾地冒了出来："大胆！敢伤我通天教主的徒儿！

唔，还差点让他的魂魄坠入轮回之中，那群阴司的鬼神也敢对我的徒儿下手？我通天教主徒儿的魂魄，他们地府也敢收不成？"

《巫神纪》中关于虚影性格的描写：

一个高大如山的身影盘坐在玉碟上，居高临下地俯瞰着姬昊。

虚影低下头，眸子里蓝光四射凝视着姬昊："小家伙，我不占你便宜。这是我额外给你的一点儿补偿。一滴龙血，一滴凤血，不仅仅对你现在，对你以后也有极大的好处！"

"金乌血脉？不知所谓！"虚影冷哼一声，右手轻轻地一道弧线划了下来。

正狂喜的时候，虚影突然重重地冷哼了一声。

从这些描写中可以看出，虚影的性格是"骄傲""霸气""不可一世"，明明可以强抢九字丹经，却偏偏要等价交换。时不时地冷哼几声，"老子天下第一"的感觉扑面而来。

这与通天教主的性格何其相似！

关于虚影的功法：

隆隆巨响宛如日月经空，好似无数星辰在虚空中摩擦转动，伴随着巨大响声，虚影的身边不断浮现出五彩光芒凝成的符文。好似飞鸟游鱼，花草虫豸等物构成的符文古老、粗朴，透着一股子难以形容的玄妙之意。

大衍之数五十，用者四九，遁去者一。天地之间，万物必有一线生机。换言之，天地万物，若不能超脱天地，就必有一线破绽。

开天一式，直指天地之间遁去的一，寻隙捣虚，可破天地万法。

谁说人类脉络孱弱无法承受天地之力？人族身躯，能包容一切神兽、神禽的修炼之法，这还不能说明人族才是天地间最有潜力的族群之一吗？天生脉络的孱弱，后天可以补强，但是修炼之法一旦走上歧途，想要纠正就难了。

这一指划出，无数异象在眼前闪烁，天地间无穷大道奥义一览无遗地展示在姬昊面前。这些深邃玄奥的大道奥义，姬昊根本无法理解，就好像一只蜀匐在泥水中的虫子，根本无法理解高高在上的神灵是如何掌控天地运行的妙理一般。

从虚影的功法中，可以看出有浓浓的"道"的痕迹，"玄妙""大衍""大道奥义"等，都是道家法术的感觉。

关于对阿宝的评价：

神魂空间中。虚影突然凝聚，他睁开眼，透过姬昊的双眸仔细观摩着阿宝的这一拳。轻轻一声叹息，虚影舟舟散去，只留下一缕若有若无的声音在神魂空间中飘荡："这一拳，有几分意思了。"

平时虚影基本上不说话，而阿宝出手，虚影就评价了一番。从虚影的语言中可以看出，有几分师傅评价徒弟的感觉，看到徒弟水平提高很是欣慰。叹息一声，是因为自己正在重生，弟子们没有了师长的护佑，肯定过得很辛苦。

关于姬昊的气运：

少司则是眸子里泛出奇异的白光，她认真地看着姬昊说道："这是你的气运，姬昊，我看得清清楚楚。这柄石剑已经等了你很多很多年……终有一日，它的名字会因为你而传遍天下，这是……

姬昊的气运无敌，而少司未说完的话中可能就包含了通天转生到他身上是人为安排的秘密。而通天转生重修，鸿钧自然要帮他找一个气运无敌的人物来共生，否则找一个普通人，说不定哪天就被搞死了。而姬昊本身所修炼的道家功法，也是吸引通天到他身上转生的原因。

至此，我不得不说，血丝们太智慧了，无论他是盘古，或是通天教主，我已无需求证于血红。

3. 姬昊（青龙）的"九字真言丹经"

前文说到阿宝要姬昊入师门"参悟天地宇宙无限奥义，得享无穷无尽不灭逍遥"。参悟天地宇宙无限奥义是得大智慧，无所不知无所不晓；得享无穷无尽不灭逍遥是天人合一，长生不老。这二者合一，是道家的终极追求。阿宝并不知姬昊在前世已经炼得《九字真言丹经》。

在《巫神纪》中，我们又看到血红写姬昊在大大小小的战斗中，常常"双手结印"退敌……

道家九字真言"临，兵，斗，者，皆，阵，列，前，行"出自道家经典东晋葛洪的《抱朴子》，分内篇与外篇两部分。内篇主要介绍的是道教的丹法、禁术与养生，外篇则是兵略、政论等相关内容。九字真言属奇门阵法，后用为"镇法"。《抱朴子·内篇·登涉》曰："入山宜知六甲秘祝，祝曰：'临兵斗者，皆阵列前行，常当密祝之，无所不辟'。"意思是说道家修炼时常念这九个字，就可以辟除一切邪恶。

九字真言又名奥义九字，与之相对应的九个手印分别为：不动根本印，大金刚轮印，外狮子印，内狮子印，外缚印，内缚印，智拳印，日轮印，宝瓶印（隐形印）。

道家的九字真言修持真法：

临者，明天地所在，悟万物本来，人如其中全三才之意。临者感悟天地，感悟自然，感悟我居其中的真髓。若能时刻感觉天地万物的存在，这就达到了临字的本义，应该是临字作为修行的本义。

兵者，由临而进，此时天地已明，阴阳已现，身内龙虎初啼，有争斗之意，当更进温养，以待咆哮之时。

斗者，此时身内天地分明，龙虎咆哮，上下争斗，又有调和之意，宜静养龙虎待其鼎盛而调和阴阳。

者者，者乃成相之意，与此当显真意。龙虎上下而行，于玄关而合阴阳相遇，如春阳融雪，又如泼火遇油，自然而然一点本源现于混沌之中，活泼泼，圆融融，得大药而金丹成。

皆者，与此当明无内无外，天地如我，我如天地，皆同一理，不可躁进，不可强求当温养自然，漫求婴儿，九月功成，自然元神内现，此刻谁是我？我是谁？无分彼此，皮囊元神本为一体何有彼此，皆是我，又皆非我。于此则天地为过客，黄庭有我而独居。

阵者，神居黄庭，则万物可为掌指，天地不仁以万物为刍狗，大道不仁以天地为刍狗，世间浮华当云烟而过，入眼而不迷，入耳而不惑，入口而不味，入鼻而不嗅，触身而不坠，入神而不思，当悟却本性还归本来，面目一明自然超脱。阵者，天地为棋，苍生为掌，万物有而神不惑。

列者，与此本来已明，面目一新，当继续精进，时刻一至自然超脱轮回，天地合一，与道同存。列者，乃列天地之意，超脱之喻，此时天地之间有其位，万物之内有其名是为列。

九字真言传到日本后改良演化形成东密，由蒙古人带入西藏形成藏密。

九字真言手印心印手势源于佛教密宗手印。密宗把由小指往拇指顺列为地、水、火、风、空五大，右手为慧，左手为定，以双手十指与内外的贯连为经，以体内的气、脉、轮为纬，进行六部成就修行。密宗认为人的身体有许多奥秘和潜能，只要通过密宗法门的不懈努力就能使修行者发挥全部潜力，让身体与宇宙沟通达到天人合一的境界。

"三密加持"是密宗修行的一个重要组成部分，包括身密（手结印契）、语密（口诵真言）和意密（心观尊佛）。

身密的主要修行就是"结手印"，通过两手十指相互交叉结成不同的形状，并配合想象意念形成的修法。密宗手印的种类可谓数以千计，每种都有特殊的含义和作用。

语密又称真言，是通过修习者口诵一串咒文使其心中产生造化物并促使他们异变，利用这种特殊的音符震动身体中的气脉，将心集中于一点上形成超乎寻常的潜能，并启发神通与高度的智慧。

意密是"三密加持"中最重要的一个环节，在整个密法修持过程中，身密和语密都要依靠意密才能发挥作用。意密通过"观想"引发意识潜能，而达到超然物外的境界。意密利用结手印诵真言的过程集中意念。

4. 禹馀道人与姒文命

禹馀道人是通天教主，大概血丝们都没有什么争议。

道家有"三清"胜境：玉清圣境（在清微天），上清真境（在禹馀天），太清仙境（在大赤天），是三天神所居之三境。道家"三清"也指分别居住在上述三清境的三位至高神：元始天尊（玉清大帝），灵宝天尊（上清大帝，也称太上大道君等），道德天尊（也称太上老君、混元老君、降生大帝、太清大帝等）。天尊乃极道之尊，至尊至极，故名天尊。灵宝天尊就是通天教主，道德天尊是老子。通天教主住上清境，即禹馀天，所以又名禹馀道人。

三清之说初起于六朝，开始仅指"三清境"。"三清"之作为道教尊神，是伴随着道教三洞经书说逐步形成的。《道教义枢》卷二云："但知洞真法天宝君住玉清境，洞玄法灵宝君住上清境，洞神法神宝君住太清境。故《太上苍元上录经》云：三清者，玉清、上清、太清也。"

据道书记载，由混洞太无元之青气化生天宝，又称元始天尊，居清微天之玉清境，故称玉清；由赤太无元玄黄之气化生为灵宝君，又称灵宝天尊，居禹馀天之上清境，故称上清；由冥寂玄通元玄白之气化生为神宝君，又称道德天尊，即老君，居大赤天之太清境，故称太清。三君各为教主，称为三洞尊神，为神王之宗，飞仙之主，统御诸天神，宇宙万物都是它们所创造。古书说，三清尊神生于天地之先，其体长存不灭。

三清之说极盛于唐末。唐《老君圣纪》称："此即玉清境元始天尊，位在三十五天之上也"，"此即上清境太上大道君，位在三十四天之上也"，"太清境太极宫即太上老君，位在三十三天之上也"。南宋金允中在探讨与总结以上三清、三宝、三洞之间的关系后，认为："三尊之号在经中只称元始天尊，太上道君，太上老君；其别号则曰天宝君，灵宝君，神宝君；以三境之名而称之则曰玉清，上清，太清；以三洞之书而名之则曰洞真，洞玄，洞神。"

也有人说，三清都是元始天尊的化身。说："元元圣祖，八十一次化为老君，八十二次变玄武，故知玄武者，老君变化之身。"

元始天尊生于宇宙混沌之时，那时宇宙无形，无气，无物，元始一气分真化气，以一气化而为三，在虚无自然之大罗天境，分化为元始、灵宝、道德三位天尊，此一气亦称元始祖气，也有尊称为元始天王。元始天尊住在玉清圣境清微天，亦称"无形天尊天宝君"；灵宝天尊居于上清真境禹馀天，亦号"无始天尊灵宝君"；道德天尊居于太清仙境大赤天，亦号"梵形天尊神宝君"。三位天尊统称为"道"，亦称"三清"，是道教最高神。每位天尊各历七千余劫四十一亿年，并各讲述经典十二部，分为洞真、洞玄、洞神，合称三十六部尊经，广传于人间点渡众世人，是道教的全部经典。

老子说："道生一，一生二，二生三，三生万物。"按照道教原理，三清道祖就是宇宙生成的本体。

姒文命姓姒名文命，就是大禹，又称帝禹，是为夏后氏首领，夏朝开国君王。禹是黄帝的玄孙，颛顼的孙子，其父名鲧，被帝尧封于崇，为伯爵，世称"崇伯鲧"或"崇伯"，其母为有莘氏之女脩己。禹治理黄河有功，受舜禅让而继承帝位。禹是禅让制度下产生的最后一个部落联盟首领。在诸侯的拥戴下，禹之子启以阳城为都城（一说以平阳为都城，或在安邑或在晋阳），国号夏，并分封丹朱于唐，分封商均于虞。禹之子启是夏朝的第一位天子。

姒文命的故事在《巫神纪》中基本和古神话一致。所以说青龙应该是夏朝人，《巫神纪》算是倒叙。

5.《巫神纪》中的女性形象

不能不说，写女性，是血红的弱处。

血红擅长于建构宏大世界乃至含多个世界的宇宙。他善于写实：写大战争，大场景，大画面和大动作。他也善于写虚：神魂空间，修炼之境。

但是他不擅长于写女人。

不是说他写不好女人，他对女人的描绘还是很准确到位的，比如写毕方部大祭师的女儿姜媱："雄伟挺拔的胸脯，圆润挺翘的臀部，嫣红湿润的菱角形嘴唇，水汪汪妩媚的一对儿杏花眼，女人浑身上下都散发着犹如曼陀罗一样危险醉人的魅力。"

应该说，血红是从男性视角，按照自己的世界观和审美观来看待女人的。几乎在他的所有作品中，主角都是男性，女性只是配饰。

《巫神纪》里祝融的女儿蛮蛮，算是女主角了。

蛮蛮的出场，本来是挺惊心动魄的——

> 地面突然颤抖了一下，从行宫通往露台的廊道尽头，一扇厚达三尺，雕刻了数百种异兽头颅的青铜大门"轰"的一下坍塌了下来。
>
> 两个守在廊道中，半步大巫境的精悍战士抱着脑袋蹲在地上，犹如暴风雨中的鹌鹑，身体不断颤抖着，一点儿声音都不敢发出来。

尔后，这便是蛮蛮——

> "咚咚"声中，一个身量不高，穿着一套紧身的红色甲胄，生得肤色雪白，明眸皓齿，一头长发在脑袋后随意扎了个马尾辫，用三枚金环牢牢扣住，一笑脸上就有两个酒窝泛出来的小丫头扛着一根硕大的凶器大步冲了进来。

粉红水嫩的小嘴儿一歪，小丫头朝着蹲在地上的一个战士就是一脚，将他踢得好似个球一样滚出去了老远："啊呀，焱老头，你在这儿啊？你都选了一群什么废物过来？这两个家伙，开个门都磨磨蹭蹭的，还得我自己把门给轰开。"

晃了晃脑袋，小丫头皱着眉喝道："焱老头，自家行宫里面，装这么多门干什么？走路的时候一扇一扇的门打开又关上，关上又打开，堵得我心里憋闷。除了大门……算了，连大门一块儿，全给我拆了，干干净净的，走路都爽快多了！"

焱焱的嘴角剧烈地抽搐了起来："小主人，这行宫可是……"

小丫头双眼一翻，大咧咧地说道："是大哥的行宫嘛，大哥的不就是我的喽？所以这座行宫现在是我的了，老焱，赶紧让人动手，把所有的门都给我拆了！"

随手一挥，小丫头将肩膀上扛着的那根足足有一丈八尺长，足足有她四个身高，有寻常人大腿粗细的狼牙棒满不在乎地丢向了姬昊："小白脸，给蛮蛮拎着棍子。"

"呼"的一声，狼牙棒带起一道恶风向姬昊砸了过来。

焱焱眼角巨跳，声嘶力竭地尖叫起来："小主人，小心又砸死一个！"

姬昊身体一哆嗦，为什么焱焱要用一个"又"字呢？

狼牙棒呼啸砸来，姬昊本能地伸出手接住了棒子。顿时一股可怕的力量袭来，姬昊浑身骨骼一阵剧痛，骨节相互撞击发出沉闷的金铁之声，双手紧紧握着狼牙棒，跟跄着向后连连倒退。

"当当当"，姬昊每一步重重地踩在地上，青铜浇铸的地面都发出铜钟般巨响。

只是退后了三步，姬昊脚上用血鳄身上最坚硬的鳄鱼皮制成的靴子，就已经被踏得粉碎。

此后，蛮蛮的形象基本就这样确定了：力大无比，但单纯质朴，娇憨可爱。她最初对姬昊的第一印象是"小白脸"，此后却越来越喜欢姬昊，祝融也将她许配给了姬昊。她知道少司也深爱姬昊，却不吃醋，对少司也十分友好。

《巫神纪》中姬昊有几个重要的小伙伴，除了蛮蛮，还有太司、少司兄妹，还有风行和雨牧。

姬昊成为天庭大天帝后，蛮蛮成为天庭八部正神中上八部火部正神的首领，风行为雷部正神首领，雨牧为瘟部正神首领。太司掌管冥界，为冥界冥帝，少司则是十二巫祖的掌阴阳、育万物的后土娘娘。道教的后土，全称"承天效法后土皇地祇"，是道教尊神"四御"中的第四位天神，尊称"后土娘娘"，是主宰大地山川的女性神。

书中太司、少司是神裔，纯血神族的后代。不过好像他们的神系早就没落了，剩下孤零零的两个孤儿姐弟，在巫殿当学徒。少司作为书中的女主角之一，在第一百八十章出现，请看血红的描述——

　　脚步声很清脆，死寂一片的广场上，所有人都听到了这脚步声。

　　太司正一脸阴恶笑容，犹如溺水而死的水鬼找替身一样，阴邪无比地劝说姬昊吞服那一团命气，以夺取至少五万年的寿命！

　　但是一听到这清脆异常，犹如银钟脆鸣的脚步声，太司瘦削、干瘪的身体激灵灵一阵颤抖，犹如削尖的钉子一样枯瘦的小脸骤然扭曲，犹如受惊的老鼠一样，"哧溜"一下就钻到了姬昊身后。

　　姬昊不解其故，诧异地向脚步声传来的方向望了过去。

　　一条白色的身影冉冉行来，简单的白色粗麻布衣，腰间扎着一条黑色兽筋制成的腰带，脚踏兽筋、兽皮制成的薄底快靴，一头长发随意地披散在身后，正随着身体的走动轻轻甩动着。

　　姬昊的眼睛骤然一亮，原本心头萦绕的战意突然无缘无故地就消散了三分。

　　看着快步走来的少女，姬昊猛不丁地想起了南荒山林的好友蘅芜君，犹如整个山林的精魂全部汇聚在了她一个人的身上，蘅芜君的美犹如梦幻，给人一种极其不真切的感觉。

　　而眼前的少女，则好像得到了整个天地之间清灵之气的青睐，由天地中最清秀、最灵动的气息凝成了一朵小小的白色花朵。她走进广场的时候，光影摇曳的广场，四周的学徒，瞬间都成为了水墨画中最朦胧的背影，好似广场和这些人的存在，只是为了凸显出她的超凡脱俗。

一朵从水墨画中走出，最钟灵毓秀的白色花朵。

……

生得秀美异常，但是表情冷冷淡淡犹如冰山的少司快步走了过来，一股清雅的气息扑面而来，姬昊下意识地深吸了一口气。一时间犹如身处春夜小雨后的草原中，名唤少司的少女身上的气息，让姬昊心中微微生出了一丝小小的感动。

……

少司站在姬昊面前。清冷冷的眸子犹如冬天深山中的一眼寒潭水，冷冷清清地扫了姬昊一眼。

姬昊瞳孔微微一凝，和少司的目光对视了一记。他的目光坦坦荡荡，有如一片浩瀚大洋。风平浪静没有掺杂任何别的杂质，宽敞厚重能够容纳一切。

少司的目光有如刀锋，扫过姬昊的眸子，却没有激荡起半点涟漪。

白衣少女，生得秀美异常，似一朵从水墨画中走出的花朵，优雅，冷峻，汇聚了大自然的灵气，美如梦幻，打动了日后将成为巫神的少年姬昊。后来巫殿也把她嫁给了姬昊。

少司才是姬昊或者说血红心里的女神，全书中再没有哪位女性得到的出场率和赞美比她更多。即便如此，她也只是姬昊成长过程中的配角，血红对女性角色的刻写，就是这么感性，简洁，点到为止。

少司和太司的角色应该也是来源于屈原的《九歌》。《九歌》有《大司命》和姊妹篇《少司命》。少司命是主管人间子嗣的神，是一位年轻美貌的女神，屈原采取抒情与描写相结合的手法，辞采华丽，又韵味深长——

九歌·少司命

秋兰兮麋芜，罗生兮堂下。

绿叶兮素华，芳菲菲兮袭予。

夫人自有兮美子，荪何以兮愁苦？

秋兰兮青青，绿叶兮紫茎。

满堂兮美人，忽独与余兮目成。

入不言兮出不辞，乘回风兮载云旗。

悲莫悲兮生别离，乐莫乐兮新相知。

荷衣兮蕙带，儵而来兮忽而逝。

夕宿兮帝郊，君谁须兮云之际？

与女沐兮咸池，晞女发兮阳之阿。

望美人兮未来，临风怳兮浩歌。

孔盖兮翠旍，登九天兮抚彗星。

竦长剑兮拥幼艾，荪独宜兮为民正。

屈子以秋兰烘托女神少司命，宋代罗愿在其解释《尔雅》草木鸟兽虫鱼各种物名的训诂书《尔雅翼》中说："兰为国香，人服媚之，古以为生子之祥。而蘼芜之根主妇人无子。故《少司命》引之。"所以《九歌·少司命》描述少司命升天的形象，为一手笔直地持着长剑，一手抱着儿童（保护儿童）。

血红对少司的描述和赞美，显然也是深受《楚辞》影响。

第六章

对话血红：写作资源与世界架构

1. 必须有一个成熟的世界观

西篱：从 2003 年开始，到现在已经写了近 15 年了，你一直保持着一种很好的状态，说说你的这种状态和心境？

血红：我总结了一下，就是三个字：心、意、神。比较玄幻的三个字。心包括心态和心境。网络小说跟传统小说有一个很大的区别，在于每天都要更新，一天不更新的话读者会把你骂得很难听。长时间、不间断地连续新的更新，这对个人心态以及心境是一个很大的要求。像我这种从业超过十年以上的老作者，我平时一直保持在一个写作的氛围内，没有工夫去想别的东西，我每天就是吃饭、看书、写字，基本上别的闲暇时间都没有。因为你必须保证自己常年处在一个很均衡的写作心境下，你才能够长期地、连续性地保持一个好的状态写下去。

西篱：血丝们都在夸你的博学，你怎么有那么多的写作资源？

血红：这就说到我们写作必须要有一个素材的仓库。我在进修、开会时会跟很多传统文学的老师进行交流，这些老师跟我们不同，他们会时常到各地去采风，不断地进入生活、融入生活，从身边的人和事当中不断地给其填充新的材料。但我们网络文学作者怎么去累积素材？网文作者如果按照这么多的类型来，可能最容易累积素材的类型是什么？我认为是历史和都市文的。写历史文的作者，他可以不断地去找各种各样的历史资料，野史、正史、听过的流言八卦，可以很快累积素材；都市文的作者，可以在与身边的朋友的交流中了解他的生活是什么样的，他的想法是怎么样的。

西篱：历史和都市的容易找到积累素材的渠道，那么其他类型呢？比如玄幻类型，去哪里找素材？玄幻、仙侠这类，是不是靠强大的凭空幻想能力？

血红：玄幻、仙侠类需要的素材是各方面的。如果你没有在心里储存很多有用的素材的话，就无法架构一个世界。比如说你可以写好一个小村子里的事情，但如果是一座城市、一个国家，你还能继续驾驭得住吗？

西篱：你特别善于架构一个大的世界，擅长写大的故事、大的场景，比如《巫颂》《巫神纪》《光明纪元》等，你是怎么去把握的？

血红：必须在书里设置一个大的背景、一条主线，然后是主人公在书里面他到底是要面临什么，他的最终极目的是什么？他必须有一个很明确的目标一步一步向前走。

西篱：网络文学文体庞大，动辄数百万字。为了故事一直有所发展，作者得不断地挖坑，由此建构的世界越来越大。当世界不断扩展到极致的时候，又得开辟另外的疆域、另外的空间。在这个过程当中，需要不断地编排故事、不断发展新的关系。在我看来，建构一个完整的世界是容易的。但是建立这个世界的逻辑和规则确实挺难的。这个逻辑和规则，不但要经得起推敲，还要吸引人。

血红：所以我认为，不管你写什么类型的文，都必须有一个成熟的世界观。

西篱：具体来说？

血红：就是说在动笔之前就应该对主人公的命运有一个规划和设定，必须想到从他出生开始，一直到最后的结局是什么，要有一条清晰的脉络。

西篱：套用"幸福的家庭都是相似的，不幸的家庭各有各的不幸"这句名言，这种设定，这个脉络，在同一类型中会不会千篇一律？

血红：要避免千篇一律，写那"各有各的不幸"，就必须有很丰富的矛盾冲突，很大的对立。但什么样的矛盾才能最吸引人，才能让大家感觉到过瘾，得好好琢磨。另外，这个矛盾还必须是符合人类的主要价值观，符合向上的、正面的，符合你作品的主题思想的。要构建一个新的世界，必须是别人没有写过的。

西篱：回到刚才的写作资源和素材的问题，建构一个新世界，要有多少素材积累？从哪里来？

血红：阅读是主要的方面。比如说，写西方玄幻，就必须看各种各样的欧洲史，了解西方帝国的建立、外族的入侵、宗教的对立、大的王室家族的兴衰，等等。任何历史书，只要把当中大概一百年的历史读通了，稍微改头换面，就是一部很好的玄幻小说的背景，其历史故事就是很好的素材。

西篱：你写巫系列的书，也是用这样的方法吗？

血红：东方玄幻也分很多类型，我看的书，除了历史典籍、神话，我还会看很多杂书，比如看风水的、给人起名字的、算卦的，等等。越是那种荒诞不经的知识，里面的一点点东西就可能让我突然迸发出新的灵感，从这一点灵感会引申出很多新的架构。我一天睡 8 个小时，除了写作 2 个小时以外，剩下十几个小时基本上都在看书。科班的那种教材书我也看，比如对人的潜意识分析的书、哲学理论的书、历史书、地理书、游记，等等。

2. 把写作变成本能

西篱：当你已经设定好了一个世界架构，有宏大的背景和复杂的故事，如何写好它，这才是考验作家的时候了。

血红：归根结底就是写作的手法和技巧。先说小技巧，很多，比如自然段的划分，在 PC 端的时候自然段可以稍微放长一点，但是如果主攻方向是在移动客户端或手机阅读端，那么尽量要简洁，短一点，这样的话方便读者阅读。

西篱：小技巧容易掌握。我们常说大技巧就是无技巧，你同意吗？

血红：同意。就我来说，就是用自己的意志，用最简洁最熟练的方式写出自己想要写的东西。

西篱："无技巧"其实有个前提，就是作家的艺术修养和充分的写作准备，包括先天的创作才能。我一直认为文学艺术一定是要有这个先天的才能的。我写作的时候，可能是一句话、一个细节促使我产生冲动，沉溺一种情绪或一种感情当中……你是怎么样的状况？

血红：我在写书的时候，会坐在电脑前发呆十分钟，然后先写一个段子、一个情节，写着写着会有一种感觉，跟触电一样。我会先有画面感，然后写出这个画面。我会不断提醒自己：你塑造的人物和周边的环境要有互动，你要写人必须要把自己代入，然后让读者也代进去。写到让自己感动的时候，会有眼泪流出来。在那种情况下，完全没有现实的概念，我会觉得我就是那个主角。我很沉浸于这种状态。然后我的整个人被我的文字控制住了。这样的文字才是有感染力的，才会让读者同样身临其境。

西篱：你在写的时候，会不会觉得很享受、很爱你的文字、你的人物？

血红：是的，我爱自己的文字、爱上我的主角和配角，我会把自己的灵魂投入进去，而不是因为好玩才写，不会不在乎写的好坏。

西篱：你每天只写两个小时？

血红：是的，我每天大概是两个小时的工作时间，写完就更新，更新完了我就去看书。

西篱：边写边学习，边补充边写。

血红：通过不断的学习、提炼，把写作变成一种本能。我从开始写书一直到现在都是写完基本上扫一遍，没错别字就直接上传了。我不喜欢一个字一个字去抠，文字功夫上精益求精的修改可能会破坏前后语境的一致性，会破坏整体感和氛围。

西篱：在本能的状态里，主角一定附身了。

血红：是啊，我完全把自己取代成了我书里面的主角，我看见的就是他看见的，他想的就是我想的，他说的就是我想说的……

西篱：他遭遇的都是你没有遇到的。

血红：我塑造出他的性格以后，当他碰见一个突发事件的时候，我会根据我对他的设定，让他的所说所为符合他成长的环境、他的成长经历，符合他的个人实力以及性格。

西篱：能够做到这样，也是平时的积累。

血红：网络作者平时宅在家里写书，但我们一有机会就有意识地观察人、接触人。你必须去提取、提炼、凝聚那个人身上的那种特征和特质。杀猪的、街头卖烤红薯的、卖粉条的，每个人的想法都是不同的。没有机会接触他们，就通过各种各样的方式去汲取信息。这方面，传统文学作品已经做得很好，中外名著当中有很多栩栩如生的形象，我们可以直接用，也可以再演绎成我们书里面的角色。但你要在心里把这些人的模块记住，平时多揣摩他们的心理和说话做事的方式。3000字的文章我20分钟就能写出来，为啥？因为在写之前，我已经想好下一章的情节发展，角色所有的行为处事方式都已经在我心里面，然后所有的打斗，所有突发性的故事就能一口气写下来。

西篱：这和传统文学的创作略有不同，人设的框架和模块对你们来说非常重要。

血红：当然，我们也要把书里的人写得有血有肉，写出灵魂的感觉，而不是脸谱化的那种。脸谱的角色最容易被大家忘记。

西篱：怎么样做到既是按模块来的，又有血有肉？

血红：把人物的模块、框架建立成功后，提炼出人物的性格。即使是最小的配角，他也要有一个完整的身世和履历，也会有挣扎和痛苦，你也要把他的心理和环境联系，把他写得丰满和鲜活。通过配角充满感染力的行为和故事，去反衬主角。

西篱：如果读者不认同呢？

血红：如果读者有对立和冲突，他们产生了矛盾和争吵，反而会让这本书拥有更大的吸附能力。毕竟，我们最主要的目标就是让读者喜欢上自己的这本书，喜欢书里面的人物。配角写活了，通过他们衍生出来的各种矛盾冲突，去衬托你的主角变得活灵活现起来。说到底，网络文学作品其实就是很多个人物组成的很多个故事的大的集合体，与其一心一意地写主角的故事，一条主线从头写到底，不如在主线之外用几条小一点的、短一点的分线来衬托这条主线，可能会更有力量。因为在主角主线外有十几个配角，他们的各种纠结、冲突、矛盾在主角身边组成了另外一个小的、附身在主角身上的小世界。

3.开头一千字就要有悬念

西篱：前面聊的内容，其实是在告诉大家，网络文学更注重写作技巧，也更需要技巧。你如何看传统经典文学的创作和呈现？

血红：在传统文学里篇幅比较大的，举个例子，比如《静静的顿河》，如果按照网络文学的要求，它在网上一定扑街。它前面好几章都在介绍主角的爷爷奶奶、爹妈，村子里面的事情，而且是平铺直叙，没有任何高潮和波折。如果看到前面三千字还没有出彩，大家就要把这个书丢了。网络小说开篇第一句话，就要决定这本书后来的整体氛围和主角的命运。比如说第一句话是一个孩子跪倒在一个修炼宗门的门口求人家收徒弟，那么这本书可能就是仙侠文，接下来就是主角要复仇，或者纯粹地为了修炼，就有一个描述的路子。如果第一句话描述很精致的小花园，有珍贵的花木和穿着漂亮的小丫环，主角躺在花树下面……这个就是爱情文。

西篱：如此说来，网文与影视倒是有天然的亲近：第一画面定调子和类型。不过传统文学里面也有很多大众喜欢的通俗作品。

血红：我最喜欢外国的一本小说《基督山恩仇录》。一个年轻的小伙子春风得意，正准备跟自己最爱的漂亮姑娘结婚的时候全毁掉了。他后面所用的复仇手段是不符合现代人伦的，但那种极其扭曲的，从灵魂到肉体彻底摧毁敌人的手段，读者不但不反感，反而觉得很快意。这常常就是网文的效果。网文小说开头，两千字的铺垫都太长，要争取五百字就让大家眼前一亮，就要有矛盾冲突并暴露在读者面前，营造出紧张氛围，一千字到两千字时要有悬念，然后三千字的时候摆一个小钩，让大家明白大的矛盾冲突要来了。

西篱：用你的书来举例吧。

血红：我的《升龙道》，第一章开头就是男主角尾随人，三百多字。他尾随人家一辆车走过伦敦塔桥，然后进入老城区，那些伦敦黑帮正在进行毒品交易，大概就五百字。《巫颂》的楔子就是男主角执行任务直接被传送回洪荒时代夏朝末年，我没有描述主角是干什么的，他的身份来历，而是让他一开始就在故事当中，故事短平快，当中还有一点点很重要的波折。网文开篇前三章要写出悬疑色彩，才能逼迫着读者去探究后面的各种发展，这个开篇才算是成功的。

西篱：主角身份设定怎么讲究？

血红：主角的出身来历最好不是普通人。就算他只是个小村民，也要给他加上与常人不同的光环。与众不同，后期才有更好的发展。而整本书的写作过程中要碰到的所有的问题，都要有一个预先的埋伏和整体的打算，要出其不意。我的老书友一直在骂我：猪头，你的书我根本没办法猜你的情节。我说，这就对了，如果一个读者把你后面主角所经历的，所想的，所做的事情全部推敲出来了，还发在书评区了，这本书赶紧结束吧，没写的必要了。

西篱：有些作者是按剧本的方式来创作的，你是吗？

血红：我不看电视剧，因为我跟老婆一起看电视剧的时候，会把后面的情节一句一句慢慢说出来，我老婆会很愤怒。读者也是这样，如果他把你后面每一步的情节都能猜下来，他就觉得没意思了。

西篱：过去大家诟病网络文学没有文学性，现在网文同质化又非常严重，甚至导致书荒，读者抱怨没书看，你怎么看？

血红：前面说了很多套路，其实同质化就是大家都入套路。大家写得千篇一律，其实对整个网文、对自己的发展都不好。这个问题得靠作者大家尊重网文尊重自己，认真写作，少入套路。我设定一个大的世界出来，分出这个世界的体系，然后我会很用心去设计人物，剩下的情节我完全没有大纲。有大纲你就会按照大纲的固定模式去写，很容易写出套路。没有大纲我就天马行空，连自己都想不到后面会写什么，读者就更加想不到了。我常常会临时开脑洞。网文发展到今天，千万本书了，各种各样的情景花招多的是，我们必须要写出新意，甚至有时候要达到超乎自己想象的效果。

4. 世界架构和世界背景

西篱：我们再回到那个世界架构的问题。传统作家往往写三五十万字就觉得掏空了自己，网络作家却可以写几百万、上千万字。当然，前者往往是情感性的、思想性的写作，后者往往就是故事性的写作。前者可能就写一个人的故事和经历，后者却写的是一个世纪、一个大时期人族与异族的斗争。这里面就有个世界设定和架构的问题。

血红：世界架构很宏大，整个文章的结构和篇幅也会很宏大。比如说时代背景的问题，大家或许以为随便弄一个古代的背景，写起来会比较随意。但是在我来看，时代背景就是一个人的精神气度，就是一本书的基调。因为一个人的言行举止、想法和思维是受整个时代背景影响的。不管是真实的历史还是虚拟的历史，人物和背景的逻辑必须是一致的，我们需要的是琢磨一下怎么用大的背景去反衬人，去提升主角的形象魅力。我的那些老书友，看前面十章主角描写的性格不讨他们欢喜，没特色的话，他们会立刻丢书，根本不看你的世界架构和故事流程。

另外，无论什么样的时代背景和世界架构，写矛盾冲突和故事经过的时候，比较阴暗的东西尽量少写，阳光向上的东西尽量多写。

西篱：有了世界架构，书的内容呈现是细功夫。血丝都认为你的小说画面感很强，你如何让读者始终保持审美的兴趣？

血红：套路文固然不好，但是也不要太出奇，比如说分身，比如说那种外挂系统，比如两个体系的对立，比如说科技与修真 PK，文明的冲撞等，这些写到后面会很难掌控，很可能驾驭不住就烂尾了。有些作者刚开始写得很好很新奇，到后面掌控不住，只能就算了，换个笔名重新开始写。故事的画面、空间和感情，自己的脑袋里要先有。你盯着屏幕，但脑袋里面要有画面感，比如在一个空间内那几个主角和配角在什么方位，在干什么，穿什么衣服，有什么动作，等等。我写一个人的时候，我会自己在大脑里先描写出他的长相、装备，头发的长度，腰带上挂了几个玉符，有什么功效……我描述的时候，会把现实当中人说话的特征代入到书里面去，会描写他们的小动作。

西篱：画面感掌握好了，作家很容易转型作编剧。小说的内容不但有画面，还有空间，或者说环境氛围，这个你是怎么处理的？

血红：对空间的描述，说白了还是对背景、对画面的运用。比如写对立的配角的时候，为了突出这个坏人对主角造成的影响，我想起原来古龙大爷写的那本《多情剑客无情剑》，里面有个身高一米九几的老女人，体重大概一吨多，坐在那里跟一座肉山一样，她身边拥挤着很多俊俏的小男生。就用这种很夸张的空间感，这个女人身上的肥肉几乎就把整个阁楼全部挤满，描写她身上重重叠叠的肉一浪一浪地翻……这种很巧妙的空间感的运用，写那女人的邪恶、粗鲁，那种无法抵抗的邪恶的力量感就扑面而来。

空间描写，是为了带动后面的描写。你如果架设好了一个场景，一个环境空间，一个人坐在那里，我就可以给他安排各种各样不同的职业、身份和心性。我能够用一个场景架构出上百种未来可能的故事发展的一脉。

西篱：传统作家通常会用细节描写来增强作品的生动和感染力，网络作家有借鉴吗？

血红：我会通过对人的行为、语言、动作的描写，牵引出很多不同未来故事的流向。一本书的冲击力、感染力在哪里？在于强烈的感情和情绪的描写，是可以通过细节体现出来的。比如说一个人愤怒的时候会气得浑身发抖，害怕的时候会浑身发麻、毛孔里面都在喷冷气……人物的感情变化必须伴随着各种各样的动作、语言、情绪描写，等等。在写的时候，可以尝试把自己的感情带入进去。

西篱：谢谢血红。请你再总结一下围绕我们聊的话题的你的写作经验，这是很多作者渴求的。

血红：世界架构简单清晰明快，故事大的背景干净利落，每个角色的面目要刻画得栩栩如生，像真人一样。但是每个人不要给他多重背景，不管新读者还是老读者，让他们一看就知道这是一个什么样的人。矛盾冲突可以壮烈一点，一波一波地推上去。故事背景可以有一条主线，主角行为有明确目标，在指向目标的过程中发生各种情节冲突，每个情节冲突尽量写成一个小章节。各种各样的纠葛和拉扯可以挖坑，但不能挖暗线，坑就是一个情节点，你可以挖，但是暗线又是一个新的支线出来了。挖坑可以造成悬疑，暗线尽量少用，暗线多了就复杂了，自己写起来累，读者看起来也累。

第七章

大神之旅

血红，2003 年开始写作，至 2018 年 8 月 8 日，已经创作 3854 天，累计创作了 2894.67 万字。

1. 成神之作

《升龙道》载起点中文网

2. 大神之旅

2003 年 8 月　以笔名 ricewhu 创作《我就是流氓》

2003 年 9 月　以笔名 ricewhu 创作《流氓之风云再起》与《流花洗剑录》

2003 年 10 月　首次以笔名"血红"创作《龙战星野》，此后均以"血红"为笔名创作

2004 年 3 月　《升龙道》，一本成神

2004 年 10 月　《神丨魔》

2005 年 3 月　《邪风曲》

2007 年 4 月　《逆龙道》

2007 年 5 月　《林克》

2008 年 2 月　《巫颂》

2008 年 12 月　《人途》

2009 年 4 月 《天元》

2009 年 4 月 《逍行纪》

2010 年 2 月 《邪龙道》

2011 年 3 月 《偷天》

2012 年 4 月 《光明纪元》

2014 年 2 月 《三界血歌》

2014 年 6 月 《戮仙之城》

2015 年 9 月 《巫神纪》

2017 年 3 月 《万界天尊》

3. 大神神迹

· 网文圈第一位年薪过百万的作者。

· 网文圈创作字数最多、最勤奋的作者，十年完本作品总字数达 3383 万。

· 起点中文网第一位拥有两本百盟书作品的作者。

· 荣获 2012 网络作家富豪榜第五名。

· 荣获 2013 网络作家富豪榜第三名。

· 2014 年当选上海网络作家学会副会长。

· 2016 年当选中国作协全委会委员。

· 2017 年 2 月，第二届网文之王评选中位列百强大神。

· 2018 年 3 月，由中国作协网络文学委员会、上海市新闻出版局、上海市作家协会、阅文集团联合主办的"中国网络文学 20 年 20 部优秀作品"评选揭晓，《巫神纪》入选。

· 2018 年 5 月，中国作协网络小说排行榜在首届中国网络文学周上揭晓，《巫神纪》上榜；第三届"橙瓜网络文学奖"血红位列十二主神。

4. 作品简介和点评

《我就是流氓》

简介：一个小人物如何因为奇遇变成一个超级大人物的故事。

点评：一个有血有肉的普通人。

《流氓之风云再起》

简介：《我就是流氓》的续集。

点评：不怕普通人有文化，就怕普通人有实力。

《流花洗剑录》

简介：《我就是流氓》的续集。

点评：剑客真可怕。

PS：起点首发，现在可以免费看。

PPS：《流氓之风云再起》《流花洗剑录》是合在一本书里面的。

《龙战星野》

简介：大家慢慢看下去就知道了……

PS：《龙战星野》和上面三本作品合称为"流氓四部曲"，一个爱国的普通人的故事。

《升龙道》

简介：一个在异国他乡独自挣扎求存的人，却始终没有忘记自己的根在中国，始终坚定信念，寻求一条自强的道路，最后在异国拼搏出属于自己的事业。

点评：一本支撑起起点中文网 VIP 收费制度的书，一本因为点击太多导致起点中文网服务器宕机的书，一本写到长城写到华夏民族感动书迷到哭的书。

《神丨魔》

简介：荣耀即吾命，荣耀骑士团，冲锋！

点评：大气磅礴的战争描写，好莱坞大片的即视感，为了活下去的拼搏。

《邪风曲》

简介：正邪，谁人能定？善恶，任你评说。山是山，水是水；山不是山，水不是水；山依然是山，水依然是水。所作所为，不过为了按照自己的认知活下去。

点评：看《邪风曲》，你会发现尊重历史走向的修仙文的故事让人沉浸不能自拔。一个有血有肉的仙侠世界。

《逆龙道》

简介：自幼在修道院长大血脉纯净的东方后裔，天生具有超高精神力天赋。当被神庭培养长大的最年轻主教卷入了异能界高层的争斗时，迷离的身世，超强的天赋，黑暗与光明的争锋，信念与血脉的较量，他该何去何从？

点评：爱这本书的人一大把，恨这本书的人一大把，你说该不该看？

《林克》

简介：平凡的小子，梦想做一个伟大的骑士。可是一次小小的变故，让他的美梦换了一个方向。那么，他会成长为什么样的人，他又会给这个和平的大陆带来什么？

点评：一个平民小子的成长之路。

《巫颂》

简介：超级特工夏侯穿越回充满神话色彩的大夏朝，转世成为一名强悍的蛮族巫武。在神话的长河里，他见证了巫教的兴衰，道家的崛起，亚特兰蒂斯的沉没……看血红如何揭开中国神话史上最大的谜团！

点评：《巫颂》之前，可有有血有肉的巫？《巫颂》之前，可有让你喜欢到无法自拔的通天教主？《巫颂》之前，你可想象过历史的空白部分会是这样？《巫颂》之前，你可认识旒歈？一位精灵般的女子旒歈，网文最好的女主，一声星祭哭了一片的书迷。

《人途》

简介：他是风，他是魔，他是唯一的神话；纨绔子弟觉醒风灵之体成魔门嫡传，通过传承圣道获得无上秘法，科技改造无限进化，以魔之名纵横天下。

点评：这是一本写到心里的书。

《天元》

简介：仙魔之道，变幻无方。自唐中期以后，修仙之路断绝，除却少数几个天资聪慧之人破碎虚空，再无昔日鸡犬飞升之盛况，谁解得这段公案？罢罢罢，且看《天元》罢！

点评：一本如《邪风曲》一般真实的好像历史就是那样的书。

《逍行纪》

简介：人有悲欢离合，月有阴晴圆缺，此事古难全。总有一些事情让人记住，总有一些事情让人忘记。那些忘记的，随风飘散。那些记住的，就此成为执念。所以，哪怕在佛前叩首万年，所求无非是"相见"。

点评：猪头写给老婆的情书。

《邪龙道》

简介：世间有谤我、欺我、辱我、笑我、轻我、贱我，如何处之乎？只要忍他、让他、避他、由他、耐他、敬他，不要理他，再过几年，你且看他。

你若谓我邪，我只云你痴。破开尘障，扫清雾霭，得一身逍遥，换一世清净。

三千世界，万丈红尘，奋邪龙之力，跳出这藩篱。

恩恩怨怨，缠缠痴痴，行当头棒喝，震碎这牵扯。

吾之一世，吾这一生，吾所行所为，只求"直指本心"而已。

点评：科技与修真的碰撞，大能之间的布局。

《偷天》

简介：窃钩者诛，窃国者侯，窃天地人心者，或为神圣仙佛。天地之道，无边无际；红尘人心，无穷无尽。且看吾孤身只手，将这天地一手偷之。

点评：我欲为人，成仙成佛都不是我想要的。

《光明纪元》

简介：文明的宿命，毁灭和复苏，无止尽的轮回。撕破黑幕，光芒笼罩大地。

点评：一场内斗之后的人类宇宙复兴史，满天神佛，人族为尊！

《三界血歌》

简介：三界重开，末法之末。

太古贵胄，恩仇缠结。

挥洒敌血，屠仙戮圣，

昂首高歌，直破九天！

点评：一场不同以往的修仙历程，天潢贵胄，踏血高歌，末法之末，万类霜天竞自由，且看如何在这大道中争得生机！

《戮仙之城》

简介：修仙觅长生，热血任逍遥，踏莲曳波涤剑骨，凭虚御风塑圣魂！

点评：与以往血红作品风格略有不同。

《巫神纪》

简介：曾经有这样的一群人，他们昂首挺立在天地之间，好像擎天之柱，从没有对任何人弯腰屈膝。他们手握风雷，他们脚踏龙蛇，他们拳裂大地，他们掌碎星辰。他们是我们的先祖，和我们有同源的血脉，他们行走在大地时自称为巫，他们破碎虚空后是为巫神！他们的故事，在岁月的长河中传播，一如太阳高悬天空，永恒地照耀大地，永远不会熄灭。

点评：宏大世界架构，人类成长的颂歌。

《万界天尊》

简介：有一只很单纯、很坚定的井底之蛙，谨慎守护着心头那一点小小的微弱的光，带着一定要咬一块天鹅肉的微薄信念，一步步从红尘烂泥中挣扎而出，一步步走出深不见底的污秽深井。

点评：最简单的道理，可能也是比天大的道理。

第八章

粉丝如是说

文体庞大的网络文学，网络作家们的写作动辄数百万字。为了故事一直有所发展，他们得不断地挖坑，由此建构的世界越来越大。当他们用键盘敲出来的世界不断扩展，不断扩张，一旦读者感觉到已经扩张到极致的时候，作家又开辟了另外的疆域，画出另外的地图，又有了另外的空间。

网络文学的创作需要持续不断的动力和爆发力，需要强大的幻想能力，网络作家能有多强多大，他们就能走多远。在这个过程当中，他需要不断地编排故事，不断地发展新的关系。他要设置从低到高的级别，要不断地升级，不断地战胜对手。他们还不断地需要新的对手，只有新的对手出现，才能够体现出主角的不断进步强大。

在我看来，建构一个完整的世界，是容易的。但是建立这个世界的逻辑和规则确实挺难的。这个逻辑和规则，不但要经得起推敲，还要是非常吸引人、非常迷人的。同样，故事当中的人物，那也是要非常吸引人、非常迷人的。

我和血红的粉丝们一样，特别渴望知道血红是怎么做到这一点的。血红说，他在开始创作之初，是有一个准备过程的，那就是大量地阅读。他的阅读范围，涉猎非常广，他说在那个时期，他几乎是除了睡觉的时间都在阅读，甚至洗澡的时候都在拿着手机阅读。他读的书是非常杂的，凡是他有兴趣的，他都仔细读、反复读。

在第二章里，我说过，血红的玄幻小说，常常西幻和东幻交叉，无论其背景设定是东方还是西方，他都首先会站在一个历史文化的高度，站在人类存在的高度，研究人类文明史、文化史，研究所有相关的神话传说，以向历史和人类文明致敬的姿态进入创作。

血丝们也是这样认为的。

在某贴吧的血红吧，血丝"by四季豆"说：

> 血红作品，告诉我们仙侠未必仙风道骨，神魔未必正邪分明。血红的书，有波澜壮阔真伪莫辨的历史，有奇谲瑰丽的玄幻想象。看血红的书，或许会感到扑面的洪荒气息，或许看见气势磅礴的战争场面，或许在时空变换斗转星移中迷失、惊叹。
>
> 但这些都不是关键。也许因为血红的哲学与博学，血红作品，最打动人心的是人性的思考，是关于世界、宇宙、古往今来的设定，是书中满满的热血、豪情。
>
> 看血红的书，有人为主角的挫折顿足捶胸，有人为女主的死撕心裂肺，有人牢牢记住了其中的场景和对话，有人把小说看成了历史。这就是血红作品的魅力所在。"我手写我心"是血红的创作态度，简单的一句话，表明血红的书，有他的思想内涵，不再是文化快餐。

有关方面的调查显示，中国网络文学的读者，学历和文化程度呈现低级分化，以初中及以下学历的读者群体最为庞大，高中次之，本科次之，硕士和博士读者群体最小，大约只占百分之八左右。我不怀疑这个大数据，但血丝的群体不但庞大（无论是有关方面的调查数据，或是十多年来血红在网文界的"江湖地位"，都证实这是毫无疑问的），且并不都是只会欣赏升级打怪的读者，他们追血红的故事情节，欣赏他充满画面感的语言，惊叹于他对宏大世界的建构和把控，欣赏他的博学，领会他作品背后的哲学思想。

可见，在这个庞大而丰富的现实世界里，作家一定要尊重读者的智商，任何"高端"的作品，都会有"高端"的知音。文学能够被大众所欣赏，也能培养大众的欣赏趣味。

在这里，我辑录部分血丝对血红的评价，一是证明以上观点，再就是帮助读者朋友了解剧情，同时也作为资料保存。

要特别说明的是，这些血丝和评论全部来源于起点中文网《巫神纪》评论区，而不是其他地方。

在起点我们可以看到，《巫神纪》411.86万字，至2018年8月8日，拥有932.44万总点击，359.5万总推荐。

以下血丝评论，并不代表本人的全部观点立场。另外，出于编辑的职业习惯，我对评论文字的错漏、语句的逻辑问题、语意重复等做了一些修正处理。

冥月炎阳：

　　场景和主线大纲的设计很强。和异族的阴谋对抗写得很好。

2018-05-25

小雨知白：

　　血红大神的《巫神纪》，融上古神话与后现代科幻于一体，是继往开来的神作！！！！

2017-08-28

剑意灵：

　　本来不怎么想说点什么的，但是看了评论之后，发现，不说点什么的话心里堵得慌！

　　巫神的世界里讲的是什么？讲的是人族于洪荒大地之中艰难求存发展到现今，讲的是巫族逐步走向强盛！而这个正像是人类一步一步地从原始人进化到现代人的过程！

　　无论是什么时候，人族，或者说人类都是不会缺少真正的智者和贤者，所以也有那么多的部落之首一心一意为了人族的发展！

2016-10-25　20:46:55

天行健、君子不息：

　　多注意休息，书是写不完的，身体才最重要，有了好身体才能继续写书啊！谢谢血红弥补了儿时看《封神演义》龟灵下场的心痛，希望血红以后可以写个通天传。

2016-10-08 10:58:04

一片寂寞：

看了大大的《巫颂》和《巫神纪》这两本书，觉得很喜欢书中的巫的修炼体系和方法！只是每天等更新，急得不行！

2016-10-08 10:39:49

竞天择：

血红叔叔，你几十年来的表现都让大家非常安心，我还希望再看你写的书几十年，所以请你千万保重身体，加强锻炼，把烟酒都戒了。

2016-10-08 09:58:45

Joyfencer：

话说最近在回顾血大经典旧作，就说《逍行纪》中，那血龙族群守卫的深渊底部，有玄武环引领主角前往那黑袍老道遗蜕所在，主角得成水火阴阳之体。这位老道，莫非就是前作《邪风曲》中的水元子在此界的化身吗？等待玄武环引领有缘之人前来，助那除魔之人一臂之力？

2016-08-27 13:39:50

今东来：

这才是真正的小说，有血有肉，那些千篇一律小白文实在看不下去，二十一年书龄，整个网文只有寥寥几个大神的可以看，可以仔细品味。

2016-07-30 09:14:42

剑意灵：

在这里解释一下猪头书里的教派！

人教、阐教、截教、西方教、佛教。《巫神纪》里的世界，禹 馀也就是通天他们都还没有立教。而在后世中他们立教也是有区 别的。

人教，为老子所立，出名的也就玄都大法师而已！

阐教和截教大家也都知道，原始和通天，出名的十二金仙、 多宝、龟灵、赵公明等！

西方教，则是准提接引所立，也就是现在巫神世界中的花木 道人！

至于佛教，则是脱胎于西方教，但是却又有阐教和截教的 影子！

这里解释一下，封神之战，阐教与人教胜，同时西方教也有 了在东方九州传道的基础（看过《封神榜》或者其他一些古典神 话的应该都清楚，我就不细说了）。

阐教和西方教大兴，而老子的人教，影响力其实并不大，所 以之后老子西行化胡，不仅将阐教十二金仙中文殊普贤慈航等人， 燃灯道人度入西方，将截教多宝、金狮白象等度入西方，还分化 了西方教的势力，而这则称佛教！

佛教尊燃灯古佛，释迦牟尼！而释迦牟尼则是多宝的转世身， 所有释迦又称多宝如来。

佛教分化西方教和阐教，致使两教势力大减，而老子的人教 与新兴的佛教大昌，这不可谓不是老子的一记妙棋！

所以，西方教和佛教诸位书友千万别混为一谈，而且花木 （准提接引）道人和佛教没有关系的！

2016-07-29 01:31:10

蓝星双殇：

史料记载舜的晚年，禹发动血腥政变夺取政权，韩非子在 《说疑》中一语道破真相："舜逼尧，禹逼舜。"还有一种说法是：

尧幽囚，舜野死，都说明了夺权的事实，后人出于美化舜而让舜很体面地"禅让"，美好的禅让制说法不过是孔子制造的，只是后来罢黜百家独尊儒术，使得其他学派的说法被淹没了，所以儒家的说法一枝独秀……这也算是猪头为帝舜洗白吧……

2016-07-24　17:19:51

道友留步：

问一下，这本书是不是巫颂的姊妹篇？

2016-07-22　15:11:57

剑意灵：

当面临危险的时候，人族不乏有真正的仁人义士出现。他们不为财，不为名，不为利，只是为了族人的生存和繁衍。而为了这些，他们能够不顾自己的身份；为了这些，他们能够欣然向晚辈低头下跪。不是因为没有尊严，而是因为在他们的心中，族人的生命更为重要。

人族，之所以称为人族，是因为身居高位者，能顾大局，审时势，关心族人；是因为族人相合，同心协力。正因为如此，人族才称为人族。

2016-07-03　08:37:15

纯水百分百：

对比《巫神纪》和《巫颂》中的实力划分——

在《巫颂》中，夏颉上天庭之后，九鼎大巫被认为是只相当于大夏建国时的一鼎，可见巫族实力下降之狠。而且《巫神纪》中有巫王、巫帝、巫神，但是在《巫颂》中，九鼎大巫就已经是了不得的大人物了。

在《巫神纪》中，巫族的修炼有着明确的体系，大巫、巫王开辟巫穴，寻求上古洪荒异种的血脉之力，而在巫帝引星力入体，巫神则是等同于星君。但是在《巫颂》中，既没有洪荒异种的血

脉之力，取而代之的是祖先（人族）血脉，也没有星力入体这么
一说。

2016-07-02　19：21：09

蓝星双殇：

这书一千多章了，一点也不虐，重要的人一个也没死，连大
禹他爹也只是被困星核，以前写的《邪风曲》一元宗早灭门了，
《巫颂》早灭族了，是时候虐一虐了。

2016-07-02　18：35：06

千禧年之恋：

其实我挺佩服猪头的，从《巫颂》到《巫神纪》他让我在网
文上看到了华夏历史上缺失的历史。首先不论是否真实，但他能
够与中国古典神话完美地结合这一点就很不容易了。猪头用另外
一种方式很通俗易懂地解释了神话的起源、开局过程以及结尾，
每次看书的时候感觉心情愉悦。我也是一个老书虫了，看了快10
年，看到过很多让人眼前一亮的书，但是只有很少的一部分我会
一遍甚至两遍地去看，这当中就有《巫颂》，每次看的时候我都以
为自己看的不是小说而是古代历史。

2016-07-01　20：34：14

24k 不算纯：

看到陶煞向昊子磕头一段心里触动很深，是啊，这就是人族。
因为你可以救下更多的族人，那你就是恩人，被崇拜。仅仅是为
了有更多人活下去。

2016-07-01　10：29：12

剑意灵：

看完最近的这几章，有很多读者觉得书的修为战力混乱了，
其实如果认真的话就会发现其实还是正常的。

首先，有人觉得姬昊都升级好多次了还是亚帝，很奇怪。其实不然，亚帝境，引太古星辰入体，凝练本命星辰，而小昊子现在的修炼依然是凝聚本命星辰，只不过是因为修炼法诀的缘故凝练的本命星辰多而已，无论怎么说还是亚帝境的修炼，并没有达到亚神境！

第二，会有人觉得人族太无能了，最多也不过亚帝境而已。但是在前几章公孙天命的那几章里，猪头也说了，一旦修为达到亚神境，那就必须潜修，放弃自己的权利，除非到人族灭族之灾时才能出手。

第三，这几章小昊子和河神干架，经过了苦战才赢，有人就会觉得小昊子好无能，没有一点主角的样子。其实，想一想河神是什么身份，古天庭册封的天地正神，哪怕是一个小小的河神，也受到了古天庭代表的天地意志的庇护，除非达到亚神境能够在一定程度上逆反天地规则，否则想打败代表了一定天地意志的天庭正神，即便是小昊子也不会轻松。而且河神修炼了多久，从天庭册封到如今，他修炼了不知道多少年，即便小昊子再强，他还是亚帝境，怎么可能轻松干倒河神。

2016—06—26　12：27：25

何处留尘埃：

儿子告诉我这本书很好看，我就来看看，想知道到底是什么吸引了他小小的心。边看边想！

感觉需要补充好多知识。真心佩服作者的知识涉猎面，不是一般的广！虽然看得有点晕。还是支持一下正版，感谢作者辛苦付出。

2016—06—17　17：15：38

剑意灵：

解释一下，关于猪头的世界观！

猪头的书，凡是古典仙侠类的基本上都是会按照正常走向，遵从历史轨迹。即便是主角拥有再强的力量也阻挡不了。

而《巫颂》还有《巫神纪》，主角都是穿越回到过去的，如果他救了一个本就应该死的人，那么就相当于改变了原来的历史走向。这在整个历史长河中是极其严重的事情，甚至可能会改变历史走向。

如果历史走向改变了，未来就变得不可测了！而如果巫神中姒熙不死，按照他的性子，人族整个就会疯狂起来。而一旦这样，未来将会彻底改变，那未来的青龙就不会存在，而现在的姬昊也就不会存在。

这是正统的洪荒神话小说，不是一些人以为的主角逆天小说，小的枝叶历史主角可以改变，但是主干主角不可能去改变，就算他想改变也没有那个能力去改变！

所以请那些喷子不要说什么作为主角就应该去改变历史。

2016—06—16　23:38:26

剑意灵：

热血，激昂！这才是猪头！这才是人族！

正因为我们想活着，所以我们从洪荒大地繁衍至今。

曾经，横行天地的洪荒大妖，而今被我们打得藏头露尾，只能缩在自己的巢穴里苟延残喘，只是因为我们想活着；

曾经，赋予我们力量的神兽神禽，而今它们的血脉后裔只能沦为我们族人战士的坐骑、战兽，只是因为我们想活着；

曾经，高高在上、俯视众生的天庭诸神，而今只剩下大猫小猫两三只，只能靠给我们打苦工来换取供奉，只是因为我们想活着；

曾经，异族恶鬼近乎覆灭我们的文明，但现在也只能与我们部族联盟遥遥相对，若干年不打一仗，只是因为我们想活着。

因为我们想活着，因为我们想要将我们的血脉、文明繁衍下去。所以，我们支撑了下来，所以我们成为了洪荒大地的主人。

因为我们想活着，所以这天，灭不了我们；这地，覆不了我们。

或许，我们现在无法彻底绝灭你们这些所谓的天神，实际的怪物，但是我们的子孙，我们子孙的子孙，永远不会屈服，永远会战斗下去，直到我人族再有圣人出，彻底绝灭天神一脉，奠定我人族永恒基业！

因为我们想活着，所以，我们注定会是天地之主；所以，我们必将斩尽所有阻我人族前路之敌！

因为我们是人，我们想活着，我们想将我们的血脉、文明繁衍下去，所以我们会一直战斗下去。直到有一天，神、圣、仙、鬼、精、灵、怪等一切都避我人族，畏我人族。

只因为，我们是人族，顶天立地的人族血脉！

2016-06-11　00:36:55

蓝星双殇：

史料记载，姒熙因为治水之事，在羽山被火神祝融奉天帝之命斩杀，以目前的情况看，祝融无论如何也不可能会来袭杀姒熙，那么史料记载是怎么回事呢？我大胆预测，后来姒熙被控制住神魂，帮助共工破坏万龙封水大阵，在意识清醒的一瞬请求姬昊杀死自己，然后姬昊忍痛杀了，因为姬昊是祝融女婿。所以，史料记载姒熙正是因为治水之事，在羽山被火神祝融斩杀（也有可能是姬昊不忍下手，祝融赶过来背负这份罪责）。

2016-06-06　08:42:56

顽固的执着：

这些坑猪头打算怎么填啊？

一人独享盘古世界及周边三千世界的资源。

到底虞族控制了多少像盘古世界这样的世界啊！

虞族一个大人物就能做到如此，那整个虞族又该有多么的强大？

看这个样子，虞族肯定是有超越永恒级的存在了。

只不过到底有多少？

三清他们是否又能干掉他们？

所谓永恒级别的存在，和《逍行纪》里的神王相比谁强大？

还有《邪风曲》里的魔圣，右圣他们到底是不是虞族的后裔？

如果不是，他们又是什么来历？

《巫颂》里的亚特兰蒂斯人，和虞族有关系吗？

他们显然也是和大夏干了很多年的存在，显然是虞族之后的又一个对手，总不可能就那么突然出现吧？《亚神纪》后期会不会交代他们的来历呢？

还有，鸿钧是永恒级还是超越永恒级？

从《亚神纪》到《巫颂》这中间的时间，他们跑哪里去了？

按照《巫颂》里说，他们是来自海外的炼气士，是干跑了虞族之后，他们跑到了海外吗？

花道人和木道人，他们在《巫颂》里怎么没有出来，我记得巫颂里并没有佛门的出现啊！

为什么《亚神纪》里他们不出来传道，偏偏要等到那么多年过去，中陆南荒这几块土地都合在一起之后才出来？

姬昊最后是不是入主了天庭？

为什么在《巫颂》里没有姬昊的影子，如果活到了《巫颂》里，那么他会不认识夏颉这个玄武吗？

青龙和玄武都来了，白虎和朱雀还会不会再来？

都来了，那么后世的他们又是怎么出现的？

会不会又变成一个无限循环呢？

《亚神纪》里，鸿钧会不会出来和虞族大干一次呢？

鸿钧和三清乃至阿宝他们，是什么时候合道铸就的神界呢？

疯子又是怎么成为三界监察使呢？

太多的坑和不解啊！

这些猪头打算什么时候填啊！

搞不清楚会很痛苦的！

2016-05-31　20:36:26

剑意灵：

嘿，帝释氏，迦楼氏，耶摩氏，梵氏，毗湿奴，佛教护法诸天！

虞族，盘虞大世界的一分子，底层的存在，因为盘古世界而发迹的暴发户。所以，注定在与人族的战争中失败。而在这期间，三清实际控制天庭，而花木二人则收编。嗯，就是收编了失败的虞族残留，创建西方教，这些被封为护法众！而三清也同时立教，借人族信仰之力突破最后一关！

嗯，就是这样！

2016-05-28　17:43:30

剑意灵：

人族，什么才是人族，天地重劫来临之际，无人退，无人逃，恪守其分。

受万民景仰，高高在上者，不自私，不畏死；大劫来临之际冲在最前，拼尽全力，舍生忘死，庇护那些奉自己为主，尊自己为王的子民，这才是人族！

高官厚禄，荣华富贵，吾虽享之，但当大劫来临，吾必当冲在最前。只因为，我是人族，虽一人不足以挡，但吾依然竭力抵挡，因为下方，是吾子民，是和吾有着同样血脉的族人！

2016-05-14　00:54:16

血丝～遗忘：

这就是我们一直坚守的所在。何为亚？等了这么久猪头总算没让我失望……高潮开始了……神话拉开了序幕。战争开启。禹要上位了。让我们拭目以待吧。

2016-05-12　22:27:54

夏天的老鱼：

个人觉得从猪头的写作努力程度到文笔，到人物出处都很有考究，而且猪头的书故事情节都相当精彩！

2016-05-07　01:11:33

蓝星双殇：

　　《巫神纪》是《巫颂》的前传。我记得在巫颂里通天因为剑劈天庭而转世重修，为何他要出剑？应该是为了姬昊，天庭现在破落成那样，或许是在最后的大战下黑手，激怒通天。《巫颂》里有黑衣人从西方而来却被通天阻止，黑衣人应该就是一花一木，他们被逼去西方说明他们在大决战中犯下大错，以通天的护短，这些应该是为了姬昊，那么决战后的姬昊呢？我感觉最后他要悲剧了；《巫颂》里的海人是什么，应该是虞族的杰作；大禹炼九鼎应该是为了把五块大陆连起来成为了《巫颂》里的九州；《巫颂》里蚩尤一族依然是巫，应该是在决战为人族出了一份力，回归人族；龙凤的消失也许是被虞族拉着陪葬了，也许是因为他们的贪婪，被虞族利用才导致他们灭亡，九大巫殿的形成也许是因为最后高阶的巫都灭亡了才导致的。

　　根据我的推测，虚影是那个神秘小鼎的器灵。胖道人在文中有多处暗示，楔子里那个鼎镇压一切的恐怖，主角又因这个鼎穿越，更重要的是虚影一开始教主角的补天诀，最后化为一个鼎状。还有一个细节就是这只鼎在老猴子无支祈体内，无支祈始终无法完全控制，就是因为虚影这个器灵不在。

　　2016-04-10　23:28:11

剑意灵：

　　三位道尊，大赤道人，清微道人，禹馀道人！

　　道家三十六天，最高三天，大赤天，清微天，禹馀天！

　　这时候，太上不是太上，而是大赤，原始不是原始而是清微，通天不是通天，而是禹馀。同样的，花道人不是准提，木道人不是接引！

　　后世之所以流传其另一名而遗忘此名，恐怕也是因为人族与虞族之间的大战以及巫的兴起吧！

　　因为巫开始成为大地的主人，所以曾经名响洪荒大地的大能开始退隐，而他们的名字也因为某种禁忌或者某种约定不响世俗，所以才会有他们后世之名而无现在之名的原因吧！

2016-04-05 17:52:06

剑意灵：

不知道想说点什么，猪头的书许多人都看不懂，也有很多人看一点就认为是小白文，就只看到那一点激情与热血。我也承认，绝大部分的读者都喜欢热血爽文，主角就应该一路开挂，横扫一切，有仇报仇，按自己心意行事。但是一本书如果就只有这些，那只能说，这绝对是白中之白的文章，就像某些作者一样，主角逆天，随便走一步就是奇遇，只要有人惹自己，那一定赶尽杀绝。这种文，爽是很爽，但是有什么意义？

猪头的书，我看了十年，虽然不说极其了解，但也差不了多少。猪头的书，一部分情节宏大磅礴，有热血，有激情，很符合广大读者，但是同样的每本书都有猪头自己对这个世界，对这个社会，甚至对人心的认识与分析。他用书中的一个个角色来把自己的人生，把这个世界，把这个社会，把人的人性通过种种情节表现出来，让读者能够从书中感受到猪头的智慧，而不是有些人认为的不知所以，不知所云。

可以说，猪头的书充满了大智慧（当然，不是拍马屁，只是自己的感受）！每一本都是这样。从最开始的《流氓三部曲》（虽然没看完）到现在的《亚神纪》，讲的大多都是小人物，社会的底层。就比如《邪风曲》中的吕凤，《逍行纪》中的林逍，《升龙道》的易尘，《逆龙道》的莱茵哈特，《亚颂》的夏颉，《三界血歌》的血歌，《天元》中的江中游等，虽然最后都有着这样那样的身份，但最开始，他们都只是处在社会的底层。而猪头，则是能够从他们的身上表现出人性的光辉，无论他们行事如何，或阴险狡诈，或无恶不作，或者沦为魔道，但是他们都有着自己内心的底线与人性的光辉。而这，则是绝大多数作者都做不到的，所以在我看来，猪头比绝大多数作者都有内涵与智慧。

而无论是现在的《巫神纪》，还是以前的《巫颂》，主要描写的就是人族，是人族而不是人，哪怕是巫，巫也是人族，只不过巫是有着强大力量的人。什么是人族，人族有自己的信仰，有自己的辉煌，有自己的追求，尊天，敬地，礼祖，不惧前路险阻，勇往直前，危急之时，能团结一心，众志成城，这才是人族。而人，敬外物，不拜先灵，没有信仰，沉迷于荣华富贵，甚至于在危难之际，不顾大势，只顾保全自己，甚至不惜反叛以求自身安保与利益，这就是人。《巫神纪》和《巫颂》，写的其实就是人族向人转变的过程中所经历的种种。

　　正因为这样，《巫神纪》中，人族与虞族的战争，人族势弱，虞族势强。所以人族需要自己内部团结的同时，还需要联合其他强大族群，比如龙凤麒麟等神兽，天地神灵（共工神族、祝融神族）等这些。而在己弱敌强的大前提下，主角注定了要憋屈一点。所以当共工无忧，祝融天命这些人惹了姬昊的情况下，姬昊只是勒索了点东西，甚至忍下气来，而不是一些读者想的那样轰轰烈烈地灭了他们，我是主角我怕谁，反正我后台硬！但是别忘了共工无忧身后是共工神族，虽然姬昊是祝融神族的女婿，估计惹了祝融天命那家伙不会有太大麻烦，但是共工神族却不行。在当下，西荒各部与共工神族对人族有着极大的利益，必须需要主角从大局考虑，而不是热血一场。因为热血一场的后果主角承受不住，同样地，人族也承受不起，所以需要忍耐与慎重。而从这些情节中就可以看出我之前写的，猪头对人心、人性的了解与分析。

　　2016-04-02　12:30:36

Wiwiwizard：

　　血红的书，我从《光明纪元》开始看。血红的书既有网文的爽快，又不像其他的一些网文那样幼稚单纯。他的书情节不落俗套，引人入胜，既心思细腻，又振奋激昂。血红的文笔最值得称道，不见华丽词藻的堆砌，却油然而生一种文字的魅力。就如那百川到海，奔腾浩荡；又如春雨入夜，润物无声。着实有一种大巧不工的感觉。我对血红的书特别喜欢，但是穷学生一个，无法几万起点币的打赏。只有支持正版，投投月票，算是对血红写作的一种尊重。也算是献上我对血红这位驾驭文字大师的敬意。

2016-04-01　08:57:34

剑意灵：

看了猪头的书十年了，从二〇〇五年开始！以前虽然没有加过群什么的，但是无论《升龙道》，还是《邪风曲》，又或者是《三界血歌》，无论猪头怎么写，他的书一直是我书架上不会缺少的一本。

以前默默地支持，现在同样默默支持，将来也同样默默支持。因为，猪头是我最喜欢的作者，也是猪头将我拉进了小说这个让我爸妈都阻止我的深渊。所以，无论如何，不会离开。

血丝为了猪头，可以甘愿啃一个月的泡面干菜。

2016-03-01　03:20:34

顽固的执着：

到底当年发生了什么？

强大如斯的天庭为何会变成现今的模样？

天庭之主呢？那些强大的神人都去哪里了？

天柱之巅的盟约到底是什么玩意儿？

玄武成了夏颉，青龙成了姬昊。

那么接下来，白虎会成为什么？朱雀又会成为什么？

开篇之时，有大神强良在天柱之巅，又疑似女娲的存在。

到底那个时候发生了什么事情？

我好想知道啊，什么时候能把这些疑问给解答了？

要不，猪头下本书让白虎也穿越了吧！

穿越到天柱之巅太古盟约的时代。

然后下下本让朱雀也穿越了。

穿越到天地刚开的时代。

看看虞族是怎么到来的。

正好写成一个系列，写个三五千万字。

这该会是多么好的事情啊！

2016—01—23　16:50:49

Zjwzxn：

看血红的书好多年了，看到了雨牧不再为了吃，把最毒蛇头吞下，把能买到的全部毒吞下。有了一份感动。就像那年帅熊母亲把父亲的遗骨嚼碎伴着血水吞下。这样的友情、这样的爱情（亲情）……泪！

2015—12—27　07:08:13

选文

楔　子

灰色的天空，彤云翻滚。

层层叠叠的云片边缘，有雷光闪烁。雷波涟漪快速地滚过天空，却没有半点声音。

天柱之巅，大神强良手持石斧，脚踏着刚刚斩杀的毒蟒头颅，愕然看着天空。从天的极东到极西，几乎遮盖了整个天穹的，是一条紫色的蛇尾，正在极高的天际蜿蜒游动。

这条蛇身是如此地巨大，不见其首尾，但是已经遮挡了视线所及的整个天空。

遮天蔽日的蛇躯不时没入云中，和彤云混为一体。偶尔一阵雷光撞击在蛇躯上，就有一道可怖的气息从天空落下，压迫得身高百丈的孟明龇牙咧嘴，身体不断摇晃。

"这可怕的娘们儿发火了，谁又招惹了她？！"

一尊古色斑斑三足圆鼎缓缓从云层中降落，鼎内一声巨响，无数电光向四周狂涌。等得电光消失的时候，一切异状都已经消散，天空巨大的蛇躯也消失得无影无踪。

……

天空乌云密布，瓢泼大雨疯狂鞭挞着大地，溅起无数水花。

水晶玻璃制成的金字塔灯火通明，照亮了漆黑的夜空。数十名武装到牙齿的壮汉紧握枪械，身披雨衣环绕着金字塔四处游弋，警惕地注视着四周。

雨水溅起的水花突然有节奏地跳动起来，好像心跳一样，一点一点晶莹的水滴不断跳起来有一尺多高。空中落下的雨丝"簌簌"地纠缠在一起，拧成了数十条水绳无声无息地套住了武装壮汉的脖子。

水绳用力地甩动，壮汉们没能发出半点儿声音就被拧断了颈骨。

蒙蒙水雾中一个黯淡的人影突兀浮现，一步一步向金字塔的大门走去。每走一步，朦胧的身形就清晰一分，到了金字塔门口的时候，雾气凝成的人影已经变成了透明的水人。

身体微微一晃，水人骤然变色，身材修长、瘦削，身穿黑色劲装，生得清癯俊朗的青龙显出了身形。

无数雨水凝成的水绳扭动着，好像狂舞的蛇钻进了金字塔，顺着风窗缝隙钻了进去，犹如利刀一样切断了所有的保安装备的线路。大片电火光喷出，金字塔内只有照明系统依旧完好无损。

用力推开三尺厚的水晶玻璃大门，青龙缓缓走进了金字塔内的展览厅。

一百多个水晶制成的展台静静地矗立在辉煌的灯火下，外围的展台上摆放着数十具盘坐起来的骸骨，正中一座展台上，厚厚的防弹玻璃制成的护罩下，屹立着一尊人头大小龙凤缠绕，呈五彩近乎透明的圆鼎。

青龙凑到外围一座展台前，静静地端详了一阵盘坐的骸骨。

这些骸骨神似人类的骨骼，但是眼前的骸骨通体呈暗金色半透明，犹如琉璃一样在灯火照耀下熠熠生辉。如果他们站直了，身高应该都在两米开外。更让人诧异的是，他们的骷髅头上除了一左一右两个黑漆漆的窟窿，眉心正中还有一个更大一圈的眼洞。

"三眼人？"青龙从靴子里拔出了一柄匕首，用力地敲了敲面前的骸骨。

骸骨敲起来"叮叮"作响，特种合金锻造而成，坚硬程度堪比钻石的匕首居然无法在这骸骨上留下任何痕迹。青龙的脸色变得格外的严肃，质地比钻石还要坚硬的类人骸骨，这其中蕴藏的价值太大了。

"这一趟我亲自动手，倒也值了。"青龙转过身，走到了正中的展台前笑道，"喂，你们再不出面，我可就带着这些宝贝回去了。"

展厅的侧门开启，一队二十几名身穿长长的黑色风衣，身体被火焰、雷霆、飓风等各种异象包裹的男女走了出来。走在最前面的，是一名金发碧眼，身材高挑窈窕，手持奇形玉剑的冷厉少女。

"青龙先生，久闻大名。"少女走到了展台对面，向青龙微微欠身行了一礼，"这些年，死在您手上的，我们的同伴，已经超过一百人，其中我的前任特勤局长就有三人之多。但是让人不可思议的是，我们居然还是第一次见到您真正的模样。"

"啊呀呀，这个问题其实没这么重要了。我长得不是很帅！"青龙一边调侃少女，一边右手按在展台上的防弹玻璃罩上，掌心肌肉一跳，厚达两尺的防弹玻璃就碎成了无数沙砾。

"神啊！"跟在少女身后走出来的众人纷纷惊呼出声，惊骇地向后退了一步。他们早就听说东方华夏的青龙是世间最强的人类，但是他们做梦都没想到青龙能有这么强！

两尺厚的特种防弹玻璃，坦克主炮都轰不开的彪悍玩意儿，居然轻轻一掌就能震碎？这种力量，完全超出了这些人的想象极限——人类真的能变得这么强？

双手捧起三足圆鼎，一股极其奇妙的感觉油然而生。青龙捧着这口鼎，就感觉好像捧着整个宇宙。

仔细地将圆鼎放进了腰间的收缩皮囊中，青龙笑道："这些宝贝，来自我国良渚古城，我必须将它们收回。按照我们的行规，拳头大的是大爷，你们对我回收本国文物的事情，没意见吧？"

少女轻笑看着青龙，柔声说道："青龙先生，您或许有兴趣知道一些我们对这些神秘宝物的研究成果？您或许猜想不到，掩没它们的土层，经过我们的测算，年代超过了十万年。"

青龙下意识地摸了摸腰间的皮囊，十万年前的古物？十万年前的人类还在茹毛饮血吧？他们能制造这么精美、蕴藏了这么奇妙能量的宝物出来？

手掌一翻，少女亮出了手中玉剑。

三尺长的玉剑足足有手掌宽，整柄玉剑就是用一整块玉石雕刻而成。靠近剑柄的地方，有一个奇异的纹章——一座高塔上，悬浮着一只竖起来的眼珠，猩红色的眼珠死死地盯着青龙，散发出一股邪异的阴冷气息。

"我们做过测试，这柄用和田羊脂玉雕成的玉剑，材质的确是羊脂玉。大家都知道，羊脂玉是一种软玉，质地非常的细腻。"少女微笑道，"但是无论是天然钻石还是我们实验室合成的最坚硬的特种合金，它都能轻松地，好像切豆腐一样地把它们切开。"

随手抖了一个剑花，少女微笑道："我用它，亲手一剑劈开了一架战略轰炸机——隔着两公里的距离，以我的实力，我能劈开一架战略轰炸机。青龙先生，如果这柄剑握在您的手中，我真的无法想象它的杀伤力能有多大。"

青龙的脸色再变，眼前的少女和她身后的一群下属完全不放在青龙心上，土鸡瓦狗，轻轻一击就能彻底瓦解。但是如果这柄剑真的有这样的威力，那么青龙今天估计就很难全身而退。

"这么说起来，今天这里还是一个陷阱喽？"青龙扭动了一下颈骨，开始活动全身的骨骼关节。

"我们想有机会和青龙先生面对面地谈判。"少女笑得很是妩媚，"您在过去的几年，给我们造成了太大的损伤，我们希望，青龙先生能够加入我们，我的职位，甚至我的直管上司的职位，只要您开口，就是您的。"

"当然，作为交换，我们希望能得到您的全部忠诚，以及您创造的《九字真言丹经》！"少女说到最后几个字的时候，她和她身后的人呼吸骤然凌乱了起来。

九字真言，是无上秘术，开发人体潜力，沟通宇宙神秘力量，拥有鬼神莫测的威能。

而青龙独创的《九字真言丹经》，则是以九字真言为基础独创的一门神功，青龙就是依仗这门神功驾驭地水火风、沟通天地幽冥，来无影去无踪，号称当世最强的人类。

"这当然是不可能的喽！"青龙拍拍腰间皮囊，古怪地笑了起来，"你们应该知道我的脾气，我有一个'睚眦必报'的美名，同时我还是出了名的——不卖祖宗！"

怪笑一声，青龙身体一晃，骤然变成数十条残影，带起无数巴掌大小的锋利风刀向少女和她身后的众人卷杀过去。残影和风刀化为朦胧的漩涡，将整个金字塔展厅都笼罩了进去。

少女无奈地摇头叹息了一声："我就知道是这样，但是那群该死的蠢货上司，他们非要白费力气！"

冷笑声中，少女掏出一卷金色的竹简卷轴，用力地往头顶一丢。高空响起一道惊天动地的雷鸣声，近百具盘坐在四周展台上的骷髅骷髅头上黑漆漆的眼洞中，同时喷出了血色的光芒。

血色光芒汇聚成海，"嗡嗡"声中骤然化为一个巨大的血色光罩，将青龙牢牢地禁锢在了里面。

无数残影和风刀撞在了血色光罩上，光罩纹丝不动，残影和风刀则是宛如鸡蛋撞石头般粉碎。

高空中电闪雷鸣，原本黑漆漆一片的乌云突然变成了无数鱼鳞般重重叠叠的云片。水波一样的电光在云片缝隙中划过，漫天都是电光，天空好像发狂一样一个接一个惊天动地的霹雳不断传来。

四处大街上传来了无数惊呼声，好些夜行人抬起头来，看着天空异变的云层——在厚厚的云层后面，好多人好像看到了一条庞大到无法形容的蛇躯在翻滚扭动。

金字塔内，青龙狼狈地跪倒在地，浑身鲜血直淌。血色光罩内，九十九柄血光凝成的长戈凌空悬浮，静静地指向青龙。数十条贯穿伤穿透了青龙的身体，四肢和五脏六腑同时被血色长戈洞穿。

"该死的，这些古怪玩意儿真有这么强的威力？"少女兴奋得抓住了金色的竹简卷轴，声嘶力竭地尖叫着，"青龙，你看到了么？什么最强大的人类，在我们面前依旧不堪一击！"

"这些骸骨和这竹简，和那个三足鼎来自同一个地方！都是十万年前的古物！天哪，太不可思议了，这些骸骨按照这些竹简上记载的方法，用这种古怪的方位布置起来，真的能发挥出屠戮神灵的力量！"少女几乎歇斯底里地大声尖笑。

"这他妈的是什么东西？"青龙艰难地抬起头来咆哮了一声。

"这竹简上有记载，这是一种古老的阵法，具体的名字，抱歉，我们的语言学家还没翻译出来！"少女耸了耸肩膀，无可奈何地说道，

"但是这些骨骼嘛，他们的名字叫作……"

一道紫色的狂雷从高空落下，笔直地落在了水晶玻璃制成的金字塔上。

所有的水晶玻璃瞬间灰飞烟灭，少女和她身后的下属在一瞬间被化为乌有，青龙腰间皮囊中的三足圆鼎放出淡淡五彩光芒，将他整个人包裹了进去。青龙疯狂地吼叫着，身体剧烈地抽搐着，浑身的血液，五脏六腑的精华，还有自己的灵魂，都在被这三足圆鼎疯狂地抽取。

四周的三眼骸骨同时举起双手，作势向天空反扑。他们眸子里喷出的血光凝聚成一条血色巨龙，张牙舞爪地向着紫色狂雷一爪子抓了过去。

紫雷落下，血色狂龙烟消云散，九十九具三眼骸骨剧烈地震荡了一下，同时炸成了金色的烟尘。

紫雷包裹住青龙，无穷无尽的雷霆之力从高空落下，将方圆里许的一切都彻底熔解，雷光压缩成了一个人头大小的雷球，最终一抹电光闪过，一切都平息了下来。

原本金字塔所在的广场荡然无存，没有任何物体留下。

第一章
猎　人

南荒，无边无际的原始丛林。

剧毒的瘴气在参天古木的树梢盘旋，炽烈的阳光洒下，原本无色无味的瘴气倒映出了七彩华光，在丛林上空铺起了一层绚烂的彩虹。

一块方圆数百里的浮空陆地从空中掠过，数十条白龙一样的瀑布从陆地边缘奔涌而下。高空飓风吹过，瀑布散出大片水雾，数十条霓虹在水雾中卷动，和树梢头的七彩瘴气相映成趣。

姬昊站在陆地边缘，居高临下地俯瞰着十几里下方的南荒丛林。

无色的风吹动姬昊浓密的长发，发丝下，清秀、坚毅的面庞上，一对深邃的眸子熠熠生辉。姬昊全神贯注凝视某处的时候，瞳孔周围就有九枚黯淡的紫金色符印骤然闪烁，威严、神秘，让人不敢直视。

两条剑眉直透鬓角，挺拔的鼻梁，棱角分明的嘴唇，略带弧度但是线条干净利落的面庞，配上嘴角一丝若有若无、时刻带着几分讥嘲之意的微笑，帅气迷人的姬昊好像没把任何事情放在心上。

一条简单的兽皮裙围在腰间，姬昊瘦削、高挑的身躯犹如飓风中的青松，牢牢扎根在岩石上，通体都带着任凭狂风暴雨、闪电雷霆，却坚定如山、无法摧毁的强悍气势。

一头体型极大，双翅偶尔张开足足有三十几丈宽的乌鸦站在姬昊身边，通红的双眸中火光隐隐，不时转过头，向四周警惕地张望一阵。

"鸦公，就是随便出来逛逛而已，不要这么紧张。"姬昊用力拍打着巨鸦的一根爪子，大声地说道，"等会儿先弄一条大蛇，给你填饱肚子；然后去黑风谷，看看能不能找到几棵'风龙草'，拿回去给阿爸补补身体。"

巨鸦"咕咕"低鸣了几声，低下头来，亲昵地用尖嘴磨蹭了一下姬昊的脑袋。

张开双手，用力伸了个懒腰，姬昊很惬意地仰天打了个呵欠："舒坦，太舒坦了。不用陪着那群老头子，琢磨那些草根、树皮、蛇牙、毒囊之类的玩意儿，舒坦啊！"

"嘿，真有不怕死的？这群臭皮蛇，不知道这一片丛林，已经被我们火鸦部给打下来了么？现在这里，是我们火鸦部的地盘！"游目四顾，姬昊突然瞪大了眼睛，向着斜下方的丛林指了指。

一群上身袒露，身高两米开外，身形健壮魁梧，身躯上尽是累累伤痕的大汉大摇大摆地行走在丛林中，肩膀上扛着各色猎物。姬昊仔细看去，这些猎物有虎、有豹、有熊，每一头都有数丈长短，犹如一座小小的肉山一样被这些壮汉扛在肩上。

"混蛋，这里是我们火鸦部的猎场，这些野兽都是我们火鸦部的财产！这些大家伙，最小的一头都够族里一个娃娃吃上一年；这些兽皮洗扒干净了，可以换回来三个媳妇哩！"

姬昊大声叫嚷着，双臂张开，十指结印，距离最近的一条瀑布突然"轰隆"一声响，丈许粗的瀑布不再笔直向下坠落，一股神秘的力量控制了瀑布的水流，偏移了三十几度，向着丛林中的大汉们冲了过去。

十几条黑水玄蛇部的大汉得意洋洋地行走在丛林中，瀑布冲到了头顶，化为倾盆大雨呼啸而下。他们"嘻嘻哈哈"地抬起头来，得意地张开嘴，大口吞咽着从天而降、清冽甘甜的清水。

领头的大汉腰间，一条一丈多长、头生独角的玄蛇吐着蛇芯子挺起了上半身，欢快地摇摆着身体，沐浴着让它感到无比快意的雨水。独角玄蛇，这是黑水玄蛇部特有的战兽，只有部落中的精锐战士，才有资格将一条独角玄蛇收为战兽，帮助自己作战厮杀。

暴雨中，无数雨点突然连成了一条线，十几根透明的水绳从暴雨中突兀冒出套住了他们的脖子。

"敌人……偷袭！"领头的黑水玄蛇部大汉尖叫一声，满怀恐惧地大吼了起来。

他们居然被水系巫法攻击？

但是在暴雨中偷袭敌人，这是黑水玄蛇部的专利；在这一片山林中，黑水玄蛇部的世代死敌火鸦部，他们最擅长的是放火烧人，从没听说火鸦部的巫祭，有人掌握了水系巫法。

姬昊手指一弹，手指结成的法印变幻，下方丛林中十几根水绳剧烈一抖，被套住脖子的大汉们身不由己地被甩得飞起，身体重重地撞在了大树上，眼前一黑纷纷昏厥倒地。

只有领队的大汉一头挣扎着从地上爬起，双手抓着脖子上的水绳狠狠一撕，硬是把水绳撕成了无数水滴喷出。他身后的大树树干上，被他脑袋硬生生撞出了水缸大小的窟窿，可见他的身躯强壮到了什么程度。

"只敢偷袭的懦夫，给我滚出来！"大汉拔出一柄长矛，愤怒地放声咆哮。

他腰间的独角玄蛇窜了出来，灵巧自如地在雨水中急速穿行，不时张开嘴喷出几片淡淡的黑色寒气。

"鸦公！冲！"姬昊大笑一声，跳上了巨鸦的脊背。巨鸦张开翅膀，发出一声尖锐的鸣叫，庞大的身躯一个扑腾跳下了浮空大陆，笔直地向丛林中暴跳如雷的大汉俯冲下去。

浮空大陆距离地面不过十几里高，巨鸦急速俯冲，三五个呼吸间就到了丛林上空。

黑水玄蛇部的大汉惊恐绝望地看着俯冲而至的巨鸦，扭曲的面孔几乎不成人形，嘶声尖叫道："火鸦！火鸦！火鸦部圣地的守护战士！"

火鸦张开巨爪一把抓下，大汉的身躯被黑漆漆钨钢一般的爪子轻轻一撞，骤然炸成了漫天血雾喷得满地都是。独角玄蛇惊恐地转身就走，刚刚爬出了十几丈远，火鸦张开嘴，一道赤红色宛如岩浆一般黏稠的火焰就喷了出来。

独角玄蛇悲鸣一声在火光中化为青烟，连带着好几棵古树都被火鸦喷火引燃，好像火炬一样熊熊燃烧。

火鸦得意洋洋地张开翅膀悬浮在树梢头，仰天"嘎嘎"叫了起来。

姬昊拍了拍火鸦的脑袋，轻快地跳到了树林中。不远处的一株参天巨木被无数藤蔓缠绕，姬昊麻利地挑选了几根足足生长了数百年的"龙筋藤"编成绳索，将地上昏厥的大汉们一个串着一个绑了起来，所有的猎物也都绑扎在了一起。

"先把猎物送回去，鸦公，我们加速！"

重新跳回了火鸦背上，姬昊长啸一声，火鸦一把抓起了地上的俘虏和猎物，拍打着巨大的翅膀向南方飞去。翅膀挥动了几下，火鸦冲上了离地数里的高空，黑漆漆的羽毛上喷出了一层淡淡的火光，火鸦化为一道火光，几个呼吸间就飞得不见了踪影。

疾飞了一个时辰，前方一座巨峰拦路，高耸入云的山峰顶部，十几棵高达千丈的桑树巍然傲立。

巨桑上数十个巨大的鸟窝清晰可见，上百头体形比姬昊脚下火鸦更加庞大的巨鸦，正围绕着巨桑盘旋飞舞，"嘎嘎"乌鸦叫声震得天空奔涌的浓云都无法靠近巨峰半步。

距离巨峰还有百多里远，前方一道火光激射而来，一尊身高将近三米的魁梧壮汉站在火光上，朝着姬昊大声咆哮："昊！你这娃娃又偷偷溜出去了？你才多大的屁娃娃，不怕被大鸟叼了走？"

看了一眼火鸦爪子上抓着的俘虏和猎物，大汉"咔咔"怪笑几声，用力地挥动了一下拳头："不愧是姬夏大兄的儿子，你从哪里抓了这群臭皮蛇回来？这下后山的矿洞，就有足够的奴隶采矿了！"

语气一顿，大汉皱眉说道："先回去看看吧，姬夏大兄的远支堂弟带着族人来了……这家伙，可不讨人欢喜，他这次过来，可没怀好心啊！"

姬昊的脸色一变，用力地踩了一下火鸦的脑袋，火鸦再次加速，迅速向前方巨峰下的一条深谷飞去。

第二章
恶 意

火鸦化为流光从低空掠过，姬昊站在火鸦头顶，低头俯瞰下方。

"嘎嘎"尖啸一声，火鸦收起翅膀，从两座陡峭壁立的山峰之间十几丈宽的缝隙中掠过，前方豁然开朗，山峰环绕之中，一条长有百多里、最宽的地方有三十几里的山谷豁然在望。

一旁高入云霄的山峰就是金乌岭，火鸦部的圣地。金乌岭上青桑巨木中筑巢的火鸦，传说中和火鸦部的族人一样，拥有上古神圣三足金乌血脉，是火鸦部最强大的战兽。

山谷尽头，种植了一片十几里宽广的桑树林，枝杈之间筑了无数的鸟巢，大群大群体长两尺左右的火鸦在树林上空盘旋飞舞，却没有发出半点儿声音。

姬昊骑乘巨鸦飞到桑树林的时候，所有盘旋在空中的火鸦纷纷落在树上，一声不吭地盯着姬昊和巨鸦，它们缓缓张开翅膀，犹如五体投地一样将胸脯贴近树枝，用自己独特的方式向巨鸦致敬。

轻快地跳下巨鸦，姬昊吹了一声口哨，巨鸦双翼一振，化为一道火光直冲高空，离地十几里后一个盘旋，就向金乌岭山顶的方向飞了过去。

无数小火鸦通红的双眸就全部凝聚在了姬昊身上，桑树林中充斥着一股极其诡异、肃穆的气息。

向着四周无数小火鸦挥手打了个招呼，姬昊顺着桑树林中一条不过三尺宽的羊肠小道向前行去。

微风吹来，桑树林枝叶摇动，发出"簌簌"声响。从远处看只有十几里方圆的桑树林突然变得格外幽深宽广，姬昊顺着小道向前快步狂奔了小半刻钟，身体带起大片残影，几乎跑出了五十里地，前方出现了两棵高耸入云，树干将近有百人合抱粗细，但是在密林外根本无法看到的青桑巨木。

两棵青桑巨木相距七八丈远，数十根巨大的枝条蜿蜒搭在一起，组成了一个散发出淡淡火光的拱门。姬昊从拱门中走了进去，四周热浪翻滚，一片一眼望不到边际的密林出现在眼前。

密林边缘处，数人粗细的原木搭建起了一座巨大的拱顶木屋，木屋的顶部一根三丈多粗的木桩子竖起来有数十丈高，上面搭建了一个百丈大小的木台，一具翼展百丈左右的金色火鸦骸骨正傲然屹立在木台上。

虽然只留下一具骸骨，这具火鸦的骨殖却散发出强大无比的洪荒气息，浩浩荡荡、无穷无尽，宛如汪洋大海笼罩了整个密林。乍一看去，这具骸骨就好像一团炽热的太阳悬浮在离地数十丈的空中。

让人诧异的是，这具火鸦的骸骨，有三根腿骨，这是一只三足巨鸦的遗体。

姬昊出神地眺望着这具依旧散发出无比骄傲、无穷战意，死后依旧不肯倒塌的巨鸦骸骨，深深地向它三鞠躬，低沉地默祷了几句。

放慢了脚步，姬昊轻快地走到了巨大的木屋前，轻手轻脚地凑到了六丈多高的木门前，从门缝里向内张望了进去。

木屋内的空间极其宽广，足以容纳上千人在内聚会。

木屋的地面是用厚重的石条铺成，正中留下了一个长宽两丈的火塘，大堆篝火熊熊燃烧，熏烤着一头洗扒干净的巨兽。兽肉已经烤得焦黄喷油，大量油脂滴在篝火中，木屋内满是浓郁的肉香。

数十个硕大的陶土酒坛一字儿摆在火塘边任人取用，不时有干瘪枯瘦的老人或者高大雄壮的大汉抓起酒坛，在石块雕成的酒碗中斟满烈酒。

环绕着火塘，坐着数十名体形瘦削的老人和数量大致相当的魁梧大汉。所有人都板着脸大口吃肉、大碗喝酒，除了用石刀切肉的声音，美酒斟满石碗的动静，整个木屋中就只有篝火燃烧发出的"呼呼"

声响。

姬昊来的时候，篝火上熏烤的巨兽已经被吃掉了一大半，等姬昊张望了一刻钟不到，巨兽就连骨头都被砍碎，所有骨髓都掏了出来，被那些大汉大口大口吃了下去。酒坛中的所有酒水都被喝得干干净净，就连一滴酒都倒不出来。

一尊身高超过三米，长发在脑后扎成了一条胳膊粗细大辫子，双眸细长犹如蛇眸，浑身透着一股逼人煞气的大汉突然抓起身边一个酒坛子，一巴掌拍在地上，将酒坛和下面垫着的石条同时拍得稀烂。

巨响声，打破了木屋中死一样僵硬的宁静。

"吃饱了，喝足了，说正经事吧！"大汉缓缓站起身来，雄壮的身躯上一股热浪扩散开来，他的身体好像充斥了整个木屋，屋子的空间似乎都变得小了许多。

"姬夏，你已经不是十年前，我们这一代最强大的战士！看看你皮包骨的模样，自从十年前你巫穴被破之后，你就不再是大巫，你只是一个普通的族人！"

大汉指着坐在篝火边，面孔正朝着大门的一条大汉大吼道："你还有什么资格做火鸦部的战士首领？你还有什么资格统辖火鸦部的守护战士？你还有什么资格坐镇我族圣地？"

被指名质问的大汉慢慢站起身来，他的骨架极其壮硕，甚至比挑衅的大汉还要高出一个头来。但是他魁伟的身躯上见不到什么肌肉，皮肤紧紧地贴在骨头上，整个人就好像一具骷髅架子，风吹都能倒。

姬夏，姬昊的亲生父亲，曾经的火鸦部最强大的战士！

但是姬昊出生时，在圣地金乌岭的祖庙中遭遇偷袭，姬夏为了保护姬昊和自己的妻子血战不退，被死对头黑水玄蛇部的袭杀部队重伤。这些年来姬夏的身体日渐一日地干瘪，很多人都认定他已经失去了当年的力量。

姬昊紧握着拳头看着姬夏，眼前不断闪过当日姬夏为了护住自己浴血奋战的镜头。姬夏雄壮的身躯，硬生生地挡住了敌人无耻的偷袭和狂野的攻击，顽强地护住了自己稚嫩的小命。

姬昊还清楚地记得，姬夏的血洒在自己的身上，是那样的滚烫。

眯着眼，姬昊深深地看了一眼站起来主动挑衅的魁伟壮汉。

姬夏稳稳地站在那里，温厚地笑着："那么姬吽兄弟，你觉得应该怎么样呢？"

人群中，一个身量比旁边的壮汉矮了一大截儿，面孔还带着几分青涩之气的少年突然蹿了出来，指着姬夏的鼻子破口大骂："老废物！还用说么？自己乖乖地带着你那个青夷部的招灾婆娘和那个小杂种滚蛋，让我父亲成为火鸦部的战士首领，坐镇我族圣地！"

少年骄狂地昂头大叫："还有几天就是祭祖大典，火鸦部所有部落的首领都会来圣地祭祖。当着这么多族人的面，你自己乖乖地滚蛋罢！"

老废物？招灾婆娘？

姬夏"咔咔"大笑一声，怒气直冲脑门，顾不得这座木屋是火鸦部商议部族大事的肃穆之地，跳起来一脚将厚重的大门踹开。

两扇大门重重撞在墙壁上，轰然巨响中，姬昊一个跨步冲进了木屋。

"小杂种，你骂谁呢？"姬昊破口大骂，双手结印向前一吐，篝火中一团火光喷出将那少年包裹了进去。

烈火熊熊，少年的头发、眉毛同时"呼"的一下化为一缕青烟。

第三章

约 斗

火光熊熊，烧了少年一个措手不及。

但是所有火鸦部的族人，天生对火焰都有奇特的亲近能力。少年怒骂连连，双手在身上一阵乱拍，所过之处火光消散，只有缕缕黑烟缠绕在身边。

姬昊得意地打量着对方被烧得溜光的脑袋，厉声喝道："哈，一把火都挡不住的废物，你有什么资格在这里废话？谁给你的胆子在这里叫嚣？"

姬夏欣慰地看了姬昊一眼，双臂抱在胸前一言不发。

坐在火塘边，几个外表最为苍老、枯槁的老人欣然点了点头，同时"嘎嘎"怪笑。

坐在姬夏对面的一群大汉中，一名身高比姬夏差不到哪里去的汉子站了起来。他生得身形匀称，不见其他大汉身上那种虬结的肌肉；皮肤白皙且细嫩，丝毫不像在南荒丛林中谋生的部落族人；满头长发用三个玉环在背后束成了一条大辫子，细长的双眼之间精光乱闪。

"武，不要丢了我们家的脸。"男子的声音阴柔而平和，透着一股子森森的冷意。

被烧光了头发、眉毛的少年大吼一声，一个大步跨出十几丈远，当头一拳向姬昊面门砸了下来。一边吐气出拳，少年一边放声怒吼："只敢背后偷袭的混蛋，我是姬武，强大的姬枢的儿子！"

一股恶风扑面而来，姬武的拳风吹动了姬昊的长发，一根一根发丝笔挺地向后拉直，扯得头皮生痛。

好强的拳劲，姬昊立刻判断出，姬武的这一拳力量起码是自己最强力量的三倍以上，单凭肉体力量，根本不可能挡住姬武的这一拳。

双手结印，身形一晃，姬昊的身体原地炸开，化为七八条残影"簌簌"有声地向四周蹿去。姬武的拳头在空气中打出轰然巨响，却连姬昊的影子都没摸到。

轻吐一声真言，篝火中的火焰一阵乱晃，数十条手臂粗细的火蛇呼啸飞出，随着姬昊的念头向姬武的身体射去。

姬夏轻轻地吐了一口气，看着狂舞的火蛇笑道："几位阿公，昊这些年跟着你们学习巫法，看来有点儿成就了。"

几个苍老不堪的老人"嘎嘎"地笑着，得意洋洋地点了点头，一位眸子里绿火闪烁的老人厉声说道："昊是个好苗子，对巫法有极高的天赋。或许，他会成为万年以来，我们火鸦部的第一个巫王。"

姬夏和身边的几个战士同时笑了，坐在姬夏对面的姬枢、姬吽等人则是同时皱起了眉头。

生得白皙细嫩的姬枢怒声喝道："武！姬昊可是传说中的天才，你可一定要小心了！"

一边呵斥，姬枢一边皱了皱眉，向那几个坐在最上方的老人不满地望了一眼。这些老人是火鸦部地位最尊崇的巫祭，他们对姬昊的偏袒，是人都能看出来。

姬武低沉地咆哮一声，他的左臂上一枚盾牌形的文身闪烁了一下，一块直径三尺的金属圆盾从火光中喷出，将姬武大半个身体护在了盾牌后面。青铜色泽的金属盾牌造工精美，盾面上还镶嵌了精美的花纹——一座高塔直入云霄，高塔的顶部，悬浮着一只竖起来的血色眼眸。

"这盾牌，好眼熟啊！"姬昊看着盾面上的精巧花纹，心头骤然一震。

双手下意识地结印，原本只用了三成力量控制火蛇，现在十成十的力量全都喷发了出来。

数十条火蛇的体积骤然膨胀，大大小小的火蛇相互吞噬融合，眨眼间三条长有十几丈的火龙凝形，带着"呼呼"风声撞在了盾牌上。

"嗡嗡"震鸣声不断响起，盾牌上一抹青色幽光闪烁，十二枚拳头大小的扭曲符文从盾牌边缘浮现，一道直径三尺的青色寒芒从盾面上喷出一丈多远，三条火龙和青色寒芒相互冲撞、摩擦，发出沉闷的爆炸声。手持盾牌的姬武被巨大的力量冲击，身体微微颤抖着，但是雄壮的身躯丝毫不退。

"哈哈，你就是姬昊？传说中一出生就能说话，一天之后就能满地乱跑，一个月的时候就能施展控火巫法的姬昊？"姬武手持盾牌抵挡着火龙侵蚀，大声咆哮叫嚣着，"但是你的力量，怎么这么弱？太弱了啊，姬昊，你连我的一根毛都伤不到！"

姬昊"咔咔"怪笑，放弃了对三条体积迅速缩小的火龙的控制，望着姬武笑道："伤你的毛？你还有毛让我伤么？喂，光头的滋味怎么样？"

一句话刺激得姬武眼珠都红了，他身上骤然一亮，一层极其黯淡的火气从他头顶涌了出来。

大笑声中，姬昊伸手向木屋的一侧墙壁一抓，墙壁上的木架子上，一柄用青桑木做柄，用火燧石做枪头的长矛呼啸飞出，稳稳落在姬昊手中。

一声大喝，双手握着足足有自己两个多高的长矛旋转了几圈，一股炽热的力量从掌心涌入长矛，青色的长矛上一连串十几枚古朴的赤红色符文亮起，火燧石制成的三尺枪头上"呼呼"喷出了丈许长的火焰。

双臂一抖长矛，姬昊抡起长矛就向姬武的盾牌砸了下去。火光如浪，矛影如龙，瞬间姬昊朝着盾面砸了一百多下，长矛和盾牌剧烈撞击，青色寒芒、红色火光相互摩擦碾压，不断发出刺耳巨响。

狂攻了一百多下，姬昊喘了一口气，姬武顺势一推盾牌，三条火龙彻底崩溃，强大的力量从盾牌中涌出，姬昊只觉双手巨震，强横的力量顺着手臂袭来，自己的肉体力量根本无法阻挡！

长矛被巨力震飞，姬昊跟跄着向后急退。

姬武一言不发地一挥右臂，右手小臂上的大斧文身一亮，一柄黑黝黝的金属大斧呼啸而出，他顺势抡起大斧，丝毫不留情地向姬昊的脑袋劈了下来。

姬昊看着姬武凶光闪烁的眸子，感受到了犹如实质的杀意，这个家伙是真想借机杀了自己？

十指颤动，法印连发，姬昊身形凭空消失。一阵旋风"滴溜溜"从姬武身后喷出，姬昊从旋风中走出，正好接住了从空中落下的长矛，倾力横扫砸在了姬武的后背上。

一声脆响，长矛将姬武打飞了数十丈远，一头撞在了木屋的墙壁上，撞得墙壁木架上的数十件兵器纷纷落下，全都砸在了他的脑袋上。

这一击姬昊用尽了全力，眉心紫府中宛如雾气凝聚的元丹剧烈跳动，全身所有法力瞬间全部涌出。

阴柔无比的热劲透过姬武强横的筋骨、肌肉，侵入他的五脏六腑，狠狠震荡他的内脏。姬武只觉心头一热，好像一颗炸弹在胸膛中炸开，不自禁地一口血喷了出来，迅速化为一团火焰附着在地面上熊熊燃烧。

好像一头被踢了屁股的狗熊，嘴角挂血的姬武"嗷嗷"号叫着站了起来，手持大斧就要继续冲杀。

"够了！"姬夏站起身，大声吼道，"够了！这里是部落议事的地方，不是给你们这群小崽子斗殴用的。"

姬枢冷哼一声，阴柔地说道："姬夏大兄，不如就让崽子们分一个胜负呗？我们两个争夺部族的战士首领的位置，我们的崽子们，就当一个乐子，让族人们看看热闹！"

姬夏深吸了一口气，沉声说道："一切按祖宗留下的规矩来定吧。半个月后，祭祖大典，我们用拳头决定一切。"

羞得面红耳赤的姬武不甘心地将盾牌、斧头砸在了地上，手指姬昊厉声吼道："姬昊，像个真正的男人一样，在祭祖大典上和我决斗，你敢么？若是输了，你这辈子就缩着卵蛋做人吧！"

姬昊冷哼一声，举起右手，缓慢地抹过了自己的脖子，接受了姬武的挑战。

第四章
交 易

夜幕笼罩南荒。

天空星辰璀璨，视线所及的天穹极限，漫天都是拳头大小的星辰熠熠生辉。七彩星光凝成肉眼可见的水雾，缓慢地从高空降落，滋养天地万物。

金乌岭顶部的青桑巨木上，数百头体形巨大的火鸦站在悬崖边一字儿排开，张开大嘴无声地吞吐着星光中的能量。金乌岭被一层浓郁的赤红色星光笼罩，十几棵青桑巨木上方，火红色的星光变成了一个巨大的旋涡，无穷星力不断涌入巨木。

姬昊坐在自家屋顶，静静地眺望着这片神奇的夜空。十指盖在小腹上，不断变幻法印，牵引星力融入自身。瘦削的身体散发出淡淡光芒，好像和漫天星光融为一体。

《九字真言丹经》，源自九字真言秘法，能开辟人体最深层的潜力，沟通宇宙最终极的奥义，直达天人合一妙境。从出生时起，姬昊就重修丹经，苦修近十年，丹经已有小成。

眉心紫府内，广大无边的神魂空间中，一枚雾气状的紫府元丹正在缓缓旋转。

"昊，回来睡觉！每天晚上都对着天空发呆，你还想飞上天不成？"姬夏温厚的声音在院子里响起，"想飞上天也不难，等你修炼成巫王了，就能飞天遁地啦！"

说到这里，姬夏不由得放声大笑。

谁都知道，火鸦部已经有好几千年没有巫王级的大能出现了。原本可以和毕方部、朱雀部平起平坐的火鸦部，因为缺少巫王级的强者坐镇，已经沦落成了毕方部的下辖部族。

就连姬夏，虽然知道姬昊是天才，却同样不觉得姬昊有太大的希望成为高高在上的巫王。姬昊固然天赋卓越，但是现在也不过是小小的第三层的巫人，连小巫境都还没达到，突破小巫境后，还有修为更艰难的大巫境，突破大巫境后才是能够飞天遁地、翻江倒海的巫王呢。

"哦……"懒洋洋地应了一声，收起丹经手印，姬昊从屋顶轻盈落地。

一头体长五丈开外，浑身红毛的铜皮狂熊懒散地趴在木屋大门口，姬昊正好落在了狂熊软绵绵的肚皮上。正惬意打呼噜的大熊睁开了一只眼睛，肥大的熊掌轻轻地在姬昊身上摸了摸。

姬昊掏出一枚果子，掰开狂熊的嘴巴塞了进去。

睡得昏天黑地的大熊直接一口将果子吞了下去，都懒得咀嚼一下。

"胖子，迟早你会胖得走不动路，就没办法再做阿爸的坐骑了。"姬昊踢了踢大熊的脑袋，这头胖熊干脆双手捂住了脸，摆出了一副任凭你蹂躏，熊爷只管呼呼大睡的架势。

摇摇头，姬昊走进了木屋。

身穿一件麻布长裙的青苡坐在木屋角落里，双手握着玉制的药杵，仔细地研磨着药钵中一团色泽碧绿的药浆。青苡的十指上有细细的青色烟雾顺着药杵盘旋而下，不断融入药浆中。

药浆内细小的草药渣滓在青烟中逐渐化去，药浆逐渐变得清澈纯净，也变得黏稠有劲，在青苡不断的研磨下就慢慢地变成了犹如美玉质地的药膏。

"阿姆！"姬昊坐在青苡面前，静静地看着自己的母亲。

青苡不是火鸦部的族人，她来自东方一个依附在火鸦部下的小部落青夷部。这个部落的女子都是天生的巫祭，尤其擅长辨识、炼制各种药物。

火鸦部的女人们都和男人们一样，个个高大魁梧，是一群拎着长矛大斧就能在山林中和各种猛兽厮杀的彪悍生物。但是青夷部的女子却个个都出落得水灵、高挑，肤色如雪，面容如画。

姬昊的母亲青荻，更是青夷部天赋最强的巫祭，同时也号称青夷部近百年来的第一美女。

只是昔日绝美的容颜，如今却很有点儿憔悴，青荻最多三十岁不到，两鬓已经斑白，线条绝美的嘴唇上，一点儿血色都见不到。和瘦得皮包骨头的姬夏一样，青荻也枯槁得厉害。

仔细地研磨着药膏，青荻抬起眼来，"嗤嗤"地笑着："昊，今天很威风呢？你打败了姬枢的儿子？"

姬昊抓了抓脑袋，看着青荻笑道："只是占了点儿小便宜，他其实没伤到。嗯，堂堂正正地正面战斗，我打不过他。但是如果进了山林，我能让他死一万次。"

言笑间，姬昊身上骤然有一股可怕的寒意一闪而逝。

青荻欣慰地看着姬昊，低下头轻轻地说道："嗯，这样阿姆就放心了。不要学你父亲，总想着维护部落的大局，总想着息事宁人……这里是南荒呀，不心狠手辣一些，怎么活下去呢？"

一股奇异的香味传来，药钵里的药膏已经成形。青荻抓起药膏，慢慢地团成了十二颗拇指大小的青色药丸，仔细地放进了一个玉瓶中。

"昊，一定要记住阿姆在你小时候给你说的那些故事。我们青夷部呀，以前也是东边很远的地方，非常强大的部落。但是就是因为一位老祖母心软上当，整个青夷部差点儿就被人灭族了，好容易才逃到了南荒。"青荻一对凤眼内寒光闪烁，淡淡地说道，"半个月后的祭祖大典，你父亲活下来也还好说，如果他死了……"

姬昊低下头，静静地倾听青荻的叮嘱："如果你父亲被姬枢杀了，我是要跟着他一起死的。你就离开部落，等自己变得更强大了，再去杀了姬枢全家，为你阿爸和阿姆报仇。"

姬夏拎着一大块兽肉走进了木屋，他看了看青荻，笑着说道："和昊说这些干什么？祭祖大典上，不见得是我输给姬枢那小子呢。想要做我们火鸦部的战士首领，嘿嘿，哪里有这么容易？"

姬昊不再吭声，伸出双手拥抱了一下青荻，姬昊走上楼梯，到了自己居住的房间。

十年一次的祭祖大典，火鸦部所有部落的首领们都会来金乌岭圣地祭祀祖先，这也是整个火鸦部高层权力变更的唯一机会。

放在十年前，姬夏最巅峰的时候，姬枢根本不是他的对手。

但是现在的姬夏，巫穴被破的他实力大减，甚至很可能和姬枢一伙人所说的那样，姬夏已经从大巫境摔落到小巫境。面对咄咄逼人的姬枢等人，姬夏能撑过去么？青茯能熬过去么？没有了他们的护翼，自己的小命，又能坚持多久？

"这鬼地方可不是什么太平的世道……这地界，可是要吃人的。"这些年，姬昊见多了被敌人消灭的部落所属的那些孩童凄惨的命运。现在的姬昊，可没有足够的力量抵挡外界的危险。

力量，必须尽快地获取更强大的力量。

就算不能帮姬夏太大的忙，但是也要尽快增强自己的力量，竭尽所能地应付未来一切可能的变故。

关上房门，打开紧闭的窗子，让满天星光都照进了房间里，姬昊躺在一张宽大厚重的狮子皮上，闭上了眼睛。远比寻常同龄人强大百倍的灵魂力量向泥丸宫一冲，姬昊来到了自己的神魂空间中。

"喂，老家伙，我来了。你提出的交易，我答应了。用你的那不知所谓的补天不漏诀，换我的九字真言丹经。顺带，别忘了你答应我的那些好处。"

随着姬昊的叫声，广袤无边的神魂空间中，一团白色的雾气凭空涌出，在姬昊面前凝成了一个白色的圆碟。

一个高大如山的身影盘坐在玉碟上，居高临下地俯瞰着姬昊。

"小家伙，和我交易，你绝对不会吃亏，更不会后悔。"

第五章
收 获

"天有残，地有缺，取天地万物精华而补之……"

姬昊仰望着虚影，这家伙的块头巨大无比，看上去比金乌岭还要高大百倍。十年来，姬昊用尽了目力，也只能勉强看清虚影的大致模样。

长发、长须，黝黑乌亮的发、须无风自动，衬托着庞大魁梧的身躯显得格外神异、神秘。

虚影身上没有衣衫，袒露着上半身，腰间缠着一条简单的，用巨大叶片制成的围裙。

刚刚出生时，姬昊就发现了虚影的存在。快十年来，虚影一直念叨着要姬昊和他交换功法，姬昊一直拒绝。但是这次面对姬枢父子的强大压力，浓浓的危机预感逼迫他答应了虚影的请求。

隆隆巨响宛如日月经空，好似无数星辰在虚空中摩擦转动，伴随着巨大响声，虚影的身边不断浮现出五彩光芒凝成的符文。好似飞鸟游鱼、花草虫豸等物构成的符文古老、粗朴，透着一股子难以形容的玄妙之意。

虚影的诵读声结束后，所有五彩符文同时向姬昊涌了过来，错落有致地融入了姬昊的身体。

与此同时，姬昊的灵魂中一动，对于九字真言丹经的所有领悟、所有诀窍，都被虚影用神奇的手段复制了一份。在虚影的身体四周，有九团硕大的金光浮现，金光中正是九字真言对应的九大法印，宛如小太阳一样喷射出无穷尽的光芒。

金光融入虚影身体，庞大的虚影身体微微一动，姬昊的神魂空间内一阵风起云涌，无边雷霆闪电凭空生出。姬昊艰难地低下头，灵魂在虚影制造的恐怖天威前瑟瑟发抖。

"果真妙不可言。"虚影长叹一声，双眸中有瓦蓝色的神光不断闪烁，"小家伙，你的九字真言丹经，它对灵魂的修炼，对宇宙天地之力的运用技巧，演绎到了极致，非常精巧，非常玄妙，我从未想到，这世上，有这么精妙的'运用技巧'。"

长叹声中，虚影压低了声音喃喃自语："如果我当年，能够这样精妙地掌握自己的力量，我还会沦落到今天，成为一个藏头缩尾不敢露头的失败者么？"

姬昊的脑子里一阵"嗡嗡"乱响，庞大的信息充斥灵魂，以姬昊的灵魂力量，一时半会儿根本无法自如地吸收消化这些庞大的信息。

《补天不漏诀》，虚影用来交换的功法已经自行地运转起来。姬昊的灵魂还没有催动，身体内所有血气已经全部向小腹内还没开辟的丹田涌了过去。

气血旋转，化为一个小小的漩涡，一丝微妙的气息从漩涡中滋生出来，骤然间一声巨响，好似天地开辟一样，漩涡中一丝微弱到极致的五彩火苗进射而出。火苗弱小柔韧，内部有无数的五彩符文一闪而逝。

补天不漏诀第一重正式入门，姬昊也明白了这门功法的神异之处——从今天起，姬昊吞噬的所有食物，九成九的精气将化为五彩火光的养分，一分的精气将滋养肉体，变成姬昊本身的力量。

换句话说，姬昊如果现在一口气吃掉一百条龙，就会拥有一条龙的肉体力量！

"喂，我是要变成一头吃货吗？"姬昊暗暗为补天不漏诀的恐怖吃惊，同时放声抱怨起来，"老家伙，你想要让我吃垮整个火鸦部么？这功法是怎么说的？只要我有精力，我可以无休止地吃下去？"

"吃得越多，就越强嘛！"虚影'咔咔'笑了几声，手指一挥，两点人头大小的血珠从他身边飞出。

一颗血珠金光四射，刚猛霸道透着一股子骄傲的气息；一颗血珠紫气弥漫，神秘高贵中带着一丝脱俗的韵味。两颗血珠刚刚飞出，姬昊就发现自己的身体一阵阵地悸动，迫不及待地想要融合这两滴血珠。

虚影低下头，眸子里蓝光四射凝视着姬昊："小家伙，我不占你便宜。这是我额外给你的一点儿补偿。一滴龙血，一滴凤血，不仅仅对你现在，对你以后也有极大的好处！"

两颗血珠爆开，化为金色、紫色两片血雾融入姬昊身体。

姬昊浑身一阵阵滚烫，剧痛从身体最细微的角落中涌出，灵魂无法再留在神魂空间中，剧痛逼得姬昊灵魂返回肉身，竭尽全力地控制全身肌肉，不让自己发出痛苦的叫声。

瘦削匀称的身体上，一块一块肌肉在剧烈地蠕动起伏，肌肉和骨骼都在粉碎、在重组，再变得更加的合理。龙，高高翱翔在天空的龙，天生拥有世界上最强大的肉体，纯血统的龙族幼崽，肉体强度就足以媲美巫王巅峰级的存在。

一滴龙血就可以让姬昊脱胎换骨，拥有最完美、最合理的人体结构。

与此同时，一股股热流不断融入灵魂，姬昊的灵魂变得越来越强大，同时灵魂的品质也在不断提升，灵魂内的杂质被热流不断驱散、炼化。

凤凰一族天生拥有世间最强大、最纯净的灵魂，每一头凤凰都是可怕的法术操控者。一滴凤凰血液，同样让姬昊的灵魂发生蜕变，为将来的修炼打下了最完美的根基。

小腹中五彩火苗缓缓跳动，身体和灵魂同时蜕变的姬昊突然瞪大了眼睛。

饥饿，难以形容的饥饿让姬昊差点儿惨号起来。肚子里好像有一个黑洞，正在疯狂地吞噬自己的血肉之躯。姬昊低声哼哼着一跃而起，从敞开的窗户蹿了出去，手臂挂在屋檐上一甩，轻松自如地跳进了楼下大厅。

大厅火塘中余火黯淡，二十几块兽肉挂在火塘上，烟熏火燎的，这些兽肉都已经七八成熟，硕大的肉块上还抹了厚厚的一层岩盐，烟火熏烤出的油脂和岩盐混在一起，结成了一层晶莹、浓香的包浆。

姬昊抓起一条剑齿虎的后腿肉，张开嘴用力地咬了下去。

细微的"咔嚓"声中，足足有姬昊腰身粗的剑齿虎后腿骨坚硬的骨头被一口咬断，姬昊连骨头带肉地胡乱咀嚼了几下，囫囵地将浓香四溢的剑齿虎肉吞了下去。

虎肉入腹，立刻化为一道强大的热流注入小腹内的五彩火苗中。

只是一弹指间，一丝一丝的五彩光芒从火苗中涌出，姬昊的身体贪婪地将这些五彩光芒吞噬、融合，无边的快慰从姬昊身体的每一寸血肉中涌出。

疯狂地吞咽，十几条各色兽腿被姬昊吃得干干净净。姬昊的身体内突然传来一声雷鸣般闷响，原本瘦削高挑的姬昊，身高骤然拔高了半寸，皮肤下的肌肉也微微膨胀了一些。

强大的力量感在姬昊体内流动，姬昊咬着牙，低声说道："巫人境，第四层！"

第六章

父 母

姬昊放开肚量大吃的时候，姬夏、青茯站在卧房门边，透过门缝静静地看着姬昊。

看到家里的所有肉食都被姬昊吃光，尤其他气息突破的那一刻，青茯轻轻一笑。

姬夏咧咧嘴，庞大的身躯无声无息地穿过窗口，几个起落后，没有惊动任何人就掠入了黑漆漆的丛林。奔出去了老远，姬夏才低声咕哝了一句："能吃才好，多吃点儿，才有力气，才像个男人！"

微微顿了顿，姬夏轻声笑道："不愧是我姬夏的崽子，从小就神神鬼鬼的，他跟着巫祭阿公们到底都学了些什么呢？不管怎样，总归是好事，总归是我姬夏的崽子！"

太阳还没升起，薄雾笼罩山林，火鸦部的驻地中已经喧哗一片。

金乌岭上的青桑巨木喷出红色霞光，近千头巨鸦拍打着火光熊熊的翅膀腾空而起，欣然叫嚷着向四方飞去。驻地中的桑林内，无数的小火鸦"嘎嘎"叫着，犹如一片乌云腾空而起，围绕着金乌岭盘旋飞舞。

火鸦部的成年战士手持长矛大斧，骑着各自的战兽，成群结队地走入丛林开始一天的猎杀。

部落的女人们嘻嘻哈哈地将家里娃娃踹出屋子，同样开始了一整天的忙碌。昨天猎杀的兽皮需要处理，矿奴挖出来的金属矿石需要分门别类，大量的天然植物纤维需要加工，偌大的部落总有忙不完的活。

姬昊站在自家屋顶，面对着逐渐亮起来的东方，胸腹之间缓慢起伏，一丝一丝淡紫色的热气从极其遥远的东方天际急速射来，被姬昊小口小口谨慎异常地吸入体内。

无声默诵"临、兵、斗、者、皆、阵、列、前、行"九字真言，双手在胸前犹如流水般变幻法印，天亮前天地间自然滋生的第一缕纯阳紫气缓慢被身体吸收，化为氤氲之气融入灵魂。精神力量缓步增长，姬昊的额头有热汗淋漓而下。

昨夜之前，每天早上姬昊只能吸收一丝纯阳紫气，肉体和灵魂就不堪重负。但是得了龙血淬炼肉体，得了凤血淬炼灵魂，今天一大早，姬昊已经吸纳了足足三十六道纯阳紫气，却依旧没有达到极限。

"妙不可言！"姬昊心头一片欢喜，头顶隐隐有一缕火光冲出。和虚影的交易，起码从现在看来，并不是一个错误的选择。

"昊！大兄！"

伴随着响亮的呼喊声，数百名年纪比姬昊略小的孩童扛着小山般大小的巨石，步伐整齐地从姬昊的家门前跑过。看到姬昊一如既往地站在屋顶上"发呆"，孩童们纷纷大声叫嚷。

姬昊收起了功法架子，平息了胸口翻滚的气息，笑着向这些孩童挥了挥手。

数百孩童狂奔而过，肩膀上的巨石上，巫祭刻绘的符文闪烁着土黄色的光芒，让这些巨石远比实际的重量沉重了数十倍。孩童们扛着巨石狂奔而过，脚步声犹如雷鸣，汗水不断顺着粗糙的皮肤滑落。

"啊呀，这些小家伙，很快就能成为第一层的巫人了嘛，都能变成合格的战士了！"姬昊看着这些火鸦部的娃娃，由衷地赞叹了起来。

巫人境的修炼，是纯粹的锻炼肉体、强壮基础的过程。

取南荒质地最致密、最坚硬的青钢岩，雕琢出长宽高都是三尺的石块，这样的一块巨石的重量就是"一石"之力。第一层的巫人，拥有一万石的力量！而第二层的巫人，则是有两万石的巨力！

姬昊昨夜突破后，已经是巫人境第四层，单纯的肉体力量足足有四万石之巨。

"只不过，姬武那家伙的力量……"姬昊看着狂奔远去的孩童们，蹙起眉头陷入了沉思。

在议事大厅和姬武短暂的交手，姬武身上有浓烈的火光异象，这分明是肉体力量达到了第十层，开始突破巫人境最后两重境界，激发先天血脉异力的征兆。

以姬昊现在第四层的实力，借助法术变化占点儿便宜倒是不难，想要正面击溃实力超出自己许多的姬武，还是有点儿难度的。就更不要说，击败姬武之后，还要面临姬枢一众人的逼迫。

"这些天，得多找点儿强大野兽吃掉才行。"姬昊默然自语道，"叫鸦公帮忙么？鸦公可是大巫境的实力，如果能击杀一百头小巫境的猎物吞下去……"

正在思索的时候，一股奇异的肉香味飘了上来。

青荻走到了院子里，抬头向姬昊招了招手："昊，下来罢。你阿爸一大早就去猎了一条猎物，给你补补身体呢。"

姬昊愕然看了青荻一眼，急忙从屋顶上跳了下来。

姬夏的战兽铜皮狂熊硕大的脑袋堵着大厅大门，咧开的大嘴里涎水不断地滴答了下来。它趴在地上，"呜呜"地叫着，好似小孩一样撒着娇。

坐在大厅火塘边，正在烧烤猎物的姬夏抓起一块大腿粗的木柴，狠狠地将木柴丢了出来。一声惨嚎，木柴砸在了胖熊的脑袋上，肥胖的身体好似一个球一样滚出了数十丈远。

"滚远点儿，肥熊！"姬夏低沉地喝道，"一天到晚就知道吃，迟早有一天，你会肥得跑不动路，我只能把你宰了吃肉，然后再去选一头战兽了。"

喝骂声中，姬昊走进了大厅，看着火塘上架着的那头猎物。

看外形，这是一条大蛇。但是这头大蛇的肌肉带着奇异的荧光，肌肉、腱膜、筋节隐隐半透明，骨头更是致密如钢铁，在火光中散发出凌厉的寒芒。肌肉如玉、骨骼如钢，这是巫人境巅峰的肉体表象。

姬昊心知肚明，金乌岭周边数千里内，普通凶禽猛兽无穷无尽，但是巫人境巅峰的猎物少而又少，平时大队族人去山林中狩猎，两三个月不见得能碰到一头这种水准的猎物。

"阿爸！"姬昊走到火塘边坐了下来。

"昊啊！"姬夏向姬昊看了一眼，咧嘴笑了起来，"你昨晚上把家里的肉吃光了，阿爸怕你还饿着，就顺手猎了一条白斑虓蟒回来。"

白斑虓蟒，巫人境巅峰的剧毒之物，奔行如风、行踪诡秘，极其难以捕捉。同时白斑虓蟒的骨髓力量极强，最擅长补充元气、填补精血力量。

青茯走了进来，轻轻地摸了摸姬昊的脑袋："昊，你昨天夜里吃了这么多，是力量突破了呢。这是好事，刚刚突破一层力量，一定要多吃点儿好吃的，才能补足力气呢。"

姬夏和青茯微笑地看着姬昊，丝毫没有询问昨夜究竟发生了什么的意思。

姬昊看着姬夏和青茯，眼角微微发热，心头一阵阵地暖流荡漾。从不询问为什么，只是默默为自己提供保护、为自己提供所需一切，这就是"父母"的真意么？

"那，我真的饿得很了，阿爸、阿姆，我就吃了！"姬昊大笑几声，抓起插在白斑虓蟒身上的一柄石刀，麻利地剁下一节水桶粗的蛇尾，连骨头带肉地吞入了腹中。

小腹中五彩火焰骤然一亮，蛇骨、蛇肉同时化为热气涌入五彩火焰，眨眼间就有一道道五彩光芒喷出，不断融入姬昊周身。

肉眼可见，姬昊皮肤下肌肉犹如水波一样波动，骨骼更是发出"咔咔"脆响。

姬夏、青茯欣慰地笑了起来，姬夏摸着下巴说道："嗯，能吃是好事啊，昊，多吃点儿，你要吃多少，阿爸都能给你找到好东西呢。"

青茯微笑，轻轻抚摸着姬昊的脑袋。

院子的大门突然被人敲响，一个细嫩、带着几分做作之气的声音慢悠悠地响起："青茯巫祭在么？妹子想要向青茯姐姐讨教一下药剂上的学问呢。"

第七章

挑 战

　　姬昊拉开了院门，就看到了正不耐烦地抱着双臂，站在门前不断摇晃身体的姬武。

　　"咔"的一笑，姬武傲慢地低下头，俯瞰着比自己矮了一大截儿，更是瘦弱了许多的姬昊，大摇大摆地说道："姬昊，祭祖大典上，我会打死你！"

　　姬昊抬头看着姬武，一歪嘴冷声笑道："昨天吐血的是谁？想要打死我？先把嘴巴里的血腥味洗干净！"

　　姬武咬牙切齿地看着姬昊，恨得眼珠都快跳了出来。当着这么多族人被打得口吐鲜血，这是他这辈子最大的耻辱。尤其是姬昊的修为比他弱了一大截儿啊，被实力不如自己的人打伤，姬武都没脸见人了。

　　"该死的混蛋！"姬武愤怒地挥动着大拳头，作势要给姬昊一拳。

　　一个女人轻轻巧巧地从姬武身后转了出来，随手一拨拉姬武的胳膊，牛高马大的姬武就踉跄着向后倒退了十几步，差点儿没一屁股坐在地上。姬武很是委屈地大叫了起来："阿姆，我要揍这小混蛋！"

　　"哎哟！小混蛋骂谁呢？"姬昊双臂抱在胸前，看着面前的女人直笑。

　　姬武还要开口喝骂，站在姬昊面前的女人已经厉声呵斥，吓得姬武闭上了嘴。女人眯着眼，上上下下地打量起姬昊，过了好一阵子，她才冷笑道："挺俊俏的娃娃……和你阿姆一样俊俏，但是这细胳膊细腿的，小心哪天就被山上的野物弄折了。"

　　姬昊也上下打量着这女人，她比青荻要高出一拳，和清雅、淡然的青茯相比，这女人无论身材还是气质都要火爆得多，雄伟挺拔的胸脯，圆润挺翘的臀部，嫣红湿润的菱角形嘴唇，水汪汪妩媚的一对儿杏花眼，女人浑身上下都散发着犹如曼陀罗一样危险醉人的魅力。

"能弄折我胳膊腿的野物，应该这世上还没有。"姬昊直愣愣地盯着女人雄伟的胸部，啧啧惊叹道，"倒是阿婆你要小心。黑水玄蛇部的那群混蛋，这些天经常过来骚扰，阿婆你要是被他们抢走了，一个晚上起码有一百个黑水玄蛇部的男人来喜欢你！"

女人的脸色骤然难看。阿婆？她像部落里那些脸上褶子能埋人的老太太么？更不要说，姬昊最后一句话太恶毒了。

"混蛋！你敢这么对我阿姆说话？"站在一旁的姬武怒声咆哮，双臂一阵光芒闪烁，重盾和大斧再次飞出，被他紧紧握在手中。

姬武浑身煞气四溢，他正要冲姬昊出手，姬昊身后突然冒出了一颗硕大的熊头。胖熊人立而起，犹如一座山站在姬昊的身后，浑身三尺长毛一根根地竖了起来，浑浊的眸子里散发出浓烈的杀气，嘴角不断滴落黏稠的涎水，一声不吭地直愣愣地盯着姬武。

"该……该死的！"姬武好似被巨蟒盯上的蛤蟆，胖熊散发出的气息锁死了他的身体，让他丝毫动弹不得。浑身僵硬的姬武踉跄向后退了两步，差点儿双腿一软坐在地上。

胖熊虽然胖得厉害，但是它毕竟是姬夏的战兽，实力无限逼近大巫境的凶兽，它散发出的气息哪里是姬武这小小巫人能够承受的？

"哼！"女人伸手一划，细细的手指前发出刺耳的撕裂声，强行将胖熊散发出的气息撕碎。她冷眼看着姬昊冷笑道："小崽子，你毛长全了没有？就知道男人和女人的那点儿勾当了？嗤，青茯啊，妹子我登门拜访，你就让一个小崽子在这里胡搅蛮缠嘛！"

"嗤嗤"一笑，女人的袖子里一片灰蒙蒙的烟雾喷出，向着姬昊的面孔喷了过来。

姬昊闻到了刺鼻的药草味道，一眨眼的工夫，姬昊从中分辨出了腐骨草、断肠草、碎经草等七种剧毒药草的味道，同时还有另外几种毒花的气息太过于仓促，无法分辨出来。

身形一晃，姬昊带起一道狂风向后急退。

胖熊狂啸一声，嘴里喷出一道狂风，勉强挡住了灰色烟雾的侵袭。但是女人手指一挑，灰色烟雾化为两条长蛇，笔直地向胖熊的鼻孔钻了过去。

"姜媱妹子，你知道的，我只会救人的药草，害人的药剂我是不懂的。"青茯轻声叹息着，大片绿色烟雾从屋子里喷出，瞬间裹住了两条灰蛇。"嗤嗤"声不绝于耳，灰色、绿色雾气相互吞噬融合，很快就变成了无色无味的白烟随风飘散。

姜媱的脸色骤然一变，她冷声笑道："青茯，想不到你从大巫境跌落后，药剂上的本领还有长进了？"

青茯没吭声，姬昊站在胖熊身后，拉着它屁股上的长毛不许它冲出去攻击姜媱，冷声笑道："我阿姆就算巫力修为跌落了，她依旧是药剂一道上的天才，一心一意为族人治病解毒，药剂上的本领有长进，自然是应该的。"

姜媱轻轻一笑，妩媚地向木屋里叫了一声："姬夏大兄，妹子亲自登门拜访，你就让一个小崽子来应付我么？"

姬夏没吭声，只有青茯清清淡淡地说道："姜媱，你这是登门拜访，还是上门挑衅呢？有什么事情，等祭祖大典上摆开了说吧。就算你要和我比试药剂，也放在祭祖大典上如何？"

姜媱"嗤嗤"一笑，眼波流转中，她狠狠地向姬昊看了一眼，慢声说道："那就依青茯你说的，祭祖大典上，我们姐妹一定要好好亲热亲热。毕竟，我家姬枢就要是火鸦部的战士首领了！"

姬昊重重地咳嗽了一声，沉声说道："我阿爸姬夏，才是火鸦部的战士首领。"

姜媱抿着嘴向姬昊嫣然一笑，细长的腰肢一扭，十指突然一划，带起几条墨绿色的寒光向姬昊抓了过来："小家伙嘴挺硬的？你阿姆没教你要尊敬长辈么？"

寒光呼啸，扑面而来的凌厉寒风逼得姬昊睁不开眼，姜媱的爪子还有数尺远，劲风已经在姬昊脸上磨出了浅浅的血痕。劲风中更有一股刺鼻的腥味袭来，姜媱的爪子上显然淬了剧毒。

姜媱是巫祭，而且是实力突破到了大巫境的巫祭。

姬昊睁不开眼，只能疾步后退。

青茯突兀地闪身到了姬昊面前，她张开嘴，一颗拇指大小白色玉珠放出蒙蒙白光，从她嘴里喷出，重重地砸在了姜媱的掌心。

姜媱怪叫一声，双手好像被火烧一样急速后退。贪婪地看了白色玉珠一眼，姜媱冷笑道："木生珠？好宝贝……可惜青茯你的巫穴也被破了，你也是一个废物了。祭祖大典上，我等着你！"

一把抓住姬武的肩膀，姜媱身体炸开，化为数十条火光迅速隐没。

青茯张口吞回木生珠，纤细的身体微微一晃，嘴角一缕血丝突然垂了下来。

姬昊睁开眼，看着青茯嘴角血迹，黝黑的眸子骤然变成了赤红色，然后迅速淡了下去。

屋内传来了姬夏沉重的声音："昊，肚子饿就进来把东西都吃了。"

顿了顿，姬夏冷声道："真欺负上门来了？真把我姬夏，当作废人了么？"

姬昊没吭声，只是走回木屋，抓着白斑旭蟒大口大口地吞食起来。

第八章

异 族

　　蛇类的肉体力量往往极强，白斑虺蟒更是蛇类的异种。巫人境巅峰的白斑虺蟒，有着比巫人境第十层的战士强出数倍的力气。

　　吞下整整一条白斑虺蟒，站在自家院落里活动了一下身体，姬昊冲着天空大声狂啸了起来。

　　筋骨如钢，血肉如玉，热血翻滚中，一股极强的力气从四肢百骸中涌出。昨夜刚刚突破到第四层巫人境，一条白斑虺蟒，却又给姬昊增加了大概四千石的力量。

　　"一条白斑虺蟒，肉体力量大概是四十万石！"姬昊放开手脚，在院子里快若旋风地打了一套拳脚，满意地咧嘴一笑。如果这些天，能够吃掉十条白斑虺蟒这种档次的野兽，面对姬武的时候，绝对力量上的差距也就不放在姬昊心上了。

　　一套拳脚打完，姬昊大笑了几声，对着金乌岭的方向吹了一声尖锐的口哨。

　　九字真言丹经修炼出的丹元绵绵泊泊，悠长不绝，口哨声随风飘远凝而不散。金乌岭一株青桑巨木上一声乌鸦啼叫响起，一头浑身喷吐着淡淡火光的巨鸦冲天飞起，一个盘旋后就向姬昊的方向飞来。

　　巨鸦翅膀一并，化为一道流光，几个呼吸后就到了小院上空。

　　姬夏站在木屋门前，恭谨地向巨鸦点了点头："鸦公，昊整天到处乱逛，实在是太劳碌您老了。"

　　巨鸦悬浮在小院上空，歪着脑袋向姬夏眯了眯眼，"嘎嘎"叫了几声。姬昊笑着一跃而起，站在巨鸦的脑袋上，大声笑道："鸦公，今天我们去远点儿的地方，哈，还记得前几天我们发现的那一窝金翅蜂么？"

一声啼叫传来，巨鸦笔直地冲天而起，双翅一振化为长有百丈的火光瞬间没入高空云层。

青苬慢慢地走到门口，看着巨鸦消失的方向，修长的双眉紧紧地蹙成了一团："姜媱能拉下脸亲自对昊下手，夏，他们是真想把事情做绝了。"

姬夏点了点头，骑上了胖熊走出了院子。他一言不发，只是头顶有一团火光隐现。

胖熊龇牙咧嘴地咆哮了一声，嘴角几条涎水挂了下来，放开步伐狂奔了出去。姬夏尖锐地唿哨了几声，远近的木屋里，一群一群身躯粗壮的战士闻声而出，骑着各种战兽紧跟在了他身后。

青苬斜靠在门框上，皱眉看着高空巨鸦冲破的云洞，眉心突然有一缕墨绿色的烟气一闪而逝。

"姜媱……么？"

高空中，巨鸦"嘎嘎"叫着，向着西南方向飞行了一阵子，姬昊突然用力地拍了拍它的脑袋，巨鸦双翼振动，立刻停了下来，张开双翼悬浮在了半空中。回过头来，巨鸦猩红的眸子盯着姬昊，不解地叫了两声。

"鸦公！鸦公！祖灵的规矩摆在那里，你不能帮我对付姬枢一家子……但是，如果是我自己动手的话，你不管看到了什么，都不会说的吧？"姬昊"嘻嘻"笑着，轻轻地抚摸着巨鸦的脑袋。

巨鸦眨巴了一下眼睛，"嘎"地大叫了一声，眸子里闪过一抹老奸巨猾的狡诈。

"这就好，这就好！我们是什么交情？我从小都是你带大的，我被人欺负上门了，怎么也不能等着人家在我头上拉屎拉尿不是？"姬昊站起身来，回头看着金乌岭的方向喃喃自语，"我可是有睚眦必报的美名，报仇从不过夜，这种'好名声'可绝对不能丢了。"

长啸一声，姬昊向着一个方向点了一下，巨鸦张开翅膀，在空中划了一个大弧线，收敛了浑身火光，无声无息地向着姬昊指点的方向飞去。

一刻钟后，在距离金乌岭数百里的一座山峰中，巨鸦轻盈地落下。姬昊从巨鸦头顶跳下，拉开一堵山崖上的一片老藤，钻进了老藤后面黑黝黝的洞口。

老藤后面，是一个方圆数十丈的山洞，洞内整齐地码放着数十个陶土大缸。所有的大缸都用黏土封得结结实实，姬昊在这些大缸内翻检了一通，最后选定了一个大缸，小心地将它扛了起来。

将大缸搬出山洞，又用老藤将洞窟重新遮挡住，姬昊抱着大缸跳上了巨鸦的头顶。巨鸦双翼振动，无声地腾空而起，几个盘旋后，轻盈地向五六个山头外的一条小山谷落下。

山谷内干干净净，遍地都是白色细腻的大大小小的卵形石块。

姬昊熟门熟路地走到了山谷正中最大的一块卵形巨石前，用力地一脚踹在了石块上。

整个山谷同时轻微地震动了一下，伴随着沉闷的"隆隆"声响，这块直径超过一丈的卵形巨石冉冉飞起，四下里的卵形石块不断地向这块巨石汇聚了过来，过了几个呼吸的时间，一尊通体莹白，身高十丈左右的石巨人就站在了姬昊面前。

"咔咔"声不断响起，石巨人身上的石块犹如流水一样蠕动着，巨大的身躯不断地压缩收敛，很快他就变得和姬昊差不多高大，身形轮廓也变得和人类无异。

"昊……娃娃！你找……我？"石巨人的面孔略带粗糙，但是有着清晰的五官。他瞪大眼睛看着姬昊，突然眼珠一转，直勾勾地盯向了姬昊手上扛着的大缸。

"酒……啊！好……酒！有，什么……事情？又，又要我……帮你做……肉盾牌么？"石巨人吧嗒着嘴巴，拼命地摇头，"上次……我差点儿被……老树鬼打死！两缸……不然，我不做……肉盾牌！"

"耶？老石啊？学会讲价了？谁教你的？"姬昊诧异地看着石巨人，将大缸递到了他面前，"两缸就两缸，先喝一缸，帮我做点儿事情了，剩下的一缸赶明儿给你。"

石巨人熟练地一巴掌拍开了大缸的封泥，露出了大缸中色泽橙黄，还有不少果肉残渣混在里面的果酒。张开嘴酣畅淋漓地一口将酒水喝得干干净净，石巨人一巴掌将大缸拍得粉碎，满足地打了个呵欠。

"好吧……什么事？"石巨人用力地拍打着胸膛，大眼睛里两团惨白色的火焰熊熊燃烧，"是去偷砍……老树鬼的枝干？是去偷……凶婆娘的鸟蛋？还是做，别的？"

姬昊眯着眼，很危险地笑着："不是这些小孩子的把戏。有人欺负到我头上来了，还想连带我阿爸、阿姆一起欺负。我想杀人，你帮我挡刀，就这么简单。"

顿了顿，姬昊拍了拍石巨人的肩膀："老石啊，还得多找两个老朋友帮忙才行。凶婆娘，她这几天还在她老窝里么？"

站在一旁梳理羽毛的巨鸦，激灵灵地打了个寒战，"嘎嘎"地叫了起来。

第九章

算 计

浓密不见天日的丛林中，一眼温泉汩汩翻着水泡。

清可见底的温泉底部是一层细腻的白沙，泉眼四周干干净净的，是一块黑色的大石板。从地下不断涌出的泉水，顺着石板上的几条痕迹流了出去，很快就渗进了四周厚厚的腐殖土中消失不见。

姬武舒舒服服地浸泡在温泉中，皮肤上有淡淡的火光不时涌现。

姜媖拎着一条丈许长的红色怪蟒，围绕着温泉缓步行走，念诵着晦涩古老的咒语。怪蟒的脖子被姜媖手上的一柄黑玉刀切开，赤红色散发出高温的蛇血不断淌下，在温泉边的石板上自行凝成了数十个人头大小的怪异符文。

七八个身高将近三米，生得牛高马大，浑身都是腱子肉的彪悍妇人站在温泉边，不断地将大大小小草叶编成的药包丢进温泉。

有时候，她们丢进温泉的更是一些稀奇古怪的玩意儿，比如说成年人胳膊长短的兽牙，各种稀奇古怪的毒腺、毒囊，各种莫名虫豸的尸体、甲壳等。

原本清澈见底的温泉慢慢地变了颜色，在姜媖巫法的催动下，泉水逐渐变成了黏稠如血的赤红色浆汁。一丝一丝红色气体不断从泉水中钻进姬武的身体，姬武的身体剧烈地抽搐着，粗犷的面孔也逐渐变得扭曲、狰狞。

几里地外，姬昊站在一株参天大树的树梢头，微笑看着这边的动静。

老石在大树下面，苦恼地绕着大树转悠着。他的本体太沉重，没有一株树能承受他的体重。他只能焦急地看着姬昊，好奇他到底看到了什么。

一株大体上能看清人的四肢划分，但是整体看上去依旧是一株老树的树妖站在老石一旁，身上盘绕着的枝条捧着一个硕大的酒缸，张开黑漆漆的大嘴，一小口一小口地品尝着美酒。

每次老石转悠到他面前，老树妖都会伸出一根枝条，狠狠地抽一下老石的屁股。但是老石对于疼痛完全没有反应，枝条抽打在他身上没有任何的效用。

树梢头，姬昊身边，一个浑身披挂着藤萝，生得美丽异常的少女，正笑吟吟地把玩着一张长弓。这个少女的气质瞬息万变，蹙眉沉思的时候，她的气息清澈、空灵犹如山间仙子；当她轻轻微笑、秀眉挑动的时候，则犹如万千玫瑰芍药盛开，无边的魅惑力让她如妖如魔。

少女骑着一头通体火红，红毛中点缀着银色斑点的豹子。这头体长超过三丈的大家伙犹如幽灵，轻盈地站在一根小孩子拳头粗细的枝条上，细细的枝条不见丝毫晃动。

老石是"石怪"，是山间有灵性的巨石得了星辰力量滋养，滋生出的"灵怪"异类。

老树妖是"树妖"，是山林中古老的树木通了灵智，得到天地造化，自行修炼成人形的"妖怪"一族。

而少女名为"蘅芼君"，这是姬昊为她起的名字。她是"山鬼"或者说"山神"一族，是山林中自然滋生的灵气汇聚在一起，天生地养、集中了天地灵秀而成的奇异生灵，天生就有操控兽群、辨识植物、和精怪鬼魅交流的能力。

姬昊从小就不愿意和部落中同龄的小屁孩子厮混，自从能行走起，就整天在山林中出没。这几年来，老石、老树妖、蘅芼君，还有其他一些稀奇古怪的生灵，才是姬昊结交的朋友。

"嘎嘎"声中，蘅芼君突然伸手点了点身边的一条树枝，枝条上一朵绿芽快速生长出来，很快就变成了一朵人头大小的花朵。馥郁的香气从花朵中喷出，同时也传来了姜媛和姬武的声音。

在山林中，蘅芼君身边十里内的花草树木，都会成为她的眼睛和耳朵。

姬昊蹲在蘅笋君身边，静静地倾听姜媱母子俩的对话。

姜媱绕着温泉快步疾走，一边往温泉里丢各种稀奇古怪的药物，一边厉声教训着姬武。

"武，你是我姜媱的儿子，你阿公，是毕方部的大巫祭，毕方部最有权有势的长老，你的血脉，可比这卑贱的火鸦部血脉高贵多了。你居然输给了一个比你小了三四岁的小崽子？"

姬武龇牙咧嘴地低声号叫着："阿姆，我只是不小心被他暗算。祭祖大典上，我不会给他机会，我要一斧头劈碎了他。"

说到得意的地方，姬武兴奋得举起了双手，用力地向空中挥动了几下。

姜媱眯着眼，冷酷地说道："这就对了，你身上可是流动着我们毕方部尊贵的血脉，你怎么能输给一群黑乌鸦的子孙？当着火鸦部无数族人的面，杀了姬昊这小子……我姜媱的儿子，怎么也不能输给一个卑贱的青夷部女人的儿子。"

蘅笋君很好奇地看着姬昊："青夷部的女人？是在说你阿姆么？昊，你阿姆身上的味道，我很喜欢呢。"

姬昊倾听着花朵中传来的声音，慢悠悠地说道："我也喜欢我阿姆，但是有人不欢喜，我也就没办法了。"

硕大的花朵中，姜媱的声音继续传来。

"不过，武，不要杀了他。祭祖大典上，你和姬昊那崽子立下祖灵血誓，谁输了，就是对方的奴隶。"

"你要让姬昊那崽子变成你的奴隶，知道么？"

姬武瓮声瓮气地咆哮起来："奴隶？我不缺少奴隶，阿姆，阿爸这些年消灭了十几个小部落，我有上百个奴隶，我干吗要姬昊做我的奴隶？我要干掉他。"

"让他变成奴隶，蠢小子。"姜媱的声音变得格外地古怪阴森，"让他变成奴隶……如果阿姆在祭祖大典上杀了青茯，你要做什么都由你。但是如果阿姆没有得手，就用姬昊的小命，逼青茯把她陪嫁的两件传承巫宝交出来！"

姬昊听得眉飞色舞，由衷地为姜嫄的如意算盘鼓掌赞叹。

"好得很啊，好得很，她男人想要夺了我阿爸的位置，她想要夺了我阿姆的传承巫宝；他儿子，想要干掉我！真是一家子善良好人！"

笑声中，姬昊向温泉的方向指了指。

老树妖张开嘴，将酒缸塞进嘴里吞了下去，摇晃着庞大的身躯向温泉的方向走去。

第十章

强 杀

温泉的水突然变得黏稠深邃，隐隐有扭曲的符文在泉水中浮现。

霸道的药力好像无数小刀刺进了身体，姬武浑身肌肉、骨骼抽搐，剧痛从身体四处袭来，痛得他龇牙咧嘴地朝着天空大声嘶吼，好几次差点儿从温泉中跳了起来。

但是每次姬武想要跳起来，都被姜媱一掌重新按了进去。姜媱看似纤细的手掌好像一座大山，任凭姬武哭喊挣扎却丝毫动弹不得。

"阿姆，痛，痛，痛啊！火烧，烧得痛，痛！"姬武哭天喊地地哀号着，鼻涕眼泪喷得满脸都是。

"忍着，武，忍着！"姜媱妖媚的脸蛋上阴冷一片，她咬着牙冷声道，"在祭祖大典上，你一定要让所有人刮目相看，让所有人都明白，我姜媱的儿子，就是要比青茯的崽子强！"

"激活祖先血脉中遗传的血脉之力，突破到巫人境第十一层，彻底压过姬昊那崽子！"姜媱低声咆哮着，"那个姬昊，据说他已经在修炼巫祭秘法，他没这么简单！只有巫人境第十一层，你才能确保胜过他！"

"呼呼"火焰燃烧声从姬武体内传来。

姬武的眉心冒出一团小小的火苗，几条极细的火光从这小小的火苗中伸出，沿着姬武的皮肤向他身体各处缓慢地延伸了出去。

姜媱得意地挑起了眉头，兴高采烈地"呵呵"大笑起来。站在一旁的几个健壮妇人同时笑了起来，不断地夸耀姬武的天赋是多么地惊人，小小年纪，居然就突破到巫人境十一层，这在姜媱的母族毕方部，也是极其罕见的天才少年！

姜媱趾高气扬地昂起了头，洋洋得意不可一世。

姬武浑身抽搐着，肌肉一块块膨胀隆起，骨骼发出"咔咔"脆响，身体在一分一厘地拔高。剧痛从四处袭来，姬武痛得昏厥了过去。不是依靠自己修炼，不是自己奠定稳固的基础，而是用霸道的巫法、巫药，用外力强行提升力量，这种痛苦简直比千刀万剐的凌迟还要残忍。

"武，你是阿姆的儿子，所以你必须赢！"姜媱冷声笑着，妩媚的眸子里尽是残酷的杀意，"这可不仅仅是你阿爸的事情，这还关系着阿姆的脸面！"

"咚、咚、咚"，沉重的脚步声从密林中传来，随之而来的还有树枝破裂的声音。

几个健壮的妇人立刻抓起了放在地上的重剑、大斧，一字儿排开护在了姜媱的身前。"咔嚓"儿声，一株高有百丈的巨木晃动了一下，身高超过五丈的老树妖喷吐着寒气，从密林中走了出来。

看到温泉边的姜媱等人，老树妖张开嘴喷出一团浓浓的寒气，低沉地咆哮起来。温泉边狂风骤然平地而起，无数落叶被狂风卷上了高空。老树妖厚重的树皮上浮现出了数十个碧绿色的符文，伴随着符文的闪烁，狂风有进一步加大的趋势。

姜媱阴沉着脸向老树妖比画了一个怪异的手势："山林的精灵，我是姜媱，强大的毕方部大巫祭的女儿。按照我们的祖灵和山鬼水神的约定，离开这里，不要挑起我的怒火！"

老树妖重重地上前了一步，黑漆漆的口洞里发出晦涩难听的声音："毕方……部？这里……火鸦……部，领地！这里，我的地盘！"

一条长长的树藤从老树妖的身上伸出，用力地指了指温泉："我……地盘！"

姜媱皱着眉看了看翻滚的温泉，姬武的身体剧烈地抽搐着，他的身体已经被一层黯淡的火光笼罩，只要姬武吸收了这个温泉中所有巫药的力量，他铁定能够突破到第十一层，从而激活血脉中的特殊力量。

如果现在让开的话，姬武很可能功亏一篑无法突破。因为动用了力量霸道的巫药，这一次失败后，姬武在一年半载中，不可能再用巫药强行提升了。

偏偏昨天姬昊打伤了姬武，如果今天不突破，姬武无法战胜姬昊的话，姜嬥的鬼祟算计也就落空了。

"这是你的领地么？可是我姜嬥，要借用这里！"姜嬥冷声说道，"开出你的条件吧，在祖灵的见证下，在山神水鬼的见证下，开出你的条件，我要借用你的领地！"

老树妖沉默了一阵，他慢慢地向前走了两步，靠近了姜嬥身前的七八个妇人。厚重的，布满了青苔的树皮上，更多的碧绿色符文闪烁起来，老树妖黑漆漆的口洞上方，两团绿油油的火光亮起，他睁开了自己的"眼睛"。

突兀地，老树妖大吼一声，一团白蒙蒙的寒气喷出，站在他面前的几个妇人身体一僵，被薄薄的冰片冻结了身体。老树妖身上两条粗壮的"手臂"用力一挥，密布着无数毒刺的"手臂"狠狠抽打在她们身上，把她们远远地打飞了出去。

老树妖在山林中活了起码上千年，身躯坚硬无比，蛮力强得超出寻常。健壮的妇人们骨骼碎裂，发出可怕的声响，嘴里的鲜血就好像喷泉一样冲起来一丈多高。

"老鬼，我一定要拆碎了你，把你当柴烧！"姜嬥声嘶力竭地怒吼着，仓皇地向后狼狈倒退。

姜嬥是大巫，强大的大巫。但是她属于大巫中的"巫祭"，更侧重诡异莫测的巫法、巫术，单纯肉体近身战斗，姜嬥甚至还不如自己的儿子姬武强悍。

老树妖疯狂大吼，大步冲向姜嬥。

姜嬥吓得花容失色，踉跄着向后狼狈倒退。她来不及发动强力的巫咒，只能不断挥动袖子，大片大片墨绿色、赤红色、浅蓝色的雾气不断从袖子里喷出，牢牢覆盖在了老树妖身上。

换成人类，这些草木剧毒只要一种就能瞬间毒死上百人。但是老树妖自己就是成精的山间古木，植物类的剧毒，或者其他的矿石、毒虫之类的毒性对他没有任何用处。

老树妖大步突破了毒物，快步闯到了姜嬥面前，一根树藤激射而出，瞬间洞穿了姜嫄的胸膛。

姜嫄尖叫一声，身体扭动了一下，"啪"的一下变成了一团绿气消失无踪。树藤上孤零零地挂着一个残破的木偶娃娃，雕刻得活灵活现，和姜嫄几乎一模一样的木偶娃娃。

一声愤怒的鸣叫声从木偶娃娃内传来，木偶娃娃燃烧起来，熊熊火光中，一对儿细长的鸟眸一闪而过。

"轰"的一声巨响，一团火光爆开，老树妖咆哮了一声，被炸飞了一里多地，身上厚重的树皮被炸得七零八碎，好些地方露出了惨绿色的树干本体，大量黏稠的树汁不断喷出。

老树妖恼怒地咆哮着，愤怒地举起了一条"手臂"："痛……酒……十坛！"

大口吐血的姜嫄从温泉边一株小草中冲出，一把抓起浑身抽搐的姬武就要逃走。

密林中，姬昊眼眸一动，带起大片残影犹如猎豹一样无声无息地冲出，迅速向姜嫄逼近。

第十一章
嫁　祸

姬昊穿着一套黑色皮甲，面孔用蘅笭君配制的树汁染得漆黑。

皮甲，用大蟒皮鞣制而成的皮甲，这是黑水玄蛇部精英战士的标配装备。姬昊奔走无声，奔跑的轨迹蜿蜒曲折，犹如毒蛇大蟒在草叶中奔走，这同样是黑水玄蛇部战士特有的攻击身法。

带着条条残影，姬昊悄然到了不断吐血的姜媱身后，双手向前挥动，九字真言法印发动，温泉中喷出的炽热水汽骤然凝聚，变成十几柄黑色冰刀向姜媱身后刺去。

"火鸦部的女人……死！"姬昊的声音变得沙哑、枯涩，犹如八九十岁老人在嘶吼。

九字真言丹经，对肉体，对潜力的发掘和掌控妙绝人寰，姬昊能精准地控制自己每一条肌肉、每一根筋腱的运动。稍微扭曲一下声带，变幻自己的声音，这只是九字真言丹经最微不足道的运用。

姬武被姜媱拎着头发一把提起，他正好面对姬昊，清楚看到了姬昊犹如毒蛇一样狂奔而来的景象。

姬昊浑身带着浓烈杀气，犹如万载玄冰，冻结了姬武的身体和灵魂。直到姬昊凝聚水汽化为冰刀向姜媱刺下，姬武才艰难地张开嘴，惊恐欲绝地大吼了一声。

"阿姆！"

姜媱身体一哆嗦，惊慌失措地转过头来，十几柄锋利的，闪耀着寒光的黑色冰刀无声无息地到了身后，几乎就要碰到姜媱的身体。

瞳孔缩成了针尖大小，姜媱下意识地举起了手上的姬武，将他挡在了自己身后。姬武吓得嘶声怪叫，十几柄冰刀没有一柄落空，全都深深地扎进了姬武的胸腹之间。

体内奔涌的热血让冰刀迅速溶解，大量鲜血从姬武体内喷出。他顾不得看姬昊一眼，而是万分不解、万分痛苦地扭过头，再次大吼了一声"阿姆"！

姬昊也是心里一哆嗦，惊讶地看了姜媭一眼。这个女人，居然舍得用自己的儿子去做挡箭牌！

姬昊下意识地想起，在金乌岭的圣地祭坛前，黑水玄蛇部的暗杀部队冲着自己痛下毒手，姬夏和青茯硬生生用自己的身躯挡在敌人的刀锋前，硬是护住了刚刚出生的姬昊一条小命。

两相比较，这个姜媭的自私自利、心狠手辣，让姬昊也惊叹不已。

"女人……你很了不起噢！"姬昊阴阳怪气地笑着，腰间缠着的一条黑漆漆的毒蛇飞射而出，张开密布着獠牙的大嘴向姬武的喉咙咬了下去。

姬武已经是第十层的巫人，生命力远比寻常人强大得多。十几柄冰刀穿透了他的胸腹，但是没有命中心脏之类的要害，还不足以杀死他。

但是这条蘅笋君好容易找到的"黑鳞三步蝮"，是山林中有数的剧毒蛇虫，除非是小巫境的高手，寻常巫人挨了一口，走不出三步就会毙命。

"阿姆，救我！"浑身是血的姬武看着毒蛇向自己的喉咙射来，绝望地放声哀鸣。

姜媭阴沉着脸向前狂奔，反手一把黑色的药粉泼了出来。黑鳞三步蝮一头扎进了黑雾中，就听得"嗤嗤"声响不断，一眨眼的工夫，五尺多长的毒蛇就化为一片血水。

姬昊吓得怪叫一声，身形滴溜溜一转，划出几个急骤变幻的弧形，避开了黑雾笼罩之地。

"好狠毒的女人，不过我喜欢！漂亮的女巫祭，可以卖一个好价钱！"姬昊怪声怪气地大声笑着，从身后拔出了一柄狭长锋利的奇形长剑，带起一抹寒光向姬武的心口刺去。

这柄长剑，是姬昊和鸦公，这些年在山林中击杀黑水玄蛇部的狩猎队的战利品，是黑水玄蛇部特有的装备。火鸦部的战士，更喜欢沉重的、巨大化的大斧、重剑，这种只有两指宽的锐利长剑，也只有黑水玄蛇部的那些阴险战士习惯使用。

手腕一颤，柔韧的长剑震动，发出"嘶嘶"的蛇鸣声瞬间到了姬武身前。

"阿姆！"姬武再次吓得嘶声惨号，眼看着剑锋直透自己心脏，临死前的恐怖逼得他双腿一松，一股难闻的尿臊味顿时随风飘出。

姜嫄身体一哆嗦，她身边有大片火光喷出，奔逃的速度骤然加快了一倍有余，反手又是一大把剧毒的药粉撒了出来。与此同时，姜嫄的衣摆一晃，数十只通体漆黑，背生膜翅的精巧蝎子飞出，"嗡嗡"有声地向姬昊冲出。

"黑鬼蝎？"姬昊冷声喝道，"女人，你的手段可真不少，但是没用！"

语气很轻松，但是面对飞行速度快若闪电的黑鬼蝎，姬昊下意识地退，用尽全部的力量向后急退。这种蝎子恶毒得很，它的毒液不会直接让人毙命，但是被它叮中的人，会全身剧痛。难以忍受的剧痛，会活活地让人痛死，这是普通大巫被叮一口都会痛苦难当的狠毒玩意儿。

长剑急速挥动，剑光如雨，将这些剧毒、但是脆弱的蝎子一一斩成两片。

百忙之中，姜嫄回过头来，向身穿黑色蛇皮软甲的姬昊冷冷地瞪了一眼："黑水玄蛇部么？我姜嫄，记住你们了！老家伙，我记住你的声音了！"

姜嫄怒骂了一声，拎着浑身是血的姬武继续向前狂奔。

前方密林中，老石紧握着一根生长了起码三五百年，质地比普通精钢还要坚韧数倍的"黑铜藤"，灰白色的身躯上隐隐有数十个符文闪烁。

姜嫄一头撞进了密林中，老石瓮声瓮气地咆哮一声"洒"，紧握着的长达十几丈的藤条狠狠地抽了出去。

藤条命中狂奔的姜嫄，狠狠地打在了她的胸腔上。姜嫄连同手上拎着的姬武齐声惨号喷血，带着可怕的骨骼碎裂声向后抛出，划出了一条长长的弧线向温泉的方向飞了回去。

远处一株大树的树梢头，蘜笭君拉开精巧的长弓，一条剧毒"人面鬼母蜘蛛"的长腿带起尖锐的破空声，荡开一条诡异的弧线，划过三里多远的空间，准确地射向了还在空中吐血倒飞的姜嫄喉咙。

姜嫄声嘶力竭地咒骂一声，她抓出一块巴掌大小的红色骨片一把捏碎，一声巨响过后，一团火光裹住了姜嫄和姬武，化为一头通体火红，只有一条独腿的毕方神禽，带起一道流光直冲高空，眨眼间就不知去向。

"该死！"姬昊狠狠地将最后一只黑鬼蝎劈成两片，恼怒地看向了高空被冲开一个大窟窿的云层。

"姜嫄，这事还没完呢！"

冷哼几声，随意地丢下了几块黑水玄蛇部战士的软甲残片，丢下了几柄断裂的黑水玄蛇部特有的兵器，姬昊吹了一声尖锐的唿哨，迅速遁入了浓密的丛林。

既然没能杀死姜嫄母子俩，就让他们疑神疑鬼去吧，他们乐意怎么猜想，和姬昊就没有半点儿关系了。

第十二章
窥　探

夜，一块浮空大陆正从金乌岭上空飘过，漫天星光都被遮挡。

金乌岭绝顶上，三头巨鸦懒洋洋地打着呵欠悬浮在半空，羽翼放出淡淡的光芒照耀四周。微薄的红光照亮了百里山林，杜绝了任何外来敌人趁着绝对黑夜偷袭的可能。

姬昊家的木屋中，火塘里篝火熊熊，半截儿洗扒干净的四臂猩熊架在篝火上，已经烤得油脂四溢。黄澄澄的油水不断掉进篝火中，发出"噗嗤"响声，浓郁的香味惹得趴在门口的胖熊口水一直拖到了地上。

白天的时候，姬昊从一窝金翅蜂的蜂巢中割了上百斤蜂蜜，把黄金一样闪亮的蜂蜜涂在滚烫的烤肉上，浓郁的甜香味顿时飘散了出来。满足地咬上一口，姬昊眯着眼，很幸福地哼哼了几声，将肉块递给了青茯。

"阿姆，金翅蜂蜜，对你的身体有好处。"姬昊很灿烂地笑着。

金翅蜂性格凶残暴虐，酿造的蜂蜜不仅仅采集了百花的花粉、花蜜，更是袭杀大量凶禽猛兽，汲取它们的骨髓精气而成。所以金翅蜂的蜂蜜大补元气，对青茯这种巫祭更有滋养灵魂的神奇功效。

青茯笑着接过烤肉，轻轻地咬了一口，眯着眼斜睨了姬昊一眼。

"昊，你真去割金翅蜂的蜂蜜了么？阿姆还以为……"

"还以为什么？"姬昊镇定自若地用石刀砍下一大块兽肉，大口大口地撕扯起来。小腹中五彩火光摇曳，吞下去的兽肉几乎瞬间被消化，变成了五彩流光融入全身。

"嘎嘎"一笑，抓起自家酿造的木薯酒喝了一口，姬昊看着青茯笑道:"听说,姜嫄和姬武出事了。阿姆你不会以为,我有这个力气把她们怎么样吧?姬武也就算了,姜嫄嘛,我可打不过她。"

青茯眯着眼,很是狡黠地笑着,她也抓起石雕的小酒坛抿了一口酒,淡然说道:"昊,你自然是打不过姜嫄的。但是,谁知道呢?你在部落中从来不和同样年纪的娃娃玩耍,你在部落外的朋友,可不少。"

姬昊呆了呆,"哈哈"大笑了几声,再也不吭声。石刀起落,将四臂猩熊切得支离破碎,长有一丈开外的半截儿猩熊短短半个时辰被姬昊啃得干干净净。

满意地拍了拍肚皮,姬昊擦了擦嘴,顺着楼梯溜进了自己住的阁楼。

"阿姆,我睡觉了。阿爸今天还不知道什么时候回来,你就不用等他了。"

青茯笑了笑,慢慢地捶了捶腰,将姬昊丢得满地都是的兽骨一一捡了起来,整整齐齐地码放在了屋子角落里。四臂猩熊是小巫境的凶兽,骨骼坚硬致密,是制造各种巫祭器具的好材料,是不能随意丢弃的。

一边忙碌,青茯一边低声地自言自语:"不会是昊吧?嗯,不是也好,是就更好了。"

阁楼里,姬昊四仰八叉地躺在地上,透过窗子,静静地看着金乌岭上空的红光。青茯忙碌的响动不断传来,过了大概一刻钟,火塘里的篝火被灰烬盖上后熄灭,青茯灭了灯,进了卧房。

姬夏今晚不在家,他正带了一批亲近、亲厚的族人,拜访平日里部族中持中立态度的几个长老和巫祭。

姬昊又等了一阵子,等青茯的卧房里传来了悠长的呼吸声,确定青茯已经睡着了,姬昊这才偷偷地爬了起来,小心地从阁楼角落的暗格中,取出了一枚赤红色散发出灼热波动的乌鸦羽毛。

咬破手指,在乌鸦羽毛上迅速画了三个古朴的符印,姬昊无声地念诵咒语,乌鸦羽毛无声无息地燃烧起来,化为一头巴掌大小的黑色乌鸦扑腾着翅膀飞出了屋子。

盘坐在阁楼里,姬昊眸子里闪烁着淡淡的红光,那头巨鸦羽毛所化的黑乌鸦所见的一切,全部投射在了姬昊的眼睛里。一缕极细的精神波动附着在黑乌鸦上,姬昊控制着它向姬枢的营地飞去。

在山谷的一侧，靠近山谷入口的地方，姬枢带来的大队族人自行建立了一个营地，搭建起了数百个大大小小的兽皮帐篷。黑夜给了姬昊控制的巫法乌鸦最佳的掩护，这头有形无质的黑乌鸦无声地划过夜空，轻盈地落在了营地里最大的一座兽皮帐篷上。

只是临时居住的场所，兽皮帐篷的制作工艺极其的粗陋，兽皮缝合的地方有着巨大的缝隙。黑乌鸦猩红的眼眸凑到了一条缝隙上，眯着眼向帐篷里望了进去。

宽敞的帐篷内摆着两个陶土大缸，一口大缸里翻滚着赤红色的黏稠药汁，姬武正浸泡在药汁中，一团火焰围绕着大缸无声地燃烧着，将药汁烧得"汩汩"直冒水泡。

被滚烫的药汁熬煮，身负重伤的姬武痛得面孔扭曲，张开嘴不断地大吼大叫，但是半点儿声音都没能发出。

另外一口大缸内则是满满的一缸绿色药汁，无数毒虫、毒虫的肢体在药汁中翻滚，同样受伤不轻的姜媱咬牙切齿地坐在大缸中，七窍中不断有黑红色的烟雾喷出。

阁楼里，姬昊冷冷地笑了一声。这一缸绿色的药汁药力很强嘛，姜媱体内的淤血都被化为雾气排出体外了。

和无法发出声音的姬武不同，姜媱咬着牙怨毒无比地咒骂着："是姬夏的人，一定是他勾结黑水玄蛇部的人对我和武下的毒手！这里是金乌岭啊，黑水玄蛇部的杂碎，怎么可能偷偷摸摸来到这里？"

"姬枢，你要还是男人，就在祭祖大典上活劈了姬夏，我要亲手把青茯和姬昊给弄死！"姜媱咬着牙，犹如女鬼一样狰狞地嘶吼着，"姬夏勾结你们火鸦部的死对头，潜入你们的圣地金乌岭，想要杀了我呀！"

站在帐篷里的姬枢一言不发，他双手抱在胸前，面无表情，甚至呼吸都变得若有若无。

帐篷里还有另外两个中年男子。一人高大魁梧，和姬枢长得有九成相似。另外一人高挑俊秀，下巴上一缕三指宽的黑色胡须足足拉下来四尺多长，眼角眉梢和姜媱都极其相似。

听到姜媱的咒骂声，生有黑色胡须的俊秀男子一耳光狠狠地抽在了她的脸上，打得姜媱满口喷血，鲜血混在绿色的药汁中，混成了极其古怪的一滩颜色。

"蠢！"中年男子淡淡地说道，"我怎么有你这么蠢的女儿？"

"姬枢，看来圣地的巫祭和长老当中，有人不满我们这一支族人取代姬夏这一脉主家。"另外一个高大魁梧的中年男子无奈地叹了一口气，"这次祭祖大典上，你夺了圣地战士首领的位置就可以了。"

停顿了一阵，中年男子阴沉地说道："想要永绝后患，就只能祭祖大典后，再想办法啦。"

第十三章

震　慑

"阿爸！"姜嬈不解、惊惶地看着中年男子。

姜嬈的阿爸？毕方部的大巫祭姜燹么？姬昊的眸子里闪烁着诡奇的红光，全部精神都聚集在了帐篷里。

"你真够蠢。所以，你只能嫁给姬枢；而你的妹妹比你聪明得多，所以她才有资格嫁给那位大人。"

当着姬枢等人的面，姜燹毫不客气地抨击自己的女儿。

姬枢咧咧嘴，脸蛋骤然抽搐了几下。姜燹的话固然是在责骂姜嬈，但是言下之意却是，姬枢并不是什么太重要的人物，所以姜燹这个愚蠢的女儿才嫁给了他。而比姜嬈聪明得多的，姜嬈的妹妹，则是许婚给了某个身份比姬枢重要得多的大人物。

姜燹的话太伤人，但是姬枢硬是一句话都没说。毕方部是实力远比火鸦部强大百倍的大部族，是南荒的一方霸主，姜燹是毕方部的大巫祭，可不是他姬枢能得罪的人。

和姬枢生得有八九成相似的魁梧壮汉冷哼了一声，颇为不满地瞪了姜嬈一眼。

轻轻地扭动着身体，壮汉体内就发出了铁锤轰击铁锭一样的声响，他的骨骼坚硬远胜钢铁，稍微活动一下身体，骨节对撞的声响就很是吓人。

"我派人彻查了现场，动用了七种嗅觉灵敏的巫兽，都没能找到敌人留下的半点儿气味。"大汉低沉地说道，"在金乌岭，有这种手段，能做到这一步的，估计也就只有那几个老不死的了。"

姜燹冷淡地说道："也就是说，你们火鸦部的那几个老家伙，他们心里还是倾向姬夏。祭祖大典上，就算姬枢击败了姬夏，也只能击败，不能杀死他。不然的话，以后姬枢想要掌握火鸦部的战士，就难了。"

壮汉轻叹了一声，无奈地摇了摇头："不仅这样，就连姜嫱和姬武遇袭的事情，也得瞒下来。哪怕我们都知道，不是黑水玄蛇部的人下的手，但是我们也没办法追究下去。"

姜嫱刚刚挨了一耳光，但是听了壮汉的话，她依旧不甘不愿地尖叫起来："阿爸，我的亏，就白吃了？"

随后姜嫱又呆了一下，万分愕然地叫道："偷袭我的人，是火鸦部的人？难道不是黑水玄蛇部吗？"

姜燹又是一耳光抽了过去，这一掌比刚才那一记耳光还要重了数倍，姜嫱半边脸差点儿被抽碎了，大口鲜血不断从嘴里喷出，姜嫱翻着白眼就昏了过去。

"我姜燹，怎么会有这么蠢的女儿？"姜燹轻叹了一声，神色阴郁地摇了摇头，"眼看就是祭祖大典，姬枢是要争夺圣地战士首领的人，他的女人和儿子，在他的面前被人重伤，这消息传出去，部族的战士，还会对他心服口服么？"

姬枢跺了跺脚，咬牙向姜燹点了点头："等祭祖大典之后，我一定会查出，是谁下的手。"

姜燹满意地点了点头，冷冷地说道："这才是眼下最重要的事情，火鸦部战士首领的位置，绝对不能落到别人的手上。为了让姬枢成为火鸦部的战士首领，任何事情，都暂时放下。"

姬昊微微一笑，姜燹、姬枢他们打得好如意算盘。

既然他们不敢在这个时候把事情张扬出去，既然他们祭祖大典后还想要斩草除根，那么还和他们客气什么？南荒这个鬼地方，拳头就是道理，暴力就意味着公正。

笑声中，姬昊双手变幻法印，双眸中隐隐有大片雷电连成的涟漪涌荡。

远处落在帐篷上的乌鸦羽毛上，突然有极细的电光冒了出来，乌鸦的身体融成了一团火，然后和电光融为一体，变成了一团火红色、拳头大小的雷火。

姬昊体内，十年来苦修九字真言丹经凝聚的精纯法力好像退潮的潮水，眨眼间就涓滴不剩，所有法力都化为雷霆之力，融入了远处的雷火中。帐篷附近微风骤起，滚滚天地灵气不断被雷火吸入。

拳头大小的雷火缓慢旋转，很快变成了人头大小，然后无声无息地从兽皮帐篷的缝隙中坠落。

好像一块石头，雷火落进了姜嫝浸泡的大瓦缸中，溅起了大片黏稠的绿色药汁，迅速没入了瓦缸里。

姜樊、姬枢和中年壮汉同时呆了呆，姜樊下意识地身形一晃，根本顾不上救助姜嫝，自顾自化为一道火光冲出了帐篷，直到冲出了上百丈远，姜樊才低声嘶吼："是谁？"

姬枢呆了呆，先是向后退了几步，思忖了一瞬间，这才一个虎扑冲到了瓦缸边，伸手就往黏稠的药汁中抓去。但是比姬枢更快的，是站在他身边的壮硕中年，他带起一片残影赶在姬枢之前冲到了瓦缸边，右手快如鬼魅一般伸进药汁，一把将姬昊凝聚的雷火抓了出来。

"天关霹雳，铁甲飞熊，急急如律令。"

坐在自家阁楼里，姬昊淡然一笑，十指轻轻一弹，数里外凝聚了全部法力和一枚巨鸦羽毛内全部火焰力量的雷火，伴随着一声低沉的轰鸣爆发开来。

帐篷内，壮硕的中年男子闷哼一声，庞大的身躯被雷火笼罩，踉跄着向后连连倒退。他双手紧紧抱在胸前，雷火所有的威力都被他禁锢在了自己的双手和胸膛之间，姬昊的一枚雷火所有威力被他硬生生地全部吃下。

这家伙的实力强悍，姬昊也无法揣测他到底有多强。姬昊全力施为的一枚雷火，只是炸得他双手和胸膛的皮肤焦糊，除此之外并无大碍。

姜嫝、姬武身处的瓦缸轰然炸开，黏稠的药汁溅得满地都是。原本就身负重伤，正借助药汁之力恢复伤势的姜嫝、姬武同时吐血，尤其外伤严重的姬武，胸膛、小腹上的贯穿伤同时喷出了大量血水。

"武！"姬枢顾不得躺在地上大口吐血的姜嫝，一个箭步冲到了姬武身边，手忙脚乱地用手捂住了他的伤口。

帐篷的兽皮门帘一动，脸色难看的姜樊带着道道火光冲了回来。

"是谁下的手？是谁暗算我们？"姜樊气急败坏地低声咆哮着，俊秀的脸上尽是彷徨和惊惧。以他毕方部大巫祭的实力，他居然没有任何的警兆，就被敌人的攻击近身了，姜樊简直要发疯了。

姬枢带来的战士纷纷惊动，一个个悄无声息地蹿出帐篷四下警戒。

姬昊的雷火没有惊动火鸦部的族人，但是姬枢他们势必被姬昊的袭击弄得难以入睡。

阁楼里，姬昊得意地笑着。

没错了，这些巫，空有强大的力量，但是不修元神，不知神通变化，就算是强大如姬枢这样的大巫，也并不难应付呢。

带着得意的笑容，姬昊四仰八叉地躺在兽皮上，沉静如水的星辰之力从四面八方汇聚而来，不断融入姬昊法力消耗殆尽、变得空荡荡的身体。

第十四章

正 日

接下来好儿天风平浪静，姬枢、姜燚一伙人，硬生生忍下了心头恶气，没让人知道他们遇袭的事情。

金乌岭也进入了祭祖大典前最忙碌的一段时间，火鸦部的各大支脉部落的首领带着族人纷纷赶来圣地，无论日夜，金乌岭下时刻飘荡着烤肉香味和刺鼻的酒气。

火鸦部祖上，可是曾经出现过巫王、巫帝级别大能的强大部族，虽然数千年来，部族中再无人突破大巫境界，但是祖宗留下来的底蕴依旧雄厚，以金乌岭为中心，足足有近千个大小支脉部落分散在莽莽丛林之中。

这些支脉部落人数最多的近乎百万，人数少的也有数万之众，他们各自又控制着一批弱小的附庸部族。上千个部落和附庸部族的首领接踵而来，姬夏顿时忙得焦头烂额。

饶是忙得不可开交，这些天内姬夏也没忘了姬昊。

四臂猩熊、独角貔貅、金顶狒狒、插翅黑虎、噬魂影豹……各色以凶猛著称，肉体力量强悍绝伦，远胜过同阶巫人的猛兽凶禽不断被送来，经过青荻巧手用各种大补的药草调制后，被姬昊一一吞噬一空。

短短半个月，被姬昊用补天不漏诀吞噬的凶兽猛禽超过五十头，在这当中，还有好几头小巫境的猛兽被吞噬。姬昊小腹中五彩火苗壮大了一倍有余，释放出的五彩流光被肉体吸收，姬昊的身高在半个月内足足拔高了一尺有余，身躯也变得强壮了许多。

这一日，天还未亮的时候，金乌岭绝顶，青桑巨木上的巨大鸟巢中过千头巨鸦同时腾空而起。

这些巨鸦通体释放出夺目火光，宛如一颗一颗小太阳悬浮在半空，滚滚热力直冲高空，将百里空域中的所有云彩蒸发得干干净净。十几座方圆数里的悬浮山峰刚刚飘过金乌岭，过千巨鸦同时发威，这些高有千丈的山峰居然在火光中轰然燃烧，眨眼间化为缕缕青烟飘散。

"嘎嘎"鸦鸣声震得地动天摇，金乌岭下山谷尽头的桑木林中，无数数尺大小的乌鸦也纷纷腾空飞起，化为一条浩浩荡荡绵延千里的黑色洪流，围绕着金乌岭盘旋飞舞。

漫天都是翅膀拍打声，无数黑色、红色的乌鸦羽毛纷纷从天空坠落。

姬昊站在自家院子里，默诵九字真言，双手变幻法印，脚踏天罡步，在院子里运气布罡，炼化刚刚吞下去的一条双头蟒蛟。这是一头小巫境巅峰的强大生灵，已经有化蛟征兆,五彩火苗将其精华淬炼，滚滚五彩流光在体内呼啸奔涌，浑身血肉、筋骨正疯狂吞噬炼化后的双头蟒蛟精华滋养壮大自身。

在姬昊强大的神念掌控下，一部分五彩流光硬生生被紫府中拳头大小的紫府元丹吞噬，淡金色的紫府元丹不断膨胀收缩，隐隐有凝成实质金丹的迹象。

无尽狂喜直冲脑海，姬昊差点儿朝着天空大叫起来。

短短数年，依仗着这个世界无穷无尽的天地灵气，依仗着补天不漏诀可怕的功效，姬昊重修九字真言丹经，数年苦功直追前世三十年的成就。

更让姬昊惊喜的是，紫府神魂空间中的紫府元丹虽然还没凝成实质，但是其中蕴藏的元丹法力俨然是前世紫府金丹的百倍以上，精纯度上更是胜过前世不知道多少。

这些法力，可都是补天不漏诀强行萃取的凶兽猛禽最精粹的精华所化！

双头蟒蛟的精华全部被身体吸纳消化，姬昊深深地吸了一口气，慢慢张口喷出一道炽热无比的红气。

滚烫的红气呼啸而出，犹如箭矢直喷出十丈开外。红气散开，院子里的温度骤然飙升，正趴在木屋门口打呼噜的胖熊吓得浑身肥肉一阵乱抖，急匆匆地跳了起来朝着姬昊乱吼乱叫。

姬昊大笑一声，只觉浑身精气神完美充沛，精神犹如一颗宝珠滴溜溜滚动，念头通达、澄净，感觉前所未有地好。虽然只是短短半个月，补天不漏诀带来的好处，却远胜过前面十年的苦功。

"老家伙，多谢了。"精神潜入神魂空间，姬昊向空荡荡的神魂空间内茫茫白气大叫了一声。

"咚、咚、咚！"

金乌岭上巨鸦鸣叫，金乌岭下的山谷中，巨大的兽皮战鼓轰然敲响。起码有一千面战鼓同时奏鸣，犹如雷鸣的战鼓声震得四周山岭"隆隆"回响，地面都在隐隐地颤抖。

"呜、呜呜——"

尖锐的龙骨号角吹响，火鸦部的祖上曾经有过屠龙的强者。被斩杀的巨龙喉骨，就制成了一套珍贵的龙骨号角，如今也是火鸦部压箱底的传承重宝。

今天是祭祖大典的正日子，这一套龙骨号角也被取了出来，由火鸦部地位最高、实力最强的数十位巫祭同时奏响。高亢尖锐的号角声直冲天空，高空中云烟升腾，隐隐可见水雾凝成了几条巨龙在高空载波载浮。

"昊！准备去圣地宗庙。"打扮得整整齐齐、干干净净的青茯走了出来。她穿了一套自己亲手纺麻制成的长裙，一头长发用九根长长的木簪子绾在了脑后。

姬昊深深地看了一眼青茯脑后的九根木簪子，这九根木簪形如长针，呈黑、白、青三色。仔细看去，可以看到簪子内部宛如云烟升腾，隐隐可以看到细密的符咒滚动。

这是青茯嫁给姬夏，她的母族青夷部陪嫁过来的一套传承巫宝生死刺，可以用来救人，但是用来杀人也格外地利索。姬昊曾经见到青茯用生死刺中白色、青色的六根长针救治重伤的族人，但这次还是青茯第一次将三根黑色的生死刺佩戴在了身上。

"阿姆，听说姜娡受了重伤，今天她应该不会抛头露面了。"看着神色沉肃，袖子里隐隐有奇异的草木气息飘出的青茯，姬昊很认真地说道。

"昊，你年纪小，还不懂女人。"青茯眯着眼，清冽地笑着，"今天是火鸦部的祭祖大典，姜嫚只要还活着，就一定会露面，而且一定会挑战阿姆。"

姬昊不再吭声，接过青茯递过来的一件兽皮软甲披在身上，母子俩带着胖熊走出了院子。

无数火鸦部的族人从四面八方汇聚了过来，在山谷中汇聚成了一条沸腾的长龙。

近百名火鸦部的巫祭、长老吹响龙骨号角，走在队伍的最前方，带着浩浩荡荡的队伍向金乌岭攀爬了上去。

第十五章

祭 祖

东方第一缕红光照在金乌岭上时，火鸦部的族人们已经爬到了金乌岭山腰部的祖庙外。

阳光耀目，巨大的火鸦凌空盘旋鸣叫，几头苍老不堪，浑身火羽都已经掉光，只剩下干瘪皮肉的老鸦懒洋洋地从巨大的巢穴中探出头来，俯瞰着山腰部的火鸦部族人，同样有一声没一声地啼叫着。

姬昊和一群孩童站在一起，站在了祖庙外的平地上。

火鸦部的祖庙修建在金乌岭的山腰，在一块高有千丈的悬崖下，开凿了一个四四方方的洞口，走过一条长达百丈的甬道，就是火鸦部最神圣的祖灵沉睡之地。

一队一队族人不断走了上来，在祖庙外的广场上整齐地站定。

所有人都神色肃穆，眸子里透着一股难以描述的肃然和狂热。好多巫祭和长老的手上都捧着硕大的玉盘，极品美玉雕成的圆盘上，满满地堆砌着金块、玉块和其他各种珍稀祭品。

姬昊一眼望去，这些巫祭、长老手上的贡品珠光宝气引人瞩目，其中好些珍稀异物姬昊不要说见过，连听都没听说过。这些物事无不光华耀目，更有强大的灵气波动扩散开来，甚至引发了霞光云霓各种异象，显然都是罕见的奇珍。

当太阳从东边的山头上露出了整张面孔，火鸦部大巫祭姬奎缓步从人群中走了出来，站在山腰平台上的无数火鸦部族人同时发出了欢呼声。

身披一条蛟龙皮，头戴一顶蛟龙头骨制成的头盔，脖子上挂着上百颗尖锐兽牙制成的项链，手持血玉短剑的姬奎走到了宗庙入口处，威严地向人群一招手。

来自火鸦部上千部落，带着族人参加十年一次祭祖大典的巫祭们纷纷走出，整整齐齐地排列在姬奎身后，向着黑漆漆的祖庙入口跪倒在地，整齐地念诵起古老晦涩的咒语。

空气中就有一股古老而阴寒的波动开始荡漾，姬昊激灵灵打了个冷战，下意识地向四周望了一眼。这种感觉，就好像有几个浑身冰冷的幽灵紧贴着身体，从肉体到灵魂都冰冷一片。

嘶喊哀号声突然传来，以姬夏为首，数千名高大魁梧的战士从人群中抢出，将数千名不断挣扎怒吼的奴隶抓了上来。这些奴隶一个个瘦得皮包骨头，身上到处都是鞭挞后残留的伤痕，浑浊的眸子里充满了恐惧和绝望。

"火鸦部的杂——碎，我们黑水玄蛇部和你们不死不休！"

"啊，我的父亲是长老，我父亲是黑水玄蛇部的长老！"

"伟大的祖灵在上啊，现在收走我的灵魂吧，不要让我的灵魂被异族的邪灵吞吃！"

一群奴隶愤怒地咆哮挣扎着，但是浑身被兽筋绳索五花大绑，他们用尽了力气挣扎，怎么也无法摆脱姬夏等人的控制。很快一个大吼大叫自己的父亲是黑水玄蛇部长老的奴隶，就被按倒在姬奎的面前。

"黑水玄蛇部长老的儿子？我们的祖先，会很乐意收下你们的灵魂！"姬奎冷冽地笑着，枯瘦如柴的手掌一掌按在了比自己高出一个头的奴隶身上。奴隶惨号一声，身体一软，姬奎手中的血玉短剑深深没入他的心口，短剑上几颗诡秘的符文闪烁，一股热浪从短剑中不断涌出。

"嗤嗤"声中，奴隶的身体剧烈地抽搐着，很快他高大魁梧的身体就萎缩塌陷，眨眼间身体内所有的精气都被短剑抽得干干净净，高大的身体化为一片飞灰飘散。

被押送上来的奴隶们目睹了这可怕的一幕，一个个越发用力地大吼大叫，甚至有人吓得哭了出来。

姬奎冷漠无情地将一个又一个奴隶击杀当场，吸收了数千个奴隶的鲜血，他手上的血玉短剑已经红得快要滴出血来，剑锋上的诡秘符文越发闪亮刺目，滚滚热浪熏得山腰上站着的火鸦部族人们汗流浃背。

跪在地上的巫祭们一个个满脸红光，念诵咒语的声音越发高亢响亮。

祖庙的入口内突然有狂风吹出，呼啸的风打着旋儿，围绕着每个族人的双脚急速盘旋流走。

姬昊紧握拳头看着姬奎。

这只是十年一次的小祭祀，斩杀的奴隶只有不到万人。换成传说中的百年一次的大祭的话，火鸦部要一次宰杀超过十万奴隶。

但是仅仅斩杀了数千人，血玉短剑已经变得神异无比，犹如一颗血色的太阳悬浮在姬奎面前，不断散发出可怕的高温。短剑散发出的光芒缓慢地缩放，就好像心脏在跳动，让人感受到血光中充斥着强大浓郁的生命精气。

姬昊对火鸦部祭祖大典的流程已经很清楚，在祖庙门前斩杀奴隶，汲取他们全部的精血、灵魂后，连同大量的奇珍异宝一起送入祖庙，奉献在祭坛之前。

祖庙内神奇的存在，或许是火鸦部祖先的灵魂，或者是其他不知名的东西，会吞噬血玉短剑中的精血、灵魂，吞噬其他祭品中的天地奇珍，最终对献祭之人进行一定的馈赠。

这种馈赠是随机的，要看祖灵的心意而定。

在火鸦部的历史上，曾经有刚刚出生的孩童，因为祖灵的赏识，那一次的大祭所有的馈赠都落在了他一人身上，直接让那刚出生的孩童开辟了一百多处巫穴，拥有了大巫境的力量。而那孩童，最后也成长为了火鸦部的最后一位巫帝。

手持血玉短剑，姬奎正要转身走进祖庙，姬枢大喝了一声，从他那一部族人中走了出来。

"大巫祭，当着祖灵的面，我姬枢作为祖灵的子孙，有话要说。"

姬奎苍老干瘪的脸抽了抽，他冷冷地看着姬枢沉声道："按照祖灵的规矩，在祭祖大典上，任何族人，有任何话，都可以拿出来说。但是姬枢啊，你说的事情如果不重要，就要承受祖灵的怒火，你知道么？"

姬枢向姬奎鞠躬行了一礼，满脸是笑地向四周死寂的族人笑着点了点头："我说的事情，当然是很重要的。我这也是为了整个火鸦部考虑，一些没资格占据高位的人，他应该从自己的位置上离开。"

高高举起双臂，白皙的皮肤下虬结的肌肉犹如怒蟒一样跳动，姬枢大声说道："姬夏，大兄！你是守护圣地的战士首领，也就是我们火鸦部一千多个部落所有战士的首领！但是你现在的力量，还配得上这个位置么？"

用力挥动了一下手臂，姬枢大吼道："按照南荒的规矩，按照祖先制定的规矩，姬夏大兄，我向你挑战！你不要怪我，这也是为了整个火鸦部的好！"

姬夏沉沉地哼了一声，拎着长矛走到了姬枢面前。

但是姬夏还没开口，姬昊已经放声高呼，清脆的声音响遍了全场："阿爸，你且慢些。姬枢阿叔，你莫忘了，我和姬武还约了一场！"

"当着这么多族人，当着祖灵的面，我和姬武有一场架要打哩！"

第十六章
血 脉

姬昊站在众目睽睽之下，伸手向姬枢勾了勾手指。

姬夏放声大笑，向后退了两步，得意洋洋地向周围的族人笑道："我家的崽子。嘿，这是我姬夏家的崽子！"

姬枢白皙的面孔抽了抽，淡然一笑，镇定自若地向后退了出去。他轻轻摇头，连声冷笑："夏，大兄，你知道我为什么要在祖灵的面前，争抢你的位置？因为我比你强，从各方面都比你强，无论是我，还是我的崽子，都比你要强。"

高高举起双手，转身向四周族人望了过去，姬枢冷声道："南荒的规矩，强者居上，这规矩，还用我说么？"

四周数以万计的火鸦部族人一言不发，淳朴、粗直的他们并不擅长阴谋诡计。所有族人只是单纯地因为自己的喜好，表现出各种各样不同的表情。

有人义愤填膺、满脸怒火，这是和姬夏交情好的族人。

有人缓缓点头、相互交头接耳，这是和姬夏没什么交情，或者说和姬枢关系不坏的族人。单纯从南荒的生存法则上而言，姬枢的话并没有说错。

也有人满不关心、一脸轻松的，这是纯粹的中立派。他们和两边都没什么关系，自己部落的实力在火鸦部也是不上不下，顶层的权力争斗和他们没任何牵扯，他们乐得看热闹。

还有一些人嘛，表情可就瞬息万变，紧张得气都喘不过来了。这些人毫无疑问，都是姬枢的支持者。

姬昊一眼望去，在场无数族人的脸色尽收眼底。大笑了三声，姬昊打断了姬枢的话："姬枢阿叔，如果不是我阿爸被人偷袭，伤了巫穴，你敢说这样的大话？废话少说，姬武，给我滚出来！"

姬枢脸色一变，恼怒地闭上了嘴。

"铿锵"声中，姬武左手持盾、右手握斧，雄赳赳、气昂昂地从人群中抢了出来。

为了今天的祭祖大典，姬武显然也是做了充分的准备。除了重盾、大斧两件精良的装备，他的上半身居然还套上了一件全金属制成的半身甲，黑漆漆的甲胄正中，同样是一座高塔上悬浮着一只血色眼眸纹章。

除开这件防御力惊人的半身甲，姬武的脚上还蹬着一双连膝盖都遮护进去的金属长靴，厚重的金属战靴踏在山岩上"铿锵"作响，不断溅射出大片火星。

这双靴子造型狰狞怪异，膝盖上有两根半尺长的螺旋状尖锐凸起，若是被姬武用膝盖顶中了身体，肯定一下就是一个透明的大窟窿。

"哈哈，姬昊，今天我要好好收拾你一顿！"姬武大声地叫嚣着，"看到我身上的甲胄和战靴么？你就用你身上的这套破烂玩意儿和我比斗？"

叫嚣声中，姬武身上的甲胄、战靴同时冒出微微光芒，一股逼人的力量波动不断从姬武身上扩散开来。

四周火鸦部的族人齐声喧哗，好些人用力吹响了口哨以宣泄心头的不满。

对比武装到牙齿的姬武，姬昊身上就是一件普普通通的兽皮软甲。兽皮是姬夏在山林中猎杀的一头小巫境的狮子身上最柔软的腹部皮革，是青茯用最柔韧的山间细藤一针一线地缝制而成，最终由青茯在皮甲上附着了各色符文而成。

这种皮甲，是火鸦部战士的标准武备，无数年来，火鸦部一代一代的战士就是穿着这种自家亲手制成的甲胄，在南荒丛林中和天斗、与地争、和无数的凶险浴血厮杀，最终为族人杀出了一片繁衍生息的领地。

姬武身上的全金属武备如斯精美、强大，火鸦部可没有这个能力铸造、祭炼。

用外人的装备，在祭祖大典上和自家族人争斗，让都是直肠子的南荒战士们顿时纷纷喧哗、咆哮，更有脾气粗豪的战士直接向姬武大声叫嚷起来。

"姬枢家的娃娃，不要给你阿爸丢脸，脱了你身上的铁壳子。"

"姬枢家的娃娃，让我们看看你的真本事，别仗着铁壳子欺负人。"

"这娃娃叫姬武吧？名字倒是不坏，但是怎么这么胆小？昊比他小了好几岁呢，他还要用这么好的东西才敢和昊打斗，这种没胆子的崽子……啧啧！"

冷嘲热讽不一而足，姬武被嘲讽得面红耳赤说不出话来。

姬枢气急败坏地跺了跺脚，恼怒地回头向自家族人队伍中望了一眼。

姜媱俏脸发黑，万分恼怒地盯着四周喧哗不已的火鸦部族人。原本姬武只有一柄斧头、一块盾牌，但是为了让姬武有完胜的把握，姜媱干脆给自己儿子配上了甲胄和战靴。

但是姜媱做梦都没想到，这些精良装备，居然引发了火鸦部族人的嘲讽和鄙视。在她出身的毕方部可不会发生这种事情，地位更高的族人享受更好的装备，这是天经地义的事情嘛！

听着四周的嘲讽声，姜媱正要开口辩驳，恼羞成怒的姬武已经咆哮了一声，挥动大斧向姬昊劈了过去。

姬昊凝视着势若疯虎的姬武，不由得无声惊叹。

前些日子姬武连续被重伤，但是今天却一点儿受伤的迹象都没有。在这么短时间内让身上穿了十几个窟窿的姬武痊愈，这只能是姜僰亲自出手救治了。

不仅如此，姬武身上气息浓厚，显然已经突破了巫人境第十层，正式踏入了激活血脉之力的第十一层！

看姬武身后赤红色的火光就知道，他已经开始燃烧血脉，借用血脉之力强大身体。巫人境第十层的战士有十万石的力量，但是一旦血脉激活，最少也能凭空增加五万石巨力。

前些日子，姬昊偷袭姬武的时候，分明打断了姜媱强行提升姬武实力的仪式。但是今天姬武硬是踏入了巫人境第十一层，姜媱没有这个能力，很显然又是姜樊的手笔。

"姬武大兄，很强啊，居然都开始激活血脉了。"

看着几乎要劈到自己头顶的大斧，姬昊眸子里九枚法印若隐若现，突然放声大笑起来。

姬武激活了血脉，看那一片赤红色，无比纯粹、深邃的赤红色火光，就知道他的血脉之力很是浓郁、纯正。但是赤红色的火光嘛，姬武你们一家子作死也不是这么玩的！

紫府内，神魂空间中，虚影的声音悄然响起："小家伙，不闪开，你的脑袋就开瓢了！"

姬昊干脆背起了双手，放声大笑道："诸位巫祭，这是我们火鸦部祭祖的大典，一个激活了毕方部血脉的外人，怎么有资格在我们的祭祖大典上出手？"

山崩海啸般的咆哮声拔地而起，火鸦部无数族人齐声怒吼。

上千名火鸦部各部落的巫祭同时瞪大眼睛，目光如火笼罩姬武全身。

姬武好似被泰山压顶，已经快要扑到姬昊身前的他浑身僵硬，在众多巫祭的注视下再也动弹不得。

姬昊大笑一声，背后同样一团黯淡的火光涌出，劈面一拳砸在了姬武的脸上。姬武惊恐地瞪大了眼睛，半边面颊骨被姬昊一拳打得粉碎，裂开的嘴角里好几颗白惨惨的大牙喷了出来。

口吐鲜血，姬武打着旋儿飞了出去，重重地摔倒在地上动弹不得。

第十七章

大　巫

　　姬昊大笑，团身向倒在地上的姬武弹射过去。

　　姬武身后还有赤红色的火光涌动，散发出一股股奇异的火焰波动。

　　独特的赤红色的火光，独特的奇异的能量波动。姬昊自幼就跟随火鸦部的大巫祭姬奎等一众老怪物研习巫祭秘术，对于南荒主要部族的血脉力量的特征早就熟稔在心。

　　姬武身上涌动的，是毕方部的血脉之力！他是火鸦部的子孙，但是他居然激活了毕方部的血脉，这毫无疑问是对火鸦部的某种背叛，尤其这种事情发生在祭祖大典上！

　　姬昊想到现在姬奎等一众老巫祭的心情，就不由得想要狂笑三声。

　　"住手！"远远站着的姬枢大吼一声，遥空一掌向姬昊按了下来。

　　好像一座大山扑面撞了过来，身体四周的温度骤然飙升，姬昊闷哼一声，披散在身后的长发急速扭曲燃烧，发出刺鼻的糊味。

　　熊熊烈火凭空而生，包裹了姬昊的身体。青荗亲手制成的兽皮软甲上数十枚符文喷射出夺目的光芒，无数手指粗细的青色藤蔓从地下扭曲着钻了出来，环绕着姬昊的身体，变成了一枚绿色的茧子将烈火挡在了外面。

　　四周高温骤然变得清凉，青荗在兽皮软甲上施加的是青夷部秘传的绿藤守巫咒。金乌岭四周林木众多，绿藤守吸收草木散发出的青木之力，威力得到了数倍的增强，及时地庇护住了姬昊。

　　姬昊喘着粗气向后急退，藤蔓组成的茧子也随之后退。

　　姬枢通体火光四溢，心脏、胸口、小腹上三团拳头大小的红光刺目，在这三团红光四周，还有二十几个拇指大小的红色光点喷射出夺目火光。这些地方，就是姬枢体内开辟的巫穴，大巫一旦运动巫力，巫穴内的巫力全力运转，表现在外的异象就是这般喧哗、耀眼。

脸色一阵青白不定，姬枢一言不发。

姬夏横跨了一步，手中一柄大斧用力挥动，呼啸声中一团热风席卷而起，缠绕在姬昊身边的火光被热风卷走。姬夏张开双手挡在了姬昊身前，冷眼看着姬枢笑道："姬枢阿弟，你还要不要脸？"

姬昊长长地松了一口气，用力一拍身边绿色藤蔓结成的茧子，藤蔓化为无数绿色光点飘散，露出了姬昊的身形。

头发被烧掉了大半，浑身黑烟缭绕，滚滚热气从皮肤上不断涌出，软甲没遮盖住的手臂和双腿上被烧出了大片的水燎泡。姬昊的形象狼狈不已，只是死死地盯着通体火光熊熊的姬枢。

只是随手一掌，差点儿就将姬昊烧成灰烬。如果不是青茯用全部巫力制成的软甲及时护主，姬昊这一下不被杀死也会被烧成重伤，更大的可能是被烧成残废一个。

众多族人见到姬昊，顿时齐声喧哗。

"不要脸的东西！堂堂大巫出手对付一个娃娃！"

"姬枢，你还要脸么？祖先的脸都被你丢光了。"

"真是混蛋啊……姬枢你这个混蛋，你的儿子也是混蛋！他激活的是毕方部的血脉！"

"难道我们火鸦部的血脉不如毕方部么？你娶了毕方部的女人没什么，但是你的儿子舍弃了我们祖先的血脉，你这个混蛋还是火鸦部的人么？"

四周的火鸦部族人中，突然有数百人同时破口大骂。在南荒，弱肉强食的丛林法则是所有部族的生存之道。但是在部落内部，以大欺小却是最让人看不起的事情。

姬枢以堂堂大巫的实力，居然对姬昊这小小的巫人出手，这种事情传出去，整个火鸦部都会跟着丢脸的！

更让火鸦部的族人们无法接受的是，姬枢的儿子，在突破巫人境第十层的时候，激活的血脉居然不是火鸦部的祖传血脉，而是毕方部的血脉之力！

在神圣无比的祭祖大典上，出现了一个拥有外族血脉之力的孩子。在最重视血脉传承，将祖先血脉的繁衍传承视为最神圣、最严肃大事的南荒，这种行径无异于叛族。

"铿锵"声大作，四下里有数千性格火暴的火鸦部战士拔出了兵器，怒气冲冲地看向了浑身烈焰熊熊的姬枢以及站在姬枢身后的众多族人。甚至姬枢身后的大群族人中，都有一小半人下意识地倒退了数十步，和姬枢划清了界限。

混在姬枢身后的族人群中，姜燊气得眼前一阵昏黑，差点儿一头栽倒在地。

他震怒欲狂地看了一眼脸色发黑的姜嬬，恨不得一拳把她打死。姬武居然舍弃自己父族的血脉，反而激活了母族毕方部的血脉，这种蠢得惨绝人寰的事情，除了他的蠢女儿，还有谁会做？

这让姜燊如何收场？说得严重点儿，姬武今天的行为，几乎可以视为毕方部登门挑衅火鸦部的祭祖大典，火鸦部都有借口和毕方部翻脸大战一场的！

火鸦部可是毕方部属下，综合实力和战争潜力最强横的大部族，火鸦部如果真的和毕方部翻脸，姜燊这个毕方部的大巫祭都要倒霉，很可能被人取而代之，失去所有的权力。

皱了皱眉，姜燊眸子里火光闪烁，一缕低沉的声音在姬枢耳朵边响起。

姬枢呆了呆，他突然抬起脚来，重重地一脚踩在了姬武的脑袋上，顿时血肉四溅。

"武！"姜嬬惨号一声，身体抽搐了一下倒在了地上。所有骚动、愤怒的火鸦部族人也都同时安静下来，所有人都目瞪口呆地看着脑袋被踏得粉碎的姬武。

"大巫祭，诸位巫祭阿公，是姬枢不会教训自家崽子，让他做出了背叛部族血脉的蠢事！"姬枢咬着牙一个字一个字地说道，"在祭祖大典上，他居然敢背叛祖先血脉，他该死，所以他死了！"

深吸了一口气，姬枢用指甲撕开了自己的腕脉，一道鲜血滚滚流淌下来。

"我用我的血脉发誓，用我这一支族人所有祖先的灵魂发誓，我姬枢可没有背叛火鸦部。叛徒已经被我杀死，我依旧要向姬夏大兄挑战。"

姬武的身体还在不断抽搐，猩红的鲜血、乳白的脑浆洒了一片。

姬奎等巫祭看了一眼姬武的尸体，同时点了点头。

手指轻轻拨动悬浮在面前的血玉短剑，姬奎慢悠悠地哑声说道："在祖灵的见证下，任何族人，只要是我火鸦部的血脉子孙，他们都有权力挑战任何族人。无论是金乌岭圣地的战士首领，甚至我这个大巫祭的职位，只要你是我们火鸦部的血脉子孙，都有资格挑战。"

抬手一点姬夏，姬奎冷声道："夏，接受挑战吧。让所有族人都看看，当年击败了你阿爸，继承圣地战士首领一职的你，现在还有没有资格继续坐在这个位置上！"

姬夏隆声应诺，他身体一震，一团金红色的火光从皮肤下喷出，将他染成了一个巨大的火人。

他的小腹上一团人头大小的火光炽烈，双臂、双腿上很对称的，每条手臂、每条腿上都有十二团拇指大小的火光喷吐出刺目的红光。

姬昊骇然张大了嘴，下意识地向后退了几步："阿爸，你不是从大巫境摔落了么？你现在，还是大巫？"

姬夏回头向姬昊"嘎嘎"一笑，随后向面孔扭曲的姬枢大笑道："姬枢阿弟，来，战吧！我巫穴是被击毁过，但是我舍弃了那些被毁掉的巫穴，我这十年，又重修了四十九个巫穴回来！"

满场死寂，随后无数金乌岭守护战士同时举起兵器放声欢呼！

第十八章

暴　力

"哈，哈哈，哈哈哈！"姬昊高高举起双手放声狂呼，眸子骤然变成通红一片。

太可怕了，姬夏的修炼天赋，简直就和妖魔一样强悍。

姬昊记得清清楚楚，当年就在金乌岭祖庙中，姬夏和青荻被黑水玄蛇部暗算偷袭时，姬夏胸腹之间开辟的二十几处巫穴，都被黑水玄蛇部的歹毒巫器洞穿。

换成其他族人，一个巫穴被破，从此一辈子都一蹶不振。

但是姬夏十年蛰伏，居然避开了胸腹之间的那些被毁掉的巫穴，别开蹊径，在四肢重新开辟四十八处巫穴，一身巫力不仅没有衰落，反而比十年前更强大了许多。

不愧是被火鸦部的世代死敌黑水玄蛇部视为眼中钉、肉中刺，被黑水玄蛇部的巫祭和长老们称为千年以来最可怕敌人的姬夏。二十几处巫穴被破，居然还能重新崛起，而且实力越发强横！

"夏大兄，你是我们火鸦部最强的战士！"

"吼，吼吼，夏才有资格成为我们首领！"

"揍死他，打扁他的脑袋！夏，打断他的腰杆，拗断他的脖子！"

和姬昊一样，无数火鸦部镇守金乌岭圣地的守护战士雀跃咆哮，挥动着兵器大吼大叫。无数族人气血翻滚，脸蛋变得通红一片，更有人激活了血脉力量，一片片火光环绕周身，嘴里更是发出"嘎嘎"鸦鸣。

"混，混蛋！"刚刚一脚踩死自己儿子的姬枢，心情正剧烈起伏，猛不丁地看到姬夏如此狂野地展示出自己全部的威势，气急冲撞之下，他的心头一阵阵火烫，一口逆血差点儿吐了出来。

"姬夏！你被破了巫穴，你怎么还可能……"姬枢脑子里一阵阵地眩晕，姬夏身上足足有四十九处巫穴开辟，远比他身上三十二个巫穴多得多，实力自然也强出了一大截儿。

他想要谋算火鸦部的战士首领一职，现在看起来就有点儿像是笑话！

"祖先的血脉赐予了我们力量！"姬夏大口大口地呼吸着，干瘪的、紧贴着筋骨的皮肤犹如熔岩一样熠熠发光，"用心体悟祖灵的呼唤，只要血脉还在我们体内流动，只要我们还活着，我们就有无穷的希望！"

"说得好啊，夏！"姬奎站在祖庙入口处，赞赏地点了点头，"血脉之力，是我们族人最宝贵的东西。只要还活着，只要血脉还在延续，就有无数的可能。"

姬昊瞪大眼看着姬夏，这就是血脉之力的神奇么？

以姬昊前世对修炼功法的认识，不要说一个人胸腹之间数十处要穴被彻底毁坏，就说一条普通经脉断裂了，他都绝对会变成一个废人。但是在这个世界，拥有神奇的血脉之力，姬夏伤成了那个样子，居然都能在十年内重修回来！

"血脉的力量？"姬昊体内气血一阵翻滚，五彩光芒不断闪烁，肉体力量一节、一节地缓慢提升着。他的身体好像变成了一个黑洞，四周的天地灵气不断地向他的身体汇聚了过来。

小腹中的五彩火苗骤然膨胀了一倍大小，所有天地灵气都被五彩火苗吞噬了进去，然后转化为一条一条流光急速流转姬昊全身。姬昊的身体极深处隐隐传来清脆的龙吟声，皮肤下的肌肉犹如水波一样起伏着。

"少说这些莫名其妙的废话，战吧！"姬枢疯狂地大吼了一声，身体骤然化为一条火光冲天而起，带起一条刺目的弧线向数十里外的一片山林落下。

"战！"姬夏大笑一声，同样纵身跃起，一步跨过数十里地，和姬枢落了同一片山林中。他的身体还没落地，先行一步的姬枢已经大吼一声，双足用力一踏地面，身形化为一团烈火向他撞了过来。

四条粗壮的手臂重重地撞击在一起，随后弹指一挥间，两人的拳头相互之间交错了数百次。

大地剧烈地震荡了一下，十几里方圆的山林被一片狂野的火光包裹，无数十几人合抱粗细的古木在瞬间烧成灰烬。大地不堪重负地悲鸣着，大块土地被高温烧成岩浆，沸腾的岩浆在拳劲的冲击下犹如浪潮一样向四周泼洒出来，大片岩浆甚至飞过数十里地，泼洒在了金乌岭山脚下。

"啪啪啪"的巨响声不绝于耳，这是姬夏和姬枢的拳头在疯狂地轰击对方的身体。

没有任何技巧，没有任何闪避，南荒大巫的战斗就是这样地狂野而直接，面对面地站立，不闪避，不逃跑，没有任何畏惧，用最纯粹最狂暴的力量轰击敌人、轰碎敌人、轰杀敌人！

姬夏的脸颊裂开了，大片鲜血喷洒出来，一颗一颗犹如珠玉一样闪光的牙齿飞出，但是在牙床上立刻又有新的牙齿生长出来。

姬枢的面颊同样裂开，甚至凹陷了下去，姬夏的拳头比他沉重得多，他的面颊骨裂开，然后大片碎骨飞出。但是大巫的生命精气犹如海潮一样浩瀚无边，碎裂飞出的骨骼重生而出，飞溅的血肉也在快速地生长出来。

两人同出一脉，开启的都是火鸦一族的祖传血脉之力，金红色的火光包裹着他们，强烈的火光刺痛了实力不够的族人的眼睛，数以万计的族人只能看到一团光，只能看到满天都是大火沸腾。

骤然一声巨响，姬夏一个深呼吸后爆出将近一百拳落在姬枢身上。

姬枢的两块胸肌炸开，十几根肋骨轰然炸裂，身体犹如出膛炮弹带起一道笔直的火光向后飞射。

大地再次震荡了一下，姬枢的身体重重撞在了十几里外一座高有三百多丈的大山上。从林茂密的山峰轰然炸开，无数山石瞬间被高温烧成了沸腾的岩浆。姬枢大口大口地喷着血，躺在岩浆当中动弹不得。

两人战斗的地方已经变成了一个直径二十里的岩浆湖泊，姬夏脚踏一片火光，悬浮在岩浆上，冷眼看着数十里外不断吐血的姬枢。

"姬枢……阿弟，你还不是大兄的对手，金乌岭战士首领的职位，看来还是我的！"

烈火熊熊燃烧，姬夏被打得碎裂的面颊急速地愈合，眨眼间所有伤势都恢复如初。

"姬夏……大兄，不试试，我怎么甘心呢？"姬枢"咔咔"狂笑着，他的左臂上一道火光喷出，他双手紧握住了一根造型奇异，被一团一团烈火环绕的木杖。

"我新得了一件传承巫宝，大兄，试试接我一招！"

姬枢的身体冉冉飞起，身上的伤势同样在急速愈合。

第十九章
巫 宝

距离金乌岭不远的大山山腰处，一个形容枯槁的老人和一个枯瘦精悍的中年男子肩并肩站在一株大树上，眺望着远处姬夏和姬枢的大战。

老人光着上半身，死白色的皮肤上，用黑色的颜料纹了数十条龇牙咧嘴的毒蛇图腾，他身体一动，所有毒蛇都好似在不断蠕动，看上去狰狞恶心到了极点。

一条两尺长的细细黑蛇盘在老人的脖子上，一对惨绿色的眼珠死死地盯着金乌岭，细细的蛇芯子不时"嘶嘶"喷吐，额头上的黑色独角在阳光下熠熠发光。

枯瘦精悍的中年男子比身边老人高了一大截儿，他穿着一件用黑色蛇皮制成的紧身软甲，背后背着一柄长有八尺的长剑，瘦削的脸颊不时抽搐几下。

一条一丈多长的独角玄蛇一头搭在一根树枝上，尾巴缠绕着中年男子的腰身。和老人脖子上的那条小蛇一样，这条独角玄蛇同样死死地盯着金乌岭，盯着金乌岭上那些凌空悬浮的巨型火鸦。

巨响声中，姬枢被姬夏重拳轰飞，身躯撞碎了一座大山。老人苍老枯萎犹如骷髅的面孔抽动了一下，低声咕哝道："这个姬夏，十年前那次偷袭没能杀了他，以后他还会是我们黑水玄蛇部的大麻烦。"

中年男子皱起了眉头，双手紧握在一起不断用力，手指骨节不断发出"咔咔"脆响。

沉沉地叹了一口气，老人喃喃道："十年前，姬夏巫穴被毁，原本以为他就是个废人了。但是没想到，他居然硬生生又开辟了这么多处巫穴。不愧是火鸦部巫帝一脉的血裔子孙，这份潜力，太可怕了。"

中年男子不忿地哼了一声，咬牙切齿地说道："火鸦部巫帝一脉的血裔又怎样？二十五年前，我们袭杀了姬夏的父亲，顺带干掉了他七个哥哥；五十年前，我们围攻杀死了他的祖父，他父亲的所有兄弟也在那一战中全部被杀。"

傲然昂起头来，中年男子咬牙道："现在火鸦部巫帝一脉最纯粹的血裔，只有姬夏一人！我黑水乌蛟，绝对不会让他再活过下一个十年。"

老人点了点头，沉沉说道："蛟，是不能再让姬夏活下去了。这十年来，火鸦部在他的带领下，对我们部族步步紧逼，我们已经失去了好几片最肥美的猎场。不能再这样下去了。"

黑水乌蛟抚摸着缠绕在腰上的蛇尾，阴恻恻地说道："所以，我真心想让姬枢成为火鸦部的战士首领，阿公，我虽然不喜欢姬枢这个阴险的家伙，但是我更不喜欢姬夏啊！"

眯着眼，黑水乌蛟阴声道："我大兄，可是死在了姬夏的手上。我一定要亲手撕开这家伙的胸膛，把他的心脏挖出来，献给尊贵的黑水玄蛇做祭品！"

"嘶嘶"，独角玄蛇身体翘起，将脑袋搭在了黑水乌蛟的肩膀上，黑漆漆的蛇芯子亲热地舔了舔他的脸。

火光冲天而起，姬枢脚踏火云站在离地百丈的空中，双手紧握火光喷涌的木杖放声大笑。长度超过两米的木杖就好像一条刚刚从树干上砍下来的枝条，通体青翠欲滴，数十根细小的树枝上，还挂着大片鲜嫩的树叶。

这根木杖给人的第一感觉就是生气勃勃，完全不像是一根木杖，反而像是一株依旧扎根在地下，蕴藏了无穷生命力的大树。

姬枢紧握木杖用力挥动了一下，就听到呼呼的风火声从木杖中涌出，大片三色火光不断从木杖中喷了出来。三色火光好像琉璃，白色火焰在最外层，中间一层是青色，最核心一层是红色，三色火焰化为人头大小的火球落在地上，所到之处山石瞬间化为青烟。

姬枢的身体被热浪包裹，恐怖的热力扭曲了空气，他的身体看上去就好像不断摇晃的水波中的影子，肉眼已经无法看清他的身形。

火鸦部的族人们同时咋呼起来，这柄木杖发出的火焰太强大、太可怕，从木杖内喷涌出的巫力波动犹如海啸，方圆百里的山林都被无形的波动冲得胡乱摇晃，热浪熏得火鸦部的族人们大汗淋漓，有些人的头发、眉毛都无端地燃烧了起来。

姬昊瞠目结舌地看着这柄木杖，如此可怕的力量，姬枢只是单纯把它握在手中，还没有催发它的威力，这柄木杖的威能就笼罩了方圆百里之地！

如果姬枢全力催发的话，这柄木杖能够瞬间消灭百里内的所有敌人吧？

"这是什么鬼东西！"姬昊的心脏紧紧绷在一起，突然为姬夏担心起来。

"传承巫宝。"青茯不知道什么时候到了姬昊身后，双手紧紧地搭在了他的肩膀上。青茯的手指痉挛，指尖深深地陷入了姬昊的皮肉中，显然她的心中也紧张到了极点。

"传承巫宝，最弱的传承巫宝，也要极其强大的大巫，起码开辟了一百个以上巫穴的大巫才有实力炼制。任何一件传承巫宝，都起码要经过一代一代大巫，最少一千年巫力和精血的滋养，才能最终成型。"青茯喃喃自语道，"任何一件传承巫宝，都能让一个大巫的实力增强十倍以上。"

姬昊的身体绷紧了，他回过头，低声喝道："阿爸他……姬枢如果实力提升了十倍，那么阿爸……"

青茯的俏脸变得惨白一片，咬紧牙齿低声哼道："你阿爸，当然有他自己的传承巫宝。昊，怎么说你阿爸和你，都是火鸦部最正统的巫帝血裔。但是，但是，姬枢的这件传承巫宝，太强大了，根本不应该出现在他手上。"

姬夏站在沸腾的岩浆上，低沉地咆哮了一声，左手一挥，一面用九块硕大的赤红色龙鳞制成的盾牌凭空飞出，牢牢扣在了他的手臂上。他右手向着空气中一抓，一柄用金色桑木心做柄，枪头用赤红色龙角锻造而成的长矛被他紧紧握在了手中。

单手紧握长矛，用力地往盾牌上敲了一记，姬夏大声吼道："枢，来吧！"

　　姬枢冷笑了几声，双手紧握木杖，咬破舌尖一口血箭喷在了木杖上。就听得一声低沉的长啸声绵绵而起，数十头翼展超过百丈的三色火凤从木杖中飞出，喷吐着长达千丈的火光烟气，疯狂地向姬夏冲了过来。

　　姬枢身体闪烁，高大的身躯化为一团火光，隐藏在火凤喷出的火焰中，几个闪身到了姬夏面前，木杖狠狠地向姬夏的头顶轰了下去。

第二十章
跋 扈

巫宝，巫宝，传承巫宝。

姬昊脑子里无数念头乱滚，紧张地盯着姬夏。

姬枢带着猖狂的笑声冲到了姬夏身前，木杖被三色火焰包裹着，重重地砸在了龙鳞盾牌上。沉闷的敲击声震得他们下方的岩浆掀起了数十米高的浪头，热浪一波一波地向四周翻滚，四处山峰上无数大树"呼"的一下好像火把一样燃烧起来。

姬夏手持盾牌，低沉地发出一声咒语，组成盾牌的龙鳞逐次亮起，每一片龙鳞上都有天然形成的玄奥纹路喷吐着烈焰，无数细细的火光喷出，犹如蚕茧一样交错，将姬夏牢牢护在了正中。

尖锐的鸟鸣声不绝于耳，木杖中冲出的火凤喷吐烈焰火光，长长的火光犹如利刀撕扯着盾牌喷出的烈焰屏障。刺耳的摩擦声不绝于耳，混杂着姬枢绵绵不绝的敲击声，混乱的声浪震得观战的火鸦部族人纷纷捂住了耳朵。

"杀！"姬枢疯狂的攻击中，姬夏大吼一声，手中长矛化为一道夺目的流光激刺而出。

"呼"的一声响，火光中的姬枢身体突然化为无数条头发丝一样细小的三色火线喷散。细细的火光犹如喷泉冲起来上千丈高，在高空向内一聚，无数火星喷出，姬枢的身体重新出现。

"大兄！"姬枢无比得意地放声大笑，"这是传说中上古人王燧人氏的贴身巫杖，和我们大巫掌控的后天火焰不同，燧人杖中的火焰，是可以焚毁万物的先天三味火，有无穷的力量啊！"

双手握着燧人杖用力一挥，姬枢冷笑道："你已经见识到了，只要这柄巫杖还在我手中，任何攻击都无法伤损到我的身体！任何攻击，大兄！你根本伤不到我一根头发！"

火光熊熊，姬枢的身体再次化为三色火焰，混在了火凤喷出的烈焰中向下扑击。

姬夏收回无功而返的长矛，冷哼一声，同样咬破舌尖，将一道血箭喷在了龙鳞盾牌上。一声高亢的龙吟声冲天而起，盾牌脱离了姬夏的手臂飞起，悬浮在姬夏头顶放出一重重厚重黏稠的火焰将他护在了下面。

龙鳞上火光四射，一条长达百丈的火龙虚影冉冉浮现。空气中的温度越来越高，距离姬夏二十几里地的山峰都有了融化的征兆。

将长矛抱在胸前，姬夏双手按在小腹上，口诵咒语，身体内不断有流水一样的火光喷出。

"没用的！大兄！就算你激发了你全部的血脉力量，你只是区区一个大巫，你怎么可能挡得住上古人王的传承巫宝？"姬枢放声大笑，火光中燧人杖的影子一闪而过，瞬息间姬枢向姬夏轰下了数百杖。

火光四射，滚滚火焰化为一堵火墙向四周扩散开。

姬昊只觉双眼剧痛，刺目的火光让他睁不开眼睛。

刺目的火光中突然传来一声刺耳的炸裂声，姬昊定睛看去，正好看到龙鳞盾牌轰然粉碎，火龙虚影被砸得四分五裂，三色火光包裹住了姬夏的身体，还没来得及催发血脉之力的姬夏大口大口吐着血，被一杖打飞了出去。

姬夏的胸膛凹陷了下去，可怕的一击将他的所有肋骨砸得粉碎，在他胸膛上出现了一个人头大小的凹坑，胸前的皮肉全都被火焰烧成了飞灰，伤口内不断喷出大量鲜血，但是鲜血也很快被三色火焰烧成了青烟。

姬夏大口大口地吐着血，双目失神地向后飞坠。

这一击把姬夏足足轰飞了数十里，同样一头撞在了一堵山崖上，高有数百丈的大山轰然坍塌，山石在瞬间就被附着在姬夏身上的三色火焰烧成了烟气。

姬枢紧紧咬着牙，死死抿着嘴，身形化为火光向姬夏追杀了过去。数十头巨大的火凤抢先飞向了姬夏，隔着老远就喷出了一条条炽烈的火焰。

"大兄，继续和我打过！你不会这么轻松就把本族战士首领的位置让给我吧？"姬枢举起木杖，狠狠地向姬夏轰了过去，与此同时，他还在大声索战，"你可是硬汉子，你不会就这么认输的，是不是？"

电光石火一瞬间，所有人都没想到姬夏会如此快地落败，就连姬奎等老巫祭都没想到，燧人杖的威力居然如此可怕，同样有巫宝护身的姬夏，居然被姬枢一击打得崩溃。

眼看着没人能及时作出反应，姬枢这一杖落下去，就算他不敢明目张胆地杀死姬夏，但是姬夏最少也要落一个残废，一辈子再也没有恢复的可能。

只有姬昊早就对姬夏落败有了心理准备，姬枢的一番话还没说完，姬昊已经鼓起了全部力气，紫府元丹中庞然元力瞬间蒸发殆尽："我认输……我阿爸输了哩，姬枢阿叔，你现在是我们火鸦部的战士首领了，我族的所有战士，都要听你的命令呢。"

姬昊的声音犹如宝剑震鸣直入云霄，真正有切金碎玉的力道。靠近姬昊的数十个族人耳膜被他一声大吼震得粉碎，双耳同时喷出大量鲜血，惨号着捂着耳朵蹲在了地上。

姬奎身体一个激灵，瞬间被姬昊惊醒的他厉声喝道："姬枢，你赢了，住手！"

姬枢身体微微一僵，已经有几头火凤冲到了姬夏的面前，火光喷出，眼看就要烧到姬夏身上。如果姬枢现在要停手，还是来得及制止的。

但是姬枢只是身体微微一僵，然后他手忙脚乱地举起了燧人杖，大声叫道："啊呀，这巫宝的力量太强，我无法掌控它了……"

火凤嘴里的火光继续喷了出去，一抹人影突兀地出现在姬夏面前，青袄脚踏着一片青色叶片挡在了姬夏身前，双手挥动中，无数树藤、花朵凭空而生，在身前组成了一座厚厚的墙壁。

几头火凤喷出的火光狠狠切割在了树墙上，绿色的树藤、花朵轰然炸成无数烟火，青袄娇小的身体一颤，长发突然熊熊燃烧，七窍中有沸腾的鲜血不断喷出。

"姬枢，我—操—你—娘！"姬昊用力握拳，声嘶力竭地咆哮起来。眼看着火光就要吞没青茯和姬夏的身体，但是实力孱弱的他根本无力阻止！

千钧一发的关头，姬奎和另外八名老巫祭同时闪身到了青茯面前，九人手一挥，大片金色的乌鸦羽毛呼呼飞起，化为一片柔韧的羽墙挡在了火凤喷出的火焰前。

姬奎看着面孔扭曲的姬枢淡然说道："按照祖先的规矩，姬枢，你击败了姬夏，你现在是我族的战士首领了。"

姬枢紧握燧人杖，身前盘旋的火凤一头接一头地消散。

他趾高气扬地举起燧人杖，疯狂地放声大笑起来："是，我击败了姬夏，现在我是火鸦部的战士首领了！从今以后，镇守圣地，拱卫我火鸦部领地的重任，就交给我吧！那些软弱无能的废物，他根本就没有资格统领我族的战士！"

狂傲地扫了一眼姬奎，姬枢傲然道："大巫祭，以后本族征战厮杀的事情，就交给我吧。你们就不用操心这些了，每天炮制一些巫药，和祖灵多沟通沟通，好好吃饭喝水，好好睡觉休息，就足够了！"

姬奎和几个老巫祭目瞪口呆作声不得，面皮抽搐呆呆地看着姬枢。

金乌岭上，大半族人鸦雀无声，只有姬枢那一支部落的族人同时放声欢呼。

第二十一章

敌 人

金乌岭上金红色的火焰直冲天空，上千头巨鸦张开翅膀悬浮在半空，不断发出低沉的鸣叫。

洪亮的龙皮鼓被人敲响，浑厚有力的鼓声远远传出了数百里，在山岭之中往来激荡。

火鸦部十年一次的祭祖大典正如火如荼，无数祭品被送入祖庙，在大巫祭姬奎的主持下，大典有条不紊地进行着。沉睡的祖灵当被唤醒，尽情享受族人供奉的祭品，如果他们对祭品满意，那么他们会降下福祉，恩赐给被他们选中的族人。

刚刚姬夏和姬枢大战造成的岩浆湖泊已经冷却，两头身体由黑漆漆黏软泥土组成的淤泥怪蠕动着身体，慢慢地爬过冷却后粗糙的岩石地面。

淤泥怪的身体所过之处，厚厚的泥浆不断涌出。在他们的力量驱动下，岩石软化变成了泥土，按照他们的指挥均匀地向四周摊开。

十几头缔结了盟约，受火鸦部保护，同时也被火鸦部驱遣的树精摇摆着庞大的身躯，在厚厚的泥土上撒下大把大把的种子。被树精法力滋养过的种子很快就绽放绿芽，用不了几天，这一片被焚毁的山林就会重新变得郁郁葱葱。

这一切都和姬昊没有关系。

自家的小木屋内，姬昊阴沉着脸看着肩并肩躺在一张巨大兽皮上的姬夏和青茯。

两人都昏迷不醒，都是同样的症状——面孔潮红，呼吸喷出的气息灼热异常，小小的木屋被两人喷吐出来的气息变成了一个大火炉子，屋外的泥土都被热力烤成了枯白色。

火鸦部巫医造诣最高的巫祭姬菀盘坐在两人身边，不断取出一些奇奇怪怪的树皮草根塞进两人嘴里。姬菀的手指比比画画，念诵着奇异的咒语，塞进两人嘴里的树皮草根凭空化为液体流进他们腹中，两人喷出的热气也就稍微降低了一些。

"上古人王燧人氏的传承巫宝啊。"忙碌了好一阵子，勉强控制住了姬夏和青茯体内肆虐的热力，姬菀用力揉搓着一根草药，皱眉叹息起来。

"燧人氏的年代，太古老，太久远了。就连我们这些负责传承祖先知识的老家伙，也只是听说过他的名字。"姬菀看着姬昊慢吞吞地说道，"他虽然被各族尊奉为人王，但是他的活动地盘主要是在传说中的中陆，从来没听说燧人氏来过南方，想不到他的传承巫宝，会在南荒出现。"

"我阿爸、阿姆的伤，要紧么？"姬昊打断了姬菀的感慨，直接询问自己最关心的问题。

"很难，很难，很难。"连续用了三个很难，姬菀不断地摇头，"上古人王的力量不可揣测，他的传承巫宝，姬枢就算只能借用燧人杖一丁点儿的威力，也不是我们能抵挡的。"

有点儿无奈地看了一眼昏厥不醒的姬夏和青茯，姬菀沉吟了一阵，这才叹道："要么，他们自身血脉之力，能够抵挡火力侵蚀，自然苏醒；要么得有擅长控制火焰的巫王，抽走他们体内的三味火，否则我只能用巫药压制火力，让他们不被烧死。"

严肃地看着姬昊，姬菀沉声道："但是用巫药压制火力，昊，你跟着我们学了这么多年的巫药之术，你也知道，这种法子只能勉强维持你阿爸、阿姆的生命，实际上火力还在不断地消耗他们的精气。"

"时间一久，他们还是会被烧死？"姬昊看着姬菀苍老的面孔，无力地问了一句。

姬菀叹息了一声，喃喃自语道："只能看你阿爸、阿姆能不能自己熬过去……还有，我回去了，再想想办法，总会有办法的……比如说，过两天，我们一起逼姬枢动用燧人杖试试能否把火力吸回。"

留下了一堆性质阴寒、可以暂时压制火力的药物，姬菟拄着拐杖，慢慢地走出了院子。

姬昊盘坐在姬夏和青茯身边，静静地看着两人通红的面孔。他握住了姬夏的手掌，姬夏的手灼热逼人，手掌心的温度就和烙铁一样。

这样可怕的火力，姬夏或许还能多熬一阵子，但是正好被火焰之力克制的青茯，她绝对坚持不了几天。姬昊看着青茯眼角细细的皱纹，一种绝大的恐怖突然涌了出来。

巫祭们出面逼迫姬枢，那家伙只要随便找个借口，姬夏和青茯就没救了。靠自身的血脉之力强行抵挡，就算姬夏可以，属性被克制的青茯也不可能幸免。

"喂，老家伙，老家伙！"火鸦部的巫祭没办法消灭姬夏、青茯体内的火力，姬昊只能把所有的希望放在了虚影的身上。所有精神力量涌入神魂空间，姬昊冲着神魂空间中白茫茫的雾气大叫起来。

很快虚影从茫茫雾气中凝聚了身形，他居高临下地俯瞰着姬昊，很是诧异地问道："小家伙，你极少主动找我。今天又发生了什么事情？"

姬昊迅速地向虚影述说了姬夏、青茯受伤的过程："阿姆为了救阿爸，也被三昧火灼伤了。部族最厉害的巫医都无法施救，老家伙，你有什么办法？"

虚影两条浓眉蹙在了一起，他低声地自言自语："燧人氏么？似乎……听说过，懒得关心，倒是忘了。三昧火，三昧火，这是什么火焰？"

姬昊紧握姬夏的手掌，从姬夏手心抽取了一缕极其微弱的三昧火的气息送入了神魂空间。

虚影眉头一挑，恍然大悟般说道："啊，是这种火焰么？这是三种极致的后天火焰，经过巨大力量的压缩炼制，强行逆转后天而成的先天之火。嗯，三种后天火焰分别从虚空中、地心里、人体中炼化而来，天、地、人三种后天火焰融为一体，这才炼成了这种先天火焰。"

"能解除么？"姬昊紧张地看着虚影。姬菟都无法弄清三昧火的根脚，但是虚影一眼就认出了这种先天之火的来龙去脉，姬昊把所有的希望都放在了虚影身上。

"很简单！"虚影眼神很古怪地看着姬昊，"把所有火力吸入你的体内，用补天不漏诀炼掉就解决了。这虽然是先天之火，但是补天不漏诀能炼化天地万物……小家伙，你怎么比我还糊涂？"

好似一道雷霆劈过，姬昊心头一阵敞亮。可不是，补天不漏诀能炼化天地万物，三味火也属于天地万物之一，有什么不能炼化的呢？

无非是自己补天不漏诀的境界太低，一次炼化不了多少，但是只要坚持炼化，一定能将姬夏和青茯体内的所有三味火全部炼化干净。

先天之火三味火，难以想象将这些火焰炼化后，会给姬昊带来多大的好处。

正狂喜的时候，虚影突然重重地冷哼了一声。

姬昊的精神力量犹如潮水一样从神魂空间中退出，他刚刚睁开双眼，就看到一名生得极其美貌的劲装少女，重重地飞起一脚踹在了自己胸膛上。

少女的力气不小，姬昊丝毫没有防备，被她一脚踢飞，一头撞碎了木屋的墙壁摔倒在院子里。

院子中，胖熊被几条彪形大汉死死地压在地上，任凭它疯狂地挣扎怒吼，根本无法从这些大汉手中逃脱。

姬昊还没站起身来，劲装少女又闯了出来，手掌一翻，一柄短刀狠狠地向他心脏捅了过来。

第二十二章

姜 雪

"臭丫头！"

看着蓝汪汪分明淬了剧毒的短刀，姬昊强忍着胸口剧痛，双手犹如游鱼一样轰出。左手五指在少女的手腕上一弹一抹，少女的腕骨"咔嚓"脱臼，手掌无力地垂落。姬昊右手长驱直入，快若闪电般落在少女心口，五指一张，一道狂飙从掌心激射而出。

小院里一声巨响，大片火光从姬昊掌心喷出，少女痛呼一声，樱唇小口内喷出一道血箭，身穿的兽皮软甲上密密麻麻黄色咒文浮现，一股浑厚坚硬的大地之力裹住她娇小的身体。

姬昊一击打伤少女，接踵而来的杀招被软甲上的防护咒文抵挡，五指击打在黄色的光幕上溅起大片火星，再也无法伤损少女分毫。

少女仓皇后退，姬昊轻啸一声弹跳而起，死死盯着对方大步跨近。

地面隐隐颤抖，姬昊每一步踏在地上都带动着方圆数丈的地面犹如水波一样颤抖。少女的步伐被震荡的地面搅乱，双脚一阵错乱，两只小脚相互一绊，狼狈无比地摔倒在地。

惊恐失色地看了一眼胸前焦糊的兽皮软甲，少女看着杀气腾腾的姬昊厉声喝道："我是毕方部姜雪，我父亲是毕方部长老姜术，你这个卑贱的小子，你敢打伤我？"

姬昊听了姜雪的话，目光微微一凝，但是依旧大步向她逼近，嘴里更是不断念诵起火鸦部秘传的巫咒。

在南荒，各个部族的巫祭和长老之间的区别很模糊。很多时候，一些修为强悍的老人是兼任两个职位。

但是总而言之，巫祭专通鬼神、祖灵，精研各种诡秘而强大的巫术，是部落最巅峰的战斗力。

而长老专责管理族人，负责评定部落日常争端，分配部落的猎物，总之就是负责部族具体的行政事务。从地位上而言，专职的巫祭比部落长老要高出半筹，但是部族长老同样是一个部落最顶端的权势人物。

姜雪的父亲是毕方部的长老？

"你父亲是毕方部的长老又如何？"姬昊几个跨步闯到姜雪面前，低头俯瞰着她厉声喝道，"按照南荒的规矩，你没有受到邀请，闯入我家院落，我杀了你也是天经地义的！"

"你敢！"姜雪仓皇大叫，眼角眉梢尽是一股煞气直冲了上来，"我父亲是姜术，毕方部排名第十的长老，你敢动我一根头发么？"

喘息了一声，姜雪厉声喝道："你杀了姬武，他去年刚刚和我订婚哩！你杀了他，我为他报仇，也是天经地义的！"

"呀哈！"姬昊挑了挑眉头惊讶地叫了一声。这丫头气势汹汹闯入自家院子，趁着自己和虚影交流的时候痛下杀手，敢情是为姬武那个死鬼报仇？

"杀死姬武的是他父亲姬枢，是他亲手干掉了姬武，和我有什么关系？"姬昊指着姜雪厉声喝道，"臭丫头，你报仇的借口根本不成立。我今天杀了你，就算闹到你们毕方部的长老面前，我也是有道理的。"

姜雪脸色一变，然后骤然惊喜万分地笑了起来。

姬昊心头一动，身后突然一道恶风袭来，他双手结印念诵一声咒语，身体好像燃烧的灯芯一样炸开，化为无数点火光瞬间到了七八丈外，然后火光向内一合，姬昊的身影重新浮现了出来。

刚刚一名压制着胖熊的精壮大汉惊愕地站在刚才姬昊所在的地方，手中一柄精钢长剑斜斜刺出。如果不是姬昊闪躲得快，这一剑应该正好洞穿他的心脏。

但是姬昊闪避得太快了，快得姜雪和这大汉都没看清他到底是怎么闪开的。

"你只是一个小小巫人！"大汉惊骇万分地大叫了起来，"我可是小巫境巅峰的战士，我背后偷袭你，我居然失手了？混蛋，听说你是火鸦部千年以来最杰出的天才？"

姜雪万分嫉妒地看着姬昊。

刚刚姬昊身体化为无数点火光，身体从实质化为虚影瞬间遁逃，这分明是一门极其精深的巫法秘术。

想要施展巫法，起码也要是小巫境的巫祭才能做到，没有巫祭天分的那些战士，哪怕有劈山裂石的强大力量，依旧无法顺利地施展出神秘而强大的巫术。

但是姬昊分明只是一个小小巫人，连血脉之力都还没有激活的巫人，他居然能施展出巫法秘术？

姜雪俏丽的面孔一阵阵地扭曲，嫣红的嘴唇变得惨白一片，犹如见到生死仇人一样怒视姬昊："你，怎么可能呢？我姜雪，才是毕方部的天才，我已经是巫人境十二层巅峰，但是我同样不能……"

姬昊惊讶地看了姜雪一眼，这个下手狠毒的女人，居然有巫人境十二层巅峰的实力？

看她的小模样，她比姬武还要小一两岁的样子，但是她居然拥有这么强悍的实力？毕方部不愧是南荒最强大的部落之一，毕方部长老的儿女享受的资源，也不是火鸦部的族人所能想象的。

"他们都这么说，我是火鸦部千年以来最有希望成为巫王的族人。"姬昊很自傲地斜睨了姜雪一眼，"我刚刚降生三个月，就跟着巫祭们学习各种巫术秘法，我三岁的时候就顺利施展了第一个巫术'聚集毒虫'。"

傲然一笑，姬昊冷声道："所以，你带人闯入我家院子偷袭我，是毕方部想要打压我们火鸦部么？是毕方部想要扼杀我们火鸦部巫王的出现么？这件事情，我们火鸦部的巫祭们不会轻易放过的。"

姜雪的脸骤然色变，她惊慌地看了姬昊一眼，咬着牙一跃而起，目光闪烁地不知道在想些什么。

姬昊的借口合情合理，任何事情只要牵扯到了两个强大部族的利益冲突，那都会变成天大的事。

姜雪被姬昊用话拿捏住了，从未遭遇过这种事情的她，一时间乱了阵脚，都不知道该如何回话。

胖熊在后面奋力挣扎，失去了一个小巫境巅峰战士的压制，其他几个壮汉越来越难压制胖熊。

突然就听到胖熊一声怒吼，两个大汉怪叫着被它摔飞了老远。还没站起身来，胖熊巨大的熊掌就好像小山一样拍了下去，将它身边的两个壮汉打得胸膛凹陷，大口吐血飞得远远的。

胖熊摇摆着肥硕的身体慢慢地站了起来，高高地举起了熊掌朝着姜雪"嗷嗷"大吼，嘴里不断流淌出黏稠的涎水。这一刻，胖熊彻底发威，两颗小小的眼珠变得通红一片。

"姬昊，我姜雪不会放过你。"姜雪死死咬着牙怒视着姬昊，"今天我不是来找你报仇的，我只是代表我姑姑姜嫄来探望你受伤的阿爸和阿姆。"

冷笑了一声，姜雪阴沉地说道："我好意登门探望病人，你反而让自家战兽打伤了我的护卫，这件事情，我会向我姑姑她们说起的。"

身上的兽皮软甲光芒黯淡了下来，姜雪咬着牙，一步一回头地怒视姬昊，带着几个脸色难看的护卫走出了院子。

姬昊看着姜雪的背影，心头沉重到了极点。

祭祖大典还没结束，姬枢还没正式成为部族的战士首领，打压和报复就已经开始了么？

第二十三章

阴 谋

火鸦部的祭祖大典结束了。

这一次，或许是祖灵们对于献上的祭品不满，并没有族人得到祖灵的赐福。对于这个结果，火鸦部的巫祭们显得忧心忡忡，一个失去了祖灵欢喜的部族，往往意味着一连串的倒霉事就要降临。

但是姬枢部落的营地里，一行十几人满脸春风得意地围坐在火塘旁，大口撕扯着浓香扑鼻的烤肉，大口吞咽着重金从商队里购买的上好烈酒。

姜樊端坐在正中，手持大碗，得意洋洋地和前几天夜里姬昊偷窥时，帐篷内的另外一个中年壮汉重重地对碰了一下大碗，然后大笑着将大碗里的烈酒一饮而尽。

重重吐出一口酒气，中年壮汉抹了一把脸，心满意足地长叹道："当年我输给了姬夏的父亲姬熊，在祭祖大典上被他打断了十几根肋骨，没有抢下部落战士首领的位置。"

耸耸肩，得意地笑了笑，壮汉得意洋洋地说道："可是现在姬熊的骨头都能用来打鼓了，我姬桓还活得好好的。我的儿子姬枢，也击败了姬熊的儿子，顺利得到了当年我没得到的东西。"

一个衣衫暴露，仅仅用两条兽皮裹住了下身和胸部的火辣少女殷勤凑了上来，举起一个硕大的酒缸，给姬桓倒满了美酒。姬桓笑嘻嘻地在少女的大腿上捏了一把，得意地将酒水大口吞了下去。

姜樊"呵呵"大笑，眯着细长的眼睛慢吞吞地说道："现在姬枢成了火鸦部的战士首领，一些我们以前不方便做的事情，现在就能做了。

呵呵，我现在突然觉得眼前一片敞亮，姬枢的前途很是光明呀！"

姬枢坐在姬桓身边，双手紧握着一柄血玉制成的大斧不吭声。

大斧手柄长三尺，硕大的斧面上雕刻了几头三足金乌环绕太阳盘旋起舞的图像。这柄大斧普普通通，没有任何符文加持，甚至连最普通的巫器都算不上。

这是火鸦斧杖，火鸦部祖传的权力象征。手持这柄火鸦斧杖，就能任意调动火鸦部一千多个部落，数千个附属部落的所有战士，攻击任何想要攻击的敌人。

火鸦部的战争潜力极其惊人，不说各个部落大巫级的强大战士，单单金乌岭上那一千多头拥有大巫级战力的巨鸦，就是一股可怕的毁灭性力量。

翻来覆去地把玩着火鸦斧杖，姬枢阴恻恻地说道："就是为了这个东西，我连自己的儿子都牺牲了。"

想到姬武的脑袋，就在自己的脚下变成了一团肉酱，姬枢的心不由得一阵阵地剧痛。毕竟是自己的儿子，是自己血脉的延续，就为了火鸦斧杖，自己亲自杀死了自己最疼爱的儿子。

姬桓冷哼了一声，一把抓过火鸦斧杖，满脸是笑地把玩起来。一边用力摩挲斧杖，姬桓一边冷声笑道："不就是一个儿子么？姬枢，我有你们兄弟七个儿子，你努力一点，多找几个女人，多生几个儿子就是了！"

姜樊目露奇光看着火鸦斧杖，在一旁轻声笑道："是啊，枢，回去了，我亲自给你挑几个生得貌美的族女，让她们给你多生几个儿子。你年轻力壮，还怕没儿子么？"

姬枢没吭声，只是阴沉着脸看着火塘中的篝火。

姜樊眯了眯眼，淡淡地说道："至于姜嫫那边……我知道她妒心很重，从来不让你碰其他女人。这件事情，我会亲自和她好好说道！"

话没说完，姜嫫就好像幽灵一样从门帘缝隙里钻了进来。

面色惨白犹如厉鬼，姜嫫目光森冷地盯着姜樊，一个字一个字地说道："这件事情，我答应了。但是姬夏、青莰，还有他们那个该死的儿子，他们必须死！必须为武殉葬！"

姬桓、姬枢都没说话，姜樊皱着眉，冷兮兮地看着姜媱冷笑道："我说了，这件事情不能着急。你也看到了，祭祖大典上，火鸦部的那群老家伙，对姬枢还是很不满的。我们现在……"

姜媱冷声道："不答应我为武报仇，我就把你们想要做的事情全抖露出去。"

姜樊愤怒地站了起来，指着姜媱厉声喝道："你敢？"

姜媱傲然昂着头，冷冷地盯着姜樊冷笑道："你说我敢不敢？"

姜樊愤然道："如果不是你，蠢到用秘法激活武身上的毕方血脉……"

姜媱打断了姜樊的话，冷声喝道："毕方部的血脉，远比火鸦部强大，难道我想要让自己的儿子变得更强，我有错么？我要让自己的儿子压过那个小贱人青茯的儿子，我有错么？"

姜樊怒视姜媱，愤怒地咆哮道："但是你不该在祭祖大典前动手。血脉传承，南荒任何一个部落，都不会承认激活外族血脉的族人。你差点儿就坏了我们的所有计划。"

姜媱直愣愣地盯着姜樊，咬牙切齿地说道："但是现在，姬枢不是成功了么？事情已经敲定，在祭祖大典上确定的事情，就算是姬奎那些老不死的都不能改变。我现在，要姬夏一家子死！尤其是那个小崽子，那个该死的姬昊！"

姬枢端起一个酒碗，慢慢地将满碗烈酒咽了下去。他看着姜媱，淡淡地说道："这件事情，交给我来处理，很快就会有结果……姜媱，不要再用你那些可怜的小心思、小手段。"

姜媱惨白的脸色变得铁青一片，她咬着牙看着姬枢，冷声笑道："小心思？小手段？你敢看不起我？"

姜樊身形一晃，一道火光在姜媱面前喷出，姜樊从火光中显出身形，重重一耳光打得姜媱口吐鲜血，哀鸣着倒在了地上。

姜樊怒视着姜媱，咬牙低声怒吼道："你还以为你的手法很高明么？让姜雪那个小贱人去找人家的麻烦，你知道不知道，姜雪如果在金乌岭杀死了刚刚卸任的火鸦部战士首领的儿子，会是什么后果？"

姜媱傲然昂着头，不屑地说道："火鸦部难道还敢和我们毕方部翻脸么？大不了，灭掉火鸦部好了！"

姬桓、姬枢父子俩脸色难看得犹如刚刚吃了一大桶狗屎，姜嫄这个女人已经无法理喻了。

帐篷中的火鸦部族人们面孔一阵阵地抽搐，如果不是姜燹在场，他们当中甚至会有脾气暴躁的人拔出刀来干脆干掉这个骄狂自大的女人。

姬枢看着面孔扭曲的姜嫄，最终无奈地叹了一口气：

"给我几天时间，我会调派姬夏去金乌岭外镇守，这是我的权力。"

"只要姬夏离开了金乌岭，剩下的事情，都好办了。"

第二十四章

契 约

一群面色难看的彪形大汉从姬昊家小院走了出来，好些人大声地抱怨着。

"借用传承巫宝的力量才能击败大兄，这样的人，有资格当我们的首领吗？"

"传承巫宝，如果不是大兄这一支族人中的好些长辈，为了火鸦部和外敌死战陨落，一些上古流传下来的传承巫宝都失落了，大兄怎么会输给那小子？"

"那个白皮的家伙，我看着他就觉得讨厌。细皮嫩肉的小个子，看上去不像男人！"

"这家伙的名声可不好，哼，哼，有些事情，你们可以找他们部落附近的人打听！"

这些人都是火鸦部最强悍的一批战士，更是姬夏的亲密战友。对于姬枢上位，这些战士心头充满不忿。但是祖先的规矩放在那里，在祭祖大典上姬夏落败了，他们也拿姬枢没办法。

好多族人都跑来探望昏迷的姬夏和青茯，见到姬夏和青茯现在的模样，族人们对姬枢的不满就越发强烈。姬夏担任了这么多年的战士首领，带领族人和世仇黑水玄蛇部开战，抢下了大片领土，族人们都信服姬夏的能力。

而青茯有一手极好的医术，炼制的巫药救活了无数生了疫病的族人，她在族中的名望甚至超过了姬夏。

夫妻俩被姬枢故意重伤的一幕被所有族人看在眼里，记在心中。

虽然族人们无法阻止姬枢接掌战士首领的职位，但是姬枢想要如臂使指地驱动这些族人，势必也是不可能的。

等到最后一波前来探望的族人离开了，姬昊这才坐在了青茯身边，双手按在青茯的左右太阳穴上，默默地运转补天不漏诀。

一丝一丝三色火光从青茯的太阳穴中涌出，被姬昊的身体吞噬。可怕的高温焚烧着姬昊的身体，汗水犹如泉水一样喷了出来。但是这些三味火还没来得及给姬昊造成更大的伤害，小腹内的五彩火苗已经剧烈摇晃起来，所有三味火都被五彩火苗一口吞了下去。

渺小黯淡的五彩火苗突然变亮了一大截儿，火光闪烁中，大量五彩流光从火苗中涌出，不断注入姬昊的身体各处。已经拥有了巫人境第十层的修为，肉体力量达到十万石的姬昊突然感觉，自己的肉体力量再一次地增强了，而且增强的幅度远超他的想象。

"这是龙血的力量。"脑海中传来了虚影浑厚有力的声音，"你的肉体结构达到了最完美的状态，所以你的肉体力量的极限，远超任何人族。嗯，多找点儿强力的猎物吞掉，你完全可以在巫人境的时候，就拥有可以和大巫媲美的肉体力量。"

姬昊歪歪嘴，对虚影的建议丝毫不感兴趣。在巫人境的时候拥有大巫级的肉体力量，这要吃掉多少猎物才行？

将青茯体内的所有火气吞噬一空，姬昊又依法施为，将姬夏体内的火气全部炼化。双手结成印诀，姬昊站在两人身边，默默沟通了四周天地间存在的无穷无尽的力量。

"者"字真言悄然发动，姬夏和青茯的身体轻微地颤抖起来，借助九字真言之力，姬昊掌控他们的身体，驱动他们的身体自行激发出了体内最神秘的生命潜力。

"者"字真言随后爆发，姬昊手印变化，四周空气中有明亮的光芒好像河水一样流淌了出来。光芒注入了姬夏和青茯的身体，"者"字真言代表了最神秘的返老还童的生命力量，强大的生命气息在姬夏和青茯的体内萦荡，不断修复他们身体内的各处暗伤。

在姬昊的精神力量观察下，甚至姬夏和青茯当年被破坏的巫穴，都在"者"字真言调动的生命力量下快速地恢复着。很有可能，姬昊能够完美地解决两人当年巫穴被破带来的各种伤害。

姬夏和青茯被一团温和的光包裹，两人痛苦的表情变得无比温和。

姬昊看着两人，终于松下了一口气。

"咚咚"两声，一只两尺多高的乌鸦落在了木屋的窗台上，喙子用力地啄了啄窗棂。

姬昊走到窗台边，用力抚摸了一下乌鸦，掏出一块肉干喂到了乌鸦嘴里，轻声问道："是阿公找我么？"

乌鸦"呱"地叫了一声，无声地拍打着翅膀飞起。姬昊看了一眼静静躺着的姬夏、青茯，急忙蹿出窗子，跟着这头乌鸦避开一路上族人的居所，来到了山谷尽头的桑林中。

在桑林秘境内，巨大的议事木屋中，姬奎、姬菀等十几位地位最高的巫祭围坐在火塘旁。见到姬昊走了进来，姬奎笑着招了招手，轻轻拍了拍身边的地面："昊，来这里坐。"

姬昊坐在了姬奎身边，认真地打量了一番巫祭们严肃的面孔，恭声说道："阿公们叫我过来，有什么事么？"

姬奎耷拉着眼皮，淡然说道："你知道，姬枢是你阿爸的远支堂弟……确切地说，我们火鸦部巫帝一脉的血裔子孙有一百二十七支，但是血脉最近、最纯正的，除了你阿爸这一脉，姬枢那一支族人，算是其他分支中最正统的一脉。"

叹了一口气，姬奎冷声道："但是，他们和毕方部走得太近，他们的一些做法，并不符合我们火鸦部世世代代的做法。所以一直以来，他们被排斥出了金乌岭，他们从没有机会染指圣地的权力。"

姬昊苦笑了一声："阿公，这一次，阿爸被姬枢打伤……"

姬奎枯瘦干瘪的手掌按在了姬昊的肩膀上，他凝重地说道："事情已经是这样，就看看他们到底想要做什么吧。但是现在最重要的，昊啊，你是我们这群老家伙一致看好的娃娃，你会有很远大的前途，所以我们绝对不允许你有任何的风险。"

姬昊摊开双手，很诚恳地对姬奎说道："但是姬枢的儿子被杀，有一半的原因在我身上。姬枢、姜嫽，还有他们身后的人，都不会这么轻松放过我的。"

姬奎抿着嘴神秘地笑了笑："所以，祭祖大典的时候，我们收到了祖灵的指点——昊，虽然你还不是大巫，但是祖灵们特别恩准，你可以和一头巨鸦，签订战兽契约了。"

姬昊呆滞地看着姬奎，巨鸦，就是平时他乘坐的鸦公那个级别的恐怖存在，就连姬夏都没有资格签署战兽契约的巨型火鸦，他居然可以契约一头？

"阿公，祖灵他们怎么知道我的？"姬昊很好奇这件事情。

"我们是火鸦部的巫祭嘛，祖灵对我们这么说，我们当然要这么做！"姬奎还有其他在场的巫祭都很是诡异地笑了起来，"祖灵的意志，一直是通过我们来传达，所以昊啊，让你契约一头巨鸦，这，就必须是祖灵的意愿。"

姬昊心知肚明，不再开口。

木屋厚重的大门被推开，平日里驮负着姬昊到处乱跑的鸦公一步一步地蹒跚走了进来。

见到姬昊，鸦公很欢快地扬天鸣叫了一声，一滴晶莹剔透的鲜血从它嘴角冉冉飞出，化为一道扭曲的符文快若闪电般钻进了姬昊的眉心。

姬昊瞬间就感受到了鸦公的存在，他的身体微微颤抖着，体内的血脉之力犹如潮水一样沸腾，一片金红色的火光"呼呼"着在他身后冲天而起。

第二十五章
消 息

东方旭日初升，姬昊站在自家院子里，怔怔地看着那一轮火红。

昨夜在姬奎的主持下，和鸦公签订了巫法契约后，姬昊得到了天大的好处。鸦公是一头已经活了近千年的老火鸦，实力在大巫境中也算不弱。

巫法契约刚一签订，就好像一个小小的干涸的池塘，突然和一条浩浩荡荡的万里长河连通了，鸦公体内滚滚巫力不断涌入姬昊体内，瞬间让姬昊突破了巫人境第十层，直接激活了他的血脉力量，跻身巫人境第十一层。

看着东方红日，姬昊缓慢地活动着手脚。

在血肉之躯中，好像有数十条炽热的线条组成奇妙的网络，体内精血顺着这些网络在不断地流动。不需要动用精神力量内视，姬昊都能清楚感知到这些网络上一颗一颗光芒黯淡的存在，那就是三足金乌血脉涵括的所有巫穴。

体内精血不断顺着这些炽热的线条冲刷洗荡，精血之力一次次扫过，这些奇异的线条组成的网络就逐渐坚韧、强大，隐隐有一丝一丝的精血之气被不断地吸纳进去。

随着姬昊的这些活动，他的身体内隐隐有一种神奇的力量喷薄欲出。只差一点点机缘，只差一点点力量的积累，一种神奇的力量就会爆发出来，这就是金乌血脉带来的天赋神通。

木屋内，姬夏和青茯依旧在沉睡。

虽然体内三昧火的力量已经被姬昊消除，但是两人被先天之火灼烧了许久，不仅仅伤损了血肉精气本源，就连灵魂都受到了不轻的伤害。

姬昊正在用九字真言秘法为他们恢复元气，滋养灵魂，这需要好几天的时间。所以姬昊并没有惊醒两人，而是任凭他们自然地沉睡安养。

胖熊懒散地趴在木屋门口，和姬昊签署巫法契约后，身形能够自如缩小变大的鸦公变成一尺多高，蹲在胖熊的脑袋上，慢条斯理地啄食一块肥厚的兽肉，不时眯着猩红的眼睛向姬昊看上一眼。

"咚"的一声，小院的木门突然被推开，一个身披兽皮，手持长矛，背上还背着一块厚木盾的少年大步走了进来。少年在院子里望了一眼，向姬昊点了点头："昊，姬夏阿叔还好么？"

姬昊转过身，眯着眼向少年打量了一阵："阿爸、阿姆他们……姬菟巫祭已经给他们服用了巫药，暂时压制了伤势，将养一些日子，应该不会有问题。姬虎大兄，有事么？"

进来的少年姬虎是姬昊的堂兄，比他大了三岁多。从血缘上来说，姬虎和姬昊这一支族人离得比较远。但是和亲族多数战死，只剩下一线单传的姬昊一家相比，姬虎家兄弟姐妹人口众多，所以姬虎一家子在金乌岭也很有一点儿影响力。

姬虎自身实力也不弱，起码在金乌岭的同龄人中，十多岁的他有着巫人境七层巅峰的实力，在部族的多次集体狩猎中姬虎表现得很是出彩，所以在同龄人中颇有影响力。

平日里姬昊一心一意跟着一群老巫祭学习各种巫术，或者漫山遍野地乱跑，和蘡笋君等一伙异族厮混在一起，和姬虎这些同龄人极少打交道。猛不丁地见到姬虎，姬昊有点儿吃不准他的来意。

"昊，姬夏阿叔受伤，大家都很气愤。"姬虎皱着眉，语气很沉重地说道，"姬枢那家伙，对自家族人都下这么重的手，他当了火鸦部的战士首领，我们不服呢。"

看着义愤填膺的姬虎，姬昊心里闪过很多念头，重重地叹了一口气："不服又能怎么样？阿爸受了重伤，姬枢他现在已经是火鸦部的战士首领了，我们还能怎么样呢？"

姬虎上前了两步，凑到了姬昊的面前，压低了声音神秘兮兮地说道："我前些日子去山中掏鹰崽子的时候，发现了两根'夺命藤'，起码有几百年的火候。那可是能起死回生、救命的好东西。那两根宝贝被一条人面蜈蚣守着，我一个人不敢动。我们联手，把它们取了回来，姬夏阿叔的伤肯定能痊愈。"

　　"夺命藤？"姬昊"惊喜万分"地一把抓住了姬虎的肩膀，"真的？人面蜈蚣可不好对付，我们两个，行么？"

　　姬虎用力地拍了拍胸膛，压低了声音说道："当然不止我们两个，我还叫了阿风、阿水两个帮我们。我们四个联手，一条人面蜈蚣还是能杀死的。"

　　眸子里精光闪烁，姬虎用很有诱惑力的声音低声道："昊，只要姬夏阿叔伤势恢复了，有他带着族人和姬枢对着干，金乌岭就还轮不到姬枢胡来。"

　　姬昊斜眼看了看姬虎，这话说得太好听了，真的只能用来骗小孩子！

　　姬枢连火鸦斧杖都拿到了手上，他掌控族人战士的权力，是巫祭们和长老们都无法轻易碰触的，在姬虎嘴里，对抗姬枢的权力就变得这么轻松了？

　　更不要说，在金乌岭，也肯定有姬枢的支持者，掌握了大义名分的姬枢，是你能随意带着族人对着干的？

　　沉默了一阵，姬昊双手握着姬虎的手，很是焦急地说道："姬虎大兄，那就不要耽搁时间了，赶紧出发吧！赶紧把夺命藤取回来，救我阿爸和阿姆。"

　　顿了顿，姬昊也压低了声音："就我们偷偷摸摸地出去，可不能让其他人知道了。我害怕有人告诉姬枢，他会给我们捣乱呢。要知道，就我们几个小娃娃，可不是族中精锐战士的对手。"

　　姬虎很认真地连连点头，用力地拍了拍姬昊的肩膀："昊，你说得再对不过了。这事情，可不敢让其他人知道。就你，我，阿风、阿水。现在就出发，我们天黑前就能回来了。"

　　姬昊嗯哨一声，鸦公扑腾着翅膀飞了过来，落在了姬昊的肩膀上。

姬虎不以为然地看了一眼鸦公,金乌岭中这种乌鸦数以百万计,实力低微,就连巫人境第一层的实力都没有,根本不值得注意。

"赶紧出发吧,争取早点儿回来。唔,不能走大路被族人看到,我们走平日里我们偷偷溜出去玩耍的那条小径最好不过了。"姬虎带着笑意在前领路,两人一前一后地钻入了木屋后的草丛中。

两刻钟后,姬昊、姬虎和另外两个少年偷偷地离开了族人聚居的山谷,快步闯入了茫茫丛林。

第二十六章

伏 击

山林中空气格外清新。

姬昊行走在姬虎身后，睁大了眼睛仔细地东张西望。

十几人合抱的古木，犹如巨龙的树藤，厚厚的苔藓，巨大的蘑菇，还有在树枝、苔藓中钻来爬去的各种蛇虫。南荒的丛林总是这样生机勃勃，但是以前姬昊极少注意到这一点。

自从两岁的时候，第一次骑着鸦公偷偷溜进丛林，姬昊来到这个世界这么多年，还是第一次如此近距离地审视这一片丛林。

跨过两条水流湍急的小溪，绕过三个山脚，穿过四片色彩斑斓、不同树种的林子，一行四人来到了一块精美绝伦的林间空地。

方圆十几亩的草地上生长了数十株稀疏的灌木，茂密的草丛内野花点点正开得绚烂。阳光照耀下来，和四周昏暗的密林空间相比，这一块空地光辉、灿烂，好像一块绿色的宝石。

刚刚到了这里，姬虎三人的身体就下意识地绷紧了，身上更有淡淡杀意不受控制的流露。

"多美的地方。"姬昊停下脚步喃喃自语，"风水一定不坏。能葬身此处，下辈子定然投个好胎。"

"风水？"额头上略微带着一层汗水的姬虎也停了下来，好奇地看着姬昊问道，"什么是风水？你说这里有水？昊，这片林子里可连一条小溪都没有。"

姬昊很愕然地看着姬虎哈哈一笑："哦？你们不知道风水是什么意思？嗯，那这个问题解释起来就太复杂了，比你们想要杀我这件事情解释起来，还要复杂得多！"

正一脸笑容的姬虎骤然变脸，紧跟在姬昊身后的姬风、姬水同时大吼一声，一刀、一斧撕开空气，带着沉闷声响向姬昊后心劈了下来。

刀是火鸦部自家锻造的黑铁大刀，斧同样是火鸦部自家打磨的石斧，全都是粗大笨重、重量惊人的大家伙。姬风、姬水全都是巫人境六层巅峰的实力，全力出手一击，刀斧带起的狂风激荡风罡，方圆丈许内的所有野草、野花纷纷齐根断折飞起。

与此同时，姬虎也是一声大吼，手中长矛带起一道恶风，势若雷霆向姬昊心口急刺而下。

三人同时出手近乎偷袭，姬虎扭曲的面孔上已经露出了一丝笑容。在他看来，姬昊已经是死定了，根本不可能逃走。毕竟在半个月前，姬昊虽然自幼跟随巫祭们钻研巫法，但是他的肉体力量不过是巫人境第三层，根本不可能是他们三人的对手。

但是半个月的时间可以改变很多事情，面对背后袭来的刀斧，姬昊的身体很诡异地浮空而起，两条腿快若雷霆向后重重弹去。姬风、姬水闪避不及，心口重重挨了一脚，吐着血向后飞去。

头在前，脚在后，姬昊身体平躺在空中，双手稳稳向前一抓。

"啪"的一下，姬虎倾尽全力刺来的长矛被姬昊抓住，长矛骤然扭曲，再也无法向前分毫。姬昊手掌一扭，青桑制成的长矛发出不堪重负的鸣叫声，在姬虎扭曲、惊恐的目光中被生生捏断成了三截儿。

"昊，听我解释！"姬虎吓得魂飞天外，一边向后倒退一边撕心裂肺地大吼大叫。

"还要什么解释？"姬昊借着拗断长矛的反冲力量，身体腾空而起，犹如腾云驾雾的飞龙一样划空而过，瞬间到了姬虎头顶，轻描淡写地一拳轰了下去。

"我阿姆给我说过，有人要杀你，就一定要杀了他，这是南荒的规矩！"重拳如流星，带着一团赤色火焰砸在了姬虎头上。姬虎的身体一僵，拳劲带着可怕高温涌入身体，金红色的火焰从他的每个毛孔中喷出，只是一瞬间的工夫，姬虎就被烧得浑身焦糊倒地不起。

"给我杀了他！"前方林子里传来清脆的怒吼声。随着叫骂声，身穿兽皮软甲，手持一条流星锤的姜雪怒气冲冲地从林子里闯了出来，"没用的废物，三个人还收拾不下一个小鬼，给我杀了他！"

姬虎被一拳击杀，姬风、姬水却还有力气站起来，两人踉跄着向姬昊这边逼近了两步，同时声嘶力竭地叫嚷起来："姬昊，你杀了阿虎大兄！天哪，你杀了阿虎大兄！同族相残，这是死罪！"

姬昊心里一阵腻味，都懒得看气势汹汹冲杀出来的姜雪一眼，转过身带起一片残影向姬风、姬水杀了过去。同族相残，的确是死罪，但是他是被迫反击，真正同族相残的，不是你们这三个傻鸟么？

"姜雪给了你们什么好处，你们胆敢帮助外人戕害同族？"体内数十条炽热的经络中火力涌动，姬昊身后一片金红色火光翻滚，方圆数丈内的野草野花迅速枯萎。

姬风、姬水不可置信地看着姬昊身后滚动的火焰异象，这是突破了巫人境第十层，就要激活血脉之力的征兆。但是半个月前，姬昊的修为还远远不如自己啊！

滚滚热浪四溢，姬风、姬水尖叫一声，居然丢下手中刀斧，同时向后逃窜。

姬昊气得大声呵斥，这两个家伙在外人面前，把火鸦部战士的荣誉都丢光了。火鸦部的战士是出了名的悍勇好斗，和黑水玄蛇部无数年的争斗中，从没有人落荒而逃。

"姬风，姬水，像个男人一样和我死战。你们要把自家祖先的脸都丢尽么？"姬昊提起中气放声大吼，双手结印向前一挥，一片火焰呼啸着向前涌去，犹如一片海浪拍在了两人身后。

一声惨号，两人身体受到重击飞起，半边身体都被烧成了焦炭一般。

身后传来尖锐的破空声，除了姜雪，还有四名壮汉手持长刀利剑从密林中冲出，犹如一阵风一样向姬昊冲了过来，四件兵器带着赤红色火光，犹如四条火龙凌空罩下。

"呼呼"声中，四条壮汉身后大片火光弥漫，火光中隐隐可见一头朦胧的毕方身影闪烁，他们清一色都是小巫境的精锐战士，而且都将自己的天赋神通施展了出来。

姬昊向后急退，用最快的速度向后退去。

体内热力奔涌，自身的血脉之力也在疯狂沸腾。面对四名毕方部精锐战士的突袭，姬昊只觉一座火焰组成的大山死死地压在了面前，热浪呼啸，压力沉重，就连气都喘不过来了。

四人联手的威力还不如昨日祭祖大典上，姬枢随意一掌带给姬昊的威胁。

但是四名小巫境的精锐联手，同样不是现在的姬昊能承受的。退，用最快的速度向后退，姬昊咬牙看着四柄当头袭来的刀剑，倾尽全力地运转着体内炽热的力量。

姜雪在后面急追不舍，她看着陷入绝境的姬昊，万分怨毒地大叫了起来："杀了他，给我杀了他。该死的混蛋，你杀了姬武……我还没有出嫁，你就害死了他，我的名声都被你败坏了！"

姬昊"咔咔"大笑，还没嫁人未婚夫就死了，在最是迷信、鬼神报应之说最浓郁的南荒部族中，这种事情的确会让姜雪的名气变得臭不可闻。

大笑声中，姜雪突然犹如见鬼一样尖叫起来，斜刺里一道黑影激射而过，她手中火焰喷吐的流星锤轰然炸开，身上的兽皮软甲刚刚冒出一道黄色光芒就碎成了七八块，随后姜雪吐着血斜斜飞起。

第二十七章
黑 水

已经快劈到姬昊身上的刀剑骤然收回，四名毕方部的战士同时向姜雪冲去。袭击姬昊的时候，他们都还面带微笑，犹如玩弄爪子下倒霉老鼠的老猫一般，带着三分轻松、三分戏谑、三分不以为然。

但是姜雪突然遇袭，四个人犹如见鬼一般，满是笑容的脸瞬间僵硬、发青，浑身打着哆嗦向后全力冲刺。姜雪父亲可是毕方部的长老，如果在他们的保护下姜雪出了任何问题，他们全家都要倒霉。

一条黑影掠过，一个脖子上缠着一条两尺长独角黑蛇，光着上半身，死白色的皮肤上纹了数十条毒蛇图腾的枯瘦老人挡在了姜雪和四个毕方部战士之间。

"滚开！"一名毕方部的战士怒喝一声，他背后的火光闪烁，凭空凝成一对火焰组成的翅膀。宽达丈许的火翼一扇，他的速度凭空飘升一倍以上，双手握刀向老人的脖颈劈砍了过去。

老人阴恻恻地笑着纹丝不动，他脖子上缠绕的独角黑蛇抬起上半身，张开嘴喷出一条笔直的寒气。

"嗤嗤"声中，淡黑色的寒气奔涌，四个毕方部小巫境的精锐战士瞬间被冻成了黑色的冰雕。厚达半尺的玄冰封住了他们的身体，他们身上喷出的火焰也溃散无踪。

一直站在姬昊肩膀上纹丝不动的鸦公"嘎"的一声怪叫，它张开翅膀，浑身黑色的羽毛一根根竖起，猩红色的眸子不转睛地盯着独角黑蛇。

独角黑蛇也不安地扭动着身体，很快它就从老人的脖子上滑落，落到地上后身体急速膨胀，眨眼间变成了一条十几丈长的狰狞巨蟒。"嘶嘶"声中，独角黑蛇扭动着庞大的身躯，身上散发出的寒气将四周大片花草都冻成了冰块。

"老伙计，只是一个小娃娃，你干吗这么紧张？"老人不解地看着独角黑蛇。

独角黑蛇"嘶嘶"喷吐着蛇芯子，硕大的头颅凑到老人的耳朵边，蛇头轻轻地撞了撞老人的脑袋。

老人的脸色微微一变，肃然向鸦公望了过来："小娃娃，想不到，你身边居然会有一头该死的火鸦。火鸦部的那群老不死的，他们脑袋坏掉了么？你一个小崽子，有什么资格和一头大巫境的火鸦签订契约？"

姬昊回头看了一眼后方，高耸入云的金乌岭就在数十里外，这里属于火鸦部圣地的核心地带，只要动静稍微大一点儿，蜂拥而来的巫祭、长老，连带着金乌岭顶的那些巨鸦，会把这老人撕成碎片。

放下心来，姬昊冷笑道："这和你有什么关系？黑水玄蛇部的臭屁蛇，你们胆子可真大，这里可是我们火鸦部的圣地，你们就敢这么偷偷摸摸地潜进来？"

老人不以为然地笑了笑，淡然道："金乌岭又怎么样？火鸦部的圣地就很了不起么？我们敢来，自然就没把你们火鸦部放在心上。只是没想到，居然碰到了这么有趣的事情而已。"

又是一条黑影从密林中蹿出，腰间缠着黑蛇的黑水乌蛟几步到了被击飞的姜雪身边，一把掐住了她纤细柔嫩的脖颈。姜雪声嘶力竭地尖叫了一声，黑水乌蛟一耳光抽了下去，打得姜雪满口喷血，再也不敢发出半点儿声音。

犹如牛马贩子贩卖牲口一样，黑水乌蛟撕碎了姜雪身上衣衫，用力地在她臀上、胸上捏了几把，又扳过她的脸，仔细地打量了一下她俏媚的面孔。

冷冷一笑，黑水乌蛟拎着姜雪站了起来，另外一只手很不客气地在她身上随意地游走着："这小娘们儿生得俊俏，出身也不坏。哟，居然还是个雏儿，拿出去卖给那些贩奴队的人，可以值一个高价。"

黑水乌蛟兴奋得面孔通红："想不到这次果然碰到了好货色，嘿嘿！"

"贩奴队？"姬昊对这个词很是敏感，看着兴高采烈的黑水乌蛟，再看看在他手上瑟瑟发抖面容惨淡的姜雪，姬昊一步一步谨慎地向后退去，"两位既然大有收获，那我就不打扰了，告辞！"

黑水乌蛟呆了呆，老人也是万分愕然地看着姬昊："小家伙，你们火鸦部的倔脾气，你现在应该冲上来全力救援这个小娘们儿才对。你真的准备走了？"

"你们当我蠢么？"姬昊耸耸肩膀，向老人指了指，"你们两个，都是大巫吧？你们的战兽，应该和你们实力相当。我只有鸦公陪着我，最多在你们面前逃跑，想要救下姜雪，只可能把我自己陷进去。"

姬昊很轻松地笑道："她要杀我，我除非真的脑袋坏掉了，我干吗救她？"

指指被黑水乌蛟禁锢着动弹不得的姜雪，姬昊迅速向后退了数十步："她父亲是毕方部长老姜术，她还是新任火鸦部战士首领姬枢的儿媳妇，虽然姬枢的儿子已经被他亲手干掉了，这丫头的身份还是很值钱的，你们千万不要卖得便宜了！"

看着姬昊已经退到了密林边，老人和黑水乌蛟同时向前动了一步，但是鸦公长啸一声，翅膀上突然冒出了丝丝火光，蠢蠢欲动的两人顿时又忌惮无比地停下了动作。

"你，很好。小家伙，想不到火鸦部居然会冒出你这么一个奸猾的人物。"老人咬着牙，阴沉沉地看着姬昊，"你会比你阿爸更难对付，你们火鸦部，倒是好运气啊！"

姬昊懒得搭理老人，只是一步一步地退进了密林。

鸦公一声长啸，翅膀突然膨胀开，一把抓起姬昊冲上了高空，翅膀一个忽闪化为火光向金乌岭冲去。

老人和黑水乌蛟冷哼一声，同样拎着姜雪转身快速离开。他们几个呼吸间就蹿到了远处一条小河旁，团身往河里一钻，水波一阵翻滚，眨眼间就消失得无影无踪。

林间空地内，四具黑色的冰雕无声碎裂，凛冽寒气散发出来，方圆数亩大小的林地被寒气冻结，连带着姬虎、姬风、姬水的身体都被寒气冻成了细碎的冰碴。

寒气翻滚，隐隐响起了老人的叹息声："奸猾的小子，不好对付……只不过，既然毕方部开始插手火鸦部的事情了，我们黑水玄蛇部，就有机会了。"

寒气肆虐，高空中几条火光激射而来，几尊站在火鸦上的壮硕汉子低头看了一眼被寒气覆盖的林地，脸色骤然一变。

不多时，高亢的号角声响起，整个金乌岭全动了起来。但是黑水乌蛟和老人早已撤退，一切痕迹都被寒气毁灭，再也无法查探出半点儿有用的痕迹。

第二十八章
发 配

三天后，姬夏和青袄苏醒了。他们身体依旧很虚弱，但是行动已无大碍。

姬夏对外宣称，是青袄耗尽了青夷部传承巫宝"生死刺"的所有力量，才抵消了三昧火的可怕威力。

桑林深处的木屋中，火鸦部的高层环坐在火塘旁，所有人都看着面色阴郁的姬枢手上那柄火鸦斧杖。唯有姬昊坐在姬夏身后，眯着眼上下打量面色铁青的姜嫚。

"火鸦部拥有南荒最好的战士，却没有配得上他们的兵器和甲具。"姬枢把玩着火鸦斧杖侃侃而谈，"最好的兵器，最好的甲具，可以让我族的战力提升数倍。我有门路，可以换取大量的精良兵器和甲具，甚至大量换取巫器，甚至是巫宝都可以换来。"

就连姬奎等老巫祭都不由得暗自色变，下意识地看了姬枢一眼。

普通的兵器和甲胄，这些军械火鸦部也能从其他大部落中交易一些，但是巫器和巫宝，这些东西在南荒部族中，几乎不可能作为交易品。姬枢有这样的门路，实在是了不起。

"但是那些东西，不可能凭空掉下来。我们需要大量的精金、美玉，大量的珍稀矿石从别人手上交易。"姬枢环顾木屋中的部族高层，冷声说道，"祭祖大典前，我带领部落中的战士围猎时，在冷溪谷发现了一个极大的金玉共生的矿脉。"

姬枢话音刚落，姬虎的父亲，在火鸦部也很有影响力的姬枭就开口了："冷溪谷？我知道那地方，距离冷溪谷不到两百里就是百泉山，火鸦部在那里有一个矿洞，每年能出产精金八千块。"

姬枢点头说道："我请了人勘测，百泉山的矿脉只是一条微不足道的矿脉，冷溪谷下的矿脉才是主矿脉，只要有足够的矿奴开掘，每年起码能贡献精金二十万块、美玉三万块。"

姬奎深吸了一口气，温和地说道："姬枢，你的意思呢？"

姬枢举起了手中火鸦斧杖，看着神色憔悴的姬夏说道："大兄，在这么多族人中，你的实力是顶尖的，你办事稳妥，我也放心。冷溪谷那边，就交给你镇守了。"

不容姬夏开口，姬枢已经很严肃地说道："这么一条大矿脉对火鸦部意义重大，只有大兄你亲自过去坐镇，我才能放心呀。冷溪谷距离金乌岭是远了一些，所以大兄你愿意，就带着家人一起过去吧。"

火鸦斧杖熠熠发光，姬夏深深看了斧杖一眼，向姬枢鞠躬行了一礼："就这么定了，我这就带人动身去冷溪谷。但是开掘矿脉的矿奴，还要部族赶紧调派过去。"

姬枢微微一笑，很是温和地说道："这是自然不会耽搁的，毕竟那么大的收益放在那里，谁敢耽搁呢？"

姬夏站起身来，沉默了一阵后说道："三天前，有黑水玄蛇部的大巫在金乌岭附近出现，姬虎、姬风、姬水三个小崽子不见了，这件事情……"

姬枢眉头一皱，阴声说道："这件事情，自然由我处置。大兄，你已经不再是部落的战士首领，这些统筹上的事情，你就不用操心了。你安心镇守冷溪谷就是。"

姬昊站起身来，扯了扯姬夏的胳膊。

姬枢、姬枭、姜嬛，还有姬风、姬水的父亲几乎是同时抬起头来深深地望了姬昊一眼。尤其是姜嬛俏丽的面孔扭曲犹如厉鬼，如果不是她强行按捺住了心头的火气，她几乎当场就要发作了。

看着姜嬛那张扭曲狰狞的面孔，姬昊毫不客气地又在她心上捅了一刀："姬枢阿叔，按照南荒的规矩，如果做兄长的死了，他的一切都可以由他的兄弟来继承的。我前些日子在部族中见到了姜雪，她生得很水灵，很中我意呢。不如姬枢阿叔做主，把姜雪送给我好了。"

用力擦了擦鼻子，姬昊很"憨厚"地向姜媱笑道："虽然还没成亲就死了丈夫，这很有点儿不吉利，但是看在她生得这么水灵的分上，我也不介意了。"

"咔嚓"一下，姜媱双手紧握拳头，硬生生扭断了自己的一根手指。

姬枢抿着嘴看了姬昊半天，这才强挤出了一丝笑容："昊，规矩是这个规矩……但是阿武虽然死了，他还有几个嫡亲的堂兄弟。你只是远支的堂兄弟，还轮不到你来打姜雪的主意吧？"

姬昊叹了一口气，无奈地摊开了双手："这样啊？对哦，我还忘了这件事情，阿武他还有好几个嫡亲的堂兄弟呢。可是姜雪真的生得水灵，我很中意她。这样吧，等阿武的另外几个嫡亲堂兄弟都死了，一定记得把姜雪送给我。我真的不介意的。"

"呼呼"声中，姬枢身后坐着的姬吽差点儿没蹦了起来。姬吽是姬枢的亲弟弟，他的儿子就是阿武嫡亲的堂弟，姬昊说这样的话，不就是在咒姬吽的儿子早死么？

姬枢一巴掌按在了姬吽的肩膀上，强行将他压了下来。

怒气冲天的姬枢低沉地喝道："好了，大兄，你可以出发了。给你两个月时间，一定要赶到冷溪谷做好万全的准备。那处矿脉，对我们火鸦部以后的发展可是太重要了，千万不能落入黑水玄蛇部的手中。"

姬夏用力地拍打了一下胸膛，低沉地说道："只要我不死，冷溪谷就是我们火鸦部的。"

紧跟在姬夏身后，姬昊慢悠悠地走出了部族议事的木屋。

直到走出了桑林，姬昊才轻声笑道："真能忍啊，阿爸，你看姬枭死了全家的那张嘴脸。"

姬夏轻轻地叹了一口气，用力地一掌拍在了姬昊头上："枭，从小和我都很亲近，但是长大了，就有别的念头了。他们也不想想，投靠毕方部，或许能给他们自己带来点儿好处，但是对火鸦部好么？"

沉默了一阵，姬夏低声咕哝道："阿虎那崽子，还有阿风、阿水，可惜了，都是天分很不错的小崽子啊。但是他们勾结外族，暗算族人，真正是该死了。"

姬昊没吭声，这三天姬枢那边表现得很沉静，风平浪静中肯定隐藏着暴风骤雨。

　　但是不管姜嫄、姬枭要怎么样报复，他们只管来吧。

　　一个时辰后，伴随着低沉的兽咆声，一支长长的队伍离开了金乌岭，向着北方进入了浓密的丛林中。

　　冷溪谷距离金乌岭足足有一万多里，要在原始蛮荒丛林中，在两个月内赶到，这可不是一件轻松的事情。

第二十九章
青 夷

姬昊坐在一头四齿猛犸的头顶,好奇地向四周张望着。

四齿猛犸,这是南荒最常见的驮兽,身高六丈开外,体长十余丈,成年的四齿猛犸蛮力可比小巫境中阶的战士,跋山涉水最是便利不过。

姬昊乘坐的就是这一行百多头猛犸巨兽的头象,身高将近十丈的巨兽奋力甩动脑袋,四根长达数丈的象牙轻易地撕碎了拦路的巨木,在浓密的丛林中开辟出一条通衢大道。

一头龇牙咧嘴的血斑獠狼挡在了前面,发出威慑性的号叫声,想要将这些侵入自家领地的巨兽吓走。但是头象重重地一脚落下,这头实力堪比普通小巫境战士的血斑獠狼就被踩成了肉饼。

"大家伙,真是好家伙!"姬昊欣然拍打着头象的脑袋,很亲热地给它挠了挠耳朵后面的嫩皮肉。头象惬意地仰天长啸一声,张嘴打了个喷嚏,一道狂飙吹出,将十几丈外的几根数人合抱粗细的巨木震成了无数碎片。

头象的后面是一头比其他四齿猛犸庞大一圈的母象,也正是头象的伴侣。母象的背上搭建了一个方圆数丈的平台,建了一个能够挡风遮雨的窝棚,身体还很虚弱的青茯正躺在窝棚中,含笑看着姬昊。

姬夏站在母象的头顶,不断向后方的四齿猛犸上的战士招呼着:

"注意了,小心剧毒的瘴气和大群的毒虫,更要小心绞杀食人藤偷袭。一定要跟上队伍,千万不能掉队。"

南荒丛林凶险无比,就算是大巫孤身一人在内行走都可能被不知名的凶险重伤,姬夏作为队伍的首领,必须时刻提点身后的族人不能麻痹大意。

这一支队伍中，除了姬夏外，还有刚刚踏入大巫境的战士三人——姬鹰、姬狼、姬豹，他们都是和姬夏亲厚的族人。另外还有小巫境的精英战士五十人，巫人境五层以上的战士六百，在南荒丛林中，这样的队伍已经足够强悍。

庞大的队伍络绎远去，金乌岭外一座大山之巅，脸色铁青的姜嫭怨毒无比地看着远去的队伍，扭曲的面孔犹如惨死的女鬼一样狰狞："姬夏！青茯！还有姬昊这个该死的小杂种！"

"生死刺！青茯，你居然废掉了自家部族的传承巫宝来救命！真是该死的贱女人！"

"你们都要死，都要死啊！阿武，我的儿子！我最宝贝的儿子啊！"姜嫭身体剧烈地颤抖着，眸子里凶光乱闪。

姜樊站在姜嫭身后，同样阴沉着脸盯着自己的女儿："看看你做的好事，本来可以安安稳稳地将他们收拾掉。但是现在，却是出了这么大的麻烦。姬虎、姬风、姬水三个死了，他们的父亲对咱们不会有半点儿怨气么？"

冷哼一声，姜樊咬着牙说道："更麻烦的是姜雪那个丫头！我让你盯紧她，盯紧她！可是你……你……你故意放纵她去找姬昊的麻烦！现在姬昊没死，姜雪却不见了，你让我怎么去和姜术那老鬼说？"

姜嫭"咯咯"狞笑，惨厉的笑声让姜樊都激灵灵打了个寒战。她阴沉沉地看着自己的父亲，咬牙道："可是又有什么关系呢？我们想要从火鸦部身上得到的东西，不是已经到手了么？那位大人想要的，我们以后可以源源不断地提供了。"

一抹红光在姜樊的脸上浮现，他微笑着连连点头："这话倒是有道理，少许麻烦、波折，些许损失，也是应该的。只要那位大人高兴，只要我们能够为他多多效力，以后我们的好处，可不是寻常人能想象的。"

姜嫭看着姜樊，咬牙切齿地说道："我要姬夏一家子生不如死！你们，再也不许拦着我！"

姜樊沉默了一阵，轻轻地摆了摆手："只要不让火鸦部的这群老不死的发现，随便你怎么做吧。这件事情，也该完结了。"

日升日落，星辰旋转。跨过高山，横渡大河，和食人鳄群厮杀过，和无数毒蛇纠缠过，遇到了无数稀奇古怪的生灵，姬昊所在的队伍在丛林中行进了大半个月，已经远离了金乌岭。

沿途有数十个火鸦部的部落分布，队伍在这些部落中获取了丰富的补给。同时在姬夏的召唤下，这些部落也分别派出了一部分精锐战士随行，队伍的规模足足增大了一倍左右。

这一日，姬昊正坐在头象的脑袋上昏昏欲睡，头象的象牙撕开一片厚重的树藤帷幕，前方突然一亮，一片明媚的大湖出现在姬昊眼前。

瓦蓝色的湖面绵延上千里，湖边是细密的白沙地，大群体型巨大的淡水龟懒散地趴在沙地上，正昏昏沉沉地晒着太阳。上空有无数白色的水鸟盘旋起落，不时从水里叼起不断乱蹦的鱼儿。

距离姬昊不到一里地的湖边，一块黑漆漆的大石上，一头体长十几丈的蛟龙正趴在那里打呼噜。听到头象弄出的动静，这头蛟龙打了个喷嚏，懒懒地看了姬昊一眼，飞快地窜进了湖水中消失不见。

姬昊呆呆地看着蛟龙消失的方向。

一条真正的蛟龙，白色的鳞片，白色的龙须，头上生有独角，腹下生有三爪，通体散发出神异而强大的气息。这是真正的蛟龙，姬昊被它流畅完美的体型给迷住了。

"一条小小的蛟，可惜溜得太快，不然剁了它，蛟肉的滋味最鲜美不过。"姬夏悻悻然地看着那块礁石抱怨道，"还是阿爸的阿爸还活着的时候，阿爸吃过一次蛟肉。啧啧，那味道啊，昊，有机会一定要宰一条蛟龙试试那味道。"

姬昊由衷地感慨了一声，真是够彪悍的，蛟龙也只是用来填饱肚子的猎物么？

突然间，斜刺里密林中一道绿影闪过，无声无息中，一支箭矢突兀地出现在姬夏的面前。

姬夏大笑一声，屈指一弹将箭矢震碎，然后向着箭矢的来处笑道："影，你最近没吃饱么？这箭上一点儿力气都没有，还是你被自家婆娘把力气都给抽空了？"

"大兄，你可别教坏了娃娃！这是昊吧？我还是他刚出生的时候见过他呢。"

笑声中，一名身材高挑瘦削，行走如风的青年从密林中飞蹿了出来，他的速度极快，行走时身后都带上了残影。紧跟着他，络绎有将近两百名同样瘦削高挑的青年男子纷纷飞速掠出。

这些男子清一色手持长弓，腰间挂着硕大的兽皮箭囊。

姬昊看着领队的青年，很快从刚出生时的记忆中找到了他的信息："阿叔，你从青夷部一路赶来这里，也不轻松吧？"

青影，青茯的亲弟弟，青夷部的战士首领。

姬昊看着青影，心里充满了欢喜。

姬夏身后的战士们笑着跳下了四齿猛犸，张开双臂向青影等青夷部的战士迎了上去。

第三十章

昏 厥

会合了青夷部的战士后，队伍前进的速度就加快了许多。

青夷部的战士天赋异禀，在丛林中如鱼得水，最蛮荒的原始丛林对他们而言都是通衢大道。而青夷部的巫祭们，更擅长沟通丛林中最常见的魑魅魍魉、山精水怪，同时擅长化解各种瘴气、毒素，在丛林中更是有极大的作用。

青影带来的两百名战士，全是青夷部的精英，有了他们在前探路，队伍就再也没碰到什么麻烦。

"呀呼"一声长啸，青影挂在一根长长的树藤上，荡起一条弧线迅速越过队伍，几个起落就蹿到了前方数里外一株大树上。他轻巧地从一个鸟巢中抓出了几个鸟蛋，敲破后将蛋液倒进了嘴里吞下。

满足地擦擦嘴，青影犹如猿猴一般轻巧地蹿了回来，凌空几个翻滚悄无声息地落在了姬昊身边。将两颗鸟蛋丢在了姬昊怀里，青影用力地拍打着姬昊的肩膀。

"喂，昊，不要这么死气沉沉的，整天坐在这里干什么？一点儿都不像个年轻人，怎么和部落里的那些长老一样？要不要跟阿舅到处逛逛、玩玩？嘿，你看那一窝铁嘴鹦鹉！"

青影突然兴奋得大叫了一声，用力地向数里外的一株参天古树上指了指。

姬昊刚刚转过头望了过去，青影已经拉开长弓，一箭激射而出。"嗖"的一声锐响，青影身后有一片淡淡的青色风影闪过，隐隐可见一对青色的翅膀在风影中急速振荡。射出的长箭被一缕细细的青色劲风裹住，瞬间射出了数里远。

那株高有里许的古木之巅，一个硕大的鸟巢旁十几只羽色华美的铁嘴鹦鹉正盘旋飞舞，不断发出清脆悦耳的鸣叫声。长箭激射而来，神乎其技地围绕着鸟巢划出一条完美的弧线，十几只铁嘴鹦鹉齐齐惨叫一声，被这一箭同时射落。

"好箭！"姬昊看得目瞪口呆，他目力也不差，清楚看到所有铁嘴鹦鹉都是被箭矢从两眼之中穿过，身上羽毛没有受到任何损伤，齐刷刷地从空中坠了下去。

"当然好箭！"青影得意洋洋地凌空跃起，几个翻滚后落在了百丈外一株大树上，带起大片残影向铁嘴鹦鹉坠落的地方掠去，"昊，你阿舅我，可是青夷部的第一美男，第一箭手，青夷部有史以来的最年轻的大巫噢！"

自吹自擂中，青影快速地冲到了那株古树下，捡起了射落的铁嘴鹦鹉。但是很快地，青影就哭天喊地地逃了回来，在他身后密密麻麻一大片黑压压的鬼面毒蜂正疯狂地追杀而来。

"救命啊！夏，大兄，姐夫，快救命啊！该死的鬼面毒蜂，我恨死这种把窝筑草丛中不守规矩的蜂子！"

青影一边抱头鼠窜，一边放声哭喊。鬼面毒蜂的毒性不大，但是被叮中后伤口巨痒，逼得你不断去抓挠，有时候会把自己的肉都一块一块地抓下来。

姬夏哭笑不得地迎了上去，一把抓起青影往队伍中一丢，张嘴一口火光喷出。数以万计的鬼面毒蜂同时燃烧起来，眨眼就被烧成了大片灰烬。

惊魂未定的青影一屁股坐在了姬昊身边，骂骂咧咧地抱怨道："真倒霉，怎么会碰到这些该死的东西？"

姬昊看着青影不由得笑道："阿舅，你还是青夷部最年轻的大巫呢，怎么会被一群毒蜂吓成这样？"

青影脸不红心不跳地昂起了头，看着天空一轮红日慢声道："我当然是青夷部有史以来最年轻的大巫……只不过，我暂时还没开辟出巫穴而已。但是也只差一步了，我已经是小巫境巅峰了好不好？"

没羞没臊的青影给气氛严肃的队伍带来了一抹亮色，他整日里像头猴子一样蹦来蹿去，惹出的各种小麻烦让人哭笑不得。

一日又一日，队伍在丛林中穿梭而过，有了青影这个箭术惊人却又不安分的家伙，姬昊每天都少不了新鲜的猎物。青影有时候完全就是手痒，看到合适的猎物就一箭射杀，而姬昊正好修炼补天不漏诀，任凭你来多少猎物他都可以轻松吞下。

两人的完美配合，让姬昊的身体在补天不漏诀的滋养下变得越来越强大，体内气血越来越充沛，对血脉的冲刷、淬炼也越来越激烈。

姬昊的身体被龙血改造过，肉体潜力直追纯正的龙族，远非人族的身体能相比。不断吞噬无数的猎物，姬昊的肉体力量早就超过了巫人境战士应有的极限，但是在姬昊自身有意的控制下，他一直强忍着没有突破修为，硬生生将修为压制在了巫人境第十一层的水准。

这一日，距离从金乌岭出发已经有五十天了，前方突然有几个青夷部的战士快速地踏着树梢蹿了回来。

"姬夏大兄，影大兄，前面五十里就是冷溪谷！"

正不耐烦坐在头象的象牙上拨弄着弓弦，两眼贼兮兮四处张望的青影一声欢呼，身体带起一连片青色的残影蹿上了树梢，几个起落就跑得无影无踪。

姬夏和青茯也从象背上站起，向着前方的山林望了过去。

区区五十里地，以四齿猛犸的速度，最多一个时辰就能赶到。

姬昊也站起身来向前方眺望了过去，冷溪谷，姬枢特意将他们全家打发过来的地方，不管这里有多少困难险阻等着他们，姬昊也要让姬枢他们后悔不迭、让他们自尝恶果。

深吸了一口气，姬昊回头向青茯笑了笑，正要说点儿什么，突然他的胸腹之间一团红光喷出，大量热气从姬昊的五脏六腑中涌出，犹如火山爆发一样狂暴的热流疯狂冲刷着四肢百骸的经络、肌肉和骨骼，姬昊张口喷出一道燃烧的热血，茫然伸手向青茯抓了一把，眼前一黑就倒了下去。

姬昊身上的兽皮软甲被高温烧得干干净净，露出了他瘦削挺拔的身躯。光洁细腻的皮肤上，隐隐可见数十枚扭曲的血色符文在急速地跳动，然后一枚又一枚符文在不断地崩解、消散。

青茯、姬夏同时惊呼起来："姬奎巫祭布下的封印崩毁了？这，姬奎巫祭不是说，姬昊起码也要拥有了小巫境巅峰的肉体强度，这些封印符文才会逐渐解除么？"

姬昊眼前无数幻象闪烁，耳边嗡嗡直响，再也听不到外界任何声音。

神魂空间中，虚影的声音隆隆响起："嗯？大巫精血？唔，小家伙，你称作阿爸、阿姆的这一对男女，对你可真好……骨肉之情，让人羡慕啊！"

第三十一章

苏　醒

无数光影在急速闪烁，姬昊觉得自己轻飘飘的，一点儿力气都用不上。

洞壁上插着数十根简陋的兽油火把，巨石雕成的祭坛厚重古朴。

洞壁上用不知名的兽血混合矿石粉末，画出了一头巨大的三足乌鸦图腾。在火把摇曳的光芒中，三足乌鸦的双眸闪耀着异样的光芒，居高临下地俯瞰着整个洞窟。

一股蛮荒古老的气息在长宽数里的洞窟内蔓延，若有若无的气息正包裹着自己，姬昊好像听到了无数细碎的声音在耳朵边窃窃私语。

"祖灵啊，我姬夏在这里，用我的精血灌溉我的孩子。嗯，保佑他拥有比我更加强大的体魄，一定要让他成为南荒最强大的战士！让他恢复三足金乌血脉应有的荣耀，恢复我们部族应有的地位！"

姬夏大声地祈祷着，他将姬昊放在了祭坛上，低头看着姬昊"嘎嘎"一笑，抽出一柄骨刀，飞快地割开了自己的手腕。

面色苍白的青袚站起身来，迅速地念诵起古老的咒语，洞窟中就回荡起奇异的"嗡嗡"共鸣声。

姬夏手腕上流出的精血一滴一滴地悬浮在空中，每一滴精血都缓慢地蠕动着，在青袚的操控下逐渐变化体型，最终变成了一头散发出高温的，足足有人头大小的三足乌鸦。

青袚也用骨刀切开了自己的腕脉，将一道血液注入了熊熊燃烧的三足乌鸦中。

"天地间的鬼神啊，我青袚恳请你们的怜悯，赐福我的儿子。我希望他能健康成长，我希望他能拥有超人的智慧，我希望他能一生平安康乐！"

青茯喃喃祈祷着，随着她的血液注入，燃烧的三足乌鸦中隐隐有无数灵动的符文络绎闪烁，而青茯惨白的面孔更是变得近乎透明。

刚刚出生的姬昊躺在祭坛上，震惊地看着姬夏和青茯。

两人鲜血汇聚而成的三足乌鸦带着可怕的高温，缓慢地降落，慢慢地融入了姬昊的身体。

......

"呼"的一声怪响，寒风卷着无数锋利的黑色冰芒从洞窟入口涌了进来。

寒风中裹着几条血肉模糊的尸体，高大魁梧的身体被锋利的冰芒切得支离破碎，他们淳朴憨厚的脸上尽是不可思议的震惊之色。

姬夏、青茯惊骇回头，一条水桶粗细、长有数丈的独角玄蛇喷吐着寒气、毒液，犹如陀螺一样在寒风中蹿了进来，粗大的尾巴带起一道凄厉的破空声，狠狠向躺在祭坛上的姬昊轰了下去。

刚刚将自身大半精血注入姬昊体内，元气大伤的姬夏放声怒吼，双臂上火光四射，一块龙鳞锻造而成的盾牌和一柄青桑木为柄的长矛从火光中喷出。盾牌挡住了狠狠抽下的蛇尾，长矛带起一道火光，凌厉万分地刺透了独角玄蛇的头颅。

"是谁，敢侵入我火鸦部金乌岭圣地？"姬夏放声大吼，声音中带着一丝难以置信的彷徨，"你们是怎么混进来的？这里是我们火鸦部的祖庙！"

"噗嗤"一声，独角玄蛇的身体炸开，一条黑漆漆的人影蹿了出来，人影手一挥，二十几柄冰刀激射而出。姬夏痛呼一声，他胸膛上熊熊燃烧的二十几处巫穴被冰刀穿透，大片鲜血顺着伤口喷出，滚烫的鲜血喷得躺在祭坛上的姬昊满身都是。

青茯悲鸣一声，三根黑色长针从她长发中飞出，快若闪电穿透了那条人影。

黑色的人影痛呼惨号，他狂啸一声，张嘴一道寒气喷出，黑色的寒气化为几根拇指粗细的冰凌，狠辣无比地穿透了青茯胸前亮起的三处巫穴。

……

巨大的火塘边，姬昊瞪大乌溜溜的眼珠，无比好奇地盯着身披兽皮，头戴兽骨骷髅盔的姬奎。

脸上尽是皱纹的姬奎咬牙切齿地低声诅咒着："那些该死的臭屁蛇，我诅咒他们的灵魂永远都要受到金乌火焰的灼烧，永远不得解脱……啊，看看我们的小家伙，多好的巫祭坯子啊，他刚刚生下来，灵魂力量就和普通的巫祭差不多了，这么好的小家伙，差点儿被他们杀了！"

姬奎咬破了自己的手指，用鲜血在姬昊幼小的身躯上涂绘出了复杂的符文。

"夏，你们的赐福仪式没有完成，你和青茯的大巫精血，已经错过了和小家伙完美融合的机会。我只能将这些精血封印在小家伙的身体内，等他成年后，等他的身体强度快要达到小巫境高阶的时候，我的封印会逐渐解开，这些大巫精血会慢慢地被他吸收。"

"放心好了，小家伙的天赋并没有被破坏……我的封印，或许对他的战士修炼会造成一些影响，但是他的巫祭之路却是畅通的。多么强大的灵魂力量啊，多好的巫祭坯子！"

……

姬昊微微哼了一声，睁开了眼睛。

眼前是一片黑漆漆的岩石洞壁，身体下面是厚实松软的兽皮。嘴里残留着苦涩的药剂味道，熟悉的味道告诉姬昊，药剂显然出自青茯之手。

"呼、呼"，胖熊硕大的脑袋探了过来，龇牙咧嘴地向姬昊露出了一个笑容。

"肥熊，阿姆呢？"看着胖熊的嘴角又有涎水挂了下来，姬昊一巴掌拍了过去，把它的脑袋打到了一边去。

身体内肆虐的热浪已经被重新封印，姬夏和青茯的一部分大巫精血悬浮在小腹中的五彩火苗上，五彩火苗正尽力将大巫精血吞噬转化，变成五彩流光滋养全身。

姬昊只感觉浑身有用不完的力气，他看看身边的岩壁，一掌劈了上去。

手掌深深地陷入了黑色的岩壁，触手绵软犹如豆腐，姬昊的手掌就好像刀锋一样轻松切了进去。

身体的力量似乎没增强太多，但是身体的强度起码提升了一倍以上。身体内封印的大巫精血起码还有九成以上没有释放出来，而已经释放出来的大巫精血中，还有一大半等待着五彩火苗的转化。

"大巫精血，果真是强悍异常！"姬昊一骨碌站了起来，用力地挥动了一下拳头。

看了看四周，姬昊大步走出了自己休息的岩洞。一条湍急的溪流自西而东奔驰而去，漫天星光倒垂而下，照得岩洞所在的山谷一片通明。

星光下，数千衣不遮体的奴隶正轻声呼喝着，利用简陋的工具砍伐山谷中的树木，汗流浃背地忙碌着。

不远处，传来了一个傲慢的声音：

"姬夏，你已经不是我们的战士首领了，你现在的身份和我们一样，你有什么资格指责我们？"

第三十二章
溪 谷

"没资格管你们？你们这做的都是什么事情？"

"将近两个月，百泉山距离这里不过数百里，数千矿奴居然连自己栖身之所都没搭建完成？"

"这么多天，这么多人，冷溪谷中连最基本的矿洞都没开凿，你们这些天到底都在做什么？"

"还有，还有，人吃的粮草，驮兽、战兽吃的兽肉，勘探、开采矿脉所需的工具，这些东西都在哪里？你们就在这里白白浪费了两个月时间？"

星光下，姬夏挥动着长长的臂膀，声色俱厉地向两个懒洋洋、满不在乎的精壮汉子呵斥着。

两个精壮汉子身穿南荒少见的金属甲胄，腰间佩戴着法力波动强劲的重型长剑，面对姬夏的呵斥，他们只是傲慢以对，完全没把姬夏的话当作一回事情。

"姬夏，嘴长在你脸上，随便你怎么说。反正就是这五千矿奴，我们已经把他们囫囵个儿地送到你手上了，以后冷溪谷的矿脉开采还有其他所有事情，都是你的事，和我们无关啦！"

"哈哈"大笑了几声，两条汉子吹了一声口哨，高空中一阵恶风扑来，几头翼展数丈的铁爪秃鹰落了下来，两人跳上铁爪秃鹰的脊背，这些生得狰狞的凶禽腾空而起，一个盘旋后就往南方金乌岭的方向飞去。

姬夏气得高高举起了右手，却迟迟没有动作。

放在以前，如果有人敢对部族的任务敷衍了事，他一通呵斥以后，早就一耳光抽下去了。但是现在，一如这两个家伙所言，他已经不再是火鸦部的战士首领，他哪里有权力呵斥他们？

肩膀突然一重，鸦公从空中飞落，踩在了姬昊肩膀上。

姬昊走到姬夏身后，看着空中迅速变小的几只秃鹰寒声道："阿爸，他们是姬枢的族人？要不把他们干下来？"

鸦公"嘎"地叫了一声，嘴角喷出了几丝火星。

青影犹如鬼魅一样不知道从哪里蹿了出来，挥动着一支长箭兴奋地叫嚣着："昊说得对，把他们干下来吧。这个距离，我只要一箭就能让他们摔个半死！"

姬夏放下手，一巴掌拍在了姬昊的脑袋上，温厚地笑着："少出歪主意，他们做得不好，那是他们的错，我们可不能犯了族规，主动地戕害族人。"

姬昊看着姬夏枯瘦的面庞，又想起了昏厥时回忆中的一幕幕景象，姬夏用胸膛为自己挡住了致命的攻击，那滚烫的鲜血泼在他身上，那种感觉真的让他刻骨铭心。

"我当然不会主动去招惹他们。"姬昊笑了笑，转身仔细地端详起这条山谷。

星光如水，四野通明，月色下视野依旧清晰。姬昊所在的位置，正好是山谷的正中，这条冷溪谷东西长有十几里，最宽的地方有两三里的样子，一条十几丈宽水流极深、极湍急的山溪从山谷正中流淌而过，溪水旁可以看到大块大块的天然金块和玉块。

溪水极冷，隔着一里多地，姬昊依旧感到森森寒气扑面袭来。冷冽至极的溪水冲刷着两岸的金块、玉块，发出清脆至极的"哗哗"声。星光下，这些被冲刷得无比圆润的金块、玉块都闪耀着动人的光泽。

"果然是惊人的大矿脉。"姬昊由衷地感慨着。

"是很大的矿脉。到这里后，你阿姆带人勘测了一下，这里的矿脉很浅，很容易挖掘，一年总能有数十万块精金、数万块美玉的入账。"姬夏皱着眉头说道，"但是百泉山的那群混账，除了送来五千矿奴，其他什么都没有。"

"叮叮""当当"，山谷内回荡着各种敲击声。

数千矿奴轻声喊着号子，在他们的努力下，在溪水的对岸，已经有一排数十间高脚木屋搭建完成。

头顶崖壁上，数十名火鸦部的战士正在努力地开凿山崖，在上面搭建望远的哨楼。几根长长的山藤从崖顶垂落，不断将一根一根粗壮的原木拉上崖壁。

山谷两端的出口处，大群战士监督着一批矿奴，正在垒土修建护墙。地面上用粗大的原木打好了基础，只要在两排原木之中填塞泥土、山石，就能修建起足以抵挡猛兽冲击的护墙来。

冷溪谷位于火鸦部领地最北方的突出部，四周都是蛮荒山岭，凶禽猛兽层出不穷，更有其他各种不可测的风险，不修建护墙将冷溪谷圈起来，这些矿奴肯定会有大批的死伤。

细碎的脚步声传来，青茯带着几个战士快步走了过来。

看到姬昊，青茯欣然一笑，亲昵地摸了摸他的脑袋，然后将一块拳头大小的红色玉块递给了姬夏："夏，这里的矿脉还不仅仅是普通金块和玉块，我让人掘地三丈，在矿脉中找到了这个。"

姬昊好奇地看向了红色玉块，赤红色的玉块散发出逼人的高温，半透明的玉石中隐隐有红色液体流动，七彩星光照耀下，玉块不甘示弱地反射出了迷离的火光煞是耀眼。

"嗯？是火玉髓？我们火属性血脉的大巫快速提升巫力的好宝贝，用来锻造巫器、巫宝也是好材料。"姬夏惊喜地瞪大了眼睛，"如果拿去纳贡，一块火玉髓，比得上数千精金，数百美玉呢。"

青茯沉声道："发现火玉髓的事情，要赶紧和族中的巫祭们知会一声，需要调动更多的战士来这里驻守。另外，天亮后，夏，你就要带着影去狩猎了，数千矿奴，这么多战士，他们可是一点儿粮食都没带来。"

姬夏、青茯和几个地位略高的战士凑在一起，开始盘算经营冷溪谷的事情。

姬昊取过姬夏手中的火玉髓，强大的精神力量小心地透了进去。他的眼前骤然一亮，可怕的热力翻滚袭来，姬昊全身都好像被岩浆浸泡，烧得他差点儿惨叫起来。

姬昊心头又惊又喜，这是什么火玉髓？这分明是绝世奇珍"火元结晶"嘛！前世姬昊曾经见过拇指大小一块火元结晶，体积不到手上这块的百分之一，品质更是比手中这块差了数倍，但是就为了那么一小块火元结晶，足足有数百强者在争夺战中丧命！

这可真的是好宝贝，这冷溪谷完全就是一个天大的宝藏。

不管是谁，只要能将冷溪谷看护好，按质按量地将精金、美玉和火玉髓献给部族，这都是一份天大的功劳。姬枢会有这么好的心，将这么一份功劳白白丢给姬夏么？

第三十三章
野 蛮

"昂——嗷!"

胖熊整个身体浸在冷溪中,熊掌狠狠朝着水面一拍,一条五尺多长通体无鳞的雪白肥鱼就被震得飞起。胖熊张开涎水四溅的大嘴,狠狠一口将整条鱼吞了下去,无比畅快地号叫了几声。

山谷内,一部分矿奴还在继续修建足够所有人居住的木屋,一部分矿奴已经在火鸦部战士的监督下打磨石块,制造各种简陋的工具。

姬昊站在山谷出口完成了大半的护墙上,皱眉看着那些死气沉沉的矿奴。

"姬枢这个混蛋,他的人连一点儿粮食都没留下也就算了,山林中猎物无数,总能填饱肚子。一件铁制工具都没有也就算了,总归能想办法自制采矿工具。但是这些矿奴,质量也太差了吧?"

在南荒,矿脉开采本来就是危险性极大,极其繁重的工作,就算成年壮汉在深不见底的矿洞中开采两三年后都要变成废人。但是看看现在冷溪谷中的那些矿奴,壮汉极少,缺胳膊少腿的就占了一小半,剩下的要么是老人,要么是走路都不利索的童稚。

这样的矿奴,他们在矿洞中打几个滚儿估计就死掉一半了,姬枢从哪里弄来了这么多极品?

叹了一口气,姬昊向着负责监工的姬鹰大声叫嚷起来:"姬鹰阿叔,可怜可怜那些娃娃吧,让他们去采野果子吃罢,他们能干什么重活呢?"

姬鹰拎着一条皮鞭,狠狠地往地上抽了一记。他看了看那些可怜巴巴，抱着一根树枝走起路来都跟跟跄跄，干瘪枯瘦浑身没有二两肉的孩童，恼怒地咆哮了一声："该死的姬枢，等我能打得过他，一定要狠狠地教训他一顿！"

"你们这些没鸟用的小鬼，滚一边去！来几个人，带他们去后面山谷里去，我记得那边有一片野果林，让他们先吃个饱，再把所有果子都采回来。"

姬昊摇摇头，转过身，看向了不远处茂密的丛林。一大早天刚亮，姬夏就带着大群战士去山林中狩猎了，数千人的吃食可不是一件简单的事情，起码要狩猎数百头大型野兽，才能填饱这么多人的肚子。

几个矿奴低声喘息着，一人扛着一块比他们身体还要高出一截儿的巨石，一步一步地走了过来，重重地将巨石垒在了护墙中。他们赤身露体，身上连一块遮体的叶子都没有，看他们皮肤上的水鳄文身，这些人都是黑水玄蛇部附庸部落血鳄部的族人。

火鸦部和黑水玄蛇部常年交战，双方互相掳掠对方的族人、部属充当奴隶，在这里看到血鳄部的人倒是一点儿都不稀奇。姬昊的精神力量扫过这几个矿奴，发现他们连巫人境二层的实力都没有。

"哟——哟哟——哟嚯！"

前方山林中突然传来怪声怪气的长啸声，无数草木突然剧烈地震动起来。紧接着几条人影闪过，伴随着刺耳的破空声，几条标枪从山林中激射而出。

肉体被贯穿的声音不绝于耳，几个矿奴被标枪洞穿了身体，长长的标枪将他们死死扎在了护墙上。

姬昊浑身汗毛骤然炸开，他刚刚声嘶力竭地尖叫了一声"敌人"，一条浑身密密麻麻都是黑色毛发，仅仅是胯下缠了一条兽皮的壮汉拎着一根木棒冲出树林，几个快步就冲到了他的面前。

足足有姬昊身高这么长，比姬昊大腿还要粗的木棒油光水滑，上面密布着斑驳的血印子。壮汉的块头比姬昊只是略矮了一寸，但是肩膀比魁梧的姬夏还要宽了半尺。犹如一头人形大猩猩的壮汉抡起木棒，"嘿哈"一声大吼狠狠向姬昊砸了下来。

姬昊抓起斜靠在身边的长矛，同样一声大吼向木棒迎了上去。

敌人来得太快，什么巫法、法术，什么身法技巧都没用，只能用最纯粹的蛮力去迎接敌人的冲击。

壮汉浑身黑毛一根根竖起，背后一团黑气翻滚，隐隐可见一只双眸猩红的虎头在无声咆哮。木棒荡起恶风，木棒上一股浓郁的血气喷薄而出，化为一只虎爪狠狠顺着木棒轰击的势头抓了下来。

精血化形、形诸体外，这个大汉悍然是小巫境的高手。一般巫人境的战士到了巅峰境界，肉体力量不会超过二十万石；但是一旦踏入小巫境，最弱的小巫身体得到血脉力量的全面强化后，肉体力量最弱也有三十万石，加上血脉力量激活拥有的天赋神通，全力一击的力量起码是巫人境巅峰的两倍以上。

姬昊仓促中只运起了六成力量，木矛划出一道弧线和木棒狠狠撞在一起。

壮汉惊喜地看着姬昊，姬昊身后只有一团黯淡的火光闪烁，但是火光中并无任何异象，这代表姬昊开始触及血脉之力，却还没有真正激活血脉传承，他最多就是巫人境十二层的实力！

"死……香喷喷的人肉！"壮汉含糊地咕哝了一声，双臂越发膨胀，显然倾尽了全力。

后方姬鹰尖锐地长啸了一声："是野蛮子，该死的食人蛮！迎战，迎战！杀光他们！该死，姬昊，退！"

木矛和木棒剧烈撞击，一声巨响，木矛、木棒同时炸碎，姬昊的双臂微微一震，壮汉木棒上的力量并没有他想象中的那么强，甚至比姬武当日和他交手时给他的压力还要小许多！

壮汉双手虎口裂开，手掌上的肌肉全部碎裂开，鲜血不断地喷了出来。他不可置信地看着姬昊，身体犹如风中残叶向后抛起，足足飞出去了二十几丈才一头栽倒在地。

"杀！"姬昊一惊，然后一喜！

在他刻意压制下，他虽然只是巫人境十一层的修为，但是他的肉体力量，仅仅动用了六成的肉体力量，就完全压过了小巫境的强敌！

补天不漏诀果然神奇，那一滴龙血果然给他铸造了最完美的身体模板，姬夏和青茯的大巫精血，果然是妙用无穷！

冲天豪气萦绕胸膛，姬昊大吼一声，抢过身边两个火鸦部战士手上的石斧，迈开大步向前冲杀了过去。

数十名野蛮大吼大叫着冲杀了过来，姬昊双手挥动大斧，带起一道青色旋风闯入了野蛮队伍中。就听得"噼里啪啦"一通乱响，数十名巫人境五层、六层的野蛮战士被重斧劈得支离破碎，漫天都是鲜血碎肉乱飞乱洒！

"杀！"姬昊双眸微微泛红，杀意直冲头顶，朝着树林中不断涌出的野蛮直面冲杀了过去。

双斧如同旋风，所过之处尸横遍野，眨眼间近百野蛮被姬昊斩杀。

蓦地树林中传来一声恼羞成怒的咆哮，一尊身高将近三米，膘肥体壮犹如肉球的野蛮怒吼着冲了出来，他的胸腹之间三团血气森森的光芒闪烁，赫然是一尊开辟了三处巫穴的大巫！

野蛮大巫胡乱抓起身边一个族人用力投掷，这人就惨号一声，化为一道黑影向姬昊撞了过来。

黑影距离姬昊还有数丈远，可怕的罡风已经压得姬昊喘息不得，胸膛一阵阵剧痛。

第三十四章
四 眼

"破！"面对炮弹一样当面袭来的倒霉蛋，姬昊丢下了石斧，双手结印向前一吐。

手印引动四周天地之间无穷巨力，化为无形墙壁挡在了袭来的野蛮前方，一声巨响，被野蛮大巫投掷出来的野蛮战士身体炸开，空气剧烈地波动了一下，滚滚气浪向四周轰然扩散开。

借着气爆的冲击力，姬昊向后急速飞掠。

鸦公双爪死死扣住了姬昊的肩膀，猩红的小眼珠死死盯着野蛮大巫身后的丛林，对来势汹汹的野蛮大巫看都不看一眼。

"白嫩嫩的小娃娃，香喷喷、好吃！"野蛮大巫咆哮一声，一步向姬昊跨了过来。他和姬昊之间本来相隔一百多丈，一步迈出，他庞大臃肿的身躯就直接杵在了姬昊面前。

"滚开，胖子！"野蛮大巫身上散发出的血腥气息熏人欲呕，姬昊皱着眉，双掌叠起，神魂空间中紫府元丹急速旋转，庞大的丹元瞬间消耗一空，在姬昊掌心凝聚成一枚拇指大小的火雷。

四周有旋风平地而起，滚滚天地灵气不断注入姬昊掌心火雷，原本拇指大小的雷种眨眼间膨胀到人头大小。一声雷鸣惊天动地，长达数丈的雷光从姬昊掌心喷出，命中了野蛮大巫肥硕的肚皮。

野蛮大巫肚皮上浓密的黑毛炸开，露出了油腻腻的皮肤。无数细小的电光缠绕在他的身上"啪啪"作响，电流余劲打在地面上，不断轰出一个个拳头大小的土坑。

野蛮大巫庞大的身体踉跄了一下，狼狈地向后倒退了好几步。姬昊自身的力量自然无法撼动他的身体，但是九字真言丹经能掌控宇宙之力，调动天地巨力为自身所用，数十倍地增强了姬昊的力量，虽然无法伤损大巫强横的肉体，却足以逼他后退。

"小杂种！我要吞了你的脑浆！"野蛮大巫愤怒地咆哮了一声，他仰天一声长啸，双足用力一踩地面，大地剧烈地颤抖起来，向后急退的姬昊只觉脚下一阵浮动，身体跟跄着差点儿没摔倒在地。

"野蛮，这里是我们火鸦部的领地，你们想死么？"后方姬鹰已经手持长矛凌空激射而来，一道火光裹住了姬鹰的身体，他犹如飞翔一样跨过数里，顷刻间挡在了姬昊身前。

青桑木制成的长矛带起点点火光，黑曜石锻造的枪头上诡异的符文闪耀，喷吐出大片火焰。瞬息间的工夫，姬鹰双臂抖动，带动长矛向野蛮大巫连续刺出了数百枪。

野蛮大巫双手一合，他掌心一道狼牙棒文身亮起，一根长有三米的纯金属狼牙棒凭空冒了出来。野蛮大巫用力挥动狼牙棒，带起了一道血色旋风，狠狠地和姬鹰手上长矛撞在了一起。

姬鹰身上有两处巫穴闪烁，野蛮大巫身上有三处巫穴亮起，硬碰硬地对撞，姬鹰明显吃了小亏。长矛和狼牙棒剧烈震荡，姬鹰跟跄着向后连续倒退，身上的软甲被狼牙棒略微磕碰了一下，一大片软甲顿时化为碎片。

一道尖锐的破空声袭来，留守冷溪谷的姬狼长啸袭来，他带起一道火光，和姬鹰在空中做了一个完美的交错换位，身形闪烁中，姬狼一个膝顶命中了野蛮大巫的面孔。

骨肉碎裂声轰然响起，野蛮大巫整个面孔塌陷了下去，无数鲜血从他七窍中喷出。他痛苦地号叫着，丢下了手中狼牙棒，狼狈地捂住了面孔向后狼狈逃窜。

刚刚跑出不到十步，姬鹰已经缓过气来，双足用力跺了地面一下，手中长矛带起一道火光激射而出，狠辣凌厉地洞穿了野蛮大巫的后心。绝望的惨号声震得四周树林剧烈晃动，野蛮大巫身体剧烈抽搐，轰然倒在了地上。

数以千计的野蛮战士冲出了树林，看到自家最强悍的大巫居然被人击倒，这些野蛮战士同时傻在了当场。

野蛮，是南荒丛林中的强盗，他们没有固定的巢穴，不会豢养家禽家畜，更不懂得种植作物。野蛮当中也没有什么巫祭和长老，所有的族人衰老之后都会被他们吃掉。野蛮犹如野兽一样在南荒丛林中流浪，走到哪里抢到哪里，无论是牲口还是人，都是他们果腹的食物。

被击倒的野蛮大巫是这个野蛮部落的首领，也是他们最强大的战士。最强的首领被打倒了，野蛮战士们顿时不知所措地胡乱吼叫起来。

密林中，一片黑暗的树影内，一个身披长袍的身影不满地咕哝了起来："我就说了，这些智商连牲口都不如的家伙，不会有什么作用。想要获取最终的战利品，必须依靠我们自己。"

树影中，一尊高大的身影走了出来："速战速决吧，两个刚刚开辟巫穴的大巫，是不错的对手。而且这两个大巫生得很高大、俊朗，他们会成为那些老女人的恩物，他们值大价钱！"

又一尊同样高大的身影走了出来："我们一起出手吧，尽快地生擒活捉。还有那个小家伙，年纪这么小就能施展巫法，他同样也值大价钱……最主要的是，这么俊俏的小白脸，有人会非常喜欢他的！"

姬昊抓起了刚才丢下的石斧，一记狠劈剁在了野蛮大巫的脖子上。

任凭他用尽了全力，石斧劈砍在野蛮大巫的脖子上发出"当当"巨响，不时溅起丝丝火星。姬昊足足劈砍了一百多斧，这才将野蛮大巫的脑袋整个儿剁了下来。

饶是没有了脑袋，野蛮大巫的脖颈中只是流出了少量的鲜血，他的身体还在不断地抽搐蹦跶。足足过了五个呼吸的时间，他的脖颈中才突然喷出百丈长的一道血水，身体才骤然僵硬、不再动弹。

大巫的身体，好可怕的强度，好可怕的生命力！这才是刚刚开辟了三个巫穴的大巫啊！

铿锵步伐声从树林中传来，一股若有若无的杀意惊得姬昊抬起了头向树林望去。

两条身高超过三米的魁伟身影快步从树林中走了出来，他们身上披挂着一套精良的金属甲胄，除了面孔外，就连手指都有精美的护掌将所有肢体庇护在内。

两条大汉皮肤呈古怪的青铜色，他们一人手持锤头连枷，一人手持重盾马剑，犹如两座金属堡垒向这边逼了过来。

　　姬昊震惊地看着这两条大汉——他们的面容除了肤色，绝大部分五官和南荒的人族无异。

　　唯一让人惊悚的是——他们的眉毛上方，还有两只精光四射的大眼。这两条大汉，分别都有着四只眼睛！

　　姬鹰、姬狼同时惊呼："全力死战！该死的，是伽族的那些恶鬼！"

第三十五章

无 懈

好似一道电流从头通到脚，姬昊浑身汗毛全竖了起来。

姬鹰、姬狼的惊呼声中充满了难以形容的复杂情绪，有紧张、有惊骇，甚至还有一份淡淡的"畏惧"！

他们紧握兵器，挺起胸膛向前大步踏进了三步，用无所畏惧的姿态迎向了两个伽族战士，但是姬昊明明白白地听到了，两人的惊呼声中，的确隐藏了一丝他们自己都没有发现的畏惧。

"姬鹰阿叔，伽族是什么鬼东西？"姬昊看着两尊快步逼近的敌人放声大吼。

"退，昊，撤退！"姬鹰紧握手中长矛，浑身火光熊熊，炽烈的火焰不但从他体内喷出，火光中他的身体都隐隐变成了半透明，"这是伽族的恶鬼，你不要靠近他们！"

"呵呵，呵呵"，两个伽族战士勾起嘴角，不屑地轻笑着。他们稳稳当当地一步一步地快速逼近，八颗森冷无情的眸子里寒光四射，宛如见到了猎物的恶狼。

看着周身邪气四溢的敌人，姬昊深深地吸了一口气。他的眸子犹如夜空最亮的星星般闪烁，神魂空间中紫府元丹急速转动，四周浓郁如水的天地元气化为无形漩涡，不断注入姬昊体内。

无声默诵九字真言，姬昊身体突然微微一晃，在那一瞬间，他的身体犹如镜花水月一样变得朦朦胧胧。于无穷远的天际响起了一声沉闷的雷鸣，姬昊一手指地，一手指天，双眸喷出混沌寒光，一股寒风平地而起，带着飕飕响声急速卷过。

两尊伽族战士脚下的地面犹如水波一样剧烈蠕动，"嗤嗤"声中，十几根手臂粗细的土刺激射而出。土刺的尖端闪烁着淡淡寒芒，在姬昊法力催动下，这些土刺几乎比钢铁还要坚硬。

锋利、坚硬的土刺撞在两个伽族战士的甲胄上轰然碎裂，两人的身体纹丝不动，光洁如镜的重甲上连一点儿痕迹都没留下。他们讥嘲的笑容越发明显，眸子里寒光更盛。

"疾！"

姬昊大喝一声，四周的草木同时摇晃起来。数百株参天大树轰然坍塌枯萎，大片大片的草叶枯黄倒塌，唯有距离两个伽族战士最近的几丛茅草疯狂地生长起来，浓浓的绿光笼罩着几丛茅草，它们的草叶一个呼吸间就膨胀了数百倍，犹如怪蟒一样向两人绞杀了过去。

变得有一尺多宽、数十丈长的茅草缠绕在两个伽族战士的身上，将两人裹得密不透风。草叶急速地蠕动绞杀，草叶相互摩擦，发出巨石撞击一样沙哑的闷响。

"真是无聊的手段！"紧紧缠绕成一个茧子的草叶中传来坚硬、冰冷的讥嘲声。在法术催动下，质地变得和钢条一样坚韧的草叶轰然碎裂，大大小小的碎片撒出了上百丈远。两个身披重甲的伽族战士面色不改地挣脱了束缚，继续向这边大步逼近。

"昊！退回去！"姬狼厉声喝道，"这是伽族的恶鬼，只有大巫才能对付他们！"

姬昊手指结成法印，九字真言法印逐次变幻，四周天地元气急速摩擦，一点火星凭空滋生，然后大片空气迅速燃烧起来。呼呼风火声中，九条胳膊粗细、数丈长的火蛇激射而出，带着逼人高温向两尊不断逼近的敌人怒射了过去。

火蛇命中了目标，但是两个伽族战士的面皮都没动一下，他们只是讥嘲地向姬昊望了一眼，厚重的甲胄上溅起了无数火星，九条火蛇轰然炸开，光洁的甲胄上没有留下任何痕迹，他们逼近的速度依旧没有半点儿变化。

连续三次攻击，已经用尽了姬昊现在的所有手段，发挥出的杀伤力几乎堪比精英小巫，却没能给两个伽族战士造成任何伤害。甚至姬昊感受不到他们身上任何的法力波动，他们完全依靠自身强大得离谱的防御力，硬生生地承受了姬昊所有的攻击。

"中！"

后面传来了几个青夷部留守战士的怒喝声，十几支长箭划空而来，带着淡淡绿光射向了两个伽族战士寒光四射的眼眸。

两人讥嘲地笑着，同时闭上了眼睛。

青夷部战士的箭术凌厉异常，十几支长箭几乎同时命中了他们紧闭的眼睛。姬昊心中一阵狂喜，随后他的一颗心突然沉甸甸地坠了下去，犹如浸在冰水中一样变得无比寒冷。

留守冷溪谷的青夷部战士都是小巫境中阶甚至高阶的精锐，他们射出的箭矢在数里之外都能轻松地连续洞穿十几棵参天古树。但是他们射出的箭矢犹如鸡蛋碰石头一样，在两个伽族战士的眼皮上炸得粉碎！

两个伽族战士眨巴了一下眼睛，抖落了眼皮上、睫毛上粘着的箭矢粉碎后留下的粉末，几个大步之后已经闯到了姬鹰和姬狼的面前。

姬昊绷紧着面孔看着这两个怪物一般的敌人，他们薄薄的眼皮居然犹如铜墙铁壁，青夷部的战士如此凌厉的箭矢，居然连他们的眼皮都无法射穿！

姬鹰抢在姬狼之前冲了上去，他手中的长矛喷吐着烈焰，枪尖抖动带起数十点火光，狠辣无比地刺向了一个伽族战士。

这一击姬鹰用尽了全力，长矛带起了一条火龙般的气劲，四周的地面剧烈地颤抖着，地面上无数的小石子纷纷蹦起，地面的泥土快速地熔化，地面上已经有一层薄薄的岩浆在快速地扩散。

正对姬鹰攻击的伽族战士左手拎着锤头连枷，双脚踏着诡异的步伐一转、一旋，姬鹰狂野的攻击紧贴着他的身体划过，长枪撕开空气，却丝毫没能碰触到敌人。

伽族战士的右拳干净利落地冲着姬鹰的喉结来了一拳，姬鹰一击落空，还没来得及调整动作，重拳袭来，打得姬鹰闷哼一声，一口气憋在嗓子眼儿里，憋得他眼珠一阵阵翻白。

锤头连枷带起一道沉闷的啸声砸下，狠狠落在了姬鹰的后脑勺上，姬鹰大吼一声，被重击打得扑倒在地，身体狼狈地抽搐跳动着。

"鹰！"姬狼惊呼一声，团身跃起向打倒姬鹰的伽族战士冲去，但是他刚刚跃起，另外一尊伽族战士似乎已经预测到了他的动作，重盾诡秘地出现在姬狼的面前，姬狼一头重重地撞在盾牌上，顿时撞得皮开肉绽，鲜血不断地从头上流了下来。

姬昊的瞳孔缩小得和针尖般大小。

这两个伽族战士的进攻干净、直接，每一个动作都好像千锤百炼一般，没有任何无效的多余动作。

姬鹰、姬狼两尊大巫被轻松击倒，两个伽族战士给姬昊的印象完全不像是活人，简直就是两尊专门用来战斗的机器！

第三十六章
危 机

"噢？嘿嘿！"

"哟嚯——嚯嚯！"

"呼——呼——嚯呼！"

姬鹰、姬狼栽倒在地，一个狼狈挣扎，一个满脸是血，刚刚被姬昊杀得胆战心惊，更因为自己首领被杀而吓得几乎崩溃的野蛮们同时欢呼雀跃！

这些野蛮的智商不高，他们的行为更近乎禽兽。首领落败，他们就逃跑；一旦首领占了上风，他们就会变成最凶残的野兽，撕碎眼前一切的敌人！

杀死自家首领的可怕敌人，被自家首领的贵宾给打倒了，阵脚散乱正处于溃逃边缘的野蛮们凭空生出了无穷勇气，他们纷纷叫嚣鼓噪，抓着兵器转过身来，恶狠狠地看向了姬昊，看向了姬昊身后的冷溪谷。

"人，好多人！肉，好吃的肉！"

"老的，有嚼劲！小的，骨髓香嫩！"

"还有女人！喂，还有女人啊！嘿嘿，女人，我的！"

野蛮们嘴角流淌着涎水，叽叽咕咕地向姬昊这边试探着逼近。他们的步伐越来越大，勇气越来越足，突然不知道是谁大吼了一声，数千野蛮同时狂奔着向姬昊、向冷溪谷冲杀而来。

"昊，快退回来！"冷溪谷还没竣工的护墙上，一名青夷部的战士放声大叫。

十几名留守冷溪谷的青夷部战士拉开长弓，一支支箭矢犹如暴雨一般激射而出。他们箭术通神，每一支箭矢都带着凄厉的啸声，犹如巨蟒在空中蜿蜒而行。

箭矢穿透了一个、两个、三个乃至更多野蛮的喉咙，每一支箭矢最少都要连续穿透三个野蛮的要害，最多甚至一连穿透了十五名狂奔的野蛮的喉咙，才最终失去了所有力量斜斜地插在了地上。

箭雨如风，掀起了大片血雨。

百多支箭矢在短短两个呼吸间被射得精光，冲在最前面的数百野蛮惨号着扑倒在地，抱着喉咙痛苦地挣扎惨号，很快就没有了动静。

野蛮们刚刚提起来的一点儿勇气骤然消失得无影无踪，他们同时丢下手上兵器，"嗷嗷"怪叫着向后逃窜，用尽了全部的力气胡乱地向远离冷溪谷的方向逃窜。

两尊身披重甲的伽族战士皱了皱眉，同时摇了摇头。

"这些牲口不如的野蛮，他们连做奴隶的资格都没有！还是得我们自己动手！"手持锤头连枷的伽族战士冷厉一笑，"我们两个，足够俘虏这个山谷中的所有人了！"

手持重盾、马剑的伽族战士同样冷哼一声："这些野蛮还有用处，还要靠他们，我们才能把这么多奴隶运送出去。所以，也不能让他们死伤太多！"

将手中重盾挂在了腰带上，这个伽族战士单手握着马剑，另外一只手向姬昊勾了勾中指，带着一丝戏谑的冷笑挑衅道："小娃娃，这么年轻的巫祭，很了不起噢！来，让我看看你有多大的本事！"

姬昊深吸了一口气，原本黑色的瞳孔突然变成了一片金红。瞳孔四周，九枚真言符印若隐若现，四周天地元气快速地钻进体内，在姬昊身体周围丈许范围内，光线都变得黯淡了许多。

两尊伽族战士好奇地看着姬昊的动作，他们并没有抢先出手的意思。很显然，他们完全没把姬昊放在心上，他们只是纯粹好奇，想要看看姬昊还能给他们表演些什么东西。

"昊，退啊！你对付不了他们！"后脑勺上挨了锤头连枷一记重击，被打得昏天黑地的姬鹰一跃而起，手中长矛带起一道巨大的弧形火光，狠狠地向手持连枷的敌人脖子扫去。

大巫的生命力何等强悍，寻常人挨了刚才那一击，脑袋都要被打爆。但是姬鹰只是脑袋略微有点儿眩晕，挣扎了几下就恢复了正常，此刻他再次全力出手。

与此同时，额头撞得皮肉稀烂，血流满面的姬狼也是高高跳起，他拔出了一柄黑漆漆的短刀，同样挥出一条弧形火光向手持马剑的伽族战士的面门劈去。

姬狼同样嘶声高呼："昊，赶紧退回去！所有族人不许出战，退，退，退！"

姬昊冷静地看着姬鹰、姬狼，身体纹丝不动。

鸦公静静地站在姬昊的肩膀，浑身羽毛一根根地竖起，它的目光越过了两个伽族战士，依旧死死地盯着这些敌人冲出来的密林。

姬鹰、姬狼同时反击，但是两个伽族战士几乎是同时伸出手，一把扣住了他们的脖子，然后狠狠地将他们掼在了地上。大地剧烈地颤抖了一下，姬鹰、姬狼的身体深深陷入坚硬的地面。

"杀！"姬鹰吐了一口血，陷入地下十几丈深的他从大坑中急速蹦起，熊熊火光环绕着他的身体，长矛带起漫天火焰向敌人全速刺去。

"我们可是火鸦部的大巫！"姬狼同样吐着血，从大坑中跳了起来，被砸进地下的时候，他手中短刀不知道飞去了哪里，他握紧了拳头，顷刻间用尽全力向敌人挥出了数百拳。

"实力相差太大，太大了！"姬昊咬着牙低声咆哮，"要不要这么死脑筋？就一定要和这些家伙拼命么？"

两个伽族战士同时横跨了一步，动作浑然天成、带着一丝难以言喻的奇异韵味，他们只是简单地一步跨出就轻松闪过了姬鹰和姬狼的疯狂攻击，然后两人同时曲起手臂，身体微微向前一倾，右手肘犹如铁锤狠狠地撞在了姬狼、姬鹰的小腹上。

"飕飕"两声，姬鹰、姬狼大口吐血，犹如出膛的炮弹般贴着地面向后激射。

他们的身体撕开空气，激荡的气浪在地面上切开了一条深有数丈、宽有五六尺的深深沟渠。他们重重地落在了姬昊身边，口中鲜血好像喷泉一样涌了出来。

这一次他们受伤极重，饶是大巫的生命力强横无比，他们再也无力站起。

　　手持马剑的伽族战士冷笑着向姬昊勾了勾手指："小娃娃，来，让我见识一下你的力量！"

　　"你当我蠢啊！"姬昊向对方比画了一根中指，也不管对方能否明白这个手指中博大精深的蕴意，他一手抓着姬鹰、一手抓着姬狼，体内蓄势待发的法力轰然爆发开来，一团火光炸出，姬昊带着姬鹰、姬狼化为无数点火光激射而出，下一瞬间他们在冷溪谷口显出了身形。

　　"撤退！"姬昊拖拽着姬鹰、姬狼向冷溪谷的尽头狂奔而去，一边奔跑一边厉声喝道，"各位阿叔，撤退，敌人太强，我们不是对手，等阿爸他们回来再说！撤退，不用管这些奴隶了！"

　　十几个青夷部的战士迅速向姬昊这边靠拢，留守冷溪谷的火鸦部战士也紧跟着姬昊向山谷尽头跑去。

　　但是两条人影犹如飓风闯入了山谷，他们蛮横无比地闯入了青夷部、火鸦部战士当中，沉闷的肉体撞击声中，数十名火鸦部战士、十几个青夷部战士同时吐血飞起，重重地摔出了上百丈远。

　　姬昊突然停下了脚步，两个伽族战士带着讥嘲的冷笑，早就挡在了他前方百丈外。

　　敌人的速度太快，姬昊甚至都没看清这两个敌人到底是怎么闯进来的。

第三十七章

傀 儡

"吼！"

姬昊被两个伽族战士拦下，附近的矿奴全都吓得蜷缩在地、瑟瑟发抖。浑身湿淋淋的胖熊从冷溪中突兀地跳了出来，巨大的熊掌狠狠向一个伽族战士拍了下去。

"肥熊，让开！"

姬昊眼角一跳，急忙大叫了一声。

胖熊的小眼珠子变得通红一片，嘴角喷吐着白色的黏液，浑身长毛好似钢针一样竖起，巨大的熊掌带着一股恶风，丝毫没有停顿地继续拍下。

被袭击的伽族战士抬起头来，讥嘲地向胖熊斜睨了一眼。他斜跨了一步，庞大的身体带着几条残影突兀地到了胖熊的身体下方，右拳带着怪异的风声轰在了胖熊肥硕的肚皮上。

胖熊巨大的身躯伴随着凄厉的惨嗥声飞起，犹如一座飞行的小山冲出一里多远，一头栽进了冰冷刺骨的溪水中。溪水内迅速泛起了大片的红色，胖熊的身躯慢慢地浮起，顺着湍急的溪水漂了下来，没漂出多远就被溪水中几块大石头挡了下来。

烟尘冲起来十几丈高，驻守在山谷尽头的数十名火鸦部战士向这边快速冲来。

远远看到两个伽族战士，火鸦部的战士们同时放声大吼，身后隐隐有大片火光涌出。他们举起手臂，隔着好几里地就将随身的长矛投掷了出来。

火光熊熊缠绕在青桑木制成的长矛上，数十柄长矛带着刺目的火光激射而来，封死了两个伽族战士所有可能闪避的方位。

手持马剑的伽族战士回过头来，向神色严肃的姬昊怪笑了一声，反手将挂在腰间的重盾取下。他举起了重盾，发出了一个奇异的音阶，厚重的盾牌突然亮起夺目的光芒，盾面喷出强光，组成了一个直径数丈的光盾将两人牢牢护在了下面。

长矛重重撞击在光盾上，震耳欲聋的撞击声中长矛粉碎，光盾却没有动摇丝毫。

厚厚的盾面上，高塔之巅悬浮着一枚血色竖目的怪异纹章熠熠生辉，那只眼眸宛如活物，放出的血色寒光让姬昊不由自主地打了个寒战。

另外一个伽族战士丢下了手中锤头连枷，他活动了一下双手，伸出手掌对准了山谷尽头冲来的数十名火鸦部战士，十指突然犹如弹琵琶一样急速地弹动。

"啪啪"脆响骤然响起，伽族战士的手指激荡空气，一点点拳头大小的指风呼啸而出，犹如暴风雨一样撞击在数十名火鸦部战士的身上。

头部、胸膛、小腹、四肢，数十名火鸦部的战士身体剧烈地抖动着，每一弹指间都有数百团指风击中他们的身体。他们好似暴风雨中孱弱的小草，伴随着细微的骨骼碎裂声，他们吐着血高高飞起，被无数团指风猛烈撞击着，轻飘飘地向后飞了出去。

"不堪一击！真让我失望，这次我们还真没碰到几个值得我们认真的对手。"

出手的伽族战士停下了手，他的十指冉冉冒着肉眼可见的热气，这是他的手指和空气剧烈摩擦引发的高温。

姬昊死死咬着牙看着这两个可怕的敌人。

这块重盾也就罢了，无非是一件防御力惊人的法器。但是瞬间击倒数十名火鸦部精锐战士的这个家伙，姬昊没能从他身上感受到半点儿法力波动，他是纯粹依靠肉体的力量激荡空气，就把数十名火鸦部的战士轻松击溃。

鸦公微微张开了翅膀，猩红色的眸子里闪过一抹寒意，紧紧扣在姬昊肩膀上的爪子微微动弹了一下。

伸手拍了拍鸦公，姬昊微微摇了摇头。自幼和鸦公待在一起，姬昊清楚刚才鸦公的异样代表着什么。

密林中有比这两个伽族战士更加强大可怕的敌人，鸦公刚才一直没有出手，就是在防范着那个敌人。

"你们很强大，但是这里是我们火鸦部的地盘。"姬昊看着两个连气都没喘一声的敌人，一本正经地说道，"不管你们来自哪里，你们已经侵入了我们火鸦部的领地，你们……"

手持重盾马剑的伽族战士打断了姬昊的话，他的四个眼睛闪烁着寒光，上下打量着姬昊："这里距离火鸦部的核心领地极其遥远，我们并不担心你们部族的报复。想要拖延时间么？小家伙，不得不说你的表现让我们吃惊，你的微不足道的小聪明，会让你变得更加值钱！"

另外一伽族战士捡起自己的兵器，用力地挥动了一下后咧嘴笑道："你会很值钱，我似乎已经看到了一袋一袋的金钱和玉钱，我们可以有很长一段舒服、快活的好日子了。"

冷溪谷的所有留守战士都被击倒，大群大群野蛮闯入了冷溪谷。

这些完全没有任何纪律可言的野蛮犹如一群野兽，冲进山谷后就开始大肆地破坏。

托姬枢那几个族人的福，冷溪谷内没有什么值得抢的东西，粮食、工具等一应全无。野蛮们翻了一阵子，最终将注意力放在了那些蜷缩在地的矿奴身上。

"肉，香喷喷的肉！"野蛮们摩拳擦掌地向矿奴们走去，冲杀了一阵子，他们已经饿得很了。对于一切活物都可以当做食物的野蛮而言，这些毫无反抗之力的矿奴就是最香甜的食物。

细微的摩擦声远远传来，伴随着枝叶折断的声音，三头巨大的金属造物从密林中快步走了出来。

姬昊骇然看着这三具通体闪耀着寒光的大家伙——黑漆漆的大家伙形如蜘蛛，正中的主要躯干有两三丈大小，八条节肢将近有十丈长，长长的节肢让它们行动如风速度快得惊人。

这三头巨大的金属蜘蛛工艺精美绝伦，除了体积格外巨大，结构上和真正的蜘蛛完全相仿。它们行动之时，身体内隐隐有细微的金属摩擦声发出，长长的节肢上也不断闪过一道黯淡的流光。

很快这三头金属蜘蛛就闯入了冷溪谷，它们张开嘴发出尖锐的鸣叫声，附近的野蛮纷纷怪叫着捂住了耳朵，在金属蜘蛛的驱赶下，他们顾不得猎食那些矿奴，一个个连滚带爬地逃得远远的。

三头大家伙一路驱散野蛮，很快就来到了姬昊身后。

它们慢慢地矮下了身体，正中那头金属蜘蛛的腹腔突然裂开一条缝隙，一个阴冷的声音幽幽响起。

"把所有俘虏都捆起来。现在只要等外出的那些人回来，把他们也都收拾掉，我们就有了一次完美的狩猎。"

微微一顿，这声音轻笑道："不枉我们在该死的丛林中等了一个多月，这次的收获，太让我满意了。"

第三十八章
逆　袭

姬昊心中一片混乱。

伽族战士身上的甲胄，还能用他前世今生的经验来解释。但是这三头工艺精美绝伦的金属蜘蛛，行走如风、灵巧机敏的金属蜘蛛，这让姬昊完全无法理解。

"呵呵，蛮子就是蛮子。从没见过这么了不起的造物吧？唔，把你卖一个好价钱，我们血牙团就能多购置两头精良级剑锋蜘蛛，以后在南荒丛林行走，就更轻松更方便了。"

手持重盾马剑的伽族战士看出了姬昊的震惊和迷茫，不无得意地指着三头金属蜘蛛吹嘘着："喂，小家伙，这是剑锋蜘蛛，脩族的大匠师精心锻造的战斗傀儡，速度很高，防御不错，大范围杀伤力很让人满意，在南荒丛林这种复杂地形行动，是最合适不过的。"

"拓霸，你的话可真多。"金属蜘蛛裂开的腹腔中，阴冷的声音幽幽传来。

伴随着细微的金属摩擦声，一条金属舷梯悄然从腹腔中伸出，一个身材高挑瘦削的青年男子裹紧了身上的长袍，慢悠悠地踏着舷梯走了出来。

姬昊看着走出来的青年男子，骇然瞪大了眼睛。

和那两个伽族战士相比，青年只是比他们矮了两拳的高度，但是他的个子极其地高挑瘦削，乍一看去他的腰身甚至还没有两个伽族战士的胳膊粗。

他的皮肤白皙，犹如极品羊脂玉一样，白得近乎透明，面容更带着一股邪异的俊美，犹如精工细作的雕像一样，俊美得不似人类。他身上的长袍也格外地华丽，姬昊一眼看出这长袍的质地是品质极高的丝绸，而且采用了极其复杂的工艺，在淡紫色的长袍上用五彩丝线勾勒出了繁复的百花纹路。

在主要的衣物都是用兽皮制成，原始的麻布纺织物都极其珍贵的南荒丛林中，突然见到这么一件奢华无比的长袍，姬昊突然有一种时空错乱的感觉。

更让姬昊浑身汗毛直竖的，是青年的额头上，在他眉心上，一枚比他正常的两只眼睛大了整整一圈的竖目。灵动灵活的竖目在眉心的那个眼眶内乱滚，眸子里隐隐有一圈一圈的青蓝色风影在闪烁。

"三……三只眼？"姬昊惊愕地看着青年。

"嗯，有什么奇怪的么？"青年的三只眼睛同时眯起，冷厉地打量着姬昊，"作为我的战利品，小家伙，你的态度应该更加恭谨一些，比如说，如果你现在跪下的话，我可以让你少吃一点儿苦头。"

皱着眉头，青年很不快地指着姬昊："你这是什么眼神？你觉得我是怪物么？其实在我看来，你才是彻头彻尾的异族，没开化的野蛮人，愚蠢、肮脏的原始人，丑陋、臭烘烘的丛林猿猴！"

厌恶地撇了撇嘴，青年挥了挥手："拓霸、拓傲，还愣着干什么呢？把这小子绑起来。我们可以用他来威胁他的父亲……和那两个刚刚晋级的大巫不同，我想你们也不愿意面对一个战力全开的资深大巫吧？"

三头剑锋蜘蛛行走的速度极快，它们冲出密林后，几个呼吸间就闯入了冷溪谷。等到三眼青年已经站在了姬昊面前，后方密林中才有一支两百多人的队伍闯了出来。

这一支队伍全部由体形壮硕、神色彪悍的壮汉组成，他们身高都在两米开外，皮肤泛黑犹如黑铁，左手持盾，右手紧握大刀重斧各色金属兵器，身上披挂着金属铸成的简单护甲。

这些人步伐矫健，行动之时分明是三人一组相互交错掩护前进，一举一动都透着一股子训练有素的精英味道。他们紧随着三头剑锋蜘蛛闯入了冷溪谷，大声呼喝指挥起那些野蛮，掏出树藤编织的绳索开始捆绑受伤倒地的火鸦部战士们。

三眼青年听到了身后的动静，本能地回头望了一眼，提高了声音大声下令："那些老弱病残全部杀掉，浪费粮食是可耻的事情。所有精壮全部捆起来，我们这次能卖一个好价钱。"

拓霸、拓傲在这极短时间内，也将注意力放在了这一队人马身上。

姬鹰、姬狼重伤，姬昊又只是一个巫人境的小娃娃，拓霸、拓傲哪怕再谨慎、再小心，在这一刻也不由得放松了警惕。

姬昊松手丢开了不断吐血的姬鹰、姬狼，他双手结印，轻喝了一声真言咒语，拓霸、拓傲脚下的地面突然变成了泥浆，措手不及的两人怪叫一声直接陷入泥浆瞬间没顶。

三眼青年听到了两个伽族战士沉入泥浆发出的"咕咚"声，他骇然转过头来，犹如见鬼一般看着姬昊。

三头剑锋蜘蛛镶嵌着红宝石的复眼闪过刺目红光，它们一跃而起，长长的节肢带着刺耳的烈风声向姬昊的心口扎了下来。剑锋蜘蛛攻击的速度快得惊人，快得姬昊都无法看清它们节肢的动作。

但是姬昊根本不需要防御，鸦公的身体急速地膨胀，眨眼间就恢复了本体大小，温度惊人的火焰从鸦公的每一片羽毛中喷出，巨大的羽翼重重地拍击了一下，三头剑锋蜘蛛同时发出可怕的碎裂声远远地抛飞了出去。

火光熊熊，被鸦公羽翼打飞的剑锋蜘蛛被火焰灼烧，眨眼间就烧得一片通红，不多时就变成了一摊铁水洒得满天都是。

鸦公腾空而起，两个巨大的爪子狠狠向三眼青年的脑袋抓了下去。

三眼青年惊慌失措地抬起头来，眉心的眸子里一抹青蓝色的风影闪过，"嗖"的一声巨响，从他的眉心竖目中喷出一道拇指粗细的青色流风，细细的流风眨眼间膨胀到十几丈粗细，无数风刀在急速旋转的流风中摩擦绞杀。

流风裹住了鸦公的身体，巨大的风力将鸦公吹起来足足有十几里高。无数风刀切割着鸦公的身体，将它比精钢还要坚韧的羽毛划拉得火星四溅。

突然有高温的血浆从高空坠落，鸦公居然被三眼青年眼里喷出的流风打伤了。

身后泥浆中传来愤怒欲狂的咆哮声，拓霸、拓傲两个家伙在泥浆中胡乱扑腾，但是泥浆中无处借力，他们一时半会儿根本无法从深深的泥潭中挣扎出来！

姬昊发现了伽族战士最大的弱点——他们空有强横无比的肉体力量，但是他们似乎除了肉体力量之外，并没有掌握任何的术法、神通。

从一个极端走向另外一个极端，伽族战士空有强横的肉体，那么眼前的三眼青年呢？

"杀！"姬昊低沉地咆哮了一声，他的身体炸开，化为无数点火星向三眼青年激射而去。下一瞬间姬昊出现在三眼青年的身后，双手结印，倾尽全力一击按在了三眼青年的后心。

三眼青年三颗眼珠几乎从眼眶中跳了出来，张口一道血泉喷出数十步远，五脏六腑差点儿被姬昊这一拳都给震得吐了出来。

"混蛋！"

愤怒的咆哮声中，拓霸、拓傲终于沉底，他们双足在坚硬的泥浆坑底用力一跺，终于借到力气冲天跃起，重重地落在了泥浆坑边坚硬的地面上。

第三十九章
僵 持

"混账！"

三眼青年大口吐血，紧接着他的鼻孔、耳朵里也不断有鲜血流淌出来。

姬昊九字真言丹经修炼出的丹元变幻莫测，刚刚轰进三眼青年体内的力道霸道、狂野，犹如天崩地裂，犹如火山爆发，瞬间爆发的力量直接在三眼青年的五脏六腑中造成了莫大的伤害。

拓霸、拓傲狼狈地从泥浆大坑中挣扎而出，他们狼狈地抹干净了脸上的泥水，就看到自家首领被姬昊一拳打得重伤飞起。

"死来！"拓霸举起了马剑，剑锋上一抹青色劲风呼啸而生，一道青色剑芒从剑锋上透出数尺远，作势就要一剑向姬昊劈下。

拓霸则是拎着锤头连枷，带起一连串残影，快速向三眼青年冲去。他张开双手，挺起了胸膛，俨然一副要用自己的身体充当人肉盾牌的架势。

嘎嘎尖啸声从高空传来，被三眼青年一道狂风打飞的鸦公宛如流星从高空急速坠落，它双翼振动，无数黑色鸦羽激射而出。密密麻麻的羽毛熊熊燃烧，犹如雨点从天而降，每一片羽毛后面都拖着长有数丈的黑色烟气。

拓霸、拓傲悲愤交集地咆哮一声，面对鸦公从天而降的攻击，他们深吸一口气硬生生地顶了上去。

两人身上的重甲表面有一条一条流畅的线条亮起，数十枚拳头大小的扭曲符文从甲胄深处浮现，不断闪烁出夺目的光芒。他们低着头，任凭鸦羽呼啸着落在了身上。

呼啦啦的巨响绵绵不绝，鸦羽犹如狂潮淹没了两人的身体。鸦公急促地尖叫着，猩红的眸子里喷出长有数丈的火光。拓霸、拓傲的身体剧烈地颤抖着，重甲表面的流光急速闪烁，不时有鸦羽击穿流光落在甲胄表面，在厚重的金属甲胄上留下深深的伤痕。

每一弹指间鸦公都射出了数万枚羽毛，也不知道这些羽毛究竟从何而来，鸦公身上射出的羽毛犹如滔滔江水无穷无尽，密密麻麻的羽毛冲刷着拓霸、拓傲的甲胄，他们的甲胄不断受损，不断溅起大片火星，不断有细细的甲胄碎片剥落。

骤然间一声惨号，拓霸的肩甲被坠落的火羽彻底击毁，三枚熊熊燃烧长有六尺的鸦羽击穿了拓霸的肩膀，深深陷入了他的肩胛骨中。

鸦羽被金红色的火焰环绕，烈火灼烧拓霸的肩头，一股难闻的烤肉味四散，拓霸痛得面孔扭成了一团。

拓傲顾不得再去掩护三眼青年，而是张开双手，挡住了不断向拓霸射去的鸦羽。

姬昊一个滑步冲到了吐血逃窜的三眼青年身后，双手如电，带起数十条拳影不断砸了下去。三眼青年的身体剧烈地颤抖着，大口大口的鲜血不断喷出。

"死吧！"被打得五脏六腑几乎炸碎的三眼青年凶厉地转过身来，眉心竖目骤然亮起，一抹一丈多长的风刀带着刺耳的啸声激射而出。

但是三眼青年刚刚转过头，姬昊一耳光就快若闪电般抽了出去。

风刀还没射出，三眼青年就被打得原地转了三个圈儿，他眉心竖目喷出的风刀"哧溜"一下紧贴着姬昊的身体划了过去，瞬间就劈出了一千丈外。

风刀锋利无匹，所过之处山石、草木全都一劈两段。更有数十名野蛮倒霉地挡在了风刀的途径上，他们连惨号都没发出一声，就被风刀切成了两片。

带着大片血雾，风刀劈出千丈远后轰然炸开，一道青蓝色的旋风平地而起，丈许粗的旋风呼啸肆虐，卷起了数百片巴掌大小的风刀将方圆十几丈内的一切都搅成了粉碎，这才缓慢地消散。

姬昊也看得牙齿一阵发酸，这风刀的威力简直是耸人听闻，放在战场上，这一击起码能斩杀数百敌人。

不等三眼青年从刚才的耳光中回过神来，姬昊一把抓住了对方淡青色的长发，一脚撩阴腿熟练至极地踹了过去。摇摆着脑袋还要反抗的三眼青年一声惨号，本能地弯下腰去，双手死死地抱住了惨遭荼毒的要害。

"跪下！给我跪下！"姬昊厉声大吼，右脚重重踹了出去。

短短一个呼吸的时间，姬昊起码在三眼青年的小腿上踹了一百多脚，只听得当当巨响，姬昊的脚趾骨都差点儿被震碎了，三眼青年的小腿骨这才"咔嚓"一声断成了好几截儿。

"该死的混蛋！"三眼青年痛得嘶声惨号，眼泪鼻涕同时喷了出来。

姬昊拔出了一柄匕首，趁着三眼青年破口大骂的时候，一匕首戳进他嘴里，狠狠地用力一搅。姬昊的手腕一阵震荡，就好像用钝刀切牛皮一样，他用了极大的力气，这才将三眼青年的舌头切开，剧痛让三眼青年身体一阵抽搐，身体骤然软了下来，再也没有了反抗的力量。

嘎嘎声中，鸦公从高空坠落地面，张口一道金红色火焰疾喷而出。

拓霸、拓傲眼看三眼青年落入了姬昊手中，他们近乎绝望地悲鸣一声，丝毫不管鸦公喷出的火焰，亡命一般向斜前方蹿出，将重伤倒地的姬鹰、姬狼一把抓起挡在了胸前。

眼看自己喷出的火焰就要烧到姬鹰、姬狼，鸦公猛地瞪大了眼睛，张口一吸将喷出的火焰吸回。

"砰"的一下，倒卷而回的火焰闯入了鸦公的肚皮，在它腹腔中炸开，鸦公的鼻孔内两道黑烟喷出，呛得鸦公咔咔怪叫，猩红的眼眶中大片眼泪一下子就喷了出来。

姬昊将匕首顶在了三眼青年的太阳穴上，他用力地搅动刀尖，匕首已经切开了三眼青年的皮肉，只要他轻轻一用力，就能将匕首捅进三眼青年的头颅深处。

"放人，给我放人！"看着被拓霸、拓傲抓在手中的姬鹰和姬狼，姬昊厉声吼道，"不想这三眼小子死掉，就给我放人！"

"放人，放开我们队长！"拓霸、拓傲更是八颗眼珠都变得通红一片，青铜色的皮肤隐隐发黑，"我们手上除了这两个小子，还有你们那么多族人！"

后方从密林中走出的那一队三眼青年的下属纷纷赶来，他们手上都分别拎着一个火鸦部或者青夷部的战士。这些战士被拓霸、拓傲重伤，此刻都没有了反抗的力量。

姬昊正要开口，拓霸已经厉声喝道："先杀三个！"

三名肤色黧黑的壮汉大吼一声，反手一刀就把自己手上生擒的火鸦部战士的头颅砍了下来。

"杀！"姬昊毫不犹豫地怒吼一声，一匕首捅进了三眼青年的右眼眶，将他一颗眼珠完整地挑了出来！

"当我不敢杀人么？一拍两散，一起死吧！"姬昊狂啸一声，将三眼青年的眼珠丢在地上，一脚踩成了肉酱。

拓霸、拓傲犹如见鬼一般望着姬昊，冷溪谷中顿时死一样地寂静。

第四十章
释　放

嘎！

鸦公从空中落下，浑身鲜血斑斑。张开双翅悬浮在姬昊头顶，鸦公看着地上三具还在抽搐流血的火鸦部族人的尸体，原本猩红色的眸子更好像被鲜血泡过，不断发出凄厉的鸣叫声。

姬昊左手五指紧扣三眼青年的喉咙，右手匕首不断在他的胸膛、胳膊上乱划。

一条条血痕不断出现，三眼青年痛得不断挣扎、乱骂，眉心那颗竖目更是不断开合，甚至有"呼呼"的狂风呼啸声从他眉心发出。但是任凭他如何挣扎，他始终无法摆脱姬昊的掌控。

"三眼儿，再动，就把你这颗眼珠也挖了！"姬昊咆哮一声，匕首刀柄狠狠在三眼青年的眉心竖目上砸了一下。三眼青年痛呼一声，三个眼眶同时流淌出血泪，顿时乖乖地再也不敢动弹。

"小子，你是在给你们火鸦部招灾！"拓霸同样死死掐着姬鹰的脖子，声嘶力竭地咆哮着，"帝罗是我们的队长……他还是我们血牙团大首领的亲弟弟！我们血牙团可是……"

不容拓霸把话说完，姬昊一匕首挥落，三眼青年帝罗惨号一声，他右手三根手指同时被齐根斩了下来。

"帝罗？这名字不坏啊，挺威风的！"姬昊双眸中九团真言法印急速闪烁，身边有无形暗劲起落、奔涌，一头长发犹如狂蛇乱舞，周身透着一股让人不寒而栗的奇异压力。

"你们血牙团是什么东西，和我无关。这小子是谁的弟弟，或者是谁的儿子，和我有什么关系？"随手在帝罗俊美犹如雕塑的脸上划了一道，姬昊冷声道，"放人，或者下一刀我就阉了他！"

"混……蛋！"帝罗声嘶力竭地尖叫着，身体再次剧烈地挣扎起来。

鸦公右翼狠狠一划，一根燃烧的黑羽扫过帝罗的身体，华丽的丝绸长袍"呼"的一下烧成灰烬，紧接着是他的衣裤全都烧成了一缕青烟，露出了他雪白细腻犹如绝色少女一样匀称干净的身体。

"嘎！"鸦公尖锐地叫了一声。

和鸦公朝夕相处好几年的姬昊顿时没有丝毫笑意地大笑了起来："鸦公，你是说先割半截儿？果然好主意啊！嗯，是横着切掉半截儿，还是竖着切掉半边呢？"

匕首不怀好意地在帝罗的腰胯之间比画着，帝罗一张小脸顿时变得漆黑一片。

"拓霸……拓傲！"帝罗眉心竖目骤然关闭，只剩下一只独眼紧张得"骨碌碌"乱转。他身体剧烈哆嗦着，浑身冷汗犹如小溪一样不断流淌下来："放，放人！"

"不能放！"拓傲厉声尖叫，"帝罗，听我们的！必须同时放人，否则……再杀十个！"

拓霸声嘶力竭地叫嚷起来："再杀十个！要么放了帝罗，否则你们就算阉了他，总有各种药剂可以重生肢体……再杀十个，再杀十个！放了帝罗，否则你就看着你的族人一个个被我们杀死！"

姬昊身后的那一队血牙团战士大吼一声，十名壮汉同时举起手中刀剑，就要向自己擒获的火鸦部、青夷部的战士斩落。

"吼"的一声怒吼远远传来，犹如虎啸山林百兽震惊，数里外一座山峰上，数千棵大树在这一声大吼中同时炸成漫天木屑，山峰轰然坍塌了半截儿，紧接着坍塌的山峰被一股可怕的巨力轰上了半空，在空中炸成了无数的碎片。

拓霸、拓傲悚然大惊，他们八只眼睛内的瞳孔缩成了针尖大小，青铜色的皮肤上分别有黄色、银色的幽光急速闪烁，面颊上同样有几枚扭曲的符文亮了起来。

山峰崩塌造成大片灰尘迅速向四周扩散，恐怖的大吼声瞬息间已经传了过来，犹如一道飓风横扫冷溪谷，溪谷中的矿奴们立足不稳，一个个怪叫着被大吼声造成的声浪卷了起来，犹如大风中的落叶一样飞出了老远。

"噗嗤"声不绝于耳，一道道肉眼根本无法捕捉的箭影激射而来，血牙团的战士们一个接一个哀号倒地。他们或者喉咙、或者眉心、或者眼眶纷纷中箭，力道十足的箭矢穿透他们的身体，带着大片血水深深地扎进了地面。

可怕的裂空声传来，一条魁梧的人影从刚刚崩塌的山峰上冲天而起，划出一条巨大的弧线，沉甸甸地落在了冷溪谷中。大地剧烈地动摇了一下，腰间紧紧缠绕着一条兽皮的姬夏落在了姬昊面前，四周地面轰然裂开，裂痕中"啪啪"连响蹦出了数十块拳头大小的美玉、精金。

拓霸、拓傲瞳孔再次紧缩，贪婪地向地上的精金、美玉望了一眼，随后万分紧张地向姬夏望了过来。

"我们交换人质！"姬夏温厚地说道，"放了姬鹰、姬狼，这个三眼小崽子，我可以交还给你们。"

一条一条破空声不断传来，姬豹带着数十名火鸦部的精锐战士从数里外的山崖上纷纷跃起，犹如跳蚤一样不断蹦进了冷溪谷。更远处的山腰上，青影为首的青夷部战士隐藏在树梢头，一支支长箭已经锁定了拓霸、拓傲的身体要害。

拓霸五指紧扣姬鹰的喉咙，冷声道："你能让我们安全离开？"

姬夏用手拍了拍胸膛，温声说道："用我们火鸦部的祖灵发誓，你们不伤害姬鹰、姬狼，我就让你们带着这个三眼小崽子安全离开。但是下次再碰到，我一定会砍下你们的脑袋，献给祖灵做祭品！"

"我相信你们这些蛮子的承诺！"拓霸、拓傲同时松开了手，将重伤的姬鹰、姬狼用力地推向了姬夏。他们冷眼看着姬夏说道："下次我们还会过来。这个小崽子挖了帝罗一只眼珠，我们血牙团一定会来报复！"

姬昊松开手，一脚将帝罗踹得飞起，重重撞在了拓霸的身上："我等着你们的报复……嗯，前面这个叫帝罗的家伙说，你们在冷溪谷外已经等候了一个多月？是在等我们到来么？"

拓傲将脸色惨淡的帝罗横抱在手中，冷声说道："没错，我们一个多月前就等在了这里，就是为了袭击你们。只是我们错估了你们的实力，下次我们会带更多的人过来！"

冷哼了几声，拓霸、拓傲护着帝罗，在仅剩的数十名血牙团战士的簇拥下，用最快的速度蹿进了密林。

姬昊迅速拔下了鸦公尾巴附近的一根羽毛，手指一晃，一只巫术乌鸦凭空而生，迅速追着拓霸一行人蹿入了密林中。

"哟？这一手巫术可真不坏！"姬夏由衷地赞叹起来，"似乎姬奎阿公，都不会这一招吧？"

姬昊微笑，不吭声，全部心神都沉浸在了那一只巫术乌鸦中。

第四十一章
勾　结

"哈哈，哈哈，哈哈哈！"

密林中，被拓傲抱在手上的帝罗疯疯癫癫地大叫大笑，鲜血不断地从嘴里喷出来。

"拓霸、拓傲，我居然被一群没开化的蛮子伤成这样！我们血牙团在南荒丛林，抓捕贩卖出去的奴隶超过百万了，从没有人能伤我一根汗毛，这次我居然被伤成这样！"

拓霸用力拗断一根拦路的蛇藤，阴沉着脸安慰帝罗："大人，等我们会齐了帝刹团长，我们一定会回来的。"

帝罗咯咯怪笑了一通，咬牙切齿地对姬昊发出了一通恶毒的诅咒，突然轻喝了一声："停下"。

拓霸、拓傲还有跟在后面的数十名战士立刻停下了脚步，拓傲小心翼翼地将帝罗放了下来。帝罗皱着眉头，左手腕上一枚青蓝色、五指宽的精美手镯上一团幽光闪过，一件华美的丝绸长袍凭空出现在他手中。

后方数十丈外，站在浓密树荫中的巫法乌鸦瞳孔骤然缩小。

冷溪谷中，操控巫法乌鸦跟踪帝罗一行人的姬昊用力咬了咬牙，一颗心剧烈地跳动起来。空间手镯？居然是传说中的空间手镯！前世这种空间装备只是神话传说中的至宝，现世火鸦部的巫祭们也从未提起空间宝物的存在！

这个帝罗的手上，居然有传说中的空间手镯！

姬昊的心剧烈地跳动着，额头上一根根青筋凸起，浑身热血沸腾，恨不得现在就叫上鸦公，追上帝罗一行人杀人夺财！

但是很快姬昊就打消了这个念头。

冷溪谷此刻乱成了一团，青茯正满头大汗地忙着救治重伤的族人；姬夏带着姬豹、青影等人，正抓小鸡一样追捕那些逃窜的野蛮战士。

姬夏发下了祖灵誓言让帝罗等人安然离开，以姬夏的性格，他绝对不会违反诺言。姬昊就算借助鸦公的力量，也无法对付帝罗和拓霸、拓傲的联手，空间手镯虽然诱人，但是姬昊的确没有足够的力量下手抢夺。

巫法乌鸦轻轻地扭了扭头，瞳孔内幽光闪烁。

帝罗低声咒骂着，从手镯中掏出了一条两尺多长，通体漆黑的金属蜈蚣。他将金属蜈蚣丢在地上，低声念诵了一声咒语，金属蜈蚣长长的身躯上一枚一枚的符文亮起，两尺长短的身躯急速地膨胀起来。

短短几个呼吸间，一条从头到尾长有三十几丈的巨型蜈蚣赫然出现。帝罗无声地挥了挥手，拓霸、拓傲和数十名战士一起坐在了蜈蚣背上，在帝罗的操控下，这条硕大的金属造物快如流风般穿过密林，迅速远离了冷溪谷。

半刻钟后，金属蜈蚣已经远去二十几里，顺着陡峭的悬崖，它爬到了一条深有数百丈的河谷中，然后静静地趴在了平坦的沙滩上。

巫法乌鸦轻盈地飞过河谷，落在了河对面悬崖上的一株小树上，猩红的眸子闪烁不定地看着下方。

冷溪谷中，坐在山洞口凝神聚气的姬昊擦了擦额头上的冷汗，重重地吐了一口气。还好帝罗他们没有跑远，二十几里地，他还能勉强和自己制造的巫法乌鸦联系上。如果帝罗等人再去得远一点儿，以他如今的实力，也就无法再偷偷地跟踪监视了。

骤然间，巫法乌鸦传递回来的画面让姬昊剧烈地抖动了一下。

"该死的，姬吽、姬枭！你们居然敢勾结外人，谋杀自家部族的族人？"

河谷中，数十名强壮魁梧的火鸦部战士静静地矗立在沙滩上，冷然看着狼狈不堪的帝罗一行人。

在这些火鸦部战士的最前方，是前些日子被姬昊斩杀的姬虎的父亲，在火鸦部圣地金乌岭守护战士当中，也颇有地位和声望的大巫姬枭。

和姬枭肩并肩站着的，是姬枢的弟弟，姬枢争夺战士首领一职时，向姬夏发难的先锋姬咔，同样是大巫境的强大存在。

见到帝罗一行人，姬枭咬着牙厉声喝道："姬咔，这就是你所说的老朋友？他们能帮我的儿子虎报仇？这不是笑话么？你看看他们这个倒霉模样！"

用力跺了跺脚，姬枭怒道："我给了他们这么多的精金、美玉，他们就这么伤痕累累地滚了回来？"

姬咔眸子里奇光闪烁，他按了按姬枭的肩膀，大步向帝罗走了过去，同时张开了双手向着帝罗大声笑道："帝罗，老朋友，看起来你这次并不顺利？出发前，你可是信誓旦旦地对我说，你一定可以攻破冷溪谷！"

帝罗没有和姬咔拥抱在一起，而是厌恶地退后了几步，厉声喝道："这都是你们的错！你们给我的情报有问题！抛开你们所说的受了重伤，已经没有什么力量的姬夏和青茯，拓霸、拓傲可以轻松地收拾掉你们所说的那三个刚刚突破的大巫！"

深吸了一口气，帝罗冷声道："但是你们没给我说，那个小鬼居然契约了一头巨型火鸦！"

帝罗仅剩的两颗眸子怒视姬咔，咬牙切齿地说道："本来我可以轻松攻破冷溪谷，干掉你们的敌人，同时让我大赚一笔！但是因为你们错误的情报，我错估了他们的实力，我失去了一颗眼睛和三根手指……你们必须给我补偿！"

帝罗指着姬咔冷笑道："十倍定金的补偿，姬咔！不然的话，我会让你们亲身体验到我们血牙团的可怕！"

姬咔的眼神急速地闪烁，粗犷的脸蛋骤然僵硬成了一团。

"你没弄错吧？火鸦部的巨鸦，只有立下大功劳的大巫才有资格契约。姬夏都没有得到一头巨鸦，那小子……"姬咔皱着眉低声咕哝了一阵，转过身向姬枭勾了勾手指："枭，我的兄弟，如果你想要为可怜的阿虎报仇的话，恐怕你不情愿亲手做的事情，必须要干上一次了！"

"咔，我绝对不会向姬夏大兄出手！"姬枭的面孔剧烈地抽搐着，身体也不断地颤抖着，额头上更是有大量的冷汗滑落，"我只是……想要为阿虎报仇，但是我绝对不会，绝对不会向姬夏大兄出手！"

"可是你已经出手了。"姬吽深沉地看着姬枭，慢慢地说道，"枭，你站在这里，你就已经对姬夏出手了……"

看着姬枭扭曲的面孔，姬吽淡然道："好吧，不需要你对付姬夏，你只要牵扯住其他人就行。姬夏嘛，自然有人对付。"

"谁？"姬枭下意识地问了一句。

"当然是，我！"湍急的河流中，传来了沙哑的咕哝声。

一条足足有水缸粗细的独角玄蛇，慢慢地从河水中直起了身体。

第四十二章

应 策

悬崖小树上，巫法乌鸦化为一缕细细黑烟，呼啸的山风卷过，将黑烟卷得无影无踪。

冷溪谷内，姬昊一跃而起，几个起落来到了青茯身边。压低了声音，姬昊凑到青茯耳朵边，将自己在河谷中见到的情形详细地说了出来。

手持生死刺中青色长针，正在为一个重伤族人补充元气的青茯动作一僵，用力捶了捶腰肢，缓缓地直起了身体。秀美的眸子里一抹深邃的寒光闪烁，青茯低声说道："昊，叫你阿爸过来，我们有事情要做哩。"

太阳从高空悠然划过，慢吞吞地没入了西方的山头。

漫天繁星充斥天幕，七彩星光凝成肉眼可见的烟霞，沉甸甸地从高空坠落。茫茫山林中，无数有灵性的生灵吞吐星力，深不可测的山谷、深潭中，偶尔传来高亢如云如龙如虎的长吟。

姬昊坐在一株大树上，蘅笭君骑着她那头赤红色的豹子，仔仔细细地在百多支精致的长箭上涂抹毒液。

人头大小的玉罐中，大半罐淡青色的毒液清澈如水，带着淡淡的草木清香。星光下，清澈的毒液中偶尔有细细的好似小蛇一般扭曲的符文一闪而过，在毒液中带起一抹华丽的光焰。

"昊，我还以为你阿姆只会救人呢。没想到她调配出来的巫毒这么吓人！"蘅笭君用一片叶子沾了点儿毒液，轻轻往大树下一滴，毒液滴在了蜷缩在大树下的老石肩膀上，老石光洁如玉的肩膀嗤嗤冒出淡淡的青烟，毒液很快就在他肩膀上腐蚀出了一个透明的窟窿。

老石不满地咕哝了一声"酒"，他一掌按在了大树下一块大石上，石头咔嚓一声碎成粉末，被毒液腐蚀出的透明伤口很快就愈合得一丝痕迹都没剩下。

老树妖抬起头，呼呼噜噜地咕哝着，一根长长的枝条犹如灵蛇一般蠕动着，在毒液中轻轻沾了点儿，然后往自己张开的嘴洞里滴了进去。

"嗞嗞"声中，老树妖的嘴洞里喷出淡淡黑烟，老树妖痛得浑身直哆嗦，浑身不多的叶片全都耷拉了下来。他敬畏地看了一眼玉罐，含糊其辞地说道："青夷……巫祭……女人……可怕！"

"吱吱"声中，姬昊头顶的树枝叶一阵乱响动，一头身高将近三丈，通体横肉虬结，手持一根大木杠子的黑毛老猿沉甸甸地落了下来。

老猿指着姬昊，龇牙咧嘴地发出含糊的咕哝声："昊……娃娃……酒……我更强……我要两个老石怪的酒……昊，这次我不撒酒疯……你可得多给我几坛！"

鸦公站在姬昊肩膀上，轻轻地发出"嘎嘎"鸣叫。姬昊挥了挥手，很笃定地说道："放心，只要大家帮我干掉敌人，好酒加烤肉，我管够！"

轻轻抚摸了一下鸦公，姬昊低声说道："鸦公，辛苦你了！"

整整一个白天，鸦公往返数万里，将姬昊在山林中结识的几个强大异族送来了冷溪谷。蘅箬君、老石和老树妖，他们三人的实力比刚刚踏入大巫境的姬鹰等人还要强出一截儿，否则前些天也不能把姜嫚教训得那样狼狈。

至于这头黑毛老猿，除了酒品极其糟糕，性喜发酒疯之外，他的实力最强，甚至蘅箬君三人联手都不是他的对手。在姬昊判断中，这头黑毛老猿的实力就算不如姬夏，但是也相差不远了。

夜色下，冷溪谷入口处，一座用大块玉石搭建而成的祭坛上，三颗血淋淋的兽头一字儿排开，每个兽头上都插着一柄青色的木刀。

青茯站在祭坛前，十根手指鲜血淋漓，不断在祭坛上用自己的鲜血绘制奇异的符文。她低声地念诵着咒语，美丽的面庞隐隐被一层诡异的灰白色雾气笼罩。夜色下一层迷雾在青茯身边起伏不定，青茯纤长的身体犹如幽灵一般，看上去朦朦胧胧的，好似同时存在于现世和另外一个诡异不可测的世界。

“飕飕”风声平地而起，灰色的小旋风从山林各处席卷而来。

随着青荻的咒语声，大概只过了半刻钟的工夫，就有数千团大大小小的灰色旋风围绕着祭坛旋转。森森寒气不知道从哪里冒了出来，冷溪谷湍急的溪水上突然生出了薄薄的冰片，草木上也凝聚了一层厚厚的白霜。

姬昊把玩着蘅笭君坐骑的尾巴，目不转睛地看着青荻的动作："凶婆子，不要说你不知道我阿姆还会配制这么可怕的巫毒，我也不知道阿姆居然还精通巫鬼秘术哩。"

“呼”的一声响，供奉在祭坛上的三颗兽头的七窍中同时喷出大片绿色的火焰。幽幽火焰冉冉浮起，勾勒出了一张狰狞的面孔。四周山林中同时传来了若有若无的鸣叫声，大片迷雾突然涌了出来，犹如流水一样在草木之间缓慢地流淌。

一些奇异的身影在迷雾中浮现，它们张开嘴，大口大口地吞咽着天空落下的星辰之力。

姬昊浑身汗毛一根根竖起，骇然看着这些不可思议的存在。火鸦部的巫祭们对于巫鬼和山精水怪之类的巫法并不擅长，火鸦部的巫祭们掌握的是各种更加直接的大杀伤性巫法。

虽然自幼就跟随姬奎等巫祭学习巫术，但是姬昊还真没见过眼前这些奇异的物事。

“山林中的精灵，山川、河流、沼泽、岩洞的鬼神，请接受我的祭品，答应我的请求。”青荻喃喃地念诵着咒语，围绕着祭坛轻盈地跳起了怪异的祭祀之舞。

好似有无数身影随着青荻同时舞动，山林中每一片草叶、每一片树叶的下面，都有细细的风吹了出来。

姬夏阴沉着脸，带着大群战士拖拽着上千白日里生擒的野蛮战士走向了祭坛。所有野蛮战士事先都服下了青荻制造的巫药，一个个呆愣愣地失去了神智。

“向鬼神献祭！”青荻轻描淡写地挥动了一下手中紧握的青色木刀。

姬夏拔出了大斧，用力一挥，数十颗野蛮战士的头颅高高飞起，大片鲜血喷向了天空。

四周灰色的旋风一拥而上，野蛮战士们的鲜血骤然凭空消失，他们的身体急速地干瘪、枯萎，短短几个呼吸的工夫就变成了一片灰尘随着夜风飘散。

上千个野蛮战士纷纷化为灰烬，空气中就连一丝儿血腥味都没有。

姬昊突然吹了一声口哨，向姬夏和青茯挥了挥手："阿爸，阿姆，我看到他们了！"

姬昊的眸子里红光一闪而过，十几里外的山林中，七八头巫法乌鸦的瞳孔内闪过同样的红光。

第四十三章

狙 击

哼哼！

老石低沉地咕哝了几声，他的身体随意地往地上蜷缩成一团，就变成了一块死气沉沉的石头。

老树妖站在了老石的身上，数十根粗大的根茎深深地扎进了地面，很快老树妖就变成了一棵极其不起眼儿的老树，斜斜地靠在了一株高有百丈的巨木上。

蘅笤君拍了拍座下赤红色的豹子，巨豹犹如没有重量的幽灵，驮着蘅笤君迅速远去。它轻巧地踏着树梢，几个起落就蹦出了好几里远。随着蘅笤君手指轻轻地划过树梢，她和坐骑的身影迅速没入了树荫，好似一滴水滴进了大海，再也难以找到她的蛛丝马迹。

黑毛巨猿用力地拍了一下胸膛，东张西望了一阵，哼哧哼哧地扛着大木杠子，找了一个硕大的树洞钻了进去。同为山林滋养而生的妖怪，巨猿深吸了一口气后，他的气息就和山林混为一体，再也难以察觉。

姬昊拎着一根长矛，轻巧地踏着一根根树枝快捷地蹦跳着，几个起落后就到了姬夏身边，静静地站在了他身后，向着伸手不见五指的密林眺望着。

青茯和祭坛都已经被一层淡淡的水雾遮挡，很快水雾就变得透明，但是青茯和祭坛却已经消失不见。四周的旋风、迷雾，还有诡异而扭曲的身影都融入了密林的夜色，山林中静悄悄的，透着一股子极其奇异的静谧气味。

无声无息地，一条长达三十几丈的金属蜈蚣从密林中蹿了出来。

帝罗站在金属蜈蚣的头顶，正咬牙切齿地低声咒骂着什么。他猛地抬起头来，看到了站在冷溪谷口的姬夏和姬昊父子俩，帝罗还有站在他身后的拓霸、拓傲同时傻眼了。

"该死……你们都不睡觉么？"帝罗气恼地指着姬昊低声咆哮。

数十名血牙团的战士犹如做贼一样，鬼鬼祟祟地从山林中悄步走了出来，摆明了是想要趁着夜色偷袭的架势。但是猛不丁地见到姬昊父子俩站在那里，这些战士也和帝罗一样傻在了那里。

这和他们制订的计划不符啊。

在帝罗的计划中，应该是血牙团训练有素的精英战士偷袭火鸦部值夜的哨兵，然后猛地攻入冷溪谷，在混乱中将姬夏引入山林中，然后大家群起而攻之。

但是姬夏和姬昊怎么大半夜的不睡觉，反而直挺挺地站在这里呢？

"我和阿爸，在等你们。"姬昊看着目瞪口呆的帝罗冷笑道，"喂，藏在后面山林中的，不要躲了，都出来吧！"

山林中鸦雀无声，姬咩、姬枭面面相觑，两人有点儿摸不准到底姬昊是否真的发现了自己，还是只是虚张声势想要把他们骗出去。

水缸粗细的独角玄蛇盘绕在一株参天古木上，慢慢地垂下了硕大的蛇头，深邃的双眸死死地盯着姬枭和姬咩。黑水乌蛟站在蛇头上，左手死死地掐着姜雪细嫩的脖子。

姜雪面无人色地跪在巨大的蛇头上，眼眶里尽是泪水，可怜巴巴地看着姬咩、姬枭二人。

"喂，还犹豫什么？动手吧！我们都想姬夏死，不是么？"黑水乌蛟讥嘲地看着姬枭，"杀了姬夏，就没人可以动摇你们的位置了……杀了姬夏，我们黑水玄蛇部，也能消灭一个最可怕的敌人，这是多好的事？"

数百身穿黑色蛇皮制成的紧身软甲，身形纤细修长犹如毒蛇的黑水玄蛇部战士悄然走出，他们握着淬毒的匕首，右手则是一柄同样淬毒的尖锐长剑。

黑水乌蛟伸出手指，慢慢滑过姜雪光滑的面颊："为了这个丫头，有人出卖了姬夏的行踪。我特意带着族人赶来这里，就是要杀死姬夏！只要杀了他，这个丫头，你们就可以带回去！"

姬吽眯着眼看着姜雪，眸子里闪过一抹狂热："我们当然要带她回去……她可是姜术长老的女儿。枭，我的兄弟，既然没办法按照计划把姬夏引进山林让黑水乌蛟偷袭，那么我们就正面进攻吧！"

身躯巨大的独角玄蛇犹如一条黑色闪电，驮着黑水乌蛟蹿出了密林。

黑水乌蛟站在独角玄蛇头上放声大笑，傲然指着姬夏冷声道："姬夏，好久不见，你还记得被你杀死的黑水乌蟒么？今天，我来为我大兄报仇了！"

"黑水乌蟒？"姬夏轻蔑地摇了摇头，"被我杀死的臭皮蛇不知道有多少，我不可能记住每个人！"

冷冷一笑，姬夏指着帝罗说道："你们黑水玄蛇部，已经无耻到勾结这些恶鬼么？你们不知道，这些恶鬼从我们南荒掳掠了多少族人去贩卖？不只是我们火鸦部，你们黑水玄蛇部的附庸族群，也有无数族人被他们掳走！"

黑水乌蛟怒极而笑道："我当然知道他们是南荒所有部落的敌人，但是只要能杀死你，和恶鬼合作又怎么样呢？记住，我是黑水乌蟒的弟弟黑水乌蛟……顺便说一句，姬夏，你阿爸，就是被我这一支族人活活困死的！"

独角玄蛇张开大嘴，一道黑色寒气呼啸着喷出，黑气所过之处，地面结出了厚厚的冰块，大块大块的岩石被可怕的寒气冻得粉碎。隔着老远的距离，姬昊都感到身体一阵冰冷，皮肤上迅速结出了薄冰。

与此同时，黑水乌蛟反手拔出了一柄长剑，剑锋狠狠向前一劈："你们还等什么？一起上，干掉姬夏！我要把他的脑袋制成酒器，祖灵们会满意这个祭品的！"

密林中，三名黑水玄蛇部的大巫齐声狞笑，缠绕在他们腰间的独角玄蛇同时蹿出，身形急速膨胀，眨眼间就变得有十几丈长短，驮着他们就要冲出密林。

就在这一瞬间，距离他们不到三十丈的老树妖突然张开双眼，瓮声瓮气地咆哮了一声。无数拳头粗细的树藤犹如激射的箭矢裂空袭去，措手不及的黑水玄蛇部大巫们怪叫一声，纷纷被老树妖控制的树藤打了个正着。

　　沉闷的撞击声不断响起，三个黑水玄蛇部大巫被突兀的袭击打得飞起，无数树藤疯狂地挥舞抽打，雨点一样密集的攻击打得他们齐声痛呼，身上软甲更是出现了明显的裂痕。

　　姬吽的反应极快，老树妖一出手，他就一个跨步冲到了老树妖面前，反手拔出一柄重斧向老树妖劈了下去。

　　但是老树妖身体下方的泥土突然炸开，一条巨大的白色手臂呼啸着轰出，狠狠地一拳砸在了姬吽的胸膛上。姬吽闷哼一声，打着旋儿离地飞起，撞碎了两棵巨树后远远坠落在了密林中。

　　姬枭惊骇大吼，一时间乱了阵脚。

　　还不等姬枭作出决定，空中点点寒光激射而下，上百箭矢破空袭来，箭头上淡淡的草木清香熏人欲醉。

第四十四章

痛 杀

蘅笭君从数里外射出的箭矢。

箭矢动，山林也动了。上百箭矢破空袭来的时候，山林的树木好似有了灵性一样剧烈摇晃，枝叶影痕斑驳，和箭影彻底混为一体，任凭大巫实力再强也看不清箭矢的来势。

带着一丝破空鸣叫，一名黑水玄蛇部的战士怒骂了一声。

一支箭矢只是擦着这个战士的面孔而过，箭头切开了他的面皮，带出了一条微不足道的血印。下一瞬间，这条血印突兀膨胀开，从头发丝般细小膨胀到成年人巴掌宽。

黑色的血水从伤口不断喷出，大片血肉迅速糜烂。中箭的黑水玄蛇部战士惊恐哭号，伸手往脸上一抹，他的手也迅速地腐烂，几根手指眼睁睁地变成了黑色血水滴落。

一个接一个黑水玄蛇部的战士哭天喊地地倒在地上，身体快速地腐烂着。三条身形庞大的独角玄蛇不安地四处乱窜，张开大嘴喷吐着黑色蛇芯子。

蘅笭君一阵箭雨乱射，黑水玄蛇部的战士被命中要害的并没有几个，大部分都是面孔和手指的擦伤。但是青茯配制的巫毒太过狠戾，微不足道的擦伤在几个呼吸间就夺走了伤者的性命。

高大的身躯变成了一摊摊黑水迅速渗入泥土，身躯彻底糜烂的战士只留下了百多套蛇皮软甲，正浸泡在黑色的毒水中发出"嗤嗤"声响，就连软甲都在快速地腐烂。

"无耻啊，暗箭伤人的混蛋！"一名被老树妖的树藤打飞，身体还在半空中飘荡着的黑水玄蛇部大巫气急败坏地尖叫起来。但是他刚刚大叫了一声，一根老树藤就狠狠地冲着他张开的大嘴捅了一记，他满口碎牙飞起，树藤差点儿顺着他的口腔捅进了肠胃里。

另外一位同样境地尴尬的黑水玄蛇部大巫怒吼了一声，正在丛林中乱窜的三条独角玄蛇尖锐地鸣叫了一声，张开大嘴就向老树妖扑了上去。

隔着老远距离，三条独角玄蛇同时喷出了大片寒气凛冽的毒液。

老树妖两颗深邃的眼洞内绿光闪烁，张开的大嘴中不断喷出森森寒气，同时异常不屑地"咯咯"怪笑。无数草木犹如疯狂了一样在他身边蠕动着，树根、草叶疯一般蹿了出来，劈头盖脸地向三条大蛇打了过去。

他对独角玄蛇喷出的毒液视若无睹，他是古木修成的精怪，寒气也好、剧毒也罢，对他并无太大功效。

两条独角玄蛇被沸腾的树根、草叶挡了下来，仅剩的一条独角玄蛇冲到了老树妖巨大的身躯旁，张开大嘴狠狠一口咬在了他的树根上。

"咔嚓"一声，老树妖大片树皮被咬成了粉碎，袭击得手的独角玄蛇茫然地张开嘴，狼狈地喷出了大把大把的木头渣滓。没有血，没有肉，只有干瘪无味的木头渣滓，独角玄蛇想要把自己致命的毒液注入老树妖体内，但是一点儿效用都没有。

一尊高有十几丈的巨大身影从地下蹿了出来，刚刚一拳打飞姬呷的老石用力地捶打了一下胸膛，高高抬起脚，狠狠一脚踩了下去。

咚的一声响，三条独角玄蛇同时被老石一脚踩进了泥土深处。

方圆数里的山林剧烈地颤抖了一下，数百株巨木同时跳了起来，老石奋力一击，巨木承受不住巨大的震荡，十几人合抱的树干纷纷炸碎。

老石抬起脚，三条独角玄蛇纷纷抬起头，气急败坏地向老石喷出大片毒液和寒气。但是老石再次狠狠一脚踩下，三条独角玄蛇悲鸣一声，原本深陷地下十几丈的身体，被老石补上的一脚踩得多陷下去了二十几丈。

吼！

老石不快地咆哮了一声，嘴里喷出了一道浓郁的土石精气。

三条独角玄蛇都有着和大巫相当的实力，它们的生命力更是坚韧强大。被老石连续暴击两次，它们居然依旧精神抖擞地抬起头来，不断地向老石喷吐毒雾。

　　老石震怒，脑子里一滴脑浆都没有的他弯下腰，选择了最简单、最直接同时也是最粗暴的攻击手段。他连续轰出了数十拳，将地下的大坑扩大到足以容纳自己的身体，然后他跳进了坑里，挥动一丈见方的巨大拳头，疯狂地向三条独角玄蛇砸了下去。

　　可怜三条独角玄蛇不断喷吐着毒雾寒气，平日里对人类足以致命的攻击手段，面对老石这颗石头疙瘩完全没有了任何效果。沉甸甸的拳头不断砸下，砸得它们独角断裂、鳞片碎开，砸得它们骨肉分离、五脏六腑都纷纷破碎。

　　咚咚咚巨响声绵绵不绝，三条独角玄蛇好似打桩机下的木桩子，被憨厚的老石一拳一拳打得深陷地下数百丈，而且还在不断地向地下深入。

　　"这都是什么怪物！"三个黑水玄蛇部的大巫被老树妖打得一时间回不过气来，仗着大巫强横的生命力，他们死死抵挡着老树妖的侵袭，同时他们清楚地看到了老石虐杀自己战兽的可怕一幕。

　　怪物两个字刚出口，一声尖锐的巨猿鸣叫声冲天而起，一株巨木轰然炸开，巨木的树洞中，一头身高数丈，浑身横肉虬结的黑毛巨猿狂奔而出，手持一条大木杠子狠狠地向三个黑水玄蛇部的大巫横扫而来。

　　灰白色不起眼儿的大木杠子挥动的时候，几道天地自然生成的扭曲符文突然亮起，四周山林无数草木同时喷出大片青色光芒，化为道道流星向大木杠子汇聚了过来。

　　一弹指间，灰白色的大木杠子变成了一条青色的龙影，伴随着高亢激扬的龙吟声，黑毛巨猿大吼了一声"好酒一百坛"一杠子轰在了三人身上。

　　首当其冲的黑水玄蛇部大巫闷哼一声，他的一条手臂怪异地扭曲、膨胀，随后手臂炸开，炸成了大片血雨洒出了数百丈远。大木杠子的杀伤力简直骇人听闻，饶是大巫之躯都被瞬间打爆。

　　大木杠子轰在了手臂粉碎的黑水玄蛇部大巫的胸腹之间，密布蛇鳞的黑色皮甲炸开，大巫的身体奇异地扭曲着，体内不断传出骨骼碎裂的声音，紧接着他的身体撞上了第二个、第三个同伴，三人被黑毛巨猿一杠子轰飞，身体犹如逆行的流星，笔直地冲向了天空。

黑毛巨猿轰击的力量刚猛犹如鬼神，三个大巫的身体摩擦空气，擦出了大片火光飞上了天空数十里高，这才向下方急速坠落。

被突兀的袭击吓得目瞪口呆的姬枭怪叫一声，一个闪身蹿出了密林。

下一瞬间，一条黑骨嶙峋的手臂从空气中冒了出来，一掌掐住了姬枭的后颈，将他重重按倒在地。

第四十五章

逼　迫

莽莽南荒广袤无极，山林之中孕育了无数稀奇生灵。充沛的天地灵气就连老石、老树妖、蘅箩君这样的异族都能滋养孕化，某些更加奇妙的存在也是合情合理的。

姬枭怒吼着被一掌扑倒在地，巨大的冲击力差点儿扭断了他的脖子。姬枭双手双脚奋力地挣扎着，大巫之力犹如海潮怒卷，震得大地轰然颤抖。

但是掐住他脖子的嶙峋骨手纹丝不动，只是稳稳地禁锢着他。

一抹黑气从空气中冉冉冒出，一条狰狞的身影逐渐浮现——通体黑骨嶙峋，头颅乍一看去像是人类颅骨，但是头顶上却生了六只硕大的扭曲弯角，分明不似人族。

这诡异的存在通体都是黑色泛着金属光泽的骨骼，一丝儿血肉都没有。在他空荡荡的腹腔中，一团人头大小的绿光悬浮着，绿光中隐隐可见模糊的五官面孔。

黑水乌蛟骇然看着从黑烟中浮现的强大存在，姬枭的实力不如黑水乌蛟，但他也是大巫级的高手，能够如此轻松地压制姬枭，这黑骨怪的力量可想而知。

"山林中的精灵啊，为何要与我为敌？你可知道，我们黑水玄蛇部的威名？"

黑水乌蛟咬破舌尖，一点儿鲜血喷出，念诵了一句含糊的咒语，向着黑骨怪大声质问。

"祭品！"黑骨怪一手按着不断挣扎的姬枭，空荡荡的眸子里两团绿火熊熊燃烧。他死死地盯着黑水乌蛟，却没有发出半点儿声音。空气中有厚重沙哑的声音传来，一尊比黑骨怪庞大了数倍的白骨组成的怪异生灵冉冉从空气中冒出。

这尊白骨怪躯体长达十几丈，高有七八丈，通体都是雪白如银的白骨，身体微微一动浑身骨骼相互摩擦，就有清脆的金铁撞击声传来。白骨怪的躯体乍看上去就和狮子、猛虎的骨架相似，但是头颅却和人类的骷髅头生得一般无二，只是体积格外的硕大。

白惨惨的眼洞中两团灰色雾气急速旋转，白骨怪森森说道："人类……我们遵循尔等先祖和我们签订的契约……献给我们血食祭品的，我们就帮他作战！"

嘶嘶声中，白骨怪的胸腔中一条五彩斑斓，由雾气组成的蜥蜴快速爬了出来。这头蜥蜴并无实体，只是一抹五彩烟气凝成的虚影，它快速地爬到了白骨怪的头上，向着黑水乌蛟脚下的独角玄蛇发出了挑衅的叫声。

独角玄蛇猛地直起了上半身，喷吐着一丈多长的黑色蛇芯子，同样发出了震怒的嘶嘶声。

"黑水玄蛇部的勇士们，杀死姬夏，杀死我们的敌人！"黑水乌蛟还不知道密林中发生的事情，他的全部注意力都放在了姬夏身上。当他看到两尊骨怪和五彩蜥蜴的出现，他隐隐察觉事情不对劲，他立刻大声咆哮发出了总攻的命令。

帝罗、拓霸、拓傲恍然大悟般尖啸了一声，帝罗用力地向姬夏一指。

拓霸、拓傲拎着兵器，大步向姬夏冲了过来。他们的动作极快，身体撕开空气，带起了大片残影，配合着身后数十名血牙团战士一起冲锋的时候，居然给人一种千军万马大军团作战的气势。

姬昊握紧了长矛，紧张地看着拓霸、拓傲。

姬夏伸手按住了姬昊的肩膀，低沉地说道："不要动手，相信你阿姆！昊，你阿姆平时脾气很好，但是她真的发火的话，就是阿爸都感到害怕呢。"

好似要证实姬夏的话，平地一抹灰色的雾气涌了出来，冷溪谷和周边数十里的山林都迅速被灰色雾气笼罩。拓霸、拓傲穿梭在雾气中，好像喝醉酒一样，步伐变得踉跄凌乱。

帝罗等人距离姬夏、姬昊不过数百丈远，以拓霸、拓傲的实力，只要短短几个弹指的时间就能冲杀过来。但是灰色雾气出现后，双方之间的距离好像被无限制地拉长了，拓霸、拓傲带着下属战士狂奔了许久，却距离姬夏、姬昊依旧有数百丈远。

灰色的烟雾中，无数影影绰绰的身影出现，他们的身形朦胧而扭曲，身上散发出的气息邪异无比，他们面孔模糊，看不清他们的五官生得什么模样，但是所有人都有一种奇异的感觉——他们正睁大了眼睛，犹如恶狼一样冲着拓霸、拓傲和他们的下属虎视眈眈。

灰色烟雾掀起了几个漩涡，十几个血牙团战士的身影被灰色烟雾遮掩住，烟雾散去后，他们已经消失得无影无踪，原地只剩下了他们的铠甲和兵器，却连一根头发都没留下来。

帝罗目瞪口呆地僵硬在原地，无数湍急的流风好似刀刃围绕着他急速旋转，将自己牢牢庇护起来。但是面对四周灰色的雾气，以及那些不可思议的存在，他束手无策，找不到任何应对的手段。

"巫法，这就是真正的巫祭使用的巫法？"帝罗咬着牙，眸子里光芒凌乱不堪。

黑水乌蛟不安地向远处抬头望去，低声地喃喃自语："阿公，你在哪里？这些山精水鬼，我可应付不了！你在哪里？只有你才能驱散他们，我们才能杀死姬夏！"

三百里外，深谷之中，一头翼展超过五十丈的巨鸦静静地悬浮在半空。

朦胧火光笼罩着巨鸦，巨鸦的腹下隐约可见三支利爪寒光闪耀。一名身披兽皮，头戴兽骨骷髅盔的老人手持骨杖，一声不吭地站在巨鸦的头顶，冷冷地俯瞰着下方。

和火鸦部其他的老巫祭不同，这个老人身躯高大魁梧，身材比姬夏还要高出小半截儿来，身高绝对超过了四米，俨然是一尊小巨人。他手中的骨杖更是长有两丈开外，最细的地方都有成年男子的大腿粗，与其说这是一根法杖，还不如说这是一根攻城锤！

体长百丈的独角玄蛇盘成了蛇阵，朝着天空的三足巨鸦喷吐着毒雾寒气。

当日和黑水乌蛟一起袭击姜雪，将她生擒活捉捋走的老人站在独角玄蛇的头顶，忌惮万分地看着巨鸦以及巨鸦头顶的老人。

"姬豹，想不到你会来这里。你们火鸦部在干什么？既然你都亲自出手庇护姬夏，你们为什么又让人把他从战士首领的位置上赶下来？"

姬豹重重地冷哼了一声，粗暴地咆哮着：

"这是我们火鸦部的家务事，和你们这群臭长虫有什么关系？"

"滚，或者就死在这里！虽然杀你不容易，但是我很想试试！"

姬豹重重一跺脚，三足巨鸦嘴巴一张，一道黏稠的金红色火焰铺天盖地地喷了下来。

第四十六章

小　挫

　　密林中，黑水玄蛇部三大巫、三条独角玄蛇被牵制得动弹不得。老树妖、老石和黑毛巨猿联手，纵然人数不占优势，但是整体实力丝毫不落下风。

　　姬枭骤然被黑骨怪偷袭得手，本来就心虚的他乱了分寸，任凭他拼命挣扎，却摆脱不掉黑骨怪的压制。地面已经被他刨出了一个巨大的窟窿，他依旧被黑骨怪抓着后颈，无法从地面爬起来。

　　帝罗还有拓霸、拓傲，生平第一次碰到南荒真正的巫祭布下的大规模巫法，他们变得异常小心，根本不敢主动出击。

　　数百黑水玄蛇部的战士从密林中涌出，他们挥动长剑，嘴里发出"嘶嘶"轻响相互联系。

　　被浓雾笼罩的山林中气氛诡异，精锐的黑水玄蛇部战士们走路踉踉跄跄，双脚好像被黏稠的胶水附着，每一步都有青影的笑声似乎从山林的每一个角落传来，随着他的笑声，鬼魅一般的箭矢从四面八方不断袭来。箭矢破空处，定然有一个黑水玄蛇部的战士面门中箭。淬了剧毒的箭矢勾魂夺命，只要短短几个呼吸的时间，就能让一个精锐的战士变成一摊毒水。

　　战局对来袭的敌人全盘不利，按照这个趋势发展下去，用不了多少时间他们就会全军覆没。

　　"姬夏！"一声低沉的怒吼从树林中传来，刚刚被老石一拳轰飞的姬吽挥动着大斧，身体被熊熊燃烧的金红色烈火缠绕，犹如一尊火人从密林中大步走出。

灰色的浓雾稍微靠近姬吽就被可怕的热力蒸发，浓雾中隐藏的奇异身影也万分忌惮地避开了姬吽。源自上古三足金乌的血脉神炎，对于山精水怪的杀伤力太强，浓雾中的诡异存在也不愿意和姬吽硬碰。

"吽！为什么要这么做？"姬夏手掌一紧，掐得手中长矛"吱吱"作响，"勾结这些恶鬼，甚至勾结我们火鸦部的世仇！就是为了杀了我？"

姬夏原本宽厚温和的声音中充满痛苦和不解："你们忘了么？在南荒，曾经有多少部族因为内乱消耗了自己的力量，最终在这莽莽山林中彻底覆灭？不说远了，就说三百年前，曾经强大一时的炎蛟部，他们……"

姬吽用力地挥动大斧，一道火光激射而出，在地面上劈开了一条长达数百丈的裂痕。地面裂开，火光四溅，裂痕中的土壤和岩石都在熊熊燃烧。

数十支箭矢同时从四面八方射向了姬吽，但是姬吽身上缠绕的烈焰温度极高，箭矢刚刚碰到他的身体，就连带着箭头被烧成了一缕青烟。

"不要给我说这些！"姬吽大声地咆哮着，"火鸦部在姬枢大兄的带领下，只会变得越来越强大！炎蛟部？我知道他们，他们的确覆灭了，那是因为他们没有足够强大的力量支撑！"

"毕方部就是你所说的足够强大的力量？"姬夏厉声喝道，"火鸦部的族人，什么时候要把自己的命运，交给外族不靠谱的人？"

姬吽不吭声，只是一步一步地向姬夏逼近。他的皮肤逐渐变得透明，皮肤下好像有金红色的岩浆在流动，他所过之处地面都被烧成了岩浆，方圆里许的浓雾被热力迅速蒸发。

向前逼近了上百丈，姬吽这才厉声喝道："帝罗，我的老朋友，一起联手，干掉他。姬枢大兄前些日子才重伤了他，趁着他的实力没有恢复，我们联手杀了他。"

微微顿了顿，姬吽的面孔扭曲一片，格外狰狞地笑道："你还没见过姬夏的女人吧？杀了他，姬夏的女人不会让你们失望，她一定能卖出一个大价钱！"

姬夏愤怒地咆哮了一声，大片火焰从他体内喷出，他的小腹和四肢上，数十个开辟的巫穴喷射出夺目的光焰："吽，你真的让我再也无话可说，今天我要杀了你！"

姬夏还在大声怒吼，姬昊已经握着长矛向前冲出。每一步踏出，姬昊脚下都有一团火光喷涌，火光绽放犹如莲花，姬昊奔走的速度远比平时快了数倍。

"杀！"一声大吼，姬昊长矛激射，点点火光激射而出，十几名巫人境巅峰的黑水玄蛇部战士惨号一声，纷纷喉咙中枪被姬昊一枪挑得飞起。

大片鲜血飞溅，姬昊挑杀了十几个敌人，厉声喝道："阿爸，你还和这些丧心病狂的混账说什么？他们既然来了，就把命留在这里吧！"

有意无意地，姬昊几乎是贴着姬吽的身体掠过。

姬吽的瞳孔一凝，下意识地一斧头向姬昊劈了过去："姬昊，你这小崽子嘴很硬嘛！"

大斧喷吐火焰，几乎要将姬昊的身体淹没。但是一声尖锐的长鸣从姬昊肩膀上传来，稳稳站在姬昊肩膀上的鸦公一声怒吼，一只脚爪骤然膨胀到了数丈方圆，狠狠一爪子拍在了大斧上。

当啷巨响，姬吽吃不住鸦公爪子上的巨力，怪叫着踉跄后退。

一直在旁蓄势待发的白骨怪无声无息地冲了过来，抬起一只白骨嶙峋的脚掌轻轻按在了姬吽的身上。姬吽怪叫一声，白骨怪只是轻轻一下，他却好像被数十座大山重重地撞了一下，张开嘴大口大口地喷着血，血水中混杂着无数的内脏碎片。

"姬……夏！"姬吽哀鸣了一声，他从腰带中抓出了一枚暗红色的玉牌一把捏碎，一声尖锐的鸟鸣声冲天而起，姬吽化为一道火光直射高空，眨眼间消失得无影无踪。

"真丢脸啊！"姬昊抬头看着天空，"火鸦部的族人，居然用毕方部的保命宝贝，还有比这更丢脸的么？"

鸦公浑身羽毛一根根竖起，目光凶狠地盯着高空那一道急速逃窜的火光。一如姬昊所言，火鸦部的族人居然用毕方部的巫祭制造的保命巫符，没有比这更让人恼怒，更加丢脸的事情。

站在独角玄蛇头顶的黑水乌蛟不安地左右张望着："阿公怎么还不

来？阿公到底出了什么事情？”

一旁的帝罗同样惴惴不安地望了望左右，突然尖叫了一声，眉心竖目喷出一团青蓝色狂风，带着拓霸、拓傲同时向姬夏冲杀了过去。

"骑蛇的蛮子，一起杀了这家伙。"帝罗狞声笑道，"起码我们人数还占优！杀了这家伙，我想看看他的女人长什么模样！"

姬昊出枪，再次挑杀了十几名黑水玄蛇部的战士，反手一枪向帝罗的后心刺去。

第四十七章
溃 散

山谷内，三足火鸦凌空悬浮，喷吐出的火焰纯净犹如琉璃，四散的高温让两侧山崖纷纷熔化，大片山林瞬间被高温化为青烟。

身躯巨大的独角玄蛇盘在地上，头顶独角放出大片蓝色寒光死死抵挡火焰的侵袭，嘴里不断喷出一道一道黏稠的蓝黑色寒风，犹如一条条毒蛇疯狂蠕动着，从四面八方向三足火鸦不断攻击。

但是三足火鸦只是静静地悬浮在那里，原本漆黑如墨的羽毛隐隐透着红光，羽毛边缘偶尔有几枚火光喷涌的符文一闪而过，单纯依靠羽毛放出的高温，就把来袭的寒风化为乌有。

姬狍放声狂笑，左手紧握一面巨兽头骨制成的奇形盾牌，右手紧握那根巨大的骨杖，周身火光喷涌，犹如火神降世，每一击都带起滔天火焰席卷而上。

"黑水龟，哈哈，我们也是老朋友了。还记得你的阿爸和三叔么？是我亲手杀了他们！"姬狍手中骨杖乱打乱轰，犹如飓风一般呼啸作响，同时不断开口挑衅对手。

黑水龟原本死白色的面孔变得越发苍白，白得几乎要透明了。他双手握着一根黑漆漆的短小骨杖，皮肤上无数的毒蛇文身犹如活物一样蠕动着。大片寒风从他体内扩散开来，空气中密密麻麻的蓝黑色冰晶不断渗出，迅速在他面前凝成了一道又一道透明的冰墙。

放在平时，黑水龟放出的冰墙坚固异常，寻常数十位大巫倾尽全力攻击也无法伤损分毫。

但是姬狍的力量太狂野、太狂暴，厚达丈许的冰墙他只要随手一击就轰然粉碎，黑水龟每一弹指间能放出数百道冰墙重重叠叠地护住四方，但是姬犽一弹指间能够挥动骨杖上千次。

一重重冰墙粉碎坍塌，姬犽兴奋得张开大嘴大声喧哗咒骂，大片岩浆一样黏稠的火光在他身上滚动，热力四射、火光袭人，剧烈的战斗刺激得他将全部力量都发泄了出来，他的身体再次膨胀了一大圈。

一声闷响，巨大的骨杖一击将十几重冰墙轰然击穿，骨杖狠狠地砸在了黑水龟的胸膛上。

黑水龟惨嚎一声，瘦小的身体被一击打飞，胸膛很怪异地凹陷了下去，原本惨白的皮肤迅速变成了赤红色，毛孔内不断有黏稠的火浆冒出。

"哈，黑水老鬼，你……"姬犽得意洋洋地举起骨杖大笑，但是紧接着他的脸色骤然惨变，身形一晃，踉跄着向后连连倒退。

"嘤嘤"声中，一只绿豆粗细手指长短的黑色玉刀急速飞起，化为一道寒光落入了黑水龟手中。玉刀刺穿了姬犽的左脚脚踝，一条黑线从脚踝处直线上升，黑线所到之处姬犽身体上的火光急速消散，厚厚的冰霜迅速地将黑线附近的肢体冰封了起来。

"又是这一招！"姬犽愤怒地咕哝着，"从来不堂堂正正地出手，总是暗箭伤人。黑水龟，我讨厌你们这些臭皮蛇，总有一天我会把你们斩尽杀绝。"

黑水龟惨笑一声，收回了玉刀后疾声长啸，正在和三足火鸦僵持的独角玄蛇怪啸一声，急忙蠕动着身躯跑到黑水龟身边，驮起了黑水龟用最快的速度向山林深处逃去。

三足火鸦不依不饶地尖叫了一声，正要追杀上去，姬犽一屁股坐在地上，有气无力地哼哼了一声："不要追了，那老鬼伤得不轻，有一阵子不能出来捣乱了……老伙计，你没看到我伤得也很重么？"

用力拍了拍被黑色冰块封上的大腿，姬犽带着一丝怪异的微笑说道："老子受了重伤，没办法回金乌岭了。距离老子最近的部族据点是冷溪谷，老子正好过去养伤！"

长啸一声，姬犽一跃而起落在火鸦头顶，巨大的火鸦扇动翅膀，带起一道流光直冲高空，然后一个盘旋，迅速向冷溪谷的方向俯冲了过去。

冷溪谷外，姬昊近乎偷袭的一击被拓傲一拳轰退，长矛剧烈地颤抖着，矛杆被拓傲重拳蕴藏的巨力几乎砸断。姬昊手臂震颤着，大踏步地向后急退。

大巫级别的力量，根本不是现在的姬昊能承受的。拓傲随意击出的一拳就震得姬昊五脏六腑都好像翻了过来，一口逆血直冲上来，姬昊控制不住，一口鲜血喷出了老远。

小腹中，五彩火苗无声地燃烧着，姬昊昏厥时从封印中释放的那一部分大巫精血悬浮在五彩火苗上，迅速转化为五彩流光融入姬昊全身。

体内伤势迅速愈合，姬昊深吸一口气，浑身骨节咔吧乱响，纯粹的肉体力量在大巫精血的滋养下，居然再次飙升了一万多石。

"破！"姬昊不敢再和拓霸、拓傲等人近身交战，借着浓雾的掩护，他双手结印，牵动四周天地巨力向帝罗一行人轰了过去。

姬夏被黑水乌蛟、帝罗、拓霸、拓傲四人团团包围，连带着黑水乌蛟的独角玄蛇，雨点般的攻击迅速将姬夏淹没。短短几个呼吸间，姬夏就被打得遍体鳞伤。

但是一团青白色的光芒从姬夏头顶冉冉升起，青茯继承的青夷部传承巫宝木生珠浮现，放出大量生气融入姬夏体内。配合上大巫自身恐怖的生命力，姬夏身上的伤势以肉眼可见的速度迅速愈合，四人一蛇的联手攻击，对姬夏并没有造成任何实质上的伤害。

恰在此时，姬昊九字真言丹经驾驭雷霆呼啸袭来，数十条拳头粗细的雷光从高空坠落，狠狠砸在了措手不及的帝罗等人头顶。

一行人的围攻势态被雷光搅乱，帝罗犹如惊弓之鸟迅速后退，却正好退到了那头浓雾中隐现不定的白骨怪面前。白骨怪无声地咧嘴一笑，轻轻地一掌快若闪电地按在了帝罗身上。

可怕的骨裂声犹如爆豆子一样响起，帝罗惨号一声，被白骨怪一掌打飞了数百丈远，一头撞在一株大树上昏厥了过去。

拓霸、拓傲惊骇大叫，急忙丢下了姬夏向帝罗跑去。

黑水乌蛟呆了呆，眼看着只剩他一人面对姬夏，他不由得胆怯地向后倒退了几步。

远处山林中，突然传来一声急促尖锐的长鸣，黑水乌蛟的脸色骤然变得犹如僵尸一般难看：“阿公落败了？是谁？到底是谁？撤退，撤退，这里是陷阱！该死的姬吽，你居然敢骗我？”

独角玄蛇驮着黑水乌蛟狼狈逃窜，但是他刚刚逃出没多远，浓雾中三根黑色的生死刺一闪而过，狠狠地在黑水乌蛟和他坐骑的身上贯穿而过。

黑水乌蛟惨号一声，脸上迅速蒙上了一层黑气。

“撤，撤，撤退！”黑水乌蛟惊慌失措地大吼大叫，黑水玄蛇部剩下的两三百精锐战士犹如无头苍蝇一样跟着他迅速遁入了密林中。

一场气势汹汹的偷袭迅速演变成了大溃败，姬昊长啸一声，在鸦公的掩护下迅速追杀了过去。

第四十八章
惩　戒

深夜，冷溪谷中篝火熊熊。

青莪犹如夜间出没的精灵，手持白骨制成的长幡，步伐轻松地绕着冷溪谷走动着。她念诵着古老而神秘的咒语，摇动长幡，将她召集来的山林神灵们一一遣返。

实力最强悍的黑白两头骨怪低声地咕哝着，在享受了姬夏献上的两头巨兽血食后，他们心满意足地在浓雾中冉冉消散。

一道道小小的旋风飕飕有声地向山林各处遁去，空气中回荡着激荡不已的含糊语声。今夜的杀戮让冷溪谷附近的山林神灵感到激动，直到现在他们激动的心绪还没平复。

熊熊燃烧的篝火上，三条体长十几丈的独角玄蛇被扒了皮，雪白的蛇肉被烤得"吱吱"作响，大片油脂不断滴落，散发出极度诱人的香气。

姬昊惬意地坐在篝火旁，抱着一截儿长有丈许的蛇肉大口大口地吞咽着。

老石乖乖地坐在篝火旁，姬昊啃干净一段蛇肉，他就帮姬昊把那一段蛇骨头捏碎。黏稠犹如玉膏的蛇骨髓伴随着馥郁的浓香滑落，姬昊急忙张嘴，将这些蕴藏了庞大生命精气的骨髓吞入腹中。

小腹中五彩火苗急速闪烁，它暂时放开了悬浮在上方的大巫精血，开始全速炼化姬昊吞下的蛇肉、骨髓。这三条独角玄蛇都是实力堪比大巫的强大生灵，它们血肉中蕴藏的生命精气磅礴浩瀚，对姬昊有着莫大的好处。

一段蛇肉被啃得干干净净，姬昊站起身来，旁若无人地打了一套慢吞吞的拳脚架子。

犹如大江泛滥的五彩光流席卷全身，热浪呼啸着卷过身体，姬昊只觉全身一阵阵发烫，汗水不断地流淌，肉体力量又凭空增加了一大截儿，身体运动的时候骨节相互对撞，隐隐有金铁撞击声发出。

"老石，把这些蛇肉都给我好好收着。这可是阿公奖励给我的，一点儿都不能浪费了！"姬昊欣然看着篝火上被烤熟的蛇肉，只要花两天工夫，将这三条实力堪比大巫的独角玄蛇全部吞下，他的力量绝对能得到极大的提升。

老石瓮声瓮气地应了一声，扭动着大脑袋左顾右盼，做出了一副谁敢靠近这些蛇肉，他就绝对不会客气的架势。

另外一堆篝火旁，一条腿还被厚厚冰块封印的姬犭斜靠在一块巨石上，眯着眼盯着跪倒在地不敢动弹的姬枭。姬犭把玩着一块从河滩上淘来的天然金块，坚硬的金块在他手中就和稀泥一样迅速变化着形状。

"枭，从血脉上来说，你嫡亲的老祖，是我第五个弟弟。"沉默了许久，姬犭才低声说道，"论起来，你和我之间的血缘，是很亲近的。"

姬枭跪在地上，浑身汗如雨下，身体细微地颤抖着。

"我那阿弟，小五……你知道他是怎么死的么？"姬犭抬头看着天空繁星点点淡然说道，"那是快六百年前，为了一座出产赤火铜的火山矿脉，阿弟他带着三百族人和五千黑水玄蛇部的战士鏖战三天三夜宁死不退，杀死了八百五十个敌人，最终力竭被杀。"

说着说着，姬犭突然将金块重重地砸在了姬枭的脑袋上。

大巫的脑袋足够结实，金块在姬枭的脑袋上变成了一块金饼，差点儿把他整个脑袋都包裹了起来。

"小五的脑袋被黑水玄蛇部的人砍下来带走了，制成了酒器，现在还供奉在黑水玄蛇部的宗庙祭坛上！"姬犭眸子里闪烁着愤怒的火焰，他急促地低声咆哮道，"小五是你的直系先祖，他的头颅现在还供奉在黑水玄蛇部的祖庙祭坛上，你居然和黑水玄蛇部的人联手攻击自家族人！"

吃饱喝足的姬昊摇摇摆摆地走了过去，站在一旁双手抱在胸前，冷冷地看着姬枭。

姬枭抬头看了姬昊一眼，一把将头上的金饼子抓了下来，声嘶力竭地尖叫着："可是姬昊杀了阿虎！我唯一的儿子阿虎！"

姬昊看着面红耳赤的姬枭，冷声道："阿虎想要杀我，对着祖灵发誓，他和阿凤、阿水三人联手，勾结姜雪想要杀我。枭阿叔，你看我是那种别人想要杀我，我还乖乖让人砍下我脑袋的蠢货么？"

姬枭张了张嘴，没能吭声。

姬昊淡然道："你知道阿虎要去杀我，是不是？"

姬枭依旧不吭声，但是他扭曲的面孔证明了姬昊所说的不假。

姬昊看着面色发黑的姬犺淡然道："阿公，枭阿叔知道阿虎勾结外人要杀我，但是他没有制止。我反击杀死了阿虎，他反而勾结火鸦部的世仇来杀我和阿爸、阿姆。毕方部，给了他什么好处值得他这么做？"

姬犺深吸了一口气，抓起一块石头砸在了姬枭的脑袋上："毕方部，给了你什么好处让你这么做？"

石块粉碎，姬枭喃喃自语道："杀了姬夏大兄，黑水玄蛇部就会放回姜雪。姬咔的儿子会取代姬武娶了姜雪，姜媱的一个妹妹，会是我的女人，为我生儿育女。"

姬昊讥嘲地笑了："姬枢已经是毕方部的人，你再弄一个毕方部的女人在身边，我们火鸦部的圣地，以后到底是毕方部的人说了算，还是我们自家族人说了算？"

姬犺不吭声，姬枭不说话，姬昊看着姬枭淡然道："勾结外人，出卖族人，枭阿叔，你该死！"

姬枭身体剧烈地抽搐了一下，他犹如疯魔一样跳了起来，指着姬昊怒道："你说什么？小崽子，你有什么资格定我的罪？你是火鸦部的长老么？你是火鸦部的巫祭么？姬夏是怎么管教你的？"

姬枭被生擒活捉的时候，青茯已经用生死刺封住了他全身的巫穴，更用巫药让他浑身无力，现在的他比起普通的族人也强不到哪里去。

姬昊一拳打在了姬枭脸上，干净利落地一拳将他放倒，掐着他的脖子就往冷溪谷的尽头走去。

一边走，姬昊一边冷声说道："阿公，我说得有没有道理？不管枭阿叔为了什么做出这些事情，他该死，就必须死。祖先制定的规矩，总是要守的。"

姬犽默然点头，祖先制定的规矩，总是要守的。

姬夏猛地从篝火边站了起来，想要开口制止姬昊——他毕竟还惦记着姬枭和自己的交情，不忍心就这么杀了姬枭。毕竟也是一尊大巫，任何一尊大巫在南荒丛林都是极其珍贵的主战力啊！

但是青茯悄然出现在姬夏面前，张开双手拦住了他。

姬夏想要说点儿什么，姬犽一把抓着他，将他拉得坐了下来。

"做错了事，就必须受到惩罚。夏，你是一个好兄长，一个好的战士首领，但是你绝对不会是一个好的部族领袖。昊这娃娃，比你强得太多了！"

第四十九章

拷 问

冷溪谷尽头，姬昊强迫着姬枭面对着金乌岭的方向跪下。

姬枭好几次挣扎反抗，但是巫穴被封、又被巫毒控制的他根本无力摆脱。双膝跪地，面朝着万里之外的金乌岭，姬枭羞怒交集地仰天长啸不已。

"阿叔，不要叫了，没用的。"姬昊把玩着一柄血玉短刀，五指轻快地跳动着，短刀在指缝间犹如精灵一样舞蹈，在星光下带起了一圈血色光影。

"姬犸阿公既然来了，那么就没人能救你。你和我，都知道姬犸阿公的脾气，当年炌阿叔面对黑水玄蛇部临阵逃脱，可是被阿公亲手砍下了脑袋。"姬昊拍打着姬枭的肩膀，很诚恳地说道，"你犯的错，可比临阵逃脱严重多了。"

姬枭大口大口地喘着粗气，浑身冷汗淋漓，汗水很快就把河滩润湿了一大片。

他茫然地看着姬昊，哆哆嗦嗦地说道："昊，一切都是因为阿虎。你为什么一定要杀了他？你就不能打伤他么？为什么一定要杀了他？"

"因为他没有对我手下留情！"姬昊讥嘲地看着姬枭，冷漠地说道，"阿叔，你还没弄清么？你和我之间的问题，不是因为阿虎……其实阿虎的死只是你给自己的一个借口，你还年轻力壮，多找几个婆娘，生一百个儿子都不成问题。"

"你我之间最大的问题，是姬枢，是姬枢身后的姜嫄，是姜嫄身后的毕方部！"姬昊看着姬枭散乱的目光，一个字一个字地说道，"以祖灵的名义，你问问你自己的心，是不是像我说的这样？"

姬枭双手杵地，汗水犹如泉水不断从额头上滑落。他喘着气，身体剧烈地抽搐着。

"我……姬枢……"姬枭的眼珠无神地转动着，原本色泽很健康的面皮已经变成了惨淡的青灰色。

者！

姬昊轻唱九字真言，双手结印，轻轻地按在了心神大乱的姬枭眉心。他的眸子变成了金红色，眸子旁九枚符印缓缓旋转，一股摄人心魂的奇异力量从双眸透出，狠狠扎进了姬枭的眼底。

南荒大巫不修元神，就算专修巫法的巫祭们，也是用巫法秘术滋养灵魂，缓慢壮大自身精神力量，借以施展出各种神秘诡异的巫法秘术。

能沟通神鬼、神秘莫测的巫祭们都是如此，姬枭这样的近战大巫在灵魂的修持上更是一塌糊涂，他的灵魂之力也很强大。但是强大的灵魂纯粹依仗强横的肉体，依靠无穷无尽的大巫精血滋养得来，他在灵魂、元神上的修为，甚至还不如姬昊三岁时的水平。

心神大乱的姬枭灵魂之力散乱不堪，姬昊轻轻松松掌控了他的全部意识。

"阿叔，你犯下的罪，不容宽恕，是肯定要死的。临死之前，你给我说说呗，姬枢为什么一定要夺走阿爸的战士首领的职位哪？他准备干什么呢？把你知道的，都给我说说呗！"

姬枭的身体微微抽搐着，眸子里神光散乱，随着姬昊的诱动轻轻开口了。

姬昊认真地掌控着姬枭的灵魂，将他藏在心底的所有秘密一五一十地挖了出来。渐渐地，姬昊的脸色变得有点儿古怪，姬枢用尽各种手段抢夺姬夏的位置，敢情是为了这个？

"难怪，姬吽居然和贩奴队的人认识。敢情他们真的是老朋友了，该死的姬枢啊，你们倒是找了条好财路！"

在南荒，火鸦部虽然已经好几千年没有巫王出现，导致地位不断下滑，如今已经成了毕方部的附庸部族。但是火鸦部的底蕴在这里，在南荒丛林中，掌控了方圆十几万里领地的火鸦部，依旧是实力极其强横的大部落。

在圣地金乌岭之外，火鸦部有大小部落一千多个。

这些部落人数最少的只有十余万人，在这十余万人中，最少也有十个八个大巫坐镇。

而那些人口众多的大部落，比如姬枢所属的那一支部落，族人数量超过百万，拥有大巫数百人。

姬枢夺得了火鸦部战士首领的位置后，除开各部落的巫祭和长老，所有战士，所有大巫、小巫和巫人境的精锐战士，都必须服从姬枢的命令行事。

很早以前，姬枢就已经偷偷摸摸地和血牙团的奴隶贩子们合作，掳掠小部落的族人进行大规模的贩卖。

现在姬枢成了火鸦部的战士首领，在金乌岭圣地中，他也得到了一部分长老和巫祭的支持，原本小打小闹的奴隶交易将迅速扩张规模。

姬夏以及姬夏之前的战士首领掌握大权的时候，火鸦部对南荒丛林的小部落很是宽厚，只要他们愿意向火鸦部缴纳一定数量的贡品，他们就能得到火鸦部的庇护。

但是在姬枢的计划中，那些小部落微薄的贡品不值一提，所有火鸦部的附庸部落，都将成为他源源不断的奴隶基地，为他提供无穷无尽的奴隶。

甚至按照姬枭的交代，姬枢已经决定，如果奴隶数量无法满足他的大胃口，那么火鸦部将主动开战。不仅仅是和世仇黑水玄蛇部交战，那些和火鸦部接壤的，和火鸦部无冤无仇的大小部落，也将成为他的猎物。

"他会让南荒一片大乱。"姬昊结束了对姬枭的拷问，"他怎么有这么大的胆子这么干？就凭一个姜燹？他能承担这样做的后果么？"

姬枭苦涩一笑，摇头不语。

他虽然早就和姬枢勾搭上了，但是毕竟不是姬枢本支部落出身的嫡系心腹，又哪里会知道这些核心机密？

"那，阿叔，好走！"姬昊举起了手中玉刀，"顺便说一句，你的大巫精血，不会有半点儿浪费，我阿爸和阿姆，都需要大巫精血恢复身体。"

吞食了一大截儿独角玄蛇，姬昊的肉体力量又强大了许多。

紫府元丹内所有丹元注入玉刀，一道淡淡刀光闪过，姬昊连续刺出近千刀，终于将毫无反抗之力的姬枭心口切开，刀锋直透姬枭心脏。

神魂被控的姬枭惨笑一声，心脏上一团金红色火光熊熊燃烧，浑身气血迅速向心脏汇聚，最终化为一团金红色的大巫精血从心脏破损处渗了出来。

灰蒙蒙一片的神魂空间中，姬昊大声呼喊。

"老家伙，有了姬枭的大巫精血，我把补天不漏诀传给我阿爸、阿姆，可以么？"

白气滚动，虚影冉冉凝聚，低头看了下来。

第五十章

余 波

哈!

一声大吼,从黑水玄蛇部大巫手中缴获的六尺长剑带起一道寒光,一株三人合抱粗的大树被齐根斩断。姬昊纵身跃起,重拳轰在树干上,高有二十几丈的大树就缓缓倒下。

数十名矿奴一拥而上,手持刀斧,将树枝、树杈砍得干干净净,树皮也一块块扒干净,光洁溜溜的树干被四牙猛犸的长鼻子卷起,运到了前方山崖下的矿洞外备用。

"补天不漏诀,要分离一朵五彩神炎才能传授。"

姬昊叹了一口气,擦了擦额头上的汗水,拎着长剑向另外一株大树走去。

将补天不漏诀传给姬夏,这是姬昊这大半个月来一直想要做的事情。前几天夜里得了姬枭全部的大巫精血,姬昊的这个念头就越发地强烈。

但是虚影的话让姬昊的打算化为泡影。修炼补天不漏诀,就必须有姬昊小腹中的五彩火焰做引子。而虚影手上,只有这么一朵微弱的火苗。除非姬昊将补天不漏诀修炼到至高境界,从中分离出一朵火种,否则他无法将这门强大、神奇的功法传授给任何人。

至于说九字真言丹经,姬昊独创的修炼功法和南荒的巫法套路完全迥异。

姬昊无法解释九字真言丹经的来历,他年幼时也曾经和青袄讨论过其中的一些玄妙,但是青袄完全无法理解天人合一之类最基本的丹经理念。

所以九字真言丹经也根本无法传授，南荒的巫自有独特的修炼体系。

"所以，还要努力。想要在南荒自在地活下去，得有一个足够大、足够强的拳头！"

无法用自己的手段额外增强姬夏和青茯的力量，姬夏只能靠自己！

姬枭的大巫精血已经被姬昊吸收，人头大小的一团精血悬浮在五彩火苗上空，时刻有强大的五彩流光流转全身，不断地增强姬昊的肉体力量。

姬昊强忍着修为突破的诱惑，死死压制了血脉力量的激活，只是不断地夯实自己的肉体基础。

深吸一口气，紫府元丹缓缓旋转，一缕精纯至极的丹元顺着经络注入六尺利剑。铿锵一声剑鸣，剑锋上一抹丈许长段剑芒一闪而过，姬昊御气挥剑，身前五人合抱的巨树被一剑截断，轻轻一脚踢上去，树干伴随着让人牙齿发酸的嘎吱声缓慢倒下。

高空传来尖锐的鸟鸣声，数十头翼展近百丈的暴风云鹏扑腾着翅膀，慢慢地从高空滑落。

暴风云鹏的背上站着大批全副武装的火鸦部战士，它们的爪子下抓着巨大的、树藤编织的牢笼，里面密密麻麻地塞满了年轻力壮的矿奴。

姬鹰、姬狼、姬豹站在地上，向着暴风云鹏用力地挥手呼喊，指挥着这些大鸟缓缓地降落，将那些牢笼轻柔地放在了地上。

附近等候已久的火鸦部战士一拥而上，扯开牢笼的大门，挥动着长矛将里面的矿奴驱赶了出来。几个桀骜不驯、强壮过人的矿奴刚刚走出牢笼就大吼大叫想要反抗，十几根长矛立刻用力地打了过去，打得他们满地乱滚，不断发出凄厉的痛呼声。

吼——吼——

冷溪谷外，近百名火鸦部的战士骑着各色战兽奔驰而过，领队的战士手持一根长矛，一面数尺见方的旗帜在长矛上迎风招展——旗帜上用鲜血绘制了一头三足金乌，这是火鸦部的图腾。

冷溪谷两侧，都已经修建起了高有二十丈的护墙。

和前些天用泥土、巨木修建的护墙不同，现在的这两堵护墙是纯粹的巨石搭建而成，石缝之间被灌注了熔化的岩浆，厚达数丈的城墙浑然一体，防御力比原来的土木护墙强大了十倍以上。

　　城墙上密密麻麻地站满了火鸦部的战士，单单在城墙上驻守的精英战士就在三千人以上。

　　叮叮、当当……

　　冷溪谷内一处岩洞中不断有金铁撞击声，通红的火光从岩洞里喷出，烧得岩洞外方圆百丈内寸草不生。

　　数百名火鸦部的铁匠在岩洞内开辟了作坊，大量金属材料从各处部落运来冷溪谷，铁匠们正忙碌着锻造各色工具。砍伐树木所用的利刀、大斧，开凿矿洞所需的铁钎、大锤，以及一应所需器具，这几天流水一样不断地锻造了出来。

　　原本冷溪谷内只有百泉山送来的数千老弱病残，但是这几天内，已经有三万精壮矿奴从各处调了过来。

　　冷溪北侧的山崖下，一字儿排开了二十个大型矿洞，矿奴们正大声喊着号子，不断向地下挖掘矿洞。一根一根扒得干干净净的巨木切成了三丈长短，送入矿洞撑起了洞顶，一筐一筐的土石混着大批的精金、美玉不断地被送上了地面。

　　原本的老弱病残们聚集在冷溪旁，将矿洞内送出的泥沙仔细淘选。

　　这条矿脉的蕴藏量极其丰富，是罕见的富矿。一筐土石中泥沙只占了四成，剩下的就是一块一块，最小也有拳头大小的天然金块和伴生的美玉。

　　短短几天的时间，在溪谷内已经堆起了两座小山。一座是高有两丈、方圆二十几丈的金山，一座是高有丈许、方圆十几丈的玉山。

　　阳光下，精金美玉相映生辉，坐在一块大石上做总监工的姬豹笑得合不拢嘴，满口大牙白生生的直反光。他不时地伸出他那条被寒冰封住的大腿，向四周的族人炫耀着。

　　因为姬豹的出现，血牙团、黑水玄蛇部的联军溃败，冷溪谷矿脉惊人的储量，尤其是火玉髓的出现被金乌岭的巫祭、长老们知道得清清楚楚。

如此丰富的一条矿脉，对火鸦部的重要性不问可知。

姬枢异常配合地从各处部落调集了大群精锐的战士，归入了姬夏的麾下镇守冷溪谷。大群精壮的矿奴，以及所需的工匠、材料也没有任何阻碍地从最近的部落调派了过来。

姬夏很有默契地接受了姬枢表现出的善意，并没有将姬叶和黑水玄蛇部勾结的事情泄露出来。

在姬夏心中，毕竟火鸦部的利益才是第一位的。

"阿爸倒也没选错……一个姬叶，还扳不倒姬枢。那家伙只要心狠一点儿，亲手把姬叶给宰了，什么罪责都能推到姬叶的头上去。"

"与其这样，还不如直接弄点儿实际的好处。"

姬昊喘了一口气，转过身看向了冷溪谷。

现在的冷溪谷内有来自各个火鸦部部落的两万精锐，有矿奴数万，俨然已经是火鸦部在北方边境最强大的一处据点。

反手一剑，姬昊带着笑，又是一剑斩断了一株大树。

千里之外，深山之中，姜媱踏着一头毕方冉冉从高空降落，妖艳娇美的脸蛋扭曲犹如厉鬼。

第五十一章

勾 结

山谷内，一座方圆丈许的金属熔炉喷吐烈焰。

叮当撞击声中，一个身高将近三米的壮汉浑身被铁链脚镣缠得死死的，被两个伽族战士用力拖拽着向熔炉走去。壮汉疯狂地挣扎着，偶尔双脚在地上一跺，地面就猛地震荡一下。

每当大汉挣扎的时候，他身上缠着的铁链上就有一抹刺目的电光闪过。

"嗞嗞"声中，强劲的电流打得壮汉头发一根根竖起，身体剧烈地痉挛着。大汉愤怒得大声咆哮，声嘶力竭地吼叫着："恶鬼！你们这些恶鬼！像个男人一样一对一地和我死战！你们敢么？你们敢么？"

"我喜欢这家伙！"一名身高近四米的伽族战士快步走了过来，他身上穿着厚重犹如堡垒的全套重甲，但是行走时却一丝声音都没有。他手持牛角重斧，干净利落地一斧头砸在大汉的后脑勺上将他打晕了过去。

"看看这力量，看看这块头，嘿嘿，跟头发狂的野牛一样活力充沛，他值一个好价钱！"轻巧地挥动着大斧，伽族战士得意洋洋地向四周的同伴吹嘘着。

巨大的山谷内，近千名伽族战士汇聚在此，他们或蹲或站在一块块山岩上，脸上的四只眸子里闪耀着冷酷无情的寒光。听到自己同伴得意的吹嘘，这些伽族战士纷纷大笑。

两个伽族战士拖拽着被打晕的大汉到了金属熔炉旁，一名身高不过五尺，生得尖嘴猴腮犹如一只大猿猴，皮肤呈怪异的浅绿色，更有斑斑点点红色彩斑的男子"咯咯"狞笑着，从熔炉中抽出了一根烙铁，狠狠地烙在了大汉的眉心。

烙铁上一道符文闪烁，被打晕的大汉痛得惨号一声骤然醒来，他剧烈地挣扎着，但是烙铁犹如在他眉心生根一样，纹丝不动地紧贴着他的身体，过了好一会儿才脱落下来。

大汉的额头上被烙出了一个巴掌大小的猩红图案——高耸入云的高塔上，悬浮着一颗血色的竖目。

"嗤嗤"声中，血色竖目内有无数血色细丝急速扩散开来，顺着大汉的身体刺进了他的五脏六腑、四肢百骸。大汉的身体剧烈地颤抖着，浑身冷汗犹如酒浆一样涌出。

血色细丝钻进了大汉的身体，钻进了他的头颅，将他的身体完全控制后，散发出诡邪寒芒的细丝这才缓慢消失。大汉已经痛得浑身无力，被两个伽族战士用力拖拽着，犹如丢垃圾一样丢在了一旁。

又是一个不断挣扎怒吼的大汉被抓了上来，"咯咯"狞笑声中，烧得通红的烙铁狠狠地印在了他的眉心。

"嗤嗤"声响不绝于耳，一个又一个南荒部族的战士被烙上了屈辱的印痕，沦为了身不由己的奴隶。

呦呦——

长吟声中，一头翼展二十几丈的毕方身姿优雅地从天而降，孤零零的一只爪子轻轻地扣在了一块高高凸起的山岩上。它收起了翅膀，动作优美地矮下了身体。

姜嫄缓步从毕方身上走了下来，两名身形魁梧、身穿重甲的伽族女子大步走了过来，倨傲地望了一眼比自己矮了一大截儿的姜嫄，低沉地咕哝了一声："跟我们来，大首领已经等了很久了。"

顺着山谷向内行走了一阵，陡峭的山崖下搭建了一座华美的帐篷。

十几名身穿华服，眉心有一只竖目闪烁，眸子里可见风、霜、雷、电各色异象的男子懒洋洋地站在帐篷外，神色轻松地低声笑谈。

见到姜嫄走了过来，这些男子纷纷端正了表情，挺直了身体，目光闪烁不断在姜嫄火辣的身躯上下游动。有几个男子更是大口大口地吞着口水，贪婪之意一览无遗。

姜嫄轻蔑地看着这些三眼男子，犹如高高在上的君王，缓步走进了帐篷。

从外面看来，这个帐篷只有三丈方圆。但是走进了帐篷里才发现，帐篷内部的空间足以容纳上千人尽情宴会。地上铺着厚厚的白色毛毯，帐篷四壁挂着造型精美的刀剑、盾牌作为陈设，帐篷的角落里，还矗立着十几具镶金嵌玉、造型华丽异常的全身甲胄。

丢了一只眼睛，在前些天的夜间追杀中，又被姬夏砍掉了一只手臂的帝罗悻悻然地站在帐篷中，他身边的一张纯金大椅上，懒洋洋地坐着一个和他生得有八九分相似，脸上带着一条硕大伤疤的中年男子。

"帝刹，你们没有完成和我的约定！"姜嫚走进帐篷，看着中年男子帝刹冷笑道，"早知道你们这么无用，我就应该丢弃你们，和你们的竞争对手们合作。"

帝刹懒懒地挥了挥手，慢吞吞地说道："尊贵的女巫祭，不要说这些没用的废话。在南荒，我们血牙团不仅仅是实力最强的团队，也是后台靠山最硬的团队。"

耸耸肩，帝刹淡然道："你别无选择，想要得到最好的回报，你和你身后的人，就只能和我们合作。"

眉心竖目骤然张开，一片浑浊的黑暗从眸子里喷出，帐篷内数百支牛油蜡烛发出的强光骤然黯淡，一股邪恶的力量犹如大山压顶，沉甸甸地笼罩了帐篷内的空间。

"这次的失败，不能怪我们。你们的情报失误了，对方的实力比你们所说的要强了一大截儿。那个小家伙契约的巨型火鸦，那个叫作青茯的女人掌握了可怕的大型巫法，还有那个强得离谱的老家伙的突然出现……变数太多，看看我倒霉的弟弟，都成了什么模样？"

帝刹故作烦恼地一巴掌按在了自己面孔上，强挤出了带着几丝悲凉的语气长叹道："看看我的弟弟，亲爱的帝罗，他还没有成亲！丢了一只手也就算了，但是他失去了一枚美丽的眼珠！天哪，你知道，在我们虞族的贵族当中，没有了眼珠，他这辈子根本找不到一个女人为他繁衍后代啦！"

姜嫚深深地吸了一口气，她从袖子里掏出了一个黑玉制成的药钵。

药钵中大概有拳头大小的一汪清澈药水，一股极其奇异的，好似混杂了浓烈血腥味，又带着百草清香，同时又有各种毒虫特有的腥膻气味混杂的药味悠悠荡荡地充斥了整个帐篷。

"这是巫咸秘药，当然不是传说中的正品，是某位最强大的药巫根据秘方配制而成。"姜嫱将药钵丢给了帝刹,淡淡地说道,"服下它,什么伤势都会痊愈。"

"现在,说正经的,帝刹。"

姜嫱看着帝刹冷声道:"依旧是那件事情……丢开那些遮人眼目的事情,姬夏和他那崽子的本命精血,你什么时候才能给我弄到?"

第五十二章

初 遇

咄！

姬昊头顶热气腾腾，皮肤下经络曲张如龙，从参天巨木之巅纵身跃下，一拳向一头小巫境巅峰级的血眸鬼熊马车大小的头颅打去。

血眸鬼熊仰天长啸，长有数丈的胳膊带着狂飙迎了上来，狠狠拍向了姬昊。

南荒丛林凶险无数，血眸鬼熊能拥有小巫境巅峰实力，早已不知道经历了多少场血腥厮杀、多少次险死还生。姬昊身上的气息并不强大，血眸鬼熊本能地察觉，眼前这个小小的人儿，就和它曾经无数次击杀、吞食过的猎物散发出的气息一样渺小。

姬昊吐气开声，经络轰鸣如琴弦，骨骼撞击如铜钟，轰然巨响中，血眸鬼熊的熊掌轰然粉碎。

血眸鬼熊仓皇哀鸣，硕大的头颅被姬昊拳头轻轻一击，就好像豆腐渣一样炸开，刺鼻的血腥味在清晨的山林中冉冉散开。

"吼！"

姬昊仰天高呼，体内五彩光流奔涌如潮，恐怖热流席卷全身，肉体力量一截儿一截儿地飙涨。

血眸鬼熊在山林中也堪称一方霸主，凶禽猛兽的力量总比同阶的小巫级战士强出数倍。但是此刻的姬昊单纯依靠肉体力量，就轻松击杀了一头比火鸦部巅峰级小巫强悍数倍的凶兽！

一把抓起体长七八丈的血眸鬼熊，姬昊嘴里喷出一道白茫茫热气激射出十几丈远。双臂用力一挥，沉重犹如一座小山的血眸鬼熊带着呼啸破空声飞起，笔直飞出了数百丈外，朝着手持长弓为他掠阵的青影砸去。

腰腹之间一团青光若隐若现，眼看就要开辟一处巫穴成就大巫的青影怪叫一声，狼狈地丢下长弓，双臂用尽了力气接住了血眸鬼熊。

"我的亲阿姆乜……阿姐，你家的娃儿是个怪物，一点儿面子都不给我这个阿舅！"青影大声抱怨着，身体剧烈颤抖着，勉强接住了姬昊丢出的血眸鬼熊向后大步后退，急速退出了数十步，这才勉强稳住了身体。

"昊！阿舅可不是你们火鸦部的狂战士，阿舅是青夷部的箭手，箭手，你明白么？"青影丢下血眸鬼熊，脸皮微红向姬昊大声叫嚷。

同为大巫，在各自擅长的方面也迥然相异。

火鸦部的战士力量极强，爆发力更是狂野无双，肉体潜力在整个南荒大部族中都能排入前十。

而青夷部的战士同为大巫，他们更擅长速度和各种精巧的箭术，他们的肉体力量往往不足同阶火鸦部战士的两成到三成，但是他们在山林中的速度绝对冠绝南荒。

姬昊擦了擦脸上汗水，感受了一下小腹中变得越发明亮的五彩火苗，欣然大笑起来："阿舅，不要怪我，你多练练力气罢！阿姆都说了，你细胳膊细腿的，加上一张小白脸，让女人看着都觉得你不可靠，以后很难找到一个好女人的！"

青影的脸变得越发难看，气急败坏地跳着脚臭骂起来。

姬昊越发开心地放声大笑，高亢的笑声顺着清晨的风飘出了老远。

距离血牙团和黑水玄蛇部的联军攻打冷溪谷，已经过去了大半个月。因为火鸦部及时派来了援兵，更有姬犺这个老怪物坐镇，现在冷溪谷四周风平浪静，不见任何可疑之人出现。

姬昊乐得安心淬炼力气，每天一大早就和青影带着大批族人进入山林狩猎。

上次封印破裂，泄露出的一部分姬夏和青获的大巫精血在昨日已经被姬昊彻底吸收，他的肉体力量已经超过了普通小巫境巅峰的战士。

现在五彩火苗上，只有一团人头大小的金红色精血，正是来自姬枭的大巫精血。

姬昊盘算过，只要姬枭的大巫精血被彻底消化，在这过程中再吞食一定数量的猎物，他再也无法压制体内金乌血脉的躁动，就必须激活血脉之力，开始巫人境十一层、十二层的修炼。

现在姬昊很期盼自己能获取什么样的天赋神通。

上古神禽三足金乌神通浩大，是上古之时天地之间有数的强横生灵，它们血脉中遗传下来的天赋神通，任何一种都足以傲视天下。如果能获取一种以上的天赋神通，那就更加不得了。

正在出神，远处山林中突然传来一道温和、宽厚的声音："前方的朋友注意，有头孽畜往你那边去了。"

一道恶风突然卷来，风中带着刺鼻的腥臭味，黑漆漆的恶风卷着无数沙砾劈头盖脸地袭来，沙砾上更附着了丝丝绿色的鬼火。恶风阴寒刺骨，刚刚接触姬昊的身体，就让他浑身僵硬，半边身体都失去了控制。

姬昊大喝一声，眸子里九道金色符印同时涌现，紫府元丹急速旋转，精纯丹元流转全身，体内气血在丹元刺激下轰然爆发，一股热浪从体内喷出，隐约可见一圈火光将他包裹了起来。

黑色恶风和淡淡的火光撞击在一起，"啪啪"巨响绵绵不绝，无数黑色沙砾撞在火光上爆炸开来，每一颗沙砾爆发的力量都堪比小巫境巅峰的凶兽一击，一颗两颗沙砾爆发的力量姬昊完全可以承受，百颗、千颗以他如今的肉体力量也丝毫不惧。

但是数万颗、数十万颗黑色沙砾裹在风中呼啸袭来，姬昊顿时被打得踉跄后退，护身的火光摇动不已，隐隐有崩溃的架势。

"嗖"的一声，一头背生透明双翼，体长十余丈，通体漆黑混杂着暗绿色条纹的巨蝎从山林中冲出，远远地看到了姬昊，这头凶恶至极的毒虫张开嘴，一道湍急的狂风卷着无数沙砾，带着丝丝绿色阴火激射而来，劈头盖脸地扑向了姬昊。

远处青影惊呼一声，各处都有火鸦部、青夷部的战士惊呼出声，数十支箭矢从四面八方激射而来，封锁了巨蝎的四面八方。但是巨蝎来得极快，青夷部战士的箭矢再快，也无法在它攻击姬昊之前阻拦这头大家伙。

"孽障，还敢伤人？"随着刚才那道温和、宽厚的声音，一个身高丈外，身披白色粗麻布长衫，披散头发的憨厚青年踏着一道清风从林中飞出，手起处一道青光落在姬昊面前，化为一面圆盾挡住了巨蝎喷出的黑风、沙砾和阴火。

青年手再一挥，一块四四方方的大金砖腾空而起，几个旋转后重重拍下，恰恰拍在了巨蝎头顶。

一声巨响，金砖砸得巨蝎脑浆迸裂，地面都被砸出了一个方圆数丈的大坑。

姬昊惊喜、惊骇地看着青年，激动得手脚都有点儿颤抖——以自身法力驾驭天地之力，爆发出远比自身强悍百倍的可怕力量。这个青年用的法术，和姬昊的九字真言丹经走的是一个路子！

迥异于南荒巫法，这个青年和姬昊一样，走的是法天地自然的"道路"。

第五十三章

阿 宝

金砖一击，巨蝎头部粉碎。

毒虫生命力格外悠长，巨大的蝎子身躯依旧在地上抽搐挣扎，几条长腿将地面划出了深深的沟渠。

"这是阴风蝎，但是常见的最大就是一丈长短，已经很难缠。"姬昊蹲在一旁，看着魁伟青年手持一柄青铜短刀，麻利地切开了巨蝎的背甲，"能长到这么大的阴风蝎，还是第一次见到。"

"它成精了。"魁伟青年麻利地将巨蝎的背甲完整地掀开，露出了里面淡银色略带透明的蝎肉。

"不要浪费了！"姬昊口水立刻流了出来。这头巨蝎喷出的阴风、沙砾能打得现在的姬昊几乎没有还手之力，它的实力隐然可以和大巫相比，它的肉对姬昊可是大补。

眼看魁伟青年有将这些蝎肉随意丢弃的架势，姬昊急忙跳上一旁的大榕树，采下了数百片数尺见方的叶片铺在地上。魁伟青年呵呵一笑，将一块一块蝎肉切了下来，整齐地码放在了树叶上。

青影带着数十名战士凑了过来，那些战士散布在四周警戒，只有青影好奇地凑到了巨蝎身边，拔出一柄匕首狠狠地在蝎壳上划了几下。

火星四溅，青影的匕首被磨损得很厉害，但是蝎壳上一丝痕迹都没有。

姬昊不由得赞叹道："好坚硬的壳，好材料啊，如果锻造成甲胄的话，肯定坚固无比。"

魁伟青年笑了起来，他向姬昊点了点头，温和地说道："这位小友，刚刚是吾大意了，差点儿让这孽障伤了小友。既然小友有这份心思，这一套蝎壳，就让吾将它炼成甲胄，送与小友护身吧。"

一边说笑，魁伟青年已经将巨蝎的几条长腿切开。绿油油的寒光闪烁，巨蝎的长腿中"滴溜溜"滚出了三十六颗拳头大小的透明珠子，每颗珠子都通体碧绿，被清晨的山风一吹，这些珠子居然打着旋儿飞了起来。

"唔？"青影诧异地叫嚷了起来，"阴风蝎的身上会长出这种珠子？啊呀，还从未见过呢。就是族中最见多识广的老人，也没给我们说过有这种事情呀！"

"普通阴风蝎，身躯长得再大，也只是普通毒虫，自然不会有这种蝎龙珠。"魁伟青年将这些珠子捡起，一一塞进袖子里，笑着冲青影说道，"这头阴风蝎不同，它已经成精了，吞吐日月精华，夺天地造化，体内自然孕育一缕玄机，这才有了这三十六颗蝎龙珠呢。"

"这些珠子有什么用？"姬昊好奇地看着魁伟青年。

魁伟青年收起了这些珠子，这才向姬昊笑着点了点头，很洒脱地说道："吾名阿宝，是一个苦行者，随意游历天下，南荒是我这一次苦行的最后一站。"

"吾走遍了中土和东荒、北荒、西荒各处，仰观星空，偶有所得，星辰运行轨迹，自有无穷天地玄机在内。吾又想起上古天庭曾有一大阵名曰'生死幻灭洪荒星变阵'，故而想模仿星辰运转奥义，炼制一件宝物。这宝物，要用蝎龙珠三万六千颗，这是最后三十六颗，总算是收集齐全了。"

姬昊吧嗒了一下嘴，骇然看着阿宝。

为了印证心头的感悟，炼制一件宝物，就收集三万六千颗蝎龙珠，这是要杀掉整整一千头实力堪比大巫的巨蝎才能收集齐全！

阿宝到底走过了多少地方，才能收集齐这么多的蝎龙珠？

这一片荒古大陆又是多么地富饶，才能有这么多成精的阴风蝎藏匿在山岭之间？

"一千头巨蝎啊，你可真有耐心！"姬昊吧嗒着嘴，由衷地感慨着。

"浪费了许多时间。"阿宝用力地抓了抓脑袋，很憨厚地笑着，"吾师也说，吾玩物丧志，颇是浪费了不少清修的时间。若是吾不是沉迷于炼制各色宝物，吾的修为远不止如此。但若是不炼制宝物的话，单纯苦修，这又有什么乐趣呢？"

姬昊不由得向阿宝比了比大拇指，这话说得很有道理啊。

修炼，就是将本心逐渐打磨，让它契合天地自然的过程。阿宝顺应本心，沉醉于炼制各种宝物，你可以说他玩物丧志，但是这何尝不是一种修炼的法门？

战士们扛着巨蝎的蝎肉，唱着南荒的山歌小调在前方引路，姬昊拖拽着巨蝎的空壳，和阿宝热切地交谈着，一路向冷溪谷走去。

不愧是行走过无数地方的苦行者，阿宝的见识阅历丰富得惊人，所说的山水风景，尽是南荒无法想象的奇景。比如东荒的无尽海域，北荒的北冥浩淼，西荒的贫瘠多奇，以及中土的喧哗热闹。

"昊小友，天地如此广大，一定要多出去走走，才不辜负天地生我养我这一具大好身躯。"阿宝性格豪爽直率，阳光灿烂到了极点，短短时间的交流，他已经把姬昊当成了好朋友。

"等有机会，我是一定会走出南荒的。"姬昊很认真地对阿宝说道，"我也想见识一下，这个天地到底是什么样子……欸，阿宝，你说中土很喧哗热闹，现在中土是什么模样？"

阿宝皱了皱眉头，用力地摇了摇头："上次我路过的时候，打得正热闹呢，每天都有成千上万的人遭劫，有无数的妇人被凌辱，无数的孩童沦为奴隶或者被杀死。"

抿了抿嘴，阿宝黯然道："阿宝一人之力有限，已经极力救人，却救不了天下人。天地之间，阿宝只是一个微不足道的苦行之人，救世度人，这种事情，不是阿宝这点儿微末之能可以承担的。"

"中土啊，我听说过，是天地之间最广大、最魁伟的地域！"青影在一旁好奇地说道，"阿宝，按你的说法，那边也乱糟糟的嘛，和我们南荒没什么两样！"

"比南荒，更乱糟糟的！"阿宝很严肃地看着青影，"南荒……算是很安宁、很祥和的世外之地了。"

刚刚和血牙团、黑水玄蛇部的人大干了一场，死伤了这么多人，

319

这么混乱的南荒，居然还是世外之地？

姬昊不由得心血澎湃，恨不得现在就去中土看看，看看那边到底是一个什么样的世界。

冷溪谷到了，隔着远远地，姬昊仰天呼哨，大声呼喊起来："阿爸，阿姆，有外来的贵客呢。取酒，烤肉，招待贵客了。"

顿了顿，姬昊笑道："从南荒之外来的贵客呢！"

悠长的骨号吹响，一队火鸦部的战士打开护墙上厚重的大门，列队迎了出来。

第五十四章

赠　药

冷溪谷内篝火熊熊，数百头巨型野兽洗扒干净后架在了火上，黄色油脂"嗞嗞"作响，浓香随风飘出了老远。南荒的部落，除了极少数一些，都是热情好客的。远道而来的客人，总能得到他们最热情的款待。

大缸大缸火鸦部自酿的木薯酒被搬了出来，浑浊的酒液散发出刺鼻的气味，一个个陶土大碗高高举起，热情好客的战士们大笑大叫，纷纷向阿宝劝酒。

阿宝生得魁伟高大，性格也豪爽过人，但凡有火鸦部战士敬酒，他碗来酒干丝毫不含糊。

南荒男儿最喜欢豪爽的汉子，阿宝立刻赢得了在场所有战士的欢喜，尤其最喜欢热闹的青影、姬鹰、姬豹、姬狼几个年轻人围着阿宝，不断向他打听南荒之外的事情。

姬昊坐在姬狍身边，笑吟吟地看着胸口、衣襟上满是酒水淋漓的阿宝，不时举起大碗，和蹲在自己身后，犹如两座小山的老石、老树妖碰上一碗。

"中土之陆，两百多年前，我在大巫之境已经走到了尽头，再也找不到变强的法子，我也去传说中的中土游历过。"熊熊篝火映得姬狍面孔通红，他也大口大口喝着酒，语声隆隆地讲述着自己当年的故事。

"我跟着一支商队，跋涉了将近两年，这才到了中土。"姬狍深深地看了阿宝一眼，低声咕哝道，"商队里，大巫级的高手有数十人，一路都折损了不少人手。我们的客人能够孤身一人从中土来到南荒，昊啊，你带回来了一个了不起的客人呢。"

姬昊眯着眼，笑呵呵地看着阿宝。

刚和阿宝接触，姬昊就敏锐地察觉到了自己和阿宝的差距。

九字真言丹经，姬昊已经结出了紫府元丹，只要一个契机，就能凝成紫府金丹，超越前世，直达一个新的巅峰。如果说现在的姬昊体内法力是一条千里长河，那么阿宝身上的法力就犹如浩瀚大洋，广袤不可测，深邃不可测。

不愧是一人游历天下的苦行者，这份实力真的高深莫测。

"昊，给你个任务！"姬豹一巴掌拍在了姬昊的肩膀上，压低了声音神秘兮兮地说道，"这样的强者，能给我们部落留几个种就最好不过了。等下阿公让金乌岭精挑细选几个丫头过来，你问问阿宝，他愿不愿意给我们火鸦部留几个娃娃呢？"

姬昊一口酒梗在了嗓子眼儿里，一口血差点儿喷了出来。

正卷起袖子和青影掰手腕赌酒的阿宝脸色惨变，骇然向这边望了一眼，一张脸早就变得涂了血一样通红。很显然，阿宝的五感极其敏锐，姬豹的话毫无遗漏地全部被他听到了。

好酒，好肉，尽情欢畅。

不知道什么时候，一群劲装打扮的火鸦部少女出现了，她们袒露着白生生的大腿，挥动着长矛、盾牌，围绕着篝火尽情起舞，宣泄着自己的青春活力，尽情地向阿宝展示着自己强壮、矫健的身姿。

好几次，有火鸦部的少女热情地凑到了阿宝的面前，双手奔放地抚摸过他憨厚、淳朴的面庞。

阿宝的表情变得极其怪异，他好似屁股被火烧一样拼命地扭动着身体，过了没多久，他突然哼哼了几声，丢下酒碗四肢一摊，浑身酒气冲天、鼾声如雷地倒在了地上昏睡了过去。

姬昊放声大笑，指着阿宝笑道："阿宝醉了，醉了，你们不要再灌他了！"

大笑声中，姬昊一把抓起了阿宝扛在肩膀上，一溜烟地朝着山谷深处的一排木屋跑去。

姬豹有点儿遗憾地抚摸着脖子，看着姬昊的背影突然大叫了起来：

"喂，阿宝小娃娃，你不喜欢我们火鸦部的健壮女儿，我们南荒部族也有娇滴滴的小丫头嘛！你喜欢什么样子的，直说呗，阿公都能给你物色到！"

姬昊嘿嘿轻笑，被扛在肩膀上的阿宝身体一阵阵地僵硬，嘴里幽幽发出细微的声音："吓死吾了，幸好吾在东荒、北荒和西荒，总是碰到这种事情，早有经验哩！"

听到阿宝的自言自语，姬昊不由得越发开心地放声大笑起来。

冷溪谷内的篝火冉冉熄灭，所有酒肉都被大肚皮的战士们吃喝干净，山谷恢复了平静，只有矿奴们开凿矿洞的叮当声回荡在山谷之间。

太阳滑过中天，慢慢向西方坠落，姬昊和阿宝肩并肩坐在冷溪谷外最高的一座山崖上，眺望着远处莽莽无边的原始丛林，感受着风从身边吹过，感受着天地元气最细微的波动。

阿宝周身有一层奇异的清辉流荡，一股浑厚、浩大、浩淼不可测的元神之力从他体内汩汩流出，温和地向四面八方扩散开去，笼罩了这一方山水丛林，笼罩了方圆千里内一切的强大或者弱小的生灵。

姬昊的元神之力并入阿宝散发出的元神之力，原本姬昊的精神力量最多只能外扩十几里，而且距离越远所能掌握的细节就越模糊。

但是在阿宝的元神之力帮助下，姬昊弱小的元神之力犹如鱼儿，尽情地在方圆千里的虚空中往来穿梭，感悟着风雨雷电、花开花落、风起云动、流水缓急。

无穷无极的天地奥义犹如浩浩江水注入心头，姬昊对这一方天地运转的法则，突然多了一份深刻的感悟。阿宝的元神之力就好像一把钥匙，为姬昊开启了认知这个世界的大门。

"实力差距太大了！"姬昊尽情地感悟着天地之间的一切细微波动，同时不断暗自苦笑。

自己的精神力量，或者说元神之力，或者说神念最远只能延伸到十几里外，如果要完全笼罩一个圆形空间，那么只能覆盖方圆数里的范围。但是阿宝轻轻松松地，神念就能覆盖方圆千里的山林。

阿宝的元神强度，比现在的姬昊强出了何止万倍？

而且看阿宝举重若轻的模样，他现在动用的元神之力，或许只是他的十分之一？百分之一？甚至更少？

正神游天外的时候，阿宝突然笑出了声。

"昊，想不到吾，此次居然能碰到你这么有趣的小友。你既然能感悟天地大道的存在，你的未来，就绝对不会局限在这南荒偏僻之地。"

"待我此番苦行历练结束后，可愿随我离开南荒？吾师禹馀道人，你若有意，我当接引你拜入吾师门下，参悟天地宇宙无限奥义，得享无穷无尽不灭逍遥。"

不等姬昊开口，阿宝已经掏出了一个拳头大小的玉瓶塞给了他。

"吾观你阿爸、阿姆，都有暗伤在身，被人用邪术破了血脉巫穴，对他们是大不利的。"

"你我一见投缘，这是吾师禹馀道人兄长炼制的六颗保命药丸，夺天地造化，逆转阴阳生死，当能让你阿爸、阿姆恢复如初了。"

姬昊心脏一阵乱跳，下意识地握紧了玉瓶。

"阿宝大兄，多谢！多谢！"

第五十五章

丹 药

意如流水，身似流云，随性来去，不染纤尘！

高声吟唱着古朴粗拙的调儿，阿宝踏着清风潇潇洒洒地离开冷溪谷，一路向着南方行了下去。

火鸦部的领地，位于南荒大地最北方，在姬昊无法想象的南方极远处，有着无数神奇、强横的生灵，有无数强大、繁茂的部族，更有南荒主宰建立的神奇国度。

"小兄弟，若是一切顺利，三年之后吾当返回此处。吾等一见投缘，想来吾师也定然乐意收你入门，你就是吾门小师弟了！"

三年之约！

三年后，阿宝若是顺利结束了苦修之旅，他会返回火鸦部，带姬昊离开南荒，拜入禹馀道人的门下。

姬昊站在高山之巅，眺望着阿宝远去的背影。他左手拎着一个硕大的酒葫芦，右手拎着一条肥硕的烤肉腿，酒葫芦、烤肉腿随着他的步伐轻松摇晃，透着一股子潇洒出尘的飘逸韵味。

一件薄如蝉翼的黑色紧身甲胄贴身穿戴在姬昊身上，阿宝在冷溪谷多留了两天，将那日斩杀的阴风蝎的甲壳，炼成了这套奇异的护甲。

坚硬异常的甲壳，被阿宝用奇妙的手段炼制得柔韧如水。甲壳原本重达百万石，经过阿宝的巧手炼制，打入无数神奇符箓后，硬生生变得轻若无物，穿在身上没有任何阻碍不便的地方。

阿宝的炼器之术让姬昊瞠目结舌，和他的手艺相比，火鸦部最精通巫器炼制之道的巫祭们，都可以羞惭得一头撞死在豆腐上——幸好这南荒之地，姬昊暂时还没发现豆腐的影子，否则他一定会给那些老巫祭一人送上一块。

直到再也看不到阿宝的背影，姬昊这才长长地吸了一口气，纵身跃起数十丈高，几个弹跳滑过高耸的悬崖，轻巧落入了冷溪谷。

有些人，有些事，只要很短的时间，就能深深地铭刻在心上。阿宝就是这样的人，他的宽厚，他的淳朴，他的大方气度，他的谈吐风姿，短短三天的相处，姬昊已经将他视为可信任的朋友、可依靠的兄长。

"阿爸，阿爸！阿姆在哪里？"

冷溪谷中熙熙攘攘尽是忙碌的矿奴，姬昊在一个矿洞边找到了正指手画脚指挥施工的姬夏，硬拽着他向自家居住的木屋走去。

姬夏迅速地向姬鹰几个人叮嘱了几句，笑呵呵地跟上了姬昊："昊啊，你那朋友走了？啧，这个阿宝，是个了不起的人哪。可惜，可惜，火鸦部的姑娘，他怎么就看不上呢？"

姬昊嘻嘻哈哈地打着混儿，不搭理姬夏的话风。

父子俩回到了自家居住的木屋，青茯正坐在门口，用一根药杵仔细地研磨草药。冷溪谷矿脉的开采工作踏上了正途，受伤的矿奴也日益增多，青茯是冷溪谷内唯一精通巫医、巫药之道的巫祭，这些天她都忙得不可开交，每天都要配制大量救命的药剂。

看到姬昊硬拉着姬夏走了过来，青茯笑着擦了擦额头上的汗水："昊，不要打扰你阿爸，矿脉的正经事要紧。你没事做，找你阿舅去抓鹦哥儿玩吧？"

姬昊一声不吭地硬把青茯扶了起来，拉着姬夏和青茯进了自家木屋，小心地关上了房门。

姬夏、青茯的神色变得严肃起来，姬夏下意识地压低了声音："昊，又有什么事么？你发现什么不对了？"

姬昊从袖子里掏出了阿宝赠送的药瓶，将药瓶递给了青茯："阿姆，你看看，这是阿宝临走，送给我的……巫药！他说这是他长辈送给他保命的东西，对阿爸和阿姆的伤都有好处。"

青茯讶然看着姬昊，笑着摇了摇头："昊……阿姆和你阿爸是巫穴被破，伤及血脉，想要疗伤，普通巫药可是……"

药瓶的塞子被拔了出来，一缕缕晶亮的金光宛如金针从药瓶内射出，青茯没说完的话全憋回了肚子里，骇然从药瓶内倒出了两颗药丸，整个人都变得痴痴呆呆的。

两颗雀卵大小的金色丹丸在青茯掌心"滴溜溜"地打着转儿，一丝丝温润的金光不断从丹丸中涌出，丝丝霞光瑞气环绕着丹丸，肉眼可见丹丸上有九条形如小龙的紫色丹纹犹如活物一般来回奔逐。

"这巫药……是活的？"青茯眼神散乱地看着丹丸，这两颗丹丸的皮相，彻底颠覆了青茯对巫药的认知。南荒大地上的巫药，没有任何一种巫药会有这样的表象，这是完全迥异的另外一种存在。

"阿姆，不管它活的死的，吃下去再说！"姬昊不管三七二十一，抓起一颗丹丸硬塞进了青茯嘴里。

姬夏嘎嘎大笑一声，也不用姬昊催促，抓起另外一颗丹丸直接投进了嘴里。

姬昊不知道这丹丸的效力，也不知道这丹丸的滋味如何。他只是眼睁睁地看着姬夏和青茯的面皮上突然涌出了一层淡淡的、极其华丽的紫金色霞气。

紫霞之气浮现、消失，生灭之间重复了九次，"嗤嗤"声中，一缕缕紫色雾气从姬夏、青茯的头顶涌出，在他们头顶凝成了一朵方圆丈许形如灵芝的紫云。

姬夏、青茯的皮肤上一片奇异的灵光闪烁，他们的毛孔中有大量黏稠的黑血不断渗出。

原本枯槁犹如骷髅，只剩下皮包骨的姬夏身体好似充气一样膨胀起来，血肉迅速变得丰腴丰美。同样枯槁憔悴，俨然四十岁妇人的青茯容颜急速转变，眨眼间斑白的发鬓就变得漆黑油亮，面容也急速向着二八少女的水灵模样转变。

"好像，好像有点儿用！"姬夏结结巴巴地说道，"昊，阿爸的巫穴，那些被击破的巫穴，好像，好像有感觉了！"

"还有四颗，赶紧全部服下！"姬昊不管这么多，掏出剩下的四颗丹丸，麻利地塞进了姬夏和青茯嘴里。

青茯急得直跺脚："昊，留下一颗，让阿姆仔细地看看。"

但是姬昊哪里顾得上青茯的研究精神，用最快的速度将丹丸硬塞给了青茯。

青茯闷哼一声，再也顾不得抱怨姬昊，和姬夏一样坐在了地上，身体剧烈地颤抖起来。

红光、青光在木屋内遥相辉映，姬夏的身体被一团金红色火光围绕，青茯则是被无数凭空生出的藤蔓结成的茧子裹在了里面。

过了不知道多久，姬夏的头顶一片火焰凝成了一头三足火鸦。

随着三足火鸦轻微的鸣叫声，青茯的头顶一片青气急速旋转，一头绝美的青鸾冉冉凝现。

姬昊大笑一声，从小因为父母伤势积压在心头的阴影一扫而空，心头骤然一片空灵空明。

大笑声中，姬昊盘坐在地上，全心全意运转补天不漏诀。五彩火苗也突然比平日活跃了数倍，以近十倍的效率开始全速吞噬转化得自姬枭的大巫精血！

身体内一阵轰鸣传来，姬昊心头障碍一荡而空，同时他也无法再压制肉体的力量，他终于全面激活了血脉之力。一片火光在身后冉冉浮现，两只狭长的火眼冉冉从火光中浮现。

第五十六章
觉 醒

火光熊熊，神魂遥飞，姬昊陷入了某种犹如梦幻的迷离境地。

······

清朗、悠远、看不到边际的青天，数十头翼展百里的三足金乌静静地悬浮在空中。每一头金乌的身边，都有一圈金色的火光环绕着它们，金色光环在空中熠熠生辉，犹如宝珠点缀在青天之上。

青天之下，是无边无际的崇山峻岭，是无边无际的原始丛林。

数以万计赤身露体、毛发杂乱的人类站在高山之巅，双手高高托起血淋淋的猎物，绝望地看着青天之上身形一动不动的金乌。

一名发须苍白的年迈老人哆哆嗦嗦地举起双手，嘴角挂着鲜血，声嘶力竭地向体积最大的一头金乌呼喊着："天地孕育的精灵啊，请怜悯我们这些弱小、卑微的族人！"

"我们没有锋利的爪牙，没有强大的力量，我们无法和捕食我们的禽兽搏斗。"

"我们没有尖锐的眼睛，没有巨大的翅膀，我们无法及时逃避各种致命危险。"

"我们找不到足够的食物，族人在一个接一个地饿死；我们找不到藏身之所，风雨霜雪让我们的族人不断倒下；山林对我们太危险，我们有太多的族人死得不明不白。"

体积最庞大的金乌缓缓低下头，睿智的目光冷静地看着白发苍苍的老人："受到天地青睐的族群，最强大的龙和凤的兄弟血裔……人啊，我们又能帮你们什么呢？"

"力量，还有希望！"白发苍苍的老人嘶声喊叫着，"我们，只是需要活下去的力量！"

金乌们无动于衷，只是静静地看着山岭上的人类。

山林中传来嗜血的咆哮声，一头剑齿虎呼啸而出，一爪子拍死了十几个孱弱的人类，大口将他们吞下后，满足地打了个饱嗝，慢悠悠地返回了山林。

一条水缸粗细的斑斓大蛇从山林中游了出来，它惬意地对着人群轻轻一吸，数十个人类哭喊着被吸入大蛇嘴里，被囫囵个地吞咽了下去。

大群凶猛的秃鹫无视高高悬浮在空中，没有释放任何气息的金乌，"嘎嘎"叫着席卷而来，纷纷抓起了一个两个人类，得意洋洋地向远处一座高山飞去。

"力量，还有希望。"金乌的首领轻轻地叹了一口气，"我们给你们力量，让我们分享你们的希望吧。"

"在天地的鉴证下，让我们立下永不可破的誓约。金乌一族的血脉赐予你们力量，庇护你们在这一方山林之中繁衍生息；而你们则庇护我们的灵魂，让我们……可以逃离那可怕的永恒黑暗。"

……

金乌们同时仰天长啸，它们的身体剧烈地燃烧着，从它们的羽毛根部，无数金色的血液纷纷渗出，化为一只只人头大小的金色火鸦呼啸着向下方坠落。

站在山岭上的人类纷纷张开双臂，用胸膛去迎接这些坠落的金色火鸦。

金乌精血所化的火鸦渗入了人类的胸膛，化为金色的热流在他们体内急速地穿梭奔走。人类体内密密麻麻、纵横交错无法计数的经络中，数十根原本黯淡无光的经络逐渐亮起。

一丝丝金色的洪流不断渗入这些亮起的经络，可怕的热力点燃了这些经络，随着金色洪流的冲刷，这些燃烧的经络上一点一点绿豆大小的巫穴逐渐亮起。

乍一看上去，人类体内亮起的数十条经络勾勒出的图腾，大致就和一头三足火鸦有八九成相似。

山岭上的人类燃烧起来，他们的身体被淡淡的金色火焰笼罩，火光越来越强烈，他们的身体表面，有一点一点的光芒亮起。他们的巫穴在金乌精血的冲刷下迅速开辟，在太古最初一代金乌蕴藏着无穷力量的精血滋养下，他们的巫穴在短短数十个呼吸中，就变得无比地强大。

数十条经络，每条经络上都有数十到上百个大小不等的巫穴。

所有巫穴在同一瞬间开辟、强大，金色的烈焰从开辟的巫穴中喷涌而出，将站在山岭上的数万人类都变成了金色的火人。

一头背生双翼的黑色猛虎咆哮着从山林中冲出，习以为常地向那些孱弱的人类扑去。

但是这一次，平日里任凭它猎杀的人类突然发出大声的怒吼，一尊体型硬生生拔高了一倍有余，身高膨胀到将近五米高下的人类大跨步地冲向了黑虎，狠狠一拳砸在了黑虎的脑袋上。

黑虎炸成了漫天火星。

这尊人类挥出的拳头上喷出一道湍急的火焰，犹如一条熔岩河流喷射出数十里远，重重地落在了远处一座大山上。高有万丈的大山轰然崩塌、熔解，原地只留下了一个直径百里、岩浆沸腾的大坑。

"力量！"所有人类同时举起了双手，向高空悬浮的金乌发出了震天的欢呼声。

金乌的首领冷静地看着狂喜中的人群，突然间它的声音响彻天地："人啊，听我说……你们舍弃了自身无穷的可能，选择了继承金乌一族的力量，所以从今天起，你们就要自称是金乌一族的后裔，你们要建起祭坛，供奉我们，按时向我们献上祭品，你们要时刻称颂我金乌一族的名！"

天地之间，一丝一丝紫色、金色的雾气凭空而生，向悬浮在空中的数十头金乌流淌了过去。

金乌们欣然张嘴，将这些紫色、金色混杂的雾气大口吞纳，它们的身体变得更加地庞大，它们身边环绕的火光更加地明亮，它们眸子里闪烁的神光越发地睿智、深邃，犹如高高在上的神灵不容侵犯。

……

"火鸦部的族人，并不是金乌一族的后裔。我们的先祖，只是从它们那里得到一滴精血，模仿金乌的法力脉络，得到了金乌一族的修炼法门而已。"

"人，就是人。人体内的经络脉络无穷无尽，金乌体内的脉络却只有区区数十条。人的潜力，比金乌一族要强大何止百倍，千倍，万倍！"

"外力从来不可恃，真法只向自身求！"

淡然一笑，姬昊心头突然有所明悟，金乌一族的外法并不足以让自己真正地强大，想要变得强大，还要依靠自身的修炼和努力，真正挖掘人类身躯中无穷无尽的潜力。

双眸中火光四射，睁开眼睛，周身气血奔走如潮，体内数十条血脉同时熊熊燃烧。他的眼睛一阵剧痛，双足一阵滚烫，胸膛之中更有一团炽烈的火焰不吐不快。

"呼"的一声，姬昊身后的那团浓烈的火焰炸开，一头完整的三足火鸦虚影在火光中冉冉张开了羽翼。

凭借威能庞大的大巫精血，姬昊一举跳过巫人境第十一、第十二层，瞬间完全激活了全部的金乌血脉，觉醒了三种金乌一族的天赋神通，跻身小巫秘境。

第五十七章

遭　遇

哟呼！

朦胧火焰无声燃烧，一对火焰凝成、宽达丈许的羽翼在背后轻轻振动，姬昊带起数十条残影，轻快异常地转过密集的枝杈，快若流风向数里外的青影掠去。

青影面色僵硬，手持长弓，弓弦震荡发出连绵长吟，大片箭雨带起无数条直线、弧线，从四面八方向姬昊射去。

姬昊放声大笑，狂风当面吹来，被身上朦胧的火光一卷就消失得无影无踪。他感觉自己就好像变成了一条鱼儿，毫无阻力地在水中游动一般，任凭他的速度再快，空气再也不是他的阻碍。

一支支被掰掉了箭头的箭矢险而又险地擦着身体掠过，箭羽摩擦身体，发出簌簌轻响。姬昊嘻嘻笑着，几个起落间避开了两百多支激射而来的箭矢，又向青影逼近了一里多地。

速度，姬昊全面激活了金乌血脉之力，数十根金乌脉络熊熊燃烧，他同时得到了三种天赋神通。

其中一种就是他正在施展的"流光火翼"，原本姬昊的速度就很是不凡，施展流光火翼后，他奔走的速度更是凭空增加了将近十倍，真个犹如鬼魅一般，青影极力射出的箭矢也只是勉强比他快了一线。

另外一种就是金乌神眸，上古三足金乌乃太阳精气凝聚的天地精灵，它们悬浮在九天之上，犹如太阳凌空高照，阳光笼罩之地，万事万物尽收眼底，哪怕一粒芥子、一线灰尘都瞒不过金乌的眼眸。

金乌神眸能上窥九天、下彻九幽，破邪洞妄，威力绝大更有无穷神妙变化。最近千年以来，火鸦部中倒也有几个天才战士得到了流光火翼的传承，但是金乌神眸千年以来已成绝唱，千年以降只有姬昊得到了这一份天赋神通的传承。

金红色的眸子里火光闪烁，姬昊清楚地把握住了方圆二十里内每一缕风的轨迹，清楚地看到了青影射出的每一支箭矢的轨迹、每一支箭矢的轻重缓急。

流光火翼轻轻震荡，所有箭矢的轨迹熟谙于心，姬昊轻松避开了所有袭来的箭矢，再次向前紧逼里许。

青影气恼地叫嚷了起来："昊，不要怪阿舅下手太狠啊！我可是青夷部最英俊的箭手，最年轻的大巫，怎么也不能输给你这个娃娃！"

大叫了一声，青影身体被一道湍急的清风环抱，他抓出三支箭矢扣在弓弦上，双眸微微一扫姬昊，三支箭矢同时破空消失。

这一击青影使用了青夷部秘传巫法，三支箭矢消失得无影无踪，只能听到空气中传来了高亢尖锐的破空声，犹如一条风龙在迎风怒吼。

旁人根本看不清箭矢的来路，但是姬昊眸子里火光闪烁，清清楚楚看到三支箭矢被拳头粗细、数十丈长的青色风暴包裹着，犹如三条怪蟒摇头摆尾地向自己绞杀了过来。

流光火翼全力振动，姬昊的身体骤然消失，树梢头只留下了一抹淡淡的残影，下一瞬间姬昊横跨两里之地，避开了三支箭矢的攒射，突破到了青影面前不到百丈的地方。

"阿舅，吃我一记！"姬昊张开嘴，胸腔中酝酿已久的一道金红色火焰化为一条火龙喷薄而出，拳头粗细的火龙刚刚出口就变成了数十丈方圆的一片火光，劈头盖脸地向青影压了下去。

青影吓得怪叫一声，抓起长弓几个纵身跳跃，犹若猿猴一样轻快地跳出了七八里地。

姬昊喷出的火焰"呼呼"有声落在了青影刚才站立的小山包上，高有百多丈的小山包"呼"的一下化为大片青烟飘散，一些质地格外精粹的山岩、金属则是被高温熔解，变成了赤红的岩浆四处流动。

这就是姬昊得到的第三种金乌一族的天赋神通，全身精气温养的一团本命真火，在短时间内化为一道火龙喷出，其杀伤力几乎堪比火鸦部大巫全力催发血脉之力爆发出的火焰威力。

以姬昊如今的实力，一击之后就再无余力，这一招"金乌吐息"显然无法用来日常作战，但是拿来保命、突袭，却是最强大的底牌。谁能想象，一个刚刚突破到小巫境的少年，能瞬间爆发出堪比大巫的一击？

青影远远地站在一株大树上，目瞪口呆地看着被化为乌有的小山。

"怪……怪物！姬夏是个大怪物，昊，你，你比你阿爸还要古怪！"

青影很受打击地仰天咆哮起来："我可是青影，青夷部最英俊的箭手，青夷部有史以来最年轻的大巫！啊，昊，我不陪你狩猎了，半个月内，如果我还不能突破大巫境，我就把自己的脑袋砍下来吞下去！"

气急败坏地蹦跳了一阵，青影拖着长弓快速向冷溪谷窜去。

很显然，受到姬昊妖孽表现沉重打击的他，不突破大巫境是不会出来见人了。反正他距离开辟第一个巫穴只剩下了一口气的工夫，耐心闭关几天，突破也是顺理成章的。

姬昊双手抱胸放声大笑，能够狠狠打击一下臭美、自恋的阿舅，这也是很赏心悦目的事情嘛。

长笑几声后，姬昊向头顶高空中盘旋的鸦公打了声招呼，收起了流光火翼，踏着密林古树交错的枝杈，迅速向北方的丛林奔去。

补天不漏诀需要吞噬大量的猎物，刚刚突破到小巫境，姬昊更是需要庞大的力量填补空虚的身体。

冷溪谷的人太多，姬夏每天都要忙得脚不落地，姬昊不愿意太劳烦族人，现在所需的猎物，只能依靠自己去狩猎了。

身形如风掠过树梢，眨眼间就离开了冷溪谷近百里。

姬昊轻轻地抽动着鼻子，双手结成法印，仔细分辨着空气中那些强大凶兽留下的气息。巫人境的猎物对他已经没有太大意义，现在起码也要小巫境的猎物才能快速提升姬昊的实力。

"嗤嗤"细响声传来，三头黑漆漆的剑锋蜘蛛从密林中蹿了出来。

十几个身材矮小不到五尺，皮肤上带着怪异斑点，生得狰狞丑恶的怪异男子骑在剑锋蜘蛛上，一见到站在树梢头的姬昊，他们立刻拔出了形如弩弓的兵器对准了他。

"嘣嘣"几声脆响，数十点拳头大小的多芒刺金属弹丸激射而来，狠狠砸向了姬昊全身要害。

　　姬昊诧异地看了一眼这些生得怪模怪样的家伙，骤然跳下树枝，快速落在地上，拔出长剑向他们全速冲了过去。

　　夺自黑水玄蛇部大巫手中的六尺长剑带起一抹寒光，剑光闪烁，三头剑锋蜘蛛的长足同时折断。

　　血光闪烁，五个怪异男子浑身喷血，打着滚儿飞了出去。

　　"快逃命，快！"

　　剩下的怪异男子怪叫一声，纷纷抱头鼠窜溜进了密林。

　　姬昊身后，数十点金属弹丸打在了大树上，巨响声中数人合抱的大树被弹丸洞穿，这些弹丸轰然爆开，无数芒刺将树干撕成了无数巴掌大小的木片纷纷扬扬地撒了下来。

第五十八章
破　计

十几个皮肤浅绿，有着大块斑纹的丑陋男子在密林中狼狈逃窜。

他们"叽叽喳喳"地尖声咒骂，不时转过头来，用形如硬弩的奇形兵器对着姬昊狠狠射上一发。

拳头大小的金属弹丸破空袭来，弹丸中或者是密密麻麻的淬毒芒刺，或者是雷火电光，或者是寒冰飓风，每一颗弹丸爆炸开，总有十几棵参天古树被炸得支离破碎。

但是姬昊背后一对儿火红色羽翼轻轻振动，双脚一错，身体带起道道残影，轻松避开了激射而来的弹丸。隆隆巨响声中，丛林被炸得狼藉一片，但是姬昊一根汗毛都没伤到。

"逃，快逃！"

丑陋男子们尖声尖气地惊呼着，他们有时候会像鬣狗一样，突然四肢着地怪模怪样地向前狂奔一阵，每当他们用这个模样逃跑的时候，速度就能骤然加快一倍有余。

但是姬昊远远地吊在他们屁股后面，任凭他们跑得口沫四溅，但是根本无法摆脱姬昊的追杀。

一路逃窜了小半个时辰，前方突然一亮，密林到这里突然消失，明亮的天光毫无遮挡地洒了下来。

隆隆水声震得人五脏六腑都在颤悠，浓密的水汽直冲高空，阳光洒在喷薄的水雾上，十几条小小的彩虹在水雾中随着山风剧烈地颤抖着。

一条湍急的大河撕裂了丛林，大河足足有二十几里宽，就在姬昊的前方，河床在这里突然断折，出现了一座高有千丈的悬崖。滚滚大河就从悬崖上一头扎了下去，在这里化为一条气势磅礴的瀑布。

天地造物神妙莫测，如此恢弘的瀑布上空，一株不知道生长了多少年的老榕树歪歪斜斜地从河床的这边，一直延伸了二十几里地，坚定地横跨瀑布，将无数气根牢牢地扎在了对岸。

这株生命力顽强的老榕树，居然在如斯大河、如此瀑布上搭建了一座虹桥。

更让人惊诧的是，也不知道是人为还是天然形成的，十几座最小不过十几丈方圆，最大有七八里地大小的悬浮山峰，被这株足足有百人合抱粗细的大榕树密密麻麻的气根缠绕住了，这些山峰再也无法四处飘荡，如今正悬浮在瀑布上方。

山风呼啸，这些悬浮山峰在离地数里的空中轻轻摇摆。

数以万计的老榕树气根被这些山峰拉得一根根笔直，山风掠过气根，绷直的根须发出了清脆如瑶琴的声音。

逃窜的丑陋男子们跳上了老榕树，"叽叽喳喳"地向河对岸逃窜了过去。最后殿后的丑陋男子还翻过身来，一举手，连续向姬昊的方向投射了六颗拳头大小的火红色弹丸。

金属弹丸轰然炸开，将方圆百丈的山林炸成了一片火海，无数巨木轰然坍塌，肆虐的冲击波横扫而出，激荡起了大片瀑布，在半空中幻化出了数十个圆形的霓虹。

姬昊毫不畏惧地大步走进了火海，无形力场环绕周身，所有火焰还没靠近他，就被力场扭曲、驱逐，一层黯淡的火光在体外三尺的地方剧烈抖动，姬昊轻轻松松地跨越了火场，站在密林边缘笑着向那些丑陋男子挥了挥手。

"好走，不送！"

微微一顿，姬昊大声笑道："给你们身后的人说，想要把我引出来，找几个年轻俊俏的姑娘都好，弄你们这群丑得和拔毛猩猩一样的蠢货出来，是恶心我不成？"

已经在老榕树上快步跑过了百多丈的丑陋男子们傻眼了，他们不知所措地转过身来，茫然地看着姬昊。

这，这和他们的计划不符啊！剧本不是这么写的，姬昊怎么就站在密林边缘不追杀了呢？

河对岸，密林中突然蹿出了十几名身穿重甲的伽族战士，他们手持绳索、大网，气急败坏地望着这边咬牙叫唤。更有几个脾气暴躁的伽族战士举起沉重的兵器，狠狠向身边丛林一挥，顿时数百棵大树被连根拔起，被这些家伙暴力地轰成了碎片。

老榕树上空，一座方圆百丈的悬浮山峰上，身穿华服的帝刹冷笑一声，转身就走。

"尊贵的女巫祭，你可没说这小家伙有这么精明！他根本就不像是你们南荒部落的娃娃，他的奸诈和精明，和我们虞族的年轻人都有得一比了。"

"你得多加点儿报酬，或者你自己想办法把这娃娃引出那个该死的山谷。"

姜嫚站在一旁，咬牙切齿地低声咆哮道："帝刹，你手下有这么多人，我给了你这样丰厚的报酬，你……"

帝刹干脆地打断了姜嫚的话："尊贵的女巫祭，既然我们是老朋友了，你就应该知道我的行事准则——血牙团的战士并不属于我，而是属于我身后那位尊贵的大人，所以我绝对不会用他们的生命去冒险！"

"帝罗被你花言巧语说服了，他去冒险了一次，所以他丢了一颗眼珠、一条手臂，这就是他冒险的结果。而我，作为比他年长将近五百岁的兄长，我才不会做这么愚蠢的事情。"

"在火鸦部的地盘上，强攻一座有数万精锐驻守，有一个老不死坐镇的军事要塞？我有这么蠢么？我绝对不会让我麾下的战士，为了你的一点点私人恩怨而牺牲。"

帝刹轻佻地笑了笑，低声说道："或者，干脆你亲自出手？只要你截杀了那小子头顶的那头火鸦，我现在也有把握把他生擒活捉。"

姜嫚陷入了沉思，然后摇了摇头。击杀鸦公？火鸦部豢养的这些火鸦飞行绝迹，毕方部豢养的战兽毕方都比不过它们，想要击杀的难度实在是太大了。

眼睛和手臂已经重新长出的帝罗从密林中蹿出，气急败坏地指着河对岸的姬昊叫嚣着。

更多的伽族战士带着近千名皮肤黧黑的仆兵蹿了出来，他们跳上了大榕树，快步向姬昊这边追杀了过来。

但是很快这些伽族战士就停下了脚步，因为鸦公已经从高空冉冉落下，抓着姬昊的肩膀将他拉上了半空。这些伽族战士还没一个能凭借自己的力量飞起，面对一个身处高空的敌人，他们只能徒呼奈何。

姬昊看着河对岸的帝罗笑了："帝罗是吧？用这种小手段就想要对付我，有点儿太异想天开了吧？"

大笑了几声，鸦公拉着姬昊直飞了起来，化为一道流光迅速向冷溪谷的方向飞去。

翻身上了鸦公的背，姬昊的笑脸骤然阴沉。

帝罗居然还带着大群下属在冷溪谷附近梭巡，他们，或者他们背后的人，依旧还没有死心！

这次他们用诱敌之计对付姬昊，被姬昊轻松破坏了，但是火鸦部或者青夷部的其他族人，他们的脑子可没有姬昊这么灵便，万一有人中计被生擒，那就有大麻烦了。

第五十九章

求　援

冷溪谷外，又出现了血牙团的人。

不仅仅是姬夏，就连姬豹都勃然大怒，亲自带着契约巨鸦穷搜附近山林，却没能发现血牙团的蛛丝马迹。忙碌了几天后，姬豹只能得意地向姬昊吹嘘——血牙团的人慑于自家威名，已经望风远遁。

姬昊可没把事情想得这么简单，但是他也找不出任何证据揭露血牙团的阴谋，只能将所有疑虑都埋在心底。

接下来的小半个月，冷溪谷格外地宁静，再没任何事情发生。

姬昊也有如回到了金乌岭，每天按照固定的作息表起居修炼。

清晨，太阳还没升起，就早早在山头炼气打坐，淬炼紫府元丹，等候日出时那一缕纯阳紫气。

早晨修炼结束后，就和青影做伴，带着数百族人战士于山林中狩猎，为冷溪谷提供所需肉食。

中午吞食大量的凶兽肉食后，下午就在冷溪谷中打熬力气、淬炼肉身。短短小半个月，突破小巫境后浮动不定的气血已经彻底稳固，每天都有大量炼化后的精血和火鸦血脉融合，金乌之力每天都有增长，三大天赋神通的威力同样每天都稳定地提升着。

到了夜间，姬昊要么和青茯学习巫药淬炼之术，要么在姬豹、姬夏的指导下和他们实战演练。

姬豹、姬夏是南荒部落战士的代表人物，他们并无固定的战斗招法，他们的每一击都遵循肉体本能，效仿山林中的凶禽猛兽，讲究的是用最快的速度、最短的攻击路线，最有效率地杀死敌人。

在姬犵、姬夏近乎严苛的操练下，姬昊前世精妙、繁复犹如艺术品的战斗技巧逐渐褪去了浮华，逐日变得圆熟狠辣、果断坚决。

前世的作战技巧和今世的杀戮本能，被姬昊强大的灵魂之力逐渐揉捏融合，渐渐蜕变为一种独特的、属于姬昊自身独有的可怕"战技"。短短小半月的潜心修炼，姬昊在修为没有多大突破的情况下，战斗力和破坏力得到了十倍以上的提升。

这一日，黄昏。

姬昊站在冷溪谷的护墙上，用一根细小的枝条调戏着一条通体银白带着黑色环状斑纹的双头蛇。

长有丈许的毒蛇动作敏捷，行动如风，身躯蜿蜒扭转怪异难防。但是姬昊双眸空洞地凝视着毒蛇，手中八尺长、拇指粗细的枝条轻巧地在蛇身上轻轻地敲打点拨，任凭这条双头蛇如何地狂乱扑击，却始终无法靠近姬昊半步，只能在离他一丈多远的地方来回扑腾。

一大群火鸦部、青夷部的战士环绕在姬昊身边，啧啧有声地赞叹着。

"不愧是姬夏大兄和青茯阿姐的崽子，这么年轻的小巫啊，毕方部也没有这么厉害的娃娃吧？"

"啊呀，和昊这娃娃比起来，我都没脸见人了。我比昊大了十岁啊，我今年还是巫人境十二重啊！"

"可不是么，这双头黑环蝮，我一斧头可以劈死它，但是我也不敢、也不能这么玩弄这种毒虫呀！"

赞叹声中，十几丈外一座高高耸起十几丈的箭塔上，一名青夷部的战士突然尖啸了一声，从箭塔上探出了半个身体，用力地指向了前方密林深处。

"喂，那边有动静！我看到了阳光照在人血上的反光，是新鲜的人血，有人在那里受伤了！"

哗啦啦的声音传来，数里外山林中，一窝树雀惊慌失措地飞上了天空。护墙上的战士们纷纷大叫起来，树雀无故惊动，肯定有人在丛林中快速奔走厮杀。

姬昊深吸一口气，手中树枝向前急刺，"啪啪"两声，双头毒蛇的两颗蛇头被打得粉碎。一脚将毒蛇蠕动的身体踢下了护墙，姬昊跳起来十几丈高，一把抓住了箭塔伸出来的一根护桩，一个翻身蹿进了箭塔中。

唷——唷——

护墙上的火鸦部战士发出了悠长的叫声。

在南荒丛林中，这种单调悠长的叫声代表着这里是有主的地方，如果是敌人，就不要胡乱侵入这里；同时特殊节奏的叫声也是在指引方向，如果是自家的族人、伙伴，他们就能循着叫声的指引赶过来。

刷刷枝条断裂声不绝于耳，过了大概十几个呼吸的时间，"呼"的一下，一条浑身是血的身影跌跄着从密林中蹿了出来，一路洒下了大片血迹，打着晃儿朝冷溪谷入口奔来。

这人刚刚冲出了十几丈远，距离冷溪谷还有两里多地，姬昊眸子里火光闪烁，金乌神眸开启，已经看清了他的模样——这人袒露着胸膛，满是长毛的胸膛上，用血色染料文了一头熊熊燃烧的豹子图腾。

火豹部，这是托庇在火鸦部下的一个中型部落，他们的领地恰好就位于火鸦部领地的最北方，族人骁勇善战，和火鸦部的关系极其亲近。多年以来，火鸦部和黑水玄蛇部的冲突中，火豹部的战士往往充当先锋冲杀在最前方。

"是火豹部的兄弟！"姬昊从箭塔上探出了半截儿身躯，向着下方护墙上的族人吼道，"去几个人，救下他！"

"唷唷"大吼声响起，十几名火鸦部的战士骑上自己的战兽，直接从护墙上一跃而下，用最快的速度向那个浑身是血的火豹部战士迎了上去。

嘿嘿！

火豹部战士身后的密林中传来了阴声尖笑，"嗤嗤"两声，两根箭矢从密林中激射而出，几乎是眨眼间就到了火豹部战士的身后。

"在我青影面前，你们也配用箭么？我青影，可是青夷部最英俊的箭手，青夷部有史以来最年轻的大巫啊！"青影臭屁的声音远远传来，伴随着尖锐的破空声，一条青色箭影激射而出，后发先至瞬间到了火豹部战士的身后。

青色箭矢绕了一个弧线，轻巧地将两支箭矢打落在地。

火豹部的战士一个踉跄，一头栽倒在地，脑袋在地上撞出了一个大坑，溅起了大片灰尘。

狼狈地抬起头来，这个满脸大胡子的战士嘶声尖叫道："救我的部落！血鳄部、鬼蛙部的杂碎们，他们联手在攻击我的部落！天哪，几天前，我们部落的青壮战士，都被金乌岭抽走了！"

火鸦部的战士们听到大汉的哭喊声，同时愤怒地大声咆哮起来。

第六十章

援 兵

"部落所有成年战士，七天前就被金乌岭抽走了。"

身受重创数十处，好几根骨头都被砍断，仅凭着心头一点儿希望，强撑着身体逃到冷溪谷的火豹部战士声音嘶哑地咆哮着："族里能作战的战士，只剩下了三百人！血鳄部和鬼蛙部的敌人，有很多、很多！"

血糊糊的双手死死抓住了姬夏的胳膊，火豹部战士咬着牙厉声道："姬夏首领，救我的部落，救我的族人！我们是火豹部最大的部落，我们的老弱妇孺，占了整个火豹部的一半啊！"

姬夏紧紧地蹙着眉头，斩钉截铁地说道："火豹部是我们的兄弟，他们出事了，我们必须要救。血鳄部和鬼蛙部？黑水玄蛇部的走狗，只会偷袭的杂碎……我们可以轻松打爆他们的脑袋。"

不等姬夏开口，站在一旁的姬昊插嘴道："阿爸，冷溪谷的矿脉很重要，你奉命坐镇这里，你可不能随便带人出去。我已经长大了，我也能为火鸦部出力了，这次让我去吧！"

姬夏愕然张大了嘴，略带一丝呆滞地上下打量起姬昊。

姬昊挺起了胸膛，目光坚定地看着姬夏："阿爸，我虽然年纪不大，但是我脑子可比族里好多阿叔、阿伯好用多了。而且，我已经是小巫了！比很多阿叔、阿伯都要强的小巫！"

四周的火鸦部族人纷纷向姬昊看了过来，目光中的神色都极其地复杂。

是啊，一眨眼的工夫，姬昊犹如火箭般蹿起，在他同龄的娃娃还在接受部落最初级的战斗训练的时候，他居然已经是实力比普通族人都强出一大截儿的小巫了。

在南荒部族，拥有巫人境五层以上的实力，代表你已经是一个合格的部落战士。

当你突破小巫境，成为一尊小巫，那么就意味着你已经成为部落可依仗的骨干。

"我的崽子，昊，你才多大点儿娃娃？但是，你肯定是不会吃亏的，这点阿爸倒是相信你！"姬夏用力拍了拍脑袋，放声大笑了起来，"昊，我的崽子，你虽然年纪不大，但是你是真的长大了！"

深吸一口气，姬夏厉声喝道："姬鹰、姬狼、青影，你们分别带两千火鸦部战士，一百青夷部的兄弟，去救援火豹部的兄弟们吧！血鳄部，鬼蛙部？这种废物部落也敢向我们伸爪子，冷溪谷正缺矿奴呢，多抓些活人回来！"

南荒部落征战厮杀，只要战士首领一声令下，没有任何的犹豫和拖延，所有战士都会用最快的速度做好准备。短短半刻钟时间，两千火鸦部精锐战士就跨上了自己的战兽，在重伤的火豹部战士的带领下，一路发出尖锐的唿哨声闯入了密林。

战况紧急，在姬昊的提议下，三头四牙猛犸充当队伍的先头兵，一路蛮横地撞碎了前方的参天巨木，为大队人马开辟出了一条尽情奔驰的通衢大道。

"两个时辰，阿叔，只要两个时辰，我们就能赶到你的部落！"姬昊骑在胖熊身上，向坐在自己身后的火豹部战士大声地喊叫着，"你知道不知道，金乌岭调走你们部落的全部战士做什么？"

火豹部的战士茫然地摇头，以前从来没有这样的事情发生过。南荒丛林危险无数，不仅仅是敌对部落随时可能的骚扰、侵袭，更有无数的凶禽猛兽会对族人造成威胁。

以前金乌岭从附庸部落抽调战士作战，一定会给部落留下足够的自保力量。

但是这次，这个火豹部落数千精锐被抽调一空，只留下了三百实力最弱的成年战士看守部落，这种行为在南荒无异于谋杀。但是金乌岭的命令是这样，火豹部作为火鸦部无数年来的忠实盟友，他们没有任何犹豫地就把所有战士派了出去。

"蘅笭君，能帮我多召集一些伙伴么？"双手紧紧拉住胖熊背上的长毛，姬昊向跨乘在赤豹上，和自己跑了个肩并肩的蘅笭君大声叫嚷着，"要强大一些的伙伴，那些太弱小的，就用不上了！"

蘅笭君高高举起长弓，墨绿色的长发在身后轻盈地飘拂着。她妩媚一笑，仰天发出了无声的呼唤声。

一圈圈肉眼可见的波纹向四周扩散开，四周山林内突然传来了此起彼伏的长啸，一阵阵奇异的风从山林中簌簌吹起，不多时大队人马两侧的山林中，就有了一些奇异的身影保持着和队伍同样的速度，快若旋风地向前狂奔而行。

这些身影似兽非兽，而且身体也笼罩在奇异的雾气中，看上去朦朦胧胧的，并非寻常意义上的凶兽，而是山林内的天地灵气被某些奇异的存在吸引，天生地养滋生出的不知名的奇异灵物。

只有蘅笭君这样的山林精灵，才有这个能力将这些奇异而强大、诡秘而神奇的生灵召唤出来。在南荒，很多小部落膜拜的神灵，其实就是这些奇异的灵物。

老石坐在一头开路的四牙猛犸背上，他举起巨大的拳头，循着一个奇异的节奏，慢慢地敲打自己的胸膛。

当、当当、当当当——当、当当、当当当——

铿锵有力的撞击声随风传出老远，很快，数十里外的山岭中，就有了同样慷慨激昂的金铁撞击声传来。

"兄弟……我听到了兄弟的声音！"老石低声咕哝着，"昊，我找到了三个兄弟，比我更强大的兄弟！唔，他们问我什么是'酒'，还有烤肉的味道怎么样！"

"告诉他们，酒管够，肉好吃！我们火鸦部，欢迎他们常住！哈哈，我阿爸、阿姆，都是最好客不过的。"姬昊笑得牙齿都歪了，老石这样的石怪在山林之中极其罕见，这一下就被老石召唤出了三个，简直就是意外之喜！

石怪的脑筋简单，一滴点脑浆都没有，只要给他们足够的美酒美食，这些家伙最容易诱拐了。

当年老石也不过是因为姬昊的一碗老酒、一块蜂蜜，就乖乖地成了姬昊的小伙伴吗？

行动缓慢的老树妖同样坐在一头四牙猛犸背上，看到得意洋洋的老石，老树妖不甘示弱地举起了形如枝杈的手臂，无数墨绿色的光点从他的手臂中纷纷扬扬地飞出，犹如蝴蝶一样向四周山林飞了过去。

四牙猛犸向前狂奔，过了大概两刻钟，前方山林中突然一阵地动山摇，两株高有三百多丈，树冠笼罩了千亩之地的古树突然动了一下。

大地裂开了巨大的缝隙，两棵和附近的古木没有任何两样的参天巨木突然睁开了绿光四射的双眼，慢慢地将根茎从地下拔了出来，无数根茎迅速地缩并成了两支造型粗陋的大腿。

姬昊彻底惊呆了，老树妖这是要玩大屠杀么？

他记得老树妖的大树本体，也不过是一百七八十丈高，这两株已经妖化的古木比老树妖高了将近一倍，他们的实力起码是老树妖的数倍以上啊！

"哟呼——让我们杀一个痛快！"姬昊放声长啸，用力地向天空挥了一下拳头。

一路紧跟着队伍，在树梢头狂奔的黑毛巨猿不服气地哼哼了一声，突然站在一株大树上，同样发出了高亢如云的长啸声。

很快，山林各处，都有尖锐的啸声遥遥传来。

第六十一章
野 火

火光四射，血腥味随着山风飘出了老远。

姬昊站在一株大树上，借着枝叶掩住了身形，向数里外的山坳眺望着。

前方这个火豹部部落的驻地选得极其巧妙，部落前方是一条蜿蜒的小河，为部落提供了充沛的水源。后方是陡峭、密布剧毒荆棘的山崖，从三个方向环抱过来，围成了一个方圆十几里的山坳。

此刻火豹部的驻地已经被攻破，山坳中错落分布的木屋、茅棚被大火点燃，烈火熊熊，黑烟直冲高空。

山坳中横七竖八地倒下了上万具尸体，看模样都是火豹部的族人。数百头体长数丈，通体厚皮呈赤红色的血鳄趴在地上，惬意地大口吞咽着血淋淋的身躯。

在山坳的后方，密密麻麻无法穿行的毒荆棘刺丛中，一条蜿蜒的小路直通后方山崖顶部。

山崖上平坦一片，密密麻麻的火豹部的族人蜷缩成一团，一些年幼孩童正撕心裂肺地哭喊着。

小道的尽头，一根长长的红色兽骨制成的长幡矗立在山崖边，数十根火红色的豹尾挂在长幡上随风飘动。呜呜尖啸声不断从长幡中传来，数十头体长数丈，身形朦朦胧胧的火红色豹子虚影飞快地在剧毒荆棘丛中往来穿梭，嘴里不时喷吐出大片的火星、黑烟。

"火豹部的祖灵旗幡！"青影站在姬昊身边，看着那根高有数丈的长幡喃喃自语，"看来火豹部的巫祭被逼急了，不是到了万分紧急的时候，可没人敢惊扰祖灵的安眠，将他们召唤出来作战。"

　　呦呦尖啸声直冲高空，数百名身材粗壮的血鳄部战士手持火把，倾尽全力地将火把丢进了毒荆棘丛中，想要烧光这一片麻烦的剧毒荆棘，开辟一条通往山崖顶部的通衢大道。

　　但是数十头火豹在荆棘丛中往来穿梭，一旦有火头燃起，这些火豹立刻冲过去，张嘴向着火头用力一吸，所有火焰都被吸得干干净净。血鳄部的战士们投掷了数千个油脂火把，但是毒荆棘丛没有被烧掉半点儿。

　　大队大队身材矮小，皮肤呈黑绿色，双眼突出犹如蛤蟆的鬼蛙部族人挥动着精巧的吹箭管，得意洋洋地向山崖上的火豹部族人大声咒骂。

　　百十个被俘虏的火豹部女人被这些鬼蛙部族人按在地上，每个女人的身边都有大群的鬼蛙部族人迫不及待地等待着。她们在地上拼命地挣扎哀号，引得山崖上的火豹部孩童们纷纷大声哭喊。

　　"火豹部的懦夫们！我们杀了你们的族人，我们烧了你们的部落，我们正在玩你们的女人！"一个皮肤上密密麻麻布满了拳头大小脓包，骑在一头方圆丈许的箭毒鬼蛙背上的鬼蛙部战士大声吼叫着，"看啊，你们的女人皮肤可真白净，嘿嘿，比我们鬼蛙部的女人白净多了！你们就这么看着她们被我们活活弄死么？"

　　"嗷"的一声怒吼，站在山崖顶部祖灵旗幡下的百多个火豹部战士中，一个浑身血迹斑斑，半条左臂被砍掉的壮汉怒号一声，迈开大步顺着崎岖的小道冲杀了下来。

　　呼呼喘息中，火豹部的战士冲下了七八里长的崎岖小道，挥动手中铁斧向最近的敌人砍去。

　　数十名鬼蛙部的战士同时举起了吹箭管，嗖嗖声中，数十支黑色的毒刺激射而出，狠狠地扎在了火豹部战士的身上。黑刺上的剧毒迅速扩散，火豹部战士的身体骤然膨胀，无数脓包从皮肤下急速涌出，短短几个呼吸的时间，火豹部战士踉跄着向前冲出了不到十步就颓然倒地。

　　"噗噗"一声，火豹部战士的身体变成了黑色的脓水，毒水流了一地都是。

一个身穿血色皮甲，手持两柄重刀的血鳄部战士不满地咆哮着："臭蛤蟆们，留下尸体啊，我们的宝贝儿们还没有吃饱呢，多好的一块肉，被你们弄得不能吃了！"

山坳中，大群大群的血鳄部、鬼蛙部的战士嚣张万分地仰天狂笑。

姬昊眯起眼睛，神念扩散开来，轻松笼罩了整个方圆十几里的山坳。

血鳄部的战士将近一千，鬼蛙部的人数多一点儿，大概在两千左右。其中没有大巫级的高手，最强的战士只是血鳄部数十个小巫，而鬼蛙部的小巫数量更少，只有十人不到。

无论血鳄部还是鬼蛙部，他们供奉的上古生灵血鳄和鬼蛙远没有三足金乌强大，他们得到的血脉之力也格外孱弱，所以他们的部落战士中，小巫和大巫的比例远不如火鸦部！

"这点儿人么？血鳄部和鬼蛙部，什么时候胆子这么大了？"姬昊冷笑连连，联系到前些天帝罗的下属想要诱捕自己的事情，姬昊嗅到了浓浓的阴谋气息。

"阿舅，叫兄弟们准备吧！"姬昊举起了右手，用力地向前一挥，"干掉这些该死的家伙！"

老树妖大踏步走出了密林，站在了河岸边。他用力地一跺脚，两条粗大的树根深深扎进了地面，随后他的身躯迅速地膨胀，从人形树妖恢复了自身圆形。

一株高有近两百丈的大树矗立在河岸边，肥美的水土中无穷的养分被老树妖吞噬，他的根茎在地下急速地延伸开，短短几个呼吸的时间，他的根茎就钻过了宽有十几丈的小河，迅速延伸到了火豹部的部落下方。

"杀！"姬昊低沉地咆哮了一声。

老树妖同时大吼了一声"杀"，他的树干上黑漆漆的口洞张开，喷出了大片的寒气。

数千条胳膊粗细的黑色根茎从火豹部的地下激射而出，犹如毒蛇一样向山坳中的血鳄部、鬼蛙部的战士刺了过去。老树妖伸出的根茎是如此的多，以至于整个山坳几乎都被他的根茎覆盖，血鳄部和鬼蛙部的战士们同时觉得天都暗了下来。

"敌人！"手持双刀的血鳄部大汉惊慌大叫。

噗嗤声不绝于耳，实力最弱的数百血鳄部、鬼蛙部的战士被根茎刺穿了身体，长长的根茎带着他们的身体冲上了高空，大量鲜血顺着黑色的树根喷洒了下来，山坳中突然下了一场血雨。

唷唷怪叫声直冲高空，两千火鸦部的战士骑着各自的战兽从密林中冲出，他们冲到了小河边，胯下战兽同时咆哮，轻松跳过了十几丈宽的小河，径直冲杀进了熊熊燃烧的火豹部部落。

血鳄部、鬼蛙部的战士们挥动兵器，狼狈地砍断了一根又一根向自己急刺而来的树根。

他们惊慌地呼喊着，绝望地看着跨越小河飞扑而来的火鸦部战士。

下一瞬间，数百支箭矢激射而来，大片血鳄部、鬼蛙部的战士喉咙中箭，大口吐血向后抛飞了出去。

火鸦部的战士趁着慌乱，冲入了血鳄部、鬼蛙部的战士群中。沉重的刀剑挥动，犹如野火焚烧枯萎的野草，大片大片的血鳄部、鬼蛙部的战士几乎毫无反抗地被击杀倒地。

"天哪！他们怎么来的？"手持双刀的血鳄部战士绝望地高呼起来。

第六十二章
包　围

嘎！

姬昊仰天长啸，一团火光从背后冲出，流光火翼冉冉凝聚，用力地挥动了一下。火光笼罩了身体，姬昊化身为一道流光，瞬间冲出了丛林，掠过了小河，跨越了部落前方百多丈的空地，带着大片残影和热力闯入了火豹部的部落。

手持双刀的血鳄部战士已经是小巫境巅峰的实力，他用力挥动大刀朝着天空大吼咆哮的时候，他身后一团血雾弥漫，雾气中隐隐有一条十几丈长的血鳄翻滚。

每当血鳄滚动的时候，这个战士的皮肤就变得近乎半透明，姬昊金乌神眸可以清楚看到他体内七八条血光缠绕的经络上，有好几个拇指大小的巫穴正闪烁着夺目的光华。

这家伙，距离开辟巫穴只差一步！

"但是你这辈子都没指望了！"姬昊放声大笑，一弹指间跨越了数里冲到了对方面前，劈面一拳打了下去。

流光火翼带给姬昊的，是速度，让寻常人根本无法捕捉的速度。上古金乌纵横虚空，最强大的金乌一弹指间可以飞渡数十万里。

姬昊现在显然无法和上古金乌那种神话生物相提并论，但是在小巫境，他的速度已经足够快，快得足以让敌人绝望——比如他面前的血鳄部的战士，他茫然的目光完全没能看到姬昊的影子，只是纯粹凭借超绝的战斗本能，疯狂地向前挥了一刀。

"破！"姬昊双手结成法印，临、兵、斗、者四字真言法印齐齐发动，全身精气神浑然一体犹如金刚宝珠，带动四周天地宇宙力量，以大无畏的斗志一往直前地轰出。

浑身肌肉绷紧，骨骼撞击如铜钟，姬昊身体内响起了隐隐龙吟声，小腹内五彩火苗上，来自姬枭的最后一点儿大巫精血在疯狂地消耗。

手持双刀的血鳄部战士绝望地大吼起来。

他依旧没能看清姬昊的身影，但是他诡异地看到了姬昊的拳头。

填充了整个天地，好似带动了天地山川一切宏伟巨力，散发出无穷无尽的光和热，犹如流星坠地一样向自己当面轰下的拳头。手中两柄重刀顾不得劈砍敌人，而是犹如门板一样横着封了出去。

长八尺、宽一尺、厚三寸的精铁大刀，刀背上还有三枚符文在闪烁。

这是两柄巫器，在南荒，任何一件巫器都无比珍贵，只有部落中最出色的战士，才有可能得到巫器的赏赐。铭刻了巫法符文后，巫器的强度远比自身本源的材料要坚固、坚韧十倍甚至百倍！

姬昊凝视着这个战士，目光死死凝注在他的心口上。

两柄横着封挡过来的大刀完全没放在姬昊眼里，右拳笔直轰出，带着一丝和天地契合的曼妙韵味，拳头硬生生砸在了两柄大刀交会处。

血鳄部的战士不可置信地惨号一声，他终于看清了姬昊稚嫩的面孔！

"我家的崽子，都比你大一大截儿！"电光石火的一瞬间，这个血鳄部的战士却是大声吼出了这么一句话。

大刀剧烈地震荡着，姬昊的重拳犹如大山压顶，血鳄部战士的两条手臂承受不住拳头上附着的可怖力量，两条手臂寸寸碎裂。被巨力震荡的碎骨撕开肌肉，"嗖嗖"带声地喷射出老远。

拳头顶着大刀，重重地印在了血鳄部战士的胸膛。

大刀弯曲，刀背上的符文骤然闪过一抹强光，随后黯淡了下去。咔咔声中，两柄大刀裂开了无数裂痕，叮叮当当的碎片不断坠落。

血鳄部战士胸膛凹陷了下去，大口大口的鲜血混杂着血肉碎片不断喷出。

在他身后，软甲上破开了一个拳印，姬昊的拳劲轰穿了他的身体，在他身后打出了一条长有十几丈的清晰拳路。沿途有七八个血鳄部的战士，他们全都身体僵硬、面色诡异地看着姬昊。

这些实力都达到了小巫境的血鳄部战士，居然被姬昊这一拳轰出的拳劲余力一击震死，没有一个幸免。

"砰"的一下，手持大刀硬抗了姬昊一拳的血鳄部战士身体突然炸开，连带身上的鳄鱼皮软甲同时炸成了粉碎。他身后的七八个血鳄部小巫的身体也接二连三地炸开，血水飞出了数十丈远。

一拳之威，已至于斯！

四周正在厮杀的火鸦部战士呆住了，过了几个呼吸的时间，他们突然犹如疯癫一般，举起手中兵器歇斯底里地欢呼起来。

"昊、昊、昊"的呼喊声震动天地，火鸦部的战士们都在为姬昊的神勇振奋不已！

血鳄部、鬼蛙部的战士们则是犹如见到鬼神一般绝望地哭喊逃窜。

姬昊的面容稚嫩异常，个头也比火鸦部的成年战士矮了一大截儿，他的年龄绝对不会大到哪里去。在场的很多血鳄部、鬼蛙部战士家的娃娃，都要比姬昊大出一大截儿。

但是这么年轻的姬昊，一拳杀死了血鳄部在场的战士首领，还打死了七八个血鳄部的精英头目。这一拳直接将血鳄部、鬼蛙部战士心头最后一点儿战意彻底粉碎，他们全都失魂落魄般丢下兵器转身就跑。

火豹部的部落驻地选得极好，正面是一条小河，火鸦部的战士正是从这里杀过来的。

左边、右边和后面，三方都是密布着剧毒荆棘刺的山崖，根本就无路可逃。

犹如无头苍蝇一样狼狈地逃窜了一阵子，血鳄部、鬼蛙部残留的两千多战士干脆地跪倒在地，哆嗦着向火鸦部的战士投降。

老树妖迈着沉重的步伐从小河对岸走了过来，他丢下了无数坚韧异常的山藤，火鸦部的战士很不客气地将投降的血鳄部、鬼蛙部的战士捆得和粽子一般。

"都是很合格的矿奴啊！"姬昊站在肥熊背上打量着这些俘虏，摇了摇头，"火豹部这次损失了不少族人，这些奴隶，还得给他们一部分。"

后方悬崖顶部的火豹部祖灵旗幡一阵摇晃，数十头火豹虚影纷纷遁入长幡中。

数十名火豹部的长老、巫祭面带悲色地走下了山崖，向姬昊这边走了过来。

姬昊端正了表情，跳下肥熊的背，向着火豹部的长老们迎了上去。

双方相互见礼，还没来得及说一句话，远处山林中突然响起了高亢激扬的号角声。伴随着"唷唷"的怪叫声，大概一刻钟后，小河对面突然有大队大队的战士涌了出来。

数百头大型飞禽坐骑从密林中飞起，有高大魁梧的战士在飞禽背上竖起了代表各自部落的旗幡。

数十根长短高低不同的旗幡迎风招展，小河对面的战士们同时发出了得意的狂笑声。

这些旗幡代表着一个部落的战士全军出动，数十根旗幡代表这里起码汇聚了数十个部落的全部兵力，起码将近十万部落战士汇聚在了对面的密林。

姬昊哑然，向神色难看到了极点的火豹部长老们摇头苦笑道："我们这算是，被包围了吧？"

第六十三章

联　军

鼓号声声，呼声震天，数十面各色旗幡凌空招展，战兽、战禽的咆哮声鸣叫声掀起了一道狂风，方圆百里的山林都在风中剧烈地摇晃。

火鸦部、火豹部的战士顺着山崖上崎岖的小道，迅速退到了山崖之巅，死死扼守住了唯一能够上下的羊肠小道。

火豹部的巫祭们面带苦涩，下手毫不留情地将一个又一个血鳄部、鬼蛙部的俘虏斩杀。

黑曜石制成的短刀撕开了俘虏们的脖颈，鲜血刚刚喷出，就被一道灼热的狂风卷起，点点滴滴的鲜血不断融入重新竖起来的火豹部祖灵旗幡。

得了两千多俘虏精血、灵魂的滋养，两百多头火豹虚影悄无声息地从旗幡中窜出，静静地匍匐在剧毒的荆棘刺中。

"不知道死活的家伙啊，他们就不怕火鸦部的报复么？"青影挥动着长弓，站在山崖边缘大声吆喝着。

姬昊双手抱在胸前，眺望着远处山林中一队一队往来奔走的战士，一句话都不说。

在南荒，一次调动这么多部落的精锐战士联手攻击，这真是大手笔。南荒丛林道路难行，想要同时调动数十个部落的战士，在某个特定的地点打伏击，其中的运筹帷幄、兵力调动可是一个巨大的麻烦。

更不要说，南荒部落的战士们都是大肚汉，一个普通的巫人境战士，每天都要吃掉数十斤肉食，小巫和大巫的食量更是无底洞。数十个部落的精锐战士集中起来，这后勤补给的消耗，足以在短时间内吃垮两三座兽肉堆积而成的大山。

不管是谁在背后策划了眼前的这一幕，他们投入的人力、物力和财力，都是极其惊人的。

眸子里火光闪烁，姬昊仔细地辨识着远处空中飘扬的旗幡。激活了天赋神通金乌神眸，现在的姬昊足以看清十几里内一只蚊虫的一举一动。

旗幡飘动，姬昊一一认出了旗幡上描绘的图腾。

"青牛部、野牛部、蛮牛部……嗯，这是有名的三牛蛮部嘛，他们不是中立部落么？"

"牙虎部、怒狮部、风鹰部……哼，这些平日里谨慎小心的散碎部落，不要命了吗？"

但是很快，姬昊就在那些旗幡中发现了一些让他感到压力的图腾。

"猛鬼部、魍魉部、虫蛊部……该死，这些从来不和南荒部族打交道的怪异家伙，他们也掺和进来了？他们是想要挑战火鸦部？挑战南荒陆域的统治么？"

三牛蛮部也好，牙虎部、怒狮部、风鹰部这些中小部落也好，这些部落在南荒独善其身，从不挑战火鸦部、黑水玄蛇部这种一方霸主的威严，游离于两大阵营之外，属于崛起无望但是也没有覆灭之忧的中立部落。

如果有人给他们足够的好处，足够的利益，这些中立部落联手一击，从火鸦部身上撕下一块肥肉，这是情有可原的。

但是猛鬼部、魍魉部、虫蛊部这些部落，他们和南荒的其他部落格格不入，他们自成一系，甚至是火鸦部这样的强大部族都不愿意主动招惹。

比如说猛鬼部，他们没有血脉传承的力量，但是他们有奇异的猛鬼传承体系。他们世世代代供奉山林中的恶鬼凶煞，婴孩一出生就将自身和恶鬼融为一体，变成人不人鬼不鬼的异类，但是也拥有了各种匪夷所思的奇异能力。

猛鬼部的族人数量不多，但是他们世世代传承的猛鬼实力强悍，刚出生的婴孩一旦和猛鬼合为一体，就直接拥有小巫境的实力。猛鬼部的战士一旦成年，彻底继承了猛鬼的力量，就拥有了和大巫抗衡的战力。

魍魉部、虫蛊部还有其他几个部落，也都是这样的异类部族。这些部落基本上没有什么人味，已经演变成了某种类似于人的异族。

平日里，这些异类部落极少和外界接触，其他部落也极少愿意和他们打交道。

但是今天，足足有八九个异类部落的图腾出现在姬昊面前。

"好大的手笔，不管你是谁，值得下这么大的力气么？为了阿爸，阿姆？还是为了我？"

姬昊看着空中招展不定的旗幡，重重地吐了一口气。他转身看着青影，低声说道："阿舅，放风雀儿吧。"

青影面孔扭曲地点了点头，从怀中小心地掏出了一只婴孩巴掌大小的青色长尾雀儿。这是青夷部独有的一种风雀儿，体形娇小、飞行绝迹，而且飞行时身形会自行融入树荫斑斓中，就算是目力最敏锐的鹞鹰，也极难发现它们飞行时的痕迹。

"去，去冷溪谷！乖雀儿，将这里的事情告诉姬夏大兄！"青影给风雀儿喂了几粒用自己鲜血混合五谷精华捏成的丸子，轻轻地对风雀儿说了几句话。

风雀儿抬起头来，语声极其清脆地重复了青影的话，它吐字清晰、居然一个字都没说错。

"没错，就是这样，告诉姬夏大兄，这里是别人设下的陷阱。"青影眯着眼，手掌一抬，风雀儿发出一声清脆的啼叫，化为一抹淡淡的风影冲天而起，眨眼间就远去了七八里地。

斜刺里一道黑风呼啸袭来，黑风中数十头浑身阴气森森的巴掌大小铁爪秃鹫尖声怪啸着，"呼"的一下围住了疾飞的风雀儿。

青色的风雀儿在秃鹫的包围圈中轻盈地飞旋挪移，刹那间避开了数十只利爪的抓挠。

眼看着风雀儿就要凭借自己娇小的身躯和快得难以形容的动作蹿出去，远处幽幽传来了一声尖锐的孩童哭喊声。

几里外的树梢头，魍魉部的图腾旗幡下，一名面色惨白、没有一丝儿人气的婴孩光着身子，歪歪斜斜地站在一株大树的树梢头，怪声怪气地朝着风雀儿的方向哭喊了一声。

只是一声哭喊，数里外飞行绝迹的风雀儿犹如被雷霆轰击一样，身体一歪，沉甸甸地从空中坠落。

下方密林中树叶一阵乱动，一条惨绿色的大蟒悄无声息地探出头来，一口将风雀儿吞了下去。

姬昊的心头一沉，青影的脸色则是变得极其难看，差点儿没哭了出来："昊，这是阿舅从小就养起的雀儿，这群混蛋，我一定要宰了他们！"

河对面的密林中，两株大树被人一巴掌推开，一尊身高三丈的魁梧身影扛着一根木桩，慢慢地走了出来。

高大魁梧的身影光着身子，淡绿色的皮肤上密密麻麻的尽是扭曲的鬼脸，他看着姬昊和青影等人，瓮声瓮气地说道："自己走出来，跪地求饶，我们可以只杀你们一半的人！"

密林一阵阵地震荡，无数怪异的笑声不断从林子里传来。

第六十四章
唤 魂

"我的雀儿！"青影的身体微微哆嗦着，很伤心地看着姬昊，"没办法通知你阿爸了，昊，我们怎么办？"

"乖乖等着！"姬昊扯了一根剧毒的荆棘刺，拿在手上随意地把玩着，"我是鱼饵，阿爸就是那条鱼儿。乖乖等着，看看他们到底还有什么手段吧。"

"我的雀儿！"青影阴沉着脸，身后一抹青色的旋风急速地旋转起来。他咬牙切齿地说道："那还是我刚懂事的时候，阿姆帮我孵出来的雀儿，我把它当兄弟的！"

青色的流光不断注入手中长弓，青影手上的长弓上一枚一枚的符文不断亮起，眨眼间弓臂上足足亮起了一百多枚青色的符文。

姬昊骇然看着青影的长弓，一百多枚巫法符文，这张长弓是姬昊这辈子除了燧人杖，见过的最强巫器。相比这长弓，青茯的生死刺和木生珠这两件传承巫宝，简直就不能再弱了。

"真偏心！"姬昊含糊地咕哝着。

"阿姐嫁给火鸦部，总不能把青夷部最好的传承巫宝带走吧？"青影哼了一声，"我这弓，才是我们青夷部最强的传承巫宝……嗯，现在是我们青夷部最强的。"

三支箭矢搭上了弓弦，青影拉开长弓，锁定了河对面正在大声挑衅的魁伟大汉。

身高三丈开外，头顶密密麻麻地生满了尖锐的小角，面容扭曲如鬼，袒露的身躯上密密麻麻尽是鬼脸图腾的壮汉挥动着黑漆漆的木桩，朝着山崖的方向蹦跳挑衅。

"喂，火鸦部的懦夫们，来，战斗！我是猛鬼部的赤角，你们谁敢和我战斗？"

呼！

细微的风声响起，宛如闺中少女无声的轻叹，三支长箭悄然消失。

下一瞬间，箭矢突兀地出现在赤角的面前。身躯魁梧、健壮，但是动作兔不了榔槺不灵便的赤角怪叫一声，两颗米斗大小的眼珠被箭矢洞穿，另外一箭则是从他的嘴里掠了进去，箭矢急速旋转，穿透了他的后颈透了出来。

大片黑色的鲜血喷出，赤角的眼里不断喷出鲜血，他痛得嘶声怒骂，伸手抓住箭矢，狠狠地将箭矢拔出。

大片黑气从赤角的体内涌出，他的身体缓慢地变成了半透明状。一阵子闪烁后，赤角的身体重新凝聚成实体，但是所有的伤势都已经消失无踪，就连被穿透的眼珠也恢复如初。

"嘎嘎，这种攻击，对猛鬼部的勇士是没有用的！"赤角高高举起木桩，朝着山崖的方向大吼道，"难道火鸦部的战士，都是懦夫么？来一个人，让我敲破他的脑袋！"

密林中传出越发喧哗的欢呼声，渐渐地有大队战士冲出密林，他们纵身跃起，跳过了小河，小心地向山崖的方向侵了过来。

冲过小河的战士足足有好几千人，其中混杂着数十名身材高过两丈的猛鬼部战士。这些战士一个个面容扭曲狰狞犹如厉鬼，每一步踏在地上，都震得地面隐隐颤抖。

"昊！"青影扭头看了姬昊一眼。

"等！"姬昊淡淡地说道，"等着，看他们到底想要做什么。"

用力揉搓了一下肥熊的小耳朵，姬昊干脆盘坐在了地上，浑然没把越来越近的敌人当作一回事情。

密林深处，距离火豹部的驻地大概二十里地，人工开辟出了一个直径十丈的小小空地。姜媱穿了一件极其华丽、华贵的丝绸披风，趾高气扬地站在空地边缘。

前些日子被黑水龟掳走的姜雪同样身穿华服，带着刻骨铭心的恨意，咬牙切齿地站在姜媛身边，嘴里絮絮叨叨地诅咒着："阿姑，一定要让姬昊死，我要一片片地切了他，把他的肉拿去喂虫子！"

姜媛微微笑着，轻轻地抚摸着姜雪白净细腻的小脸蛋："他是一定会死的……嗯，姬呋的儿子，你觉得怎么样？虽然不如阿武，但是你嫁给他，阿姑也会和对待亲女儿一样待你的！"

"只要姬昊死！"姜雪眸子里凶光闪烁，咬牙低声说道。

"那就让他死！"姜媛雪白的面孔同样轻微地扭曲起来，"要不是他，阿武也不会死……要不是他，你也不会落到黑水龟这老鬼手上，害我付出这么多代价，才把你换了回来！"

密林中，一条硕大的独角玄蛇慢慢地游了出来，黑水乌蛟坐在玄蛇头顶，目光贪婪地上下打量着姜媛火辣辣的身躯："姜媛，话可不能这么说。起码我们现在有共同的目标，是不是？可说好了，姬夏父子俩的脑袋，是我的。"

深吸了一口气，黑水乌蛟得意地说道："我族圣地的悬赏，只要我把姬夏的脑袋献给祖灵，我就能得到一件我族的传承巫宝。但是如果加上姬昊的脑袋，火鸦部巫帝一脉，姬夏这一支血脉就彻底断绝，我能额外得到多少赏赐呢？"

嘘！

空地上，一座用黑色的人骨骷髅搭建起的祭坛前，一个干瘪矮小、浑身黑漆漆皮包骨头的老巫祭轻轻地"嘘"了一声。他转过身来，低声咕哝道："安静！我魍魉部的唤魂之术威力强大，但是……一定要安静！如果你们惊扰了我族的祖灵，你们如果有什么危险，可不要怪我！"

姜媛、姜雪死死地闭上了嘴。

黑水乌蛟死死地盯着老巫祭，眸子里闪过一抹难以遏制的贪婪和凶残。

老人掏出了一根黑色的骨棒，手舞足蹈地绕着祭坛蹦跳起来。他轻声地念诵着咒语，不时在咒语中蹦出了姬昊的名字。

祭坛上，一个用人皮制成的小人腰间，一缕黑色的发丝随风轻轻摇晃。

姜媛看着那一缕发丝，不由得微微一笑，花费了这么大的力气，从金乌岭姬夏的家中，好容易找到了姬昊的这几根头发，一切的努力现在看来都是值得的。

只要姬夏和姬昊的精血落入她手中……呵呵！

祭坛上的人皮小人突然一跃而起，宛如活人一样随着老巫祭的动作舞动起来。

一缕黑烟从祭坛中飞出，慢慢地在祭坛上勾勒出了一张没有五官的扭曲面孔。

"姬昊啊……"

这张面孔突然发出一声尖锐的鸣叫，四周丛林中无数的虫豸、鸟儿同时爆开了身体。

火豹部驻地后方，山崖上，姬昊的身体突然一僵，眼前一片血光闪烁，姬昊身体犹如触电一样骤然跳了起来。

在青影骇然的目光中，姬昊身体不受控地撒开大步，顺着剧毒荆棘丛中崎岖的小道狂奔了出去，几个呼吸间就已经快要脱离了荆棘丛的庇护范围。

第六十五章
就 计

"昊！"青影被姬昊突兀的行动吓得魂飞天外。

数千敌对部落的战士就在山崖下，隔着宽达数里的剧毒荆棘丛遥遥相对。河对岸密林中，有更多更强大的敌人虎视眈眈。

姬昊孤零零一人，突然冲进了敌人阵列中，这无疑是送死！

冷汗"唰"的一下浸满全身，青影背后大片青色风劲喷出，青风中隐约可见一对大鹏羽翼若隐若现。身形微微一晃，身体四周大片青色的风纹扩散开，隐隐可见数十重残影在青影身边若隐若现。

青影正要冲出去将姬昊抓回来，趴在地上一动不动的肥熊突然抬起了一只熊掌。

倒霉的青影没有注意看脚下，他一脚绊在肥熊的熊掌上，"啪"的一下结结实实地拍倒在地。青影动用了血脉神通蓄势冲出，势道强得惊人，这一下拍倒在地上，冲击力也大得吓人。

青夷部的战士本不以肉体强悍、力量强大而见长，这一下面孔朝下地拍在地上，青影直摔得四肢百骸差点儿散架，地面被他撞出了一个人形大坑，坑里面还有一摊鲜血煞是刺目——这是青影撞出的鼻血。

"该死的，肥熊！我要把你的熊掌烤了！"青影摔得说话的力气都没有了，抽搐着好容易抬起头来，咬牙切齿地向着肥熊低声咆哮着，"昊……有危险！"

肥熊眨巴着小眼睛，犹如看白痴一样看着青影。

青影看着肥熊小小的眼珠里复杂的神色，突然激灵灵打了个寒战："我很像傻子？"

肥熊咧开嘴"嘎嘎"一声，打了个呵欠，探过头去，长而肥腻的舌头狠狠地在青影的脸上舔了一下。青影阴沉着脸，眯着眼看向了站在剧毒荆棘丛中一动不动的老树妖。

"嗯，我差点儿忘了，这小子一路上招来的山精水怪呢？他们在哪里？"

姬昊眼前血影闪烁，脑子里不断回荡着尖锐的鸣叫声。这个声音在不断地呼唤他的名字，每一次呼唤都有一种莫名的力量直接攻击他的灵魂，好似无数把小刀要把他的灵魂撕成粉碎。

神魂空间内，茫茫白气一阵翻滚，逐渐凝成了一枚圆碟。

虚影坐在圆碟上，俯瞰着姬昊紫光四射的紫府元丹，瓮声瓮气地咕哝着："小家伙，你在干什么？嗯？有人在用唤魂诅咒的术法？你的灵魂之力都结成了紫府元丹，不会这么轻易被人控制吧？"

姬昊分出了一丝神念，嘿嘿向虚影笑了几声。

虚影双手抱在胸前，轻轻地摇了摇头："小家伙胆子够大的……嗯？你身上的这件贴身的软甲？"

姬昊背后大片火光喷出，火焰凝成了羽翼，他带起大片残影，迅速掠过了向他扑来想要逮住他的敌人。无数战士大声地呼喝着，张开双手向他抱了过来，但是姬昊就好像涂了油的泥鳅，这些动作缓慢的战士根本摸不到他的边。

"一个叫阿宝的朋友送我的！"姬昊化为一道长长的火光掠过了火豹部的驻地，掠过了小河，避开了猛鬼部赤角等战士的阻截，轻快地冲进了密林，"我让阿爸试过，这套软甲很结实。"

"结实……"虚影带着一丝悻悻地咕哝道，"软甲结实，可没有自身结实可靠。像我，就从没穿戴过任何甲胄。"

赤角挥动沉重的木桩，步伐隆隆地紧追不舍。他跟在姬昊身后大声咆哮，木桩舞得和龙卷风一样，无数草木被木桩带起的劲风撕碎，无数大大小小的木头碎片呼啸着向姬昊打了过来，纷纷撞在流光火翼上被烧成了灰烬。

姬昊丝毫不理睬身后的赤角，他绷紧了脸蛋，双眸无神摆出了一副神魂不受自主的模样，速度极快地向密林深处窜去。

一边极快地掠过茂密的树林，姬昊一边好奇地问虚影："说起这个，你从未用过任何甲胄？这可真了不起……不过，你会炼制甲胄或者其他的巫器、巫宝么？阿宝炼器的手法很高明，我倒是有点儿羡慕。"

不等虚影开口，姬昊说道："我用九字真言丹经交换了补天不漏诀，我也不占你便宜，我这里还有其他的修炼法门，你看看有合适的炼器之术，我们再交换呗……哪怕你看不上这些修炼法门，给我的炼器之术品级低一点儿我也不在乎，反正我不会不是？"

良久的沉默，直到姬昊都来到了布置唤魂祭坛的林间空地，虚影才慢吞吞地说道："炼器之道……小术尔，不值一提……吾随手一拳，什么甲胄都能破去，炼器做什么？"

姬昊呆了呆，在林间空地边缘站定了脚步，他略带一丝诧异地问道："你，不会？"

虚影继续沉默，他双手抱在胸前，身体下方的圆碟迅速地崩解，化为一丝丝白色雾气融入了神魂空间。随后无声无息地，虚影消失得无影无踪，一如平日那样，姬昊怎么也无法发现他到底藏在哪里。

姬昊！

祭坛上，扭曲的面孔声嘶力竭地尖叫着。

姬昊的身体很配合地剧烈抽搐了一下，犹如行尸走肉一样，浑身裹着淡淡的火光，一步一步地向祭坛走去。

站在祭坛前的枯瘦老人桀桀笑着，用黑色的骨棒轻轻地敲了敲祭坛，转身向姜嫚看了过去："尊敬的巫祭，这小子已经被我彻底掌控了灵魂，他已经是我的傀儡……您许诺给我们魍魉部的好处，您看？"

"轰"的一声，一株十几人合抱的古木被赤角一棒子打得粉碎，狂风卷着无数木屑吹过了林间空地，赤角气喘吁吁地冲了进来，指着姬昊大声吼道："黑瘴，你别想独占好处！巫祭大人许诺给我们的好处，我们是绝对不会放过的！"

用力跺了跺脚，赤角看着姜嫚厉声喝道："女人，不要忘了，你就算抓住这个小子，他的阿爸找来后，你还要我们帮忙，才能把他阿爸也生擒活捉呢。"

姜嫚厌恶地看了一眼语出无状的赤角，倨傲地昂着头，慢慢地走到了姬昊面前，伸手托住了姬昊的下巴，不耐烦地说道："好了，好了，你们这些蠢货……我许诺给你们的东西，自然一点儿都不会欠你们的。"

手指用力地捏住了姬昊的面孔，姜嫄咬着牙冷笑道："姬昊，你这个该死的狗崽子！"

姬昊浑浑噩噩的眸子突然恢复了清醒，眸子里一团金红色的火光喷薄而出。

"锵"的一声剑鸣，姬昊拔出从黑水玄蛇部大巫手中抢夺的利剑，笔直一剑刺进了姜嫄的心口。

手腕一转，锋利的长剑在姜嫄的心口内狠狠地搅了搅，姬昊厌恶地呵斥道："姜嫄，你这个贱女人有完没完？不把你弄死，你一直缠着我家不放了不是？"

姜嫄犹如见鬼一般看着姬昊。

祭坛前的老巫祭更是吓得嘶声尖叫起来。

第六十六章
重 击

"这小子出手，怎么这么快？"

站在独角玄蛇头顶，原本笑容满面的黑水乌蛟犹如受惊的老猫，身体骤然绷紧，万分震惊地看着姬昊手中烟气升腾的长剑。

那剑的式样黑水乌蛟很熟悉。

黑水玄蛇部的战士，一旦突破到大巫境界，部落就会采集数十种金属，在黑水圣泉极寒泉眼中淬炼出百金精粹，由部落的大巫祭亲手加持巫法符文，铸成斩钉截铁、杀人不染丝毫血迹的利器作为奖励。

姬昊手中利剑，就是前些日子黑水玄蛇部突袭冷溪谷失败，姬夏重创了黑水乌蛟的一位堂弟，从他手上抢下的佩剑。

但是这剑在姬昊手中，却好像突然有了生命的精灵，变得如此灵动，如此快捷。剑光骤然亮起的一瞬间，就连黑水乌蛟都只是看到了一抹极亮的剑光，随后利剑就贯穿了姜嬅的胸膛。

"这小子要是对我出剑，我……我怕是也难以完全避开这一剑！"黑水乌蛟大致权衡了一下自己的反应速度和这可怕的一剑，额头上顿时密密麻麻的尽是冷汗。

姬昊只是刚刚激活血脉之力的小巫，他运剑的技巧居然就如此地可怕。

如果放纵他长大成人，那么他势必取代姬夏，成为黑水玄蛇部又一可怕的梦魇——话说最近千年来，姬夏这一家子，根本就是黑水玄蛇部的噩梦，犹如附骨之疽一般死死缠着他们的噩梦！

黑水玄蛇部付出了无数的牺牲和努力，好容易将姬夏的兄弟、长辈逐一铲除，现在就剩下了姬夏和姬昊父子俩。眼看着姬昊居然有如此可怕的潜力，黑水乌蛟不由得仰天怒吼了一声。

这样的娃娃，怎么不是黑水玄蛇部的族人？

用力一跺脚，独角玄蛇发出尖锐的"嘶嘶"声，长有数十丈的大蛇抬起上半身，身体呼啸着蹿了出去，张开大嘴狠狠地向姬昊吐了一口黑蓝色的寒气。

黑水乌蛟从独角玄蛇头上跳了起来，他拔出佩剑，周身黑雾升腾，大量晶莹的黑色雪花从他身边飘飘荡荡地飞出，伴随着"叮叮当当"的清脆撞击声落在了地上。

方圆里许的林地迅速被冰封，黑水乌蛟手持和姬昊手上一模一样的长剑，剑尖喷出一道长有十几丈的黑色寒芒，狠狠地向姬昊的左肩刺了下去。

这一剑若是刺中了，贯穿了姬昊的肩膀后，就能直接刺进他的心脏，将姬昊一举斩杀。

"呼，死吧！"追杀在姬昊身后的猛鬼部大巫赤角高高举起了手中巨大的木桩，带起一道恶风狠狠向姬昊砸了下去。猛鬼部的战士凶狠成性，赤角只顾击杀姬昊，可不管自己的攻击连姜嫚都覆盖了进去。

姬昊手中长剑剧烈地震荡着，不断发出"铿锵"鸣叫。

九字真言丹经能沟通宇宙，牵引天地间一切的力量为自己所用。姬昊顺利催发了剑锋上黑水玄蛇部的特有巫法符文，同时将自身巫力也灌注了进去。

一冷一热两道迥然对立却又相生相融的力量在剑锋上欢快地跳动，化为一黑一红两条剑芒犹如风车一样急速旋转着。剑芒急旋，姜嫚的胸膛血肉横飞，飞溅出的鲜血一部分冻成了冰块，一部分热气腾腾。

姜嫚面孔扭曲地看着姬昊，一边吐着血，一边不可置信地问道："你怎么……魍魉部的唤魂之术，由魍魉部的大巫祭亲自主持，就算是姬夏，都不可能抵挡得住……"

"我又不是我阿爸！"姬昊答非所问地咕哝了一句，拔出长剑，带起一道寒芒向姜嫚的脖子劈了过去，"姜嫚，你早就该死了。老纠缠不休，你累不累？"

姜媱古怪地抿嘴一笑，咬牙切齿地说道："姬昊，我记住你了！你差点儿杀了我，我记住你了！"

姜媱腰带中，一块红色玉符轰然炸开，刺目的火光裹住了姜媱，一头独脚毕方神禽冉冉从火光中飞了出来。身影朦胧的毕方裹住了姜媱的身体，化为一道火光就要冲上高空。

"生死刺，杀！"姬昊低沉地咆哮了一声，张嘴喷出一口血，狠狠向火光中的姜媱一指。

三根黑色长针从姬昊嘴里激射而出，犹如三条黑色闪电贯穿了姜媱的护身火光。姜媱的胸腹之间三枚闪耀着刺目光芒的巫穴骤然炸开，黑色的鲜血犹如喷泉一样喷出。

"生死刺！青茯的传承巫宝，怎么在你身上？"姜媱声嘶力竭地尖叫着，毕方神禽一声尖叫，化为一道流光裹着她直冲高空，瞬间穿透了云层。高空中火光一闪而过，姜媱被护身玉符带得不知去向。

这一切发生得极快，黑水乌蛟的剑芒距离姬昊还有七八尺远，赤角的木桩距离姬昊还有十几丈远，姬昊已经重创了姜媱，逼得姜燚赐给她的保命玉符自行护主，将姜媱带离了现场。

"小杂种！"黑水乌蛟怒骂了一句，身上黑气越发浓密，手中长剑剧烈震荡，可怕的寒气笼罩四方，十几里内山林中的花草树木全都被厚厚的玄冰覆盖，随着黑水乌蛟手腕震荡，玄冰炸开，方圆十几里的山林顿时寒光冲天，无数高耸入云的巨木纷纷炸成了无数冰屑。

无数的参天古木粉碎，方圆十几里内，唯独七八里外两株极其高大的巨木岿然不动。

不仅如此，这两株巨木还突然张开嘴洞，发出低沉、充满怒气的咆哮声，他们巨大的树干上，两团绿光炽烈地亮起，犹如眼眸一样死死盯住了黑水乌蛟。

"万年树怪？"黑水乌蛟吓出了一身冷汗，他认出了这两株巨木的身份，起码是有着万年以上道行的老树怪。这些树木精灵的脾气古怪，如果有人当着他们的面随意地破坏森林，就是他们不死不休的敌人！

而黑水乌蛟这一击只顾尽情倾泻自己的力量，方圆十几里的山林彻底被毁，这就值得这两头突然冒出来的老树怪追杀他到天涯海角！

姬昊一跃而起，任凭黑水乌蛟的剑芒刺在了自己身上，手中利剑带起一抹寒芒，狠狠刺向了黑水乌蛟的心口。

当啷巨响，姬昊身上一抹淡淡的清光转动，黑水乌蛟倾尽全力的一击，居然被这一层清光轻轻松松地挡了下来。姬昊的身体微微一荡，五脏六腑被稍许震动，嗓子眼儿里一热，一口热血喷了出来。

黑水乌蛟是大巫，姬昊只是刚刚踏入小巫境的小巫，两者的实力天差地远，黑水乌蛟一指头就能碾杀百八十个小巫。

但是阿宝炼制的甲胄防御力惊人，黑水乌蛟倾力一击，居然只是让姬昊吐了小小一口血。

剑芒极寒，姬昊全力运剑，在黑水乌蛟不可置信的目光中，剑芒刺穿了他身上蟒皮软甲，艰难地没入了他的身体，剑锋一直刺进去了三寸深！

第六十七章
陷　阱

大巫之躯千锤百炼，比山峰还要沉重，比大地还要坚固，比钢铁还要坚硬柔韧百倍、千倍，除了同阶的大巫境高手，其他人除非手持传说中的神兵利器，否则根本连大巫一根头发都无法伤损。

姬昊手中利剑，只是黑水玄蛇部奖励族中新晋大巫的制式巫器，虽能切金断玉，却并非传说中的神兵。

在大巫手中，这剑固然能够伤及大巫之身。但是握在姬昊手上，它绝对不应该伤到黑水乌蛟一丝皮肉！

黑水乌蛟不可置信地低着头，看着陷入自己身体三寸的利剑。剑锋上一道寒流、一道热浪相互盘旋纠缠，宛如钻子一样狠狠地向他身体深处侵入，黑水乌蛟甚至听到了无形的寒热力量和自己肌肉急骤摩擦发出的沉闷响声。

"该死的，小崽子！你居然，能伤我？"黑水乌蛟面孔扭曲看着姬昊，"没长牙的小兔崽，居然咬伤了生了翅膀的猛虎；还没断奶的侏罗兽，居然踢碎了蛟龙的鳞甲……这，不可能！"

"天关霹雳，铁甲飞熊，急急如律令。"

姬昊向黑水乌蛟粲然一笑，双手结印按在剑柄上，厉声唱出了咒语。

剑锋上寒气、热流剧烈撞击摩擦，丝丝电芒凭空凝聚。高空中一朵小小的乌云悄然浮现，姬昊神魂空间中光芒耀眼的紫府元丹内磅礴丹元瞬间清空，方圆数十里内狂风大作，大量天地元气不断向姬昊手中法印汇聚了过来。

"咔嚓嚓"一声巨响，连续十八道人头粗细的雷霆疯狂地劈了下来，命中了姬昊手中剑柄。

和前些夜里，姬昊用巫法乌鸦窥视姬枢、姬武父子时相比，姬昊的实力增长了何止百倍，他今天动用的九霄雷法，引来的天雷威力比当日夜里更是强大了百倍以上。

雷光汇聚在剑锋上，在姬昊的催动下，狂雷如潮顺着金属剑体狠狠涌入黑水乌蛟体内。姬昊又是一口鲜血吐了出来，一口血全喷在了剑锋上，他看着面孔扭曲，浑身电芒四射的黑水乌蛟，祭出了火鸦部大巫祭姬奎传授的巫法秘术！

"崩！"

嘴里吐出一个单调的音节，姬昊手中利剑剧烈震荡，剑锋上密密麻麻数十枚符文同时亮起，剑体内一股毁灭一切的巫力狂潮席卷而出。

"不！"黑水乌蛟面孔扭曲，再一次不可置信地看着姬昊。

崩解巫器，瞬间彻底摧毁一件巫器，将巫器中储存的庞大力量一次性地释放出来做绝命一击。这是极其高明的巫法，在黑水玄蛇部，刚刚入门的巫祭都无法学会，只有那些苦修了二十年以上的巫祭，才能掌握这种狠戾、毒辣的法门。

黑水乌蛟虽然实力强悍，但是他在巫祭之道上并无天赋，说穿了他和姬夏一样，都属于脑筋比较简单的纯粹的战士。崩解巫器这种巫法秘术，就连现在的黑水乌蛟都没掌握！

黑水乌蛟可以依靠自己的蛮力摧毁这柄利剑，但是他绝对无法催发利剑内铭刻的巫法符文，让浑然一体的符文结构崩溃，将利剑内所有的力量瞬间爆发出来杀伤敌人。

姬昊背后流光火翼张开，他化为一道流光迅速向一旁飞去，带起了大片炽热的残影。

猛鬼部的赤角怒吼着冲了上来。

猛鬼部的战士从出生时起，就让部落供养的猛鬼附着自身。鬼怪乃阴邪之物，最是嫉恨天地雷霆正气。姬昊施展雷法攻击黑水乌蛟，赤角立刻将他当成了生死敌人，眼珠通红地倾尽全力向姬昊抽出了一木桩子。

但是姬昊速度极快，险而又险地擦着木桩子飞了过去。

巨大的木桩结结实实地抽在了浑身抽搐的黑水乌蛟身上，在黑水乌蛟愤怒的诅咒声中，他身上的软甲被赤角一击炸成粉碎。连带着黑水乌蛟的坐骑，那头巨大的独角玄蛇，都被赤角一木桩子打飞了出去。

一声巨响，刺目的寒光、火光轰然炸开，插在黑水乌蛟胸膛上的利剑彻底爆发，无数米粒大小的金属碎片四射，每一粒碎片上附着的力量，都几乎接近刚刚晋级的大巫全力一击。

数百枚金属碎片密密麻麻地轰在了赤角的身上，赤角浑身腾起无数血雾，细密的金属碎片击穿了他的身体，将他打得筛子一般。魁梧的身躯不断向后倒退，遭受重创的赤角怒吼着一屁股坐在了地上，半天动弹不得。

黑水乌蛟和他座下独角玄蛇最是凄惨不过，利剑就在他们面前爆炸，黑水乌蛟的半边胸膛被炸成粉碎，鲜血不断地喷了出来，露出了正在剧烈蠕动的五脏六腑。

他的胸腹之间，密密麻麻地镶嵌了无数闪耀着电光的金属碎片，可怕的电流穿透了他的身体，虽然姬昊的实力不够，轰出的雷法无法真正伤害到黑水乌蛟，但是也足以让黑水乌蛟浑身麻痹、一时间动弹不得。

七八里外，两头高达数百丈的巨木轰然咆哮，数十根巨大的枝杈狠狠地往地下一捶。

黑水乌蛟百忙之中惊恐地大吼了一声，他的身体被一团黑雾包裹着，阴寒刺骨的黑雾卷着他的身体，突兀地腾空而起，向上飞腾了数百丈高。

但是他座下的独角玄蛇来不及反应，身形庞大的它行动不便，更是被赤角一棒子打得昏昏沉沉，根本来不及应变。

"咔嚓"声中，数十根水缸粗细的墨绿色根茎从地下穿射而出，狠狠地洞穿了独角玄蛇的身体。这条同样有着大巫实力的独角玄蛇痛苦地挣扎着，刚刚嘶吼了几声，数十根根茎剧烈一挣，长有数十丈的独角玄蛇就伴随着一声悲鸣被扯成了十几段。

"不要浪费他的精血！大巫精血，都给我收集起来！十缸好酒啊！"姬昊冲上高空，三根生死刺化为黑色流光，随着他的手势向下急刺，命中了被黑雾包裹的黑水乌蛟的身体。

黑水乌蛟大口大口吐着血，生死刺正好洞穿了他身上三枚巫穴，他的气息骤然变得弱小了许多。

"来人……杀了这个小崽子！"黑水乌蛟被姬昊诡异的表现吓得有点儿疯癫了，这小子居然和那两头万年树怪认识？那岂不是说，这里是一个陷阱喽？

大群黑水玄蛇部的战士在四名大巫的带领下从密林中冲出，低声呵斥着向姬昊这边掩杀了过来。

猛鬼部的赤角也厉声咆哮，数百名身高在两丈开外，最高几乎达到五丈高下的猛鬼部战士大踏步冲向了这边。

站在祭坛边的魍魉部大巫祭呆滞了半晌，突然跳着脚地咆哮起来，随着他的咆哮声，四周都有寒气刺骨的灰白色旋风凭空刮起，数十具面无人色的婴孩冉冉向这边飘了过来。

大地剧烈地震荡了一下，一只足足有丈许粗的玉色手臂从地下猛地探出，狠狠一巴掌将魍魉部的大巫祭拍得骨断筋裂。

第六十八章

融 雪

呼——呦呦——！

数十具赤裸着身体、浑身苍白如死人的孩童悬浮在半空，眼里黑光萦绕，面色呆滞地看着被巨大的石头手掌拍在地上的魍魉部大巫祭。

这些孩童是魍魉部用巫法秘炼的邪物，介于生灵死物之间，处于半虚半实之境，不惧刀劈斧剁，有勾魂夺魄的神秘手段，极其地难缠。

但是他们唯一的弱点就是控制他们的大巫祭，这些邪物太过于凶厉邪恶，就连魍魉部的族人都不敢让他们脱离掌控，在他们身上施加了极其严苛的巫咒控制。大巫祭被拍得七荤八素，这些邪物也就呆呆愣愣地失去了对外界的反应。

"杀了他，杀了他！"斜刺里传来了尖利的呼喊声。

姬昊回过头，姜雪站在数百丈外一块大石上，手舞足蹈地指着他厉声呵斥着："哪个部落的勇士杀了他，取下他的脑袋，这个部落就会得到毕方部永远的庇护！"

哼哼声不绝于耳，四面八方无数的部落战士纷纷向这边涌了过来。但是听到姜雪的喊声，各大部落的大巫和巫祭们，同时发出了不屑的冷哼声。

汇聚在这里的部落都是天不管、地不收，自由自在、自行其是的部族。毕方部的庇护听起来很美好，但是一旦接受了毕方部的庇护，就每年都要向毕方部献上大量的贡品，同时本部族的战士也不得自由，随时都要接受毕方部的调动。

所以姜雪的承诺，对这些部落的诱惑力并不大。

姜雪似乎意识到了自己的错误，她立刻更改了承诺："杀了姬昊的勇士，你的部落将得到毕方部的赏赐，足够武装三百名战士的甲胄和兵器，全都是精钢制成的上好器械！"

按照南荒的习惯，姜雪用力拍打着已经颇有规模的胸膛大声说道："我以毕方部的祖灵起誓，我的父亲是毕方部的长老姜术，谁能杀了姬昊，他的部落就能得到三百套最精良的铠甲和兵器。"

赤角踉跄着从地上站了起来，挥动着巨大的木桩子吼道："五百套！"

姜雪咬了咬牙，狠狠地点了点头："五百套，就五百套！"

话音未落，赤角已经大声吼叫着，连同数百猛鬼部的战士一起，挥动着巨大的木桩向姬昊杀了过来。

但是大地轰然裂开，一尊身高超过二十丈，通体莹白如玉，洁白似雪的身躯下有数百枚土黄色符文急速闪烁的岩石巨人奇快如电地从地下蹿了出来。

这尊岩石巨人身躯如斯高大，赤角的头顶甚至还不到他的膝盖高，这么巨大椰榫的身躯，按理说动作应该极其缓慢才行。但是这具岩石巨人的身形却显得很是瘦削高挑，他的动作更是比猿猴还要灵巧灵便。

双手一抓，地面隆起了一根石柱，岩石巨人抓起长有三十丈、水缸粗细的石柱，大喝了一声"烤肉"，银光闪烁的石柱带着可怕的风啸声，狠狠地抽在了赤角的身上。

赤角只来得及用那根木桩子护在了胸前。

岩石巨人的力气强得无法估计，巨大的石柱轻松粉碎了赤角的木桩子，带着肉眼可见的一道青色风暴，结结实实地落在了赤角的身上。赤角发出痛苦的咆哮声，他的身形骤然化为一团雾气，身形在虚实之间转化，想要闪避开岩石巨人的这一击。

但是岩石巨人同样是天地滋生的灵物，他的攻击中带着某些特殊的天地能量，足以对身形虚化的赤角造成伤害。赤角所化的烟雾被打碎了大半，大片血浆从雾气中喷出。

雾气突然向内收敛，伴随着刺耳的哭喊声，半截儿身躯被打得粉碎的赤角从雾气中摔了出来，狼狈地滚落在地动弹不得。

在赤角身后，数十名实力最强的猛鬼部战士被岩石巨人的一击打飞，十几名有着大巫实力的猛鬼部战士被打得吐血后退，凶光四射的眸子里尽是掩饰不住的惊骇之意。

"厚土的精灵，我们无冤无仇！"一尊实力和赤角相差不大的猛鬼部战士厉声咆哮着。

"烤肉！"岩石巨人瓮声瓮气地咆哮着，又是一石柱狠狠地轰了下来。

猛鬼部的战士们不敢抵挡岩石巨人的攻击，猛鬼部能够在南荒之地繁衍生息，自有他们的生存之道。他们深深地明白，岩石巨人这种天地生成的大地精灵，单单论力气，估计只有龙族才能压制过他们。南荒大地上，能够在力气上和他们抗衡的种族，加起来不会超过一掌之数。

和一尊疯疯癫癫不断念叨"烤肉"的岩石巨人硬拼？那是多蠢的人才会做的事情！

这尊二十丈高的岩石巨人有着绝大的震慑力，四面八方涌来的各大部落的战士纷纷驻足，左顾右盼地，指望着有某个热血冲头的勇士冲上去缠住这个可怕的家伙，他们就有机会杀死姬昊了。

但是一个人这么想，一百个、一千个人也是这么想，包括黑水玄蛇部的四个大巫也是这般想法。所有人都呆呆地相互打量着，到了最后，居然没有一个人敢靠近姬昊身边三里之地！

数百丈外的姜雪气得眼珠发绿，她声嘶力竭地尖叫着："你们这群无能的懦夫！你们还是男人么？你们还是各自部落英勇无畏的战士么？不过是一头石怪而已，你们害怕他做什么？"

随着姜雪的叫喊声，大地再次裂开，一黑、一黄两只巨大的岩石手臂从地下探了出来。不多时，一尊身高十六七丈，一尊身高十二三丈的岩石巨人纷纷从地下钻出。

和那头通体莹白的岩石巨人相比，黑色的岩石巨人通体散发出让人战栗的寒意；而这头黄色的岩石巨人，他的身躯极其地沉重，他站在大地上，身边百丈内的重力凭空增加了二十倍以上，让距离最近的姬昊都只觉身体一阵阵地沉重，行动时都有点儿艰难了。

姜雪呆了呆，再次怒吼起来："一千套甲胄和兵器！杀了姬昊，一千套南荒能找到的，最精良的精钢铸造而成的甲胄和兵器！"

四周密密麻麻的战士同时喘了一口气。

一千套甲胄和兵器，精钢铸造的甲胄和兵器，这对生产力并不发达的南荒部族而言，实在太有吸引力了。

姜雪手舞足蹈地，还要再叫嚷些什么，但是"噗嗤"一声，一支鬼面蜘蛛的节肢制成的箭矢无声无息破空而来，从她身后洞穿了她的脖颈。

鲜血四溅，箭矢上的剧毒急速扩散开，姜雪美丽的俏脸骤然变成了一片墨绿色，无声无息地倒在地上。

第六十九章

屠 戮

"咚"的一下，重伤的黑水乌蛟终于摔在地上，几个黑水玄蛇部的战士急忙将他扶了起来。一个年老的巫祭取出了一个黑石药罐，掏出一种黏稠的、带着淡淡清香的药膏厚厚地抹在了他的伤口上。

黑水乌蛟不顾自己身上重伤，而是指着姬昊近乎癫狂地笑了起来：

"姬昊，你这个小杂种，你死定了！哈，这小娘儿是你的人杀的，她阿爸是姜术，是毕方部的长老啊！你不过是毕方部下面一个附庸部落的普通族人，你杀了这小娘儿，你麻烦大了！"

深深地吸了一口气，黑水乌蛟狞笑道："不仅是你，你阿爸，你阿姆，还有和你有关的人，都得死！嘿嘿，早就听说你阿姆是青夷部出名的美人儿，如果就这么死了，太浪费……你觉得，我要用多少东西，就能把你阿姆买下来当奴隶呢？"

看着黑水乌蛟扭曲的面孔，姬昊右手搭在了左臂上，右掌突然喷出了大片火焰。

"黑水乌蛟，姜雪分明是被你杀的，和我有什么关系？"姬昊心头杀意凛然，冷漠无情地说道，"我是火鸦部的族人，我不可能对毕方部长老的女儿下毒手。杀了姜雪的，只能是你们！"

身躯被打碎了大半，躺在地上不断抽搐的赤角厉声尖叫："小子，我们这么多人在这里，我们作证，是你杀了姜雪！"

"你们作证？"姬昊厉声喝道，"你们都是死人了，谁能作证？"

大笑声中，姬昊右手指头缝隙内让人无法正视的金红色火光喷薄而出，可怕的热潮笼罩了方圆百里的山林。姬昊身边数百丈内的山石突然被热力烧红，距离他最近的数十块大石头已经快速熔成了岩浆。

"这，这是……"黑水乌蛟等人同时惊呼起来。

"这是吃俺一杠子！"尖锐的叫声从高空传来，一头身形巨大，翼展超过里许的黑雕无声无息地从高空滑翔而过，黑毛巨猿拎着沉甸甸的大杠子从高空跳下，身边环绕的黑色气劲犹如巨龙奔涌，大杠子带着天崩地裂般的风啸声从高空径直砸了下来。

黑毛巨猿浑身黑毛一根根竖起，双眸血光喷涌，大杠子犹如雷霆降落，黑水乌蛟等人刚刚抬头望了一眼，大杠子就狠狠劈在了黑水乌蛟的脑门儿上。

轰隆一声巨响，黑水乌蛟身边的老巫祭仓促地举起了一枚蛇头骷髅骨，漆黑的巴掌大小的骷髅骨喷射出道道黑气，死死地挡住了黑毛巨猿的大杠子。

巨响声中，黑水乌蛟和老巫祭身体巨震，七窍同时喷出大量鲜血。

黑漆漆的风罡向四周扩散开，附近的黑水玄蛇部的四个大巫，数千名精锐战士同时被风罡吹动，犹如风中落叶一样四处飞散开。

四尊大巫还好，他们在风罡的吹拂下勉强能稳住身体，甚至还仓促地向黑毛巨猿猛劈了几剑。但是那些普通的黑水玄蛇部战士则是纷纷惨号出声，普通巫人境的战士第一时间被风罡撕成了粉碎，紧接着就是那些小巫境的精锐战士嘶声尖叫着，身躯被风罡一块一块地撕开，鲜血和碎肉撒得满天都是。

倾力一击，黑水玄蛇部在场的战士除了黑水乌蛟为首的五个大巫，以及那个大巫境的老巫祭，其他数千战士被黑毛巨猿一击轰得支离破碎。

在南荒，所有部落战士都牢牢记得一个保命的真理——当有大巫发生战斗的时候，任何非大巫境的战士，必须逃得越远越好，最少也要逃出二十里地，才有保命的希望。

但是黑水玄蛇部的这些战士，很显然他们这次并没有遵循这个真理，所以数千战士被黑毛巨猿一棍震杀。

黑色大雕滑翔而过，七八头身躯粗壮的凶兽从大雕背上一跃而下，纷纷长啸着闯入了四周部落联军的队列中。这些凶兽当中有两头高地金刚大猩猩，恰好是一公一母；有三头血面狒狒，同样是猿猴的一种；

最后四头则是身形小巧、行动如鬼魅的阴风琭猴，奔走之时不断发出尖锐的鸣叫。

两头金刚大猩猩赤手空拳，身高数丈的它们挥动着足足有水缸大小的拳头，随意一拳轰出，方圆数十丈内就是山摇地动，数百部落战士就惨号着被轰成了粉碎。

三头血面狒狒成品字形站在地上，犹如鬼怪的猩红色面孔不断蠕动，张开大嘴向四周不断吞吐。每一次吞吐，都有上千部落战士浑身鲜血从七窍中不受控制地喷出，被这三头凶兽一口吞进腹中化为己有。

四头阴风琭猴更是可怕，它们奔跑时带起长达百丈的残影，普通人根本看不清它们的影子。它们尖锐的爪子每一击都恰好掏出一个部落战士的心脏，然后随手将这些热腾腾的心脏丢得满天都是。

血水四溅，到处骨肉横飞，黑毛巨猿招来的这九头同族的妖物凶残绝伦，而且都是大巫境的高手，直打得措手不及的部落联军阵脚松动，眨眼间就有上万人被屠杀一空。

"退开，碍手碍脚的废物们都滚开！"

一名生得魁梧过人的壮汉厉声咆哮着，举着一柄大斧狠狠向一头金刚大猩猩劈了过去。

能够对付大巫的，只能是大巫。大巫战斗的时候，其他的战士最好退得越远越好。数十个部落组成的联军中，拥有大巫过百，他们一旦全力开战，方圆数十里内的战士全都是粉身碎骨的下场。

所以各大部落的大巫纷纷破口大骂，呼喝着要自己的族人赶紧退走。

但是数十个部落的战士哪里这么容易撤退？九头凶猴在队伍中横冲直撞，杀得血流成河，各部落的大巫们只能勉强招架，根本不敢全力出手，唯恐误杀了自己的族人。

阵形大乱的联军，连自己应该向哪个方向撤退都没有个明白的计划，一时半会儿哪里退得出去？

眼看各大部落的战士被杀得尸骸滚滚，在黑毛巨猿的大杠子下苦苦支撑的黑水乌蛟不由得尖叫起来：

"姬昊，你好大的胆子？就是姬夏都不敢同时屠戮这么多部落的战士，你想要让火鸦部成为南荒丛林无数部落的公敌么？"

姬昊如看傻子一样看着黑水乌蛟："你们已经打上门来，还说什么公敌不公敌的？敌人嘛，全杀光了就是！"

蓄势已久，姬昊的右掌终于挥出，大片金红色强光喷薄而出，一根长有丈八的长矛喷吐着烈焰，被姬昊紧紧握在了手中。

长矛喷吐的烈焰中，一头巴掌大小的三足金乌欢快地盘旋飞舞，不断发出清脆悦耳的啼叫声。

第七十章

睚眦

流光火翼带动姬昊化为一道细细的火光，闪烁间就到了黑水乌蛟的面前。

手起枪落，正施法抵挡黑毛巨猿攻击的老巫祭惨号一声，长矛轻松穿透了他身边的缕缕黑气，贯穿了他的心口。火光闪烁，一道大火从老巫祭体内喷出，他的每个毛孔都喷出高温火焰，眨眼间就把他烧成了灰烬。

"该死的小杂种！"黑水乌蛟双目圆睁，气得大声怪叫。

"我阿爸呢，性格宽厚，事事都以火鸦部的利益为先，所以免不得被人当作了好欺负的肉头！"姬昊手持长矛，带着无数道残影绕着黑水乌蛟急速旋转，骤然间一枪刺出。

一名黑水玄蛇部的大巫手持利剑，阴险无比地蹿到了黑水乌蛟身后，正准备偷袭手持大杠子不断轰下的黑毛巨猿。但是姬昊的长矛更加阴狠毒辣，从他斜后方急刺而下，轻松穿透了他的身体。

大巫之躯犹如豆腐，在这柄长矛的锋芒下被轻松贯穿。大火熊熊，黑水玄蛇部的大巫惨号一声，浑身喷射出金红色烈焰，踉跄着向一旁退走。

姬昊长矛一扫，矛头将黑水玄蛇部大巫的头颅斩落，大巫的身体被烧成一缕灰烬，只有一团人头大小的大巫精血悬浮在半空，被姬昊一把抓在手中，随后迅速没入了掌心消失不见。

"比如说，姬枢争夺战士首领的事情。若是我，早就将姬枢全家灭门了，哪里轮得到姬枢家的婆娘一次又一次地来陷害我们？"姬昊低声冷笑，长矛带起点点火光遍袭黑水乌蛟全身。

骤然间姬昊身体带起大片残影，鬼魅般出现在一个黑水玄蛇部大巫的身后，又是一枪将他的头颅挑落。

黑水乌蛟气得大吼大叫，他不知道从哪里拔出了一柄奇形弯刀，勉强抵挡住了黑毛巨猿和姬昊的联手攻击，同时向剩下的两个本族大巫厉声喝道："联手，先宰了这个小杂种！"

两名黑水玄蛇部的大巫迅速凑在一起，手掌在腰间一拍，缠在他们腰间的独角玄蛇迅速窜出，身躯急速变大，变成了体长十几丈的大蟒张开嘴向姬昊吞噬了下来。

姬昊看都不看两条独角玄蛇，任凭它们的毒牙咬在了自己身上。

一抹清光闪烁，阿宝炼制的甲胄抵挡住了独角玄蛇的攻击，姬昊手起枪落，两条独角玄蛇痛苦地悲鸣着，硕大的蛇头被长矛洞穿，身躯内一缕火光喷出，黑漆漆的鳞片迅速被烧成通红。

"又好比说，今天你们摆下的阵仗，数十个部落的联军把我困在这里，若是我阿爸得了信儿到了这里，他碍于火鸦部的利益，更担心火鸦部在南方丛林的名声，他也不会放手大杀。"

姬昊讥嘲地看着黑水乌蛟冷笑，淡然说道："你们抱着的是这个念头么？把我困在这里，逼我阿爸出来。这么多部落的战士聚集在这里，我阿爸是绝对不会对这么多部落下狠手的。你们就有机会将我阿爸困死，动用这么多大巫一拥而上，将他生擒活捉。"

黑水乌蛟不吭声，只是艰难抵挡着姬昊和黑毛巨猿的狂攻。

他们的计划的确如姬昊所言，用数十个部落的战士聚集在这里，用他们的性命当作筹码震慑姬夏。

以姬夏宽厚温和、事事以部族利益为先的性格，他绝对不敢随意出手，否则火鸦部在南荒丛林会立刻多了无数的敌人，名气也会变得极其难听。

一个被束手束脚的大巫，加上姬昊的牵累，姬夏若是来了，就别想走了。数十个部落百多个大巫，加上布置好的唤魂秘法之类的邪术暗算，十个姬夏也会被生生拿下。

"但是我，不是我阿爸！"姬昊不屑地笑着，"你们既然是敌人，那么就死吧！把这些蠢货全部杀光，他们的部落就算成为了火鸦部的敌人又怎么样？无非是浪费点儿力气，把他们全部杀光就是。"

"至于说杀了这里的这些人，他们的部落是否会对火鸦部的利益造成损害……他们出现在这里，实际上他们就已经是火鸦部的敌人了，不是么？"姬昊轻松地笑着，长矛带起一缕火光，"噗嗤"一下穿透了另外一个黑水玄蛇部大巫的身体。

本来这个大巫可以避开姬昊的攻击，毕竟他们的实力有着天壤之别。

除了刚开始被姬昊打了个措手不及，黑水玄蛇部的大巫定下心神、稳定阵脚后，姬昊想要击中他们，就不是这么容易了。

但是黑水玄蛇部的大巫想要闪避的时候，一条拳头粗细的树根突然从地下窜出，牢牢地捆住了他的身体让他动弹不得。丝毫无法闪避的黑水玄蛇部的大巫眼睁睁看着姬昊手中长矛刺了过来，任凭他挣扎怒吼，也只能看着矛尖喷吐着火光，狠狠穿透了自己的身体。

随后一道热浪袭来，这个大巫就什么都不知道了。

伸手将一团大巫精血握在手中，几个呼吸间就全部纳入体内，姬昊淡然道："既然是敌人，那就全部杀了吧。不仅这里的所有人都要死，连带着他们的族人，无论老弱妇孺，要么成为奴隶，要么死！"

数十根墨绿色的树根从地下窜出，突兀地捆住了黑水乌蛟和仅剩的黑水玄蛇部大巫。

黑水乌蛟毕竟实力强悍，他硬生生地一挣，将树根挣断后，狠狈地打了个几个滚，避开了姬昊致命的一击。但是剩下的那个大巫则是凄厉地尖叫着，被姬昊一枪刺进了心脏。

"我可是有着睚眦必报的美名，报仇这种事情，从来不过夜。"姬昊眯着眼，兴高采烈地笑着，"你们用我阿爸的性格来估测我的行动，你们到底是有多蠢才有这种可爱的想法？"

黑水乌蛟怒声咆哮，一个鲤鱼打挺站了起来。但是他刚刚站起，一支人面蜘蛛的节肢制成的箭矢，就悄无声息地到了他身后，狠狠穿透了他的肩膀。

箭矢上淬了剧毒，可怕的毒性迅速扩散开，黑水乌蛟的面孔急速蒙上了一层淡淡的黑色。

"你……杀不了这么多人！"黑水乌蛟嘶声怒吼，"我们这里的大巫数量，是你的十倍！"

部落联军的士兵开始向四处溃散，跑得最快的一支队伍，已经奔出了二十几里地。

姬昊讥嘲地冷笑着，用力地吹了一声口哨。

那支逃得最快的队伍附近，突然有大片灰色的浓雾升起。

雾气中，无数若隐若现的兽形身影急速涌现，各色奇异的光芒闪烁，近万人的队伍喷出大片鲜血，眨眼间就被浓雾吞噬得无影无踪。

"你们还没弄清楚么？我说过，我和我阿爸做人的方法不同……比如说，我尊重祖灵的规矩，但是自己的小命面临威胁的时候，我就会偶尔做一些破坏规矩的事情！"

姬昊冷厉地笑着，头顶突然传来嘈杂的乌鸦鸣叫声，近百头通体火光熊熊燃烧的巨型火鸦很是突兀地从高空俯冲而下，出现在这片山林的上空！

第七十一章
压　制

"丧心病狂……丧尽天良！"黑水乌蛟浑身僵硬地看着从高空俯冲下来的近百头巨型火鸦，好容易才从变得石头一样僵硬的喉管里，挤出了这么几个字。

金乌岭上青桑巨木中，聚居的上千巨鸦，那是火鸦部独霸一方的最大依仗。

这些火鸦，是上古三足金乌的直系血裔，虽然无数年来，它们的血脉已经变得无比淡薄，它们却依旧继承了一丝三足金乌的神奇力量。

每一头成年的火鸦，都有大巫级的实力，但是凭借体内稀薄的金乌血脉，它们都能轻松对抗五到八位同阶的人族大巫。更让人无力的是，人族大巫无法腾空飞行，这些巨鸦却飞行绝迹，想打就打，想走就走，寻常大巫数十人联手，都不见得能够杀死一头巨鸦。

火鸦部的死对头黑水玄蛇部，就是因为这群巨鸦的存在，一直被火鸦部死死压制难以翻身。

黑水玄蛇部的战兽独角玄蛇固然肉体强大，成年后也拥有大巫级的战力，面对人族大巫同样占有绝对的优势。但是大巫境的独角玄蛇不会飞，面对高空中纵横往来的巨鸦，它们在战斗中就落了绝对的下风。

因为巨鸦的强大，这群火鸦无数年来一直驻守火鸦部的圣地金乌岭，从不轻易离开金乌岭千里以外。

但是火豹部的驻地距离金乌岭将近两万里，饶是黑水乌蛟和姜嫚设计的时候，也从未将这群可怕的大乌鸦计算在内。他们最多算计到姬豹这个老家伙可能亲自出手，但是他们从未想过，会有近百头巨鸦突然出现在战场上。

"丧尽天良？或许吧！"姬昊吹了一声口哨，鸦公呼啸着飞了过来，将他驮在了背上冲天飞起。

"那就更加丧尽天良一点儿呗，今天来了这里的人，就一个都别想离开了！"姬昊厉声高呼，手中丈八长矛喷出一道道刺目的火光，不断向地面上狼狈奔逃的部落联军射去。

长矛枪头上小小的三足乌鸦虚影欢声鸣叫，每一条拳头粗细的火光喷在地上，都迅速向四周扩散开，高高的火墙带着可怕的高温，瞬间席卷方圆百丈之地。

大群大群的部落联军被长矛喷出的火光笼罩，他们嘶声惨号着，巫人境的战士瞬间化为灰烬，小巫境的战士在火光中疯狂地打滚挣扎，但是往往三五个呼吸后他们也就被烧成了一团焦炭。

只有大巫级的战士才能硬顶着姬昊手中长矛喷出的火光，疯狂地纵跳而起，向飞扑而下的巨鸦发动攻击。

巨鸦们发出惊天动地的鼓噪声，上百只乌鸦凑在一起，那叫声简直一如海啸，震得地面都在隐隐颤抖。它们疯狂地拍打着翅膀，无数羽毛带着大片火光向地面射去，一片片羽毛精准地射穿了联军战士的身体，大片大片的战士惨号着被羽毛击穿身体，然后身躯就熊熊燃烧起来。

联军中的大巫们极力跃起，他们蹦跳之间能够跳起来七八里高，但是在空中他们的动作极其地僵硬，一点儿都不灵活。他们直上直下地跳起来，狼狈地挥动兵器向巨鸦们劈砍过去，可是巨鸦们轻盈地一个旋身，很是骄傲地"嘎嘎"叫着，轻松地避开了这些大巫舍命的攻击。

"杀光他们！"姬昊厉声喝道，"把他们的头颅和灵魂，带回去献给祖灵！"

巨鸦们兴奋地尖叫着，它们俯冲到了离地不到百丈的低空，然后张开嘴，喷出了金红色的烈焰。

姬昊手中长矛放出的火光，一击只能覆盖方圆百丈的范围，但是这些巨鸦喷出的火柱呼啸着撞击在地上，火柱炸开，滚滚火焰冲天而起，一道火柱轻松就将方圆数里的地面整个笼罩在内。

大群大群联军战士在火光中化为灰烬，尤其猛鬼部和魑魅部的战士们，金乌火焰附着特有的纯阳破邪之力，对他们这些阴邪异类有着天生的克制力量。

巨鸦们只是一个俯冲，在场的所有猛鬼部和魑魅部的战士几乎就被全歼，只有十几名大巫级的战士凄厉地哭喊着，带着浑身火焰狼狈地在火海中奔突逃窜。

但是四面八方都是火光熊熊，不管他们往哪里逃跑，到处都是火焰，到处都是黑烟，到处都是山岩、泥土熔解后变成的岩浆。

巨鸦们疯狂地挥动翅膀，滚烫的飓风平地掀起，沸腾的岩浆被飓风卷了起来，地面上出现了高达百丈的岩浆浪潮。呼啸的岩浆席卷过大地，所过之处一切都变成了可怕的火焰。

就连老树妖招来的两个同伴，两头年龄超过万年的老树怪都吓得连连倒退，用最快的速度远离了这一片毁灭的火场。近百头大巫级的巨鸦同时发飙，在这一片山林中，任何稍微有点儿脑子的生灵都不敢挑衅这些陷入狂热状态的大家伙。

高空中，骑在各色飞禽坐骑上的部落首领悲戚地哭喊着，一名手持祖灵旗幡的枯瘦老人朝着姬昊嘶声尖叫着："火鸦部的大人们啊！可怜可怜我们的战士吧，他们没有反抗的力量，他们无法反抗你们的怒火，请饶恕他们……"

鸦公呼啸着冲了过去，姬昊拎着长矛，狠狠洞穿了老人的胸膛。

又是一团大巫精血入手，姬昊举起长矛犹如厉鬼一般厉声喝道："你们在这里设下埋伏，包围我们火鸦部战士的时候，你们为什么不想到我们的饶恕？"

"自作孽，不可活！"姬昊咬牙冷笑道，"想要我的宽恕，就放下武器，跪在地上！"

十几名纵身跃起的联军大巫被火鸦喷吐的火柱命中，浑身冒火地从空中坠落，惨鸣着在地上连连翻滚。

地面上溃散不成形的联军士兵绝望地看着头顶盘旋的巨鸦，也不知道是谁带头，大片大片的战士丢下了兵器，高高举起双手，重重地跪倒在地。

"跪下，跪下！"手持大杠子的黑毛巨猿神气活现地站在岩石巨人的肩膀上，朝着四周的联军大巫咆哮着，"你们还想逃么？全都给我跪下，跪下！"

黑毛巨猿比画着手指，嘀嘀咕咕地盘算着："抓一个大巫，就是十坛酒……这里有一个，两个……欸？一个十坛，两个二十坛，三个……三个……三个是多少？"

十头巨鸦在黑水乌蛟的头顶盘旋。

黑水乌蛟绝望地咆哮了一声，丢下手中弯刀，重重地跪倒在地。

第七十二章

刍 狗

"嘿，嘿，混账小子，我还是你阿舅么？"青影气恼地窜到了姬昊面前，狠狠地敲了一下他的脑袋。

"啊呀，阿舅当然是阿舅。但是这次的事情阿舅你帮不上忙，所以也就没给你说喽！"姬昊笑呵呵地从嘴里吐出三枚黑色的生死刺，惬意地用它们在头上绾了一个发髻。

青影好像离开水的鱼儿，呆呆地张了张嘴，被姬昊的话憋得半晌没吭声。

刚刚姬昊使用的长矛就戳在地上，小小的三足金乌欢快地绕着长矛盘旋飞舞，不断发出轻微的"嘎嘎"声。虽然没有驱动，但是长矛依旧散发出逼人的热浪，普通巫人境的战士甚至无法靠近到长矛方圆十丈内。

"这是姬犷长老的本命巫宝！"青影突然跳了起来，他认出了这柄长矛的来历！

这是姬犷的本命巫宝，也是他那一支族人的传承巫宝。这柄长矛据说是姬犷先祖中一位巅峰巫王亲手锻造而成，一代代传承下来，已经有了上万年的历史。

万年来，一代一代的巫王强者和大巫高手用本命精血不断温养，这柄长矛已经通灵，拥有的威力更是可怕无比。所以就算姬昊以区区小巫的修为，这柄长矛在他手上依旧能轻松地洞穿大巫之躯。

而姬昊吐出来的三枚生死刺，青影就算眼瞎了，也不可能不认识。

这是青茯，也就是青影亲姐姐的本命巫宝，也是青夷部的传承重宝，一套九根生死刺，青色、白色的六根生死刺能救人活命，而三根黑色生死刺则是要人性命的歹毒玩意儿。

姬昊刚刚一连用生死刺重伤姜媱和黑水乌蛟，很显然，这是青茯把生死刺的控制权转给了姬昊。

这也就是说，姬犳和青茯都知道姬昊这次的小算盘？

唯独他青影一个人被瞒得结结实实的？

青影一手挂着长弓，张开双手，很茫然、很无辜地原地转了两圈："喂，喂，你们这样干，把我当什么啦？昊，我可是你最最亲的阿舅啊！你们怎么一点儿风声都不告诉我？"

青影很委屈地大叫起来："我们的骨肉之情呢？昊，这太让我伤心了！"

姬昊转过身，眯着眼向青影笑了笑："骨肉之情啊？喏，这么多俘虏，阿舅你选精壮、年轻的，挑选三万人喽。青夷部的奴隶不多吧？我送青夷部三万青壮奴隶，这份骨肉之情怎么样？"

青影嗷嗷大叫一声，突然原地蹦起，在空中连续翻了几个跟头。笑得眼睫毛都炸开的青影大声叫道："这才是阿舅认识的昊啊，呜呜，三万奴隶？我们青夷部这次可发达了！"

兴高采烈的青影忙不迭地带着族人去俘虏群中挑选奴隶，这次包围火豹部的部落联军，全都是各个部落的精英战士，个个生得牛高马大、身强力壮，带回部落后，用巫法秘术控制了他们的生死，个个都是一等一的好奴隶！

有了三万精壮奴隶，青夷部起码能多开辟三处猎场，能够多开采七八条矿脉，更能多豢养十倍以上的牲畜。部落的财富会翻着跟头地增加，部落的粮食也会变得极其充沛，新生的娃娃就能长得更加结实。

这会是一个极好的良性循环，借着这个机会，青夷部甚至可能从一个小型部落，一举奠定成为大型部落的基础。

以往青夷部配合火鸦部征战，就算有俘虏，火鸦部和那些附庸火鸦部的大部落也会拿走绝大部分，青夷部偶尔能得到百多个奴隶，那都是极其幸运的事情。

这次姬昊居然一开口就给了青夷部三万精壮奴隶，青影激动得连走路都跟跟跄跄的，好像喝醉了一般。

被烧得热浪翻滚的山林中，大队大队的联军战士丢下了兵器，面无人色地跪倒在地。近百头巨鸦在空中盘旋巡视，偶尔他们低空飞过，掀起的可怖热浪将这些联军战士拼命的勇气彻底打散。

数十个大小部落的百多个大巫战士，连带数十个带队的巫祭、长老垂头丧气地蹲在一旁，一个个面无人色犹如死人一般。

他们受了姜媱的蛊惑，被姜媱许下的丰厚报酬吸引，眼巴巴地调动了部落的精英力量设下陷阱，原本是用来对付姬昊父子。但是他们做梦都没想到，姬昊居然将计就计给他们上演了这么一场大戏。

这里可是集中了方圆数千里山林中，数十个大小部落的精英战士。现在他们部落中只剩下了一群老弱妇孺，在南荒丛林，损失了所有战士的部落，就连半个月都难得坚持下去。

所有人都惴惴不安，所有人都在怨天尤人地诅咒着该死的女人姜媱。

同时也有人不时向姬昊偷偷地瞥一眼，琢磨着要用什么法子，才能让自己的部落逃脱这次的危局。

就在距离这些大巫和巫祭不远的地方，数十名火豹部的巫祭、长老正在忙碌着。

数十头刚刚捕获的巨兽被割开了血脉，热腾腾的兽血混杂了精金、美玉和其他矿石磨成的粉末，配置成了黏稠的散发出强烈巫力波动的血色汁液。

火豹部的巫祭和长老们兴奋地在地上涂抹着，一枚一枚散发出森严气息的血色符文镶嵌在平整的地面上，不断散发出让人窒息的力量波动。

在这些血色符文的正中，数十根硕大的兽骨搭建成了一座祭坛，围绕着祭坛，是鲜血绘制成的一头直径里许的三足乌鸦的图腾。

身负重伤的黑水乌蛟歪歪斜斜地躺在地上，目不转睛地看着火豹部的巫祭和长老们正在布置的祭坛。

黑水玄蛇部毕竟是和火鸦部厮杀了无数年的世仇部落，对各自的手段都有着极其深刻的认识。黑水乌蛟眼看着祭坛附近的三足乌鸦图腾和大片符文逐渐完成，他的脸色"唰"的一下变得惨白一片。

突然间，黑水乌蛟声嘶力竭地尖叫起来："祖灵献祭，你要把我们当作祭品，献祭给你们火鸦部的祖灵？"

"哗"的一下，被俘的大巫、巫祭们同时尖叫起来，他们惶恐地站起身来，声嘶力竭地朝着姬昊怒吼谩骂。但是他们刚刚骂了几句，姬昊发髻上的生死刺闪过一抹淡淡的幽光，这些大巫、巫祭又纷纷软在了地上。

"没错，你们都是祭品！"

姬昊无奈地看着黑水乌蛟等人："要不然，你们以为，我是怎么样让鸦公说服了这么多的伙伴来帮我呢？"

高空往来盘旋的巨鸦们同时仰天鸣叫，地面上兽血绘制的三足乌鸦图腾突然燃起了熊熊烈火。

第七十三章

献　祭

九头身躯最庞大的火鸦站在祭坛旁，围成了一个正圆。

火鸦高高举起双翼，傲然昂着头望着天空炽热的太阳。

时当正午，烈日洒下岩浆般酷烈的光芒，巨鸦的羽毛被阳光镀上了一层金边，有一层水波一样的火光在巨鸦的身上滚动。

仔细看去，九头围在祭坛旁的巨鸦眸子深处，有一枚小小的浑圆符文在闪烁。这枚金色的符文浑圆一体，周边有一层火光浮动，一如天空的太阳，透着一种说不出的古老和神圣。

天空中，其他的巨鸦静静地悬浮在那里。

它们全神贯注地盯着祭坛，通体萦绕着一股难以形容的神秘和庄严。这些巨鸦甚至屏住了呼吸，身体在轻微地颤抖着，身上坚如钢铁的羽毛轻轻撞击，发出清脆的响声。

"哈哈，哈哈，哈哈哈！"黑水乌蛟犹如疯癫一样大叫着，"我居然能亲眼看到火鸦部的上古血祭秘法！姬昊，你有种，你这个小杂种真有种，你们火鸦部百年一次的祭祖大典都舍不得摆出来的上古'九日凌空'血祭秘法，你居然有胆子用出来！"

姬昊把玩着三根漆黑如墨的生死刺，似笑非笑地看着癫狂状态的黑水乌蛟："九日凌空、血祭秘法，阿公他们在百年大祭的时候都舍不得用，那是因为没有合格的祭品。"

将生死刺插在发髻上，姬昊用力地搓了搓手："毕竟圣地祖庙里供奉的祖灵嘛，好些都是上古就存在的，真正的三足金乌的精魂……他们见多识广，普通祭品他们是看不上眼的。"

耸耸肩膀，姬昊笑道："贸贸然地使用九日凌空血祭秘法，惊动了上古的金乌精魂，却没有合格的祭品献上，那只能用自己的精血和灵魂去赔罪。阿公他们一个个都还精神着，还舍不得死呢。"

青影带着几个牛高马大的火鸦部战士，抓着黑水乌蛟的四肢，将他放在了祭坛正中。

黑水乌蛟声嘶力竭地尖叫着，疯狂地挣扎着。但是他的所有巫穴都被姬昊用生死刺轻轻地扎了一记，黑色生死刺中，青夷部的巫祭们无数年来囤积在内的剧毒控制了黑水乌蛟的身体，他根本无力反抗。

"姬昊，你这个小杂种！"黑水乌蛟疯狂地号叫着，"你好大的胆子，这里有三十二个部落的一百五十八个大巫，有各个部落的巫祭和长老七十九人，你敢把我们全部献祭了？"

"为什么不敢呢？"姬昊轻松地笑着，"一百五十八个大巫，七十九个大巫级的巫祭和长老，就算是上古的金乌祖灵，他们也不会太挑剔了。嗯，这次祖灵一定会赐福给我！"

不仅是黑水乌蛟，就连各大部落的大巫战士，还有他们的巫祭和长老都疯狂地号叫起来。他们同样被生死刺的剧毒制住，就连一根手指头都别想动弹，但是一条舌头却灵活如旧。

"姬昊，我们认罪，我们认罚，我们愿意成为火鸦部的附庸！"

"姬昊大人，是我们的错，我们部落愿意成为您的附庸啊！"

"天哪，我不要死，我不要死！姬昊，姬昊大人，饶命，饶命，都是姜嫄那个贱女人，都是她的错，我们并不愿意招惹火鸦部啊！"

这些平日里在部落中高高在上的大人物们痛哭流涕，哭天喊地地向姬昊哀求着。

如果姬昊单单是要杀了他们，这些人并不怕死，甚至有很多人勇于去死——在南荒部落，为了部族的利益而战死，这是无上的光荣，勇士的灵魂也将回到祖庙，和祖灵并列，享受族人的供奉。

但是姬昊不是要杀了他们，而是把他们当作祭品献祭！

他们的灵魂将再也无法回归祖地，他们的灵魂将成为火鸦部祖灵的补品，被彻底泯灭后，化为火鸦部祖灵的一部分。火鸦部供奉的祖灵将因为他们的牺牲而变得强大，但是他们将烟消云散再也不复存在！

所以他们畏惧了，他们恐惧了，他们泪流满面，甚至有人尿了裤子，不顾体面地向姬昊哭喊求饶。

"加紧点儿，趁着烈日当空，这是最好献祭的时间。"姬昊冷声喝道，"阿舅，快一点儿，把这些部落的首领都干掉，你那三万奴隶才能安心收下呢。"

青影急忙加快了速度，将一个又一个满脸都是眼泪鼻涕的大巫、巫祭和长老塞进了祭坛，犹如叠柴火一样地叠好。

站在祭坛边的九头巨鸦满意地嘎嘎轻啸，九日凌空、血祭秘法，这种铭刻在它们血脉中的神秘祭祀仪式，它们也从未见过。九头巨鸦中年龄最大的已经将近一千岁了，但是千年来，火鸦部再也没举行过九日凌空的秘法祭典。

但是在很久很久以前，在火鸦部还有巫王甚至巫帝坐镇的时候，每隔百年，火鸦部总会准备足够的祭品，进行一次这样的祭祀。

那时候的火鸦部正处于巅峰时期，部族的力量甚至凌驾于毕方部、朱雀部等强大部族之上。那时候的荣耀啊，让这些巨鸦都为之神往。

这次有两百多个大巫境的强大祭品，一旁还有更多的小巫境和巫人境的战士备用，只要有需要，随时可以把他们都塞进祭坛充当祭品。

这一次的血祭一定能成功！

九头巨鸦兴奋得浑身直哆嗦，不由得同时赞许地向姬昊望了一眼。不枉了它们万里迢迢地赶来这里帮姬昊作战，单单为了这一次的九日凌空血祭秘法，就值得它们跑这一趟了。

很快各大部落的大巫、巫祭和长老都被塞进了祭坛，更有近千名最强大的小巫也被放在了祭坛附近的符文巫阵上。九头巨鸦的身体燃起了大火，祭坛上传来了一声尖锐异常、直冲云霄的鸦鸣。

黑水乌蛟突然声嘶力竭地尖叫起来："姬昊，你想知道十年前你阿爸和阿姆在金乌岭圣地祖庙遇袭的真相么？你们金乌岭圣地内，有长老和我们……"

姬昊举起了长矛，狠狠地刺穿了黑水乌蛟的喉咙。

黑水乌蛟呆滞地看着姬昊，逐渐暗淡的双眸中充满了不解和迷惑。

"不用你说，阿爸和阿姆都知道，有人勾结了你们黑水玄蛇部的刺杀队伍。但是阿爸不愿意追究……而我，已经知道了那人是谁，何必需要你说出来呢？"姬昊冷冷地看着黑水乌蛟，手腕一转，黑水乌蛟的伤口顿时血如泉涌。

极远的天边，一条火线急速地飞来，远远传来了姬夏的大声咆哮："昊！"

姬昊举起右手，用力地一挥拳头："献祭，起！"

九头巨鸦同时长啸，祭坛上一头半透明的三足金乌身影冉冉浮现，被叠在祭坛上的祭品们同时被金色透明的火焰笼罩。

火光冲天而起，方圆数百里的山林被金色的火光染成了一片瑰丽的金色。

第七十四章
血 脉

"阿爸，你来晚啦！"姬昊看着远处天边疾驰而来的火光，很是淳朴、憨厚地笑了笑。

"伟大的祖灵啊，请收下火鸦部的子孙一点点微不足道的祭品！"姬昊高高举起双手，大声地吟唱着火鸦部巫祭们一代代口耳相传的祭祀巫咒。

"他们的皮，他们的骨，他们的血，他们的肉，他们的灵，他们的神，他们的一切，都归您所有！"姬昊的身后一片炽烈的火光熊熊燃烧，火光中隐隐有一头火鸦飞舞跳跃，无声地仰天尖啸着。

祭坛上，浓密的金色火光中，半透明的三足金乌微微睁开狭长的双眸。

无数道极细的金光从微微眯起的双眸中喷射而出，三足金乌俯瞰着祭坛上重重叠叠的各部首脑，眼睛突然睁大，随后发出一声极其高亢、充满欢喜之意的鸣叫声。

九头站在祭坛旁的火鸦此起彼伏地鸣叫着，它们挥动着翅膀，神色肃穆地围着祭坛翩翩起舞。巨大的火鸦动作缓慢而优美，宛如宫廷贵族出席最神圣的祭典，一举一动中充斥着难以形容的神秘韵味。

随着巨鸦的舞动，远处姬夏骑乘的巨鸦突然鸣叫了一声，骤然停下了疾驰的身形。这头巨鸦张开双翼，眸子里火光喷薄，无比肃穆地眺望着祭坛的方向，周身火光化为一个透明的光球，将姬夏死死地禁锢在了里面。

九日凌空、血祭秘法，这是巨鸦们血脉中流传的最神圣的祭祀仪式，它们绝对不允许有人打断这神圣的祭典。就算是姬夏，他也没有这个特权。

姬昊念诵着咒语，四周虚空中有无形的力量盘旋汇聚而来，原本低沉浑浊的咒语声在无形的力量缠绕下，逐渐变得高亢、嘹亮。渐渐地咒语声传上了天空，在云层后方响起，高空中顿时响起了沉闷的雷声，一片一片的云彩被无形的声波震碎，露出了蔚蓝色的一片晴空。

一座方圆数里的悬浮山峰在山风吹拂下，冉冉飘过姬昊头顶。

古老的祭祀咒语中神秘而无形的力量轻轻一拍，这座悬浮山峰无声无息地化为粉碎，大片的粉尘被山风吹拂着，飘飘扬扬地向远处飞去。

祭坛上和祭坛边的祭品无声无息地燃烧起来，他们的血肉和灵魂都在急速地燃烧。一股醇厚的血腥热力在空气中盘旋回荡，祭坛上巨大的金乌虚影冉冉张开嘴，将这股奇异的热力吸了进去。

原本半透明的金乌虚影逐渐变得凝实厚重，好似从灵体恢复了血肉之躯。一股可怕的威压从金乌虚影的身上隐隐传来，极远处站在山坡上看热闹的老石、老树妖和蘅笋君等人被这威压一冲，全都狼狈地一个趔趄摔倒在地，连连翻滚却怎么都爬不起来。

就连那两头岁数超过万年的老树怪都发出了惊恐的咆哮声，竭尽全力地撒腿就往远处逃窜。这两头老树怪的实力绝对达到了大巫巅峰的极致，但是他们连这金乌虚影散发出的一丝威压都无法承受。

姬昊无法想象这金乌虚影的实力。

传说中的巫王？巫帝？甚至更强大？

这种传说中的生灵，哪怕他已经陨落，如今只是火鸦部圣地供奉的一缕灵魂，但是只要给他机会，他依旧会迸射出让世人震惊的锋芒。

稳稳地站在祭坛上，身高千丈的金乌虚影缓缓举起了双翼，金色的羽翼上无数条极细的金光荡漾出来，凝成了九枚硕大的金色符文冉冉飞向了空中。

在离地万丈的高空，金色符文一闪而逝，姬昊看得清楚，这九枚金色符文似乎是飞向了太阳的方向。

下一瞬间，空中的太阳爆发出强烈的光芒，一股可怕的热力从高空袭来。山林骤然变得无比明亮，山峰、树木、大地在这雪一样白的光芒中好似变得透明了，万物都在这光的照耀下变成纯粹无瑕的琉璃态物质。

这种光，没有任何物质能够阻碍。

最纯粹、最原始的光和热的力量从高空落下，恰好将姬昊布置的直径百丈的祭坛笼罩在内。

一丝丝热力不断地向姬昊的身体内钻去，姬昊体内原本有数十条经络火光熊熊好似在燃烧一般，但是随着外界奇异的热力不断钻进身体，他的身体内更多、更复杂的经络亮了起来，有淡淡的火光从这些经络中逐渐涌出。

姬昊有了明悟，九日凌空、血祭秘法的回馈来了，金乌引来了奇异的力量，这些力量正在激活过去漫长的岁月中，火鸦部的族人们因为岁月的洗磨而丢失的力量之源。

双眼滚烫，身体炽热无比，胸膛内的那一团金乌吐息变得更加凝练厚重，强大的热力在姬昊的皮肤表面悄然凝聚，凝成了一枚一枚黯淡的、透明的、宛如羽毛的纤巧符文。

不知不觉中，姬昊拥有了第四种天赋神通，在火鸦部已经只存在于传说中的天赋神通——"金乌天衣"！

这是一门防御性的巫法神通，这些火力凝成的形如羽毛的符文，有着强大的防御力，而且对于飞行、疾走有着强大的辅助作用，可以让流光火翼的速度凭空增加一倍以上。

站在姬昊肩膀上的鸦公也发出了欢愉的叫声，它高高地举起了羽翼，无数条极细的金光从四面八方射向了它，不断钻进它的身体。

骤然间，鸦公头顶三枚羽毛燃烧了起来，黑色的羽毛变成了淡淡的金色。紧接着鸦公的爪子也燃烧起来，原本黑红色的爪子犹如镀金一样，泛起了瑰丽的金色。

鸦公体内稀薄的金乌血脉凭空增强了一大截儿，让它未来有了更大的可能。

围绕着祭坛的九头巨鸦更是欢喜雀跃，它们大口大口地向着天空落下的光芒吞咽着，随着它们的吞咽，它们的身体也燃烧起来，它们身上、翅膀上、或者尾巴上，都有一片、两片的羽毛燃烧起来，随后变成淡淡的金色。

和鸦公一样，这九头巨鸦的金乌血脉也被加强了。它们的实力并没有得到立竿见影的提升，但是未来它们的前途肯定比其他巨鸦要强出一大截儿。

附近的巨鸦们纷纷轻声鸣叫，它们或多或少地，也都得到了一些好处。

但是得到好处最大的，毫无疑问是站在祭坛上的金乌虚影。他原本黯淡的半透明的身体已经变得犹如纯金锻造的雕像，通体散发出一股神圣的金辉。

轻轻地向姬昊点了点头，这头金乌欢快地鸣叫了一声，然后化为一团火光迅速没入了虚空消失无踪。

一道狂风吹过，祭坛，还有布置祭坛的这一片地面同时化为白色的粉末，被山风飘飘荡荡地吹得飘摇远去。

第七十五章

兄 弟

姬昊举行血祭的时候，观众可不仅仅是刚刚赶来的姬夏。

"哥哥，我们似乎有点儿无耻！"远远的一座山峰半山腰，浓密的树荫下，帝罗斜靠在一株香樟树上，懒洋洋地采下了一把嫩芽放在嘴里乱嚼，"可怜的姜嬬美女巫祭，她的心一定都碎了……她没有等到我们出手，喔，喔，她一定心碎流泪了！"

神色严肃的帝刹站在一丛灌木中，眉心竖目变成了诡异的纯黑色，眸子里幽光旋转，好似一个深邃的漩涡，将远处姬昊举行祭祀的所有细节看得清清楚楚。

"美女巫祭？我最最亲爱的弟弟，千万不要对这个女人有任何'正当生意'之外的想法。"帝刹手里拎着一条黄金为柄的小皮鞭，轻轻地反手给了帝罗一鞭子，"我想你新生的眼珠，应该还有一点儿残留的痛吧？希望这会让你清醒一点儿。"

转过身，眉心的竖目内幽光四射，帝刹冷声道："记住，帝罗，我们和姜嬬之间的关系，只是纯粹的交易，千万不要在这里面掺和任何可能干扰你决断的东西。"

"我负责血牙团，在南荒丛林往来贩卖奴隶，已经有五百年，帝罗。"帝刹很严肃地说道，"五百年，我记得清清楚楚，在这不短的岁月中，被我从这片野蛮的土地掳走、贩卖的奴隶一共是两百七十八万九千五百三十七人。"

"但是在这五百年内，血牙团的战士，我是说血统高贵的本族，还有那些伽族的战士，没有损失一人。"帝刹无比骄傲地昂起了头，"虽然那些血脉卑贱的奴仆战士，在这些年内死伤了数万人，但是本族还有伽族的战士，在我负责血牙团的这段时间中，没有损失一个！"

帝罗咧了咧嘴，轻佻地说道："啊，真了不起，我亲爱的哥哥，真的太了不起了……我是说，姜嫚是个大美女，她和我认识的那些姑娘的味道完全不同！"

"该死的家伙！"帝刹气急，狠狠地用皮鞭的手柄敲了一下帝罗的脑袋，"不要碰这个女人，不要被她的美貌迷惑。帝罗，五百年来，我没有损失一个血统高贵的战士，那是因为我足够小心、我也足够冷静，最重要的，是我足够无耻！"

"无耻？"帝罗惊讶地看着帝刹，"你是说，你很无耻？"

"一如你刚才所说！"帝刹转过身看向了火光冲天的祭坛方向，"我们答应了姜嫚，配合她集结的这群野蛮的生物攻击她的敌人。但是我们只是在一旁观望，我们保存实力，我们没有按对她的许诺发动进攻，这种行为的确很无耻。"

耸耸肩膀，帝刹冷声道："但是那又怎么样？我们没有贸贸然地进攻，所以那些可怕的大鸟就没有伤害到我们的伙伴。我们自己的族人，还有那些忠诚可靠的伽族战士，我们一个人都没有折损。"

冷笑一声，帝刹指着祭坛的方向严肃地说道："我的弟弟，告诉我，如果按照我们对那个女人的承诺，我们配合那些野蛮的蠢货发动了进攻，当这些可怕的大鸟突然出现的时候，我们会损失多少人？"

帝罗沉默了一阵，然后点了点头："小心，冷静，还有无耻。好吧，我记住了。"

帝刹深沉地看了帝罗一眼，然后轻叹了一口气："希望你真的记住了，帝罗。"

狠狠一鞭子抽在了一旁的灌木上，大片稚嫩的树枝被打断，浅绿色的汁液喷了出来，空气中弥漫着一股淡淡的草木腥味。

帝刹眉心的竖目缓缓闭上，他淡淡地说道："昨天我刚刚收到调令，因为我这五百年来立下的功勋，我将成为血月的将领，三天后，我就要带着这次的所有奴隶离开。以后血牙团就归你掌管了，帝罗。"

惊愕却又惊喜地看了自家兄长一眼，帝罗微笑着向帝刹欠身行了一礼："亲爱的帝刹，我最最亲爱的哥哥，你就放心吧。在我的带领下，血牙团只会更加地强大！"

帝刹深吸了一口气，用力地握住了帝罗的肩膀："希望是这样……帝罗，你要牢牢记住，血牙团关系着家族的根本利益，你千万不能犯任何的错误。"

伸出手，用力地拍了一下帝罗前些日子被姬昊挖出眼珠的那个眼眶，帝刹沉声道："记住，因为你的冲动和冒失，你差点儿把自己的命丢在了这个该死的丛林。这是南荒给你的第一课，你一定要牢牢地记住。"

远处祭坛上传来了高亢入云的鸦鸣声，一波一波肉眼可见的金红色热浪不断向四面八方扩散开，帝刹、帝罗所在的这一座山峰都被热浪冲击，大片丛林迅速地干瘪脱水，一些本来就枯萎的植被枯枝和落叶更是迅速地燃烧起来。

"走吧，我们在这里，太显眼了一些。"帝刹拉着帝罗快速地离开，一边走，他一边殷殷地向帝罗强调火鸦部的厉害，"帝罗，记住，想要在这个野蛮的世界快活地活下去，不断地掠夺财富和功勋，就要小心谨慎，同时收集你一切可以收集的情报。"

"比如说火鸦部的这些野蛮生物，他们当中有些人的视力很可怕，甚至有时候，他们隔着数百里，都能发现普通人无法发现的细节。"帝刹仔细地说道，"所以，像现在这种情况，当植被无法庇护我们的身体，我们就要第一时间离开。"

"一定要牢牢记住，帝罗，我们来南荒，是为了财富和功勋，而不是其他任何的东西！保住自己的命，保住血牙团战士的命，这是你未来成为血牙团的首领后，时刻要记在心里的戒律。"

帝罗嗯嗯有声地答应着，他不时地回头向祭坛的方向看一眼，眸子里闪烁着奇异的光芒。

帝刹悠悠地说道："我真希望，我能再多带你锻炼几年，这样我就可以放心地离开。但是，时间太紧了，血月那边的调令是我无法违背的，家族既然选择了你，那么我也只能信任你。"

兄弟俩迅速离开了这座山峰，他们从山的另外一面下到了山脚下，在一条深深的山谷中会合了等候在这里的数百名伽族战士，没有惊动任何人地悄然远去。

帝刹也没注意，帝罗不时地回头向山那边的火光看一眼，眸子里尽是不服气的狂傲和刻骨的仇恨。

第七十六章

道　理

白色的灰尘随风飘扬，大半个火豹部的驻地都被浮尘笼罩。

白灰中，有祭品被金乌之火焚烧而成的骨灰，也有泥土、岩石被高温彻底炼化的残渣。每一颗灰尘中都蕴藏了一丝残留的火劲，人在浮尘中穿行，白灰相互摩擦，会有大片红色火星"啪啪"迸射出来。

火豹部的族人在整理驻地，收敛战死族人和敌人的尸体。大群族人在飘浮的灰尘中穿来穿去，整个驻地就好像被火焰笼罩，猩红的火光映得大片山林都一片通红。

"哟哟——喔喔"的咕哝声远远传来，老树妖带着他召来的两个强大异常的同伴，驱动着一群自动聚集过来的花精树怪，摇摇摆摆地行走在被焚烧一空的山林中。

老树妖和两个极力缩小了身体的同伴一手拎着一个大酒缸，一边在热气腾腾的土地上泼洒着各种植物的种子，一边大口灌着美酒。三个老家伙都喝得有点儿多了，走路跟跟跄跄的，庞大的身躯高一脚低一脚地乱踩，吓得那些弱小的花精树怪"嗷嗷"尖叫。

山崖下，火豹部坍塌了大半的议事大厅中，姬夏盘着腿坐在火塘边，大口大口地撕扯着烤得喷香的兽肉。

正架在火塘上，烤得"吱吱"流油的巨兽，是猛鬼部一尊大巫战士的坐骑，一头实力无比接近大巫的独角猩熊。这倒霉的家伙在战斗中受了重伤，火豹部的巫祭懒得在它身上浪费珍贵的巫药，干脆就把它洗扒干净了做成烤肉款待贵宾。

"昊，既然你博取了祖灵的欢喜，这次的事情，就没做错。"姬夏啃掉了大半头独角猩熊的兽肉，心满意足地拍了拍肚皮，眸子里闪过一抹凶狠的寒光，"阿爸虽然从来没借助火鸦部的力量，欺负这些可怜的小部落，但是他们既然敢主动招惹我们，死了也就死了吧。"

姬昊拎着一个酒坛，大口吞了几口味道刺鼻的烈酒，用力擦了擦嘴角流淌下来的酒水。

"嘿嘿，看到阿爸这么火急火燎地赶过来，还以为你要阻止我献祭呢。"姬昊斜了姬夏一眼，将酒坛用力杵在了地上，瓮声瓮气地说道，"阿姆说了，有时候阿爸你，心太软！"

姬夏想要保持做父亲的威严，他板着脸哼哼说道："心太软？阿爸是顾全部落的大局。阿爸我……"

姬昊急忙打断了姬夏接下来的说辞："嗯，阿爸你英明神武，是个真正的男人，有仇报仇，有怨报怨……姜媱引动这些部落围攻火豹部，姜雪是她的帮凶，这件事情，你看怎么办？"

姬夏神色一紧，慢慢地放下了酒缸，陷入了沉思。

姜媱是毕方部大巫祭姜燹的女儿，姜雪是毕方部长老姜术的女儿。姜媱被姬昊打成重伤逃窜，除非她想要彻底引发火鸦部和毕方部的冲突，否则她绝对不敢挑明这次"部落联军围攻火豹部"的事情。

但是姬昊心狠手辣，干脆将姜雪斩杀当场，这件事情就有点儿麻烦了。

高空中一声鸦鸣传来，随后一道飓风呼啸着涌向地面，一个沙哑森冷的声音犹如钢针一般，狠狠地刺进了姬昊和姬夏的耳朵。

这声音尖锐无比、沙哑冰冷，充斥着一股让人不寒而栗的邪异力量。姬昊和姬夏同时皱眉跳了起来，他们身边的酒缸和酒坛同时裂开了无数的缝隙，浑浊的酒水汩汩地渗了出来。

一名身高和姬夏相当，但是格外瘦削，身形犹如竹竿的老人步伐僵硬地走了进来，阴冷异常地喝道："姬夏，你必须给长老们一个解释。你还记得你的职责么？你只是负责坐镇冷溪谷，保护那里的矿脉……是谁给了你这么大的胆子，让你……"

老人的话没能说完，姬昊运足了中气，极其粗暴无礼地打断了老人的话：

"啊，是姬鸠长老啊，我阿爸来这里，有什么问题吗？我阿爸刚刚主持了一次九日凌空的血祭秘典，祖灵非常高兴，你难道要说，我阿爸有错么？那么，你是说祖灵有错？"

老人呆了呆，一口子梗在嗓子眼儿里，半天没能说出一个字来。

头顶又传来了巨鸦的鸣叫声，随后轻微的破空声传来，大地微微颤抖了一下，有人直接从高空粗暴地跳了下来，震得火豹部的议事大厅都差点儿彻底坍塌了。

姬狗大步闯了进来，咔咔笑着一把按住了姬鸠的肩膀，大声笑道："姬鸠，从小你就猴急猴急的，做什么事情都不沉稳，看看，这次又在娃娃们面前出丑了吧？"

姬昊清楚地看到，姬狗的五指很是粗暴地深深陷入了姬鸠的肩膀，他甚至听到了姬鸠肩胛骨受到巨大压力发出的不堪重负的"咔咔"声。

姬鸠的面孔扭曲一团，原本就惨白的面孔更是变得发青近乎透明。

姬狗冷声喝道："你太着急了，姬鸠……你估计没得到圣地祖庙传来的消息吧？祖灵们向所有的巫祭传达了自己的意志，他们对于今天的血祭秘典非常满意，祖灵们还说，姬昊是个好娃娃！"

"你说什么？"姬鸠面孔扭曲地大吼起来。

"祖灵说我们做得没错！"姬昊凑到姬鸠面前，冷声喝道，"阿爸调动冷溪谷的族人来这里，击败了一群不知道天高地厚的傻瓜部落的蠢货们，把他们当作祭品献给了祖灵……祖灵很满意，所以阿爸的一切行为都是正确的。"

姬鸠死死闭上了嘴，再也不肯说一个字。

在南荒部族，道理就是这样粗暴而简单——你博取了祖灵的欢喜，那么你的一切行为都是正确的。但是平日里，普通族人连靠近圣地祖庙都不可能，除了十年一次、百年一次的祭祀大典，也只有姬昊这样动用上古秘典，才有可能唤醒祖灵，获取他们的欢心。

姬鸠恨死了某些人，他们蛊惑他气势汹汹来找姬夏和姬昊算账的时候，可没给他说明，姬夏和姬昊，居然连祖灵都给买通了啊！

姬豹深深地看了姬昊一眼，然后欣然笑道："虽然祖灵向所有巫祭传达了自己的意志，但是夏，你还是回金乌岭，把这次的事情仔细地述说一遍吧。"

"另外，姬奎大巫祭已经代表祖灵宣布，那些围攻火豹部的部落，是我们火鸦部的敌人。"

"昊，就由你负责，把他们彻底铲除了吧！"

第七十七章

私 产

黑色的旗幡矗立在小小的山寨门口。

人皮、兽筋混编织成的旗幡上，用兽血描绘了数十种狰狞的毒虫。数十条黑气从旗幡上喷薄而出，每一条黑气中都藏着数以十万计的各色毒虫，嗡嗡、唧唧地尖声鸣叫着，犹如海潮一般向姬昊涌来。

姬昊站在山寨门前，任凭黑气冲击在身上。

阿宝炼制的甲胄放出淡淡的清光，黑气中无数虫子疯狂地啃噬姬昊的身体，却连他一根汗毛都碰不到。更多的毒虫拼命地喷吐着毒液，但是毒液同样被清光卸去一旁，丝毫碰不到姬昊的身体。

姬昊的皮肤上一层极其黯淡的，形如羽毛的红色符文若隐若现。偶尔一缕火苗从姬昊身上喷出，就有大片毒虫被烧得啪啪脆响，不断从空中坠落。

短短半刻钟的工夫，姬昊身边已经堆积起了厚达两尺的虫子尸体。

山寨内，几个面容枯槁、皮肤呈黑绿色的苍老巫祭嘶声尖叫着，他们突然拔出黑色的短刀，狠狠刺进自己的胸膛。山寨门口的旗幡剧烈地摇晃着，老巫祭们胸膛的热血喷出，纷纷被旗幡吸了进去。

刺耳的尖啸声传来，旗幡上黑气卷动，三头体积巨大的五彩毒蝎从旗幡中飞出，甩动十几丈长的尾巴，硕大的毒钩子狠狠地向姬昊胸膛刺来。

纤薄犹如无物的甲胄上清光闪烁，三头毒蝎的毒钩子狠狠撞在甲胄上。

"啪"的巨响，毒蝎的毒钩子炸成了一团肉酱，毒汁、血水喷得满地都是。

山寨内的老巫祭们犹如泄气的皮球颓然倒地，他们绝望地长嘶悲鸣着，挂在山寨门口的旗幡被无形的力量摧毁，凭空炸成了一团黑气随风消散。

一刻钟后，山寨内虫蛊部的族人络绎走了出来，最前方的几个老人惊恐地捧着玉石雕成的五毒雕像，将这部落的图腾小心翼翼地放在了姬昊的脚下。

围攻姬昊的部落联军之一，虫蛊部于斯覆灭。

……

两天后，猛鬼部的部落门前。

留守猛鬼部的两百多精锐战士疯狂地大吼大叫，身高最矮也在一丈开外的猛鬼部战士们手持大刀重斧，疯狂地对着姬昊一通猛砍猛劈。

贴身的甲胄上清光流动，姬昊站在原地纹丝不动，任凭这些猛鬼部的战士用尽了吃奶的力气，依旧无法动摇他丝毫。相反姬昊拔出从黑水乌蛟手上缴获的弯刀，轻轻一刀劈过，十几名猛鬼部的战士就身首两处。

低沉的咆哮声隐隐传来，突然间一声惨号响起，一尊身高三丈的魁梧战士大口喷着血，被老石粗暴地拎着脖子从猛鬼部的部落中拎了出来。

这是猛鬼部仅存的一尊大巫，也是猛鬼部的战士还敢负隅顽抗的最后胆量。

老石联手三尊石伙伴从地下潜入，一举突袭重创了猛鬼部的大巫，猛鬼部彻底地崩溃了。

大队大队猛鬼部的族人走出了部落，惊恐而绝望地跪在姬昊面前，任凭同行的火鸦部战士用巫法秘制的兽筋绳索将他们捆得粽子一般。

……

魍魉部，青牛部，野牛部……牙虎部，怒狮部……

一个又一个参与了围攻姬昊的部落被暴力征服，这些部落的高手都被当作祭品，献给了火鸦部的祖灵，他们根本无力反抗姬昊带领的大队人马，更不要说老石、老树妖和蒳笭君招来的伙伴中，大巫祭的高手就有数十之众。

一路横扫，全无抗手，数十个部落过百万的族人被生擒活捉，被随意打乱安插后，变成了火鸦部的奴隶，送去了各处畜栏、林地、猎场、矿洞卖命。

这一通忙活，姬昊足足忙碌了三个多月，这才将数十个部落所有的族人一口吞下。

当南荒丛林绵长的雨季就要到来时，姬昊终于带着大队人马回到了冷溪谷。经过了三个多月的鏖战厮杀和远道跋涉，姬昊的个头长高了不少，身形也变得健壮了不少，坐在战兽坐骑上，乍一看上去，他已经和其他的火鸦部成年战士没什么两样了。

或许最大的区别就是，因为九字真言丹经的缘故，姬昊的眼神特别明亮，偶尔眼神一扫，就好像两条电光打过，就算和他亲近的火鸦部战士，都不敢直视他的目光。

另外就是，随着修为的增加，姬昊的肤色变得越发如羊脂美玉，格外地莹白细腻，银白色中还透着一抹宝珠一样的光华，皮肤下好似有盈满的水银一样，就算身处千百个火鸦部战士当中，外人依旧一眼只会看到姬昊，其他的战士根本无法夺走他的光彩。

远远地，站在冷溪谷护墙上的青茯就看到了姬昊。

姬昊这辈子还是第一次和青茯分开这么久，远远地青茯就高高地举起右手，喜笑颜开地向姬昊大声呼喊起来："昊！你可回来了！阿姆给你做最好吃的烤肉哩！"

姬昊哈哈大笑一声，身后一抹火光闪过，他一步迈出，带起一溜儿火光和大片残影，几个弹指间就横跨了数里之地，一头冲到了护墙上，一把将青茯抱起来转了两个圈儿。

"阿姆，我和阿舅都回来了。唔，我们路上给你找了好几种罕见的药草呢，里面就有你念叨了好几年的血燕荨兰，阿舅为了采这宝贝，差点儿被一头夜猫子给毁了脸！"

青茯惊呼了一声，急忙向青影看了过去。

见到青影脸上干干净净的，没有留下半点儿伤痕，青茯这才笑了起来，轻轻地拍了姬昊一巴掌："还好，还好。要是真毁了脸，青影以后还怎么找姑娘呢？"

青影得意洋洋地挺起了胸膛，大声笑道："阿姐，我现在可不靠脸勾搭姑娘了，我现在是青夷部有史以来最年轻的大巫，姑娘们还不一大把一大把地贴上来么？"

正说笑间，姬夏带着一大队人大踏步地走了过来，远远地，姬夏就大声笑道："昊，你可回来了！嗯，你过来一下，以后这些战士就是你的私奴了，他们都是你的私产，他们都要靠着你才能活下去啦！"

姬昊骇然大惊。

私奴？

定睛向姬夏身后的大队人马看去，姬昊不由得倒抽了一口冷气。

这些人是自己的私奴么？他们的数量和实力，都让姬昊太吃惊了。

第七十八章
家 业

让人厌恶的雨季终于到来，温热的倾盆大雨好像某个龌龊汉子滴下的汗水，混着浑浊的水雾，黏黏糊糊地从天而降，将整个南荒笼罩了进去。

冷溪谷内的溪水在短短两刻钟内就变宽了一倍，原本清澈见底的水流变成了土黄色，犹如扭曲的草蛇翻滚咆哮，冲得岸边石头哗哗直响。

山谷深处，靠山崖的地方，一座三层小楼外，百多名身材高大的战士面无表情地矗立在雨幕中。沉甸甸的大雨打在他们身上，晶莹的雨滴炸得粉碎，这些战士却连眼睛都不眨一下。

不管他们原本长成什么样子，他们的脸已经被一大片赤红色的图腾文身覆盖，再也难以分辨出他们的原本模样。三足火鸦文身时刻散发出逼人的高温，就算在大雨中，这些战士的头部和肩颈部位，所有的雨水都被蒸发成了滚滚热气，一滴雨水都无法留存下来。

这一片图腾文身，就是火鸦部的奴隶烙印。

用整整九十九头巨型火鸦的精血，混合了数百种凶兽猛禽的心头精血，加上数百种毒虫毒蛇的毒液，经过巫法调配，制成火鸦部秘传的巫法染料，最终制成的图腾文身有着极强的威慑力。

除非这些战士拥有的力量，能够压过九十九头巨型火鸦联手，否则他们的灵魂和肉体就永远被这奴隶烙印统治，就算死后都无法摆脱烙印的禁锢。

姬昊坐在木屋内，大口吞咽着青茯端上来的烤肉和米饼，眼睛直勾勾地盯着这些战士。

五个已经半步踏入大巫境，最多三个月内就能正式突破成就大巫的战士；还有整整一百名小巫境高阶，这其中已经强化了各自传承的血脉之力所有经络，开始滋养第一个巫穴，已经达到小巫境巅峰的精英战士就有十人。

坐在一旁的姬夏眉飞色舞地，将他两个月前回去金乌岭的事情一一说了出来。

以姬鸠为首的几个长老，还阴阳怪气地对姬夏、姬昊父子俩的"蛮横"行径抨击了几句。

但是圣地祖庙供奉的祖灵都已经传达了自身意志，对火鸦部所有巫祭表达出了对姬昊献祭之事的支持和鼓励，火鸦部的所有巫祭全部站在了姬昊这一边。哪怕某些巫祭是姬枢背地里的支持者，他们这次也别无选择地支持姬昊。

甚至就连姬枢自己，也很是苦涩地表达了对姬夏的钦佩，对姬昊的赞许和期望。

至于姜媱的重伤和姜雪的死，姬夏在金乌岭的那几天，根本就一点儿风声都没有。就好像姜媱并没有召集数十个部落组成联军围攻火豹部，姬昊并没有辣手重伤姜媱，而姜雪也并没有被蘅箬君一箭射死一样。

在大巫祭姬奎的主持下，火鸦部对这次部落联军围攻火鸦部的事情做了最终定性：

这些部落被黑水玄蛇部许以重利，无耻偷袭火鸦部最忠诚的附庸部落火豹部，这是对火鸦部的挑衅，这是对火鸦部圣地祖庙中所有祖灵的挑衅。这些部落必须被全部消灭，所有族人必须成为奴隶，世世代代为火鸦部效力卖命以为赎罪。

火鸦部负责处理部落日常事务的长老们，也很精准地算计出了这些部落大致拥有的人口总数。

除开那些被姬昊献祭后的倒霉蛋，除开姬昊许诺给青夷部的三万精壮奴隶，再除去补偿火豹部这次损失，赠送给他们的奴隶和女人、孩童，这次火鸦部能够从三十几个部落得到超过五百万的强壮奴隶。

这些年来，火鸦部和黑水玄蛇部几乎每年都要爆发若干次冲突，但是两个部族的实力相差不大，每次武力冲突大家损兵折将，真正能够俘虏的奴隶真没有几个。

但是这次是火鸦部以大欺小，一次全歼了数十个部落几乎全部的高端力量，剩下的族人全无反抗之力，全都得成为火鸦部的奴隶。这一次的收获，在火鸦部最近百年中是仅有的一次大丰收。

就在火鸦部的巫祭和长老们盘算、商议的时候，侵略如火的姬昊已经干掉了最近的五个部落，源源不断的奴隶已经在火鸦部大队族人的押送下，向金乌岭的方向运送了过来。

姬奎最终借用祖灵的名义，定下最后的基调——祖灵显灵，让姬昊为火鸦部立下了卓绝的功劳，虽然年龄不大，但是姬昊的功业，已经足以和部族中最优秀的成年战士相媲美。

强大的战士就应该享受应有的待遇，为部族立下功劳的战士就应该获得奖励，所以五个即将突破成为大巫的强悍战士，一百个小巫境高阶和巅峰的精英战士，就成了姬昊的私奴。

述说了一通，姬夏突然用力地拍了一下大腿，笑着捶了一下姬昊的肩膀："昊，你这娃娃……阿爸当年第一次领着族人和那群臭屁蛇厮杀了三个多个月，屠了他们五个部落，族中也就赏赐了我二十个小巫境的私奴呢。"

得意洋洋的姬夏昂起头，放声吹嘘道："青茯，看啊，这就是我姬夏的崽子，哈哈，比我更强，第一次得到族里的奖励，居然比得上他阿爸，也就是我，为部落厮杀二十年才得到的所有赏赐了。"

青茯笑着将一盘新嫩的果子端了上来，用力地抚摸着姬昊的脑袋："昊，可不是每个火鸦部的族人，都有私奴呢。尤其是这么多强大的战士奴仆，你在族里的地位，已经和你阿爸这样的大战士相等了呢。"

温柔地笑着，青茯看着姬夏，很是认真地说道："昊长大了，有了自己的家业，应该为他物色一个好姑娘了。夏啊，你看是我们青夷部的姑娘，还是其他部族的呢？"

姬夏有点儿苦恼地抓了抓头皮，吧嗒着嘴说道："要说姑娘呢，肯定是青夷部的姑娘最水灵。但是呢，当年为了娶你，我可是把自己的所有奴仆、大半的家当都送给了你阿爸。青夷部的姑娘，价码太让人心痛啊！"

　　青茯嗔怪地看了姬夏一眼，不动声色地抓住了他的耳垂，轻轻地一扭。

　　姬昊一口饼子塞在嗓子眼儿里，差点儿没被憋过气去。他这才多大？怎么就讲到成家的事情上去了？

　　"阿爸，阿姆，不急，我真的不急。我这才一百多个私奴，我还没想好怎么养活他们呢。啧，先等几年，再等几年吧！"

　　姬昊一溜烟地蹿出了屋子，大声地叫嚷起来：

　　"我先把他们安置下来，嗯，得给他们造一排房子才行……"

　　"还有，他们是我的私奴？他们的子孙都是我的奴仆？那，我还得给他们找足够的婆娘才行呀！"

　　姬昊大吼大叫地跑得无影无踪，姬夏和青茯同时笑了起来。

　　很快，姬夏的表情变得极其地阴沉、肃杀。

　　"嗯，青茯啊，关于姬枢和姜媱，我们得仔细合计一下了。不为了我们自己，也得想想姬昊啊。"

第七十九章
雨 季

南荒丛林的雨季，一个让所有猎食者都感到乏味的无聊季节。

无穷无尽的雨水滔滔不绝地从天空落下，季节性的河流在丛林中肆虐，大片山林被浸泡在温暖的水中，树干上密密麻麻地结满了各种五颜六色的蘑菇，这是雨季唯一的亮点。

姬昊蜷缩在自家木屋门口，手里抱着一个硕大的木缸子，自己炒制的清茶泡出的茶水碧油油的，散发出馥郁的幽香。他不时低头喝上一大口茶水，清澈的茶水短暂地驱散开了身体内郁结的湿气。

"这该死的天气！"远处传来了青影的抱怨声，他举着一枚硕大的叶片，懒洋洋地穿透雨幕，犹如行尸走肉一般走过姬昊面前，摇摇摆摆地又没入了雨幕中。

平日里极其注重仪表的青影也不知道有几天没好好打理一下了，他的一双兽皮靴的鞋头上，一左一右，一朵红一朵蓝，两朵拇指大小的毒蘑菇很灿烂地盛开着，但是这家伙居然完全没注意到这两个不速之客。

潮湿的空气让青夷部战士们的弓弦变得疲软无力，升腾的水汽遮挡了视线，青夷部战士们最大的狩猎乐趣消失无踪，一个个宛如窝冬的狗熊变得懒散没有任何生气。

大雨倾盆而下，冷溪谷中，只有矿洞内的开采工作没有停止。

叮叮当、叮叮当的敲击声从地下深处不断传来，低沉的喘息声中，矿奴们将一筐一筐沉重的矿石背上了地面，大块精金和美玉被挑选了出来，仔细地码放在一旁。

偶尔有几块火玉髓被挑选了出来，监工的火鸦部战士就会立刻赶过去，将这些火玉髓收集起来，用最快的速度交给坐镇冷溪谷的姬犸。

姬昊木屋边的空地上，五名身躯强壮的战士赤手空拳地相互殴斗，身后隐隐有各色雾气升腾而上，雾气中隐约可见狰狞的猛兽虚影闪烁。

这五个战士就是姬昊私奴中实力最强的五人，随时可能突破成为大巫的强悍战士。

他们两人来自青牛部，两人来自牙虎部，最后一人来自风鹰部。他们原本的名字都被姬昊作废，偷懒的姬昊为了方便记忆，干脆就叫他们大牛小牛、大虎小虎和风鹰。

雨幕中，仅仅在胯下缠了一条兽皮的五人竭尽全力地相互击打，沉闷的拳击声响应着天空的雷鸣，四周雨幕被强大的气劲轰击，脆弱的雨滴变得犹如强弓射出的箭矢，呼啸着向四周乱打。

五人的皮肤下青筋膨胀犹如毒蟒，身高超过三米的他们一跺脚、一挥拳，一股可怕的气息就喷薄而起，地下厚达尺许的积水就"哗"的一下变成丈许高的浪头向四周喷射。

在大牛小牛的心脏正上方，在大虎小虎的胸膛正中，在风影的小腹正中，他们分别有一枚巫穴闪烁着刺目的光芒。通过疯狂的战斗，他们用最快的速度激活气血，刺激巫穴，尽情地激发血脉之力，只求用最快的速度开辟巫穴，成为强大的大巫战士。

姬昊很无耻地许诺他们——他们第一个突破成为大巫的，可以从火鸦部的奴隶中，挑选三个最美丽的女奴成为自己的女人。而最后一个突破大巫的倒霉蛋，姬昊会亲自挑选女奴中最牛高马大最丑陋的嫁给他。

姬昊还许诺，第一个成为大巫的战士，就将成为自己的私奴首领，他们的亲眷家人，也会得到更好的待遇。

"真愁啊！"放下木缸子，姬昊抓起身边簸箕中的几株药草，小心地撕下一小片，塞进嘴里细细地品味起来。雨季绵绵，就算大巫级的强者在这个鬼天气中都不愿意出门，姬昊也只能安心地留在屋子里，向青荍学习青夷部的秘传巫法。

大半个月的工夫，姬昊已经将青夷部秘传的各种药草特性记得七七八八，而且所有药草都亲自品尝了它们的味道，对所有药草的性能都有了深刻的认知。

在这期间，姬昊中毒上百次，好几次如果不是青茯在身边及时灌下解药，他都可能因为剧毒而一命呜呼。姬昊再次想起了，他年幼时在姬奎等老巫祭的监督下，进行各种巫法秘术学习的不堪记忆。

"太愁了。"强忍着嘴里难以形容的绝苦味道，姬昊看着大牛小牛五个人，很苦恼地摇着头。

姬昊还真不知道，他收下了一百零五个私奴后，他们的亲眷也全都归属了自己，成了自己的奴仆。几百个人的吃喝拉撒，全都要姬昊自己负责，这让名下并无任何产出的姬昊，这段时间真是焦头烂额。

"那些老家伙肯定是故意的。起码也要给我划分几个畜栏，或者几块田地啊。"姬昊骂骂咧咧地抱怨着，"这么多人，我不能白白养着他们，得让他们去干活啊。蓄养牲口，种植作物，采集野果，干什么都好。现在什么都没有，又是雨季，想狩猎都难，这不是故意为难我么？"

正抱怨呢，南方几道火光快速地飞来，三头巨鸦前方引路，带着后面一团滚滚火云撕开雨幕，迅速来到了冷溪谷的上空。

昂——

一声龙吟响起，火云中一头四足踏着浓烈火光的火蛟缓缓从空中降落，长不过七八丈的火蛟背上，一名身穿赤金丝制成的华服，周身火云滚动的中年男子神态倨傲地坐在龙颈部位，不屑地打量着因为雨季变得乱糟糟的冷溪谷。

当先的一头巨鸦上，火鸦部的长老姬鸠站在巨鸦背上，大声地叫嚷着："来人，请姬犳长老出来……还有，姬夏呢？姬夏！赶紧过来迎接。该死的，你们没看到这位大人么？"

火蛟悬浮在离地数尺的空中，并没有落地。

坐在火蛟背上的中年男子不紧不慢地挥了挥手，淡然道："不用迎接，浪费时间，你们这破地方，也没什么好东西，就别拿出来献丑了。赶紧的，一万块火玉髓，赶紧的。"

姬鸠火烧屁股一样跳下了巨鸦，大声叫嚷着将姬犳、姬夏等人都闹了出来。

不多时，姬昊就知道了那骑着火蛟的中年男子的来意。

雨季太潮湿，有贵人派了臣属来火鸦部取一万块火玉髓，镶嵌在行宫中驱散水气。

另，贵人行宫中缺少供人驱策的仆役，着令火鸦部精挑细选三千少男少女送去行宫听人驱遣。

随行护送、监督这些少年仆役的事情，却又落在了姬昊的头上。

第八十章
行 宫

火蛟踏着火云在前方疾飞。

火蛟后方，姬昊站在一头大鹏鸟的背上，策动坐骑紧随在火蛟后方百多丈的地方。

在姬昊的更后面，数百头大型飞行坐骑排着整齐的队伍，每头坐骑上都攀附着几个年龄和姬昊相当的少年男女。他们，正是火鸦部精挑细选出的三千少年仆役。

天空彤云低沉，飓风卷着暴雨，犹如鞭子狠狠地抽打着众人。实力低微的少年们被打得睁不开眼睛，更有胆怯的少女惊恐地哭泣着，但是哭泣声刚出口就被飓风卷得无影无踪。

不是每个人都像姬昊这么妖孽，三五岁的时候就骑着鸦公满山林地乱窜。三千少年中，有过骑乘飞行坐骑经验的不过十几人，其他人甚至都从未单独进入山林狩猎过，都还是一群刚刚长大，还没离开父母羽翼的娃娃。

猛不丁地被送上了这些飞行绝迹的凶禽，在离地十几里的高空急速飞行，又被狂风暴雨毫不留情地吹袭着，这些少年能保持在坐骑背上不被吹得飞走，已经是很不容易了。

前方火蛟疾飞了许久，在中年男子的一声呵斥下，火蛟终于放缓了速度。

厌恶地转过头来，中年男子向着姬昊厉声喝道："真是一群臭烘烘、脏兮兮的乡野粗货，没用的东西。那几个小丫头，哭什么？哭什么？再哭，全都一顿鞭子打死。"

狠狠地指了指姬昊，中年男子厉声道："小子，管好这些卑贱的奴隶，要是他们犯了任何错，你也逃不过一顿毒打。命好点儿，打断你浑身骨头，命差点儿，打死也就打死了，你们这些乡野粗货的命，值点儿什么呢？"

姬昊听得勃然大怒，眸子一缕火光喷薄欲出。

但是临行前，姬豹、姬夏、青茯，甚至是姬鸠的千叮咛、万嘱咐涌上心头，姬昊乖乖地吞下了这口气，恭谨地向中年男子欠身行了一礼："您说得是哩，我会管好他们的。"

大鹏追上了火蛟，姬昊从腰间掏出了一个人头大小的兽皮袋，轻轻丢向了中年男子。

中年男子诧异地看了看姬昊，扯开兽皮袋往内扫了一眼，刻薄、严酷的脸上突然绽放开了一丝灿烂的笑容，语气也凭空柔和了许多："想不到……你这娃娃，倒是懂事理的人，比你那些族人，还要强太多了。嘻，我叫荧焱，你叫我焱叔就是。有事，我会关照你的。"

得意地掂了掂兽皮袋，荧焱满意地将它挂在了自己腰间。

接下来，火蛟向前飞行的速度都慢了许多，骑在坐骑上的少年们也好过了许多。虽然依旧被大雨打得睁不开眼睛，但是起码不像之前那样，随时可能被飓风吹得飞出去。

姬昊不由得苦笑，兽皮袋里，是这些天，他在冷溪谷精挑细选的五十块火玉髓中的精品。这些顶级品质的火玉髓体积不大，每一根都只有成年人大拇指大小，但是每一根内蕴藏的火元力量，都比得上普通水缸大小的一块火玉髓的总量。

荧焱在冷溪谷的时候，就鼻子不是鼻子，眼睛不是眼睛地各种挑剔，言辞之间更是刻薄至极。

一路飞来，姬昊都没机会和荧焱搭话，好容易这家伙放慢了火蛟的速度，姬昊急忙将这五十块极品火玉髓递了过去，果不其然，荧焱顿时从刻薄的"上使"，变成了温和有礼的"长辈"。

"贿赂，整个火鸦部，哪里有人懂这一套呢？就连姬奎大巫祭在内，肠子里的弯弯绕也不多啊。"姬昊咧了咧嘴，对姬夏、姬豹等人不由得腹诽了几句。

一路向着西北方向疾飞了一天一夜，丝毫没有休息过，一路飞出了两万多里地，趴在飞禽坐骑背上的少年们有些都已经浑身僵硬、口吐白沫了，连续绕过三座品字形耸立的大山后，一片蔚蓝色的水面突然出现在众人面前。

骑在飞禽坐骑背上，姬昊施展金乌神眸，清楚看到了前方绵延千里的湖泊上，无数人头大小、色泽近乎半透明的绝美花朵正娉娉婷婷地在暴雨中悄然绽放。

这些花朵形如莲花，但是花瓣数量重重叠叠，起码有数百片之多。

暴雨中，这种奇花的花瓣柔韧异常，无数雨点打在花瓣上，都犹如晶莹的宝珠一颗颗地胡乱弹起，四面八方地乱弹乱射，湖面上清晰可见无数晶莹剔透的雨点往来乱飞，堪称绝世奇景。

在湖边一座高崖上，有人用莫大的力量，直接在高耸入云的山崖上，开辟出了一座恢弘至极的宫殿。

姬昊所能见到的，是从湖边草地向上，笔直通往半山腰宫殿入口的陡峭台阶。宽达十丈的台阶在暴雨中笔直向上，一共有九千九百九十九级，这才到了宫殿前方的广场。

广场边缘，阶梯的尽头，是一座造型古朴、厚重，装饰以各种狰狞猛兽的雕像，透着十足蛮荒雄浑之气的牌坊。高达百丈的牌坊下，一字儿排开了近百名身披青铜甲胄，手持青铜长戈，腿边躺着狰狞战兽坐骑的雄壮战士。

这些战士一个个目露精光，周身杀气腾腾，脚下火云升腾，居然都是离地三尺悬浮，并没有一人站在地面上。

姬昊小心地用神念之力扫过这些战士，就不由得咧嘴惊叹。这些看门的战士，居然和他的私奴中实力最强的那五个一样，全都是半步踏入了大巫境的精锐战士！

越过牌坊，走过宽阔的广场，山崖上开凿出的宫殿正门外，八名身披赤铜甲胄的威武战士，则全都是大巫境的高手，一个个气度俨然，散发出的气息甚至比姬夏还要浑厚霸道得多。

这些大巫的脚下趴着八条火蛟，同样是气息森严，压制得姬昊下意识地浑身绷紧，连呼吸都变得不通畅了。

"快，快，别愣着，赶紧下来！"火蛟在牌坊前缓缓降落，荧焱跳了下来，用力地拍了拍手掌，急促地催促道，"别愣着，一群没见识的小家伙，赶紧下来。"

荧焱向姬昊急促地说道："缺人手哩，这行宫都百多年没使用过了，这次小主人嫌宫里气闷，好容易想起这里有这么座赏花的行宫，赶紧打扫出来，等小主人过来散心呢。"

姬昊无奈地摇摇头，在荧焱的指挥下，喝令族中挑选出的少年们按照荧焱的吩咐行动起来。

第八十一章

蛮 蛮

两天过去。

规模庞大的行宫已经焕然一新，数十年未开启使用存积的灰尘，已经被打扫得干干净净。

上万块火玉髓镶嵌在了大大小小的殿堂房间内，暖洋洋的热力驱散了宫殿中的阴冷潮湿，四处奔走的少年仆役们，让这座深邃、古老的行宫凭空多了几分人气。

宫殿下方的湖泊名为"蓝玉"，湖中的奇花名曰"玉弦"。这座蓝玉行宫，就是为了荧焱所谓的主人赏花而专门修建。

行宫内开辟了一个极大的露台，堪堪悬在湖面上。长宽百丈的露台通体用青铜浇铸而成，地面上用鬼斧神工般的手艺，雕刻了无数的火龙、火凤、火马、火龟等神禽异兽。

站在露台边，山风袭来，雨幕纷飞，倾盆大雨打在花瓣半透明的玉弦奇花上，点点晶莹的雨点漫天乱飞，坚韧如玉的花瓣在雨点的敲击下发出"叮当"脆响，无数细微的脆鸣声连成一片，宛如天籁仙音引人迷醉。

如此奇花，真配得上玉弦之名。奇花如弦，天地奏之，为了欣赏这一湖罕见的奇花，专门修建这么一座行宫，姬昊觉得，似乎也有点儿道理。

荧焱大呼小叫地呼喝着，指挥着几个火鸦部的少年，将一尊九龙环绕的圆形大鼎小心翼翼地挪到了露台正中。翻来覆去地检查了好几遍九个龙头的朝向，荧焱用袖子仔仔细细地将一个龙头的牙齿上一点儿微不足道的灰尘擦拭干净，这才轻轻地呼出了一口气。

亲自掀开了鼎盖，荧焱朝几个手捧金盘的少女招了招手。

换上了赤红色长裙，披散着长发的少女急忙捧着直径三尺的大金盘走了上来，荧焱小心地将金盘中一根一根削得整整齐齐，三寸见方、长有一尺的血色木棒放进大鼎。

整整一千根木棒整齐地码放在了大鼎中，荧焱手指一弹，一点儿蓝白色的火焰从他指间飘出，轻盈地落在了木棒上。"呼"的一下，一片薄如轻纱的蓝白火光笼罩了大鼎，一股馥郁、厚重的幽香冉冉从大鼎中飘了出来。

无色的香烟蕴藏了极其浑厚、浓重的热力，正站在露台边欣赏花海的姬昊小心地吸了一口气，顿时一股热力直透小腹，浑身血气骤然变得厚重了几分，肉体力量都凭空增加了一小截儿。

"焱叔，这是什么宝贝？"姬昊骇然向荧焱问道。

荧焱不无得意地挑了挑眼角，"嘻嘻"笑道："也算不上什么宝贝，只是你们……比较难见到。这是正经的炎龙血檀香，必须浇灌万年炎龙的血才能发芽，只能在百万年的火山口岩浆附近才能茁壮长大，要生长万年才能砍伐后制成熏香，专门滋养气血，强壮体格，平日里小主人只闻这香气儿。"

姬昊听得直咧嘴，百万年的火山口？他当然知道这是什么意思。

火鸦部的领地中，就有这么一处险地，百万年的火山口直径超过千里，内部温度高得吓人，寻常火鸦部的大巫稍微靠近，都可能被高温烧成灰烬。

在很久以前，火鸦部的实力还处于鼎盛时期的时候，经常有巫王、巫帝级的高手进入这火山口采摘各种天地奇珍。但是现在，数千年都没有巫王诞生的火鸦部，只能干巴巴地看着这个火山口流口水。

这种炎龙血檀木，居然只能在百万年的火山口才能生长，可见这宝贝有多么贵重。

荧焱小心地将鼎炉的盖子封好，转过身来，很认真地冲姬昊说道："姬昊啊，这两天，焱叔也看出来了，你这娃娃不错。所以焱叔得仔细地提醒你一句，千万不要触犯了咱家小主人，你自己倒霉也就算了，要是老主人追究起来，你的部族都要受牵连的。"

"切记，切记，小主人年纪和你也差不多，你自己小心谨慎些，倒也不会有什么太大的……"

荧焱的一句话还没说完，地面突然颤抖了一下，从行宫通往露台的廊道尽头，一扇厚达三尺、雕刻了数百种异兽头颅的青铜大门"轰"的一下坍塌了下来。

两个守在廊道中，半步大巫境的精悍战士抱着脑袋蹲在地上，犹如暴风雨中的鹌鹑，身体不断颤抖着，一点儿声音都不敢发出来。

姬昊骇然瞪大了眼睛，荧焱则是惊呼了一声："哎，小主人，你怎么今天就到了？哎哟，不是说，这还有一天的路程么？"

"咚咚"声中，一个身量不高，穿着一套紧身的红色甲胄，生得肤色雪白，明眸皓齿，一头长发在脑袋后随意扎了个马尾辫，用三枚金环牢牢扣住，一笑脸上就有两个酒窝泛出来的小丫头扛着一根硕大的凶器大步冲了进来。

粉红水嫩的小嘴儿一歪，小丫头朝着蹲在地上的一个战士就是一脚，将他踢得好似个球一样滚出去了老远："啊呀，焱老头，你在这儿啊？你都选了一群什么废物过来？这两个家伙，开个门都磨磨蹭蹭的，还得我自己把门给轰开。"

晃了晃脑袋，小丫头皱着眉喝道："焱老头，自家行宫里面，装这么多门干什么？走路的时候一扇一扇的门打开又关上，关上又打开，堵得我心里憋闷。除了大门……算了，连大门一块儿，全给我拆了，干干净净的，走路都爽快多了！"

荧焱的嘴角剧烈地抽搐了起来："小主人，这行宫可是……"

小丫头双眼一翻，大咧咧地说道："是大哥的行宫嘛，大哥的不就是我的喽？所以这座行宫现在是我的了，老焱，赶紧让人动手，把所有的门都给我拆了！"

随手一挥，小丫头将肩膀上扛着的那根足足有一丈八尺长，足足有她四个身高，有寻常人大腿粗细的狼牙棒满不在乎地丢向了姬昊："小白脸，给蛮蛮拎着棍子。"

"呼"的一声，狼牙棒带起一道恶风向姬昊砸了过来。

荧焱眼角巨跳，声嘶力竭地尖叫起来："小主人，小心又砸死一个！"

姬昊身体一哆嗦，为什么荧焱要用一个又字呢？

狼牙棒呼啸砸来，姬昊本能地伸出手接住了棒子。顿时一股可怕的力量袭来，姬昊浑身骨骼一阵剧痛，骨节相互撞击发出沉闷的金铁之声，双手紧紧握着狼牙棒，跟跄着向后连连倒退。

当当当，姬昊每一步重重地踩在地上，青铜浇铸的地面都发出铜钟般巨响。

只是退后了三步，姬昊脚上用血鳄身上最坚硬的鳄鱼皮制成的靴子，就已经被踏得粉碎。

第八十二章

近 卫

恐怖的重量。

姬昊大步向后退了二十几步，好容易才稳住了身体。青铜浇铸的地面上，清晰留下了二十七个三寸深的脚印，脚印中还腾腾地冒着热气。

双手紧握狼牙棒的长柄，姬昊浑身青筋凸起，五脏六腑一阵阵地发烫，一口血憋在嗓子眼儿里，差点儿就要喷出来。他的头顶一缕白气冉冉冲起，淋漓大汗刚刚冒出，就被高温蒸发成了水汽。

呼、呼声中，姬昊背后大片火光升腾，身体在火光中几乎半透明，隐隐可见他身体内两百多条火光萦绕的经络，大致勾勒成了一头三足金乌的图腾。

荧焱略微带着一丝惊讶地看着姬昊，饶有深意地在姬昊身体内那张燃烧的经络网络上望了一眼。

随手将狼牙棒丢出的蛮蛮略带一丝惊慌地瞪大了眼，不眨眼地盯着姬昊："没砸死吧？喂，老焱，没砸死吧？看他还站着呢？还没吐血，也没血肉模糊的，应该活着吧？"

"咚"的一声巨响，姬昊将狼牙棒重重地杵在了地上，小半个行宫顿时都颤悠了一下。

干笑了一声，姬昊嗓子眼儿里一股浓浓的血腥味冒了出来，他看着蛮蛮苦笑道："还好，我还有一把子力气，没被砸死。这根狼牙棒，可真够沉的！"

蛮蛮重重地吐了一口气，用力地拍了拍自己的胸脯，眉开眼笑地转向了荧焱呵斥起来："老焱，你们老说是我不小心，才把这么多的下人砸死砸伤，看看，看看，这次我可没砸死人。那是你们以前挑选的仆役都是废物，可不是我的缘故！"

荧焱苦笑不语，只是笑着不吭声。

蛮蛮背着手，一跳一跳地走到姬昊面前，抬着头上下打量起他，突然皱眉比划了一下自己和姬昊的身高差，又踮起脚，用力地拍了拍姬昊的肩膀。

"嗯，哼，你叫什么名字？看你的模样，年纪好像比我大不了多少，能接住我的这根棒子，倒也有点儿本事。以后你就跟着我吧，专门给我拎棒子就是了。"

姬昊的脸色骤然一苦，整天跟着这个小丫头，帮她拎棒子？

荧焱则是忙不迭地在一旁笑道："姬昊，你还犹豫什么？还不赶紧谢过小主人？能跟在小主人身边，这是南荒多少人做梦都想不到的好事哩。"

姬昊一时无语，荧焱眯了眯眼，淡淡地说道："姬昊啊，跟着小主人，可不仅仅对你有天大的好处，就是你的部族，你阿爸、阿姆，也都会沾光的！"

姬昊想起了来时姬夏、姬犵、姬鸠对自己的叮嘱，心知肚明蛮蛮身后，定然是比毕方部还要恐怖的大势力，是火鸦部万万招惹不起的。荧焱的话说得很明白，自己跟着蛮蛮，部族和阿爸、阿姆都会沾光，言下之意更加明白——如果姬昊拒绝了蛮蛮的要求，那么火鸦部和姬夏、青茯，定然要受到连累。

淡然一笑，姬昊将狼牙棒抱在怀里，双手抱拳向蛮蛮行了一礼："既然蛮蛮你看得上姬昊，不嫌我是乡野粗人，不会说话做事，那姬昊自当听命。"

蛮蛮眨巴了一阵眼睛，"哈哈"笑了一声，用力在姬昊的胸膛上拍了一巴掌。

看似轻松的一掌却沉重如山，姬昊连人带着狼牙棒同时向后飞去，上半身的兽皮软甲整个炸碎开，幸好阿宝炼制的贴身甲胄冒出蒙蒙清光，这才挡住了蛮蛮的这一掌。

"咚"的一声，姬昊连人带着狼牙棒撞在了墙壁上，将一个青铜烛架撞得深深陷入了墙壁中。剧烈的冲击让姬昊眼前一阵金星乱闪，一口气差点儿没提上来。

荧焱张开嘴，差点儿又要大叫。蛮蛮自己也吓得张大了嘴，惊慌地看着姬昊。

轻轻地咳嗽了几声，姬昊狼狈地爬了起来，蛮蛮这才重重地吐了一口气，哈哈大笑起来："哎哟，姬昊是吧？你看起来这么瘦巴巴的没两斤肉，但是想不到这么抗揍。真好，真好，以后不要担心一不小心把你打死了，你比那些废物有用多了。"

荧焱举起袖子，擦了擦额头上的冷汗，干声笑道："小主人，老主人说……"

蛮蛮转过身，狠狠地朝着荧焱瞪了一眼："啰唆，不要整天阿爸说这个，阿爸说那个，耳朵都被磨出茧子来了。啊呀，这就是大哥说的玉弦花么？嘻嘻，真有趣啊！"

一个蹦跳，蛮蛮就好像跳蚤一样，从露台正中位置蹦到了濒临湖面的露台边。她用力稍微猛了一点儿，一头撞在了露台边青铜浇铸、用美玉装饰的栏杆上，就听得一声巨响，十几丈长的一截儿栏杆被撞得粉碎，无数碎片犹如炮弹一样激射而出，带着刺耳的啸声撒向了湖面。

湖面上激荡起了大片浪头，无数栏杆碎片怒射，大片玉弦花被碎片打得稀烂。

等到湖面恢复了平静，湖面上已经漂荡着大片的残枝断叶，原本绚烂如星空的花海当中出现了一个极其难看的缺口。

不多时，大片血水从水下翻滚而上，数百条身躯被砸烂的鱼儿翻着白肚皮漂了起来。

死鱼漂浮在绝美的花海中，这景象怎么都带着一丝怪异。

荧焱不忍目睹地捂住了脸，从嗓子眼儿里发出了犹如受伤的小狗一般的呻吟声。

蛮蛮差点儿撞碎了栏杆摔进湖里，她狼狈地一巴掌向地面按去，将一大片地面打得凹陷了下去，这才稳住了身体。她从露台边探出头去，呆呆地向血水翻滚的湖面和残破的花海望了一眼，突然哈哈地干笑了起来："荧焱，这就交给你了，赶紧收拾干净，不然我回去了挨个儿把你的孙子揍一顿！"

荧焱欲哭无泪地看着蛮蛮，不住嘴地答应了下来。

蛮蛮板着脸，背着手，一步一回头地看着还不断有死鱼漂上来的湖水，连连干笑着向露台外走去。

走出了几步，蛮蛮又记起了姬昊，回头向姬昊招了招手："姬昊是吧？拎着我的棒子，跟上。"

姬昊无奈地运足了力气，好容易拎起了这根重量惊人的狼牙棒，步伐沉重地跟在了蛮蛮身后。

"哎，姬昊啊，你是被荧焱抓来收拾行宫的吧？我就知道，老焱他们最喜欢随意使唤人。"

"这么说来，你家就在这附近喽？你知道这附近有什么好玩的地方没？带我去逛逛呗！"

"嘿，嘿，这次好容易趁着阿爸不在家，带人跑出来散心，我一定得好好地玩个痛快再回去。"

灯光昏暗的甬道中，蛮蛮自顾自地絮絮叨叨地念叨着，姬昊龇牙咧嘴地扛着狼牙棒，不断地摇着头。

第八十三章
蛮　力

　　成为蛮蛮专责扛棒子的护卫已经三天了，这三天中，姬昊才算是真正认识了蛮蛮。

　　"真是，非常特别的……姑娘！"扛着那根死沉死沉的狼牙棒，姬昊目瞪口呆地看着和猴子一样，在山林中上蹿下蹿的蛮蛮。

　　原本雪白的小脸蛋上，不知道从哪里蹭上了厚厚一层苔藓；黝黑发亮、梳得整整齐齐的马尾辫，早就变得和乱麻团一般，头发上还挂着几根细小的树枝条；精美华丽的甲胄歪歪扭扭地套在身上，到处糊满了烂泥。

　　气喘吁吁的蛮蛮正跨坐在一根大树杈上，龇牙咧嘴地从一个硕大的鸟窝中摸出了几个拳头大小的鸟蛋，嘻嘻哈哈地向站在地上的姬昊挥手：

　　"姬昊，看，鸟蛋，还热乎着呢。你要吃么？"

　　姬昊刚刚摇了摇头，蛮蛮就欢天喜地地将一个鸟蛋狠狠拍在了自己额头上，蛋壳裂开，她扒开蛋壳，将清澈的蛋液倒进了嘴里，"咕咚"一口吞了下去。

　　"味道很好，真不来一个？"蛮蛮瞪大了眼睛，漆黑的眸子清澈如水，天真无邪地看着姬昊。

　　"我喜欢，吃熟的。"姬昊摊开双手苦笑。

　　"噢！"蛮蛮很失望地叫了一声，然后突然笑着向站在姬昊身后的荧焱大叫道，"老焱，脱衣服，快点儿，脱衣服！把这些鸟蛋都给我装回去，味道很好哩！"

荧焱哭丧着脸，将自己身上用金丝织成的长袍脱了下来，露出了里面贴身的短衫。蛮蛮欢快地在高有百丈的大树上爬来爬去，将一个又一个鸟蛋不断地丢了下来。

荧焱手忙脚乱地冲到大树下，麻利地将飞下来的鸟蛋稳稳地接在手中，忙不迭地将它们放在自己摊在地上的长袍里，同时大声地尖叫着："哎，小主人，慢点儿，慢点儿，啊，差点儿摔了！"

虽然叫得凄惨，但是荧焱出手深得"稳、准、狠"的精要，任凭蛮蛮将鸟蛋雨点一样地丢了下来，荧焱却一个鸟蛋都没漏掉，全都稳稳地抓在手中，放在了长袍上。好几次荧焱的出手带起了淡淡的残影，姬昊动用了金乌神眸，都无法看清他的动作。

姬昊不由得心中骇然，他暗自推测荧焱的实力甚至比姬犽还要强出许多，很可能是接近巫王境的强大存在。但是这样的人物，在蛮蛮面前只是一个奴颜婢膝的老奴，整天嬉皮笑脸地陪着蛮蛮嬉笑玩耍——蛮蛮的阿爸，到底是什么样的存在？

"唷，唷，小主人当心，咱们把那头大家伙给引出来了！"数十里外一声长啸远远传来，长啸声带起一道狂风，吹得山林中枝叶横飞，高空落下的大雨被无形声波激荡，化为大片白茫茫的水雾弥漫四周。

数十里外的一座大山上，十几名蛮蛮带来的护卫正从陡峭的山坡狂奔而下，领头的护卫手中拎着一条三尺多长的小兽，毛茸茸的小东西在他手上疯狂地挣扎，不断发出尖锐、细微的鸣叫。

在他们身后，数十株巨木被一股可怕的力量连根拔起，带着刺耳的啸声，犹如标枪一样向着他们投掷了过来。姬昊看得清楚，在那些巨木的前方，空气都因为急速的冲击变成了肉眼可见的白色气爆，可见将这些巨木投掷出来的力量有多大。

十几个护卫犹如灵巧的猿猴，轻快地在山林中穿梭。

巨木险而又险地擦着他们的身体撞在地上，巨大的树干轰然粉碎，大片地面塌陷，山岩轰然粉碎，溅起了无数的土石，声势吓人到了极点。

一声震怒异常的咆哮声传来，隔着远远地，姬昊看到一尊身高十丈开外的巨人高高跃起，抡起一块丈许大小的巨石狠狠地向逃窜的护卫砸下。

巨响声中，姬昊脚下的地面都隐隐颤抖了一下，远处山脚下，十几里方圆的一片树林轰然粉碎，大地裂开，凹陷成了一个直径数里的大坑。这头浑身肌肉虬结，生得青面獠牙万分狰狞的巨人随意一击，居然有如斯的威能。

荧焱惊呼了起来："小主人……你，你，你让他们去，去，去招惹山神？"

在南荒，诸如姬昊的老朋友老石、老树妖和蘅笋君这样的异类生灵当中，有一类生灵是山川的本源精气所化。他们吸收天地灵气、星辰精华，凝聚肉体之后，能够调动孕育自己的山川之力，举手投足之间有莫大威力，在南荒，这种奇异的生灵就被蛮荒部族的子民称之为山神。

有一些蛮荒部族，甚至供奉这样的山神，将他们作为祖灵的一类进行祭祀，山神为他们提供庇护，而他们则为山神提供食物和其他的服务。

"不就是一头傻大个儿么？"蛮蛮傲然昂起头，活动了一下手脚，突然一跃而起，纵身跳起来百多丈高，恰好一道山风呼啸袭来，蛮蛮顺风向着山神的方向飘去，几个呼吸间就冲出了七八里地。

"老焱，不许插手，我好久没全力活动了，浑身都痒痒！"蛮蛮大声叫道，"你敢插手，我就回去找你的儿子、孙子好好地练练拳脚！"

荧焱一张老脸哭得能滴出苦胆水来，他无奈地跺跺脚，咬牙朝着姬昊喝道："快点儿跟上去，要是小主人伤到了哪里，我们全都是个死！快，快，赶紧跟上去，不能插手，但是也不能让小主人被那莽货给伤了！"

蛮蛮的十几个护卫狼狈地避开了山神的猛烈一击，他们大声喘息着，狼狈地从迸射的碎石中蹿了出来，用最快的速度远离山神。

那尊身高十丈的山神大声怒吼，随手丢下了已经碎了大半的山石，随手一把，一株百丈高下的巨木就伴随着可怕的碎裂声被连根拔起。

"吼！"山神大吼一声，抢着树干胡乱地向前砸了下来。

小小的身影一闪，蛮蛮犹如一道儿旋风冲到了山神的面前，大喝了一声，双手举起，稳稳地托住了树干。

一声巨响，蛮蛮脚下方圆数里的大地剧烈一震，地面开裂，一个深达数丈的大坑轰然出现。

蛮蛮脚下一团火云闪烁，她脚踏火云悬浮在空中，双手稳稳托住了树干。一声轻喝，蛮蛮身体一转，双手拎着巨树，将树干连同那一头的山神一起拎了起来，狠狠地砸在了地上。

大地一阵动摇，身躯庞大的山神半截儿身体被砸进了地面，半天没能挣扎出来。

姬昊目瞪口呆地看着蛮蛮，这力量……

这小丫头没有动用任何巫力，完全是依靠肉体的力量，强行压制了这头威势绝伦的山神！

这是何等野蛮的怪力！这小丫头的年纪，比姬昊还要小好几个月呢！

第八十四章
非 人

数十里方圆的一片山林天崩地裂，三四座小山峰被打得灰飞烟灭。

大地剧烈震荡，飓风逆袭天空，百多里大小的一片雨云被吹得烟消云散，露出了瓦蓝色的一片天空，已经大半个月未见的灿烂阳光炽烈地洒了下来，照亮了这一片山岭。

咔咔，哈哈，嘎嘎！

蛮蛮犹如发狂的猴子一样大吼大叫，满头长发胡乱披散在身后，束发用的金环早就不知道飞去了哪里。她娇小的身体带着急促的破空声，带起一条条残影往来穿梭，拎着山神巨大的手臂疯狂地捶打着。

高达十丈的山神疯狂地怒吼咆哮，却逃不掉高度不到五尺的蛮蛮那双雪白细腻的小手。

蛮蛮拖拽着山神庞大的身躯，犹如鬼魅一样，倏忽出现在这里，拎着山神狠狠地往地上一砸，倏忽又在十几里外出现，将山神一通狂踹砸进了大地深处，随手拔起一座小山就劈头盖脸地砸了下去。

倏忽往来，犹如流星，蛮蛮每一次动作，空气都剧烈地震荡波动，发出犹如天雷爆裂的巨响。一波波白色的气爆不断向四面八方怒射，大片山林摇晃、折断，大大小小的树干树枝犹如暴雨，高高飞上天空，然后在数十里外慢慢坠落。

姬昊抱着蛮蛮的狼牙棒，目瞪口呆地看着这个小丫头近乎疯狂的攻击。

没有动用巫力，周身没有半点儿力量波动，蛮蛮完全就是依靠肉体的力量，打得这头身躯巨大、神力无穷的山神哭天喊地，全无任何反抗之力。

最差最差，这头巨大的山神都有着大巫级的实力，而且在大巫当中也能算是极其厉害的存在，但是蛮蛮单纯依靠肉体力量，就能绝对压制一尊大巫，这是何等可怕的蛮力！

"听说，龙族的幼龙，一出生就有堪比普通大巫的肉体力量。蛮蛮的力气，怕是能和龙族后裔相比。"姬昊震惊地擦了擦嘴角上的一缕涎水，扭头向荧焱问道。

荧焱不无得意地摸了摸脸上的胡须，小心地压低了声音："小主人刚出生的时候，老主人就为她测算过，小主人的力量相当于十条幼龙哩！而且，小主人的力气一天比一天大，现在的小主人，单单双臂之力，怕是能够和顶级的大巫相抗，甚至更强也说不准。"

饶是姬昊养气修心的火候很是到家，依旧被荧焱的话吓了一大跳。

龙族的肉体，是世间无数种族最强横的一族，龙族的幼龙，在所有族群幼子中更是最强大的一类。但是蛮蛮刚出生的时候，她的肉体力量就相当于十条幼龙合力？

"这，这……"姬昊的瞳孔都不由得放大了几圈，脑子里更是一阵阵的电闪雷鸣，被吓得说不出话来。

荧焱越发得意了，看到姬昊如此模样，他不由得万分矜持地挺起了胸膛："只是这其中的耗费，说出来也可以吓死人了。小主人的母亲出身高贵，小主人还在母胎之中，就得了无数天地奇珍日夜滋养，所以才有了如今小主人这一身不可思议的力量啊。"

哈哈！

大笑声犹如雷霆，震得姬昊耳膜生痛。蛮蛮一跃而起，双手抱着山神的脖子，"嗷嗷"叫着，一个诡异的抱摔，将山神狠狠地砸在了地上。一座大山被轰然撕裂，露出了一条深不见底的裂谷。

山神张开嘴，一口黄澄澄的血气喷出，震怒的他终于发动了全部的山神之力，皮肤下无数土黄色的符文急速亮了起来。

四周数十座大山剧烈地震荡着，一波一波土黄色的雾气化为肉眼可见的龙形，不断地注入山神体内。身高十丈的山神低沉地咆哮着，身体在黄气的滋养下急速生长膨胀，眨眼间就有了三十丈高下。

蛮蛮兴奋得大吼大叫，纵身一跃而起，飞起一脚向山神的脑门儿端了过去。

"大个子，多用点儿力气，不要这么软塌塌的嘛！"

嘎嘎笑声中，山神低沉地咆哮了一声，他双手向前一挥，一座土黄色的大山虚影冉冉在他面前凝聚。蛮蛮的这一脚狠狠地端在了方圆百丈的大山虚影上，大地深处顿时传来了一声巨响。

在这一刻，山神已经和孕育他的大山地脉连为一体，方圆千里的大地成为了他的力量源泉，蛮蛮对他的攻击全部转移到了方圆千里的大地中。

除非蛮蛮能一击破碎千里大小的山岭，否则她的攻击就无法伤损到山神分毫。

打、打、打！

蛮蛮大声地咆哮着，瞬间在空气中拖出了数千条残影，无数条残影同时向着山神凝聚的大山虚影疯狂地拳打脚踢。沉闷的巨响不绝于耳，大地剧烈地震荡着，地面上不断出现一丝丝细小的裂痕，然后又在黄色土气的滋养下迅速地愈合。

刚刚被蛮蛮暴力轰击震碎的几座山峰原地拔起，迅速恢复了原样。山神低沉地咆哮着，在那座大山虚影的庇护下，他眸子里闪烁着凶狠的黄色幽光，突然朝着蛮蛮大吼了一声。

一声巨响，一颗丈许方圆的巨石从山神嘴里喷射而出，狠狠地撞在了蛮蛮的身上。

这是山神用地脉之力凝聚的神石，并非自然界的普通石块。这块石头直径不过丈许，但是重量却超过了千万石，神石自带可怕的重力力场，神石激射，沿途的空气甚至是光线都有些扭曲了。

蛮蛮一时间没有防范到这一手，被神石狠狠一击，身上甲胄骤然一亮，小小的身躯带起了一道笔直的白线抛射而出，一头撞在了百里外一座大山上。

山神低沉地咆哮了一声，随手一指，那块神石去势更快，带着刺耳的破空声狠狠向深深陷进大山中的蛮蛮砸了下去。这一击凌厉异常，以山神调动千里地脉聚集的力量，就算是顶级大巫挨了这一击都会被重创。

荧焱惊呼了一声，一直雍容大度的他吓得一下子跳了起来，带起一道火光就朝蛮蛮飞去。

蛮蛮在大山上撞击出的大坑内火光一闪，一股无法形容的浩浩天威铺天盖地地席卷而出，一抹红光激射而出，姬昊只觉四周山林的温度骤然提升到了惊人的地步，然后温度又急速地下降。

地脉之力凝聚的神石无声无息地熔成了一缕青烟，一道火光激射百里，狠狠命中了山神的胸膛，在他的胸口上打出了一个透明的窟窿。

无数暗红色熊熊燃烧的符文在山神的伤口附近急速蔓延，快速地覆盖了他的身体。

山神低沉地咆哮着，大口大口地吐着土黄色的血浆，狼狈地跪倒在了地上。他的眉心一抹火焰凝成的奴隶烙印悄然出现，这尊山神已经被蛮蛮动用的某种神奇力量彻底禁锢。

火光中，面色苍白的蛮蛮拎着一块三尺长的红色令牌冉冉地飞了出来。

第八十五章
地　乳

胸口洞穿的山神跪倒在地，呼哧呼哧地喘着气。

刚刚蛮蛮手中的令牌喷射出一道火光，击穿了山神用地脉之力凝聚的大山虚影，破开了他的胸膛，直接重创了山神，又以奇异、霸道的巫法将他禁锢，收服成了奴隶。

这头山神此刻气息微弱，战力甚至还比不上普通的小巫。没有长时间的休养，耗费孕育他的山岭中的地脉之气滋养身体，他是无法恢复之前的威势了。

姬昊好奇地打量着蛮蛮手中的令牌。

赤红色的令牌材质很是怪异，非金非玉，却又带着金玉的某些特征。宽六寸、厚一寸、长三尺的令牌造型精美，无数火纹中，各种火龙、火凤等火系的神禽神兽的雕像栩栩如生，乍一看去好似都在漩涡般的火纹中飞腾奔走一般。

姬昊记得很清楚，刚才这块令牌发威的瞬间，释放出的浩浩天威让他浑身僵硬，犹如一只蝼蚁见到了高高在上的神灵一般，脑子里一片空白，对身体完全失控。

那等天威恐怖至极，让姬昊刻骨铭心难以忘怀。但是如此天威，却只是一块令牌释放出的威力余波。

"啊呀，你这家伙，能逼得我把阿爸给我的保命令牌都用了，很了不起嘛。"蛮蛮拎着令牌随意地摇晃着，站在山神的面前，用力地踢他杵在地上的胳膊。

"你知道阿爸给我的令牌，充满一次法力要多久么？得晒上一整天的太阳才能把耗费的法力充满。现在是雨季哩，雨季哩，你让我怎么充回法力呢？"蛮蛮拎着令牌，用力地砸着山神的脑袋，直砸得火星四溅，看得一旁的荧焱不断地咧嘴。

"带我去你的巢穴，你们这些大块头巢穴里，一定有好东西。"蛮蛮眯着眼，很是兴奋地说道，"如果你巢穴里的宝贝不够多的话，你就死定了！哼，大哥在为阿爸修建新的宫殿，正好缺苦力呢。"

身躯缩小到五丈多高的山神有气无力地"吼吼"了一声，慢吞吞地站起身来，用手摸了摸胸膛上的窟窿，迈开大步向着他来时的方向走了过去。

一边走，这大家伙一边回头，不断地向那几个护卫手中拎着的毛团看一眼。

姬昊这才注意到，那些护卫手上拎着的毛团，是一头形如豹子，身形修长的小兽。这头小兽不断地咆哮挣扎，身上散发出的法力波动和山神身上的几乎没有任何区别。

姬昊不由得想起了姬奎等老巫祭给他说过的，像是山神这种异类，如果孕育他们的山岭地穴足够强大，除了一头山神，往往还会孕育出一头和他同源的伴生兽。

这些伴生兽对于山神的意义，就等同人类的血脉亲人。所以蛮蛮的护卫将这头小兽偷偷地抓了出来，这头山神这才怒气冲天地紧追不舍，被引到了蛮蛮面前挨了一顿狠揍。

"还给你，还给你！"蛮蛮眯着眼很是快活地笑着，"你都是我的了，这小家伙也是我的。哈，赶紧带路，去你的巢穴看看。"

抓着小兽的护卫一松手，这头小兽顿时化为一道黑光急速窜出，麻溜地爬到了山神的肩膀上，舒舒服服地蜷缩在了他的肩头躺了下来。山神古朴僵硬的脸上慢慢地荡开一丝笑容，轻轻地拍了拍这头只有自己手指大小的小兽，很是欢喜地仰天大吼了一声。

姬昊看着山神脸上淳朴、自然的笑容，不由得也是一笑。

这山神有种种奇异之处，但是他们是天地滋生的精灵，性格最是淳朴憨厚不过。他们的笑容都是源自本心最纯粹的欢喜，笑容中也带着极其强烈的感染力。

蛮蛮则是飞起一脚，狠狠地踹在了山神的屁股上："快点儿带路，傻笑什么呢？哎，你们这些石头疙瘩里蹦出来的傻家伙，就是没办法和你们好好地说话。阿爸手下你这样的石头疙瘩有好几万呢，都和你一样没意思。"

姬昊惊悚、骇然，不由得看了蛮蛮一眼。

这小丫头的阿爸手下，类似的山神有数万之巨？

一头最弱小的山神，都要方圆千里的地脉之力才能孕育滋养出来，而且必须机缘巧合，才有可能在某个地穴中形成孕育山神的成熟条件。数万山神供他驱遣，蛮蛮的阿爸，他得有多么巨大的一块领地，才能收罗到这么多的山神？

至少至少，就姬昊所知，火鸦部直接、间接掌控的领地有十几万里，在这一片巨大的领土中，像老石这样的石怪倒是有不少，但是真正能够掌控一方山区、地力的山神，加起来估计还没有一掌之数。

山神"呼哧、呼哧"地喘着气，撒开大步在前狂奔，众人纷纷加快了步伐紧跟在山神身后，一路奔出了数百里地，前方一座雄峻的大山巍然屹立，山神绕过山脚，来到了一座山崖面前。

呜呜——吼！

一声大叫，山神身上一抹黄色光芒闪过，山崖上无声无息地开启了一条裂缝，山神回头咕哝了一声，大步走进了黑漆漆的缝隙中。

蛮蛮带头，众人紧随着山神走了进去。刚进去的时候，裂缝中极其地黑暗，但是很快四周就有淡淡的光芒透了出来，继续向内深入，光线逐渐变亮，可以看到两侧的山壁都逐渐变得莹润、细腻犹如美玉，甚至好些地方的山石都和水晶一样透明。

奇异的光就从这些山石中透了出来，偶尔可以看到山壁中有天然形成的土黄色符文闪烁。这些符文古朴厚重，直指天地间厚土之力的本源，姬昊下意识地调动了全部的精神，将这些一闪而逝的符文急忙铭刻在了灵魂深处。

寻常人，可是一辈子都没有机会看到这种天地生成的本源符文的。

顺着宽敞的裂缝行走了十几里地，前方豁然开朗，这是山腹中一个方圆数十里的硕大洞穴。

洞穴的地面是细腻的黄土，土壤肥厚润泽，用力一捏甚至能捏出类似于油脂的汁液。无数奇异的花草密密麻麻地生长在黄土上，姬昊草草扫了一眼，就认出了数百种青获提到过的强力药草。

好些药草在山林中是极难找到的，但是这里却遍地都是，一些药草的年份极其惊人，起码也有了数千年的火候。

在药草根部，乱七八糟的大大小小的宝石犹如瓦砾一样堆积着，红、蓝、绿、白，各色宝石熠熠生辉耀人双目，每块宝石中都充斥着庞大的厚土气息。

但是最吸引人的，不是这些药草和宝石，而是洞穴正中一个方圆百丈的水池——

水池中是一汪黏稠、厚重的土黄色液汁，滚滚浓厚的土腥味不断从液汁中喷涌而出，刺得人嗓子眼儿痒酥酥的极其难受。

荧焱则是惊呼了起来："这么多的地脉元乳？这得存了多少年才能得到这么一池塘啊？"

第八十六章
淬 体

蛮蛮伸出小手指沾了点儿地脉元乳，放在舌尖上尝了尝味道，然后皱着眉头吐了几口唾沫。

"没你说的这么有用嘛，老焱！"蛮蛮对地脉元乳的兴趣立刻消散，蹦跳着窜向了远处一座高有十几丈的宝石山——那是数以万计大大小小各色宝石堆积起来的小山，珠光宝气几乎能刺瞎人的眼睛。

"对小主人自然是没用的了，但是对其他人，这可是宝贝啊！"荧焱忙不迭地从袖子里掏出了一个拳头大小的玉瓶，随手将玉瓶丢进了地脉元乳汇聚而成的水池中。

玉瓶"呼"的一下变成了人头大小，瓶口一道湍急的气旋涌出，一道拇指粗细的地脉元乳冉冉飞起，慢慢地注入了玉瓶中。操控着玉瓶的荧焱脸色骤然微微一变，白净的脸皮因为用力过猛骤然变成了赤红色。

嗡嗡声不绝于耳，地脉元乳不断注入玉瓶，玉瓶剧烈地震荡着。

水池中的液面缓慢下降，一寸、三寸、七寸……一尺、三尺、七尺……

渐渐地液面降低了一丈六尺的时候，地脉元乳中，数百块人头大小的黄色结晶露了出来。这些结晶体通体晶莹剔透呈半透明状，一道道肉眼可见的拇指粗细的土气犹如灵蛇一般在晶体上进进出出，偶尔结晶内光芒一闪，就有大片厚重古朴的符文闪烁。

荧焱面带狂喜地一挥手，玉瓶停止了吸收地脉元乳，而是放出数十条气旋，开始吸纳这些结晶。

人头大小的结晶分明沉重异常，荧焱双手指着玉瓶，指间火光四射，用尽了吃奶的力气，这些结晶才慢慢地飞起，带着低沉的轰鸣声慢悠悠地飞向了玉瓶狭小的瓶口。

"姬昊，你们侍候小主人有功，这些地脉元乳，你们赶紧吸纳了吧。地脉元乳，乃大地精华凝聚而成，能稍微提升你们一点儿力量，极大提升你们的身躯强度和防御力，更能淬炼经络、巫穴，对你们以后有极大的好处。"

荧焱一边极力地收取这些结晶，一边指着水池中大概五六丈方圆、一尺多深的残留地脉元乳淡淡说道："吸纳之时一定要小心又小心，千万不要吸纳超出身体容纳极限的地脉元乳，否则你们的身体会变成石头，那就有大麻烦了。"

姬昊和十几个护卫相互望了一眼，急忙跳进了水池。

那些护卫还有点儿小心翼翼，在蛮蛮和荧焱面前不敢失礼，只是坐在地脉元乳中，小心地以秘法吸纳。但是姬昊可管不了这么多，他干脆地扒去了身上的衣衫，只留下了一件兽皮制成的裤头，干脆利落地躺在了地上，将整个身体都沉浸在了地脉元乳中。

补天不漏诀发动，姬昊浑身的毛孔同时敞开，无数细小的漩涡开始吞吐地脉元乳。

地脉元乳，大地精华受天地之力淬炼，经过漫长岁月的沉淀，在藏风聚气的地穴宝窟中，犹如酿酒一般经过起码万年以上的酝酿，这才能逐渐成形。

大地之力厚重而滋润，堪称万物之母。地脉元乳是大地之力的精华，更有着固本培元、增强肉体禀赋的奇效。南荒的战士，若是有这个机缘用地脉元乳淬炼肉体，一般而言，他们的实力都会远超同阶，一人之力足以对抗三五个其他条件都完全相同的战士。

一滴地脉元乳被吸纳进身体，迅速就化为丝丝黄气被小腹的五彩火苗一口吞下，随后大片比平日厚重了许多的五彩光流涌出，迅速融入了姬昊全身。

姬昊有一种奇异的感觉，那就是原本他的身体当中好像有很多空隙，但是现在一种厚重的材料，正在填充这个空隙，自己的身体并没有变得沉重，但是在质地上却变得厚重、坚韧了许多。

一呼一吸，每一次呼吸间都有大量地脉元乳融入身体。

地脉元乳乃大地精华凝聚而成，每一滴都沉重异常，所以凭借着荧焱的实力，收取这一池子的地脉元乳都显得如此地困难窘迫。

寻常人就算是吸纳一滴地脉元乳，都要耗费大量的精血不断地打磨消融，才能将其中对人体有益的精粹炼化去身体各处，从而改变身体机能，提升肉体禀赋。

但是姬昊有补天不漏诀这逆天的神通，神奇的五彩火苗只是一卷，地脉元乳中会让人体逐渐岩石化、晶体化的负面力量就被五彩火苗彻底消泯，只剩下了最精粹的对人体有益的成分。

姬昊身上的肌肉很匀称地波动起伏着，宛如静谧的海洋。他的气息逐渐变得厚重深邃，从皮肤到血肉，从经络到内脏，从骨骼到骨髓，乃至最难以淬炼的大脑、神经，都被变得黏稠厚重的五彩流光急速地强化、提升。

蛮蛮的其他护卫们，就算是那几个大巫，每次都是很谨慎地吸收几滴地脉元乳进入体内，然后不断用自身精血去打磨淬炼，将其炼化后均匀地分散去全身。

那些小巫境的护卫，要耗费足足六个时辰，也就是半天的时间，才能勉强炼化一滴地脉元乳。

那些大巫，他们的精血澎湃如龙、浩瀚如海，但是他们也要一呼一吸的时间，才能炼化一滴。

而姬昊运转补天不漏诀，一呼一吸之间起码是上百滴地脉元乳被炼化，他的炼化速度，居然是那些大巫的百倍以上！

炼化的地脉元乳中，绝大部分都成了五彩火苗滋养自身的养分，原本黯淡的火苗变得越发明亮，体积也变大了一圈，随着地脉元乳不断涌入，五彩火苗的炼化之力也在不断提升。

地脉元乳并不能迅速地增加肉体力量，它只是在垫厚姬昊的肉体禀赋。

姬昊用神念之力笼罩全身，他清楚地察觉到，自己每炼化一滴地脉元乳，自己的肉体力量只提升了微不足道的十几石，但是自己的肉体强度和防御力，则是提升了很大一截儿。

对于小巫境的姬昊而言，地脉元乳这种天地奇珍的效力，实在是太强大了。

尤其是他体内的经络和巫穴的强度，更是翻着跟头地向上飙升，经络变得更加柔韧宽敞、巫穴变得更加厚重广阔。姬昊的经络瞬间能够容纳的巫力，也一倍、两倍、三倍地不断提升。

每一滴地脉元乳的融入，都相当于姬昊吞噬了一头小巫境高阶的凶兽带来的好处。

虽然荧焱收走了绝大部分的地脉元乳，但是水池中还剩下的地脉元乳何止百万滴？

不要说一个姬昊，就是十个、百个姬昊，也足够他使用了。

姬昊将脑袋枕在了一块黄色的结晶上，补天不漏诀不停运转，这块结晶内充沛的厚土之力，也缓慢地渗入了姬昊身体。

肉体不断强壮，姬昊的身高缓慢地增长了两寸左右，身躯也变得雄壮强健了几分。

第八十七章
癫 狂

蓝玉湖畔，丛林之中。

绵绵大雨呼啸落下，丛林在暴雨中瑟瑟发抖，厚厚的水雾在山林中肆意张狂地弥漫扩散，除了风声、雨声、枝叶的摇动声，丛林中再无其他声响。

就算最凶残的野兽，也懒得在雨季离开巢穴狩猎，若非饿得疯了，所有的飞禽走兽都静静地蜷缩在巢穴中，忍受着一天接一天的大雨无穷无尽的煎熬。

水雾散开，数十名身穿重甲，四眸闪烁犹如鬼火的伽族战士悄无声息地穿林而过。

他们犹如来自幽冥，专责收割生命的使者，所过之处，无论是藏在树洞中的野兽，还是蜷缩在鸟巢中的飞禽，都无声无息地被他们轻轻一点全部扼杀。

没有任何飞禽走兽能够发出任何异样的声响，他们走过的地方，丛林变得越发地死寂，只有呼啸的风雨声统治了一切。

在这些伽族战士的身后，数百头体积硕大的剑锋蜘蛛悄无声息地快捷行进着，这些剑锋蜘蛛驮负着大群皮肤黝黑、身披软甲的战士，黑压压的一片向着蛮蛮的行宫掩去。

数百头剑锋蜘蛛驮负着起码上万战士，每个战士都神色冷肃、目光坚定冷酷，分明都是精锐至极的悍卒。他们身上的软甲，手中的兵器，偶尔都有淡淡的光芒闪过。用南荒丛林的标准，这些战士身上的甲胄和兵器，全都是上好的巫器。

在这一片剑锋蜘蛛的后面，二十条体长百丈的金属蜈蚣犹如一道狂风在山林中急速穿梭。

金属蜈蚣的背上或站或坐，将近一千名伽族战士带着冷酷的笑意，目光贪婪地透过浓密的树荫，眺望着远处山崖中那一座犹如悬浮在云端的行宫。

最前面的一头金属蜈蚣上，面容狰狞犹如厉鬼的姜媱身体微微战栗着，目光中充斥着怨毒的火焰，咬牙切齿地不断低声诅咒着。

可以清楚地看到，姜媱的喉咙上有一枚拇指大小的黑色瘢痕。

前些日子，姜媱聚拢了数十个部落的联军围攻姬昊，结果被姬昊将计就计，借着魍魉部大巫祭的唤魂之术，伪装自己被魍魉部大巫祭控制，堂而皇之地逼近姜媱，给了姜媱致命一击。

幸好姜媱身上还有姜燹赐下的救命符篆，最终重伤的姜媱还是顺利地逃出生天。

但是姬昊祭出了青茯的传承巫宝生死刺，三根被青夷部的大巫祭淬炼、温养了上万年，经过了上百任巫祭之手的黑色生死刺给了姜媱狠狠的一击。

如果不是姜媱背后站着一个毕方部的大巫祭，能够调动毕方部的各种珍稀药草救命，姜媱也已经是一个死人了。饶是姜燹救治及时，生死刺的剧毒依旧给姜媱留下了最惨痛的伤疤。

咽喉、心口、小腹，三处重要的巫穴被生死刺贯穿，巫毒散布全身，刚刚突破大巫境没两年的姜媱，又重新跌回了小巫境，而且肉体受到巫毒戕害，姜媱现在就算是在小巫中，也是最弱小的那一等。

计划破灭，身负重伤，这些如果都还能勉强接受的话，姜雪的死则是让姜媱几乎陷入绝境。

姜雪的父亲姜术是毕方部的长老，他是姜燹这一派系的重将，是姜燹插手部落大权的左膀右臂。姜雪是姜术的独女，是姜燹、姜术用来更进一步地拉拢、控制姬枢的重要棋子，是加强毕方部对火鸦部渗透的关键渠道。

姜雪被杀，这让姜媱根本无法向姜燹、姜术交代。

"我一定要让他们死。"陷入癫狂状态的姜媱声嘶力竭地低声吼叫着，双眼从瞳孔到眼白都变成了诡异的猩红色，整个眼眶都闪烁着狂热、癫狂的血光，"姬昊、姬夏、青茯，还有和他们有关的所有人，都要死，都得死！"

"嗤"的一声，姜媱脖子上的黑色瘢痕突然冒出一缕黑烟，还未彻底驱散的巫毒腐蚀她伤口附近的细皮嫩肉，让姜媱痛得眉头一皱，差点儿没摔倒在金属蜈蚣背上。

站在姜媱身边的帝罗恰到好处地一把扶住了她，双手就再也没有放开。

"尊敬的女巫祭大人，你的伤可真严重……那种神奇的秘药，难道你手上没有了么？"帝罗大惊小怪地惊呼着，无比沉醉地深深呼吸着，姜媱身上散发出淡淡的幽香，让帝罗一阵阵地心醉神迷。

蛮荒的大陆，神奇的丛林，强大的野蛮部落尊贵而美丽的女巫祭，这一切对帝罗的吸引力简直太强大了，他发誓他已经被姜媱的惊人魅力给迷住了。

既然帝刹已经离开了南荒，那么血牙团现在就是他帝罗一人独大，他完全有实力为这位美丽、迷人的尊贵女巫祭做点儿什么——当然，这一切都是有条件的，他帝罗可不能白白地付出是不是？

虞族的贵族是何等尊贵的存在，白白地付出，这种蠢事他帝罗可不会做。

"帝罗大人！"姜媱"咯咯"地笑着，猩红的双眼死死地盯着帝罗，"帮我干掉姬昊、姬夏一家子，把我的所有敌人都给我消灭掉，我可以答应你任何合情合理的要求。"

"任何要求？"帝罗一阵心花怒放。

"任何要求？可以！"姜媱的声音变得格外地阴冷无情，"那么，我现在就要你，把这座行宫内的所有人杀得干干净净。我知道你们也会布置一些强大的法阵，我需要你在这座行宫内布下你掌握的威力最强大的法阵，活捉姬昊，把其他人都杀死。"

姜媱生得美艳动人，此刻她周身杀意沸腾，隐隐血光萦绕全身，在帝罗看来她更是有如一株剧毒的奇花，浑身充满了让人沉醉、无法自拔的魅力。

"帝都最美丽的贵族小姐，都没有您万分之一的美丽！"帝罗耸耸肩膀，轻叹道，"噢，我真的嫉妒了……好吧，我可以为您做一切事情……我真该认真地考虑一下，我是否应该向您的丈夫提出决斗的请求，当着您的面把他干掉了。"

"干掉姬枢？"姜媱"咯咯"地笑了起来，癫狂而充满恶意地说道，"如果帝罗大人这次表现得让我满意的话，我并不介意给你这样的机会。说实话，我对这个废物男人已经有点儿不耐烦了。"

帝罗兴奋地大吼了一声，然后用力地挥了挥手。

大片淡淡的灰雾混杂在水雾中，随着狂风飘进了行宫。

站在行宫门外的护卫身体晃了晃，突然七窍流血无声地倒地。大群大群的血牙团战士顺着台阶蜂拥而上，他们冲到了倒在地上麻痹不能动弹的护卫面前，举起沉重的兵器毫不留情地劈砍了下去。

骨肉碎裂声不断从行宫内传出，浓浓的血腥味刚刚飘出，就被暴雨打得干干净净。

第八十八章

逃 命

荧焱心满意足地将地脉元乳中所有地元结晶收起。

这些地元结晶是最精纯的大地精元，极其坚硬、极其厚重，芝麻粒大小就重达百万石，更有无数神奇的作用。

地元结晶炼制成巫宝，巫宝沉重非常，起码也要高阶大巫才能运用自如。寻常五金精华炼制的兵器、甲胄，被地元结晶炼制的巫宝稍微一碰就成粉碎，威力巨大绝伦。

若是把地元结晶磨碎，用天地灵泉调配后撒入泥土中，人头大小的一块地元结晶就能让千里方圆的土地变成极其肥沃的灵土，用来种植奇花异草、各种药材最为合适。

当然，地元结晶最重要的作用，还是充当某些特殊巫阵的核心。

比如说荧焱的老主人，他的宫殿附近，就定然会用地元结晶布置威力可怖的禁空巫阵。地元结晶蕴藏了绝强的地元磁力，布成巫阵后，就是巫帝都无法御空飞行，只能老老实实地在地上一步一步地行走。

种种妙用，让地元结晶在某些姬昊还无法接触的层面，拥有极高的价值。

这次荧焱收取了九成九的地脉元乳，又得了这么多的地元结晶，这笔收入，堪比他这辈子积攒起来的全部身家。所以荧焱满脸堆笑，脸上的毛孔都笑得炸开了花儿。

姬昊悠悠苏醒，躺在地上缓缓地活动了一下身体。

荧焱没有注意到，姬昊身下一块地元结晶已经被吞噬一空。人头大小的一块地元结晶被姬昊炼化后，姬昊的肉体力量只是增加了十万石左右，但是他的肉体强度却增加了何止百倍！

以神魂之力内视，姬昊满意地看到自己的每一条经络、血管、骨骼，乃至五脏六腑，都散发出地元结晶特殊的晶光，尤其经络宽敞犹如长江大河，比以前扩张了十倍以上，经络内光洁无比，所有阻碍屏障都被厚重无比的地元精气打磨得光洁如镜。

蛮蛮的十几个护卫也纷纷站了起来，心满意足地活动着身体。

一池子的地脉元乳被吸得一滴不剩，几个大巫境的护卫也得到了极大的好处，一个个红光满面满心欢喜。几个人你踢我一脚，我砸你一拳，平日里可以让他们伤筋动骨的攻击，此刻只是让他们身体微微一晃，增强了数倍的大巫之躯就轻松承受了往日抵挡不住的力道。

"不要发呆了，得了好处，赶紧帮我把这些宝石搬回去！"蛮蛮在一旁大呼小叫，抓起一把亮晶晶的宝石狠狠丢了过来，砸得这群护卫嗷嗷痛呼。

姬昊他们吸收地脉元乳的这段时间，蛮蛮已经指挥着山神，将洞窟内体积最大、光泽度最好的各种宝石收集了起来，在洞窟中堆起了三五丈高的一座小山。

红宝石、蓝宝石、绿宝石、钻石、碧玺，还有其他好多姬昊都叫不上名字五彩斑斓的宝石堆积在一起，闪耀的光芒让人眼睛无法直视。蛮蛮得意洋洋地坐在宝石山的顶部，笑呵呵地摇晃着两条小腿。

"赶紧搬回去，这些都是我的，都是蛮蛮的！"得意洋洋的蛮蛮笑道，"这些宝石五颜六色的好看，拿回去镶嵌在我宫殿里，羡慕死她们！"

狠狠瞪了一眼荧焱，蛮蛮冷哼道："老焱，你那几个孙女呆头呆脑的，非要羡慕得她们流口水才行。"

荧焱咧咧嘴，满面笑容顿时消失得无影无踪，可怜巴巴地看着蛮蛮，摆出了一副欲哭无泪的表情。

从山林中抓了几头巨兽，把它们的皮扒了下来，将蛮蛮精挑细选出来的宝石仔仔细细地打成了十几个大包裹，姬昊一行人每人扛上了一个兽皮包裹，离开了山神的巢穴。

蛮蛮兴高采烈地走在最前面，手里打着一片极大的芭蕉叶子当雨伞，心情愉悦地哼着不知名的歌谣。

山神步伐沉重地跟在她身边，被蛮蛮使唤得好像陀螺一般，一会儿让他爬树去掏鸟蛋，一会儿让他去树洞里挖毒蜂的蜂巢，一会儿又让他掀起大块地面，翻出了大量可供食用的鲜嫩块根。

山神脑筋简单，又有一身用不光的力气，呆呆地任凭蛮蛮使唤，闹得所过之处的山林一片鸡飞狗跳。

姬昊看着兴奋雀跃的蛮蛮，不由得赞叹道："蛮蛮真是快活！"

荧焱走在姬昊身边，听到姬昊这般评说，下意识地苦笑了一声："就是太快活了……快活得其他小主人都头痛不已，这才骗她来这行宫……"

姬昊诧异地看向了荧焱。

荧焱一把捂住了自己的嘴，轻轻地给了自己一耳光，压低了声音干笑道："这，哈哈，今天天气真不错。"

姬昊抬头看了看灰蒙蒙的天，厚厚的雨云翻滚，倾盆大雨呼啸着落下，几座悬浮在半空的山峰被湍急的暴风吹着，犹如落叶一样从天的这边急速向天的那边掠了过去。

"真是好天气啊。"姬昊由衷地感慨道，"再过两个月，天气大好的时候，就有鲜美的蘑菇吃了。"

荧焱异常赞赏地向姬昊点了点头，这娃娃会说话，简直太有前途了，他由衷地感怀道："是啊，我们南荒别的不说，这山林中的出产最是丰富不过。唔，新鲜的红裙菌，再配上肥嫩的彩翅鹦哥的崽子，浓浓地熬上一锅汤，那味道真是，啧啧！"

姬昊和荧焱迅速成为了美食的狂热爱好者，七嘴八舌地讨论起各种美味的山林珍品。

蛮蛮蹦蹦跳跳地，带着一行人回到了行宫。她跳到了山神的肩膀上，让山神驮着她慢悠悠地顺着台阶走了上去。

姬昊扛着硕大的宝石包裹，和荧焱笑声欢语，很快就走上了台阶，来到了行宫前的广场上。

牌坊下，蛮蛮诧异地向四周望了望："这群懒坯子，老焱，把他们抓出来，狠狠地抽一顿鞭子。大雨天就不用放哨了么？给他们一顿鞭子长长记性，在我这里不要紧，要是被阿爸抓住他们擅离职守，他们都要被砍脑袋哩！"

荧焱的脸色也是一变，怒气冲冲地卷起了袖子。

牌坊下的守卫果然不见了影子，数十个卫兵，居然一个都不在。荧焱可是知道，自家主人的规矩有多么森严，擅离职守这种事情，砍了脑袋都是轻的，有时候还会连累他们的整个部族啊。

姬昊皱着眉看向了四周，他不信这些卫兵是真的擅离职守。

突然间，神魂空间内，白茫茫的雾气急速汇聚过来，虚影庞大的身形凭空凝现，语声隆隆地喝道："逃！"

一声大吼，震得姬昊浑身汗毛直竖，他突然感受到了四周无形的、惨厉异常的杀意。

"逃，有埋伏，逃！"姬昊长啸一声，突然一跃而起，一把将蛮蛮从山神的肩膀上抓了下来，拉着蛮蛮转身向台阶下窜去。

第八十九章
血 月

好像温暖、舒适，还带着阳光暴晒后特有香气的被窝中，突然被人塞了数百条剧毒的眼镜蛇。

难以形容的阴寒、湿冷之气顺着尾椎骨直冲脑门儿，姬昊浑身毛孔敞开，天地元气滚滚注入身体，流光火翼带着刺耳的爆鸣声在身后突然张开，姬昊用尽了全部的力气向台阶下疾驰。

不是护卫擅离职守，而是他们都已经被干掉了。

倾盆大雨冲干净了一切痕迹，一点儿血迹、一点儿血腥味都没留下。但是护卫们临死时，灵魂剧烈波动，依旧顽固地在牌坊附近留下了微弱的气息。

在虚影的提醒下，姬昊远比南荒部族的大巫甚至更强大的存在都要敏锐的神念，终于发现了牌坊附近回荡不去的那一抹灵魂湮灭前残留的阴冷。

九字真言丹经淬炼灵魂，沟通宇宙，有无穷奥秘，姬昊全力运转丹经秘法，紫府元丹全速转动，一波一波灵魂之力化为无形大网向四周扩散开，他立刻看到了空气中那几乎凝成了实质的可怕杀意。

全力爆发流光火翼，全速逃跑，姬昊搂着蛮蛮娇小的身躯，身体带起大片残影，一弹指间就"砰"的一下撞碎了空气，连续爆出九重白色的气爆，身形一闪就到了高高的台阶中段，眼看下一瞬间就能冲下长长的台阶，闯入湖边的密林。

直到这时候，荧焱和十几个随行的护卫还没反应过来。

他们的实力强大，他们的身份尊崇，他们代表着南荒至高无上的存在，那些护卫在很多时候其实和仆役无异。至于荧焱，他更是出身不凡，在蛮蛮身边的地位等同于"大内总管"，他这辈子，就没有和人浴血厮杀过。

从战斗经验上来说，荧焱和十几个护卫加起来，还不如姬昊的一成！

姬昊都逃出了数百丈远，荧焱才茫然而惊慌地回过头来，张嘴大吼道："姬昊，你这猴崽子发什么疯呢？"

全然没有任何的防范，荧焱突然闻到了淡淡的腥味，他腰间悬挂的一块雕刻了三头山鸡图腾的古老青铜灵符突然亮起，令牌上生了三个头颅的山鸡眸子里喷出熠熠青光，迅速缠绕着包裹住了荧焱。

"这是……巫毒？"荧焱摸了摸鼻子，他的鼻孔内不断滴出绿色的血水。最初只是浅绿色，但是瞬间血水就变成了墨绿色，还散发出了刺鼻的腥味。

巫毒，不仅是巫毒，而且是巫毒中发作效力最快、最猛烈、最致命的毒虫剧毒。荧焱对于巫毒并不精通，但是他毕竟活了近千岁，他丰富的经验让他辨识出了，这起码是百种以上毒虫调制而成的混合剧毒。

调配百种以上毒虫，将其毒液制成可怕的巫毒，这种巫术手段，在南荒丛林中，只有毕方部、朱雀部这样的大部落有数的巫祭才有秘密传承。其他的小部落，根本不可能掌握这么高深的秘法，他们也没有足够的财力和实力去调制这样的巫毒。

面对突如其来的巫毒偷袭，荧焱身上的青铜令牌主动护主，隔绝了巫毒的继续侵袭。但是毕竟有一丝巫毒侵入了荧焱体内，荧焱的身体一阵虚弱，他的实力凭空削弱了三成。

"你们是哪个部落的人？你们要造反么？"面对突兀的袭击，荧焱没有做其他的应变，而是声嘶力竭地怒声咆哮："你们可知道，触犯了小主人，你们整个部族都不要命了？"

姬昊紧紧抱着蛮蛮狂奔逃窜，他心知肚明，蛮蛮不能死——最少最少，在他充当蛮蛮近卫的这段时间，蛮蛮不能死。以他短短几天中对蛮蛮的认识，如果这小丫头死了，火鸦部势必受到她阿爸残酷的惩罚。

姬昊用尽全力逃跑，当他逃跑的时候，他听到荧焱居然还在那里大声呵斥偷袭者，不由得长长叹了一口气。人家都杀了蛮蛮行宫的护卫，已经做了决绝的打算，这时候谁还会搭理你的威胁？

一步迈出，姬昊的身形一阵朦胧，带起一片残影，眼看就要冲下台阶。

天空突然暗了下来，一轮血茫茫的硕大月影出现在上空，数千道血色气息从血月中垂落，化为一张大网，将方圆十里的空间牢牢笼罩在了下面。

姬昊一头撞在了一道血气上，一股极其柔韧、黏稠的力量从四周缠绕了过来，轻轻地将他向后一弹。姬昊被震得头昏眼花，踉跄着向后连退了数百步，大口大口喘着气被硬生生逼回了行宫前的台阶。

"月……血月？"姬昊抬起头，骇然看着那一轮硕大的血色月影。

"月？"蛮蛮诧异地看着姬昊，"月是什么？"

姬昊没吭声。

南荒的夜空，只有无数大大小小的星辰，并没有姬昊记忆中独领风骚、统辖夜空的那一轮明月。所以对蛮蛮而言，她是没有"月亮"这个概念的，"月"这个奇特的发音，也是她生平第一次从姬昊嘴里听到。

姬昊死死地盯着头顶那一轮血月，虽然是第一次见到，但是姬昊直觉地称之为月亮。但是悬浮在头顶的这一轮血月，似乎并不是实际的存在，只是一轮虚幻的影子。

朦胧的血气取代了磅礴大雨带来的雾气，冉冉从地下腾起。血色的雾气中，一尊一尊犹如厉鬼的魁梧身影逐渐显出了身形。

身穿重甲，除了面颊外全身每一寸皮肤都被重甲笼罩的伽族战士们低声狞笑着，脸上四个眸子熠熠发光，犹如地狱的恶鬼出现在众人面前。

姬昊匆匆看了一眼，从四周涌出来的伽族战士超过千人。

"四眼？"荧焱厉声喝道，"伽族的恶鬼么？你们好大的胆子，你们以前侵入我南荒之地，掳掠我南荒子民，这已经是死罪了。今天你们居然还敢袭击我们小主人，你们，你们就不怕死么？"

"做都做了，你说我们怕不怕呢？"帝罗轻佻地笑着，慢悠悠地拎着一朵嫣红的蔷薇从雾气中走了出来,他很狰恶地远远向姬昊笑了笑,慢条斯理地说道,"那小丫头生得很水灵,能卖出一个大价钱。嘿,是不是?"

荧焱怒极大吼,帝罗突然一指天空,血月一闪,一抹血光激射而下,荧焱突然惨号一声,左臂喷出大片血水,他的左臂居然被血光齐根斩断。

血月微微一旋,又是一抹血光闪过,荧焱右手刚刚抓出一块血色玉符,还没来得及将它捏碎,他就从正中被血光劈成了两片。

鲜血四溅,荧焱五脏六腑流了一地都是,连灵魂都被血光斩得彻底泯灭了。

图书在版编目（CIP）数据

血红与《巫神纪》/ 西篱著 . -- 北京：作家出版社，
2018.12

（网络文学名家名作导读丛书）

ISBN 978 - 7 - 5212 - 0319 - 6

Ⅰ . ①血… Ⅱ . ①西… Ⅲ . ①网络文学 - 长篇小说 -
小说研究 - 中国 - 当代 Ⅳ . ①I207.425

中国版本图书馆 CIP 数据核字（2019）第 003095 号

血红与《巫神纪》

作 者：西 篱
责任编辑：袁艺方 王 烨
装帧设计：天行云翼·宋晓亮
出版发行：作家出版社有限公司
社 址：北京农展馆南里 10 号 邮 编：100125
电话传真：86 - 10 - 65067186（发行中心及邮购部）
 86 - 10 - 65004079（总编室）
E - mail: zuojia@zuojia. net. cn
http: // www. zuojiachubanshe. com
印 刷：三河市北燕印装有限公司
成品尺寸：152 × 230
字 数：420 千
印 张：29.75
版 次：2019 年 4 月第 1 版
印 次：2019 年 4 月第 1 次印刷
ISBN 978 - 7 - 5212 - 0319 - 6
定 价：48.00 元